Lars Neger
AREON
Der Weg des Schwertes

Ammianus-Verlag

DAS BUCH

Sie könnten nicht unterschiedlicher sein: Saer Mikael Winbow, ein adliger Ordenskrieger, und der Schwertkämpfer Ayrik Areon, vermeintlicher Eidbrecher und Verräter, dessen Namen man in allen Winkeln des Königreichs von Anarien verflucht.

Ihr Ziel ist die Stadt Rhynhaven, eintausend Meilen entfernt, wo man Ayrik als Hochverräter den Prozess machen wird. Eintausend Meilen bleiben ihm, Mikael von seiner Unschuld zu überzeugen. Nur eintausend Meilen, um die Geschichte zu erzählen: Von seinem Aufstieg und Fall im Zeichen des Wolfes ...

DER AUTOR

Lars Neger, geboren 1980 in Jülich, einer Kleinstadt nahe Aachen, war nach seinem Realschulabschluss in diversen Tätigkeiten unter anderem als Barmann, Verkäufer in einem Plattenladen und Buchhändler tätig. Zudem diente er zwei Jahre als Soldat im KRK-Lazarett Koblenz der Bundeswehr. Derzeit arbeitet er als Angestellter in einem Aachener Verlag. Neben seiner beruflichen Tätigkeit widmet er sich mit Vorliebe dem Fußball, Freunden, guter Musik, noch besseren Filmen und der ein oder anderen Stunde an der Spielkonsole.

Mehr Informationen unter: **www.facebook.com/LarsNeger**

Lars Neger

DER WEG DES SCHWERTES

Erste Auflage
Juli 2012

© Ammianus GbR Aachen

Alle Rechte vorbehalten. Der Nachdruck, auch auszugsweise, die Verarbeitung und Verbreitung des Werkes in jedweder Form, insbesondere zu Zwecken der Vervielfältigung auf digitalem oder sonstigem Wege sowie die Verbreitung und Nutzung im Internet dürfen nur mit ausdrücklicher und schriftlicher Genehmigung des Verlags erfolgen. Jede unerlaubte Verwertung ist unzulässig und strafbar.

Umschlaggestaltung & Satz: Thomas Kuhn
Lektorat: Wolfhard Berthel
Druck und Bindung: CPI books GmbH, Ulm

ISBN: 978-3-9812285-8-8

www.ammianus.eu
www.facebook.com/AmmianusVerlag

Für meinen Vater
unvergessen

DRAMATIS PERSONAE

Ayrik Areon, ein abtrünniger Schwertkämpfer und Eidbrecher
Mikael Winbow, Saer und Ordensbruder des Heiligen Cadae
Aideen, die Tochter des Fallenstellers
Der Wyrc, genannt der Alte, ein Druide der Vergessenen Götter
Rendel, der Than, Ayriks Vater und Dorfvorsteher von Dynfaert
Rendel der Jüngere, ältester Sohn und Erbe des Than
Beorn, zweitgeborener Rendelssohn
Keyn, drittgeborener Rendelssohn
Annah, die einzige Tochter des Than
Raegan, Berggeist der Hohen Wacht
Ulreik, Stammeshäuptling der Klea
Ulweif, Sohn des Ulreik, erster Krieger der Klea
Ulgoth, Ulweifs Bruder, im Schatten des Älteren
Brok, Ulgoth' verschworener Waffengefährte
Cal, eine Sklavin der Klea
Luran Draak, der Saer von Dynfaert
Enea, vierte ihres Namens, die Hochkönigin von Anarien
Sanna, zweite ihres Namens, Thronfolgerin des Reiches
Jervain Terety, Marschall der Bruderschaft der Alier
Stavis Wallec, Saer aus Neweven und Schwertbruder der Alier
Kerrick Bodhwyn, schweigsamer Saer der Bruderschaft
Rodrey Boros, ein aufstrebender Schwertschüler
Penn, Sklavenjunge am Königshof Fortenskyte
Terje, König über Fels und Stein, ein Nordmann
Glyrna, Kriegerin des Nordens, Terjes Tochter
Siv, Terjes jüngste Tochter
Paldairn, Königinnengemahl, Herr des Südens
Eilan von Cor, ein Adliger am Hofe von Laer-Caheel
Taliven kaer Nimar, Saer und Hauptmann der Sonnenwache

Inhalt

Eins	11
Ruinen	13
Zwei	24
Erwachen	29
Drei	41
Schnee	44
Vier	60
Nachtgesang	61
Fünf	82
Paläste	84
Sechs	101
Lämmer	103
Sieben	123
Narben	126
Acht	142
Unterschiede	147
Neun	164
Wolfsbeute	164
Zehn	176
Verurteilt	182
Elf	194
Silberbecher	198
Zwölf	214
Flammen	216
Dreizehn	224
Brüder	226
Vierzehn	242
Licht	245
Fünfzehn	261
Legenden	265
Sechszehn	279
Treue	281
Siebzehn	296
Wunder	298
Achtzehn	317
Schwertherr	323
Neunzehn	341
Verbunden	344
Zwanzig	364
Stehen	371

EINS

Warum sollte ich noch weiter laufen? Ich könnte das Reich einmal von Norden nach Süden durchqueren, sie würden mich nicht in Frieden lassen, mir nachstellen, keinen ruhigen Augenblick gönnen und auf diesen einen Tag warten, an dem ich einen Fehler mache und sie über mich herfallen können wie tollwütige Hunde.

Heute ist dieser Tag. Ich kann nicht mehr wegsehen.

So schnell ich auch rannte, welche Lügen ich erzählte, wie sehr ich dachte, es würde ewig so weitergehen, das hat jetzt keine Bedeutung mehr. Heuchelt man der Welt und sich zu oft etwas vor, glaubt man es irgendwann selbst nicht mehr. Ich Lügner bin all die Jahre davongelaufen, unzählige Meilen, immer vor mir selbst, bis zum heutigen Tage, an dem es mich eingeholt hat. Es gibt kein Vor und kein Zurück mehr, kein Ausweichen nach links oder rechts, keinen windigen Zug, der mich einmal mehr rettet. Irgendwann begreift wohl jeder, dass man sich nicht selbst entkommen kann, so weit und so ausdauernd man auch laufen mag. Am Ende ist es diese Gewissheit, der wir uns alle stellen, der wir uns nicht entziehen können.

Also warum sollte ich noch weiter fliehen? Ich sehe eh keinen Weg vor mir.

Nein, damit ist nun Schluss. Dinge enden, so ist der Lauf der Welt. Genug des Versteckspiels. Sie kommen, mich zu holen, aber was kümmert es mich? Zuviel der Ehre für andere, denn ich bin nicht vor ihnen geflohen. Zum Teufel, denkt, was ihr wollt! Die Wahrheit ist simpel wie tragisch – Ich bin vor mir selbst geflohen, vor dem, was ich geworden bin, vor meinen Fehlern und gebrochenen Eiden. Da gibt es nichts mehr zu beschönigen, irgendwann ist es man eben reif.

Man sollte es begreifen. Die wirklich wichtigen Wahrheiten kommen überraschend. Eben die, die ich jetzt endlich verstehe.

Seit knapp zwei Wochen sind sie schon hinter mir her, und ich bin ich es grenzenlos leid. Leid, dass ich keine halbwegs zivilisierte Siedlung mehr betreten kann, ohne zu befürchten, mich könnte jemand erkennen. Leid, dass jeder Hufschlag hinter mir auf der Straße nach einem jagdwütigen Saer klingt, der es auf mich abgesehen hat. Den Blick über die Schulter und die Hand am Schwert, so ein Leben hält man auf Dauer nicht aus. Dieses ständige Verstecken und Weglaufen hat mich verdammt noch mal müde gemacht, aber heute, an diesem warmen Sommerabend, habe ich genug davon. Ich kann und will nicht mehr laufen. Sollen sie nur kommen, ihren Auftrag zu Ende bringen oder beim Versuch sterben. Mir ist es einerlei. Die Welt kann von mir sagen, was sie will, mich nennen, wie es ihr gefällt, ich bin und bleibe ein Schwertkämpfer. Ein Krieger. Und den letzten Funken Stolz, der noch in mir wohnt, werde ich nicht mehr länger mit Füßen treten, indem ich mich vor meinen Häschern verstecke, als wäre ich ein kleiner Junge, der die Prügel des Vaters fürchtet. Man kann doch gar nicht ewig weglaufen.

Dabei fällt man nur irgendwann auf die Schnauze.

Schluss, genug! Es soll zwischen Trümmersteinen und Bruchstücken enden, auf denen Moos wächst und es nach Moder riecht, wo die Äste der nahen Bäume nach den Mauern greifen. Hier erwarte ich meine Verfolger, und ich will verdammt sein, wenn ich nicht wenigstens ein paar von ihnen mitnehme! Einmal mehr wird der

Tod herrschen, uns alle in den Wahnsinn treiben, auf dass wir jedwede Menschlichkeit vergessen und zu Tieren werden, die im Blut und der Angst ihrer Feinde baden. Darauf wenigstens verstehe ich mich.

Denn das ist mein Leben. Das ist mein Schicksal. Das ist, was ich bin. Mein Name ist Ayrik Areon, und hier endet meine Geschichte.

RUINEN

Wenn schon sonst alles schief geht, zumindest das Schlachtfeld für diesen letzten Kampf konnte ich selbst wählen. Ich habe meine Verfolger bis zu den Ruinen eines Landhauses geführt, welches das alte Volk der Ynaar, die das Reich bis vor einigen hundert Jahren beherrschten, einst errichtet haben musste, bevor der nahe Wald sich das Gebiet zurückerobert hat. Viel ist von der früheren Pracht dieses Hofes nicht mehr geblieben. Bestand das Gut früher einmal aus einer ummauerten Hofanlage mit Haupthaus, Ställen und Nebengebäuden, haben Zeit und Gier ihren Tribut gefordert, sodass nur noch die zweistöckige Halle in Teilen steht. Das meiste ist im Laufe der Jahre von den Menschen des Umlandes abgetragen worden. Die Ummauerung aus Grauwackersteinen, die irgendwann einmal den Hof umschlossen haben muss, ist mittlerweile verschwunden, aufgegangen in den ärmlichen Behausungen und Kirchen meines Volkes. Den Rest hat die Natur wieder für sich beansprucht. Von den Nebengebäuden im Norden, Westen und Osten des Hofes stehen nur noch von Ranken und Sträuchern überwachsene Grundmauern. Einzig das Haupthaus hat die Zeit halbwegs überdauert. Das Dach ist zwar eingestürzt und die Wände des unteren Stockwerkes sind teilweise eingebrochen, aber über eine marode Treppe gelangt man noch heute in das Obergeschoss, wo ich lauere und darauf warte, dass sie sich zeigen.

Das Versteck ist gut gewählt. Wenn ich so gebückt wie jetzt bleibe, in der Deckung einer Wandmauer, die nur noch zur Hälfte steht, kann ich nach rechts auf den Innenhof spähen. Die Sonne ist noch nicht ganz untergegangen, aber die tiefschwarzen Regenwolken verdunkeln diesen Abend frühzeitig. Ich erahne im Halblicht die Reste einer Statue, die sich in der Mitte des Hofes befindet und sich wie ein Mahnmal aus den Zeiten der Ynaar vom Rest der Ruine abzeichnet. Mein Blick schweift weiter nach Norden zum einstigen Portal des Landgutes, direkt gegenüber von meinem Versteck. Auch dort ist die Wehrmauer durchbrochen und abgetragen worden, von dem Portal an sich fehlt jede Spur. Linkerhand befinden sich die Reste eines lang gezogenen Nebengebäudes, das kaum mehr als solches zu erkennen ist, die maroden Mauern auf der rechten Seite reichen mir hingegen wahrscheinlich nicht einmal mehr bis zum Hintern.

Dieser Hof ist grau und schwarz, voller Schatten und Verfall. Alles vergeht einmal, das sehe ich um mich herum. Was für ein trübseliger Ort. Wahrscheinlich der beste Platz, um zu sterben.

Und sterben muss ich wohl bald. Das wird mir stechend bewusst, als ich, noch bevor ich etwas sehe, das Geräusch von dumpfem Hufschlag mehrerer Pferde höre, die über den Waldboden stampfen und sich vom Portal aus nähern. Langsam, sehr langsam gehen die Pferde, ihre Herren sagen noch keinen Ton. Sofort presse ich mich mit dem Rücken gegen das Mauerstück. Wenn man es sich nur hart genug vorstellt, dann wird man zum Stein, den man mit dem Rücken berührt. Man wird zu allem, solange einen niemand entdeckt. Der Drang zu überleben ist furchtbar stark, selbst wenn der Tod zum steten Begleiter geworden ist.

Vorsichtshalber überprüfe ich ein weiteres Mal die eingespannte Sehne meines

Bogens aus Eibenholz, drei Ellen hoch und stark genug, um jeden Kettenpanzer auf fünfzig Schritt zu durchschlagen. Eine unehrenhafte Waffe in jeder Hinsicht, aber was kümmert es mich? Ich kann mir einen Luxus wie Ehrgefühl nicht leisten. Neben mir am Gemäuer lehnt eine aus grobem Leder gefertigte Pfeiltasche. Neun Pfeile, mehr sind mir nicht geblieben. Neun gegen wie viele eigentlich? Zuletzt konnte ich fünf oder sechs zählen, angefühlt haben sie sich wie fünfzig. Mehr Zeit war mir nicht geblieben, bevor sie mir mein Pferd mit Armbrüsten lahm geschossen haben und ich gezwungen war, zu Fuß in dieses Waldstück zu flüchten, wo Geschwindigkeit keine Rolle spielt. Aber ob jetzt fünf, fünfzig oder zweihundert, es sind in jedem Fall zu viele. Ich bin kein Gott, nur ein Verrückter mit zu wenig Pfeilen und einem allmählich endenden Lebensfaden. Sie werden mich aller Voraussicht nach überwältigen und umbringen, auf meine Leiche pissen und sie für die Füchse und Marder als Zwischenmahlzeit im Wald liegen lassen.

Das Herz pocht mir bis zum Hals, Schweiß bildet sich auf meiner Stirn. Sie kommen immer näher. Ich höre sie, fühle sie in meinen Eingeweiden. Über mir wird die dichte Wolkendecke mit einem rollenden Donner vom Wind nach Westen getrieben. Regen liegt in der Luft.

Unten auf dem Innenhof übertönt das Schnauben eines Pferdes meinen hämmernden Herzschlag.

Da ist sie also, die Angst, auf die ich so lange gewartet habe. Jetzt bricht sie mit derselben Wucht durch meinen selbst auferlegten Stolz, wie eine Horde Reiter in einen verschreckten Haufen Bauern. Vielleicht hätte ich doch noch etwas weiter laufen sollen. Vielleicht …

Jede Bewegung, sei sie noch so klein, kostet mich unmenschliche Überwindung. Ich fürchte mich davor, gesehen zu werden, während ich mich mit der Schulter näher zum Ende der Mauer schiebe, habe panische Angst davor, dass von unten ein warnender Schrei aufdringt. Ich will so ziemlich alles, bloß nicht gesehen werden. In meinem Magen rumort es, die Hände werden fahrig. Den Bogen halte ich jetzt in der Linken, während ich mit der anderen Hand vorsichtig die Kerbe eines Pfeils in die Sehne einlege. Das Bogenholz knarrt verdächtig laut, als ich ihn mit der Rechten zur Hälfte spanne und behutsam um die Ecke spähe.

Gottverdammt, eine Handbreit entscheidet darüber, ob sie mich entdecken oder nicht! Nur eine Handbreit liegt zwischen mir und dem zur Hälfte eingebrochenen Gemäuer der Ynaar. Die Mauern, nur eine Fingerlänge Stein, schenken mir eine trügerische Sicherheit. Und eine Fingerlänge entscheidet manchmal, das weiß ich mittlerweile. Ich werde kleiner und kleiner, werde eins mit dem Mauerwerk. Zumindest bete ich darum.

Jetzt erkenne ich sie endlich und kann zählen. Fünf Männer auf Pferden dringen gerade in diesem Moment auf den Innenhof. Stumme Reiter, die in Richtung der Statue halten. Das schwache Licht, kaum genug, um durch die Wolkendecke zu dringen, verhindert, dass ich viel sehen kann. Aber ich ahne, dass mindestens drei von ihnen Saers sein müssen, begleitet von zwei Kriegern in langen Lederkollern und mit Speer und Schild bewaffnet.

Saers – adlige Elitekrieger, denen es das Gesetz vorbehält, ein Schwert zu führen. Schwertherren, wie es heißt, wenn man den Titel ins Anan übersetzt. Ein Wahnsinn, gegen sie anzutreten.

Die offensichtlichen Saers sitzen schwer gerüstet in den Sätteln, mit Helmen vermummt und mit Schwertern an den Wehrgehängen. Das dichte Schwarz an Wolken über mir reißt für wenige Momente auf, die Sonne lässt sich kurz blicken, und ich werde in meiner Vermutung bestätigt – drei der Reiter sind in kostbare Kettenpanzer gehüllt, die an den Ärmeln im Sonnenlicht matt aufschimmern. Darüber tragen sie Waffenröcke von schwarzer Farbe. Ihre hohen, tropfenförmigen Schilde halten sie gesenkt in den Händen. Was das Wappen der lodernden Flamme mit dem durchstoßenden Schwert auf den Schilden bedeutet, weiß ich nicht, soll mir auch egal sein. Die Helme der Saers sind neumodisch. Sie verhüllen den gesamten Kopf topfartig und lassen nur einen Schlitz vor den Augen ungeschützt. Vor einigen Jahren kam diese Art Helm in Mode, als wir die ersten Schlachten im Dreistromland schlugen und endlich aufgehört hatten, alles auszulachen, was wir nicht verstanden, sondern stattdessen das Gute und Weiterentwickelte des Feindes in unser Arsenal aufnahmen. Also sind diese Männer hier ohne jede Frage mächtige Herren von großem Einfluss und Reichtum. Wahrscheinlich waren sie ebenso wie ich an den Kämpfen im Süden beteiligt und haben sich einige der Kniffe unserer Feinde abgeschaut.

Ob ich die Männer vielleicht sogar kenne, die Entbehrungen und den Schrecken und Wahnsinn der Schlacht mit ihnen geteilt habe?

»Absitzen«, höre ich den Anführer. Er zieht ein Langschwert aus der Scheide. Seine Worte dringen durch den Helm gedämpft hoch bis zu mir und bringen mich zurück in die Gegenwart. »Er muss hier irgendwo stecken. Zu Fuß kann er nicht weiter gekommen sein.«

Die Männer folgen seinem Befehl und schwingen sich aus den Sätteln, nur er selbst bleibt auf dem Rücken des Pferdes sitzen. Weitere Schwerter werden gezogen.

Sie werden das zerstörte Anwesen durchsuchen, und es gibt kaum einen Ort für mich, wo ich mich verstecken könnte. Diese Sache ist tatsächlich vorbei. Es gibt nur noch eines, das ich machen kann. Nur noch eines ...

Ich schätze die Entfernung zwischen ihnen und mir auf vielleicht zehn Schritt. Nah genug für den Bogen, doch leider ebenso für neugierige Augen, mich zu sehen, sobald ich aus der Deckung trete und schieße. Mit ein wenig Glück kann ich zwei oder drei Pfeile ins Ziel bringen, spätestens dann wissen sie, wo ich bin. Und dann wird es hässlich werden. Sehr, sehr hässlich.

Ganz kurz senke ich den Blick auf den Boden, wo mein Schwert blank neben der Scheide, und ein kurzes Beil mit gebogenem Stiel liegen. Ich trage das Schwert bewusst nicht am Gürtel, will ich doch vermeiden, es mit einer unbedachten Bewegung gegen die Mauer zu schlagen und meine Feinde früher als geplant auf mich aufmerksam zu machen. Stattdessen wartet es mit mir, griffbereit, wenn sie kommen. Menschen, die vom Krieg nichts verstehen, nennen es ein Schlachtenschwert, weil es länger ist als die meisten einhändig geschwungenen Klingen, aber diese Leute haben keine Ahnung und können wahrscheinlich einen Haufen Scheiße nicht von einem Kuchen unterscheiden. Meine Klinge ist eine feine, eine genaue Waffe, mit der man sich in einen Tanz stürzt, dem kaum jemand zu widerstehen vermag. Weitaus mehr als nur die Sense, die im Schlachtgetümmel den Tod bringt. Es ist die Waffe aus einer anderen Zeit, das Schwert eines edleren, eines anderen Mannes. In jenen Tagen, damals, war es ein kostbares Geschenk gewesen. Die knapp über einen Schritt lange Klinge, die ein Stück schlanker ausfällt, als es gerade in Mode ist, mit geschwärzter, doppelter Hohlkehle und teuflisch gefährlicher Spitze, wurde aus bestem Stahl in den Meisterschmieden von Kolymand wieder und wieder gefaltet, scharf genug, um selbst Kettenhemden zu durchdringen. Am Anfang der Klinge, unterhalb der geraden, langen Parierstange, liegt ein mit geschwärztem Leder mehrfach umwickelter Griff, ein Stück weit verlängert, der genau auf meine Hände abgestimmt wurde, sodass ich ein wenig Platz für meine zweite Hand an Griff und Knauf habe. Und in eben diesen achteckigen Knauf hat man die grobe, Angst einflößende Fratze eines Wolfes eingearbeitet.

Es ist das Zeichen, mit dem alles begann, von dem ich heute nicht mehr sagen kann, ob ich es verehren oder hassen sollte, unter dessen Banner ich in den Krieg gezogen bin und Siege errang.

Der Wolf. Das Zeichen, unter dem ich als Verräter zurückkehrte.

»Durchsucht die Ruinen«, reißt mich die Stimme des Saers zu Pferd aus den Gedanken. »Der Feigling muss hier irgendwo sein.«

Die ersten Regentropfen fallen, bald werden mehr folgen, das riecht man förmlich. Dieser dumme Himmel weint, mir hingegen sind die Tränen ausgegangen. Dafür sind noch ein Haufen Wut und Platz für verzweifelte Taten geblieben.

Ich darf keine Zeit mehr verlieren, alles muss jetzt schnell gehen. Meine Feinde sind schwer gerüstet, die Saers in Kettenhemden, Plattenteile und geschlossene Helme gehüllt. Das mag sie gut schützen, aber mindestens ebenso langsam und unaufmerksam machen. Ihre Rüstungen sind verteufelt schwer, und durch diese verfluchten Helme würden sie nicht einmal ihren eigenen Furz hören. Genau das ist meine Chance, die einzige Chance, hier zu überleben. Denn ich selbst trage keinerlei Rüstung, nur einen Kapuzenmantel aus Flachs über einer Tunika, leichte Hosen aus Wolle und Stiefel, die so abgewetzt sind, dass sie mir jeden Moment von den Füßen fallen müssen. Abgerissene Kleidung, die vor Dreck fast alleine stehen könnte.

Aber was interessiert mich meine Aufmachung? Durch die fehlende Rüstung bin immer noch schneller als diese fünf da unten. Und nur das zählt. Nur das Überleben.

Ich atme noch einmal tief durch. Es gibt kein Zurück mehr.

Bevor mich der Mut verlässt, ziehe ich die Sehne meines Bogens noch ein Stück weiter zurück, dann erhebe ich mich in einer fließenden Bewegung aus der Deckung heraus. Mir bleiben nicht einmal zwei Herzschläge, um eine Entscheidung zu treffen. Vier der Männer sind von ihren Pferden gestiegen, der offensichtliche Anführer sitzt noch immer im Sattel und ist das größte Ziel. Ein dummer Fehler, den er gleich nicht einmal wird bereuen können. Intuitiv lege ich auf diesen einen Elitekrieger an, richte die Pfeilspitze auf knapp unterhalb seiner Rippen. Für genaue Schüsse habe ich keine Zeit, also ziehe ich die Bogensehne so weit zu mir, bis die Fiederung des Pfeils fast mein Ohr berührt. Ich halte den Atem an, ein letzter Moment, bevor alles in einer blutigen Sauerei enden wird, dann lasse die Sehne los. Der Pfeil schnellt pfeifend davon und schlägt Augenblicke später dem Saer mit einem dumpfen Schlag links in die Brust. Noch bevor er begreift, wie ihm geschieht, alle Augen sich auf mich richten, liegt der nächste Pfeil in der Sehne. Ich ziele kaum besser, schieße, ehe ich weiß, was ich tue. Der zweite Pfeil durchschlägt mit brachialer Gewalt das Metall seines Helmes an der Stirn.

»Tötet ihn!«, bringt er gerade noch hervor, dann rutscht er wie ein Sack Mehl vom Pferd und schlägt hart auf dem Boden auf.

Sie begreifen – Hinterhalt! Durcheinander, Chaos, Schreie. Einer der Krieger bewahrt einen kühlen Kopf und greift zu einer Armbrust, die am Sattel seines Pferdes hängt. Dass er sich dann doch nicht so schlau anstellt, den Schild sträflich vernachlässigt, beschert ihm einen meiner Pfeile, der sich in seinen Oberarm bohrt, bevor er das verdammte Ding schussbereit machen kann. Sein schmerzhaftes Heulen schreckt das Pferd auf.

Nur noch sechs Pfeile.

Einen vierten jage ich überhastet auf einen der Saers, der Anstalten macht, das niedergerissene Gebäude zu meiner Linken zu betreten, um die Treppe dort zu meiner erhöhten Position zu erklimmen. Sein Schild ruckt wie von Geisterhand gelenkt nach oben und fängt den Schuss mit einem hohlen Schmettern ab. Ein zweiter Krieger schließt sich ihm an, den Schild vorsorglich über sich erhoben. Bevor ich zu einem weiteren Schuss auf die beiden ansetzen kann, erahne ich im Augenwinkel rechts von mir, dass der andere Saer in das Nebengebäude eindringt. Dort führt eine weitere Treppe bis in die Ruinen der Haupthalle.

Sie kommen von zwei Seiten, und es ist niemand da, der mir den Rücken freihält. Ich bin alleine.

Schöne Scheiße.

Ich spanne den Bogen erneut bis zum Anschlag, visiere den einzelnen Saer rechts von mir an. Fünf Schritte für ihn bis zur ersten Stufe der halb zerfallenen Treppe. Als der Pfeil die Bogensehne verlässt, sehe ich, wie er in der Luft schlingert, fehlgeht und ein gutes Stück neben dem Saer in den Boden einschlägt.

Das Denken wird vom Reagieren überlagert. Ich packe mir den sechsten Pfeil, spanne ihn ein und ziele nach links. Das wütende Brüllen des Saers und seines Kriegers dringt die Treppe hinauf. Nur noch Herzschläge, bis sie am Absatz des Aufstiegs erscheinen müssen. Herzschläge, Herzschläge ...

Der Regen nimmt zu, durchnässt mich, dann ist der Krieger da. Er trägt einen einfachen, konisch nach oben verlaufenden Helm mit Nasenschutz und Kettenhaube darunter. Um sich gegen meine Pfeile zu schützen, hat er den fast mannshohen Schild abwehrend nach vorne gebracht, den Spieß über dessen Rand gelegt. Er kommt näher, so verdammt nahe, dass ich die morschen Zähne sehen kann, als er irgendetwas Unverständliches brüllt. Keine vier Schritte liegen zwischen ihm und mir. Und für diesen einen Moment gibt es nur seine vor Wut, Panik und Wahn aufgerissenen Augen, Finger, die die Sehne gespannt halten, Muskeln, die sich mühen, die bestialische Kraft des Bogens zu zähmen.

Ein gutes Stück senke ich die Waffe, weil der Pfeil dazu neigt, in den ersten Schritten nach oben zu verziehen.

Ich bilde mir noch ein, in seinen Augen diese ganz bestimmte, endgültige Gewissheit zu sehen, die jeder Krieger eines Tages kennenlernt. Es ist zu spät für ihn, und er ist sich dessen vollkommen bewusst. Ja, er weiß, aber es bringt ihm nichts mehr. Ich lasse die Sehne los, der Pfeil schlägt über den Schildrand hinweg zwischen Nasenschutz und Kettenhaube ins Auge des Soldaten ein. Er bricht nach hinten weg.

Und hinter ihm, während er mit einem Pfeil im Auge stirbt, drängt der Saer mit erhobenem Schwert und Schild an ihm vorbei.

Drei Pfeile sind mir noch geblieben, aber die kann ich jetzt vergessen. Zu nah, sie kommen viel zu nah an mich heran. Achtlos lasse ich den Bogen fallen, gehe in die Knie, ohne den Saer aus den Augen zu lassen, der jetzt auf die Treppe stürmt. Meine Linke packt den Axtstiel knapp unterhalb des Blattes, die Rechte das Schwert. Zeitgleich höre ich hinter mir den zweiten Saer eine Herausforderung brüllen.

Der vor mir kommt zuerst. Übermütig und kampfeslustig, wie er ist, prescht er vor, legt Wucht in den Hieb seines Schwertes. Er ist zu schwer gerüstet, zu langsam. Mir schießt noch durch den Kopf, wie erstaunlich leicht ich dem Angriff ausweichen kann, da bin ich schon seitlich hinter dem Saer, sein Schwert pfeift an mir vorbei. Ich versuche ihm die Axt in den Rücken zu hauen, aber da ist sein Schild, in dem noch immer mein Pfeil steckt. Die Schneide beißt sich tief in das mit Leder überspannte Holz und lässt Regentropfen davon wegstoben wie Funken im Feuer. Er wankt, dieser elende Mistkerl. Mit einem Ruck befreie ich die Axt aus dem Schild und ramme fast zeitgleich mit der Schulter voran dagegen. Der Saer verliert das Gleichgewicht, rudert hilflos mit den Armen und taumelt schließlich mit einem überraschten Schrei auf den Lippen über die Kante des mauerlosen Stockwerkes. Ich höre sein Kettenhemd scheppern, als er unten aufschlägt.

Ob er sich den Hals gebrochen hat oder nicht, kann ich nicht erkennen, denn der zweite Saer prescht in diesem Augenblick von rechts auf mich zu und lässt mich gehetzt zu ihm herumwirbeln. Er setzt zu einem fürchterlichen Hieb an, doch ich bringe gerade noch mein eigenes Schwert nach oben, fange den Angriff ab, der mir wohl ins Schlüsselbein gedrungen wäre.

Ein Wolkenbruch geht über uns nieder, fern donnert es, und Blut vermischt sich mit Regen.

Wieder drängt mich der Saer, ein breitschultriger, gesichtsloser Koloss, ein Stück nach hinten. Seiner Klinge weiche ich mit Mühe aus, versuche einen Konter mit der Axt, aber das hat er nur erwartet. Den Schild wie eine Waffe benutzend, schlägt er meinen Angriff einfach zur Seite weg. Er denkt wohl, er könnte mir damit sein Schwert in den Bauch rammen, ich denke es verdammt noch mal selbst, aber die Hand ist schneller als der Verstand. Sein Stich gleitet an meiner im Halbkreis herabschnellenden Klinge ab, sodass mir der Stahl nur kurz mit der Spitze voran Tunika und Fleisch unterhalb der Rippen aufschlitzt.

Unterschwellig bemerke ich, dass die Wunde, die mir dieser Saer geschlagen hat, anfängt nicht gerade schlecht zu bluten. Der Schmerz findet seinen Weg in meinen Verstand, benebelt, frisst wütend durch die Konzentration. Und zu allem Überfluss bin ich auch noch zu nahe an der Kante des Bodens. Ein unbedachter Schritt, und ich leiste dem Saer, den ich eben erst über die Kante geschubst habe, unfreiwillig Gesellschaft. Das Schwert meines Feindes blitzt auf, als er es hebt. Ein einziger Gedanke beherrscht mich: Ich muss hier weg! Blut und Regen und Hass und Verzweiflung. Es treibt mich an, jagt mich förmlich zu dieser irren Entscheidung. Ohne an die Konsequenzen zu denken, setze ich zum Sprung über die Kante in den Innenhof an. Nur weg hier! Alles ist besser, als von diesem riesigen Saer hier oben in Stücke gehauen zu werden.

Bevor ich es bereuen kann, springe ich Richtung Hof, fühle keinen Boden mehr unter meinen Füßen und für Momente herrscht absolute Stille, fast so etwas wie Frieden. Dann schlage ich auf, so heftig, dass es mir durch die Beine bis in den Rücken zieht. Ich rapple mich unter Schmerzen wieder hoch.

Und spüre im nächsten Moment einen fürchterlichen Schlag in der linken Schulter.

Ich begreife nicht, was passiert ist, spüre noch gar nichts. Verwirrt schaue ich an mir herab, sehe einen Bolzenschaft aus meinem Fleisch ragen. Ich hebe den Blick wieder, der bedenklich zu verschwimmen beginnt, bemerke den Krieger, der eben von meinem Pfeil im Arm erwischt wurde, wie er gerade seine Armbrust nachladen will. Er hat den rechten Fuß in den Bügel am vorderen Ende der Waffe gestellt, zieht die Sehne zurück. Knarrend biegt sich der Bogen seiner Armbrust, bis die Sehne in der Verankerung einrastet.

Ich werde schwächer, meine Beine fühlen sich wie Pudding an. Aber als ich sehe, wie der Krieger nach einem zweiten Bolzen in der Satteltasche greift, beseelt mich neue Kraft. Wie von Sinnen stürme ich vor, brülle über das Prasseln des Regens hinweg, was den Schützen flüchtig von seinem Tun ablenkt. Noch immer versucht er den Bolzen in die Schiene einzulegen. Seine Hände zittern.

Im selben Moment, da er die Waffe schussbereit macht, treffen wir uns. Er reißt die Armbrust nach oben, will anlegen, da bin ich bei ihm. Um ein kleineres Ziel abzugeben, beuge ich mich im Rennen vorne über, hole mit der Axt in der Linken von unten aus und treffe ihn im vollen Lauf unter der Achsel. Das Blatt schneidet tief, zersplittert Knochen. Der Krieger kreischt wie ein abgestochenes Schwein auf und betätigt dabei wohl eher unabsichtlich den Abzug der Armbrust, woraufhin der Bolzen ziellos hinauf in den Regenhimmel abgeht. Ich lasse den Stiel los, sodass die Axt grotesk in seiner Seite stecken bleibt, dann bin ich an ihm vorbei.

Jetzt packe ich mein Schwert mit beiden Händen, hole damit weit über dem Kopf aus und lasse es, so hart es nur irgend geht, niederfahren. Es ist wenig Blut zu sehen, als ihm der Hieb den Schädel spaltet, durch Helm und Knochen gleichermaßen beißt. Ich spüre Widerstand, als ich das Schwert wieder an mich reißen will, deshalb stemme ich einen Fuß gegen den Rücken des Erschlagenen und kann meine Klinge endlich mit kräftigem Rucken und Zerren befreien. Als sei dies ein geheimes Zeichen, fällt der Krieger mit dem Gesicht voran in den Matsch. Sein Körper zuckt kurz, dann liegt er still.

Für einen Moment befürchte ich, nicht mehr aufrecht stehen zu können, wanke und muss mich schließlich auf das Schwert stützen. Angst, Schmerz und Blutverlust drehen mir fast den Magen um. Lachend und sehr gemächlich kommt derweil der letzte Saer, der Hüne, die Treppe zu meiner Rechten herab.

Ich werde sterben – ein seltsames Empfinden, wenn man das erst begreift. Ja, jetzt ist es Zeit zu verrecken, aber immerhin habe ich mindestens drei von ihnen mitgenommen und der Halle der Helden so neue Seelen beschert. Das Blut meiner Feinde klebt an der Schwertklinge und wird vom Regen in absurden Kunstwerken verschmiert. Ich habe gekämpft und getötet, mehr kann man manchmal einfach nicht tun, wenn man das Davonrennen leid ist. Njenaar, die gewaltige Eule der Götter, welche die toten Krieger ins Jenseits trägt, wird hier in den Ruinen des ynaarischen Gutshofes ordentlich Beute machen. Am Ende meines Weges fühle ich im Schatten meiner erschlagenen Feinde dabei tatsächlich so etwas wie Zufriedenheit.

Ich bin eben, was ich bin.

Einer ist übrig geblieben, und der wird mir, das sehe ich in absoluter Klarheit, den Rest geben. Ihm ist das bewusst, denn der Saer dort am Fuße der Treppe lacht immer noch höhnisch. Er ist ein Feind, gegen den es keinen Sieg geben kann. Ich verliere Blut, zu viel Blut. Der Bolzen steckt tief in meiner Schulter, selbst das eher oberflächliche Schlitzen dieses Mistkerls, der jetzt gerade den Innenhof betritt, blutet wie eine Kriegswunde. Er jedoch ist ausgeruht, mit seinem schweren Kettenhemd, dem geschlossenen Helm und einem riesigen Schild gepanzert wie ein Gott. Ein Berg aus Stahl, Eisen und Hass steht dort in der Regenwand des Unwetters, und er lacht mich aus. Er lacht mich einfach nur aus.

Auf Knien will ich nicht sterben, nicht nachdem ich endlich aufgehört habe, mich selbst zu erniedrigen. So weit unten kann ich gar nicht sein. Stattdessen kämpfe ich mich zurück auf die Beine, strecke dem Saer auffordernd mein Schwert entgegen.

»Komm her!«, schreie ich. Wenn man weiß, wann man sterben wird, vergeht wenigstens die Angst vor dem unbekannten Zeitpunkt. »Los, komm schon! Vielleicht hast du mehr Glück als deine Freunde!«

Das findet er gar nicht lustig. Stattdessen rammt er, das Lachen erstickt, seinen Schild auf den Boden und bleibt vielleicht zehn Schritte entfernt stehen. Ich kann wegen des Helmes seine Mimik nicht sehen, als er den Kopf schief legt und mich ansieht, aber ich könnte schwören, dass er nicht mehr sonderlich amüsiert ist.

»Der Befehl meines hohen Herrn lautet eigentlich, dich Verräter und Eidbrecher gefangen zu nehmen und für den Prozess nach Rhynhaven zu bringen«, sagt der Saer. »Aber da du meine Kameraden und Brüder ehrlos und feige getötet hast und du ein verfluchter Heide bist, werde ich dir diese Gnade nicht zuteilwerden lassen.« Er hebt den Schild wieder hoch, sein Schwert locker zur Seite weggestreckt. »Ich schlitze dich lieber von den Eiern bis zum Hals auf und weiß bis an das Ende meiner Tage, dass ich den Mann getötet habe, der seine Königin, sein Reich und seine Ehre verriet. Dass ich Ayrik Areon, den Wolf des Nordens, erschlug.«

Ach, es ist wie immer. Die Menschen sind so furchtbar voreingenommen, wenn es um mich geht. Aber warum sollte ich ihm erklären, wie es wirklich war mit dem Verrat, was im Norden, in Agnar, geschah? Es gibt keinen Grund, Worte zu verschwenden, wenn Schwerter lauter sprechen.

»Wenn du schon meinen Namen kennst, verrate mir auch deinen, Saer«, erwidere ich, will ich doch wenigstens wissen, wer mich schlussendlich ins Jenseits befördert.

»Du bist es überhaupt nicht wert, meinen Namen zu erfahren. Aber sei es drum, dein letzter Wunsch soll dir gewährt sein, damit du der Hölle wenigstens meine Grüße übermitteln kannst.« Von seiner Körperhaltung geht purer Stolz aus. »Ich bin Saer Dhaiven Shaw, Schwertbruder vom Orden des Heiligen Cadae.«

Der Orden des Heiligen was? Ich habe zwar Gerüchte gehört, dass die Kirche

Junus', diese alles verbietende Religion im Zeichen ihres verbrannten Gottes, damit begonnen hat, grauenhaft frömmelnde Saers in Bruderschaften zu sammeln, aber solch eine Gruppe ist mir noch nicht zu Ohren gekommen. Wie auch? Ich befinde mich seit Wochen auf der Flucht. Da hatte ich wenig Muße, mir das neueste Getratsche anzuhören.

Was auch immer das für ein Orden ist, es soll mir gleich sein. Es gibt dringendere Probleme. Ich bin zu schwach für den Kampf, kann mich kaum auf den Beinen halten und bemerke eher unterschwellig, dass ich im hintersten Winkel meines Verstands nach einer Lösung suche, auch diesem Bastard zu entkommen.

Wir sind wie Tiere, wir Menschen. Unser Überlebensinstinkt ist mächtiger als alles andere.

»Und wer hat den Befehl gegeben, mich gefangen zu nehmen?«, will ich also wissen, auch wenn es mich eigentlich nicht interessiert. Da habe ich eh so eine Ahnung.

Dhaiven schnaubt. »Was kümmert es dich? Jedermann im Königreich will dich tot oder in Ketten sehen, angefangen vom kleinsten Bauern bis zum höchsten Edelmann.«

Ich muss unwillkürlich kurz auflachen. Es ist wirklich immer derselbe Mist, den mir die Leute an den Kopf werfen. »So berühmt bin ich? Gar nicht mal schlecht.«

»Hochmut selbst im Angesicht des Todes«, faucht er. »Du bist ein Eidbrecher und Gesetzloser, hast das Königreich bei jeder sich bietenden Gelegenheit verraten, Männer unter deinem eigenen Banner getötet und deine Königin aufs Schändlichste entehrt! Alleine dafür verdienst du den Tod. Ich preise Junus, dass er mich in Seiner Weisheit auserkoren hat, dein Richter zu sein. Also mache deinen Frieden mit unserem Herrn und bete, dass Er sich deiner Seele gnädig erweist bei allen Sünden, die du auf dich geladen hast, denn Gnade wirst du von mir keine bekommen.«

Und damit hebt er sein Schwert an und kommt sicheren und festen Schrittes auf mich zu, um seinen Worten Taten folgen zu lassen. Mir bleibt nichts anderes übrig, als meine eigene Waffe mit beiden Händen zu packen und meine Haut so teuer zu verkaufen, wie es nur irgend geht.

Es braucht nicht mehr als drei Hiebe von Dhaivens Langschwert, um mich einsehen zu lassen, dass ich nicht den Hauch einer Chance gegen ihn habe. Der Bolzen in meiner Schulter behindert mich, schickt nicht nur bei jeder Bewegung Wellen von Schmerzen durch meinen Körper, sondern zaubert zu allem Überfluss auch noch explodierende Sterne vor mein Blickfeld. Ich bin geliefert, aber viel zu stur, um einfach das Schwert zu strecken und mich umbringen zu lassen.

Als ich das vierte Mal beidhändig pariere und dabei auf dem nassen Untergrund beinahe ausrutsche, spüre ich Übelkeit in mir aufsteigen, begreife, dass ich bald gar nicht mehr aufgeben muss, um zu sterben. Stolpernd bringe ich mich einige Schritte von ihm weg, packe den Bolzen und ziehe ihn mir schreiend aus dem Fleisch. Es brennt wie Feuer, fühlt sich an, als würde man mir bei lebendigem Leibe den Arm aus dem Gelenk reißen. Mir wird schwindelig. Noch mehr Blut läuft jetzt aus der Wunde, und ich krümme mich plötzlich zusammen, verliere fast das Schwert aus der Hand, würge krampfhaft.

Wie aus weiter Ferne höre ich Dhaiven einmal mehr lachen. Tränen, Regentropfen und Sterne benebeln meine Sicht. Halb in mich zusammengesackt, aber noch stehend, sehe ich den Ordenskrieger auf mich zukommen. Ich strecke ihm kraftlos mein Schwert entgegen. Zwecklos, lachhaft. Er schlägt es mir mit seinem eigenen so beiläufig zur Seite weg, wie andere Männer eine Mücke vertreiben. Dann, bevor ich es wirklich realisiere, verpasst er mir eine Breitseite mit seinem Schild, die mich von den Beinen holt und zurückwirft. Ich bin kaum noch bei Bewusstsein, will trotzdem wieder aufstehen, das Schwert zwischen ihn und mich bringen, da bemerke ich das fehlende Gewicht in der Rechten. Ich habe meine Waffe verloren.

Es ist vorbei.

Etwas scheppert neben mir. Aus dem Augenwinkel meine ich, Dhaivens Schild am Boden liegen zu sehen. Eine Hand packt mich am Saum meiner Tunika und reißt mich brachial zurück auf die Beine. Nur der Griff im Stoff meiner Kleidung hält mich aufrecht. Als sich mein Blick wieder ein wenig klart, starre ich genau in die Augen des Saers, die hinter dem schmalen Sehschlitz des Helmes kaum zu erkennen sind.

»Was für ein erbärmlicher Versuch«, raunt er. Regentropfen trommeln auf seinen Helm. Das Geräusch erscheint mir überlaut. »Wo sind deine Götter jetzt, Ayrik Areon?«

Aus dem Augenwinkel blitzt Stahl auf. Es ist sonderbar, aber es kümmert mich kaum, dass Dhaiven mir die Schwertschneide seitlich an den Hals setzt. Ich will irgendetwas erwidern, aber es kommen keine Worte. Dafür ist es jetzt zu spät.

»Deine Götter haben ihre Macht verloren«, betet Dhaiven mir weiter vor. »Sie sind Vergangenheit, schon bald wird man sie ganz vergessen haben. So wie dich, nachdem ich dich von deinem miserablen Leben befreit habe.« Der Saer verstärkt seinen Griff an meinem Hemdsaum. »Ich werde meinem Meister deinen Kopf bringen, deinen Körper und dein Schwert aber in der Wildnis verscharren, auf dass sich niemand mehr deiner erinnern wird. Untergehen wirst du, nur noch ein Schatten in diesem Land, ohne jede Geschichte, ohne jeden Namen.«

Ich habe kein Schwert mehr und kaum noch Kraft. Mein Name verblasst. Die Schneide von Dhaivens Klinge ritzt mir ins Fleisch am Hals. Wenn er nur ein wenig mehr Druck in seine Waffe legt, wird er mir schlicht den Kopf vom Rumpf schneiden. Aber all das erreicht mich nicht mehr. Was von meinen Sinnen lebt, brennt sich mit erschreckender Klarheit in meinen Geist, ist der letzte Funke Verstand, der mir noch geblieben ist. Es ist, als existiere meine Welt nur noch aus dieser einzigen, flüchtigen Erkenntnis, die sich jetzt vor mir ausbreitet wie ein Meer. Ich sehe!

Dieser verdammte Idiot! Dhaiven Shaw trägt keine Kettenhaube unter seinem Helm.

Meine Hand bewegt sich ohne mein Zutun an den hinteren Teil des Gürtels, während die Klinge des Ordenskriegers unaufhörlich in mein Fleisch schneidet. Langsam, ohne jede Hast, ohne darauf zu achten, wie sehr mich Dhaiven verletzt, findet die Hand ihr Ziel. Ich handle schon lange nicht mehr bewusst, reagiere vielleicht nur noch darauf, dass Dhaivens helles Fleisch zwischen der Kante des Helmes und dem Saum seines Kettenhemdes so verführerisch blass und verletzlich erscheint. Und ich spüre auch wenig davon, wie sich meine Finger um den nassen Holzgriff des Messers legen, das ich gewohnheitsmäßig hinten am Gürtel trage.

Nichts ist mehr bewusst oder gewollt.

»Zeit zu sterben, Areon«, verkündet mir Dhaiven, und ich grinse, würde gerne noch einmal lachen, aber das kriege ich nicht mehr hin, ohne mich zu verschlucken.

Etwas in mir hat sich verselbstständigt und fragt weder Geist noch Körper, was sie wollen. Stattdessen ziehe ich das Messer aus der Scheide, während ich irgendwo in den hintersten Winkeln des Geistes merke, wie mir Blut vom Hals hinab unter die Tunika läuft.

Blut. Zuviel für ein Leben, wie mir erscheint.

Aber ein Mann ist, was ein Mann ist, und mein Schicksal, meine Geschichte ist in Blut geschrieben. Was soll ich daran ändern, wenn ich dabei bin zu sterben? Gar nichts. Ich kann meine Rolle nur zu Ende spielen.

»Findest du das lustig?«, höre ich Dhaivens Stimme wie durch einen Schleier. Dann lässt er die Faust, in der er das Schwert hält, in mein Gesicht donnern. Ich bin mir ziemlich sicher, dass er mir die Nase gebrochen hat, aber ich grinse immer noch. »Dir wird das Lachen gleich vergehen, Hurenbock!« Er legt die Schwertklinge wieder an meinen Hals und will anfangen zu schneiden.

Dhaiven bemerkt durch die unpraktischen Sehschlitze seines Helmes nicht, wie mein Messer von unten herauf an seinem ausgestreckten Arm vorbeischnellt. Er hat nicht die geringste Ahnung. Er wehrt sich nicht, zuckt weder zurück oder schreit erschrocken auf. Stattdessen höre ich nur ein Schlitzen, dann ein dumpfes Gurgeln hinter dem Helm, als ich Saer Dhaiven Shaw die Messerklinge von rechts zwischen die verletzliche Stelle von Helm und Panzerhemd bis zum Griff in den Hals ramme. Sofort reiße ich das Messer nach links, die Kehle des Saers wird zerfetzt, der Druck seiner Schwertschneide an meinem Hals ist plötzlich verschwunden. Etwas Warmes spritzt mir ins Gesicht. Gleichgültig spüre ich, wie Dhaivens Griff am Saum meiner Tunika verschwindet und ich einfach nur nach hinten in den Matsch falle.

Einen klaren Gedanken kann ich nicht mehr fassen. Ich liege auf dem Rücken, der Regen wäscht mir all das Blut aus dem Gesicht. Wie egal einem doch alles wird, wenn man nur stirbt, geht es mir durch den Kopf. Und endlich, endlich senken sich meine Lider, die Welt um mich herum wird dunkel. Nur der Regen singt.

Das Ende bringt mir wenigstens die Erleichterung, dass meine Flucht jetzt wahrhaftig vorbei ist. Nie mehr Verstecken oder Wegrennen. Vor dem Tod kann sich niemand verbergen, kein Verräter, kein Held. Wenn wir verrecken, sind wir alle gleich. Ein fast tröstlicher Gedanke in dieser kalten Welt, ehe auch das Trommeln des Regens vergeht und nur der Nachhall eines Donners in der Luft bleibt.

ZWEI

Wenn dies hier das Jenseits, das Leben nach dem Tod ist, dann gibt es keine Erlösung in dieser oder der nächsten Welt für mich.

Was ich sehe, fühle, schmecke und rieche, ist grauenhaft, irgendwo zwischen Wachen und Schlafen, wo mich jedes Luftholen vor Wahnsinn zerreißt. Unerträgliche Hitze ist überall, beißt und zerrt an mir, wie ich sie mir immer vorgestellt habe, wenn Bruder Naan bei den Messen im heimischen Dynfaert von den Höllen der Junus' Gläubigen gesprochen hat. Dieser Ort der Qual soll irgendwo tief in der Erde versteckt sein, wo flüssiges Feuer fließt und die Seelen all der Sünder am Tage ihres Todes enden, um in ewiger Pein und Folter geläutert zu werden. Da habe ich als Heide wohl den mir vorgesehenen Platz eingenommen. Ab jetzt wird also meine Seele brennen, während mich Teufel am Spieß grillen und mir mehr als genügend Zeit bleibt, den Kopf zu zermatern, was ich in meinem Leben alles falsch gemacht habe, um so zu enden.

Und hier, zwischen Flammen, Schmerzen und der freudlosen Unendlichkeit, mitten in der gottverdammten Hölle, da begegne ich einem Mann wieder, den ich für immer hinter mir gelassen zu haben glaubte. Ich sehe ihn vor mir, in jeder kleinsten Grausamkeit, erinnere mich in solch einer Klarheit an ihn, dass es mir in den Eingeweiden schmerzt.

Da stehe ich also, sehe mich selbst als Jungen von kaum zehn Jahren am Ufer des Sees. Eben jenes Sees, den man im Wald der findet, wenn man nur verzweifelt genug ist, in diesen abgeschiedenen Teil der Welt zu gehen. Im Norden begrenzt er meine Heimat noch vor dem Gebirge der Hohen Wacht, und ein jeder weiß, dass hier die Grauen umgehen, finstere Kreaturen der Vergessenen Götter. Kaum jemand wagt sich noch hierher, denn hier herrschen Kräfte, die uns der Glaube an den einen Gott Junus auszureden versucht. Aber er und ich, wir wissen es besser. Der Wald um das Gebirge der Hohen Wacht, das meine Heimat wie ein schlafender Gigant beherrscht, ist das Reich der Wesen, die den Vergessenen Göttern dienen. Es ist unser Reich, denn er und ich haben den alten Glauben nicht aufgegeben, unsere Herzen nicht diesem verbrannten Gott Junus und seiner alles verbietenden Religion geöffnet. Wir leben und sterben im Schatten des Waldes und seiner fast vergessenen Macht, und es ist gut so.

All das weiß ich, trotzdem will ich nicht hier sein. Ich bin nur ein Knabe, gerade alt genug, um mich nicht mehr einzunässen. Zu schwach für den Kampf, aber kräftig genug für die Feldarbeit – ein Kind auf dem Sprung ins eigene Leben.

Jetzt stehe ich ihm gegenüber. Er hat mir ein Schwert in die Hand gedrückt, viel zu schwer und zu lang für mich Hosenscheißer. Vater brachte mich vor Sonnenuntergang hierher, daran erinnere ich mich noch. Er hat mich diesem Bastard ausgeliefert, der nun vor mir steht und mich abwartend angrinst. Obwohl ich ein Schwert habe, er nur einen kräftigen Knüppel aus Holz, grinst er, als stünde er vor dem Huhn, dem er gleich den Hals umdreht.

»Das hier ist der Beginn eines neuen Lebens«, sagt er und sein Knüppel schnellt mit seinen Worten heran, so unerwartet, dass ich die unhandliche Klinge nicht rechtzeitig heben kann. Als mich der Prügel des Alten an der Wange trifft, jagt ein furchtbarer Schmerz durch mich. Der Hieb schlägt mir einen Backenzahn aus, den ich heulend mit Blut auf die Kieselsteine des Ufers spucke.

»An Schmerzen und Verlust wirst du dich gewöhnen«, höre ich seine Stimme durch das Schmerzensgewitter in meinem Hirn. »Dein Schicksal ist der Kampf, dein Weg der des Schwertes.« Die Steine knirschen unter seinen Stiefelsohlen, als er mich umrundet. »Deine Taten sind dir vorherbestimmt. So sicher, wie Frühling auf Winter folgt, wirst du dich immer und immer wieder erheben. Wenig davon wird dir gefallen oder dich glücklich machen, aber das ist der Wille der Vergessenen Götter, in deren Zeichen ich dich zum Krieger formen werde. Akzeptiere es, du kannst dem nicht entkommen. Das Schicksal ist unausweichlich.«

Ich will wieder aufstehen, um zu fliehen, aber mitten in meiner Bewegung donnert sein Knüppel auf meinen Rücken nieder. Ich schlage der Länge nach mit dem Gesicht voran auf und schreie schrill in die Nacht hinein.

»Schwächling!«, sagt er. »Heulender Schwächling! Dein Gejammere ist eines Kriegers nicht würdig. Steh endlich auf, und zeige mir, aus was du gemacht bist!«

Aufstehen. Ich will es nicht. Nein, ich will nur liegen bleiben, nichts tun und die Augen verschließen. Unnatürliche Kreaturen hausen in den dunklen Wäldern um mich herum. Und wenn ich mich bewege, dann stürzen sie sich auf mich, ebenso wie der Knüppel des Alten, das weiß ich genau. Er wird mich prügeln und die Grauen, die alten Wesen meiner Götter, die vom Hass auf alles Lebendige getrieben sind, werden mich packen und in die alles verschlingende Schwärze des Abgrundes ziehen. Und deswegen bleibe ich auf dem Boden, im Dreck liegend, Steine und Blut im Mund, denn so können sie mir nichts anhaben. Muss nur die Augen geschlossen halten. Nur nicht hinsehen, dann kriegen sie mich nicht. Kriegen sie mich nicht, niemals.

Der Alte packt mich am Saum meiner Kleidung und will mich zurück auf die Beine reißen. Es gelingt ihm nicht. »Ich habe gesagt, du sollst aufstehen, du Wurm!«

Was will er ausgerechnet von mir? Ich weiß es, nur finde ich nicht die Kraft, das Schwert zu heben. Es ist so unfassbar schwer, falsch für mich Kind, für alle Zeiten. Das Schwert ist nicht für mich bestimmt, war es niemals.

»Kämpfe endlich, Junge. Für jeden Hieb, den du einstecken musst, sollst du zwei im Gegenzug führen.« Da thront er über mir, dieser greise Drecksack. Nur faltige Haut, struppiger Bart, ausgemergelter Körper, lang und dürr wie eine Rute. Sein Gesicht ist ein Tal aus grauer Haut, Knochen und schlauen Augen. »Oder willst du dich weiter von mir demütigen lassen? Willst du das?« Der Alte tritt mir mit Anlauf in den Magen. Ich krümme mich zusammen und kotze beinahe Galle. »Verstehst du immer noch nicht, welches Glück die Vergessenen für dich ausersehen haben? Andere Jungen würden für deine Zukunft morden, aber du kauerst weiter im Schmutz wie erlegtes Wild. Steh endlich auf und kämpfe!«

Ich schwöre, ich will es! Bei allen Göttern, den Vergessenen und dem Einen, den sie Junus nennen, will ich zurück auf die Beine und diesen Hund umbringen, ihm den scharfen Stahl des Schwertes in die Brust rammen, bis die Klinge sein verdorbenes Herz durchbohrt. Ich will es, aber ich finde nicht die Kraft. Und deswegen packt er mich am Haarschopf, reißt mich empor. Augen voller Verachtung bohren sich in meine, dann schlägt er mir wuchtig mit der flachen Hand ins Gesicht.

»An dir verschwende ich meine Zeit«, stößt er aus, als ich erneut zu Boden gehe. »Was sieht dein Vater in dir? Was sehen die Vergessenen Götter? Du bist nichts. Überhaupt nichts, weniger als der Schatten eines Kriegers! Du verstehst die Waffen nicht, die man dir gegeben hat, die dir dieser Ort geben wird, würdest du nur endlich die Augen öffnen.« Jetzt spuckt er mich an. Sein Rotz trifft meinen Haarschopf. »Und du willst ein Herr sein eines Tages? Du bist nichts, Ayrik. Gar nichts! Krieche zurück zu deinem Vater und gestehe ihm dein Versagen ein, denn dafür verschwende ich nicht meine Zeit.«

Er wendet sich ab und dreht mir den Rücken zu. Ist es das, was ich will? Dass er mich endlich in Ruhe lässt? Irgendwo, ja. Aber da ist eine andere Seite in mir und sie erwacht in diesem Moment.

Hass. Er hat mich bis heute nicht verlassen. Niemals.

Die Stahlklinge meines Schwertes schleift über die Steine am Ufer, als ich endlich verstehe, was mir diese Waffe in den Händen offenbart. Ich bin ein Kind, ein verängstigtes noch dazu, aber daraus entsteht etwas, das keine Macht dieser Welt zu kontrollieren vermag: Hass. Brennender, alles verzehrender Hass, aus Hilflosigkeit geboren, in Verzweiflung und Angst genährt. Mein Schrei gellt durch die Nacht, als ich das Schwert mit beiden Händen packe, um es in seinen krummen Rücken zu schlagen.

Er aber wirbelt unerwartet schnell herum, lässt meinen Hieb an seinem Knüppel abgleiten, sodass der Angriff ins Nichts geht. Weinend stehe ich vor ihm und recke ihm das Schwert entgegen.

»Ja«, sagt er und lächelt dieses grauenhafte Lächeln. »Ja! Endlich verstehst du mich, Junge. Du bist bereit, diesen Weg zu gehen. Schwach noch, aber ich fühle die Leidenschaft des Kampfes in dir. Wie eine Geliebte wird sie dich umarmen, verzehren und stärken, bis du mächtig genug sein wirst, die Macht der Vergessenen zu mehren, deinem Namen zu Ruhm zu verhelfen und dein Schwert in den Liedern der Skalden und Barden unsterblich zu machen. Endlich verstehst du. Eines Tages, so unwahrscheinlich es dir auch erscheinen mag, da wirst du dich aus den Fesseln deines Lebens erheben und ein Herr sein. Dann wirst du an diesem Tage das Schwert offen vor aller Welt tragen, und sie werden dich Areon nennen, den Wolf, ich jedoch ein Diener bleiben und diesen Knüppel tragen. Das ist der Lauf der Welt. Dein Schicksal ist die Herrschaft, meines das eines Sklaven der Götter. Begreife es endlich, Ayrik. Ein Mann ist, was ein Mann ist.«

Der Schwertstahl glimmt für Herzschläge im Schein des Lagerfeuers auf. Wie viel würde ich dafür geben, es ihm in die Brust zu rammen, sein miserables Leben zu beenden. Aber noch ist nicht die rechte Zeit. Noch nicht. Bald, sehr bald.

»Wenn dieser Tag kommt«, spreche ich zum ersten Mal, seit ich dem Alten in dieser schicksalhaften Nacht begegnet bin, »werde ich dich töten.«

Aber in seinem Gesicht breitet sich nach meiner Drohung nur ein wissendes Lächeln aus. »Wenn dieser Tag kommt, Areon, dann soll es deine Wahl sein. Und mehr wird dir nicht bleiben – nur dieser eine Tag, an dem du über Leben und Tod entscheiden sollst.«

Ich weiß, wie die Nacht endete. Selbst das noch so kleinste Detail hat sich bis heute, über zwanzig Jahre später, in meiner Erinnerung gehalten. Damals hat mich der Alte nach Hause zurückbegleitet und das Häufchen Elend, das ich war, meinem Vater gebracht, nur um mich in den folgenden Jahren immer wieder zum Waldsee zu zwingen, wo ich unter seinen Schlägen und Anweisungen am verfluchten Schwert ausgebildet wurde. Elf Jahre stand ich unter seiner Knute, elf so unfassbar lange Jahre, in denen ich meiner Kindheit beraubt und zum Krieger gemacht wurde. Immer im Schutze der Dunkelheit, damit niemand in meiner Heimat sah, wie mich der Alte an der für uns gewöhnliche Menschen verbotenen Waffe, dem Schwert, schulte.

Aber jetzt bin ich tot und die Dinge sind anders. Ich werde nicht nach Dynfaert zurückgehen. Diesmal endet es anders, denn ich kann einmal mehr entscheiden, wer lebt und stirbt. Der Alte hat mich an der Hand, sodass ich seine raue Haut spüren kann, will mich mit sich führen, ganz so, wie es damals geschah. Doch ich rühre mich nicht vom Fleck. Ich bleibe stehen und halte den Druiden grob gepackt bei mir. Nun bin ich kein Kind mehr, das die Schläge des Alten fürchtet, sondern ein Mann, ein Kämpfer, ein Schwertherr, den er da an der Hand hat. In meinen Armen steckt Kraft, erwachsen durch seine elf Jahre der Schinderei. Daher ist es ein Leichtes, ihn festzuhalten, am Gehen zu hindern. Er dreht sich zu mir um und ein Lächeln breitet sich in dem hageren Gesicht aus.

»Es wird Zeit, nach Hause zu gehen, Ayrik«, träufeln mir seine Worte wie Gift in die Ohren. »Für heute Abend ist es genug.«

»Nein.«

Ich halte ihn so fest am Handgelenk, dass seine greisen Knochen jeden Moment bersten können. Mit einer fast beiläufigen Bewegung ziehe ich mein Schwert in der Rechten zurück, und der Alte lächelt noch immer. Er lächelt selbst dann noch, als ich ihm die Schwertklinge mit der Spitze voran in den Bauch treibe und ihn gleichzeitig näher an mich heranziehe, als wolle ich ihn umarmen. Finger um Finger bohrt sich der Stahl tiefer in seine Eingeweide. Blut schäumt aus dem lächelnden Mund, wirft Blasen, während er versucht zu sprechen und ich die Klinge so weit in ihn schiebe, bis ich mit dem Heft das schmutzige Grau seines Lodengewandes berühre.

Wie oft habe ich davon geträumt, wie oft nur habe ich davon geträumt, ihn umzubringen? Mich an diesem Anblick zu ergötzen, sein Blut zu sehen, den Widerstand zu fühlen, wenn mein Schwert durch seinen verfluchten Leib fährt. Oh, wie lange ich auf diesen Moment gewartet habe! Und obwohl ich ihn in meinen Träumen jede einzelne Nacht seit über zwanzig Jahren abschlachte, in seinem Blut bade, ist es jetzt anders. Mir kommt es so vor, als geschehe dies alles tatsächlich, nicht nur in der Wunschvorstellung eines Jungen, der das in seinen Träumen tötet, was ihn am meisten ängstigt.

Und während mir all das durch den Kopf geht, mir das Blut des Alten zähflüssig über die Finger rinnt, da wandelt sich sein Gesicht. Unauffällig erst, fast zu übersehen. Ich blinzele. Falten scheinen sich bei ihm zu glätten, die Augen wacher zu werden. Zwecklos drehe ich das Schwert in seiner Wunde, als würde es diesen Fluch, der sich vor meinen Augen ausbreitet, unterbrechen, aber nichts hält die Veränderung noch auf. Das Haar wächst und wächst, hellt zusehends auf. Schmaler wird die

Nase, voller die Lippen. Und von einem Moment auf den anderen strahlen die Augen in einem unnatürlichen Blau auf, das ich nur allzu gut kenne. Mir gefriert das Blut in den Adern. Ich will das Schwert zurückziehen, will nicht mehr, weder das Blut noch diesen Moment. Aber bevor ich den Stahl aus der Wunde reißen kann, greifen zwei sanfte Hände nach dem Schwertheft und halten es unnachgiebig an Ort und Stelle fest. Voller Panik sehe ich von der Klinge wieder auf und erstarre. Innerhalb weniger Augenblicke hat sich die Fratze des Alten in das nur allzu bekannte Gesicht einer jungen Frau verwandelt, deren Anblick mich selbst heute noch tiefer als alles andere auf dieser Welt treffen kann. Ihre blutigen Lippen formen sich mit einem Mal zu einem Lächeln, das die Augen nicht erreicht.

»Zuhause, Ayrik«, sagt sie und stirbt mit meinem Schwert im Leib. Und ich fange an zu schreien, nur noch zu schreien.

ERWACHEN

Ich schnappe panisch nach Luft, reiße die Augen auf, Traum und Wirklichkeit ringen in meinem Hirn um die Vorherrschaft. Undeutlich verschwindet die Frage, wieso man im Tod träumt, wieso ich ausgerechnet den Alten und vor allem sie dort wiedertreffe, und es beginnt sich erst leicht pulsierend, dann ohne Vorwarnung beißend und stechend ein solches Brennen in meiner linken Schulter auszubreiten, dass ich fast aufschreie.

Mit einem Mal erinnere ich mich wieder. Der Armbrustbolzen in meiner Schulter, die Saers des Ordens, die mich gejagt und die ich zum Kampf in der Ruine des ynaarischen Landhauses gestellt habe. Ich erinnere mich an das Töten und das Blut und Saer Dhaiven Shaw, dem mein Messer die Kehle durchtrennt hat. Und während meine Schulter zu verbrennen droht, wird mir klar, dass ich keineswegs tot bin. Kein Stück. Tote fühlen nicht solche Schmerzen, wie sie mich jetzt heimsuchen.

Ich lebe, und wie!

Meine Hand zittert, als ich bis zu der Stelle taste, wo ich mir unsinnigerweise den Bolzen aus dem Fleisch gerissen habe. Ich fühle dort Wärme und einen angefeuchteten Verband. Vorsichtig versuche ich den Kopf anzuheben, um mir das Ganze anzusehen, denn ich liege lang in eine Felldecke eingewickelt und bin auf irgendeinen kratzigen Stoff gebettet, sodass ich die Gemäuerdecke anstarre. Ich gebe mir alle Mühe, die Schleier von Tränen und Fieberträumen, die noch immer über meinem Blickfeld liegen, mit Blinzeln zu vertreiben, und endlich klart nach und nach die Welt um mich herum auf. Um zu erkennen, dass ich mich im Untergeschoss des halb verfallenen Haupthauses der Ruine befinde, brauche ich nur wenige Momente. Hier war ich durchgekommen, als ich vor den Ordensbrüdern geflohen bin, um mich im oberen Geschoss auf die Lauer zu legen. Mein benebelter Geist versucht Schlüsse daraus zu ziehen, zu erklären, dass mich dann wohl irgendwer versorgt haben muss, als sich mein Körper nicht zwischen Leben und Sterben entscheiden konnte. Denn so viel steht fest: Irgendwer muss sich um meine Wunden gekümmert haben, sonst wäre ich ganz gewiss einfach nur im Regen gestorben. Außerdem bin ich mitten auf dem Innenhof zusammengebrochen. Aus eigener Kraft kann ich es also gar nicht bis in das Haus geschafft haben.

Ich versuche mich aufzurichten, zumindest so weit, wie es mir möglich ist, denn immer noch fühlt es sich an als hätte man mich drei Tage mit einem Hammer bearbeitet. Jede noch so kleinste Bewegung jagt Schmerzenswellen durch meinen Körper. Außerdem habe ich Fieber, zumindest nehme ich das an. Ich weiß, wie sich das anfühlt – die peinigenden Glieder, der dröhnende Kopf und die kaum aufzubietende Kraft, selbst nur die Hand zu bewegen. Fieber, spukt mir das Wort durchs Gehirn. Fieber …

So sieht es also aus, mein Leben nach dem angeblichen Tod. Nur fühle ich mich viel zu elend, um mir nun auch noch darüber den Kopf zu zerbrechen, ob ich nun am Fieber sterben könnte oder nicht. Stattdessen stemme ich mich mithilfe des rechten Ellbogens ein wenig nach oben. Sofort brennt es höllisch an meinem Hals, was mich daran erinnert, dass Saer Dhaiven Shaw versucht hat, mir den Kopf abzuschneiden. Ein Lagerfeuer brennt hier im verfallenen Haupthaus des Gutshofes, das sehe ich jetzt. Durch die brüchigen und teils verfallenen Wände höre ich noch immer den Regen trommeln. Trotz des Feuers in der Nähe liegt Dunkelheit über dieser Ruine. Ob es nun früher Morgen oder später Abend ist, vermag ich nicht zu sagen.

Ebenso wenig, wer der mir unbekannte Mann ist, der da vor dem Feuer hockt und etwas aus einer Schale löffelt. Als er Bewegung bei mir sieht, hält er in seinem Mahl ein.

Der Fremde ist ein großer, wirklich verdammt großer Mann mit hellem Haar, das ihm fast bis zu den Schultern reicht. Diese sind breit, halten einen Überwurf aus schwarz eingefärbter Wolle, der seinen ganzen Körper wie eine Decke einhüllt. Frauen würden das Gesicht des Mannes wohl als attraktiv, wenn auch etwas herb bezeichnen, was sicherlich auch an dem nach vorne springenden, gespaltenen Kinn liegen würde. Unrasiert, wie er ist, strahlt er eher eine gewisse Wildheit aus, die im starken Kontrast zu dem absolut ausgeglichenen Blick liegt, den er mir zuwirft.

»Das Jenseits will dich anscheinend noch nicht«, lässt er mich wissen, und ich wundere mich, was das für ein Akzent ist, mit dem er spricht. Wahrscheinlich aus der Ecke von Esterlen im Nordosten des Reiches. Dann löffelt er weiter in seiner Schale, ganz so, als sei damit alles gesagt.

Ich sehe keine Waffe bei ihm, was nicht nur ein Grund dafür ist, dass ich ihn nicht als Bedrohung empfinde. Mich jetzt umzubringen, würde einfach absolut keinen Sinn machen. Mit ein bisschen Glück besorgt das schon das Fieber, das mir in den Adern brennt. Neugierig begutachte ich den fachmännischen gemachten Verband an meiner Schulter. Jemand, wahrscheinlich dieser Kerl hier, hat mir die Tunika am Saum zerschnitten, um mich besser versorgen zu können. Wieso auch immer. Auch die Wunde am Hals ist verbunden, das kann ich mit den Fingern ertasten.

Verwirrt, wie ich bin, will ich sprechen. Statt Worten bringe ich allerdings nur ein Krächzen zustande, das erst nach mehrmaligem Räuspern mehr schlecht als recht verschwinden will. »Abend oder Morgen?«, bringe ich schließlich heiser und kaum hörbar hervor.

Der Mann sieht gar nicht erst von seinem Essen auf. »Später Abend«, murmelt er und schiebt sich einen weiteren Löffel in den Mund.

»Hast du meine Wunden versorgt?«

Noch immer isst der mir Unbekannte, ohne sich von mir stören zu lassen. »Ja.«

Mehr und mehr kehren meine Sinne zurück. Spontan würde ich den Kerl auf vielleicht Mitte zwanzig schätzen, also einige Jahre jünger als mich selbst, vielleicht lässt ihn aber auch nur diese ausdruckslose, fast strenge Miene älter wirken. Letztlich ist es mir aber auch egal. Was zählt, ist die Tatsache, dass ich noch nicht einordnen kann, zu wem dieser Mann gehört. Kam er zufällig vorbei, ein Wanderer oder Gesetzloser vielleicht, der mich hier liegen sah? Vielleicht hat ihn das Mitleid gepackt und er hat sich um mich gekümmert. In jedem Fall ist er alleine, soweit ich das beurteilen kann, und das heißt, er ist keiner meiner Verfolger. Zu den Ordensleuten kann er also nicht gehören, immerhin habe ich die getötet.

Es sei denn …

Mich beschleicht ein ungutes Gefühl. »Wann hast du mich gefunden?«

Jetzt hebt der Fremde endlich den Blick zu mir. Er starrt mich aufreizend lange an. Statt auf meine Frage zu antworten, legt er die Schüssel vor sich ab und greift blind mit der Rechten neben sich. Was er hervorholt, bestätigt meine Befürchtungen.

Ein Schwert. Ein fein gearbeitetes, neuartiges Schwert mit zur Spitze verjüngender Klinge. Das Schwert eines Saers – eines adligen Kriegers.

»Nachdem ich mir beinahe wegen dir den Hals gebrochen habe, kam ich irgendwann wieder zu mir und fand meine Brüder tot im Regen vor. Und dich halb erschlagen.« Es liegt keine offene Feindschaft in seiner Stimme, aber die Art, wie ruhig er seine Worte hervorbringt, lässt mich nicht einen Moment daran zweifeln, dass er mich bis aufs Blut verachtet.

»Dann bist du derjenige, den ich über die Kante im Obergeschoss in den Hof gestoßen habe?«

Er nickt nur, senkt das Schwert, bis die Spitze seitlich den Boden berührt. Der Geruch seiner Suppe weht zu mir herüber.

Das ist die denkbar ungünstigste Lage für mich. Ein Mann hat mein Leben gerettet, den zu töten ich versucht hatte. Und als wäre das nicht schlimm genug, ist mir das bei seinen Brüdern auch noch wesentlich besser gelungen. Ich an seiner Stelle hätte mich wohl einfach verbluten lassen, ohne mich deswegen schlecht zu fühlen. Ich spüre förmlich, wie sich die Lage zwischen uns immer mehr anspannt. Es ist an der Zeit, meine Worte etwas überlegter zu wählen.

»Also stehe ich in deiner Schuld.«. Kurz überlege ich noch etwas Freundliches zu sagen, belasse es aber beim Offensichtlichen. »Ich danke dir für deine Fürsorge.«

Ich kann sehen, wie es hinter den Augen des fremden Saers arbeitet. »Mein Eid, den Kranken, Schwachen und Verwundeten zu helfen, den ich als Ordensbruder im Angesicht Junus' geschworen habe, gilt auch für dich.« Zum ersten Mal erkenne ich eine offene Gemütsregung in seinem Gesicht. Und die ist nicht sehr freundlich. »Selbst wenn du, möge unser Herr mein Zeuge sein, den Tod mehr als verdient hättest.«

Schon wieder jemand, der denkt, es wäre eine gerechte Sache, mich verrecken zu lassen. »Ihr gabt euch alle Mühe, mir diesen verdienten Tod zu spendieren. Verzeih, dass ich Hund mich dagegen gewehrt habe, von fünf Mann gleichzeitig abgeschlachtet zu werden. Wird nicht mehr vorkommen.«

Sein Gesicht verzerrt sich kurz vor Wut. »Wir hatten nicht den Befehl, dich zu töten, sondern nur, dich gefangen zu nehmen und zu unserem Ordensmeister zu bringen. Du hast uns zuerst angegriffen!«

Ich kann mir das Lachen nicht vollkommen unterdrücken, was ein Fehler ist, denn sofort zieht es unangenehm durch den ganzen Körper. »Und der Armbrustbolzen, der mein Pferd traf, als ihr mich verfolgt habt, löste sich wohl rein zufällig, was?«

»Wir mussten dich irgendwie zum Anhalten zwingen.«

Jetzt lache ich tatsächlich länger. »Bringt man euch Ordenskriegern nicht bei, dass ein Mann beim Sturz vom Pferd ebenso gut abkratzen kann wie durch das Schwert? Welchen Unterschied macht es, ob ich aus Versehen von meinem eigenen

Gaul zermalmt werde oder gezielt durch eure Waffen draufgehe?«

»Alles liegt in Junus' Hand«, erklärt er und ich wünschte, ich könnte ihm die Frömmigkeit aus dem Gesicht prügeln.

Junuiten. Was für ein doppelzüngiges Pack! Erst wollen sie mich umbringen, dann flicken sie mich wieder zusammen und suchen fadenscheinige Ausreden in der Allmacht ihres verbrannten Gottes. Ich knirsche mit den Zähnen. Es bringt nichts, einen Streit mit ihm herauf zu beschwören. Ich liege hier mit Fieber und zwei Wunden. Also ganz sicher kein Zustand, in dem ich einen Ordensbruder provozieren sollte, der mir am liebsten den Kopf abschlagen würde und nur von der verrückten Gnade seines Glaubens zurückgehalten wird.

Also schlucke ich meinen Ärger hinunter. »Den Namen deines Gottes kenne ich bereits, deinen nicht.«

»Spotte nicht mit Junus' Namen!«, braust er auf, fängt sich aber fast im selben Augenblick wieder. Ich sehe, wie er sich zusammenreißt, tief ein- und ausatmet. »Saer Mikael Winbow.«

»Dann danke ich dir erneut, Saer Mikael.« Das Fieber macht mir wieder mehr zu schaffen, und ich lege mich vorsichtig zurück, wobei ich den Stoff, der mir als Kopfstütze dient, ein wenig in Position schiebe, um Winbow weiterhin ansehen zu können. »Wie ich annehme, muss ich mich dir nicht vorstellen.«

»Du bist Ayrik Areon.« Nach der Nennung meines Namens berührt er mit einer Hand den Flammenanhänger um seinen Hals, der zwischen den Falten des Mantels hervorlugt. »Der Eidbrecher.«

»Derzeit vor allem der Durstige.« Wenn man Beleidigungen nur oft genug hört, verlieren sie irgendwann an Kraft. »Hast du vielleicht einen Schluck Wasser für mich?«

Statt etwas zu antworten, zieht Saer Mikael eine tönerne Flasche aus seiner Ausrüstung. Er scheint zu überlegen, ob er mir das Ding einfach zuwerfen sollte, aber da ich wohl nicht danach aussehe, als könnte ich mich im Moment besonders gut bewegen, geschweige denn etwas fangen, legt er sein Schwert ab, erhebt sich und kommt mit der Flasche die zwei Schritte zu mir herüber. Da ihm der Wollüberwurf verrutscht, als er sich mir nähert, kann ich sehen, dass er kein Kettenhemd mehr trägt, sondern nur eine schwarze Tunika, auf die das flammende Zeichen seines Ordens eingestickt ist. Er tritt mir ungerüstet und unbewaffnet entgegen.

Ich muss wirklich gefährlich wirken.

Wortlos hilft mir der Saer zu trinken, stützt meinen Kopf und lässt mir sogar die Flasche, die er rechts von mir ablegt. Das Wasser schmeckt muffig, aber meiner rauen Kehle ist das herzlich egal.

»Danke.« Nachdem ich meine Kehle befeuchtet habe, fällt mir das Sprechen sehr viel leichter. »Für jemanden, der mich erst vor kurzem umbringen wollte, bist du erstaunlich um mein Wohl besorgt. Du kümmerst dich um meine Wunden, hilfst mir in ein trockenes Lager, gibst mir von deinem Wasser«, ich breche ab und lege die Stirn in Falten. »Findest du das nicht selbst komisch?«

»Mein Orden des Heiligen Cadae wurde vor zwanzig Jahren während des Krieges gegen die Ungläubigen in den Brennenden Ländern als Schutz und Schwert für die Pilgerscharen gegründet. Rechtschaffende Gläubige aus allen Provinzen Anariens schlossen sich uns an, um kranken und schwachen und leidenden Junuiten Hilfe zuteilwerden zu lassen.« Sein Stolz geht mir auf die Nerven. »Seit Jahren vollbringen wir Sein Werk, indem wir nicht nur die Gläubigen vor den gierigen Klingen der Barbaren schützen, um die heiligsten Stätten unseres Herrn für jeden Junuiten zugänglich zu halten, sondern auch durch unseren heiligen Auftrag der Pflege der Kranken und Hilfsbedürftigen. So hat es Junus unserem Ordensgründer, Meister Rahel, aufgetragen.«

»Ich bin den Pilgerweg in Laer-Caheel gegangen, Saer Mikael, und habe dort kaum Ungläubige gesehen. An was ich mich aber sehr genau erinnere, ist das Pilgerspital in der alten Unterstadt, das von ärmlichen Laienbrüdern geführt wurde. Euer Heim?«

Für einige Momente wirkt der Saer deutlich verwundert. Wahrscheinlich fragt er sich, wieso ein Heide wie ich den Pilgerweg seines verbrannten Gottes gegangen ist. Nun ja. Er weiß eben nichts von mir. Wie so viele.

Schnell hat Mikael seine Züge wieder unter Kontrolle. »Ja, dies ist das Heim der Cadaener«, bestätigt er knapp.

»Ihr seid also ein Bettelorden?«

»In Armut leben, in Demut dienen. Wir besitzen nur, was uns der Herr in seiner Weisheit gibt.«

Genau! Zum Beispiel ein Lagerhaus bis unters Dach gefüllt mit wertvollen Kettenpanzern, Schwertern, Helmen, Schilden, Pferden und Gold, denke ich mir, halte aber vorsichtshalber die Klappe. Wenn die Gerüchte wahr sind, die mir zu Ohren kamen, dann leben diese Mönchssaers und Priester und Laienbrüder zwar in bitterer Armut, ohne Besitz und Reichtum, von ihrer hervorragenden Kriegsausrüstung abgesehen, ihre Ordensherren jedoch verfügen über beachtliche Ländereien und Festungen im Dreistromland. Eben dort, wo Junus vor dreihundert Jahren vom alten Volk der Ynaar verbrannt wurde und sich heute die wichtigsten Pilgerstätten seines Glaubens befinden. Schenkungen, sowohl von der Krone als auch einflussreichen Adligen, müssen diese Schwertorden zu einer nicht zu unterschätzenden Kraft im Süden gemacht haben. Der Schutz und die Pflege der Gläubigen scheinen also eine lukrative Sache zu sein. Zumindest für ein paar wenige.

Da Mikael und ich aber eben erst so eine Art Waffenstillstand geschlossen haben, behalte ich meine Bedenken für mich. Stattdessen drängt sich mir eine viel wichtigere Frage auf.

»Wie schlimm sind meine Verletzungen?«

Mikael greift einmal mehr nach der Schale mit seinem Essen, löffelt aber nicht direkt wieder los, sondern sieht zu mir herüber. »Was die Verletzung am Hals betrifft, so ist sie nicht weiter gefährlich. Der Schnitt ist nicht sehr tief und sollte nach der Säuberung gut verheilen, ebenso die Wunde an deiner Seite. Deine Nase ist gebrochen, aber daran kann ich nichts mehr ändern. Damit wirst du leben müssen. Glück hattest du mit der Schulter. Der Bolzen ist dir zwar tief ins Fleisch gedrungen, verfehlte aber den Knochen. Ich habe die Wunde gesäubert, Stofffetzen und Schmutz entfernt«, er zieht eine Braue hoch, »und sie dann ausgebrannt.« Das erklärt meine Fieberträume von Flammen, die mich zu verbrennen drohten. Von wegen Hölle. »Dein Glück, dass du bewusstlos warst, als ich die Wunde behandelte.«

»Ich hatte eben schon immer ein erstaunliches Talent fürs Nichtstun«, presse ich hervor und unterdrücke den Drang, mir an die Bolzenwunde zu fassen, die plötzlich einen Sturm an Schmerzen durch meinen Körper schickt. »Im Krieg habe ich Bolzen gesehen«, fahre ich kurz darauf fort, »die durch zwei Finger dicke Schilde und Panzerhemden gleichzeitig geschlagen sind und immer noch tödlich waren.«

Mikael geht darauf nicht ein. Wahrscheinlich widerstrebt es diesem frommen Kerl, von Glück und nicht von göttlichem Beistand zu sprechen, weil ich ein Heide bin und der Schutz seines Herrn Junus für mich nicht gilt. »Dein Körper sollte sich, so Junus will, zusehends von den Strapazen erholen«, erklärt er mir lieber. »Zwei, vielleicht drei Tage des Fiebers, dann wirst du wieder auf den Beinen sein und Kraft genug fürs Reiten haben. Das Schlimmste jedenfalls hast du bereits überstanden, indem du mehr als einen Tag am Stück schliefst.«

Damit ist auch meine unausgesprochene Frage beantwortet, wie viel Zeit seit dem Kampf vergangen ist. Als hätte ich gewusst, dass mir mein gesunder Schlaf eines Tages das Leben retten würde. Bleibt nur noch die Frage, was als Nächstes geschehen wird.

»Und was dann?«

»Dann werde ich meine Befehle erfüllen und dich zu meinem Ordensmeister nach Rhynhaven bringen.«

»Also bin ich dein Gefangener?«

Auf diese selten dämliche Frage zieht Saer Mikael lediglich die Brauen hoch. Was auch sonst – sein Saufkumpan?

»Wenn ich das Bedürfnis verspürte, bei deinem Großmeister vorstellig zu werden, hätte ich das wohl schon früher erledigt. Dir ist sicherlich bewusst, dass ich mich wehren könnte, wenn ich wieder bei Kräften bin.«

Tatsächlich bleibt der Ordenskrieger erstaunlich ruhig. Er erwidert ohne eine offensichtliche Regung den Blick, ehe er sich einen Löffel seines Abendessens in den Mund schiebt. Eine Weile kaut er herum, grübelt. »Ich habe dein Leben gerettet, du stehst also in meiner Schuld«, stellt er fest. »Außerdem bist du unbewaffnet.«

»Du hast Schwert, Bogen und Messer aufbewahrt?«, will ich wissen, woraufhin der Saer nickt. »Gut! Achte auf die Waffen, sie sind mir wichtig. Aber um dir im Schlaf den Hals umzudrehen, brauche ich sie nicht einmal, Saer. Während der Reise nach Rhynhaven wäre es ein Leichtes, dir zu entkommen.«

Der Saer schlürft ziemlich unbeeindruckt die letzten Reste aus seiner Schüssel, die er dann vor sich abstellt. »Du könntest versuchen zu fliehen, ja.« Mit dem Ärmel seiner Tunika wischt er sich ein wenig Brühe aus den Mundwinkeln. »Und ich würde dich wieder jagen, und wir würden kämpfen und ich dich töten.«

»Oder ich dich.«

»Oder du mich. Alles liegt in Junus' Hand.«

Ist es die pure Ausgeburt der Dummheit, jedes Wirken, jedes Schicksal in die Hände eines Gottes zu legen, der es nicht einmal geschafft hat, seiner eigenen Hinrichtung zu entgehen, oder ein tiefer, unerschütterlicher Glaube? Ich kann es nicht sagen. Was ich aber weiß, ist, dass mich dieser Saer an etwas erinnert, das mich selbst früher antrieb, begeisterte. Nicht mehr als ein Flüstern erhebt sich in meinem Geist, was mich an vergangene Tugenden denken lässt, mich daran erinnert, dass es

das Blut in den Adern eines Kriegers sein sollte.
Ehre.
»Vertraust du mir, Saer Mikael Winbow?«
»Nein.«.
»Solltest du auch besser nicht. Aber wenn ich einen Eid schwöre, dann halte ich mich sogar manchmal dran.« Ehe er etwas erwidern kann, fahre ich fort. »Ich will nicht vor deinen Ordensmeister gebracht werden, um für etwas zu bezahlen, das weder er noch irgendjemand anders verstehen kann. Das ist kein Geheimnis. Selbst wenn es nicht so aussieht, ich hänge an meinem Leben und verspüre keine große Begeisterung bei der Aussicht auf Befragung, Folter, Prozess und Hinrichtung. Aber ich erkenne an, was du für mich getan hast.« Mein Gegenüber nickt, wartet, was ich noch zu sagen habe. »Weißt du, warum mich ausgerechnet dein Ordensmeister will? Denn glaube mir, da gibt es ganz andere, die sehr viel mehr Grund hätten, mich in Ketten zu sehen.«

Vom plötzlichen Themenwechsel ein wenig überrumpelt, sucht Mikael kurz nach Worten. »Unser Befehl lautete, den Hochverräter an Krone und Kirche, Ayrik Areon, gefangen zu nehmen.«

»Das beantwortet nicht meine Frage.«

»Jedes Kind im Zwillingskönigreich weiß, dass du ein Verräter bist, ein Eidbrecher in jeder Hinsicht. Du hast dich Verbrechen an der Kirche schuldig gemacht.« Er blinzelt. »Zumindest wirft man dir das vor.«

»Sag mir, Saer Mikael Winbow, sind wir uns bereits vorher begegnet?«

»Nein.«

»Und wir haben auch nicht im Norden oder Süden Seite an Seite in der Schlacht gestanden?«

»Nein.« Er klingt jetzt ärgerlich. »Ich sagte bereits, dass wir uns nicht kennen.«

»Und was ist mit jedem Kind oder deinem Ordensmeister, waren sie dabei, können Zeugnis von meinem Verrat ablegen?«

»Du versuchst dich herauszuwinden«, fährt mich Mikael an. »Man hat mich davor gewarnt, dass du –«

»Man hat dich gewarnt?« Ich lache bitter auf. Was bin ich die ständigen Vorwürfe satt. »Männer haben dich vor mir gewarnt, die nicht einmal wissen, wie ich von hinten aussehe! Sie haben niemals ein Wort mit mir gewechselt oder gehört, was ich dazu sagen kann. Sie wollen die Welt glauben lassen, was ihnen nützt, die Wahrheit interessiert sie am Ende herzlich wenig. Ist es also ehrenhaft, einen Mann ohne das Wissen der Wahrheit anklagen zu wollen?« Wieder sagt der Ordensbruder nichts darauf, sondern starrt mich einfach nur an. Auch ich beruhige mich mehr und mehr. Es hilft mir nicht weiter, mich mit Mikael zu streiten. »Ich sprach von einem Eid«, finde ich zurück zu meiner eigentlichen Idee. »Du hast geschworen, mich nach Rhynhaven zu bringen. So sei es dann – ein Schwur ist ein Schwur. Wenn ich mich nicht sehr verschätze, dann ist das eine Reise von mindestens zwei Wochen bis zu deinem Herrn.«

»Eher drei«, verbessert mich Mikael.

»Eine willkommene Woche mehr für mich.« Mein Kopf dröhnt, die Zunge fühlt sich trocken an. Ich nehme umständlich einen Schluck aus der Wasserflasche, bevor ich fortfahre. »Wir werden also drei Wochen lang unfreiwillige Gefährten sein. In dieser Zeit können wir uns anschweigen, ich kann eine Flucht planen, du mir den Schädel einschlagen, was auch immer uns in den Sinn kommt. Oder«, ich richte mich ein wenig auf, was keine gute Idee ist, denn sofort hämmert der Schmerz durch meine Schulter, »ich leiste dir einen Eid, für den ich nur eine einzige Gegenleistung erwarte.«

Dass er mir nicht vertraut, kann ich alleine daran sehen, wie er mich gerade jetzt beäugt. »Was für einen Eid und was für eine Gegenleistung?«

»Ich schwöre dir, in den Tagen unserer Reise nach Rhynhaven keinen Fluchtversuch zu unternehmen, noch dich anzugreifen oder auf sonst eine Art dich am Erfüllen deines Befehls zu hindern.«

»Und was willst du dafür?«

Jetzt wäge ich jedes Wort mit Bedacht ab. Stelle ich mein Anliegen falsch dar, könnte mir das am Ende mehr schaden als nützen. »Wie ich dir bereits sagte, weiß niemand, wieso ich angeblich zum Verräter wurde, niemand kennt die wahren Geschehnisse. Selbst du weißt nicht wirklich, wer ich bin, und man hat immerhin dein Leben riskiert, um mich zu stellen. Vier deiner Brüder sind für eine Sache gestorben, die sie nicht verstanden. Was ich dir also biete, ist die Wahrheit. Nicht mehr, nicht weniger. Du magst mich verachten, ja, aber du weißt selbst nicht, wieso all die Dinge gekommen sind, die uns hier in dieser elenden Ruine zusammengeführt haben.« Ich sehe ihm fest in die Augen. »Und dann, wenn du die ganze Geschichte kennst, will ich, dass du darüber nachdenkst, ob ich es wirklich verdiene, als Abendunterhaltung in einer Hinrichtung in Rhynhaven zu enden.«

»Ich soll auf den Schwur eines als Eidbrecher bekannten Mannes vertrauen, um am Ende meinem Treueid zu entsagen?« Er will seinen Einwand streng klingen lassen, aber selbst durch das Fieber bemerke ich, wie zweifelnd das klingt.

Dementsprechend milde reagiere ich auch. »Wenn du meine Geschichte kennst, wirst du sehen, dass ich nicht unbedingt der Mann bin, den du erwartest.«

Saer Mikael lässt meine Worte lange auf sich wirken. Schweigen hängt zwischen uns, das nur vom Knacken des Feuers und dem Regen draußen durchbrochen wird. Es ist nicht so, dass ich seine Antwort fürchte. Meine Hoffnung, ihn vom Gegenteil zu überzeugen, kann ich eh nur mit viel gutem Willen als Wunschtraum abtun. Wieso sollte er denn verstehen, wenn der Rest der Welt es nicht will? Vielleicht ist es Dummheit von mir, in ihm, diesem aufrechten, adligen Schwertbruder, etwas zu sehen, das ich selbst einst sein wollte, woran ich gescheitert bin. Aber was bleibt mir sonst noch, wenn nicht der Nachhall eines verlorenen Traums?

»Was erhoffst du dir davon?«, schreckt mich Mikael aus den Gedanken. »Erwartest du wirklich, ich würde meinem Schwur entsagen und dich gehen lassen, wenn ich erst weiß, was in deiner Vergangenheit geschehen ist?«

Das Gesicht der jungen Frau aus meinem Alptraum erscheint mir wieder im Geist. »Vielleicht will ich nicht ohne die Gewissheit sterben, diese Geschichte einmal so erzählt zu haben, wie sie sich wirklich zugetragen hat.« In Anbetracht der Umstände grinse ich unsinnigerweise. »Sieh es einfach als eine Art Beichte an. Du bist der einzige Mensch weit und breit, der einem Priester am nächsten kommt.«

Wahrscheinlich ist Saer Mikael selbst überrascht davon, aber er erwidert mein

Grinsen für wenige, flüchtige Augenblicke.

Sofort legt er wieder seine frömmelnde Maske auf. »Junus lehrt uns, unseren Feinden zu vergeben.« Es scheint, als sinniere er selbst über diese Worte. Als er sich letztlich wieder mir widmet, hebt er warnend die Hand. »Unter der Bedingung, dass du dich an deinen Schwur hältst, akzeptiere ich deinen Wunsch. Doch sei dir dessen gewiss: Brichst du dein Wort, versuchst zu fliehen oder mich anzugreifen, werde ich dich töten, dich erschlagen wie einen Hund, und die Menschen werden sich daran erinnern, dass du selbst am Ende deiner Tage schändlich zum Eidbrecher wurdest.«

»Ich habe genug Eide für zwei Leben gebrochen, Saer. Irgendwann wird es langweilig.«

»Dann schwöre.«

»Auf mein Schwert.«

Daraufhin glotzt mich Mikael an als hätte ich den Verstand verloren. »Du glaubst doch wohl hoffentlich nicht, dass ich verrückt genug bin, dir eine Klinge in die Hand zu geben!«

»Sieh mich an! So wie es gerade um mich steht, bin ich nicht einmal kräftig genug, um alleine pissen zu gehen, geschweige denn, dich anzugreifen.«

Dem Argument kann sich der Ordensbruder nicht entziehen. Also erhebt er sich von seinem Platz, geht die wenigen Schritte an das andere Ende des Raumes, wo er allerhand Ausrüstung verstaut hat. Unter anderem auch mein Schwert in der Scheide, und mit dem er zurück zu mir kommt. Mit strengem, aufmerksamem Blick reckt er schließlich die Waffe mit dem Griff voran zu mir.

Den Blick in seinen Augen haltend, lege ich die Rechte auf das Heft. »Im Angesicht der Vergessenen Götter und des Einen, den man Junus nennt, schwöre ich, nichts zu unternehmen, was den Saer Mikael Winbow von der Erfüllung seines Auftrages abhalten könnte. Ich werde nicht fliehen, ihn nicht angreifen oder mich in irgendeiner anderen Weise gegen ihn wenden. Das schwöre ich bei meinem Leben und meiner Ehre als freier Mann!«

»Ich habe deinen Eid vernommen«, sagt Mikael, als er das Schwert wieder zu sich zieht. »Möge dich Junus' Zorn treffen, solltest du ihn brechen.«

Mehr als ein Nicken kriege ich nicht zustande. Mir schwirrt der Kopf von so vielen Worten, Eiden und Versprechen, das Fieber macht sich wieder bemerkbar, und zu allem Überfluss verspüre ich einen unangenehmen Druck in der Blase.

»Mich trifft gleich etwas ganz anderes, wenn du mir nicht hilfst, Wasser zu lassen.«

Und zum ersten Mal, seit ich ihn kenne, wirkt Saer Mikael Winbow tatsächlich ein wenig überfordert.

Der neue Tag beginnt für mich nach einer unruhigen Nacht. Von Hitzeschüben des Fiebers geplagt, habe ich weniger Stunden geschlafen als gehofft. Irgendwann am frühen Morgen ist Saer Mikael mein ständiges Stöhnen und Herumgewälze zu bunt geworden, und er hat mir Wickel aus eiskalten, feuchten Tüchern um die Waden gelegt, die sich anfühlten als wären sie in Feuer getränkt. Zumindest aber scheint diese Behandlung das Fieber in den vergangenen Stunden gesenkt zu haben, denn ich fand tatsächlich so etwas wie Ruhe, bis mich der Geruch von verbranntem Fleisch in der Nase weckte.

Wenig später liege ich halb aufrecht mit dem Rücken gegen die Wand der Hallenruine gelehnt, die nur noch halb gefüllte Tonflasche in der Hand und schaue durch die eingerissene Wand hinaus auf den Innenhof, wo Saer Mikael vor vier Brandgräbern kniet. Die Flammen der Gräber schlagen hoch in den immer noch verhangenen Himmel. Weiß der Teufel, wie es Winbow gelungen ist, das aufgetürmte und sicherlich ziemlich feuchte Holz in Brand zu setzen, geschweige denn, es alleine zu sammeln und aufzutürmen. Jedenfalls qualmt die Feuerbestattung der gefallenen Saers nicht gerade schlecht. Es ist zu weit weg, um Mikael richtig zu verstehen, aber ich nehme an, er betet. Das machen Junuiten andauernd. Sein eintöniges Gemurmel zieht mit dem Gestank der brennenden Toten zu mir herüber.

Ich beobachte einfach nur, wie die Flammen die Leichen verzehren, Saer Mikael für ihre Seelen betet, und fühle rein gar nichts dabei, von dumpfen Schmerzen abgesehen.

Irgendwann kehrt Winbow zu mir zurück. Wortlos setzt er sich an seinen alten Platz. Ich frage mich, ob seine geröteten Augen vom Qualm oder den Tränen um seine toten Freunde rühren. Das Lagerfeuer, vor dem er sitzt, ist mittlerweile heruntergebrannt, aber der Saer macht keine Anstalten, es wieder zu schüren. Wie ein von jeder Regung verlassener Schatten hockt er da, die Hände gefaltet, nur selten blinzelnd.

»Verrätst du mir die Namen der Männer?«, frage ich ihn nach einer Weile, in der mir nichts Besseres eingefallen ist, wie ich sonst ein Gespräch in Gang bringen könnte. Saer Mikael sieht nicht direkt zu mir, sodass ich meine Frage wiederholen muss. Dann hebt er den Blick zu mir.

»Wieso interessiert dich das?«

Darauf weiß ich selbst keine wirkliche Antwort, daher zucke ich kurz mit den Mundwinkeln. »Ich handhabe es so, seit ich meinen ersten Mann im Kampf getötet habe«, versuche ich zu erklären. »Abgesehen von denen, die ich im Krieg erschlug, kann ich mich an die meisten Namen erinnern.«

»Das macht keinen Sinn.«

Ich winke ab. »Dann vergiss es.« Wenn mir nach einem derzeit ganz sicher nicht der Kopf steht, dann nach langen Erklärungen. Ich kann mich ohnehin nicht an jeden erinnern, der von mir getötet wurde, da macht es auch keinen großen Unterschied, ob nun vier dazu kommen oder nicht.

»Saer Harold Fowler starb zuerst«, überrascht mich Winbow nach kurzer Pause, in der ich dachte, er würde gewohnheitsmäßig beten. »Er führte uns als ältester Schwertbruder an, doch Bruder Harold ging ruhmlos von uns, mit Pfeilen gespickt wie ein erlegter Wilderer.«

Die Anklage in seiner Stimme ist nicht zu überhören, und das ärgert mich zugegebenermaßen. Erwartet Winbow jetzt vielleicht, dass ich mich schlecht fühle? Es standen fünf gegen einen, verdammt noch mal! In einem ehrenhaften Kampf hätte ich nicht einmal lange genug überlebt, um auch nur einen ihrer Namen bis zum Ende auszusprechen. Ganz davon abgesehen ist es kaum ehrenhafter, mit einer solchen Übermacht gegen einen einzelnen Mann anzutreten. Und was war mit den Armbrüsten? Der Erste Hüter der Flammen, das Oberhaupt der Kirche von Junus, hat vor nicht allzu langer Zeit verboten, mit Armbrüsten gegen Gläubige vorzugehen, da es in seinen Augen eine gottlose Waffe ist. Wohlgemerkt nur gegen Junuiten. Bei elenden Heiden wie mir kann man eine Ausnahme machen, ohne um sein Seelenheil zu fürchten.

Aber was soll ich dagegen protestieren? Mein guter Saer Mikael würde es eh nicht verstehen. Und genau deshalb sage ich gar nichts, bleibe still. Soll er mir doch vorbeten, was er will.

»Der Speerträger, dem ich zu dir auf die Empore gefolgt bin und dem du einen Pfeil durchs Auge gejagt hast, hieß Vaeky.« Mikael Winbow hat es mittlerweile geschafft, die Anklage aus seinen Worten zu wischen. Jetzt klingt er wieder ganz wie der alte, ausgeglichene Mönchskrieger, den ich kenne. »Er stammte aus Ondo in Parnabun, der Sohn eines einfachen Fischers, der den Ruf Gottes zu höheren Aufgaben vernahm, als er gerade das mannhafte Alter erreicht hatte. Zwei Jahre tat er Dienst im Orden, bevor ihn der Meister zum Speerträger Junus' ernannte. Sein Freund Tom stammt aus einem namenlosen Dorf auf der Insel Illargis, galt als einer unserer besten Armbrustschützen, bevor du ihm im Innenhof dieser Ruine den Schädel gespalten hast.« Mikael greift nach einem Bündel Brennholz, das er gegen die Witterung in Leder eingewickelt hat, und legt es auf die Feuerstelle nach, während er ratlos den Kopf schüttelt. »Wie es dir gelungen ist, Saer Dhaiven zu töten, ist mir allerdings immer noch ein Rätsel.«

Harold Fowler, Dhaiven Shaw, Vaeky und Tom.

»Ayrik?« Der Saer hat aufgehört, mit einem kräftigen Ast in der Glut zu stochern, um das Feuer mit dem frischen Holz wieder in Gang zu bringen. Stattdessen sieht er mich fragend an. Er wartet wohl auf eine Erklärung.

Nur welche soll es sein? Glück vielleicht? Oder dass Dhaiven ein ziemlich Idiot gewesen sein musste, ohne Kettenhaube in den Kampf zu ziehen? Soll ich Saer Mikael wirklich gestehen, dass ich seinem Ordensbruder wie einem Lamm die Kehle durchgeschnitten habe, ohne Shaw auch nur die Gelegenheit zu geben, die Hand zu sehen, die sein Leben beendete?

Wohl kaum. Manchmal ist es besser, die Klappe zu halten.

»Dein Schwertbruder hatte mich schon niedergerungen, Saer«, gestehe ich einen Teil der Wahrheit ein. »Er kämpfte ehrenvoll und mutig, aber er unterschätzte mich. Ein Hieb mit meinem Messer traf ihn tödlich am Hals.«

Ehrenvoll, am verdammten Arsch! Shaw hat versucht mir mit seinem dummen Schwert den Kopf abzuschneiden, als ich unbewaffnet war. Eine wirkliche Heldentat! Würde mir diese Wahrheit aber etwas anderes einbringen als Streit mit Winbow? Nein. Und genau deswegen erzähle ich ihm, was er hören will. Es ist nicht die rechte Zeit für unangenehme Wahrheiten. Noch nicht.

»Nun«, seufzt der Ordenskrieger und betrachtet die nun wieder leise knackenden Flammen vor sich, »sind meine Brüder bei Junus. Wie Er, als ihn die heidnischen Ynaar verbrannten, gingen meine Brüder den letzten Weg durch das reinigende Feuer und haben ihren Platz an Seiner Seite eingenommen.«

»Und ich werde der Männer gedenken.«

Ausnahmsweise meine ich das sogar genau so. Ob ich will oder nicht, vergessen könnte ich sie gar nicht. Wenn ich schlafe oder zu viel Zeit zum Nachdenken habe, dann besuchen sie mich, die Toten, starren mich an und fragen sich wahrscheinlich, wann ich mich ihnen anschließe. Sehr bald, werde ich ihnen beim nächsten Mal antworten und mich mit dem Gedanken trösten, dass es mir zumindest im Jenseits nicht an Gesellschaft mangeln wird. Dafür habe ich in den letzten Jahren gesorgt.

Saer Mikael bemerkt mein gedankenverlorenes Schweigen. Über das Prasseln des Feuers hinweg spüre ich seinen Blick. Um ihn nicht in Versuchung zu bringen, mir unangenehme Fragen zu stellen, verwerfe ich die Gedanken an das Jenseits, tote Krieger und Schuld und nehme stattdessen einen letzten Schluck aus dem Wasserkrug.

Zum Teufel mit all diesen Erinnerungen! Was können sie mir schon anhaben? Saer Mikael Winbow hat mich gefangen genommen, noch drei Wochen bis Rhynhaven, dann hat das Elend ein Ende. Ob sie mich jetzt aufknüpfen, einen Kopf kürzer machen, ersäufen oder pfählen – diese Reise ist bald vorbei. Sollen mich die Toten bei sich willkommen heißen, wenn die Stunde da ist, aber bis dahin, bei Gott, gibt es noch etwas zu erledigen.

»Ich habe dir die Wahrheit versprochen«, beginne ich an den Saer gewandt. »Die Geschichte des Eidbrechers und Verräters Ayrik Areon.« Mikael nickt. »Dann gib mir etwas zu trinken.« Der unerwartet kommende Gedanke an Wein lässt mich lächeln. »Und wenn es geht, verschon mich mit Wasser. Bring mir Wein oder Bier oder was immer du sonst noch bei dir hast, nur kein Wasser mehr. Für das, was ich dir zu erzählen habe, brauche ich eine feuchte Kehle.«

Und noch viel mehr Mut.

DREI

Wenn man mich fragt, wann alles begann, dann ist es leicht zu sagen, die Saat meines angeblichen Verrates ging im Norden auf, als wir Männer einmal mehr taten, für was wir anscheinend auf der Welt sind, nämlich um Krieg zu führen. Aber tief in mir weiß ich genau, dass die Geschichte viel früher ihren Anfang nahm.

Vor dreizehn Jahren in Dynfaert wahrscheinlich, meinem Heimatdorf am Rande des Gebirges der Hohen Wacht in der Provinz Nordllaer. Dort hatte ich mein bisheriges Leben von immerhin ganzen einundzwanzig Wintern verbracht, in denen ich kaum einmal weiter als eine Tagesreise bis zum Königshof von Fortenskyte im Süden gekommen war, mich aber trotzdem über alle Zweifel erhaben hielt. Eben ganz so, wie junge Männer mit zu viel Tatendrang und zu wenig Hirn denken. Mein Horizont endete zwar an der morschen Umzäunung unserer Siedlung, aber unglücklich war ich nicht wirklich darüber, genoss ich doch ein recht privilegiertes Leben. Mein Vater Rendel stand als Than dem Dorf vor, überwachte Aussaat und Ernte, trieb die Steuern für Krone und den Zehnten der Kirche ein, aber vor allem stellte er im Kriegsfall aus unseren Axt- und Speermännern jene zusammen, die er dem Saer Luran Draak für den Marsch und die Schlacht überantwortete.

Ich war einer dieser Krieger, denn es ist Sitte bei meinem Volk, den Scaeten, dass die Söhne der Thans Waffendienst leisten. So hatte mich mein ältester Bruder, Rendel der Jüngere, auf Anweisung meines Vaters an Axt und Speer ausgebildet, wie er es bei meinen beiden anderen Brüdern Beorn und Keyn bereits getan hatte. Ich selbst blieb dabei weit hinter dem Talent meiner zwei Vorgänger, von Rendel dem Jüngeren ganz zu schweigen. Größere Erfolge brachte seine Ausbildung lediglich am Langmesser und dem Bogen. Schon als Halbwüchsiger konnte ich mit dem Scaetenbogen einen Pfeil aus fünfzig Schritt genau dahin bringen, wo ich es wollte, was mich zu einem gewissen Teil unverzichtbar in der Haustruppe meines Vaters machte. Das Können am Langmesser, dem verbotenen Schwert nicht unähnlich, hatte hingegen einen ganz anderen Grund.

Die Gesetze der Königin verwehren den einfachen Freimännern und Unfreien das Führen des Schwertes, lediglich dem Adel, den Saers, ist diese Waffe erlaubt. Ich weiß, dass dies nicht immer so war, denn als meine Vorfahren, der Stamm der Scaeten, vor vielen Generationen über das Exilmeer kamen, hatten sie ihr Land noch mit Schwert und Schild erobert, bevor der Aufstieg des Hauses Junus' begann und uns die neuen Herren Anariens die noblen Waffen aus den Händen rissen, sie gegen Speer und Axt austauschten. Niemandem gefiel das, aber Gesetz ist Gesetz im Zwillingskönigreich. Wer seine Waffenhand behalten wollte, der legte sie nicht um den Griff eines Schwertes, sondern hielt sich an Axt, Speer und Langmesser. Ich jedoch ging einen anderen Weg, wurde an der verbotenen Klinge ausgebildet. Gezwungenermaßen.

Anarien steht unter der Herrschaft einer Hochkönigin, die ihre Blutlinie direkt bis auf den verbrannten Gott Junus zurückverfolgen kann, aber innerlich blieb das Reich bis in diese Tage damals hinein zerrissen. Zerrissen und geteilt durch die ständigen Streitereien zweier Glaubensrichtungen. Anhänger der Vergessenen Götter, wie ich es war, wurden zwar nicht mehr verfolgt, wie es in den Anfangstagen der Junuiten wohl gewesen sein muss, aber wir stellten eine stetig schrumpfende Minderheit dar. Mehr und mehr verdrängte die Kirche Junus' den urtümlichen Glauben an die Vergessenen, und wo einst die Druiden den Menschen Trost spendeten, Wissen vermittelten, die Kranken pflegten und die Götter in ihren Hainen um Rat fragten, da schossen jedes Jahr mehr Kirchen im Reich aus dem Boden. Selbst in meiner abgelegenen Heimat Dynfaert, die im Schatten der Hohen Wacht liegt, seit Jahr und Tag ein Heiligtum der Vergessenen Götter, gab es mittlerweile einen junuitischen Priester, der jeden siebten Tag eine wachsende Schar an Gläubigen in der Kirche bei seinen langwierigen Messen begrüßen konnte. Unser Druide, der Wyrc von Dynfaert, sah derweil die Macht der Vergessenen wie Schnee im frühlingshaften Gebirge schmelzen. Nicht mehr lange und niemand mehr würde seinen Göttern dienen, die alten Traditionen würden vergessen sein. Und aus dieser Furcht geboren, wuchs in seinem wirren Geist ein Plan, der mich meiner Kindheit berauben sollte. Er gab mir ein Schwert und nahm im Gegenzug meine kindliche Unschuld. Manche würden das wohl einen gerechten Tausch nennen.

In meinem Vater fand der Wyrc seit jeher ein offenes Ohr, blieb mein alter Herr doch selbst in den Tagen der erstarkenden Junuiten ein treuer Diener der Vergessenen Götter. So verwunderte es auch kaum, dass mein Vater dem schwachsinnigen Plan zustimmte, mich zu einem Krieger der Vergessenen am Schwert auszubilden, treu den Traditionen unseres Volkes ergeben, um einst die Macht der Götter unserer Ahnen als mächtiger Schwertmann zu mehren. Der Wyrc hätte die Zeichen meiner Geburt gelesen und sie seien angeblich sehr eindeutig. So träufelte er jedenfalls meinem Vater ins Ohr. Und er, mein armer alter Herr, glaubte jedes Wort, schickte mich mit gerade einmal zehn Jahren des Nachts zum Druiden, damit er mich zu dem formen konnte, was die Macht der Vergessenen Götter retten sollte.

Wäre ich damals schon alt genug gewesen, ich hätte beiden erklärt, sie seien nicht mehr ganz richtig im Kopf, denn die Welt wandelt sich vor unseren Augen. Was früher einmal die Ordnung war, kann morgen schon ein verlachtes Relikt düsterer Tage sein. Götter sind wie Fliegen, habe ich mittlerweile gelernt – wo einer ist, folgt der Rest auf dem Fuß. Wieso also sollte Junus nicht einer der vielen sein? Ich habe mich nie für so wichtig gehalten, den Willen der Götter zu verstehen, aber wenn nun die Zeit Junus' gekommen sein mochte, dann war es gewiss nicht an irgendwem, geschweige denn an mir Bengel, etwas daran zu ändern. Aber meinen Vater und den Wyrc interessierte das nicht. Sie sahen das Ende ihrer Götter nahe, da war man wohl für schwachsinnige Prophezeiungen anfällig. Und so bildete er mich also in den Nächten der kommenden elf Jahre aus. Er prügelte und lehrte, unterwies mich in der Sprache der Gelehrten, zeigte mir, wie man mit Feder und Tinte Worte schreibt und sie wieder ausspricht. Jede noch so kleine Nichtigkeit in der Geschichte des Zwillingskönigreiches von Anarien versuchte er mir näher zu bringen, und wenn ihn das Gefühl beschlich, ich hörte ihm nicht richtig zu, setzte es eine Ohrfeige, die es in sich hatte. Vater blieb dies natürlich nicht verborgen, wenn ich am nächsten Morgen mit blauen Flecken oder aufgeplatzten Lippe in den Palas kam, aber er sagte nichts. Er vertraute dem Alten und seinen Weissagungen, selbst wenn das bedeutete, dass ich mir hin und wieder Schläge abholen durfte.

Und Prügel steckte ich ein, verdammt noch mal! Nicht zu knapp. Denn seine andere Unterweisung sah den Umgang mit dem Schwert vor.

Der Wyrc von Dynfaert war durch irgendeinen dummen Zufall im Besitz eines Schwertes, das schon damals in meinen Kindertagen altertümlich wirkte. Die Klinge war breit, schwer und vielleicht zwei Ellen lang, die Parierstange nur ein kurzes Stück aus Messing, das entfernt an Flügel erinnerte, und der Griff wohlweislich so lang, dass man ihn mit zwei Händen packen konnte. Und das musste man wahrhaftig. Dieses Ungetüm von Schwert wäre selbst für einen erwachsenen Mann alles andere als leicht zu führen, für mich Kind stellte sie in den ersten Jahren eine kaum überwindbare Herausforderung dar. Und deshalb lernte ich erst einmal lediglich, wie schmerzhaft man auf die Schnauze fiel und wieder aufstand. Fehlende Kraft und vor allem die lähmende Angst vor dem Alten, machten meinen Schwertarm langsam, sodass ich seinen Angriffen kaum etwas entgegenzusetzen hatte. Ich weiß nicht, ob es das war, was er wollte, aber in diesen ersten Jahren lernte ich vor allem, ihn bis aufs Blut zu hassen. Jede Nacht schwor ich mir, ihn zahlen zu lassen, sobald das Schwert in meinen Händen mehr wäre als nur ein angeschärftes Hindernis aus Stahl. Dass ich ihn in die Fluten des Waldsees dreschen würde, an dem er mich nächtens im Schein der Fackeln zu demütigen pflegte. Er würde es eines Tages bitter bereuen, mich so behandelt zu haben. Das stand für mich fest.

Und die Zeit war auf meiner Seite. Ich musste nur weiter aushalten, fallen und wieder aufstehen. Weiter, weiter, bis der Tag meiner Rache gekommen wäre. Und die Jahre vergingen, der Wyrc wurde älter und schwächer, und bald war ich kräftig genug, dass er nicht mehr gegen mich antreten wollte, weil er wohl um seine morschen Knochen fürchtete. Stattdessen ließ er mich Schlagabfolgen an einem wuchtigen Stamm üben, den wir in der Mitte unseres Übungsplatzes am Ufer in den Boden gehauen hatten. Besser gesagt: Den ich in den Boden gehauen hatte, denn der alte Mistkerl ließ mich schon immer gerne jene Arbeiten übernehmen, die mit Schmerzen und Anstrengungen zu tun hatten. Über die Zeit wurde der Stamm gut abgenutzt. Unzählige Kerben zeugten davon, wie ich das Schwert in wechselnden Hieben dagegen gehauen hatte und mir bei jedem Schlag wünschte, ich würde den Stahl in das vom wuchernden Krausbart verunstaltete Maul des Alten fahren lassen statt auf Holz.

In einer jener Nächte vor dreizehn Jahren kam dann, ebenso unerwartet wie der erste Schnee im Spätherbst, die Gelegenheit für mich auszubrechen. Die Nacht vor dem Tag des Wolfes.

SCHNEE

Zum Tagesende, als die von Schleierwolken verdeckte Sonne jenseits der Wipfel der Hohen Wacht versank, ahnte ich noch nichts. Alles war wie eh und je, ein Tag von vielen. Meinen Dienst bei den Kriegern von Dynfaert, wo ich eigentlich Wachdienst nach Sonnenuntergang an den Grenzen des Dorfes hätte leisten müssen, hatte ich zuvor gewohnheitsmäßig geschwänzt. Das wunderte mittlerweile niemanden mehr. Meine Kameraden waren daran gewöhnt, mich eher beim Saufen und Herumalbern in den Baracken der Wache anzutreffen, statt beim tatsächlichen Dienst. Und da mein Vater, als Than war er der höchste Freimann von Dynfaert, die schützende Hand über mich hielt, die oft genug nicht wusste, ob sie mich nicht doch öfter hätte prügeln sollen, wagte niemand gegen meine Launenhaftigkeit zu protestieren.

So war ich spät am darauf folgenden Tag mit heftigen Nachwirkungen eines Vollrausches aufgewacht, den ich mir am Abend zuvor mit einigen anderen Taugenichtsen aus dem Dorf angesoffen hatte. Selten genug verschone mich der Alte mit seinen nächtlichen Unterweisungen, deshalb nutzte ich wirklich jede freie Gelegenheit, die sich mir bot, und verdrängte den Ernst des Lebens, der in Form von Feldarbeit, Wachdienst, Waffenübungen und wachsender Ungeduld meines Vaters auf mich wartete. Ohnehin, so hatte es mir in den letzten Jahren wenigstens der Wyrc eingeprügelt, war ich etwas Besonderes. Ein auserwählter Krieger der Vergessenen, der nur auf die Gelegenheit wartete, sich zu beweisen und mit dem Schwert unter das gemeine Volk zu treten. Arbeiten auf dem Hof oder den Feldern schienen unter meiner Würde.

Der alte Sack konnte ganz gewiss in sehr wenigen Bereichen meiner Ausbildung so etwas wie Erfolg feststellen, aber mich zu einem arroganten Bastard zu formen, das war ihm gelungen.

Bei Einbruch der Dunkelheit hatte ich mich also wie von ihm befohlen murrend zum Ufer des Waldsees aufgemacht, den ich mittlerweile selbst mit verbundenen Augen gefunden hätte. Mit Fackel, ausreichend Pfeilen, Bogen und Messer ausgestattet, wanderte ich die halbe Meile von den Grenzen meines Dorfes Dynfaert hinein in den Wald der Hohen Wacht, der mich bald düster umschloss. Gegen die Witterung war ich zwar über Tunika und Lederwams in einen dichten Mantel aus dem Fell eines Braunbären gehüllt, aber die Kälte biss nichtsdestotrotz in meine Glieder. Der früh gekommene erste Schnee des Jahres war über Tag liegen geblieben und glitzerte jetzt in den Nachtstunden, in denen es noch kälter wurde, in einer dünnen Eisschicht, die ich mit jedem meiner Schritte knirschend durchbrach. Es wurde eine mühsame Wanderung durch den verschneiten Wald, sodass mein sich in kleine Wölkchen verwandelnder Atem zusehends schwerer ging. Innerlich freute ich mich schon, meine Finger dem Feuer entgegenstrecken zu können, das der Alte für gewöhnlich schon entzündet hatte, wenn ich bei ihm eintraf. Doch als ich die letzten Tannen vor der Lichtung passierte, begrüßten mich keine Wärme und kein Flammenschein. Nur die Fackel, mit der ich spärlich den Weg vor mir beleuchtete, spendete ein Licht. Misstrauisch betrat ich das Ufer. Es hätte dem Wyrc ähnlich gesehen, wenn dies wieder eine seiner Überraschungen gewesen wäre. Vor drei oder vier Jahren, ich weiß es nicht mehr genau, hatte er bereits etwas Ähnliches aufgeboten. Auch damals war ich von Dunkelheit auf der Lichtung begrüßt worden, leider nicht nur davon, sondern viel mehr, kaum hatte ich mich der kalten Feuerstelle genähert, vom Knüppel des Alten, den er mir brutal über den Schädel gezogen hatte. »Jederzeit«, hallten mir seine damaligen Worte in der Erinnerung wider, »sollst du mit einem Angriff rechnen, du Narr! Wer nicht wachsam ist, der stirbt einen ruhmlosen Tod.«

Ich hatte mich gerade noch so zurückhalten können, den Mistkerl im See wie eine Katze zu ersäufen und ihm so zu seinem ganz eigenen ruhmlosen Tod zu verhelfen.

Das würde mir nicht noch einmal passieren, diesmal wollte ich vorbereitet sein. Kurz entschlossen packte ich mir einen dicken Ast, der hier im Gebüsch lag, und schwor mir, dem Alten alle Knochen im Leib zu brechen, wenn er erneut so einen Unsinn bei mir versuchen wollte. Halb und halb erwartend, die verhasste Fratze des Wyrc irgendwo zu entdecken, betrat ich die Lichtung, mein improvisiertes Rachewerkzeug schlagbereit in der Rechten.

Und fand niemanden vor.

Nach einigen Momenten des Suchens war mir klar, dass es sich diesmal nicht um eine der Überraschungen meines Lehrmeisters handelte. Ruhig und verlassen lag das Ufer da, Wellen schwappten an Land, meine Fackel knisterte und sonst nichts. Kein Zeichen davon, dass der Druide in dieser Nacht bereits hier gewesen war, keine Fußabdrücke im Schnee, von meinen eigenen abgesehen, und die Feuerstelle, in der die Asche eines vergangenen Feuers vom Weiß des Schnees überlagert wurde, war auch vollkommen kalt. Mit einem Schnauben sah ich mich unsinnigerweise noch einmal um. Nichts.

Ich seufzte, und der Knüppel landete im See.

Hervorragend. Dank des Wyrc sollte ich jetzt also für ein Feuer sorgen? Das konnte er vergessen! Ich würde ganz sicher nicht in der eingeschneiten Feuerstelle herumhantieren, klammes Holz zum Brennen bringen, bis sich der Bastard bequemte hier aufzutauchen, während mir alles abfror. Ganz im Gegenteil. Käme er nicht sehr bald, würde ich schlichtweg zurück in die Baracke der Wache kehren und so etwas Ähnliches wie meinen Dienst antreten. Das hieß, ich würde mich mit den Speermännern betrinken und sie um das ein oder andere Kupferstück beim Würfeln erleichtern. Nicht die schlechtesten Aussichten für den Abend, wenn ich bedachte, dass eigentlich die Schinderei beim Alten anstünde.

Eher gewohnheitsmäßig wollte ich nach meinem Schwert schauen, ehe ich das Ufer verließ, um mich dem Bier in Dynfaerts Wachhaus zu widmen. Am Rande der Lichtung, wo die Bäume wieder begannen, hatte ich zu Beginn meiner Ausbildung unter Aufsicht des Wyrc ein Loch buddeln müssen. Für ein Kind von vielleicht elf Jahren war das eine verteufelt anstrengende Sache gewesen, musste mein Werk doch lang und tief genug sein, damit wir darin eine Kiste verstauen konnten, in die das Schwert passte. So ruhte die uns einfachen Männern verbotene Waffe ungesehen von den Augen der Welt im Erdreich. Zwei schwere Steine hatte ich damals aus dem Wald herschleppen müssen, damit wir unsere kleine Grube damit überlagern konnten. Eben diese Brocken hievte ich nun zur Seite weg und trat eine überaus fette und eklige Spinne platt, die dort bis eben noch ihr beschauliches Heim gehabt hatte, ehe ich die Kiste aus dem Loch zog. Mit meiner Fackel leuchtete ich näher an den Behälter heran, öffnete die von Rost angefressenen Scharniere. Zum Vorschein kam ein nur allzu bekanntes, in Leder eingewickeltes Bündel. Selbst nach all den Jahren erfasste mich eine Ehrfurcht, als ich die Lederlagen zu lösen begann und mein Schwert freilegte.

Heute verstehe ich einiges von Klingen. Ich weiß Gewicht, Schwerpunkt und Schärfe richtig einzuschätzen und so gute von minderwertigen Waffen zu unterscheiden. Ich weiß, dass sich die neuartigen, spitz zulaufenden Schwertklingen gut dazu eignen, durch Panzerhemden zu stoßen, während wuchtigere Schneiden eher hilfreich sind, wenn man durch zwei Lagen Rüstung die Knochen seines Gegners zertrümmern will. Ja, ich weiß ein wenig von der Kunst des Schwertes, aber damals war ich nichts weiter als ein ahnungsloser Hosenscheißer, dessen Waffenwahl bei Axt und Langmesser endete und für den dieses verbotene Schwert im Wald die Offenbarung der Kriegskunst darstellte.

Ich war ahnungslos. Das Schwert, das ich damals aus der Kiste zog, wog mehr als eine durchschnittliche Axt und hatte beinahe auch einen ähnlichen Schwerpunkt am Klingenende. Das Ding war kaum mit einer Hand zu führen, deshalb hatte ich mir in den Jahren angewöhnt, es mit zwei Händen zu packen, um die massive Klinge auch ins Ziel bringen zu können. Tat man das mit genug Wucht und trug der Gegner kein Kettenhemd, schlitzte man ihn vielleicht sogar auf, bei gerüsteten Feinden wären aber sicher nicht mehr als einige Knochenbrüche möglich, denn dafür war die Schneide einfach nicht scharf genug. Betrachtete ich es nüchtern, dann blieb dieses Ding ein ungeschlachter Prügel aus Stahl, der nur zufällig die Form eines Schwertes hatte, aber in jenen Tagen war es die kunstfertigste, nobelste Waffe, die ich mir nur vorstellen konnte.

Andächtig hob ich das Schwert mit der freien Hand aus der Kiste, umfasste den von abgenutztem Leder umwickelten Griff und zog die Klinge aus der Holzscheide blank. Ich ignorierte die Rostflecken auf dem Stahl, betrachtete die bis zur Spitze verlaufenden Hohlkehle, in deren Einkerbung sich das feurige Spiel der Fackel brach, und fühlte mich wie einer der legendären Schwertmänner aus den Liedern der Altvorderen. Und wie immer, wenn ich meine Klinge an mich nahm, überkam mich das Verlangen, sie mir einfach zu umzugürten, sie ein für alle Mal für mich zu beanspruchen, den Wyrc samt seiner Heimlichtuerei zum Teufel zu schicken und Dynfaert mit einem Schwert an meiner Seite zu betreten.

Das war es, wovon ich träumte. Ansehen als Krieger bei den Bewohnern des Dorfes zu gewinnen, die mich für einen arroganten Taugenichts hielten, und nicht mehr versteckt von einem wahnsinnigen Greis in den Nächten gelangweilt zu werden.

»Ayrik«, erschallte hinter mir aus Richtung des Waldes eine bekannte und vor allem verabscheuungswürdige Stimme. Ich behielt Fackel und Schwert weiterhin in der Hand und wendete mich mit schlagartig sinkender Laune um.

Der Druide von Dynfaert, der Wyrc, setzte einen Fuß vor den anderen, schob sich in den Lichtkreis meiner Fackel. Wie immer trug der Alte ein farbloses, mottenzerfressenes Gewand aus grober Wolle, das seinen vom Alter abgemagerten Körper verbarg und ihm bis zu den Knöcheln reichte. Früher einmal war sein Kopf von lockigem, rabenschwarzem Haar bedeckt gewesen, mittlerweile jedoch war es ergraut und ihm an Schläfen und Hinterkopf ausgegangen. Weiterhin dicht und voll war nur der wuchernde, von Schuppen durchsetzte Bart. Die Haut meines Lehrmeisters war ledrig, von fast leichengrauer Farbe, und tiefe Falten durchfurchten das eingefallene, abstoßend wirkende Gesicht, das so gerne in einer Art und Weise lächelte, dass mir die Galle in den Hals schoss. Lediglich die Augen verliehen dem Wyrc von Dynfaert noch so etwas wie Leben.

Ich hasste ihn mit solch einer Leidenschaft, dass ich einen körperlichen Ekel empfand, als er sich mir näherte.

Er betrachtete mich abschätzig, sah das Schwert in meiner Hand und ignorierte es vorläufig. »Heute werden wir nicht üben. Du wirst mir in die Halle deines Vaters folgen«, befahl er mir unmissverständlich. »Der Than hat die Krieger zu sich gerufen.«

Ich kniff die Augen misstrauisch zusammen. »Wofür?«

»Man fand den Knecht Ebhard und den Krieger Quenell tot am Waldesrand auf.« Er lächelte. Wie so oft. »Aufrechte Junuiten, die abgeschlachtet zwischen Baum und Moos der Hohen Wacht liegen, machen die Menschen nervös.«

Ich kannte natürlich beide, mochte aber weder Ebhard, der für den Freimann Palaak die Schweine zur Eichelmast in den Waldsaum trieb, noch seinen Freund, deshalb hielt sich auch meine Bestürzung arg in Grenzen. Der Speermann Quenell war über Ecken mit Ebhard verwandt und begleitete ihn oft in den Wald, da sich der Knecht, wie so ziemlich jeder in Dynfaert, davor fürchtete, den Forst zu betreten. Jenseits des Dorfes, in den Wäldern der Hohen Wacht, hatte Junus keine Macht. Es war die Domäne der Vergessenen Götter, denen nur noch wenige Bewohner im Dorf huldigten, die sich stattdessen lieber während Bruder Naans Messen zu Tode langweilen ließen. Und weil man sagte, in der Hohen Wacht gingen finstere Geschöpfe der Vergessenen Götter um, die vom Hass auf jeden Junusgläubigen getrieben wurden, mied man diesen Ort. Nur wenige betraten die Wacht freiwillig, und niemand tat es unbewaffnet oder mit einem guten Gefühl.

Es war eines der letzten Herrschaftsgebiete jener Götter, denen ich als Schwertmann dienen sollte, wenn man das Gebrabbel des Alten für voll nahm. Allerdings interessierte mich schon lange nicht mehr, was der Wyrc oder mein Vater gerne aus mir machen wollten oder in wessen Zeichen es geschehen sollte. Mit jedem Jahr, das der Druide älter wurde, wuchs meine Überlegenheit ihm gegenüber und verschwand die Angst vor seinen Schlägen. Ich fühlte mich ihm überlegen, aber ich wusste nichts. Ich war ein elender Trottel. Nur ahnte ich das damals nicht.

»Wie sind die beiden gestorben?«, wollte ich vom Wyrc wissen.

»Eine Bestie.« Schon wollte ich auf seine etwas schwammige Aussage nachfragen, was für eine Bestie das sein sollte, da fuhr er mir ins Wort. »Für mehr ist jetzt keine Zeit. Die Versammlung wird schon begonnen haben, und es ist wichtig, dass du dich den Kriegern in der Halle deines Vaters anschließt. Dort bekommst du deine Antworten.«

Ich wurde argwöhnisch. »Seit wann ist meine Anwesenheit in der Halle wichtig?«, fragte ich betont langsam. »Mein Vater hat noch nie großen Wert darauf gelegt, ob ich an den Versammlung teilnehme oder nicht.«

»Weil ich Knochen und Sterne befragt habe.« Sein Blick durchbohrte mich förmlich. »Die Zeichen sind eindeutig; du wirst die Bestie aufhalten. Deine Stunde rückt näher.«

Mir wurde heiß und kalt. Sollte dies also meine Bewährungsprobe sein, der so weit entfernt scheinende Tag, da ich aus den Schatten treten und mich beweisen würde? Jahrelang aufgestauter Tatendrang packte mich mit Gewalt. Ich rammte die Fackel in den Schnee und begann mir das Schwert zu gürten, doch der Wyrc riss die Hand empor.

»Noch nicht, Junge!«

»Warum nicht? Das ist, worauf du mich vorbereitet hast! Lass mich Vater meine Dienste anbieten und diese Gefahr für Dynfaert bannen.«

Der Alte maß mich wie ein quengeliges Kind. »Der Zeitpunkt ist zu früh«, sagte er. »Wir dürfen jetzt nicht überhastet vorgehen. Niemand, von deinem Vater und uns beiden abgesehen, weiß davon, wer du wirklich bist. Trittst du jetzt unangekündigt mit einem verbotenen Schwert unter die Männer, würde es nur Neid erwecken, und ein missgünstiger Krieger könnte dich an den Saer verraten und unseren Plan zunichtemachen.« Die Stimme des Druiden nahm plötzlich einen fast sanften Ton an. »Bald ist der Tag da, Ayrik, er ist unaufhaltsam. Aber vertraue mir, jeder unüberlegte Schritt vor dem Ziel führt uns nur ins Verderben. Ich werde dem Than raten, dich als Schwertmann in seiner Halle willkommen zu heißen, und dann wirst du ausziehen und das Biest zur Strecke bringen. Aber noch nicht heute Nacht!«

Zögernd trat ich von einem Fuß auf den anderen. Alles in mir rebellierte dagegen, seinem Rat zu folgen, ganz einfach deswegen, weil ich ihn hasste und seine hohlen Worte satt war. Ich wollte endlich handeln und nicht noch länger vertröstet werden. Aber ein kleiner Funken Verstand hielt dagegen, dass es dem Alten keinen Nutzen bringen würde, mich unnötig zurückzuhalten. Ich war mir absolut sicher, dass er meiner Gesellschaft ebenso überdrüssig war wie ich seiner, und letztlich hatte er mich gewiss nicht elf Jahre lang für die Katz geschleift, nur um die beste Gelegenheit, seinen Krieger der Vergessenen Götter der Welt zu präsentieren, zu ignorieren. Nein. Diesmal verband den Wyrc und mich ein gemeinsames Ziel, das wir vielleicht in der Vergangenheit lediglich durch Hass und Verachtung genährt hatten, aber das in dieser Nacht greifbarer wurde als jemals zuvor.

Also ließ ich das Schwert sinken. »Gut, wie du willst. Aber was immer mein Vater auch heute entscheidet, ich verlange dabei zu sein, wenn man das Untier jagt! Ich habe diese Warterei satt.«

»Er wird dich nicht ignorieren«, versprach mir der Alte. »Das kann er gar nicht mehr, denn du bist der Krieger der Vergessenen, Areon.«

Und ich glaubte ihm.

Gemeinsam machten wir uns auf den Weg zurück nach Dynfaert. Den verschneiten Boden nur von meiner Fackel beleuchtet, kamen wir viel zu langsam voran, weshalb wir die Umzäunung des Dorfes erst spät am Abend und in tiefster Dunkelheit erreichten. Die gesamte Dorfgemeinschaft wurde von diesem Zaun, der mir bis ungefähr zur Brust reichte, umfasst, grenzte das Lehens des Saers Luran Draak vom in kirchlicher Hand befindenden Umland ab. In den Zaun hatte man am Süden, wo nicht weit entfernt die alte Ynaarstraße lag, ein Tor eingelassen, das stetig von zwei unserer Speermänner bewacht wurde. Aber wer ein wehrhaftes Bollwerk erwartete, lag falsch. Das grob gezimmerte Holz war über die Jahre morsch geworden und musste regelmäßig an vielen Stellen ausgetauscht werden, wollte mein Vater nicht riskieren, dass ihm dieses Gebilde irgendwann einfach zusammenbrach. Selbst ein Haufen verkrüppelter Greise hätte den Zaun und das dazugehörige Tor erobern können, ohne sich sonderlich anstrengen zu müssen. Aber Dynfaert lag im relativ sicheren Gebiet der Provinz Nordllaer, was vor allem der Nähe zum Königshof von Fortenskyte geschuldet war. Niemand war wahnsinnig genug, für Ärger zu sorgen, wenn im Umkreis von einer Tagesreise die Burg des Draak und der Hof der Krone lagen.

Dennoch standen zwei unserer Speermänner Wache am Tor. Gegen die beißende Kälte hatten sich die Männer ein kleines Feuer entzündet, in dessen Schutz sie kauerten. Als der Wyrc und ich näher kamen, erhoben sich die Krieger mit Speer und Schild und riefen uns an.

»Wer da?«, erkannte ich die Stimme von Hargen, einem mir vertrauten Mann der Wache. »Gebt euch zu erkennen!«

»Deine Mutter«, rief ich von der Aussicht auf kommenden Ruhm angestachelt zurück. »Sie kommt aus dem Wald, wo sie es mal wieder mit den Trollen getrieben hat, du Ratte!«

Hargen lachte hustend auf. »Ayrik, hätte ich mir denken können. Hast du endlich Hausverbot in Carels Schenke, dass du jetzt im Wald säufst?«

Ich kam in den Schein des Lagerfeuers, während der Alte ein Stück hinterherhinkte. Ich war ihm absichtlich vorgelaufen, um ihm mit Genugtuung zu signalisieren, dass er mittlerweile zu einem lahmarschigen Greis geworden war. Als der Druide schließlich schwer atmend zu mir trat, nickten Hargen und sein Kumpan Darryl, ich erkannte den zweiten Krieger erst jetzt, dem Druiden an meiner Seite ehrfürchtig zu. Zwar waren die beiden hart gesonnenen Männer Junuiten, aber das auch erst seit zwei oder drei Jahren, als sie auf Drängen ihrer Weiber den neuen Glauben umarmt hatten. Tief in sich drin blieben sie verdammte Heiden wie ich, beteten heimlich zu den Vergessenen Göttern für bessere Ernte oder um Kriegsglück und Wohlstand, dementsprechend respektierten sie auch immer noch den Druiden.

»Weder noch«, begrüßte ich die beiden per Handschlag, hatte ich doch oft genug mit ihnen gezecht und, man mochte es kaum glauben, auch das ein oder andere Mal selbst Wache am Tor gestanden. »Mein Vater lässt mich in den Palas rufen. Ihr habt ja wahrscheinlich schon von Quenell und Ebhard gehört.«

»Arme Schweine, ja«, meinte Darryl, ein kräftiger Kerl von knapp zwanzig Wintern mit mehr Kraft als Verstand, und schlug das heilige Zeichen der Flamme vor der Stirn. »Wer auch immer die beiden umgebracht hat, muss ein wahres Ungeheuer gewesen sein.«

»Habt ihr die Toten gesehen?«

»Nein«, antwortete Hargen für seinen Freund. »Aber man munkelt, dass sie regelrecht zerfetzt wurden.«

»Wahrscheinlich Weibergewäsch«, winkte ich ab. »Wer hat es euch erzählt?«
Seufzend unterbrach uns der Alte. »Für Getratsche haben wir keine Zeit«, drängte er mich und beendete das Gespräch in seiner bekannt ruppigen Art, wobei er weiterzugehen begann.

Ich verabschiedete mich also von den beiden Speermännern und folgte meinem verhassten Lehrmeister weiter ins Dorf hinein. Bald passierten wir die ersten Felder, auf die vor kurzem erst der Winterweizen gesät worden war, und näherten uns allmählich dem Zentrum von Dynfaert. Von der Halle meines Vaters aus zogen sich die Höfe unserer freien und unfreien Bauern sternförmig in alle Himmelsrichtungen. Zwölf waren es an der Zahl, manche nicht mehr als mickrige Hütten, in denen die unfreien Bauern zusammen mit ihren wenigen Schweinen und Ziegen unter einem Dach lebten und daneben ein Stück Land bestellten. Andere wiederum verfügten über zusätzliche Wirtschaftsgebäude und Ställe im Fachwerkbau, was ein untrügliches Zeichen für den Wohlstand ihrer Besitzer war. Die besseren Höfe gehörten ausnahmslos Freimännern, die das Land vom Draak gepachtet hatten.

Das Dorfzentrum selbst dominierte die Halle meines Vaters, ein Langhaus von über zwanzig Schritt Länge, erbaut aus Bruchstein und mit einem festen Dach, das mit Schieferplatten gedeckt war. Eine dicke Rauchsäule schlängelte sich aus der Öffnung in der Mitte des Daches, unter der das Feuer brannte, an dem mein Vater die Männer zum Trinken und Beratschlagen einberief. Direkt neben dem Palas stand der Älteste Baum, eine knorrige Eiche, die wahrscheinlich mehr Jahre gesehen hatte als Dynfaert selbst. Früher, als es nur den Glauben an die Vergessenen Götter gegeben hatte, da war dies das Dorfheiligtum, wo die Druiden Opfer brachten, die Menschen um Beistand beteten und in dessen Schatten Recht gesprochen wurde. Wie sehr sich manche Tradition über die Zeit halten, bewies die Tatsache, dass selbst heute noch unter dem Baum Gerichtstag gehalten wurde, sehr zum Ärger unseres Priesters Bruder Naan versteht sich.

Im Umkreis dieser Sammelpunkte Dynfaerts lagen Carels Schenke, das örtliche Wirtshaus, wo ich mich öfter als ich zählen konnte um den Verstand gesoffen hatte, Brenjens Schmiede und eben auch das gedrungene Rundhaus der Wache, sozusagen meine zweite Heimat. Der Rest der vielleicht zweihundert Seelen lebte auf den Höfen verstreut, die sich vom Palas aus wie die Äste eines Baumes vergabelten.

Hier war ich aufgewachsen. Dynfaert, meine Heimat in der abgelegenen Provinz Nordllaer. Der erste Schnee lag auf den Dächern der Höfe und Häusern, winterliche Stille war in diesen Abend eingekehrt. Es roch nach dem Blut der Herbstschlachtungen, den Räucheröfen und harter Arbeit.

Es roch nach Zuhause.

Der Wyrc und ich stapften Spuren in den Schnee, eine versetzt hinter der anderen. »Komm schon, alter Mann«, witzelte ich über den Druiden, der sich Mühe gab, Schritt zu halten. »Noch langsamer und wir erfrieren im Gehen.«

Er murmelte irgendetwas Verärgertes in seinen Krausbart, und ich hatte meinen Spaß. Linkerhand erhob sich das mächtige Gebilde des Ältesten Baumes, als wir uns der Tür zum Palas näherten. Dort hielt mich der Alte am Arm zurück, ehe ich eintreten konnte. Seine Augen loderten bedrohlich auf. Früher einmal hätte mich das gewiss zu Tode geängstigt, heute entlockte es mir lediglich ein müdes Schmunzeln.

»Du überlässt das Reden mir, Ayrik! Nimm den Platz bei deinen Brüdern ein und warte, was kommen mag.«

Ich schüttelte seinen Griff ab. »Zerbrich dir nicht meinen Kopf. Mittlerweile bin ich ein Mann und alt genug, um zu wissen, was ich tue.«

»Ein verzogenes Balg, das bist du«, versetzte der Alte und schob sich an mir vorbei zur Tür.

In Erwartung meines Schicksals folgte ich ihm. Aufrecht, herrschaftlich und vollkommen blauäugig.

Im lang gezogenen Inneren des Palas meines Vaters begrüßte mich ein Stimmendurcheinander. Mindestens dreißig Männer saßen dort im Halbkreis um die Feuerstelle auf Schemeln und Bänken. Alle trugen Panzerhemden und Waffen, wirkten wie Krieger auf dem Weg in die Schlacht. Und anscheinend hatte jeder Einzelne von ihnen etwas zu sagen. Man stritt, rief, beratschlagte und veranstaltete dadurch ein solches Chaos, dass ich fast Kopfschmerzen bekam. Als ich dem Wyrc nachschaute, der zu meinem Vater ging und dabei grob für Platz sorgte, bemerkte ich, dass kaum einer von uns Notiz nahm. Man war vertieft in die eigene Welt, die durch den Tod von Ebhard und Quenell so jäh erschüttert worden war.

Vorerst blieb ich der Feuerstelle in der Mitte der Halle fern, verzog mich an die linke Wand und setzte mich dort auf eine der kurzen Bänke, die an den zwei Längswänden des Palas verteilt waren. Es gab Tische dort und an den Wänden mehrere Lagen Lederbezüge gegen die Kälte des Winters, die von draußen gegen den Stein drängte. Für gewöhnlich hockten man an diesen Plätzen am Abend und trank, doch bei Versammlungen ließ Vater zusätzliche Bänke am Feuer aufstellen, damit, wie er es sagte, sich die Männer in die Augen sehen konnten, wenn sie Entscheidungen trafen.

Durch mehrere Kohlebecken, die verteilt im Raum standen, wurde mir bereits nach wenigen Augenblicken so heiß, dass ich den Fellumhang ablegen musste. Zusätzliche Wärmespender bedeuteten also: entweder war die Versammlung schon eine ganze Weile im Gange oder sie würde noch lange andauern. Für eine kurze Unterredung hätte mein Vater sie nicht aufstellen lassen.

Schließlich versuchte ich mir einen Überblick zu verschaffen und nach vertrauten Gesichtern zu suchen. Da waren Erk und Ben am äußersten Rande der Versammlung. Sie gehörten zu den jüngsten der Krieger, immer schnell mit der Hand an der Axt oder der Faust im Gesicht eines unglücklichen Störenfriedes. Zu ihrer Rechten konnte ich Trandhon erkennen, aber auch er war zu sehr damit beschäftigt, mit Keon, einem Bär von Mann, zu diskutieren. Und als ich meinen Blick schweifen ließ, kam ich bei allen anderen in meiner näheren Umgebung zu einem ähnlichen Ergebnis. Niemand achtete auf mich. Niemand achtete auf irgendetwas, abgesehen von seinen Streitpartnern. Ich hätte hier mitten im Palas nackt auf einem Bein hüpfen können, keiner hätte es bemerkt.

Inmitten dieses Haufens konnte ich Vater erkennen, neben dem nun der Wyrc auf einer Bank hockte. Die beiden sprachen nicht miteinander. Bewegungslos starrten sie die aufgebrachten Männer vor ihnen an. Ich versuchte irgendeine Regung auf den vertrauten Zügen meines Vaters erkennen zu können, aber da gab es nichts zu lesen. Sein Gesicht war wie eingefroren. Bald begann der Alte schließlich auf meinen Vater einzureden. Natürlich verstand ich kein Wort in diesem Durcheinander hier, aber ich wusste, was er ihm sagte.

Er musste ihm raten, mich mit der Suche nach der Bestie zu beauftragen. Bei dem Gedanken schien meine Brust vor Stolz zu platzen.

In dem Moment wandte sich der Blick Vaters in meine Richtung. Mein alter Herr hatte mit seinen über vierzig Jahren mehr Falten im Gesicht als mancher Greis und dennoch strotzte er vor Kraft, wirkte immer noch wie ein gefährlicher Krieger. Und genau das war Rendel der Ältere auch. Ja, er war unter den Männern beliebt und ja, er hatte bereits seine Krieger in die Schlacht geführt. Aber trotzdem machte dies nur einen Teil seines Wesens aus. Überdies hatten ihn die Götter mit Klugheit gesegnet, eine Gabe, die bei weitem nicht jeder Krieger sein Eigen nennen darf.

Mir wurde vor Aufregung übel. Lange Momente starrten wir uns gegenseitig an, dann machte er eine kaum zu erkennende Handbewegung, mit der er mich aufforderte, näherzukommen. Als ich seiner Anweisung Folge leistete, ging mir die Frage durch den Kopf, wie die Männer von Dynfaert, für die ich nie mehr als ein Maulheld gewesen war, wohl darauf reagieren würden, wenn sie erführen, dass ich der Krieger sei, der diesen Schrecken bannen sollte.

Kaum hatte ich mich nach vorne begeben, bemerkte ich meine Brüder, die seitlich versetzt vom Wyrc und Than saßen. Rendel der Jüngere, das Ebenbild unseres Vaters, hochgewachsen, angetan in Panzer und Leder, erkannte mich als Erster. Er hatte dieselben ernsten Gesichtszüge, dieselbe Härte und Unnachgiebigkeit. Verdammt, wenn er lachte, dann klang er sogar fast wie Vater. Rendel der Ältere und Rendel der Jüngere. Axt und Schild von Dynfaert, die besten Krieger, die ich kannte. Dabei waren sie nicht einmal Saers.

Und wie er sich von meinen beiden anderen Brüdern unterschied. Die beiden Rendel waren von hohem, kräftigem Wuchs, hatten zwar ebenso braunes, fast schwarzes Haar wie wir anderen, aber dafür helle Augen. Beorn, Keyn und ich jedoch waren anders. Die Haare und Augen dunkel wie jene unserer Mutter, die im Kindsbett unserer einzigen Schwester vor fast vierzehn Jahren verstorben war. Wir drei jüngeren Brüder ähnelten mit unseren dunklen Augen mehr den Männern aus dem südlichen Königreich, den Vorfahren aus Mutters Familie, und wirkten hier im Norden von Anarien fast wie Fremde. Doch Vater und sein Erbe, sie gehörten in dieses raue Land.

Beorn deutete mir mit einem Nicken an, ich solle zu ihm und den anderen kommen. Der Platz direkt neben Vater nämlich war allein dem Wyrc vorbehalten. Bei meinen Brüdern angekommen, wurde ich von langen Gesichtern begrüßt, nur Keyn, der von jeher wenig Interesse am Kampf und mehr an Gesang, Suff und Lachen hatte, zeigte mir ein schiefes Grinsen. Er und ich, wir standen uns in nichts nach, was das Ignorieren der weltlichen Übel anging. Sehr zum Graus Vaters.

Schwitzend gesellte ich mich zu meinen Brüdern und ließ mich auf der Bank nieder, sodass Keyn und Beorn ein Stück aufrückten. Rendel der Jüngere warf mir einen finsteren Seitenblick zu, ignorierte mich aber ansonsten stur. Nur Beorn reagierte wirklich auf mein Kommen.

»Wo warst du? Vater hat dich überall suchen lassen«, wollte er wissen und packte mich grob am Oberarm.

Mein Bruder wusste natürlich nicht, was ich in den Nächten trieb. Niemand tat das, von meinem Vater, dem Alten und einem ganz bestimmten Mädchen abgesehen.

Ich wand mich aus seinem Griff. »Woher sollte ich denn wissen, dass eine Versammlung einberufen wurde? Der Alte hat es mir eben erst gesagt. Beschwer dich bei ihm und seinen lahmen Füßen, dass ich erst jetzt hier bin.«

Bevor Beorn etwas hätte erwidern können, erhob sich die Stimme meines Vaters. Aber nicht einmal dem Than gelang es, die aufgebrachte Menschenversammlung zum Schweigen zu bringen. Erst als der Druide unerwartet und schrill zu kreischen begann, verstummten die Männer. Seine misstönenden Schreie ähnelten denen eines wilden Tieres, das man abstach. Feuer und Rauch vermischten sich mit dem Wehklagen des Druiden, und nicht nur mir lief es kalt den Rücken herunter. Sein Körper schüttelte sich wie unter Krämpfen. Sabbernd schlug er fortwährend mit seinem Stab den Steinboden. Ich war einen Moment gewillt zu glauben, jetzt habe er vollends den Verstand verloren, wenn ich es nicht besser gewusst hätte.

Klock. Klock. Klock. Klock. Klock. Der Stab sang und der alte Mann mit ihm.

Es vergingen lange Momente, ehe sich der Druide zu fangen schien. Die Bewegungen erlahmten, der Stab ging nun langsamer zu Boden. Stille senkte sich über die Halle. Vorsichtig schielte ich zu Keyn herüber und fand, was ich erwartet hatte; mein Bruder schüttelte unverschämt grinsend den Kopf. Ich hingegen kannte den Wyrc und fand das keineswegs lustig.

Es war Vater, der nun in die Ruhe hinein sprach. »Vorerst ist es unerheblich, unter welchem Segen wir handeln«, sagte er und erklärte mir damit, was für die Streitereien gesorgt hatte. Wie immer Religion. Als hätten wir nicht dringlichere Probleme. »Die Macht der Vergessenen und die Güte Junus' werden uns in dieser Stunde stärken und uns den Sieg über diese Bestie bringen.«

»Und was können Knochen, Feuer, Bäume und ein wahnsinniger Greis gegen das ausrichten, was uns heimsucht?«, brüllte Harold, ein Krieger, der sich ganz und gar der neuen Religion hingegeben hatte, dazwischen. »Es muss eine Kreatur aus dem Wald gewesen sein, niemals ein Mensch, denn ein solcher wäre nicht dazu in der Lage, die armen Hunde so auszuweiden. Und ist der Wald nicht das Herrschaftsgebiet der Vergessenen? Ich sage, eine ihrer Bestien war es, und deshalb können wir nur Junus und seinem Licht vertrauen!«

Vereinzelt hörte man zustimmende Rufe und beiläufiges Gemurmel. Wie in ganz Anarien waren auch unsere Krieger zu ungleichen Teilen in Junuiten und jene gespalten, die den Vergessenen dienten. Die Mehrheit hatte sich dem Einen verschrieben, was immer für einen Streit gut war, selbst wenn der Saer Luran Draak die Gleichheit und Freiheit der beiden Religionen für Dynfaert angeordnet hatte.

»Wir können Feuer nicht mit Feuer bekämpfen«, fuhr Harold etwas versöhnlicher fort. »Deshalb brauchen wir den Beistand eines Priesters. Schicken wir nach Bruder Naan. Wenn wir dem Herrn Draak unsere Lage schildern, sendet er uns gewiss auch einen seiner Saers.«

»Und was soll das bringen?«, schrie der ältere Krieger Keon. »Die saufen ja eh nur den ganzen verfluchten Tag und sonnen sich in ihrer Einzigartigkeit!«

Jetzt wurden die Zwischenrufe deutlich lauter, aber nur die wenigsten schienen den Vorwurf zu bekräftigen. Ich hielt mich aus dem Geschrei heraus, konnte dem ja kaum widersprechen. Ich selbst war zwar kein Saer, aber durch die Nächte mit dem Wyrc fühlte ich mich ihnen nahe. Immerhin führte ich ein Schwert, die unter Strafe diesen adligen Herren vorbehaltene Waffe, selbst wenn ich es bisher nur in der Finsternis der Nacht gewagt hatte.

Aber das würde sich gleich ändern. Wie oft hatte ich davon geträumt, das Schwert, das mir der Alte in den Nächten anvertraute, offen zu tragen, damit nach Dynfaert zu reiten, den Palas zu betreten und der ganzen verdammten Welt zu zeigen, was ich war, statt auf ein Zeichen des halb wahnsinnigen Wyrc zu warten, der nichts anderes tat, als mich zu vertrösten und die Halle meines Vaters vollzusabbern. Würde mein Vater gleich verkünden, dass ich der Krieger gegen diesen Schrecken sein würde, wäre die Zeit der Warterei endlich vorüber.

»Was ist mit den Männern in Fortenskyte?«, wollte ein anderer Mann wissen, den ich im Gewühl nicht erkannte, und riss mich damit aus den Gedanken.

»Die bereiten sich auf die Ankunft des königlichen Gefolges vor.« Mein Bruder Rendel war aufgestanden und trat jetzt näher an die Flammen heran, was den anderen Männern signalisierte, dass er nun sprechen würde. »Es wäre Zeitverschwendung, nach Hilfe zu fragen. Saer Elred wird es nicht wagen, so kurz vor der Ankunft der Hochkönigin Krieger vom Königshof abzuziehen, er hat sie gar nicht, wird doch Herrin Enea den Winter dort verbringen. Und außerdem scheint ihr alle zu vergessen, wie Ebhard zugerichtet wurde. Es war ein Tier, keine Frage, aber ein gefährliches. Also bringen uns weder Saers oder Axtmänner noch Priester oder Gebete etwas gegen diese Gefahr. Ich sage, rufen wir den Waldläufer zu uns und lassen ihn das Biest zur Strecke bringen.«

Rendel schwieg und genoss, dass die Mehrzahl der Männer zustimmend murmelte. Also nahm er wieder Platz neben uns anderen, was ihn ein aufmunterndes Klopfen auf den Oberschenkel von Keyn einbrachte, während um ihn herum erneut Gespräche begannen. Es wurde lebhaft die Idee meines Bruders beratschlagt und vereinzelt hörte ich gar Rufe, die nach Rache für Ebhard und Quenell riefen.

Mir waren die beiden vollkommen gleich. Ich schätzte Ebhard ungefähr so sehr wie Durchfall, also hielt sich meine Betroffenheit arg Grenzen, und Quenell war nichts weiter als ein Maulheld gewesen. Ebhard hatte sich ebenso für den geborenen Helden gehalten, seit er von einem fahrenden Händler vor zwei Jahren ein Jagdmesser erstanden hatte, das er jedem unter die Nase hielt, der es nicht sehen wollte. Für mich war es die reinste Torheit, ihm die Schweine anzuvertrauen. Man musste befürchten, dass sie ihn eines Tages übervorteilt hätten, aber damit schien ja nun Schluss zu sein.

Ich stieß Keyn an. »Wo habt ihr die Toten gefunden?«

»Im Wald«, antwortete er mir mit einem zweifelnden Gesichtsausdruck. »Oder hast du erwartet, das Biest hätte sie uns vor die Tür gelegt?«

»Idiot. Mich wundert es nur, dass überhaupt jemand im Wald gesucht hat. Von diesen abergläubischen Hühnern traut sich doch niemand dort hinein.«

»Die beiden sind über Nacht nicht zum Hof zurückgekehrt. Palaak hatte schon erwartet, dass Ebhard und sein Freund mit den Schweinen das Weite gesucht haben, um sie in einem anderen Dorf zu verscherbeln und dann von dem Silber auf Nimmerwiedersehen zu verschwinden.« Keyn beugte sich vor, zog einen Becher unter der Bank hervor, den er mir in die Hand drückte und mit einer Karaffe Bier auffüllte. »Also schickte Will seinen jüngsten Knecht Loke los.«

Ich prostete Keyn zu. »Der Rothaarige?«

»Genau der. Loke also schiss sich kräftig in die Hose, während er heute Morgen die Ränder des Waldes absuchte. Von den Schweinen war keine Spur zu finden, aber dafür umso mehr von Quenell und Ebhard. Loke musste einfach nur der kaum zu übersehenden Sauerei bis zu den Überresten der beiden folgen.«

»Und dann?«

Keyn zuckte die Achseln. »Dann ist der Junge hierher. Wir haben die Zwei, oder was von ihnen übrig ist, geborgen und in die Hütte des Wyrc gebracht. Und seitdem hocken wir hier.«

Ich schaute über das Feuer hinweg zum Alten. Dieser ausgefuchste Bastard. Warum wollte er die Leichen bei sich haben und wieso hatte er mir nichts davon gesagt? Ebhard und Quenell waren Junuiten gewesen, hatten keinerlei Bezug zu den Vergessenen Göttern. Den Regeln ihrer Religion nach hätte man sie verbrennen und nicht für Fliegen und Maden als Abendschmaus in der Hütte des Alten verrotten lassen sollen.

Als hätte er meinen Gedanken erraten, erwiderte der Alte plötzlich meinen Blick. Ich kannte diesen überlegenen Ausdruck, den er in seine Miene legte, nur zu gut. Ich hasste es.

In dem Moment flog die Tür der Halle auf, und ein Mann stürmte unbeholfen herein. Erst als er die Versammlung der Krieger erreicht hatte, erkannte ich ihn: Palaak der Bauer, der nun einen neuen Knecht und ein einige neue Schweine benötigte. Alle Augen wendeten sich ihm zu, der atemlos bei der Versammlung ankam. Der arme Kerl sah aus, als seien ihm eben Ebhard und Quenell persönlich begegnet.

»Die Schweine sind zurück«, ließ er uns Krieger mit erhobenen Armen wissen, was ihm einige ungläubige Blicke und Gelächter von den meisten anderen bescherte. »Die Schweine leben, das Biest hat sie nicht getötet!«

Wieder brach ein Stimmengewirr aus, das mein Vater hingegen mit einem beherzten Befehl unterbrach. Er erhob sich und deutete einem Krieger neben sich, Palaak vom Bier zu geben. »Bist du dir sicher, dass es deine Tiere sind, Mann?«

Palaak gönnte sich erst einen kräftigen Schluck, aber so verschreckt, wie er aussah, hätten ihm noch einige mehr sicher gut getan. »Ganz sicher, Herr«, antwortete Palaak und nickte heftig. »Ich kenne meine Tiere. Der Fallensteller hat sie im Wald gefunden und zu mir zurückgetrieben.«

Ich wendete meine Augen von ihm ab, blendete seine Worte aus. Ich starrte wieder den Wyrc an, der ebenso wenig den ängstlichen Bauern beachtete wie ich. Er nickte mir über das Feuer hinweg zu, und ich schwöre, der Alte lächelte. Dass er mehr wusste, als er mir gesagt hatte, stand für mich fest. Und langsam machte seine Voraussage, ich würde der auserwählte Krieger gegen diesen Schrecken sein, Sinn.

»Welcher Wolf zerfleischt den Hüter, aber lässt die eigentliche Beute in Ruhe?«, hörte ich die Stimme Beorns neben mir, aber ich konnte meine Augen nicht vom Wyrc wenden. Mein Magen zog sich zusammen und mir wurde vor Aufregung übel. Was auch immer Ebhard getötet hatte, der Wyrc wusste mehr als er zugab. Kein Raubtier verschont seine Beute, es sei denn, es handelt nicht wie ein Tier, sondern wie ein Rachegeist aus den Liedern vergangener Tage. Man sagte, diese Dämonen hätten den Körper eines Tieres, aber den Geist der Vergessenen, und ihr Hass auf die Verehrer Junus' soll unendlich sein. Sie seien die fleischgewordene Rache an der aufsteigenden Religion des verbrannten Gottes.

Aber was auch immer dieses Ungeheuer sein mochte, ob der Wyrc nun wusste, was es war oder nicht – alles zählte nichts mehr, denn in diesem Moment erhob sich mein Vater, um zu sprechen. Für wenige Augenblicke streifte mich sein Blick. Ich spannte mich an.

Er würde mich ernennen.

»Dieser Bedrohung müssen wir schnellstmöglich Herr werden«, sagte er mit lauter Stimme und sämtliche Gespräche unter den Kriegern erstarben. »Aus diesem Grund wird mein Sohn«, schon wollte ich mich erheben, sah aber, dass mein Vater mich vollkommen ignorierte, »und Erbe, Rendel, eine Schar Krieger zusammenstellen, die diesem Untier ein Ende bereiten sollen.«

Ich sank förmlich in mich zusammen, als mein Bruder Rendel neben mir unter den zustimmenden Rufen der anderen Männer aufstand. Er war ein Krieger, der beste von ganz Dynfaert, und er würde den Ruhm ernten, den Kampf führen, für den ich mich seit meiner Kindheit hatte peinigen lassen. Ich hörte Rendels Namen aus dreißig Kehlen rufen und meinen eigenen verstummen.

Als mein Vater, zur Begeisterung der Männer, die auswählte, die Rendel begleiten sollten, verließ ich die Halle.

Ich war nicht unter ihnen.

Die unerwartet gekommene Kälte der Nacht vertrieb weder meine Enttäuschung noch die wachsende Wut in mir. Ganz im Gegenteil; ich begann recht bald zu frieren, wünschte meinem Vater, dem Druiden, ja ganz Dynfaert die Pest an den Hals, während ich rastlos durch das Dorfzentrum streifte. Ich wusste nicht wohin mit mir, wäre am liebsten zurück in die Halle gestürmt und hätte dem Alten seinen mickrigen Hals umgedreht. Aber selbst dazu konnte ich mich nicht entschließen, denn ich wollte keinen Menschen sehen oder hören, geschweige denn vor Wut umbringen. Daher verzog ich mich an den einzigen Ort, an dem mich niemand so schnell finden würde und ich Ruhe zum Nachdenken fände.

In die Hütte des Einsiedlers am Rande des Waldes.

Seit vor anderthalb Jahren der verworrene Einsiedler Grem ohne jede Erklärung verschwunden war, hatte ich plötzlich ein ruhiges Plätzchen abseits von den neugierigen und missgünstigen Augen Dynfaerts. Niemand im Dorf hatte besonderes Interesse daran gezeigt, die morsche Hütte dieses verrückten Eigenbrötlers zu beziehen, der die Gesellschaft seines dürren Hundes der von Dynfaert vorzog, als er schließlich eines Tages verschwunden war. Die Behausung war nämlich nicht nur in einem erbärmlichen Zustand, sondern lag auch noch direkt am südlichen Fuße der Hohen Wacht, versteckt zwischen Tannen und Buchen im Wald. Also der ideale

Ort für mich. Oft war ich nach den Stunden mit dem Wyrc am Ufer in die Kate eingekehrt, hatte Ruhe gesucht oder einfach nur einen Platz, wo ich mich ausschlafen konnte. Es war kein Platz des Luxus, die Wände von außen mit Moos überwachsen und das Holz an vielen Stellen undicht, aber hier konnte ich tun und lassen, was immer ich wollte. Und ganz nebenbei diente Grems alte Kate als Rückzugsort für mich und meine damalige Gefährtin Aideen.

Seit vier Jahren ging diese Liebelei nun schon. Aideen und ich kannten uns seit Kindheitstagen, was in einem abgelegenen Ort wie Dynfaert nun auch nicht sehr schwierig war. Aber sie hatte schon immer einen unerklärlichen Reiz auf mich ausgeübt, wo mich die anderen Mädchen des Dorfs kalt ließen. Seit unserer Kindheit waren wir ständig beieinander gewesen, erst als Freunde, dann als Liebespaar. Irgendwann waren die Tage gekommen, da wir kein Interesse mehr daran hatten, auf Bäumen zu spielen, sondern es lieber an uns taten, aber dies ging völlig ohne Übergang vonstatten. Keiner hatte den anderen fragen müssen, ob wir nun ein Paar waren. Es bedurfte keiner Worte. Wir waren zusammen wie immer, und nur das zählte. Selbst wenn es meinem Vater ein Ärgernis blieb, denn Aideen war, ebenso wie ihr Vater Clyde, eine Unfreie und dementsprechend unter meinem Stand als Freimann. Er akzeptierte es stillschweigend, wahrscheinlich, weil er wusste, wie wenig Interesse ich an einer Ehe mit irgendwem hatte. Nicht einmal mit Aideen, so sehr sie mir auch am Herzen lag.

Was soll ich zu dem Mädchen sagen, das ich zu lieben glaubte in diesen Tagen? Fallenstellerin nannten sie die gutmütigen Stimmen von Dynfaert, Waldhure jene, die sich nicht mit Freundlichkeit aufhielten. Hexe, Mannsweib, Schlitzerin und noch mehr. Aideens Namen waren ebenso mannigfaltig wie ihre Launen. Ihr sturer Geist und die Hingabe an die Vergessenen Götter ließen sie regelmäßig mit anderen aneinandergeraten. Und Aideen hatte noch nie Angst davor, sich auf Streit einzulassen, egal, ob sie den Kürzeren zog oder nicht. Einmal meinte sie zu mir, wenn man eine Wirtshausschlägerei schon nicht gewinnen konnte, müsste man zumindest den Schankraum in Trümmer legen. Nach dieser Einstellung lebte Aideen. Und ich liebte sie dafür auf meine eigene Weise.

Sie war drei Jahre jünger als ich, aber schon im Kindesalter deutlich höher gewachsen. Schlank und groß war sie, strotzte vor Kraft und Wildheit. Wäre Aideen als Mann zur Welt gekommen, sie hätte die Haustruppe meines Vaters mehr bereichern können, als es drei durchschnittliche Kämpfer vermochten. Dass sie als Frau nicht im Haufen meines Vaters kämpfen konnte, hasste sie mehr als alles andere. Als Anhängerin der Vergessenen Götter hatte sie von ihrem Vater gelernt, dass in den altvorderen Tagen mächtige Kriegerinnen auf den Schlachtfeldern gestanden hatten, bevor Junus die Frauen ans Heim fesselte. Es gab Lieder über Bryda, die Königsschlächterin, oder Tia-Nim, die mit ihrem Speer Crchelchon den Dämonen von Kelgang getrotzt haben soll. Wenn man dann bedachte, welche Rolle die Frau in unserer Zeit spielte, konnte man Aideens Ärger durchaus verstehen. Statt Waffen zu führen und zu kämpfen, fanden die Schlachten heutzutage an der Feuerstelle und im Kindbett statt. Gestorben wurde zwar da auch regelmäßig, aber für Aideens Geschmack zu ruhmlos und langweilig. Kinder und Familie, das sollte also ihr Schicksal sein. Sie hatte jedoch ihre eigene Weise gefunden, damit umzugehen.

Als Waldläuferin durfte sie zumindest mit dem geschwungenen scaetischen Bogen umgehen. Und wenn sie einmal die Langeweile zu sehr packte, suchte sie sich Streit in Carels Schenke. Man kannte das, man nahm es hin. Murrend zwar, aber was wollten die Bewohner meines Ortes machen? Aideen war die einzige Person neben ihrem Vater, die nicht erst auf ein himmlisches Zeichen wartete, um Mut genug zu haben, den Wald zu betreten. Sie war Fallenstellerin und Waldläuferin, kurzum: Sie war zu einem gewissen Grade unersetzbar. Und Aideen war gerissen genug, das auszunutzen.

Vielleicht mochten wir uns deswegen so gerne. Wir waren Eigenbrötler, die verschrienen Verrückten von Dynfaert. Jede gefühlte Abneigung ließ uns nur stärker zusammenwachsen.

Und wie gerne hätte ich Aideen damals, in jener Nacht der Versammlung, um mich gehabt, sie um Rat gefragt. Denn sie war der einzige Mensch, dem ich mich voll und ganz anvertrauen konnte. Sie wusste von der Ausbildung des Alten, von meinem Hass auf ihn und dem verbotenen Schwert. Sie kannte mich bis in die hintersten Winkel meiner ureigensten Ängste und Hoffnungen.

Aber als ich die Grems Hütte spät betrat, fand ich sie leer vor. Kälte und Einsamkeit drängten in der dunklen Behausung auf mich, dass es mich fröstelte. Seufzend begann ich mit Schlageisen, Feuerstein und Zunderschwamm ein Feuer an der Herdstelle im Zentrum der Kate zu entfachen. Ein wenig Licht und Wärme würden mir ja vielleicht beim Denken helfen. Als die Holzscheite wenig später im Feuer vor sich hinknackten, kramte ich aus einem der schiefen Regale an der Wand einen Weinschlauch, den Aideen und ich dort deponiert hatten, hockte mich auf einen Schemel vor die Flammen und begann Pläne zu schmieden.

So viel also zu den verdammten Prophezeiungen des Wyrc.

Mein ältester Bruder Rendel würde Jagd auf die Bestie machen, die meine Heimat bedrohte, nicht ich. Und als wäre diese Demütigung nicht genug, würde ich noch nicht einmal unter den Männern sein, die ihn begleiteten. Stattdessen hatte mein Vater den erfahrenen Axtmann Keon, unseren Waldläufer Clyde sowie Ben auserwählt, meinen Bruder zu unterstützen. Ich tobte innerlich. Clyde auf diese Jagd mitzunehmen, machte Sinn. Aideens Vater war ohne jede Frage der beste Fährtensucher und Bogenschütze im ganzen Lehen, und sein Wissen über die Wälder der Wacht würde bei dieser gefährlichen Aufgabe dringend benötigt sein. Aber was Keon, der immerhin schon fast fünfzig sein musste, und Ben dort zu suchen hatten, erboste mich bis aufs Blut. Keiner der beiden war auch nur ansatzweise bewandert in der Wildniskunde oder der Jagd. Sicher, Keon diente meinem Vater bereits seit vielen Jahren, hatte mit ihm Seite an Seite in der Schlacht gestanden, aber in die Wälder traute er sich dennoch nicht. Er war, ebenso wie Ben, ein elender Junuit, der sich bei aller Tapferkeit doch in die Hosen machte, wenn es um das Gebirge und den Forst der Vergessenen Götter ging.

Mürrisch und in Gedanken vollkommen in den Ereignissen der letzten Stunden versunken, legte ich zwei, drei Holzscheite nach. Nein, sagte ich mir selbst, vor allem Ben wurde nicht auserwählt, weil er der geeignete Mann für diese Aufgabe war, sondern nur weil Vater mich nicht dabei haben wollte. Mir fiel nur einfach keine Begründung dafür ein. Für welche Zeiten, wenn nicht für diese, hatte er mich in die Lehre beim hartherzigen Druiden geschickt? Die Gelegenheit, den Krieger der Vergessenen Götter vor den Menschen unseres Lehens zu zeigen, wäre niemals mehr besser als jetzt! Aller Voraussicht nach war das Biest, das Ebhard und Quenell getötet hatte, ein Dämon aus der Hohen Wacht. Wäre es da nicht umso passender, wenn ich, der angeblich von den Vergessenen Göttern erwählte Schwertmann, es zur Strecke bringen würde? All das musste der Druide doch meinem Vater gesagt haben und trotzdem ließ er mich kurz vor der Bewährungsprobe meines Lebens mit leeren Händen stehen.

Und das machte mich wahnsinnig vor verletztem Stolz.

Während meine Augen unter der Wirkung des Weins schwerer wurden, das Knistern der Flammen mich allmählich einschläferte, ging mir durch den Kopf, dass, wenn Vater mir und sogar den Plänen des Druiden schon nicht vertraute, ich eben selbst handeln musste. Zur Not auch ohne seinen Segen. Alles in mir schrie, dass dies meine Stunde sei, dass sich das Warten und Geschlagenwerden durch das Auftauchen der Bestie in einem neuen Leben auflösen würde. Ich wollte und konnte es nicht ignorieren.

Und so beging ich am nächsten Tag den ersten Fehler.

VIER

Das wenige Fett des Hasen tropft zischend vom Spieß in die Flammen. Ein besonders prachtvolles Abendessen wird das heute nicht. Saer Mikael sieht mich abwartend an, also erzähle ich weiter.

»Wenn ich heute zurückdenke, dann ertappe ich mich manchmal bei dem Gedanken, ich wäre in dieser Nacht doch besser zurück in die Halle gegangen, hätte dem Alten den Schädel eingeschlagen und der Welt und mir damit einen gewaltigen Dienst geleistet. Dann werde ich wütend, verfluche den Wyrc und seine Pläne, raufe mir die Haare und versinke in meinem von mir selbst heraufbeschworenen Elend.« Saer Mikael dreht den Spieß mit dem mickrigen Kaninchen, das er heute Abend erlegte, und hört mir weiter zu. »Wie viel Ärger wäre mir mit seinem Tod in den kommenden Jahren wohl erspart geblieben, wie viele Antworten, die ich am liebsten vergessen will, frage ich mich dann, finde aber keine Ruhe. Es bleibt die Wut zurück. Wut auf den Alten, Wut auf mich selbst.« Ich zucke mit den Schultern, was noch keine gute Idee ist, denn sofort macht sich die Bolzenverletzung wieder bemerkbar. »Aber so ist das manchmal im Leben eines Mannes. Man trifft Entscheidungen, und wenn man sich nach den Meilen, die man gewandert ist, umdreht, kommt es einem manchmal so vor, als sei man wie ein angebundener Esel im Kreis gelaufen.«

»Junus hilft uns auch in diesen Stunden«, betet mir Mikael, der Cadaener, vor und ich muss mir ein Augenrollen verkneifen.

»Götter, ja.« Ich schlucke eine Beleidigung seines elenden Junus herunter. »Die Götter der Vergessenen jedenfalls fielen mehr und mehr ins Dunkel; selbst im abgelegenen Dynfaert, wo die Menschen tagein, tagaus im Angesicht der Hohen Wacht und ihrer Domäne lebten, schwand ihre Kraft. Das, was der Wyrc und die Druiden vor ihm über Generation zu schützen versucht hatten, starb, und es gab kaum eine Hoffnung, dieses Ende noch lange hinauszuzögern. So klammerte er sich an seine eigene Prophezeiung, in der ich als Krieger der Vergessenen aufsteigen würde. Ein mächtiger Schwertmann zweier Welten, der die Vergessenen Götter verteidigen und sie in den stürmischen Zeiten unserer Tage zu neuer Macht führen würde.«

Bei so viel Blasphemie verzieht sich Winbows Gesicht. Da er allerdings ahnt, wie viel ich auf seine Frömmigkeit gebe, lässt er es unkommentiert.

Ein Schluck aus dem Weinschlauch befeuchtet meine Kehle. »Und gerade als die Gelegenheit für ihn kam, mich meiner Aufgabe zuzuführen, spielte das Schicksal in Gestalt meines Vaters nicht mit. Dem alten Hund entglitt die Kontrolle und an seiner statt traf ich eine Entscheidung, die uns alle weit mehr Schwierigkeiten bereiten sollte, als es drei mörderische Bestien in Dynfaert vermocht hätten.«

NACHTGESANG

Als der Morgen noch nicht ganz begonnen hatte, waren meine Vorbereitungen bereits erledigt. Ideen, Pläne, die mir in der Nacht unentwegt durch den Kopf gespukt waren, hatten mich kaum ein Auge zumachen lassen. Ich fühlte mich berauscht vom Tatendrang und verschwendete nicht einen Gedanken daran, dass meine Pläne vielleicht furchtbar daneben gehen könnten.

Deshalb stand ich bereits kurz nach Sonnenaufgang unter einem von dichten Wolken verhangenen Himmel am Waldsaum, der ein Stück erhöht lag, und schaute hinunter auf das langsam erwachende Dynfaert. Die winterliche Stille, die so unerwartet über Nordllaer gekommen war, wehte die ersten Geräusche der Siedlung zu mir herüber. Fetzen des Lebens, das ich bis gestern noch mit den Menschen dort unten geteilt hatte und von dem ich mich nun mit jeder Stunde weiter entfernte. Ein neuer Tag begann, die Arbeiten auf den Feldern waren erledigt, nun begann das Schlachten der über den Sommer gemästeten Tiere, die Ausbesserungen an Häusern und Werkzeug. Schweißtreibende Arbeit für Jung und Alt. Der aufziehende Überlebenskampf stand bevor, der die Welt jedes Jahr aufs Neue im Spätherbst in den Würgegriff nimmt, wenn der Winter unaufhaltsam näher rückt und seine Frostfinger gierig nach den so zerbrechlich wirkenden Leben der Menschen ausstreckt.

Was war ruhmvoller, fragte ich mich, den Kampf gegen den Winter zu gewinnen, seine Familie durch die Wochen voller Entbehrung, Dunkelheit und Hunger zu bringen oder aber ein Krieger zu sein? Und was war überhaupt ein Krieger? Wo lag der Unterschied zwischen mir Wichtigtuer und einem einfachen Bauer, der dafür kämpfte, dass seine Sippe nicht verhungerte? Ich würde es wohl niemals erfahren, antwortete ich mir irgendwann selbst mit einem bitteren Geschmack im Mund. Denn mein Schicksal war mir vorherbestimmt und meine Geschichte in Blut geschrieben. Ich konnte das Unausweichliche nur hinauszögern, ihm aber niemals entgehen.

Also traf ich eine Entscheidung, nicht wissend, dass es vielleicht der größte Fehler meines Lebens werden sollte. Denn an diesem Morgen stand ich nicht als geprügelter Schüler des Druiden am Hang des Waldes. Auch nicht als Sohn des Than, der sein Leben bisher damit vertan hatte, auf ein Zeichen zu warten, sich in Eitelkeit suhlen, ohne jemals wirklich etwas geschafft zu haben. Nein, ich stand als Krieger dort. Meine Rüstung waren das Kettenhemd und der unerschütterliche Glaube, das Richtige zu tun, meine Waffen der Scaetenbogen und die Leidenschaft in meinem Herzen.

Und vor allem Nachtgesang. Mein Schwert.

Noch bevor die Sonne aufgegangen war oder ich es mir selbst ausreden konnte, hatte ich mich zum Waldseeufer aufgemacht, die Kiste einmal mehr aus dem Erdreich gezogen und das Schwert an mich genommen. Ich würde nicht mehr um Erlaubnis bitten, weder den Alten noch meinen Vater. Sollten sie meinetwegen zögern, ich handelte endlich. Und es kam mir so verdammt richtig vor.

Ich trug das Schwert linkerhand am Wehrgehänge, ganz so, wie es Saers zu tun pflegen. Noch war das Gewicht ungewohnt, erinnerte mich bei jedem Schritt daran, dass es mir unter Androhung schwerster Strafe verboten blieb, eine Klinge mit mir zu führen, die länger als mein Unterarm war. Aber daran würde ich mich gewöhnen. Ebenso an den Namen: Nachtgesang. Heimlich hatte ich das Schwert bereits als Kind so genannt, hatte mich nie getraut, es dem Wyrc zu verraten, doch nun also würde ich das Wort aussprechen und mich nicht mehr davor fürchten. Vor aller Welt, wenn es sein musste. Vor meinem Vater, dem Alten, gar vor der Hochkönigin selbst, sollte ich dazu gezwungen sein.

Ich würde weder mich noch das Schwert auch nur noch einen Tag länger verstecken. Der geprügelte Junge in mir war endlich tot, ein Krieger hingegen stand gerade erst auf.

Das glaubte ich damals zutiefst. So sehr war ich davon überzeugt, das Richtige zu tun, dass es mich blind und taub für die Wahrheit machte. Stur verschloss ich vor den Konsequenzen die Augen, atmete tief die kalte Winterluft ein, in der es nach weiterem Schnee roch, und setzte den ersten Schritt in ein neues Leben. Ich betrat Dynfaert an einem grauen Morgen, und Nachtgesang und Ayrik Areon, nicht Ayrik Rendelssohn, sahen zum ersten Mal das Tageslicht der Welt.

Auf meinem Weg zur väterlichen Halle stellte sich mir niemand entgegen. Ich hatte das Tor im Süden einfach umgangen und war stattdessen an der Nordostseite über die brusthohe Umzäunung geklettert. Ich konnte darauf verzichten, einem der Speermänner am eigentlichen Tor über den Weg laufen, wollte ich die Klinge Nachtgesangs doch ganz sicher nicht mit dem Blut meiner Kameraden taufen. Sie hätten das Schwert an meiner Seite erkannt, und wären sie dienstschuldige Männer gewesen, sie hätten mich aufhalten und gefangen nehmen müssen, um mich dem Draak zu überantworten. Denn das Verbrechen, ein Schwert zu führen, überstieg selbst die Gesetzessprechung meines Vaters. Schlussendlich hätte ich mir das natürlich nicht gefallen lassen. Es hätte Verletzte oder Tote gegeben, und mein Plan wäre in der Scheiße gelandet, bevor ich ihn überhaupt beginnen konnte.

Schnurstracks überquerte ich eines der Weizenfelder, das vom freien Bauern Alstan bestellt wurde. Ich wusste, dass ich auf diese Weise die umliegenden Gehöfte besser umgehen konnte und schneller ins Dorfzentrum gelangen würde, da sich das Land des Bauern nah an der Umzäunung und gleichzeitig Carels Schenke befand. Außerdem arbeitete eh niemand im Spätherbst auf den Feldern, was meine Chancen erhöhte, ungesehen durchzukommen. Die Winteraussaat lag bereits hinter den Bauern, die meisten Arbeiten fanden nun an und in den Häusern statt. Glück für mich.

Obwohl ich nicht damit rechnete, besonders vielen Menschen zu begegnen, schob ich doch die Falten meines Mantels über das verdächtig an meiner Seite hervorschauende Heft Nachtgesangs. Ich musste es ja nicht darauf anlegen, zu früh aufzufallen. Ungesehen überquerte ich derart verhüllt das Weizenfeld und passierte bald Carels Wirtshaus, von wo es nur noch ein Katzensprung bis zu meinem Vater war. Und dort, zwischen dem ältesten Baum und dem Palas, endete meine heimliche Rückkehr nach Dynfaert.

Der Wyrc stand vor der Tür des Palas, ganz so, als hätte er mich erwartet. Ich blieb unentschlossen stehen und beggegnete seinem Blick Blick, aus dem keinerlei Freundlichkeit sprach. Seine Augen suchten meine Gestalt ab, forschend, wissend, und blieben schließlich an meiner linken Hüfte hängen, wo sich der Griff des Schwertes deutlich unter den Falten des Mantels abzeichnete. Fast schon bedauernd zogen sich die Mundwinkel des Alten herab, ehe er mir wieder direkt in die Augen sah.

»Du wirst es wieder zurück in den Wald bringen«, befahl er mir gefährlich leise und machte keinerlei Anstalten, den Weg zur Palastür frei zu machen. »Sofort!«

Natürlich hatte ich damit gerechnet, auf wenig Begeisterung beim Alten zu stoßen, sobald er mich mit dem Schwert erwischte. Und natürlich hatte ich auch einen Plan für diesen Fall parat. Einen zugegebenermaßen recht dünnen Plan, der lediglich nach einem einzigen Rezept angerührt war.

Wut. Ziemlich lange aufgestaute Wut.

»Du hast mir gerade noch gefehlt! Geh mir bloß aus den Augen, du mieser Lügner«, schnauzte ich den Druiden an und ging auf ihn zu, als wäre er Luft.

Aber kaum war ich bei ihm angelangt, da stieß er mich mit überraschender Kraft zurück, sodass ich einen Fuß nach hinten setzen musste, um nicht mit dem Hintern im Schnee zu landen.

»Habe ich dich nicht deutlich genug gewarnt? Es ist noch nicht an der Zeit!«

»Und wann soll diese Zeit gekommen sein? Wenn mein Bruder den Kadaver des Viehs hier in die Halle schleppt und ich ihn dafür feiern darf?« Ich spuckte ihm angewidert vor die Füße. »Du hattest deine Gelegenheit und hast versagt. Pech! Bevor du mich noch einmal vertrösten kannst, nehme ich die Dinge lieber selber in die Hand. Und jetzt mach endlich Platz, oder ich helfe nach!«

Der Alte bleckte wie ein Raubtier die ihm verbliebenen Zähne. »Ich lasse nicht zu, dass du –« Armer Idiot. Seine Drohung endete in meinem Fausthieb, bevor er sie richtig aussprechen konnte. Die Wucht des Schlages riss ihn brachial zur Seite, befreite mich von seinen unsinnigen Drohungen. Jaulend hielt er sich halb im Schnee liegend beide Hände vors Gesicht.

Oh, wie befreit ich mich fühlte! Ich hätte den Alten öfter schlagen sollen, dann wäre ich vielleicht nicht so ein unausstehlicher Mistkerl geworden.

Der Weg zur Tür war frei. Angestachelt von meinem ersten Sieg und ohne weiter auf den Wyrc zu achten, der mir undeutlich Verwünschungen und Drohungen hinterherwarf, trat ich in die Halle ein, um mich am Ende meinem Vater zu stellen. Ich war wie ein Krieger in Kettenpanzer gehüllt, trug Waffen und selbst ein Schwert, aber plötzlich beschlich mich so etwas wie Angst, die das erste Hochgefühl in Windeseile davonwehte. In mir blieb kaum etwas von dem Stolz übrig, den ich mir immer und immer wieder eingeredet hatte. Es blieb nur der Sohn zurück, der seinem Vater unter die Augen treten musste, ohne zu wissen, woher er den Mut dafür finden sollte. Ich mochte ein Schwert und ein Kettenhemd besitzen, aber ich war nichts anderes als ein ahnungsloser Hosenscheißer. Mit pochendem Herzen stellte ich mich meinem Vater mit dem Schwert an der Seite.

Und beging so den zweiten Fehler.

Das Herdfeuer in der Mitte der Halle brannte schwach, und es roch nach Schweiß, gebratenem Speck und kaltem Rauch. Der Than saß zusammen mit meinem ältesten Bruder Rendel, dem Krieger Keon, Bruder Naan und zu allem Überfluss auch noch mit meinem fetten Onkel Gerret an einem der Tische auf der Empore rechter Hand. Dort nahmen sie ein Frühstück aus Brot, Speck, Käse und Zwiebeln ein. Drei von Vaters Jagdhunden, riesige, aber zugleich dürre und überaus hässliche Viecher mit Zottelfell und langen Beinen, lungerten vor der Empore herum und warteten wohl auf ein wenig Beute vom Frühstückstisch. Innerlich fluchend erblickte ich auch meine kleine Schwester Annah, die sich gerade an den Kötern vorbeikämpfte, um der Gesellschaft am Tisch noch dampfendes Brot zu bringen. Als sie mein Kommen bemerkte, warf sie mir einen ebenso überraschten Blick zu wie die anderen Anwesenden.

Bei allen Göttern, wenn ich jemanden nicht bei diesem Gespräch dabei haben wollte, dann Annah, die ich von Herzen liebte. Ein junges Ding war sie, unauffällig und mit wenigen Reizen für die Männerwelt gesegnet. Ihr Gang, so spottete man hinter vorgehaltener Hand, war unbeholfen, die braunen Haare widerspenstig und ihre Beine krumm wie eine Sichel. Zwar traute sich niemand, das im Beisein von uns Brüdern laut auszusprechen, aber ich wusste, was über meine kleine Schwester gesagt wurde, und wartete stetig darauf, dass jemand dumm genug war, es vor mir zu wiederholen. In einer Welt, in der ich mich selbst für den auserwählten Krieger der Vergessenen hielt, war Annah seit jeher eine Göttin der Demut. Ich liebte sie mit aller Inbrunst und wünschte mir in dem Moment, da ich vor meinen Vater trat, sie wäre an einem anderen, friedlicheren Ort, müsste nicht miterleben, wie ich meinen gefährlichen Plan zu Ende brachte.

Von der Überraschung meines unangekündigten Besuchs erholte sich Vater als Erster. »Ayrik«, begrüßte er mich mit einer Spur Misstrauen in der Stimme. »Ich wünsche dir einen guten Morgen. Bist du gekommen, um mir zu erklären, wieso du gestern ohne meine Erlaubnis die Versammlung der Krieger verlassen hast?«

»Nein«, antwortete ich, gab den Gruß nicht zurück und fühlte, wie Wut und Angst in mir um die Vorherrschaft kämpften. Es lähmte meine Zunge.

Wahrscheinlich ahnte mein Vater bereits, weswegen ich hier war. »Deine Unverschämtheiten sind mir ja nichts Neues«, sagte er, »aber ich will darüber hinwegsehen. Komm, setz dich zu uns und hilf deinem Bruder dabei, die Jagd nach der Bestie zu planen, die unsere Heimat bedroht.«

Er versuchte wohl, seine Befürchtungen zu ignorieren, bot mir stattdessen einen Platz bei ihm an und wendete sich, in der Hoffnung, damit hätte er mich beschwichtigt, wieder seinem Frühstück zu.

Wie falsch er doch damit lag.

Ich bewegte mich kein Stück auf den Tisch zu, atmete tief ein und aus und versuchte das Zittern in meinen Händen unter Kontrolle zu bringen. Niemand sprach. Man wartete wohl auf mich.

Einer von Vaters mageren Kötern kratzte sich zu Füßen der Empore mit dem Hinterlauf am Hals, seufzte und legte sich wieder schicksalsergeben hin, was meine Aufmerksamkeit für einen Moment auf ihn lenkte. Mir ging durch den Kopf, dass man Hund sein müsste. Die hatten gewiss nicht solche Scherereien am Hals wie ich. Um Schwerter, Eide und Schicksal kümmern sie sich nicht. Schlafen, kratzen, fressen, eine Hündin bespringen, und die Welt ist in Ordnung.

Vater räusperte sich. Blinzelnd sah ich zurück zum Tisch. Es wurde Zeit, dass ich es endlich aussprach.

»Ich bin gekommen, um mein Recht einzufordern«, brachte ich nach einer gefühlten Ewigkeit des Schweigens, die tatsächlich nicht mehr als ein paar wenige Herzschläge gedauert hatte, heraus, in der mich alle, bis auf Vater, argwöhnisch beäugten.

In dem Moment flog hinter mir die Tür auf, und jemand eilte in die Halle. Ich musste mich nicht einmal umwenden, um zu wissen, dass der Wyrc gekommen war, um das Schlimmste noch zu verhindern. Er versuchte mich mit einer Hand an der Schulter zu packen, aber ich schüttelte ihn wie eine lästige Fliege ab.

Rendel der Ältere wendete sich erst dem Druiden und dann mir zu. »Welches Recht soll das sein?« Er suchte mit angespanntem Blick den meinen. Vater war absolut klar, was ich hier wollte, doch er betete wohl, ich würde es nicht wagen auszusprechen, solange er in Gesellschaft war. Wie sehr mich doch diese Heimlichtuerei, die ständigen Lügen reizten.

»Das weißt du ganz genau, Vater.«

Das Frühstück der Männer war längst vergessen, denn ich hatte die volle Aufmerksamkeit am Tisch. Annah stand unsicher daneben auf der Empore und schaute mich fast flehend an. Ich wusste, wie sehr sie es hasste, wenn Vater und ich stritten, was in letzter Zeit ziemlich oft vorkam, aber ich konnte ihr das jetzt nicht ersparen. Ich war viel zu weit gegangen, um jetzt noch einen Rückzieher zu machen.

»Dein Sohn hat in dieser Nacht zu viel getrunken, Than«, mischte sich der Wyrc an meinen Vater gewandt ein und schob sich vor mich. »Reden wir später am Abend darüber. Jetzt ist nicht–«

»Halt dein verlogenes Maul!«, fuhr ich ihn so heftig an, dass Annah erschrak. »Ich kann verdammt noch mal für mich selbst sprechen! Es wird überhaupt nichts mehr auf heute Abend oder sonst wann verschoben.« Ich stieß den Druiden grob zur Seite, als ich mich auf den Tisch meines Vaters zu bewegte.

»Bruder«, Rendel der Jüngere stand auf, »beruhige dich und leiste uns Gesellschaft. Wenn du enttäuscht bist, dass du nicht mit auf die Jagd gehst, dann verstehe ich das. Aber dafür gibt es Gründe.«

»Rendel.« Ich blieb am Fuße der Empore stehen und sah ihn kopfschüttelnd an. »Du hast keine Ahnung, um was es hier geht.«

»Dann erkläre es mir.«

»Frag doch unseren Vater.« Ich sah von einem zum anderen. »Er weiß besser als jeder andere Bescheid.« Ich schaute meinen alten Herrn an. »Ist doch so, oder, Vater? Ohnehin wäre es eine gute Gelegenheit für ein paar Wahrheiten und Antworten. Zum Beispiel auf die Frage, wieso du mich erst diesem irren Drecksack hier«, ich nickte knapp zum Wyrc, der entsetzt neben mir stand, »zur Schinderei ausgeliefert hast, nur um mich dann zu ignorieren, wenn ich dir mit dem Erlernten zu Diensten sein könnte.«

Das Gesicht meines Vaters war wie versteinert. »Bruder Naan, lass meinem Sohn und mir Zeit für Familienangelegenheiten«, gab er dem Dorfpriester am Tisch einen unmissverständlichen Befehl, dem der angesprochene auch nach kurzer Verzögerung Folge leistete.

Als der Pfaffe mich passierte, raunte er mir noch ein »Junus schütze dich« zu. Kaum hatte Naan die Tür hinter sich zugezogen, richteten sich wieder alle Augen auf mich.

»Also«, begann Vater, »was willst du von mir? Eine Entschuldigung dafür, dass ich die geeigneten Männer für diese Aufgabe ausgewählt habe?«

»Ich will, dass du mir endlich einen Sinn für die letzten elf Jahre gibst. Diese Bestie ist das Zeichen, auf das du und dein verfluchter Druide gewartet habt.« Ich warf dem Wyrc einen Seitenblick zu. »Sag meinem Vater, dass die Zeichen unmissverständlich sind, alter Mann. Sag es ihm!«

»Das hat er bereits gestern getan«, antwortete der Than an Stelle des Alten. »Und ich habe entschieden, dass dies keine Aufgabe für dich ist. Du wirst deinen Bruder nicht auf der Jagd nach dem Ungeheuer begleiten. Meine Entscheidung steht fest.«

»Aber Ben, ja?« Mit jedem Wort redete ich mich noch wütender. »Der Bengel schob sich bis vor ein paar Wochen noch den Finger in den Arsch, weil er sich fragte, ob er ihm an der Nase wieder herauskommt Aber er soll geeigneter für all dies sein als ich?«

»Er ist ein guter Krieger und alt genug«, erwiderte Vater ruhig.

»Alt genug ist Keon ganz bestimmt auch«, ätzte ich und warf dem Angesprochenen einen herausfordernden Blick zu, dem er mit offenem Mund begegnete. Keon war weit über fünfzig! Dass er bei der Jagd dabei sein würde, machte mich fuchsteufelswild. »Glotz mich nicht so an«, kam ich ihm zuvor, bevor er etwas sagen konnte. »Du bist so alt, dass du bald deinen eigenen Namen vergisst. Deine Tage sind vorbei, akzeptiere es einfach. Es ist an der Zeit, dass die Jungen übernehmen.«

Mein Vater blieb vollkommen ruhig, was meine Laune ganz und gar nicht besserte. Beschwichtigend legte er Keon die Hand auf den Unterarm. »An Kampferfahrung ist Keon jedem in Dynfaert überlegen, egal, wie alt er ist. Ich dulde nicht, dass du den besten meiner Krieger beleidigst!«

Dieses Wortgefecht strapazierte meine Nerven. »Dafür bin ich der beste Bogenschütze in ganz Dynfaert!«, warf ich eines meiner letzten Argumente ein.

»Bist du nicht. Clyde und seine Tochter sind besser.«

Irgendetwas in mir setzte aus. Wie ein wildes Tier knurrend riss ich die Falten meines Mantels an der Linken zur Seite, packte das entblößte Heft Nachtgesangs mit der rechten Hand und zog die Klinge zum Entsetzen aller Anwesenden aus der Scheide. »Und was ist hiermit? Welcher Mann ist damit besser?«

Niemand wagte zu sprechen. Das Schwert in meiner Hand hatte jedes Wort im Keim erstickt.

Nur Onkel Gerret, der neben meinem Vater saß, schnappte hörbar nach Luft. »Ein Schwert! Wo hast du ein Schwert her? Bist du wahnsinnig geworden?«

Mein Oheim war ein nerviger, überaus frömmelnder Bastard, fetter als jedes Mastschwein und blinder noch als ein Maulwurf, aber anscheinend waren seine Augen gut genug, um ein Schwert zu erkennen, wenn man ihm eines vor die Nase hielt. Obwohl er der letzte Überlebende der väterlichen Sippe war, denn den Rest hatte der Krieg gegen die Dunier geholt, konnte ich ihn und seine ständig gackernde Frau Irma nicht ausstehen. Er war die pure Ausgeburt an Maßlosigkeit und falscher Gottesfurcht, und andauernd hing er mir in den Ohren, ich sollte mich endlich zu

Junus bekennen. Die meisten Jahre über hatte ich ihn ignorieren können, aber an diesem Morgen in der Halle fiel er mir mehr auf die Nerven als jemals zuvor.

Mit Mühe hielt ich mich noch zurück und starrte stattdessen weiter meinen Vater an. »Also? Hast du noch einen Sohn, der die verbotene Waffe führt, oder ist es endlich an der Zeit, mir den verdienten Platz zuzuweisen und dich zu mir zu bekennen?«

Für Momente meinte ich so etwas wie Niedergeschlagenheit bei Vater zu sehen, doch der Eindruck verflog ebenso schnell wieder, wie er gekommen war. »Du wagst es, dieses Schwert ohne meinen Befehl nach Dynfaert zu bringen?« Er kochte förmlich vor Wut und sprach sehr, sehr leise. Ein untrüglicher Beweis, dass ich ihn bis aufs Blut erbost hatte.

Es kümmerte mich nicht.

»Ich wage es«, erwiderte ich und zeigte ihm ein bitteres Lächeln. »Du wolltest einen Krieger deiner Götter haben, Vater, und hier steht er. Ich bin lediglich, was der Wyrc und du aus mir geschmiedet habt.«

»Was hat das zu bedeuten?«, wollte mein Bruder Rendel wissen, der die unaufgeklärte Situation leid war, aber Vater brachte ihn mit einer barschen Handbewegung zum Schweigen.

»Und deswegen verlange ich jetzt mein Recht«, fuhr ich fort. »Weder erwarte ich ein besseres Leben noch Reichtum oder bevorzugte Behandlung. Das Einzige, was ich von dir will«, die Schwertspitze berührte mit einem leisen Geräusch den lehmigen Fußboden, »ist, dass du zu mir stehst. Elf Jahre hast du deinen wahren Sohn versteckt, während ich den Schein wahrte und mich durch Tage und Nächte kämpfte, in denen ich zu einem hochnäsigen Scheißkerl wurde, der sich austräumte, wie es einst besser sein könnte. Und selbst diese Träume sind mir irgendwann ausgegangen. Du könntest dich dafür entschuldigen, ja, aber darauf lege ich nicht einmal mehr Wert. Dafür ist es zu spät. Willst du gutmachen, zu was du mich verdammt hast, dann wirst du mich als den Krieger in deiner Halle akzeptieren, den du aus mir gemacht hast und es dem Dorf und dem Draak erklären. Im Gegenzug gehören meine Treue und mein Schwert dir, und das Biest wird durch mich fallen. Das schwöre ich!«

Irgendwo in den verwinkelten Windungen meines Verstandes hoffte ich, meinem alten Herren damit die Gelegenheit zu geben, mich bei sich aufzunehmen, ohne das Gesicht vor seinem ältesten Sohn, Keon oder Annah zu verlieren, die all das mit anhören mussten. Ja, ich war mir wirklich sicher, sah mich schon vor dem Than knien, ihm den Treueid mit Nachtgesang in der Hand leisten und alles am Ende gut werden.

Aber ich war eben ein ahnungsloser Trottel.

Denn Vater stand auf, stützte sich mit beiden Händen auf der Tischplatte und funkelte mich an. »Nein«, war das einzige Wort, das er sagte und es traf mich mit derselben Wucht mitten in die Eingeweide wie ein Pfeil.

»Feigling!«, spie ich ihm leise entgegen. Dann wurde meine Stimme lauter. »Du verdammter Feigling!«

Onkel Gerret, diese halb blinde Plage von einem Mann, schoss in die Höhe. »Wie erlaubst du dir, mit deinem Vater und Than zu sprechen?«, ereiferte er sich zu seinem Unglück, sodass die Hunde aufschreckten und die Ohren anlegten.

Noch bevor ich klar denken konnte, hatte ich einen Schritt nach vorne gemacht und reckte drohend Gerret das Schwert entgegen. »Misch dich ja nicht ein, Fettsack! Du bist für nichts anderes gut, als uns die Vorräte wegzufressen, und verstehst von Mut nicht mehr als du morgens ausscheißt.«

Und damit hatte ich den Bogen überspannt. Mit einem Mal wollte sich Vater über den Tisch auf mich stürzen, nur Rendel und Keon hielten ihn im letzten Augenblick zurück. Ein Tonbecher Bier wurde im Chaos vom Tisch gestoßen. Das helle Klirren übertönte für kurze Momente Annahs Weinen.

»Raus aus meiner Halle!«, brüllte Vater wie von Sinnen, kämpfte noch immer gegen Keon und meinen Bruder an, die ihn knapp davor zurückhielten, mir den Hals umzudrehen. »Verschwinde, bevor ich mich vergesse! Meinen eigenen Bruder, deinen Onkel, mit gezogenem Schwert zu bedrohen! Für wen hältst du dich, du gottverdammter ...«

Ich fühlte mich, als seien jedwede Gefühle in mir eingefroren. Noch einmal ließ ich die Augen über die Anwesenden am Tisch gleiten, sah meinen Vater, der so außer sich war, wie ich es noch nie zuvor erlebt hatte, erblickte Annah, der die Tränen unentwegt über die Wangen rannen, Keon und Rendel an Vaters Armen hängen.

Hier war kein Platz mehr für mich.

Ohne ein weiteres Wort drehte ich mich um, warf dem Wyrc, der immer noch versteinert neben mir stand, einen leeren Blick zu und verließ die Halle mit weniger, als ich sie betreten hatte.

Ich war kein Krieger und jetzt erst recht auch kein Mann meines Vaters mehr.

Der Weg zurück zur Kate verlief wie in einer nicht enden wollenden Betäubung. Weder achtete ich auf die wenigen Menschen, denen ich begegnete und die Nachtgesang in meiner Hand entgeistert angafften, noch auf das Wetter oder irgendetwas anderes.

Ich hatte mich selbst verdammt und jedes Ziel verloren.

Und so saß ich später in der Hütte des Einsiedlers, hatte ein Feuer entzündet, trank den verbliebenen Wein, betrachtete die blanke Schwertklinge im Schein der Flammen und fühlte mich von der ganzen Welt verlassen. Nach und nach kehrten so etwas wie Empfindungen zurück, machten sich erst als pochende Wut und schließlich in absoluter Niedergeschlagenheit bemerkbar. Meine Pläne lagen in Trümmern und hatten mich nicht nur einer Zukunft beraubt, sondern wahrscheinlich auch der Gunst meines Vaters.

Ganz sicher sogar seiner Gunst. Dabei wusste ich nicht einmal, was mich mehr ärgern sollte – Vaters Zurückweisung oder meine eigene Dummheit.

Was auch immer ich mir für unsinnige Pläne ausgedacht hatte, das Biest zu erlegen, meinem Vater zu dienen und alles in Wohlgefallen auflösen zu sehen, nichts davon blieb jetzt noch übrig. In meiner unbeherrschten Art hatte ich dafür schon selbst gesorgt. Dafür brauchte ich gar kein Gesetz, das mir das Führen des Schwertes verbot, denn in Dynfaert wäre mir das jetzt ohnehin nicht mehr geblieben.

Nur was nun? Besonders viele Möglichkeiten hatte ich nicht. Dynfaert jedenfalls war für mich verloren.

Ich trank lange Schlucke und entdeckte murrend, wie wenig Wein noch im Schlauch geblieben war. Da ich noch nichts den Tag über gegessen hatte, merkte ich bald die Wirkung. Und in dieser Stimmung grübelte ich über die Möglichkeiten, die mir nach dem Streit mit Vater noch blieben.

Sollte ich im Norden einem der Kriegsherrn verschreiben, die dieselben Götter verehrten, wie mein Volk es einst und ich noch heute tat? Ich war Scaete, und die standen den Nordleuten schon immer näher als den Loken oder anderen Stämmen, weil ihr Land nicht weit von unserer Heimat weg lag und unsere gemeinsamen Wurzeln jenseits des Meeres in Rekenya ruhen. Über die Jahre hatten sich unsere Völker miteinander abgefunden, und es war Handel aufgekommen. Nichtsdestotrotz gab es immer wieder Kriege mit den wilden Bewohnern Agnars, denn Grenzstreitigkeiten und Überfälle auf versprengte Gehöfte im Norden blieben an der Tagesordnung. Wie ich wusste, gab es unter den Nordleuten keinen Hochkönig oder Stammesfürsten, der sich über alle anderen stellte. Dort herrschten in Trinkhallen zahllose Kriegsherren, die über eine Handvoll Männer unter Waffen, einige Sklaven, Handlanger, Schweine, Ziegen und eine Milchkuh geboten, ein Stück Land bestellten, und weil es auch sonst niemanden außerhalb ihrer Ländereien kümmerte, hinderte man sie nicht daran, sich König zu nennen. Solange sie die Grenzen zum Reich unangetastet ließen, konnten sie sich jeden Titel geben, der ihnen einfiel.

Es gäbe also genug Möglichkeiten für mich, im Norden zu Ansehen, Macht und Kriegsglück zu kommen, würde ich nur einem dieser Herren mein Schwert anbieten. Das Problem jedoch bestand dummerweise darin, dass ich zwar wusste, wo Norden lag, aber keine Seele, keinen Ort, keinen Fluss und keinen Berg dort kannte. Das war für mich ein unentdecktes Land ohne Namen. Ich brauchte also Wissen über Agnar, wenn ich mich wirklich dorthin aufmachen wollte. Nur hatte ich nicht die geringste Ahnung, woher ich dieses bekommen sollte. Ebenso wenig, wie ich den Antrieb fände, den Hintern hochzubekommen, den Streit mit meinem Vater zu vergessen und stattdessen nach vorne zu blicken.

Ich wendete das Schwert in der Hand, sodass ich den Stahl der Decke empor gereckt hielt. Bei trüber Laune betrachtete ich die wie gewellt erscheinende Oberfläche des Stahls in der Hohlkehle, als könnte mir die Klinge eine Antwort auf mein Grübeln geben. Aber Nachtgesang schwieg. Es wartete weiter auf seine Bewährungsprobe.

Genau wie ich.

Ich wusste nicht, wie lange ich schon vor dem Feuer hockte, als Aideen kam. Zweimal hatte ich bereits Holzscheite nachgelegt, der Wein war mir ausgegangen, da fand mich meine Geliebte.

Ich sah zu ihr hoch und senkte das Schwert. Aideen war warm in einen Wolfspelz und feste Stiefel gehüllt, trug Jagdbogen, Pfeile und Langmesser. Eiskristalle glitzerten in ihren kurz geschnittenen Locken, und sie wirkte trotz ihrer noch jungen Jahre wie eine der mythischen Jägerinnen der Vergessenen. Sicher hätte sie nicht jedem Mann gefallen, dafür strahlte sie zu viel Wildheit und zu wenig Weiblichkeit aus. Ihre Gesichtszüge waren scharf geschnitten, die Brauen über den braunen Augen schrägstehend und die Kieferknochen ihres relativ breiten Gesichts stark ausgeprägt. Aideen war gertenschlank, mit einem Körper gesegnet, um den sie jede Frau wohl beneidete. Die langen Beine waren wohl definiert, an den Hüften fand man kein bisschen Speck, der Hintern klein und fest und die schmalen Muskeln an ihren Armen hart wie Stein. Wenn man keine Angst vor Frauen hatte, die einem problemlos die Knochen brechen und unter den Tisch saufen konnte, war Aideen ein fleischgewordener Traum.

»Ayrik«, begrüßte sie mich überrascht. »Was machst du hier?«

Mit einem Nicken deutete ich auf den Platz neben mir. »In Dynfaert kann ich mich im Moment nicht mehr blickenlassen.« Ratlos zuckte ich mit den Schultern. »Ich glaube, ich habe einen Fehler gemacht.«

»Das ist schwer zu übersehen.« Ihre Augen ruhten lange genug auf meinem Schwert, um zu zeigen, wie wenig sie den Anblick schätzte. Aber statt etwas dazu zu sagen, legte sie Bogen und Pfeiltasche ab und setzte sich neben mich. Eine Hand fand ihren tröstenden Weg auf meinen Oberschenkel.

Ich musste schlucken. »Es gab Streit mit Vater, heftiger Streit«, erklärte ich wortkarg. »Aber wenigstens gehört Nachtgesang jetzt mir.«

»Nachtgesang?«, fragte sie, ehe sie erraten konnte, dass dies der Name meines Schwertes war. Sie nickte, schwieg und zeigte mir damit, dass ich weiter sprechen sollte.

»Hast du eigentlich noch Wein?«

Irritiert zog sie die Brauen zusammen. »Hinten in der Truhe liegt ein Schlauch.«

»Jetzt nicht mehr«, seufzte ich und warf den leeren Weinbehälter, den ich bis eben noch zwischen den Knien versteckt hielt, achtlos zur Seite.

Aideen überging das kleine Zwischenspiel. »Willst du mir jetzt vielleicht erzählen, was geschehen ist?«

Und so fing ich an zu erzählen. Von dem Biest, der Versammlung der Krieger, meiner Nichtberücksichtigung und den darauf folgenden Plänen und meinem unbeherrschten und vor allem unüberlegten Auftritt in der Halle. Erst voller Wut im Bauch, nach wenigen Sätzen aber bereits vor allem mit einer Spur Traurigkeit. Nachdem ich mich eine Weile in Rage geredet hatte, kam nämlich wie schleichendes Gift die Verbitterung über den Ausgang meines Plans. Natürlich nahm ich meinem Vater immer noch die Reaktion übel, verfluchte ihn dafür, mich nicht anerkennen zu wollen, aber auf der anderen Seite ...

»Er ist und bleibt mein Vater«, schloss ich. »Ich gebe mir Mühe, ihn dafür zu hassen, dass er mich aus der Halle gejagt und verstoßen hat, aber es gelingt mir einfach nicht.«

»Ayrik, du bist und bleibst ein verdammter Idiot, der manchmal wirklich nicht weiter denkt, als er spucken kann.«

Mehr als »Hm« fiel mir darauf nicht ein.

»Und was ist mit dem Alten? Hast du deinen Schwur wahrgemacht?«

Aideen spielte damit auf mein Versprechen an, das ich dem Wyrc in der ersten Nacht gemacht hatte. Dass ich ihn umbringen würde, wenn meine Zeit gekommen wäre. In den letzten Jahren hatte ich mich oft an meinem eigenen Schwur geklammert, es im Beisein meiner Gefährtin wiederholt und wiederholt. Nur was war davon in der Wirklichkeit übrig geblieben? Rein gar nichts.

»Er lebt«, erklärte ich ihr deshalb. »Ich hoffe nur, dass ich ihm wenigstens einen

seiner morschen Zähne ausgeschlagen habe. Das war längst überfällig.«
»Du hast den Druiden geschlagen?«
»Er wollte mich nicht passieren lassen, da habe ich mir eben Platz gemacht.«
Noch immer entsetzt, schüttelte Aideen den Kopf. »Wie hat er sich verhalten, als du deinem Vater das Angebot gemacht hast?«
»Wie wohl?« Ich verzog das Gesicht. »Er wollte mich vertrösten. Und als ich da nicht mitspielte, hielt er einfach nur das Maul.«
»Sieht ihm gar nicht ähnlich. Eigentlich lässt der Alte doch keine Gelegenheit aus zu reden.«
Ich schnaubte. »Eigentlich schlägt er lieber.«
»Er hat dich seit Jahren nicht mehr angefasst. Dafür ist er viel zu schlau und viel zu alt geworden. Hör also auf, dich selbst zu bemitleiden«, sagte sie. Ich erwiderte nichts darauf, denn sie hatte Recht. Wie fast immer. Manchmal hasste ich, dass sie mich so gut kannte.

Ich stocherte mit einem längeren Ast zwischen den Holzscheiten herum. Das Holz knisterte in der mit Steinen umgebenen Feuerstelle, draußen näherte sich die Sonne allmählich den Wipfeln der Waldausläufe.

Aideen legte den Kopf etwas schief. »Könntest du es?«
»Könnte ich was?«
Sie nickte knapp in Richtung Schwert. »Den Alten damit töten?«
Was sollte ich darauf antworten? Ich hatte noch nie einen Mann erschlagen. Selbst wenn ich den Wyrc bis aufs Blut hasste, hatte ich doch keine Ahnung, ob meine Hand nicht am Ende doch von Mitleid zurückgehalten werden würde. Aideen wusste das. Wahrscheinlich stellte sie die Frage nur, damit ich es laut aussprach und mir selbst eingestand.

»Weiß ich nicht«, gab ich also zu.
Aideen nahm mir Nachtgesang aus der Hand, und ihre Augen wanderten von der Klinge hinab zu der an Flügel erinnernden, kurzen Parierstange. Über die Schwerter werden von den Barden und Skalden Lieder gesungen. Sie machen ihren Träger unsterblich. Aber all diese Schwerter benötigen eine kaltherzige, unerbittliche Hand, die sie führen. Nur was, wenn diese Hand zwar gelernt hatte, das Schwert zu führen, aber nicht zu töten, wenn im Blutvergießen überhaupt kein Sinn liegt?

»Vielleicht macht dich das aus«, sagte sie geistesabwesend.
»Was?«
Sie antwortete nicht direkt, sondern gab mir erst Nachtgesang zurück. Dann legte sie wieder eine Hand auf mein Bein und sah mich direkt an. »Die meisten Männer in deinem Alter haben bereits gekämpft. Entweder im Krieg oder gegen Wilderer im Wald oder gegen sonst wen. Sie alle sind einem Herrn verschworen, auf Gedeih und Verderb. Sie kämpfen, weil sie Eide geschworen haben, wann immer sie gerufen werden und gegen wen auch immer man es ihnen befiehlt.«

»Also?« Ich konnte ihr nicht ganz folgen.
»Also haben all die anderen Krieger dasselbe mitgemacht wie du. Sie wurden ausgebildet und leisteten Eide im Gegenzug für Beute und Waffen. Ihre Herren mögen sie mit teuren Panzerhemden und Speeren ausrüsten, aber dafür töten und brandschatzen sie, wann immer man es von ihnen verlangt. Du jedoch weißt nicht,

wie man tötet.«

Ich hatte immer noch keine Ahnung, wovon sie eigentlich sprach, und zog ein dementsprechendes Gesicht.

»Ayrik, bist du wirklich so schwer von Begriff? Du kennst das nicht! Du hast noch die Möglichkeit zu lernen, wofür es sich zu kämpfen lohnt. Kein Eid dieser Welt bindet dich an einen unsinnigen Befehl oder das Streben eines höhergestellten Mannes nach mehr Macht.«

Ich musste lachen. »Du meinst also, weil mich mein Vater abgewiesen hat und ich keinen Herrn habe, bin ich glücklicher dran als die anderen?«

»Bist du es denn nicht? Du bist frei«, erwiderte sie. »Der Wyrc wollte aus dir einen Krieger der Götter machen, egal für welche Ziele. Ob er dich am Ende tatsächlich in die Dienste deines Vaters gestellt hätte, wissen wir nicht. Vielleicht war alles nur eine Lüge von ihm, und er wollte dich zu seinem persönlichen Diener machen. Aber das wird jetzt nicht mehr geschehen. Du kannst deine eigene Wahl treffen. Bekämpfe, wer es deiner Meinung nach verdient hat, und verschone jene, die sich als würdig erweisen. Du hast das Schicksal nun in der eigenen Hand, Ayrik. Gerechtigkeit aus dir heraus. Und das gibt dir Macht jenseits von Land, Gold und Ruhm.«

»Was ist gegen Land, Gold und Ruhm einzuwenden?«, fragte ich überflüssigerweise und erntete einen Schlag gegen den Oberarm.

»Für was steht ein Krieger denn ein?«, versetzte sie. »Geht es nur um das Anhäufen von Reichtümern im Schatten eines höheren Mannes, dem du per Eid verpflichtet bist? Wenn ich die Lieder richtig verstanden habe, dann geht es um viel mehr. Die zu verteidigen, die es nicht selbst können, und den Tod zu solchen zu bringen, die ihn mehr als verdient haben. Und da erkenne ich nichts von Ruhm und Macht.«

»Meine Taten würden in Liedern weiterleben. Das kann nur geschehen, wenn ich mir Ruhm verdiene. Und ohne einen Herrn, der mein Schwert annimmt, gibt es keinen Ruhm, also auch keine Lieder über mich oder mein Schwert, also bin ich angeschissen.«

Aideen seufzte. »Strebe nach Gerechtigkeit, nicht nach Ruhm. Wenn du dir aber schon einen Namen machen willst, dann setze Nachtgesang besser ein, als es andere Krieger täten. Führe es frei, Ayrik. Nicht jeder hat in der Welt diese Wahl.«

Hochtrabende Worte, das waren sie. Und ich verstand damals noch nicht genau, was sie damit meinte. Natürlich hatte ich die Idee, ein gerechter Schwertherr zu sein, aber für mich stellten sie einen, in meiner jetzigen Situation, fernen Traum dar. Ein hehrer, großer Krieger, der sich nicht einmal traute, sein eigenes Dorf zu betreten bot wahrhaftig nicht den Stoff, aus dem Lieder gedichtet wurden.

»Und was soll ich jetzt machen?«, wechselte ich das Thema, denn ich wollte nicht über die ferne Zukunft grübeln, wenn das Morgen schon so undurchschaubar war.

»Vorerst deinem Vater aus dem Weg gehen«, grinste sie, wurde dann aber wieder ernster. »Ehrlich, ich weiß es nicht.«

»Ich habe überlegt, nach Norden zu gehen und mich einem der dortigen Kriegsherren anzuschließen.«

Sie lachte. »Ein ganz großartiger Einfall!«

»Sonst habe ich doch kaum eine Wahl. In Dynfaert ist kein Platz mehr für mich. Mich würde es nicht wundern, wenn Vater mich vom Hof vertreiben ließe.«

»Warum sollte er das plötzlich? Ja, du bist zu weit gegangen, und du hättest es wahrscheinlich sogar verdient, dass er dich nackt aus dem Dorf jagt. Aber dein Vater verzeiht dir am Ende doch immer alles.«

»Ich weiß auch nicht«, schüttelte ich den Kopf. »Ist nur so ein Gefühl. Ich habe ihn niemals zuvor so außer sich vor Wut gesehen. Und außerdem nimmt er mir ganz sicher übel, dass ich Gerret bedroht habe. Du weißt, er ist sein einzig noch lebender Bruder. In der Hinsicht ist Vater ziemlich empfindlich.«

»Du lernst aber auch nie, oder? Ständig lässt du dich von deinem elenden Onkel reizen und kannst es kaum erwarten, bis er dir einen Grund gibt, ihn zu beleidigen.«

»Das sagt die Richtige.« Aideen suchte doch selbst andauernd nach Streit. »Dass ich Vater vor Keon, Rendel und Annah so bloßgestellt habe, könnte mir sehr viel mehr Ärger einbringen. Meine Kämpfe mit Gerret hat er längst hingenommen.«

Sie zuckte mit den Schultern. »Er hat dir immer verziehen«, sagte sie noch einmal.

»Ja, aber bisher war mir auch noch nie die Idee gekommen, ihm vor Zeugen ein verbotenes Schwert in die Halle zu schleppen und es ihm anzubieten. Mein Erscheinen wird Fragen in Dynfaert aufwerfen und ich hoffe für uns alle, dass sie nicht bis zum Draak hinauf in die Festung gelangen.«

Ein Schulterzucken. »Dann würde dein Vater für dich lügen und die Lüge selbst unter Eid wiederholen. Er liebt euch Söhne und dich besonders. Ich glaube, er weiß, was er dir damals mit dem Alten angetan hat. Nur deshalb bist du überhaupt noch in Dynfaert willkommen.«

An meinen Vater zu denken, machte meine Laune nicht gerade besser, deshalb schob ich dieses Thema mit einer wegwerfenden Handbewegung beiseite. »Ich weiß trotzdem immer noch nicht, was ich jetzt machen soll«, sagte ich und fühlte mich elend.

»Hör auf zu jammern! Denk nicht zu viel nach, sondern handle.« Aideen stand auf, raffte Fell und Pfeilbeutel auf. »Du hast endlich den Mut gefunden, dein eigener Herr zu sein. Also nutze das auch.«

Ich sah verwirrt zu ihr hoch. »Wie meinst du das? Und wo willst du überhaupt hin?«

»Vorräte, Ausrüstung und warme Kleidung holen«, gab sie zurück, ohne auf meine erste Frage einzugehen. »Oder willst du das lieber selbst besorgen?«

Ich schüttelte den Kopf. Vorerst wäre das eine ziemlich dumme Idee. Nicht eher, bis ich so etwas Ähnliches wie einen Plan vorzuweisen hätte, wie ich meinem Vater wieder unter die Augen treten konnte.

Aideen beugte sich zu mir herab und gab mir einen Kuss auf die Stirn. »Die Hütte hier war bisher immer unsere Zuflucht, Ayrik. Bis du zu dir selbst gefunden hast, wird es jetzt deine sein.«

Die Fallenstellerin lächelte mich noch einmal an, dann verschwand sie in den winterlichen Nachmittag.

Eine Zuflucht. Ich hatte bei Weitem keine Festung erobert, es zog an jeder Ecke hinein, das Dach war undicht und die Feuerstelle winzig, aber die modrigen Holzbalken von Grems Hütte boten mir mehr Schutz als alles andere in Dynfaert. Immerhin war ich hier am Waldesrand mein eigener Herr.

Aideen ließ sich mit ihrer Rückkehr Zeit. Derweil hatte der Schneefall nachgelassen, aber es blieb furchtbar kalt und weiß in der Welt. Ich konnte mich an keinen vergleichbaren frühen und gleichzeitig so frostigen Winter erinnern, egal wie tief ich auch in meiner Erinnerung kramte. Ich hatte Mühe, in der Hütte für Wärme zu sorgen, denn das Holz, das ich benutzte, lagerte außerhalb der Kate unter einem undichten Verschlag, sodass mein Brennmaterial von der Witterung klamm geworden und nur schwer zu entzünden war. Da ich Dynfaert nur mit dem verlassen hatte, was ich am Körper trug, und mein Feuer einfach nicht richtig lodern wollte, musste ich mich bald in die Felle der Schlafstatt einhüllen. Also packte ich mich so warm ein, wie es ging, hockte mich in die Nähe des Feuers, während ich murrend versuchte, das Tannenholz irgendwie zum Brennen zu bringen. Hätte ich ein vernünftiges Messer gehabt, wäre das recht einfach gewesen. Damit hätte ich nur die äußere Holzschicht abschälen müssen, denn der Kern war trocken. Aber das einzige Messer, was ich derzeit am Gürtel trug, war rostig, stumpf und gerade einmal scharf genug, um damit durch Butter zu schneiden. Und so verwandelte ich durch das nasse Holz zusehends meine Zuflucht in eine beachtliche Räucherkammer.

Es war alles kaum auszuhalten. Ich hockte tatenlos in diesem Loch, der auf dem Dach schmelzende Schnee tropfte mir ständig durch die Ritzen und Lücken auf den Kopf, während der übermäßige Rauch des klammen Brennholzes meine Augen tränen ließ. Und zu allem Überfluss war mir immer noch keine Idee gekommen, wie ich mich bei meinem Vater entschuldigen sollte, um dieses Elend zu beenden. Vielleicht wäre es das Beste gewesen, das Schwert einfach im Wald zu vergaben und zu vergessen.

Ich hatte natürlich nicht wirklich vor, Nachtgesang zu verbuddeln, aber ich musste aus dieser Hütte raus, um frische Luft zu schnappen. Meine Kleidung stank ohnehin schon wie ein langsam verrottender Bär, da brauchte ich das Zeug nicht auch noch wie eine Forelle zu räuchern. Mir reichte, was ich roch. Als ich nach draußen trat, empfing mich ein windstiller, bitterkalter Tag. Durch die Baumkronen konnte ich eine Wolkendecke sehen, grau und drückend, also würde es wahrscheinlich bald wieder zu schneien beginnen. Verdammt noch mal! Das war zu viel Schnee für die Jahreszeit, das Holz war klamm, mein Vater grollte mir und ich steckte in dieser morschen Hütte fest, während irgendwo im Wald ein Untier lauerte, das ich zu erlegen plante, ohne zu wissen wie. Mir kam es vor, als hätte sich die ganze Welt gegen mich verschworen. Ich hasste sie dafür. Die Welt und alles, was mir sonst noch in den Sinn kam.

Unter meinen Stiefeln knirschte der Schnee, was mich daran erinnerte, dass ich Trinkwasser benötigte. Also kehrte ich kurz zurück in die Hütte, schleppte einen schweren und furchtbar alten Kupferkessel heraus, in dem ich Schnee zu sammeln begann, der dann später in der Hütte tauen konnte. Ein besonders angenehmes Gesöff würde es nicht werden, aber besser als zu verdursten war es allemal.

Ich schaufelte gerade mit bloßen Händen Schnee in den Kessel, den ich auf die

Seite gestellt hatte, als sich etwas änderte. Manche Bedrohungen kann man nicht greifen. Wie der Feind, der einem im Rücken auflauert und den man nicht sehen, aber spüren kann. Spüren, nicht wissen in jenen kleinen Momenten, wenn alles zusammenzuschrumpfen scheint und Augenblicke zwischen Tod und Leben entscheiden.

Und eben so nahm ich den Umbruch wahr, der unsere Welt für immer verändern würde.

Als würde sich ein gewaltiges Übel aus dem Wald schälen, versteckt, düster und tödlich, stellten sich meine Nackenhaare auf, und langsam, vorsichtig langsam erhob ich mich. Ich horchte, öffnete den Mund, da ich einmal festgestellt hatte, dass ich so besser hören konnte, und versuchte aufzunehmen, was geschehen war. Aber es gab nichts Greifbares, nichts Hörbares. Unnatürlich lastete Stille auf mir.

Etwas fühlte sich verdammt falsch an, und ich bekam es mit der Angst zu tun.

Als würde es etwas nützen, fuhr meine Rechte zum Heft Nachtgesangs. Ich zog das Schwert aus der Scheide. Stille. Keine Vögel sangen, kein Knacken im Unterholz. Mir schauderte. Etwas Widernatürliches ging hier vor sich, ich konnte es bis in die Eingeweide spüren, und heute schäme ich mich nicht dafür zu sagen, dass ich Angst hatte. Dass es eben jene Art von Stille war, die Kinder nachts tief in ihre Felle kriechen lässt, weil sie fürchten, von den Vergessenen geholt zu werden.

Das Flattern mehrerer Vögel über mir in den Baumkronen erschien lauter als sonst und ließ mich ruckartig nach oben schauen. Schemen von Raben oder anderen Vögeln, die davonflogen. Viele, viel zu viele, stoben auseinander in den Ästen, kreischten, dass es mir das Blut in den Adern gefrieren ließ. Im Unterholz begann es plötzlich zu rascheln, als würden Tiere in wilder Panik durch das Geäst brechen, noch fern, aber für meinen Geschmack viel zu nahe. Und dann erbebte die Erde für einen Herzschlag lang, als hätten die Vergessenen ihre ersten Schritte im Reich der Menschen gemacht, nachdem sie uns vor Urzeiten verlassen hatten. Ein Windhauch, kalt und beißend, erfasste mich, schüttelte den Schnee von den Zweigen und Büschen um mich herum. Dann ein Donnern. Ein Donnern, wie ich es nie zuvor und nie mehr danach vernommen habe. Ich konnte es in meinem Magen spüren, wie es sich mit Urgewalt über das Land wälzte, Dynfaert überrollte und in die Hohe Wacht eindrang wie eine Flutwelle, wo es auf Grems alte Hütte und mich traf. Es klang nicht nach einem Gewitter oder den Hufschlägen von vielen Pferden. Nein. Es klang ... übermächtig. Was immer es ausgelöst hatte, Menschen konnten dafür nicht verantwortlichen sein. War es ein böses Omen, die Strafe dafür, dass ich den Alten, einen Diener meiner Götter, angegriffen und mich gegen die Ordnung der Welt gestellt hatte? Furcht kroch unnachgiebig in mir hoch, und naiv, wie ich war, packte ich mein Schwert mit beiden Händen und hoffte, etwas würde mich strafen wollen, das ich töten konnte.

Aber nichts kam. Nur die verfluchte Stille kehrte zurück.

So schnell es gekommen war, so schnell verschwanden das Grollen und der Wind. Ich stand dort im Schnee neben meinem Kessel, Nachtgesang in Verteidigungshaltung, die Hosen voll. Hatte ich mich mit den falschen Mächten eingelassen, oder war es nur das erste Donnern eines aufkommenden Gewitters? Die kamen zwar selten im Spätherbst, aber unmöglich war es auch wieder nicht. Ich begann mir einzureden, dass es einfach zu viel in den letzten Tagen gewesen war, dass ich mich wie ein Mädchen verhielt, und lachte alleine wie ein Schwachsinniger in die Stille hinein, bis die ersten Vögel wieder sangen.

Als ich den Kessel schließlich später mit Schnee gefüllt zurück in die Hütte schleppte, lachte ich nicht mehr. Geblieben war mir nur das Gefühl einer unbestimmten Angst. Etwas hatte sich verändert. Irgendwie wusste ich, dass es nicht zum Guten sein konnte und deshalb behielt ich Nachtgesang in den kommenden Nächten nahe an meiner Schlafstatt und schreckte mehr als einmal aus einem unruhigen Schlaf, in dem mich verschwommene Träume voller Donnerschläge ängstigten.

Sie verfehlten ihre Wirkung nicht.

So fand mich Aideen zwei Tage später, weniger geräuchert, aber umso beunruhigter. Die Untätigkeit hatte ihr Übriges getan, um mein Gemüt noch weiter zu strapazieren.

»In Dynfaert geht die Angst um«, eröffnete mir Aideen. »Der Than hat erneut in den Palas gerufen, und diesmal kam selbst der Draak von seiner Festung herunter.«

Ich erinnere mich noch genau, dass ich in ihrer Stimme etwas fand, das mir nicht gefiel, aber das ich nicht genau benennen konnte. Ich schob es gedanklich zur Seite.

»Also habt ihr das Grollen auch gehört?«

Meine Frage war ziemlich unsinnig, dementsprechend sah mich Aideen auch an. »Das hat wahrscheinlich sogar Ebhard gehört, und den fressen mittlerweile die Würmer.« Sie legte Pfeil und Bogen sowie ein Bündel in die Ecke und ließ sich erst einmal für einen Schluck Wein, den sie mir aus einem neuen Schlauch anbot, neben mir nieder.

»Ich war vor der Hütte, als es begann«, sagte ich, während Aideen trank. »Ein Gewitter war das nicht.«

Sie verschloss den Wein wieder. »Wenn, dann war es das erste Gewitter ohne Regen, Sturm und Blitze, das ich je erlebt habe.«

»Was haben sie im Palas dazu gesagt?«

»Ich war nicht dabei, Vater aber. Und du kennst ja Dynfaert. Die Junuiten glauben an eine Warnung ihres verbrannten Gottes, weil wir alle Sünder seien, und einige, die den Vergessenen huldigen, reden vom Ende der Welt.« Sie zuckte mit den Schultern. »Das übliche Gewäsch eben. Trotzdem, der frühe Winter, die Bestie in den Wäldern, dieses Donnern am Abend und in der Nacht – das sind keine guten Zeichen für die Leute.«

»Man hörte das Grollen auch nachts?«

»Sechsmal, sagte der Wyrc.«

Also waren es nicht einfach nur Albträume gewesen. Ich war mir nicht sicher, was mir weniger gefallen hätte. »Dem alten Mistkerl gefällt das bestimmt.«

»Sei dir da mal nicht so sicher. Vater meinte, er habe den Alten noch nie so beunruhigt gesehen. Er habe wenig gesprochen und auch keine Erklärung gegeben, aber er hält es für ein Zeichen der Götter.«

»Ach, das ist ja was ganz Neues! Für ihn ist alles ein Omen für irgendwas, Aideen. Wenn sich dieser Irre den Finger in die Nase steckt und einen zu großen Popel herauszieht, hält er es auch für ein Zeichen der Götter.«

»Wer weiß«, seufzte sie und griff hinter sich zu dem Bündel, das sie dort abgelegt hatte. »Gestern und heute war nichts mehr zu hören, und solange sich das nicht ändert, ist jedes Rätseln sinnlos.« Sie drückte mir das Bündel in die Hand, und ich gönnte mir das erste kleine Lächeln seit zwei Tagen. »Yaven heiratet übrigens«, meinte Aideen, während ich blind in das Bündel griff und mein Jagdmesser herauszog. Mir fiel unbewusst auf, wie abwesend meine Freundin klang. »Auch wenn die Vorzeichen dafür gerade etwas ungünstig stehen, wenn du mich fragst.«

»Was, hat etwa eine seiner Ziegen eingewilligt?«

Aideen verdrehte die Augen. Es war nun einmal ein beliebtes Gerücht, dass es der Hirte Yaven, ein Jahr jünger als ich, gerne mit seinen Tieren trieb. Ich wusste zwar nicht, ob es stimmte, aber zu dem schweigsamen Kerl hätte es nur allzu gut gepasst. Außerdem musste irgendwer ja meine Laune abbekommen.

Ich begann die Schnüre des Bündels zu lösen und meinen Besitz auszupacken. Ich fand Brot, Käse, ein gut abgepacktes Stück Schinken und frische Beinkleider. Ich räumte das Zeug aus dem Beutel, bevor ich es auf das zusammengefaltete Kettenhemd legte, das ich vor zwei Jahren von meinem Vater bekommen hatte, und das nun neben mir auf einem Schemel ruhte.

Aus dem Augenwinkel bemerkte ich, dass Aideen mein Tun trübe beobachtete. »Er wird Lyv heiraten, Carels Jüngste«, sagte sie, was ihr ein herzhaftes Lachen meinerseits bescherte.

»Das muss ja ein ziemlicher Schock für die Ziegen gewesen sein.« Mit beiden Händen gürtete ich mir das Messer, mit dem ich jetzt wenigstens nasses Holz fürs Feuer vorbereiten konnte.

Aideen hatte heute allerdings keinen Bedarf an meinen Späßen auf Kosten anderer. Ohne dass es ich aus dem Augenwinkel hätte erahnen können, traf mich etwas Hartes am Kopf. Instinktiv griff mir an die schmerzende Stelle und stierte Aideen, die mir ein hartes Stück Brot an den Kopf geworfen hatte, irritiert an.

»Kannst du damit auch irgendwann aufhören?«, fuhr sie mich an. »Ständig stellst du dich über andere. Du kennst Yaven doch nicht einmal richtig!«

»Das war auch nur ein Scherz, verdammt! Kein Grund, mir gleich den Schädel einzuschlagen. Meine Stimmung ist schon mies genug, auch ohne Vater, Ungeheuer, regenlose Gewitter und irgendwelche Versuche von dir, mich umzubringen.«

Aideen starrte mich wütend an. »Bei dir sind es immer Scherze. Merkst du überhaupt, wie hoch du deine Nase mittlerweile trägst?«

Ihr plötzlicher Ausbruch verwirrte mich. Wenn mich jemand kannte, dann Aideen. Dass ich andere Leute aufzog, war nichts Neues, ganz im Gegenteil. So etwas machte ich ständig, bisher hatte sich Aideen nur nie darüber beschwert.

»Du schaffst selbst nichts, nichts!«, ging sie mich weiter an. »Aber alle anderen Menschen sind für dich Schwachköpfe, niemand so gut wie du. Sieh dich doch erst einmal selbst an, bevor du andere in den Dreck ziehst, du elender Wichtigtuer! Du hockst hier im Wald, trägst dieses dumme Schwert mit dir herum und scheißt dir doch in die Hose, deinem Vater wieder unter die Augen zu treten. Macht dich das besser als andere?«

Irritiert schüttelte ich den Kopf. Woher kam ihre Wut so plötzlich?

Aideen drehte sich von mir weg. »Jedem stößt du vor den Kopf, selbst denen, die dich lieben. Dich kümmert gar nichts, habe ich Recht?«

Ich stand auf, rieb mir noch einmal den Kopf und ging dann zu ihr hinüber. Meiner versuchten Umarmung wich sie energisch aus, stieß meine Hände zur Seite, als würde sie sich davor ekeln.

Ihre Zurückweisung traf mich, verletzte nicht nur meinen Stolz. »Aideen, was ist mit dir?«

Sie antwortete nicht direkt, sondern hatte ihren Blick weiterhin stur gegen die Wand gerichtet. Erst als ich meine Fragen wiederholte, drehte sie den Kopf in meine Richtung, und ich verstand, was mich hatte fühlen lassen, dass etwas nicht stimmte.

»Ich habe den Than getroffen«, sagte sie zögernd. »Nach der Versammlung kam er in die Hütte meines Vaters und wollte mit mir reden.«

Mir wurde flau im Magen.

Sie wendete sich wieder ganz mir zu, legte den Kopf schief und sah mich forschend an, nun aber mit einem Anflug von Traurigkeit in den Augen, der mein Herz packte und brutal zusammendrückte.

»Er hat mich nach dir gefragt, Ayrik, und ich habe ihn angelogen.«

Ich konnte ihr nicht in die Augen sehen. »Was hat er gesagt?«

»Er wollte wissen, wo du bist. Ich sagte ihm, ich wüsste es nicht, aber er glaubte mir kein Wort, das konnte ich sehen, auch wenn er das Gegenteil behauptete. Dein Vater ist ein noch schlechterer Lügner als ich.«

Aideen zögerte weiter zu sprechen, wieder schielte sie die morsche Wand an, von der eine feuchte Kälte ausging, welche die ganze Hütte auszufüllen drohte.

»Mehr hat er nicht gesagt?« Mein Mund war ausgetrocknet, mir fiel das Sprechen schwer. Angst lähmte meine Zunge. Angst vor dem, was mein Vater von mir denken könnte. Angst vor dem, was ich bereits befürchtete.

Meine Freundin sah mich wieder an, holte tief Luft. »Doch, das hat er. Mehrere Dinge.« Sie strich sich eine widerspenstige Haarsträhne hinter das Ohr, presste die Lippen aufeinander. Ich konnte ihr ansehen, wie schwer es für sie sein musste, wie ungern sie den Botschafter für etwas spielte, das über mir schwebte, wie ein Henkersbeil. »Dein Vater hat sich wieder ein wenig beruhigt, aber einige in Dynfaert haben dich gesehen, als du seine Halle verlassen hast.« Aideens Blick fiel auf die Klinge, die nahe bei uns im Stroh lag. »Man spricht über dich in Carels Schenke, einige wollen das sogar dem Draak erzählen. Ich soll dir von deinem Vater ausrichten, er werde dieses Verbrechen nicht dem Saer melden, noch will er Männer schicken, dich zu suchen. Er hat dich nie mit einem Schwert gesehen, und das werden er, Keon und Rendel, wenn nötig, auch unter Eid bezeugen.« Kurz brach ihre Stimme ab. »Aber du sollst deinen Weg gehen und Dynfaert verlassen, noch ehe der Mond voll ist.«

Ich hatte es gewusst, immer und jeden Moment seit dem Tag in Vaters Halle gewusst. Ungeschickt ließ ich mich an Ort und Stelle nieder, senkte den Blick.

Verbannt.

Aideen fuhr leise fort. »Du brachst das Gesetz der Hochkönigin, Ayrik, und zu allem Überfluss hast du ein neues Problem. In den kommenden Wochen wird viel Volk in Dynfaert und Umgebung sein, denn dein Vater sagte mir, man erwarte am Hofe von Fortenskyte die Ankunft der Königin. Und sie will auch dem Draak einen Besuch abstatten, so heißt es jedenfalls. Das bedeutet, hier wird es bald von fremden Saers nur so wimmeln, und dich könnten die falschen Männer finden. Du sollst gehen, bevor das geschehen kann. Und vergiss nicht die Bestie und das Grollen vor zwei Tagen. Die Menschen sind misstrauisch. Wenn sie dich tatsächlich mit einem Schwert in den Händen erwischen würden ...«

Ich schloss die Augen. Was auch immer für Pläne seit der Nacht beim Wyrc in meinem Kopf herumgeschwirrt waren, auf einen Schlag blieb nichts mehr davon übrig. Ich war zurück in der wirklichen Welt, in der ein Maulheld wie ich nichts zählte. Meine große Klappe, die Träumereien, ein auserwählter Schwertkämpfer zu sein, all das war nun zu Ende. Mein Vater selbst hatte mich verbannt, mir eine letzte Gelegenheit gegeben, zu entkommen. Ich würde frei sein, ja. Frei, aber heimatlos. Ein Wanderer, der das zivilisierte Anarien meiden, der seinen Weg in der Fremde suchen musste.

»Ein Verbannter«, murmelte ich, unfähig mehr zu sagen.

Aideen hockte sich vor mich, nahm meine Hände in die ihren. »Dein Vater riskiert viel, damit du ein neues Leben beginnen kannst, Ayrik. Sollte das herauskommen, würde man ihm und eurer ganzen Sippe alles nehmen, selbst die Freiheit. Er würde vom Than zum unfreien Bauern werden. Trotzdem nimmt er diese Gefahr in Kauf, weil er dich beschützen will.«

Mir stiegen die Tränen in die Augen, aber ich wollte verdammt sein, wenn ich jetzt zu heulen anfinge. Ich spannte mich an, hob die Augen wieder zu Aideen. »Wirst du mit mir kommen?«

Zaghaft schüttelte sie den Kopf. »Du weißt, dass ich das nicht kann. Mein Vater braucht mich hier.«

Ein zweiter Stich durchfuhr mich. Ich würde also alleine gehen müssen. Damals wusste ich, verborgen hinter meinem Stolz, dass ich niemand anderen für mein Schicksal verantwortlich machen konnte als mich selbst. Ich hatte zwar nie darum gebeten, als Kind in die irren Ideen des Druiden eingesponnen zu werden, aber ich hatte als Mann die Entscheidung getroffen, auszubrechen, das Schwert an mich zu nehmen und mich damit selbst zu verdammen. Ich hatte das Tor hinter mir zugeschlagen, als ich entschied, meinen eigenen Weg zu gehen und nicht länger auf einen unbestimmten, fernen Tag zu warten. Niemand hatte mich dazu gezwungen, es waren mein freier Wille, die eigene Ungeduld, die mich nun aus Dynfaert vertrieben hatten.

Ich wusste es, wollte es aber nicht aussprechen, keine Schuld eingestehen.

Ohne ein Wort zu sagen, stand ich unvermittelt auf, sodass Aideen überrascht zu mir emporsah. Zügig begann ich mein Hab und Gut einzusammeln, das verteilt in der Hütte lag, packte die wenigen Dinge, die ich besaß, wieder in das Bündel, das ich eben erst ausgeräumt hatte.

»Du musst nicht sofort gehen«, hörte ich Aideens zitternde Stimme hinter mir. »Gib uns noch einen Tag, ich bitte dich!«

»Je länger ich hier bleibe, umso größer wird die Gefahr für dich. Sie dürfen uns nicht zusammen sehen.«

Sie riss mich hart am Unterarm, sodass ich ihr kurz wieder gegenüberstand. Aideens Unterkiefer bebte, Tränen liefen ihr die Wangen herunter, aber trotzdem versuchte sie eine entschlossene Maske aufzusetzen. Meine tapfere, störrische Fallenstellerin.

»Ayrik, bitte!«

Langsam hob ich beide Hände an ihre Wangen, berührte ihre tränennasse Haut. Sanft, im Bewusstsein, dies vielleicht zum letzten Mal zu tun, strich ich ihr mit einem Finger eine einzelne Strähne hinter das Ohr, ganz so, wie sie es immer machte. Ich wollte etwas Beruhigendes sagen, aber mir kam nichts in den Sinn, was auch nur annähernd richtig in meinen Ohren geklungen hätte. Es gab vieles, was ich ihr anvertrauen wollte, aber an diesem Tag im Winter dachte ich nur die falschen Worte in einem falschen Moment.

Ich versuchte ein kleines Lächeln zustande zu bringen, küsste Aideen sachte eine Träne fort, ehe ich mich leicht von ihr losmachte, um meine restlichen Sachen zu packen. Sie hinderte mich nicht mehr daran, sondern stand einfach nur da und betrachtete lautlos weinend, wie ich mein Leben in dieser morschen Hütte einsammelte, um es an einem anderen Ort vielleicht von Neuem zu beginnen. Sie half mir schweigend in mein Kettenhemd, indem sie mit fahrigen Fingern die Schnallen am Rücken verschloss, an die ich selbst nicht herankam.

Wenig später war das Bündel gepackt, hing an zwei Riemen auf meinem Rücken. Es war wie an jedem anderen Tag in den letzten Jahren. Gut und gerne vierzig Pfeile steckten im Beutel, den ich wie immer ein Stück zurückdrückte, nachdem ich ihn mir rechter Hand um die Hüfte gegürtet hatte. Ich trug ein warmes Wams, darüber mein vertrautes Kettenhemd und Aideens Fellmantel, Wollhandschuhe, feste Stiefel und geflickte Hosen. Mein Schal fiel mir locker vor die Brust, roch noch nach Aideens Haut. An diesem Tag aber hatte ich ein Schwert gegürtet und stand vor der Fallenstellerin, die ich wie meine Heimat, meine Familie und alles, was mir je vertraut und gut erschien, verlassen musste, um einen unbestimmten Pfad einzuschlagen. Ich würde nicht zurück in die Wachbaracke kehren, um dort zu saufen und zu lachen, das Leben an mir vorbeiziehen zu lassen. Alles würde anders werden, aber die Vertrautheit dieses Augenblicks ließ mich schaudern.

Sie weinte noch immer, als ich sie abmarschbereit anschaute. Liebte ich sie? Ja, von ganzem Herzen. Denn in diesem Moment wurde mir klar, was ich zurücklassen würde. Das Gefühl zu Hause zu sein, das Gefühl, bei ihr zu Hause zu sein. Aideen und ich würden niemals heiraten, Kinder haben oder unser Stück Land bestellen, denn die Vergessenen Götter hatten für uns nicht einen solchen Weg vorherbestimmt. Doch das brauchten wir auch gar nicht. Ich wusste, dass die Zeit mit ihr, ihre Nähe und Geborgenheit, in dieser Welt das Wärmste und Wundervollste, ja, das Einzige waren, was mich irgendwie zu einem guten Menschen gemacht hatte.

Ich konnte sie nicht umarmen oder noch einmal küssen, wahrscheinlich hätte ich Grems Hütte dann nie verlassen. Mein Vater hatte mir einst gesagt, die richtigen Entscheidungen seien selten die leichtesten. Als ich Aideen in diesen Momenten anschaute, verstand ich, was mein alter Herr damit gemeint hatte. Zu verlassen ist tausend Mal schwieriger, als zu hassen. Und so lächelte ich, auch wenn mir überhaupt nicht danach zu Mute war.

»Danke für alles, Aideen.«

Als ich die marode Tür öffnete und mir die Kälte des Winters ins Gesicht schlug, hielt mich ihre Stimme noch einmal auf.

»Er liebt dich, Ayrik. Damit ist er nicht alleine.«

Ich packte den Bogen, der neben der Tür lehnte, und konnte nicht zurücksehen, nur gehen. Ich war jung, stark und hielt mich für einen Krieger, aber niemand sah, dass ich bei jedem Schritt wie ein kleines Kind heulte, während der Winter Dynfaert, meine Heimat umklammerte und ich all dies hinter mir ließ.

Nachtgesang gehörte mir. Wir waren alleine.

FÜNF

»Du ranntest also davon«, stellt Saer Mikael Winbow fest.

»Ja.« Es ist nicht besonders schwer zu sehen, wie sehr Winbow von meinem offenen Eingeständnis der Feigheit überrascht ist. »Nicht unbedingt der Stoff für Sänger, was?«

»Ein Saer flieht nicht, sondern stellt sich auch den widrigsten Umständen.« Mein Gegenüber bringt das in einem solchen Brustton der Überzeugung hervor, dass ich kurz gewillt bin, ihm jedes Wort abzukaufen, wüsste ich es nicht besser. »Er beugt sich nicht, denn er weiß, dass sein Kampf jene inspirieren soll, die in ihm das Gute der Menschen sehen. Junus hat einen Saer über andere erhoben, ihm Schwert und Macht verliehen, um beides im guten Kampf einzusetzen, wo andere versagen. Jeder Hieb des Saers muss in jenen Momenten im Bewusstsein geführt werden, einen Unterschied zu machen, etwas zu bewegen. Ein wahrer Saer weiß, dass es keine Niederlagen und keine Flucht gibt. Nur die Gewissheit, das Richtige zu tun, dort zu stehen, wo es andere nicht können, und im letzten Schritt alles zu opfern, wenn es verlangt wird. Seine eigene Angst zu besiegen und für etwas einzustehen, das größer ist als das eigene Wohl – daraus werden Lieder gedichtet und Helden geboren und aus Kriegern unsterbliche Saers, Schwertherren, gemacht.«

Ich lasse diesen hohen Worten ihren Raum, indem ich eine Weile schweige. Mit nachdenklichem Blick betrachte ich Mikael, diesen oft einsilbigen, ernsten Soldaten Junus'.

»Und du glaubst daran?«

Der Cadaener lächelt. »Aus der Tiefe meiner Seele.«

In diesem Moment wirkt Mikael Winbow wahrhaftig wie der vollkommene Saer. Ein leuchtendes Vorbild in einer Welt, die in der Dunkelheit des Krieges und der Barbarei versinkt und kaum Hoffnung auf bessere Tage kennt. Wir sind verloren, brennen, nur merken wir es noch nicht. Jeden Tag gehen wir hinaus, kämpfen gegen das, was Anarien ins Chaos stürzt, lachen und trinken und lieben in der Inbrunst einer Verzweiflung, wie sie nur der Mensch selbst heraufbeschwören kann, wenn er an dem von seiner Hand geschaffenen Horror zu zerbrechen droht.

Wir sind die Kinder des Krieges, und wir töten jeden Tag, jeden Herzschlag mehr, was uns eigentlich zu guten Menschen macht. Wir sind niederträchtig, von Hass zerfressen, stehen mit dem Rücken zur Wand und zerfetzen und durchlöchern und verstümmeln deswegen alles, was vor uns liegt. Unsere Zukunft vergeht. Doch wären wir alle wie Mikael Winbow, wäre jeder ein perfekter Saer im Kleinen, diese Welt bestünde vielleicht aus sehr viel mehr Langeweile, aber vor allem herrschte eben genau dieses flüchtige Gefühl, das wir schon zu lange missen, dessen süßen Geschmack wir vergessen haben.

Frieden.

In der Gewissheit, nicht mehr als einen Traum gehört zu haben, erwidere ich das Lächeln dieses seltenen Mannes. Und ich weiß genau, dass ich niemals sein werde wie er.

»Gut gesprochen, Saer, aber ich war kein adliger Schwertherr.« Kopfschüttelnd blicke ich auf die Erde, die ich in den letzten Jahren so oft mit dem Blut anderer getränkt habe. »Nur ein dummer Junge ohne Ziele und Ideale, ein Bündel auf dem Rücken, in das sein ganzes Leben passte und mit einer Klinge bewaffnet, die er zwar leidlich zu führen wusste, aber nicht sagen konnte, für wen oder was eigentlich. Ich marschierte blinden Auges in die hoffnungslosen Tage unserer Zeit. Und ich ahnte es nicht, ich ahnte es einfach nicht. Immer nur einen Fuß vor den anderen. Mitten hinein in den Sturm, der auf uns alle wartete.«

PALÄSTE

An die ersten Tage meiner Verbannung habe ich kaum genaue Erinnerung, nur schwammige Bilder vor Augen, das Gefühl der Leere, die mich ausfüllte. Begleitete mich zu Anfang noch die Gewissheit, dass die Vergessenen, die den Wald beherrschten, mein Kommen bemerkt hatten, verließ mich nach kurzer Zeit selbst dieses Wissen. Es war, als hätte man mich gesehen, bewertet und nicht der Mühe wert befunden. Der Blick der Vergessenen Götter fiel von mir ab, ich war alleine mit mir und meinem Elend. Zum ersten Mal seit jener schicksalhaften Nacht, in der ich als Junge dem Wyrc anvertraut worden war, fühlte ich nicht mehr die Nähe dieser alten Mächte, die seitdem irgendwie immer in mir gelebt hatten. Meine Götter waren gegangen. Verschwunden wie der Rest meines Lebens. Mein Vater hatte mich in den viel zu früh gekommenen Winter verbannt, der sehr viel härtere Burschen als mich umbringen konnte.

Hätte ich damals irgendein Gebet an Junus gewusst, ich hätte es wohl aufgesagt.

Ziellos zog ich nach Norden, immer tiefer hinein in die Wälder der Hohen Wacht, die sich bald wie ein schlafender Gigant in den Himmel reckte und mich in ihrer Majestät zu verhöhnen schien. Ich war ein kleiner Niemand, der sich blindlings in die Unantastbarkeit des alten Waldes geflüchtet hatte, weil niemand wagen würde, ihn dort zu verfolgen. Und vielleicht, weil es der einzige Ort auf der Welt war, der mir so verwirrend vertraut und doch zugleich fremd vorkam, dass ich in meiner Einsamkeit und Leere keinen anderen Weg hätte gehen können. Ich wusste nicht, was jenseits der Wacht lag, würde ich die Berge umwandern und weiter nach Norden marschieren, denn so weit war ich noch nie zuvor gegangen. Vor mir lag Ungewissheit, ein neues Leben, das ich mir immer gewünscht hatte, aber jetzt kaum zu schätzen wusste.

Ich wusste nichts, konnte nur gehen. Gehen und hoffen, dass ich nicht erfrieren würde.

Nach den ersten Tagen wurde der Wald wilder, urtümlicher. Die Bäume, zumeist hohe Tannen, umschlossen mich wie alte und mächtige Monumente einer Welt, die lange vor unserer Zeit lag. Verworren, stellenweise ineinander verknotet waren ihre Wurzeln, die hier und da aus dem vom vor Frost harten Boden ragten und unachtsame Wanderer leicht zu Fall bringen konnten. Blickte ich empor, sah ich kaum den Himmel, denn die Bäume standen oft so dicht beieinander, dass sie wie ein undurchdringliches Dach wirkten. Hier zwischen den Hängen der Hohen Wacht herrschte ein kaum zu beschreibendes Zwielicht, das einen nicht zwischen Sonnenschein und Regenwolken unterscheiden ließ. Mir kam es so vor, als wanderte ich in einer Höhle, deren Boden mit Moos, toten Zweigen und sonderbaren Pilzen übersät war, während über mir eine unerbittliche, undurchdringliche Decke jeden Blick empor verwehrte. Hier und da konnte ich Tiere erahnen, wenn es in Büschen oder hinter umgestürzten, toten Bäumen raschelte. Wölfe heulten des Nachts, wenn sie sich zur Jagd sammelten, auszogen, um ihren Hunger zu stillen. Es gab Eulen hier, die mich aus schlaflosen Augen beobachteten, von ihren sicheren Posten aus auf mich hinab schauten.

Aber keines dieser Tiere ließ sich blicken. Sie mieden mich Eindringling. Ich war fast gewillt zu glauben, selbst die verdammten Viecher hätten sich gegen mich verschworen, damit mir unmissverständlich klar würde, wie sehr ich mich selbst durch meine Arroganz getroffen hatte.

In meiner Abgeschiedenheit fand mich irgendwann dann doch das Leben. Zumindest für einen Augenblick.

Eines frühen Morgens, die Kälte hatte mich kaum ein Auge zutun lassen, lagerte ich im Schutze einer abfallenden Böschung. Zu meinen Füßen, keine fünf Schritt entfernt, plätscherte ein halb zugefrorener Bachlauf, der von Westen her vom Gebirge hinab führte und an dem ich am Abend zuvor meinen Wasserschlauch aufgefüllt hatte. Bis Sonnenaufgang blieb noch Zeit, aber meine Augen hatten sich eh an die Dunkelheit gewöhnt, da ich nicht viel geschlafen hatte und mein Lagerfeuer bereits vor Stunden erloschen war. So dämmerte ich zwischen Wachen und Ruhen, bis zur Nasenspitze in das dichte Fell meines Mantels gehüllt.

Vielleicht lag es daran, dass ich mich kaum bewegte, vielleicht ahnte das Tier, dass von mir keine Gefahr ausging, als aber schließlich ein vorsichtiges Reh aus den Schatten der Bäume an den Wasserlauf kam, ohne Hast zu trinken begann, wurde mir plötzlich schmerzhaft bewusst, dass ich bis zu diesem Zeitpunkt seit fünf Tagen kein Leben mehr gesehen hatte. In diesem Teil des Waldes war ich so alleine, wie man es nur sein konnte. Ich beobachtete das scheue Geschöpf, bewegte mich nicht, und dachte tatsächlich für Momente an meinen Bogen, der entspannt neben mir lag. Aber zum einen hätte ich die Waffe nie schnell genug schussbereit machen können, und zum anderen verfügte ich noch über genug Vorräte. Zumindest vorerst. Ich wollte dieses Lebewesen ganz einfach nicht töten, die erste Seele, die meinen Weg seit einer gefühlten Ewigkeit kreuzte, nicht auslöschen. Ich war vielmehr dankbar für das Zeichen der Vergessenen Götter, ob nun Zufall oder Durst das Tier in meine Nähe getrieben hatten. Tränen brannten in meinen Augen, und ich blinzelte sie nicht fort.

Einsamkeit ist eine Waffe, gegen die es keinen Schutz gibt. Sie hatte mich schon längst getroffen, eine blutige Wunde geschlagen.

Langsam bewegte ich mein Bein ein Stück, da ich schon zu lange in derselben Position dort hockte und meine Glieder langsam taub wurden. Daraufhin schreckte das Tier hoch, den Moment beendend, verschwand es mit wenigen Sprüngen in der Weite des Waldes.

Ich war wieder alleine.

Wenn es überhaupt möglich war, dann wurde es noch kälter, dafür jedoch nahm der Schneefall für einen Tag ab. Ich nahm es, wie es kam, und freute mich darüber, jetzt wenigstens nur noch am Hintern nass zu werden, wenn ich dumm genug war, meinen Rastplatz nicht vorher vom Schnee zu befreien. Dann saß ich da, kaute ein wenig auf meinen Vorräten herum und tastete vorsichtig nach den hauchdünnen Eiskristallen auf Sträuchern und Bäumen am Morgen. Sie erinnerten mich schmerzlich an Aideen, die mich am Tage nach meiner Flucht in Grems alter Hütte gefunden und ebensolche natürlichen Kunstwerke in ihren Haaren gehabt hatte.

Eines Morgens hing Nebel in der Stille des Waldes, und ein leichter Nieselregen weckte mich. Als ich die Augen öffnete, behinderte das Wetter die freie Sicht, als sei es dichter Rauch eines Feuers. Und Feuer war ein gutes Stichwort, denn ich hatte mittlerweile Mühe, geeignetes Holz für mein Lagerfeuer aufzutreiben. Die Äste, die ich hier fand, waren klamm, faulend und brannten ebenso gut wie Stein. Das beunruhigte mich. Ohne den Schutz der Flammen würde es nicht lange dauern, und ich fände irgendwann unangenehmere Besucher als ein Reh vor. Jetzt, da die Nahrung für die Tiere im nahenden Winter knapper wurde, wäre es nur eine Frage der Zeit, bis ausgehungerte Wölfe in ihrer Not selbst einen Menschen anfallen würden. Von der Kälte ganz zu schweigen, die mich früher oder später einen Finger, Zeh oder die Nase kosten könnte.

Bei dem Gedanken an wilde Tiere zuckte ich zusammen. Was wohl derweil in Dynfaert geschehen war? Hatte man die Bestie erlegt, oder trieb sie sich noch immer im Umland meiner alten Heimat herum, verbreitete Furcht und Schrecken? Wut stieg in mir hoch, als ich daran dachte, wie ich meine Familie und ganz Dynfaert im Stich gelassen hatte. Nur war es jetzt für irgendwelche Reue zu spät. Vater brauchte meine Hilfe nicht, das hatte er unmissverständlich klar gemacht. Mein Bruder Rendel würde Dynfaert von dieser Gefahr auch ohne mich Wichtigtuer befreien. Er hatte einfach mehr zu bieten als große Worte. Er war ein Krieger, ich nicht.

Kopfschüttelnd schob ich die Erinnerung an meine Heimat zurück und machte mich daran, in meinem Beutel nach etwas Essbarem zu suchen. Meine Vorräte hatten in den letzten Tagen, seit ich durch dieses elend kalte Wetter gewandert war, arg gelitten. Das Brot, das mir Aideen gegeben hatte, war zwar nicht geschimmelt, aber dafür noch härter als zuvor. Nicht mehr lange, und ich musste mir ernsthaftere Sorgen um meinen eigenen Hunger und nicht um den von Wölfen machen. Oder darum, dass ich mir am Brot die Zähne abbrechen könnte. Schicksalsergeben stopfte ich mich ein wenig mit Käse und einigen noch genießbaren Brotstücken voll, die ich mit der Messerspitze abgetrennt hatte, dann brach ich mein jämmerliches Nachtlager ab und zog weiter nach Norden.

Bereits am ersten Tage der Flucht hatte ich bemerkt, wie das Land stetig angestiegen war. Zuerst noch fast unmerklich, jetzt aber erklomm ich Regionen, in denen sich der Wald lichtete und die karge Gebirgslandschaft der Hohen Wacht zu dominieren begann. Die Pfade wurden steiler und gefährlicher, da der Boden an manchen Stellen vereist war. Ich kam schlecht voran, hielt mehrmals an, um wieder zu Kräften zu kommen, wollte ich nicht einen Sturz riskieren, der mir hier in dieser Abgeschiedenheit zum Verhängnis geworden wäre. Wegen des schneidend kalten Windes hier oben, in dem viel zu oft Schnee hing, war ich nahe dran, mich völlig zu verausgaben. Die Beine schmerzten und wollten nicht mehr, mein Rücken tat vom ständigen, leicht gebückten Marschieren ohne Wanderstab furchtbar weh, und die Füße hatte ich mir mittlerweile auch blutig gelaufen, und die tauben Finger spürte ich kaum noch. Kurzum: Ich befand mich in einem erbärmlichen Zustand.

Lange ging das nicht mehr so weiter. Ich war ein zäher Bursche, aber alles andere als unsterblich.

Zum Nachmittag hin verzog sich der Nebel, bis nur noch ein dünner Dunst übrig blieb und den Blick ein wenig auf eine verschleierte, trübe Welt freigab, die zu meiner Laune passte wie nichts anderes. Ich hielt an, ließ den Blick schweifen. Zu beiden Seiten konnte ich in einiger Entfernung zwischen den nun nur noch vereinzelt wachsenden Tannen und Krummhölzern die steilen Hänge der Berge erahnen, die sich zerklüftet und rau emporzogen, bis sie in schneebedeckten Kämmen, die ich bei diesem Wetter allerdings nicht genau erkennen konnte, endeten. Mir blieb nur, weiter nach Norden zu ziehen. Zwar stieg dort das Land ebenfalls an, aber nicht so steil wie links und rechts von mir. Übersät mit Schotter und Steinen und nur an manchen Stellen von Gras bewachsen, schien mich der Weg nach Norden förmlich einzuladen. Außerdem bildete ich mir ein, dass der Schnee dort nicht ganz so hoch lag.

Während ich also mit dem kräftezehrenden Aufstieg begann, ging mir durch den Kopf, wie wenig ich doch von meiner angeblichen Heimat wusste. Nur wenige Tagesmärsche von Dynfaert entfernt hatte ich keine Ahnung, was vor mir lag. Wäre mir das Glück nicht hold, würde ich diese Steigung erklimmen, nur um am Ende herauszufinden, dass ein weiterer Berg vor mir lag, den ich nicht umgehen konnte und der mich zur Umkehr zwang. Ich war völlig blind in einem Teil von Anarien, den ich eigentlich kennen sollte.

Demut ist bekanntermaßen einer der besten Lehrmeister. Vor einem Wochenlauf noch hatte ich mich für etwas Besonderes gehalten, auserwählt von den Vergessenen Göttern, einem Schicksal entgegen zu gehen, das größer war als das einfache Leben der Bauern meiner Siedlung. Mit jedem hatte ich mich angelegt, mich in dem Moment wie die Sau im Schlamm gesuhlt, als ich dem Wyrc widerstanden und Nachtgesang an mich genommen hatte. Ich wollte ganz Dynfaert von einer unbekannten Gefahr befreien, hielt mich für den geborenen Helden, doch jetzt merkte ich, dass ich nicht einmal in der Lage war, der Natur halbwegs zu trotzen. Meine Kleidung wurde gar nicht mehr richtig trocken, denn der Schnee schmolz auf ihr wie über einem Feuer, die Vorräte schimmelten allmählich vor sich hin, und nicht mehr lange und mir würde der ein oder andere Finger absterben. Der Wald der Hohen Wacht zwang mich in die Knie, während ich versuchte am Tag mehr Meilen zurückzulegen, als ich an einer Hand abzählen konnte. In diesen Tagen verstand ich endlich, seit der Alte mich zu sich geholt hatte, was es hieß, nichts Besonderes zu sein. Nur ein einzelner Wanderer in einer Welt, die um so vieles größer und mächtiger war als man selbst.

Noch vor Einbruch der Dunkelheit erreichte ich eine Stelle, an der ich erkennen musste, dass mein Weg tatsächlich beendet war. Der Wind hatte die Wolken weiter nach Osten getragen, sodass ich nun in aller Klarheit sah, wie einige Meilen weiter oben am Ende dieser Erhebung zwei Gipfelspitzen in den Himmel stachen. Sie wirkten von meiner Position aus wie kleine weiße Türme, unscheinbar auf den ersten Blick, aber mir war klar, dass der Weg sicherlich wieder ein Stück abfallen würde, am Ende aber stünde ich vor den Hängen dieser beiden Berge und hätte nur Kraft verschwendet, weil es Wahnsinn gewesen wäre, die Hohe Wacht im Winter bezwingen zu wollen. Ich konnte es drehen und wenden, wie ich wollte, hier ging es nicht weiter.

In mir machte sich nichts als Leere breit. Kraftlos ließ ich mich auf einem der Felsen nieder, die hier überall verteilt waren, und vergrub das Gesicht in meinen

Händen. Es gab nur den Weg den Hang hinunter und zurück in den Wald. Von dort aus musste ich dann irgendwie versuchen, die Berge zu umgehen. Irgendwann, wenn ich mich nur lange genug nach Westen oder Osten orientierte, musste es ja einen Weg an der Wacht vorbei geben, denn jedes Gebirge endet einmal.

Das Problem war nur – ich wollte einfach nicht mehr. Mein Körper wie auch mein Geist hatten aufgegeben. Mir fehlte jedweder Antrieb, auch nur noch einen Schritt zu machen. Zu sinnlos kam mir diese Quälerei vor, da ich weder ein bestimmtes Ziel, noch eine Idee hatte, wie ich dort hingelangen sollte. Seit meiner Flucht war ich im naiven Glauben nordwärts gezogen, eines Tages die freien Länder der Nordleute zu erreichen, wo man das Land Agnar nannte und ich als Schwertmann ein neues Leben beginnen konnte. Damals hatte ich noch nie eine Landkarte gesehen, wusste gerade einmal, dass nördlich von Dynfaert die Wacht thronte und danach, jenseits der Provinz Nordllaer, Agnar liegen musste. Auf diesem Hang hingegen stellte ich fest, dass es hinter meiner Heimat nichts als Verzweiflung und Unwissen gab. Agnar blieb ein ferner Hoffnungsschimmer, von Wind und Schnee davon getrieben. Ich war am Ende, bereit aufzugeben.

Die Abenddämmerung breitete sich weiter aus, es schneite sanft und hämisch auf mich nieder, da hörte ich von fern ein Geräusch, so unwahrscheinlich und fremd, dass ich erschrak. Im ersten Moment begriff ich gar nicht, was ich vernommen hatte, denn eine menschliche Stimme in dieser Gegend war so ziemlich das Letzte, womit ich gerechnet hatte. Als ich aber schließlich den Blick hob und die Gegend nach der Quelle des Rufes absuchte, erblickte ich weiter oben im Nordwesten den undeutlichen Schemen eines Menschen, der mir aufgeregt zuwinkte. Ich hatte nicht die geringste Vorstellung, wer noch so verrückt oder verzweifelt wie ich sein konnte, dass er sich hier freiwillig aufhielt, aber es war mir auch völlig egal. Von neuer Kraft beseelt, stand ich auf und schleppte mich vor Freude heulend dem Fremden entgegen.

Meine Einsamkeit hatte ein Ende gefunden.

»Du bist eine seltsame Bergziege«, rief mir der Unbekannte zu, als ich näher herangekommen war.

Jetzt konnte ich mehr von ihm erkennen. Der Kerl maß mindestens einen ganzen Kopf mehr als ich, stämmig vom Körperbau und ungefähr im Alter meines Vaters. In seinem Gesicht wucherte ein gelber Bart, in dem einzelne graue Strähnen sprossen, sodass man einen Mund nur erahnen konnte. Die offensichtlich mehrfach gebrochene knubblige Nase hingegen war kaum zu übersehen. Der Mann trug sein fettig glänzendes, ebenso helles Haar fast bis zu den Schultern und war in ein Fell gehüllt, das ihm beinahe bis zu den Fußknöcheln hing und ihn wie einen Mensch gewordenen Bären wirken ließ.

Ich kämpfte mich über einige Felsen zu ihm hin.

»Bist du eine Ziege?«, rief er mich noch einmal an und wirkte dabei nicht sonderlich von seinem eigenen Scherz amüsiert, sondern viel mehr ehrlich von der Tatsache überrascht, auf einen Menschen zu treffen.

»Nein. Nur ein Wanderer, der den Weg verloren hat.«

Jetzt kam er mir einige Schritte näher, sodass ich ihn mir eingehender anschauen konnte. »Welchen Weg kann man hier schon verlieren?«

Bei näherer Beobachtung wirkte der Mann sogar noch stämmiger und größer. Ich konnte zwar hinter dem Fell nur erahnen, wie kräftig er sein musste, aber auf Prügel von seinem Wanderstab, auf den er sich stützte, konnte ich gut verzichten. Der würde mir glatt den Schädel einschlagen. Die Augen des Mannes jedoch waren von einem warmen Braun, standen im krassen Gegensatz zu seiner sonst eher groben Erscheinung, denn sie strahlten Freundlichkeit und Güte aus, sodass ich gar nicht erst auf die Idee kam, an meine rechte Hüfte zu greifen, wo Nachtgesang unter dem Mantel verborgen hing. Und irgendwie erinnerte mich seine Erscheinung an jemanden, den ich kannte. In meinem Zustand wollte mir aber einfach kein Name zu dem Kerl einfallen.

»Hier gibt es keine Wege«, fuhr er fort. »Das ist wohl auch der Grund, warum ich selten Besuch bekomme.«

»Jetzt hast du welchen.« Mit dem Handrücken wischte ich mir die Tränen aus den Augen, von denen ich hoffte, der Hüne würde sie dem Schnee und Wind zuschreiben. »Ob du wohl deinem Besucher einige Auskünfte erteilen würdest?«

Ich erntete einen Blick, als wäre ich vollkommen verrückt geworden. »Etwa hier?«

»Wo sonst?«

Der Riese deutete mit seinem Stab hinter sich. »In meinem Palast. Aber ich warne dich: Wenn du deine Finger nicht von meinen Sachen lassen kannst, breche ich dir alle Knochen und verfüttere dich an die Vögel!«

Palast! So wie der Kerl aussah, gab es seinem Palast bestimmt nicht sonderlich viel, was ich überhaupt einsacken wollte. Allerdings ließ mich seine Drohung stutzen. Das hatte ich schon einmal gehört. Nur bei wem?

»Keine Sorge, ich bin viel zu müde, um zu stehlen«, beruhigte ich ihn, weil ich einfach nur noch aus diesem verdammten Wetter heraus wollte und mir später noch Gedanken darüber machen konnte, woher ich meinen unerwarteten Retter kannte.

Zufrieden mit meiner Versicherung, ihm nicht sein Heim auszuräumen, führte mich mein neuer Freund weiter hinauf in die Hohe Wacht. Ich konnte keinen Trampelpfad erkennen noch sonst einen Weg, dem der Fremde folgte, trotzdem schritt er sicher voraus. Also musste dieser Riese von einem Mann bereits eine längere Zeit sein Zuhause in diesem abgelegenen Ort haben, denn er wusste genau, wohin er wollte. Er sprach nicht zu mir, während wir wanderten. Meine Frage nach seinem Namen oder seit wann er hier schon hauste, schob er mit einem knappen später beiseite und beschleunigte seine Schritte. Mit dem Stab zeigte er in den immer düsterer werdenden Himmel, was mir wohl zu verstehen geben sollte, dass er wenig Interesse hatte, hier noch in der Nacht herumzumarschieren. Ich atmete schwer, raffte meinen Beutel noch einmal und gab mir alle Mühe, mit diesem erfahrenen Bergbewohner Schritt zu halten.

Als wir schließlich in der ersten Dunkelheit des hereinbrechenden Abends vor seiner Behausung ankamen, fehlte mir die Kraft, sie gebührend zu betrachten. Keuchend beugte ich mich vor, schnappte nach Luft, während ich mich völlig fertig mit den Händen auf meinen Oberschenkeln abstützte. Aus den Augenwinkeln konnte ich erkennen, dass es sich um eine überraschend massive Holzhütte handelte, die geschickt unter einem Felsvorsprung errichtet war. Im schwindenden Tageslicht und in meinem Zustand wirkte sein Zuhause unter einem steilen Berghang, umgeben von unwirtlicher Natur, tatsächlich wie ein Palast. Ich ahnte mehr als ich sah, denn bei diesen Lichtverhältnissen wirkte die Szenerie wie aus einem Traum, an den man sich am nächsten Morgen nur noch bruchstückhaft erinnert. Fertig wie ich war, musste ich zweimal hinsehen, bis ich bemerkte, dass mir mein Retter mit der Hand deutete, ihm in sein Zuhause zu folgen.

Nichts lieber als das.

»Willkommen in meiner Königshalle«, verkündete er, nachdem wir eingetreten waren und er hinter mir die Tür schloss.

Ich fuhr mir mit einer Hand durchs Gesicht, in dem innerhalb der letzten zwei Wochen mein erster wirklicher Bart gewachsen war, und staunte nicht schlecht. Das Innere seiner Behausung hätte ich so niemals erwartet. Aufgeräumt und wohlig mit einem Feuer beheizt, das in einer Art natürlichem Kamin an der Felswand loderte, wirkte das Ganze für mich nicht gerade passend für diese abgelegene Gegend. Mein Blick blieb bei der Feuerstelle hängen. Ich betrachtete das Ganze genauer und musste feststellen, dass es nicht ganz so natürlich war, wie ich angenommen hatte. Tatsächlich war der Rauchabzug von Menschenhand unter kaum vorstellbaren Anstrengungen in den Felsen gehauen. Ich traute dem Riesen alleine vom Umfang seiner Arme diese Arbeit zu, aber selbst ihn musste es Wochen, wenn nicht sogar Monate gekostet haben, dem Fels diese Vorrichtung abzukämpfen. Langsam lösten sich meine Augen vom Feuer, und ich begann mich umzusehen.

Der Fremde hatte sein Heim überraschend gemütlich eingerichtet, wobei ich mich fragte, wie er es in diesem Nirgendwo geschafft hatte, Regale, einen Tisch, zwei Schemel und eine einfache Schlafstatt zu zimmern, die nicht stümperhaft aussahen, sondern, mit kunstvollen Verzierungen versehen, einen guten Preis in Dynfaert erzielt hätten. Ich sah Tonkrüge, einfache Teller und Schüsseln, genug Dinge, um eine Großfamilie damit auszustatten. Selbst eine Vorrichtung, um einen großen Kessel über das Feuer zu hängen, gab es. In einer Ecke, nahe der mit zwei Pelzen und Stroh ausgelegten Schlafstatt, lehnte ein mannshoher Eibenbogen samt Tasche mit zwei Dutzend Pfeilen, daneben eine Axt, die ich wahrscheinlich nicht einmal hätte anheben können. Dieses Ding würde sich bestimmt mindestens ebenso gut zum Baumfällen wie Schädelspalten eignen. Dem Zustand des Blattes nach zu urteilen, tat dieser Kerl wenigstens eines davon regelmäßig. Gegen die Kälte hatte er die drei Holzwände, weit genug von gefährlichen Funken entfernt, mit mehreren Schichten Leder überspannt. Auf einem seltsam sauberen Tisch in der Mitte des recht geräumigen Raumes lagen vier hölzerne Würfel neben drei leeren Tonbechern, einer simplen Karaffe und einem weiteren Becher, in dem noch die Reste von Bier abstanden.

So absurd es vielleicht auch war, aber ich fragte mich, ob der Kerl mit sich selbst würfelte.

Als mein Blick wieder auf den Fremden fiel, nickte ich. »Ein Palast in der Tat.«

Der riesige Mann legte seinen Fellmantel ab, warf ihn auf sein Bett, sodass sich meine Vermutung bezüglich seiner Statur nur bestätigte: Er war ein Baum von Mann, mit einem Kreuz gesegnet, auf dem Yaven und seine baldige Frau Lyv ihren Vermählungstanz hätten führen können. Unter seinem Mantel war er mit einer geflickten Tunika bekleidet, die ihm bis zu den Oberschenkeln reichte, sowie Beinlingen aus Wolle und ausgetretenen Lederstiefeln.

Seine rechte Hand, die in einem fingerlosen Handschuh steckte, griff nach dem noch halb gefüllten Becher auf dem Tisch, bevor er das abgestandene Bier in einem Schluck hinunterstürzte und rasch Holz in das Feuer nachlegte.

Woher hatte er überhaupt Bier an diesem gottverdammten Ort?

»Du wolltest doch einen Namen«, plauderte er los. »Ich bin Raegan, König Raegan vom einsamen Berg, wenn es dir gefällt.«

Im Schein des Feuers betrachtete ich mir Raegan eingehender. Ich kannte ihn, so viel stand fest, hatte ihn irgendwo schon einmal gesehen. Es gab in Dynfaert nicht viele Männer von solch riesigem Wuchs, noch viel weniger solche, die die Einsamkeit ...

»Du bist Grem!«, platzte es aus mir heraus, woraufhin ich einen irritierten Blick erntete.

Ich war Grem, dessen Hütte Aideen und ich bezogen hatten, nachdem er über Nacht verschwunden war, nur zweimal in meinem Leben begegnet. Bei der ersten Gelegenheit war ich vielleicht sieben oder acht Jahre alt gewesen und mit meinen Brüdern auf dem alle drei Monate stattfindenden Markt am Ältesten Baum unterwegs, als ich einen riesigen Mann beobachtete, der sich angeregt mit einem dürren, noch recht jungen Hund unterhielt. Als ich Keyn fragte, wer dieser Kerl sei, antwortete er mir, das sei Grem, der irre Einsiedler, der es mit seinem Köter trieb und draußen im Wald hauste. Natürlich glaubte ich meinem älteren Bruder, den Hund hatte ich aber trotzdem sofort ins Herz geschlossen. Bis ich Grem das nächste Mal sah, waren einige Jahre vergangen. Ich musste wohl um die Zwölf gewesen sein. Aideen und ich hatten seine Hütte mit Schweinescheiße beworfen, die wir den Tag über von verschiedenen Höfen in Dynfaert gesammelt hatten, was uns in dem Alter sehr mutig und wenig gemein vorkam, denn Grem war nun einmal in unseren Augen ein Spinner. Da durfte man solche Sauereien veranstalten. Unser kleiner Angriff trieb den Einsiedler allerdings vor die Tür. Er jagte uns brüllend wie von Sinnen hinterher, drohte uns alle Knochen zu brechen und uns an die Vögel zu verfüttern, aber wir waren schneller gewesen.

»Grem?«, wiederholte der Einsiedler mit gerunzelter Stirn und näherte sich langsam vom Feuer wieder mir. »Bist du Dunier?«

»Nein, Scaete.«

Grem, oder Raegan, zeigte mit dem Finger auf mich. »Weißt du, was Grem heißt, Bursche?«

Ich wusste gar nicht, dass der Name überhaupt eine Bedeutung hatte, deswegen schüttelte ich nur den Kopf.

»Das ist dunisch und bedeutet Haufen«, klärte er weniger freundlich auf. »Haufen wie das, was du Stinker aus deinem Hintern drückst.«

»Das wusste ich nicht! Die Leute im Dorf nannten dich so, mehr nicht.«

»In welchem Dorf? Dynfaert?«

Ein Nicken von mir. »Ich kenne deine Hütte im Wald.«

Daraufhin zeigte sich plötzlich ein Lächeln auf seinen bärtigen Zügen. »Mein altes Häuschen«, sagte er versonnen.

»Ich habe es für eine Weile bezogen. Ein wunderbarer Ort, wenn auch ziemlich zugig«, versuchte ich seine unerwartet bessere Laune auszunutzen.

»Und ein ruhiger Platz zum Leben«, stimmte der Einsiedler zu. »Auf jeden Fall, solange man in Frieden gelassen und nicht mit Scheiße beworfen wird.«

Ich entgegnete nichts darauf.

»Dann bist du also aus Dynfaert«, sagte er schließlich und ließ sich auf einem Hocker am Tisch nieder. Er zog einen zweiten heran, nachdem er die darauf liegenden Fellreste herunter geschoben hatte, und deute mir, mich zu ihm zu setzen.

Ich folgte der Aufforderung, während er uns aus der Karaffe Bier einschenkte. »Ja, ich stamme aus dem Dorf«, gab ich zu.

Grem prostete mir zu, trank und betrachtete dabei eingehend meinen Fellumhang, den ich trotz der angenehmen Wärme noch immer trug. So konnte ich Nachtgesang weiterhin versteckt halten, weil ich nicht ahnte, wie der Einsiedler wohl auf das Schwert reagieren würde.

»Hast du auch einen Namen?«, wollte er wissen, die Augen immer noch nicht von meinem Fell nehmend.

Einen Moment überlegte ich, ihn einfach anzulügen. Würde ich ihm meinen wahren Namen verraten, wüsste er wahrscheinlich sofort, dass ich der Sohn des Than war. Und da ich keine Ahnung hatte, warum er seine Hütte in der Nähe des Dorfes verlassen und welche Rolle dabei mein Vater gespielt hatte, hätte es mir unter falschen Umständen Ärger mit ihm einbringen können. Wenn Vater ihn hatte vertreiben lassen, würde Grem wohl nicht sonderlich viel Interesse daran haben, den Sohn dieses Mannes in seinem Haus zu bewirten.

Aber meine Intuition riet mir, entgegen meiner Gewohnheit, bei der Wahrheit zu bleiben. »Ich bin Ayrik, Rendels Sohn.«

Gerade nahm Grem einen weiteren Schluck, da hielt er bei der Nennung meines Namens plötzlich inne. Seine braunen Augen fixierten mich, in ihm arbeitete es. Dann setzte er den Becher ab, stellte ihn vorsichtig mit unbewegter, finsterer Miene auf den Tisch.

Ich schielte zu der gewaltigen Axt und fragte mich, ob Grem sie schneller in der Hand hätte als ich mein Schwert.

Ohne dass sich seine Züge vorher irgendwie entspannt hätten, lachte der Einsiedler plötzlich dröhnend los. Er steigerte sich regelrecht in das Lachen hinein, haute mit der flachen Hand auf den Tisch, ehe er wieder seinen Becher nahm und ihn gegen meinen stieß, den ich immer noch in der Rechten hielt.

»Der leibhaftige Sohn des Than in meinem Palast!«, sagte er lachend und schüttelte den Kopf. »Jetzt trink endlich, Junge. Ich habe nicht vor, dich an irgendwelche Vögel zu verfüttern, auch wenn ich dir das mittlerweile zum zweiten Mal in deinem Leben angedroht habe.«

Schlagartig verlor ich jede Farbe aus dem Gesicht.

»Ja, ich erinnere mich sehr gut an dich und die kleine Wildkatze des Waldhüters. Geht es Clyde gut?«, erkundigte er sich unvermittelt nach Aideens Vater.

»Er wird älter und griesgrämiger, und seine Augen sehen nicht mehr so gut wie früher«, gab ich überrumpelt zurück. »Aber ansonsten ist er bei guter Gesundheit.«

Ich wunderte mich ernsthaft, was dieser Kerl alles wusste. Als Kind war ich der festen Überzeugung gewesen, dass Grem nichts anderes als ein völlig irrer Trottel war, der sich lieber mit einem Hund abgab als mit anderen Menschen. Aber mein Exil in der Hohen Wacht schien so einige Irrtümer zu beseitigen.

»Clyde hat damals getobt, als ich ihm erzählte, was ihr Bälger angestellt habt«, erzählte er weiter und schmunzelte. »Richte ihm meine Grüße aus, wenn du ihm das nächste Mal begegnest. Ich habe ihn seit dem Sommer nicht mehr gesehen.«

Ich verstand nicht genau. »Ich dachte, du seiest ein Einsiedler.«

»Und das heißt, ich habe wie ein Schwachsinniger in meiner Hütte zu sitzen und am Markttag mit eingepissten Hosen zur Erheiterung der Menschen sabbernd um Almosen zu betteln? Nein, Bursche. Ich verstehe mich auf das Verarbeiten von Wurzeln, Kräutern und Pflanzen, die mir alleine aber nicht viel bringen. Clyde und ich handeln manchmal miteinander, seit ich die Dorfgemeinschaft verlassen habe. Er nimmt mir meine Salben und Tränke ab und gibt mir dafür Dinge, die mir hier oben mehr helfen als das. Wir sind Freunde auf eine eigene Art und Weise, aber wie ich dir sagte, habe ich ihn jetzt eine Weile nicht mehr zu Gesicht bekommen. Grüße ihn also von mir.«

Lange konnte ich nicht mehr verschweigen, was mich eigentlich in die Wacht trieb und dass ich Clyde so bald nicht würde grüßen können. Genauso wenig, wie ich noch länger meinen Fellmantel ertrug. Mittlerweile schwitzte ich kräftig, was Grem nicht verborgen blieb.

»Willst du das Fell nicht langsam ablegen? Hier ist es ja wohl warm genug.«

»Ich mag es gemütlich«, versuchte ich es mit einer Ausrede und trank vom Bier, das grauenerregend schmeckte, aber trotzdem das Beste war, was ich seit den letzten Tagen bekommen hatte.

Vorerst reichte Grem die Erklärung, denn er schenkte sich selbst nach, da er einen beachtlichen Zug an den Tag legte, bevor er mich fragend ansah. »Also erzähle mir, was dich in diesen Teil der Welt führt, Thansohn.«

»Ich bin auf der Durchreise«, log ich recht erbärmlich.

»Wohin?«

»Nach Norden.«

Grem lachte wie trockener Husten auf. »Genauer?«

»Nach Agnar.«

Jetzt lachte er länger. »Du weißt aber, dass es keinen direkten Weg nach Norden durch die Wacht gibt, oder?«

Verdammt!

»Und was willst du bei den Agnae?«, bohrte er weiter.

»Ich habe vor, mich in den Dienst einer ihrer Könige oder Kriegsherren zu stellen«, blieb ich halbwegs bei der Wahrheit.

Ihn amüsierte das nur noch mehr. »Weißt du auch, wo du einen finden kannst?«

»So schwer wird das schon nicht sein.«

Grem sah mich fast mitleidig an. »Warum lügst du mich an, Junge?«

»Ich lüge nicht«, protestierte ich halbherzig.

»Doch das tust du. Warum sollte ein Sohn des Than den beschwerlichen Weg über die Nordmark auf sich nehmen, um sich dort einem völlig Fremden zu verschreiben, bei dem seine Stellung in Dynfaert einen Scheißdreck zählt? Das macht man nur, wenn man nicht ganz richtig im Kopf ist oder etwas ausgefressen hat. Aber wenn ich mir ansehe, dass du immer noch dieses dichte Fell trägst, während hier drinnen das Bier langsam zu kochen beginnt, habe ich eine Ahnung, was bei dir der Fall ist.«

Ich erwiderte gar nichts, sondern schüttete mir das fade Bier in den Hals, den Blick vorbei an Grem ins Feuer gerichtet.

»Wie dem auch sei«, hob Grem seine Stimme nach einiger Zeit des Schweigens wieder an und stand auf. »Du bist mein Gast und stehst unter meinem Schutz, wie es Sitte bei uns Scaeten ist. Warum auch immer du in der Wacht wanderst, soll nicht meine Sorge sein. Wenn du hungrig bist, dort hinten unter den Tüchern findest du Trockenfleisch und Käse, Brot ist mir ausgegangen. Aber lass dich nicht von mir erwischen, im Rest meiner Habseligkeiten zu schnüffeln! Mir tun die Knochen weh, ich will schlafen, aber ich sehe alles! Du kannst dich gerne auf dem Boden ausbreiten, ins Bett kommst du mir nicht. Ruh dich aus, bei Tageslicht sieht die Welt anders aus.«

Damit ging er zu der Feuerstelle herüber, legte noch zwei Holzscheite nach, dann zog er sich die Tunika über den Kopf aus, schlüpfte aus den Stiefeln und legte sich ohne ein weiteres Wort in die Felle seiner Schlafstatt.

Ich saß noch einige Momente am Tisch, von seinem plötzlichen Abtritt überrascht. Es tat mir Leid, dass ich den sonderbaren Einsiedler angelogen hatte. Er gab mir einen sicheren Unterschlupf für die Nacht, bewirtete mich mit Bier und bot mir von seinen Vorräten an und zum Dank belog ich ihn.

Schließlich breitete ich ohne Abendessen meinen Fellumhang hinter dem Tisch aus, wobei ich peinlich genau darauf achtete, das Schwert, dessen Gurt ich leise löste, vollständig in das Fell einzuwickeln. Nachdem ich meine Tunika ausgezogen hatte, formte ich mir daraus ein leidliches Kissen und legte mich bei trüber Laune auf die Seite. Die Wärme des Feuers fühlte sich ungewohnt an, erinnerte mich an die Nächte mit Aideen.

»Was ist eigentlich aus deinem Hund geworden?«, fragte ich in Richtung von Grems Schlafstätte.

»Er ist gestorben, zwei Tage bevor ich Dynfaert verließ«, kam die schon halb schlafend klingende Antwort des Einsiedlers.

Ich fühlte förmlich Aideens Haare zwischen meinen Fingern und versuchte die Erinnerung an sie zu verdrängen. »Das tut mir Leid.«

»Alles vergeht irgendwann«, murmelte Grem. »Schlaf jetzt.«

Ich zog die Beine an, kauerte mich zusammen und schloss die Augen. Aideens Gesicht formte sich in meinen Erinnerungen, aber zum ersten Mal verschwamm es, wurde undeutlicher. Wie weit konnte sie noch von mir entfernt sein, jetzt, da es für mich kein Zurück mehr gab? Ich hatte sie hinter den Schatten eines alten Lebens gelassen. Grem, der bald zu schnarchen begann, war hier oben alleine, selbst sein geliebter Hund war von ihm gegangen. Jetzt lebte er zwischen Bergen und Wiesen und hatte nur Bergziegen und das elende Wetter als Gesellschaft.

Genau wie ich.

»Gute Nacht, Raegan.«

Ein würziger Geruch in der Nase weckte mich auf. Träge blinzelte ich den Schlaf davon, sah, dass Raegan mit dem Rücken zu mir an der Feuerstelle stand und in seinem Kessel rührte, den er aufgestellt haben musste, als ich schlief. Durch die Spalten an der Tür fiel ein wenig Sonnenlicht in den Palast des Einsiedlers, was mich, noch mehr schlafend als wachend, davon überzeugte, dass ich zumindest bis Tagesanbruch Ruhe gefunden haben musste.

Ich lag halb von meinem Fell bedeckt auf dem Rücken, drehte mich aber auf die Seite, da alles vom Hintern aufwärts bis zum Nacken von der nicht unbedingt weichen Schlafstatt und dem Wandern der vergangenen Tage arg in Mitleidenschaft gezogen war. Intuitiv tastete ich nach rechts zu Nachtgesang.

Und griff nur in den weichen Fellumhang.

Mit einem zu heftigen Satz war ich auf den Beinen, sodass mir Sterne vor den Augen tanzten. Raegan, von der plötzlichen Bewegung hinter sich aufmerksam geworden, drehte sich leicht zu mir um, unterbrach das Rühren aber nicht.

»Schläfst du immer so lange, Thansohn?«, wollte er mit hochgezogenen Brauen wissen. »Es ist weit nach Mittag.«

Meine Augen suchten den Raum nach dem Schwert ab und fanden die verbotene Waffe schließlich völlig offen samt Wehrgehänge in der Scheide ruhend auf dem Tisch liegend wieder, wo noch immer die Becher standen, aus denen wir gestern getrunken hatten. Unschlüssig stand ich da, den Blick abwechselnd auf Raegan und das Schwert gerichtet.

»Heute ist der sechste der Woche, und ich habe gehört, die Junuiten feiern ihn mit einem besonders deftigen Essen, weil sie ja die anderen Tage lieber hungern«, erzählte er mir in munterem Plauderton, während er sich wieder ganz seinem Tun widmete. »Ich halte das für eine gute Idee. Nicht das Hungern natürlich, sondern das Festmahl am Sechsten. Und weil ich seltener Gäste bekoche, gibt es zur Feier des Tages Fleischtopf.«

»Warum liegt das Schwert auf dem Tisch?«, wollte ich wissen, konnte ich doch Raegans Verhalten noch nicht ganz einschätzen.

»Bist du schon so einsam, dass du die Nähe von Stahl im Schlaf brauchst?«, fragte er stattdessen zurück. Als er keine Antwort von mir erhielt, fuhr er fort. »In meinem Hause brauchst du keine Waffen zu umarmen. Ich sagte dir doch, du stehst unter meinem Schutz. Oder zählt die Gastfreundschaft in Dynfaert nichts mehr?«

»Sie ist heilig.«

»In meinem Palast ebenso. Außerdem wüsste ich nicht, was es bringen würde, dich auszurauben. Du hast nichts bei dir, was ich mir wünsche.«

War das ein Test? Der Einsiedler musste wissen, dass dieses Schwert für uns beide verboten war. Zwar erschien es mir ziemlich unwahrscheinlich, hier von jemandem Gesetzestreuen entdeckt zu werden, aber Verbot blieb Verbot.

Als hätte er meine Gedanken erraten, beruhigte mich Raegan. »Und was dein Schwert betrifft: Ich kann damit nicht umgehen. Wenn du dazu in der Lage bist, meine Glückwünsche, mir bringt das Ding hingegen nichts ein. Es würde bei mir nur rosten, und daher ist es für mich uninteressant. Ich wüsste zwar jemanden, der mir für den Stahl einen guten Preis im Tauschhandel bieten würde, aber diesem jemand habe ich nicht vor, eine Waffe zu liefern, mit der er mir vielleicht eines Tages den Schädel spalten könnte. Und falls du es noch nicht bemerkt haben solltest, ich bin nicht die Miliz von Dynfaert. Meinetwegen kannst du mit so vielen Schwertern durch die Gegend stolpern, wie du tragen kannst. Die Gesetze des Reiches gelten nicht für mich, denn hier in der Wacht bin ich mein eigener König.«

»Es stört dich also nicht?«

»Warum sollte es? Ich habe mein eigenes Leben. Aber du hättest es mir zumindest vorher sagen können. Du kannst dir ja vielleicht meine Überraschung vorstellen, als ich das eben bei dir entdeckte.« Raegan hörte mit dem Rühren auf und begann zwei Holzschüsseln aus einem der Regale zu kramen. Dabei sah er mich kurz an. »Wäre ich ein misstrauischer Bastard gewesen, wärst du jetzt tot und ich um ein nutzloses Schwert reicher. Die meisten Leute stellen nämlich keine Fragen, wenn sie versteckte Waffen bei ihren Besuchern sehen, sondern machen kurzen Prozess.«

Auch wieder wahr. »Ich wusste nicht, wie ich es dir erklären sollte.«

Raegan schöpfte mit einer Kelle Eintopf aus dem Kessel in die Schüsseln, woraufhin ich erst meinen Hunger bemerkte. Das hatte man nun davon, wenn man am Abend vorher das Essen verschmäht.

»Ich sagte dir doch, ich habe mein Leben, und ich bin froh drum. Was scheren mich die Gesetze einer Gemeinschaft, zu der ich nicht mehr gehöre?« Raegan kam mit den zwei gut gefüllten Schüsseln zurück, stellte eine davon vor den Schemel nahe bei mir, die andere vor seinen eigenen. Dann ließ er sich zufrieden nieder.

Auch ich nahm nun Platz, schlüpfte aber vorher in meine Tunika. Raegans Eintopf sah verführerisch aus. Von recht zäher Flüssigkeit, angereichert mit Linsen, Zwiebeln, Fleischstücken und Kräutern, wirkte es für mich tatsächlich wie ein Festmahl. Meine Laune hellte sich merklich auf.

»Eigentlich schmeckt er erst so richtig gut mit einem Kanten dunklem Brot«, sinnierte der Einsiedler. »Aber das wächst bekanntlich nicht auf den Bäumen. Ich habe zuletzt einfach nicht genug getauscht.«

Vielleicht konnte ich mich doch endlich einmal erkenntlich zeigen.

Ich grinste ihn verschwörerisch an. »Wie wäre es damit: Ich besorge das Brot, du zwei Löffel, dann erzähle ich dir, warum ich hier bin und ein Schwert mit mir trage.«

»Löffel!« Raegan schlug sich mit der flachen Hand gegen die Stirn. »Ich habe eben selten Gäste.«

Also wühlte ich in meinem Beutel nach dem halben Laib Brot, das mir noch geblieben war. Triumphierend kam ich damit an den Tisch zurück, wo mein neuer Freund mittlerweile auch zwei Holzlöffel aufgetrieben hatte.

»Es ist ein wenig hart geworden«, entschuldigte ich mich »Aber ich schneide uns einfach die genießbaren Stellen heraus.«

In die Augen des Einsiedlers trat ein Glanz, und er lächelte so breit, dass sich die Ränder seines Bartes hoben. »Jetzt haben wir unser Festmahl, Thansohn!«

Mit meinem Messer schnitt ich einige verdorbene Stellen weg und teilte dann den Laib in kleinere Stücke. »Der Thansohn liegt hinter mir. Mein Name ist Ayrik.«.

»Wie du willst«, gab Raegan zurück und nahm sich eins der Brotstücke, die ich zwischen uns auf den Tisch gelegt hatte.

Er hatte sich tatsächlich mit diesem Mahl selbst übertroffen. Nach der zweiten Schüssel lehnte ich mich in einem wohligen Völlegefühl auf den Tisch. So satt, wie ich jetzt war, hätte ich mich glatt noch einmal in die Felle legen können.

»Raegan, das war in der Tat ein Fest.«

Er hob einen Finger. »Noch nicht ganz.«

Der Mann, den ich als Grem flüchtig gekannt und der mich nun als freier Mann bei sich aufgenommen hatte und wie einen Freund behandelte, stand auf und schlenderte mit einem herzhaften Rülpser an die natürliche Steinwand seiner Hütte, wo er unter einem Verschlag einen mit Holzstopfen verschlossenen Krug hervorzog. Raegan wog den Behälter so vorsichtig, als befänden sich die Knochen seiner Ahnen darin. Andächtig entfernte er den Verschluss, goss uns beiden ein, und ich stellte fest, dass es sich um Met handelte. Ich roch daran und verzog sofort das Gesicht.

»Ein wenig derb im Abgang«, lachte der Hüne und stieß bei guter Laune mit mir an.

Nach dem ersten Schluck staunte ich nicht schlecht. Obwohl der Met um einiges stärker war, als ich es gewohnt war, schmeckte er herber, nicht so süßlich. Für gewöhnlich bevorzugte ich Bier, aber bei diesem Met machte ich nur zu gerne eine Ausnahme. Dass er mit mir diesen Schatz teilte ... Seine ganze Behandlung rührte mich in meinem Innersten und ließ mich erahnen, wie sehr ihn mein unerwarteter Besuch erfreute.

»Woher hast du all die Dinge?«, wollte ich wissen. »Bier, Met, Werkzeug, Linsen – das findet man nicht unter den Steinen da draußen.«

»Ich tausche. Weiter im Osten, auf einer Hochebene, lebt eine Sippe Dunier, sie nennen sich Klea, die wie wir freie Menschen sind. Gesetzlose, um genau zu sein, aber wenn man es eng sieht, sind wir beide ja auch nichts anderes. Sie verweigern sich jedweder Herrschaft und bleiben unter sich, um nicht den Zorn der Krone auf sich zu ziehen.«

»Dunier«, spie ich aus. Als sich das barbarische Gesindel vor zwanzig Jahren zusammengetan hatte, um meine Heimat mit Krieg zu überziehen, kostete das unzähligen Scaeten das Leben. Allen voran dem Großteil meiner Sippe. Onkel, Tanten, Neffen und Nichten, die ich aufgrund dunischer Speere und Messer niemals kennen gelernt hatte. »Und was bietest du ihnen an?«

Raegan klopfte auf den Tisch. »Mein Handwerk, Salben, Heilkräuter, Engelmacher. Die Klea mögen vieles sein, aber von Holzbearbeitung und Heilkunde verstehen sie einen Dreck. Die Sippe hat sich vorläufig niedergelassen, um den zweiten Winter in Folge hier zu verbringen. Obwohl die Klea eigentlich weiter aus dem Osten stammen, fanden sie hier besseren Boden für ihre Raubzüge. Das hat ihnen wohl eine neue Art von Heimatgefühl beschert, seit sie die erste gute Beute in den Gehöften weiter im Norden gemacht haben. Ich bin ihren Jägern vor einem knappen Jahr begegnet und nach anfänglichen Spannungen haben wir uns mittlerweile miteinander abgefunden. Wir mögen uns nicht besonders, aber ein wenig Tauschhandel schadet niemandem. So kann sich jeder das Leben hier ein wenig angenehmer gestalten.«

Ich trank zügiger vom Met, aber das deftige Essen vermied, dass ich einmal mehr schon früh am Tag betrunken wurde. »Dass es noch mehr Verrückte gibt, die wie wir in der Wildnis hausen, hätte ich nicht gedacht.«

»Das ist die Hohe Wacht«, gab Raegan zurück, und tatsächlich erklärte das bereits alles.

Bei den dunischen Sippen fand man noch mehr als bei uns Scaeten Anhänger der Vergessenen Götter. Um ehrlich zu sein, bin ich noch nie einem junuitischen Dunier begegnet, habe aber gehört, dass einige Sippen an der Ostküste in Esterlen dem neuen Glauben folgen. Hier im Norden hingegen brannte das Feuer der Vergessenen noch hell in den Herzen der Dunier. Und die Hohe Wacht war ein Heiligtum unserer Götter, der beste Platz, um ungestört so zu leben, wie man es für richtig hielt. Kein Junuit würde sich an diesen Ort trauen, um zu bekehren und das zu zerstören, was unsere Vorfahren über Generationen bewahrt hatten.

»Die Wacht bietet also nicht nur mir Schutz«, sagte ich und begann Raegan endlich zu erzählen, was mich in das Gebirge trieb, denn das war ich meinem Gönner mehr als schuldig. Dabei ließ ich nichts aus, berichtete sogar von der Ausbildung beim Wyrc, von meinem Vater, der mich diesem Wahnsinnigen ausgeliefert, und dem Schicksal, das mir der Alte angedacht hatte. Ich erzählte Raegan alles. Die Wörter sprudelten förmlich aus mir heraus, während der Einsiedler und ich tranken und der Tag später wurde. Ich fühlte ein Gewicht von mir abfallen, als ich die letzten elf Jahre an mir vorbeiziehen ließ und sie mit Raegan teilte, der mir beharrlich zuhörte. Er lächelte bei dem Bericht von Aideen und mir, die wir in seinem alten Zuhause eine sichere Zuflucht für unsere Liebe fanden, und wirkte gerührt, als ich ihm von unserem Abschied erzählte. Mehrmals fiel sein Blick auf das Schwert, das noch immer vor uns zwischen dem schweren Metkrug auf dem Tisch lag.

»Und so bleibt mir nur der Norden, wo ein Schwertmann sein Schicksal noch in den eigenen Händen hält«, endete ich und spürte allmählich den Met in meinem Kopf. »Du siehst, ich habe dich nicht ganz angelogen. Ich suche tatsächlich einen Weg durch die Wacht nach Agnar.«

Raegan fischte sich das vorletzte der Brotstücke und aß es nachdenklich, ehe er sprach. »Wie heißt dein Schwert?«

»Nachtgesang.«

»Ein einsamer Gesang, mein Freund.«

Ich nickte. »Passt ganz gut, wie ich finde.«

Raegan pulte mit einem Finger Brotreste zwischen seinen Schneidezähnen hervor. Er schien in Gedanken. Seine Augen bewegten sich hierhin und dorthin, ehe sie die meinen trafen.

»Es gibt tatsächlich einen Pass nach Norden, von dem ich dir nichts erzählt habe«, sagte er. »Aber um den im Winter zu nehmen, bist nicht einmal du irre genug. Weißt du aber überhaupt, worauf du dich einlässt? Du kennst Agnar nicht. Selbst wenn die Nordmänner mit uns Scaeten verwandt sind, gibt es keine Freundschaft zwischen den Stämmen. Solltest du das Land jemals erreichen, wirst du dir deinen Platz unter ihnen erkämpfen müssen, wenn sie dir nicht direkt aus Spaß den Kopf abhacken.«

Wollte ich wirklich dorthin? Ich wusste es nicht. »Es gibt keinen Ort, an den ich sonst gehen könnte.«

»Tritt vor die Tür und wirf dein Schwert in die Schlucht, und du bist frei zu gehen, wohin auch immer du willst.«

»Nein! Ich habe nicht umsonst meine Kindheit an diesen Bastard verloren, nur um mich jetzt, da ich mir das genommen habe, was mir zumindest nach all den Jahren zusteht, umzudrehen und zurück nach Hause zu ziehen, als sei nichts geschehen. Diese Klinge ist nun mein Schicksal. Ich werde ihrem Ruf folgen, wohin auch immer er mich führen sollte.«

»Das Auge des Fydh«, sagte Raegan. »Sein Blick ruht auf dir, Ayrik. Dass du den Wald im Winter überlebt hast und so weit gekommen bist, sehe ich als Zeichen. Die Vergessenen würden deine Anwesenheit niemals dulden, wenn das Auge dich nicht erwählt hätte.«

»Sein Blick bedeutet Einsamkeit.«

»So sagt man.« Der Einsiedler nippte am Met.

»Das ist nicht unbedingt, was ich mir für mein Leben gewünscht habe.«

»Mach dir keine Sorgen über das, was du jetzt eh noch nicht sehen kannst. Wenn wir Menschen anfangen, die Götter verstehen zu wollen, verlieren wir nur den Verstand. Uns bleibt nur, dem zu trotzen, was sie uns schicken, um daran zu wachsen. Aber ich warne dich, Ayrik, versuch gar nicht erst, die Wacht zu überqueren, solange der Winter über das Land herrscht. Bleib bei mir, bis der Schnee geschmolzen und die wilden Wasser des Frühlings gegangen sind und der Sommer zurück ist, denn dann ist der Pass frei.«

»Aber – «, wollte ich protestieren.

Raegan unterbrach mich mit einer Handbewegung. »Ich sage nicht, leg die Beine hoch und lass dich von mir bedienen, dafür habe ich gar nicht die Mittel, geschweige denn die Lust. Weder kann ich dich durchfüttern noch deine Mutter ersetzen. Aber hier oben gibt es viel zu tun, vor allem jetzt, da das Wetter so unvermittelt umgeschlagen ist. Du hast einen Bogen bei dir, verfügst über einen wachen Verstand, bist zäh. So jemanden kann ich gebrauchen. Ich werde allmählich ein alter, nutzloser Sack, der seine Knochen morgens kaum aus dem Bett bekommt. Du hast Dynfaert nie zuvor verlassen. Zwar widerstandest du dem Wald der Vergessenen, aber das wird dir nichts bringen, wenn du wirklich in den Norden ziehen willst und alleine gegen die Natur stehst. Du magst einen Panzer und ein Schwert und jede Menge Übermut besitzen, aber das ist nicht genug. Ich jedoch kann dich lehren, die Zeichen der Wildnis zu deuten und zu überleben. Im Gegenzug hilfst du mir, meinen Palast auf den Winter vorzubereiten. Ausbesserungen, Vorräte anlegen, jagen, Gespräche, mehr verlange ich nicht. In diesen verrückten Zeiten neige sogar ich dazu, Gesellschaft der Einsamkeit vorzuziehen.«

Welchen Grund gab es, sein Angebot abzulehnen? Ich machte mir keine Illusionen: meine Hoffnung, im Winter draußen in der Wildnis zu überleben, war vermessen. Ich war ein ahnungsloser Trottel, nicht bereit, mich auf den langen Weg nach Norden zu machen, ohne mich darauf vorzubereiten. Dass ich überhaupt so weit gekommen war, sah nicht nur der Einsiedler als Zeichen der Vergessenen Götter. Mussten sie mir dann nicht auch Raegan, den hünenhaften Berggeist, geschickt haben? Welchen Grund gab es sonst, dass er mich gefunden hatte, als ich aufgeben wollte?

»Was habe ich schon für eine Wahl?«, sagte ich schließlich und musste grinsen. »Du bist ein verdammt guter Koch.«

Darauf begann Raegan langsam mit einem sich ausbreitenden Lächeln zu nicken. »So sei es also. Ayrik der Schwertmann wird bei Raegan dem Scheißhaufen bleiben, und zusammen werden sie den Gewalten der Natur trotzen.« Ich lachte auf. »Aber eines sei dir gesagt, Bengel: Den Hund habe ich nie angefasst, egal was man sich in Dynfaert erzählt, und ich habe nicht vor, das bei dir zu ändern. Du bist mir viel zu knochig. Außerdem hast du keine Brüste. Nein, du bleibst schön auf dem Boden und ich im Bett!«

»Dann sollte ich mir mein Bett ein wenig gemütlicher gestalten, sonst bin ich bis zum Sommer gelähmt«, sagte ich und deutete mit dem Daumen auf meinen Nacken.

»Damit kannst du morgen direkt beginnen. Aber heute trinken wir, bis der Krug leer ist und wir voll. Und wenn das nicht reicht, habe ich noch genug Bier, das dringend weg muss. Auch das ist Arbeit, Bursche.«

SECHS

»Was übrigens eine sehr gute Idee ist.« Ich schwenke den leeren Schlauch vor Mikael Winbows Nase. »Mehr Wein?«

Der Ordenskrieger reagiert nicht direkt, sondern sieht mich stattdessen abschätzig an. »Ich habe nicht mehr viel. Davon abgesehen, lässt du es dir in der Gefangenschaft ziemlich gut gehen.«

»Sei ein guter Junuit, und gönne mir in den Wochen, die mir noch bleiben, wenigstens die ein oder andere Annehmlichkeit.« Ich grinse ihn an. »Wenn du mich erst in Rhynhaven bei deinem Meister abgeliefert hast, kann ich froh sein, wenn mir meine Kerkermeister nicht ins Essen pissen.«

Saer Mikael schnaubt, kramt aber in seiner Ausrüstung nach mehr Wein. »Hast du diesem Grem auch alles weggesoffen, ohne eine Gegenleistung zu bringen?«

»Oh, ich habe für das sichere Winterquartier, Verpflegung und Trank eine Menge geschuftet, glaub das, Saer. Ich war zwar in jenen Jahren ein faules Stück Nichtsnutzigkeit, aber undankbar ganz gewiss nicht.«

»Das ist schwer zu glauben«, murmelt er und reicht mir einen prall gefüllten Weinschlauch. »Dieser Raegan, war er Junuit?«

»Grem?«, pruste ich los. »Der war genauso fromm, wie die letzte Hafenhure in Windhemere!« Alleine bei der Vorstellung von Raegan in einer Messe muss ich mich zusammenreißen, nicht lauthals loszulachen, was mir einen bitterbösen Blick von Winbow beschert. »Nein, er war kein Junuit, aber trotzdem ein guter Mensch.«

Mikael mahlt mit dem Kiefer und scheint sich zu fragen, wie man ein guter Mensch sein konnte, ohne an seinen seltsamen Gott zu glauben.

»Im Laufe meines Lebens bin ich vielen sonderbaren Gestalten begegnet, Saer«, sage ich. »Manche davon waren mir wohlgesonnen, andere wünschten mir die Pest an den Hals, aber die meisten verbindet, dass ich mich bis an den heutigen Tag in allen Kleinigkeiten an sie erinnere. Heute bin ich der festen Überzeugung, dass es kaum gute Menschen auf dieser Welt gibt, denn Habgier zerstört alles. Immer strebt man nach mehr Reichtum, mehr Macht, mehr Ruhm. Standen früher einmal feste Werte gegen diese Laster, scheinen sie heute vergessen.« Aus dem Blick, den mir Mikael zuwirft, spricht eine gewisse Verwunderung, aber er lässt mich weitererzählen. »Ich weiß, dass nur verbitterte Bastarde wie ich, die vom Leben enttäuscht wurden, so düster daher reden, aber ich beschwere mich ja gar nicht. Im Gegenteil schärft mir diese Einstellung den Blick für jene, die aus der Masse der Selbstsüchtigen und Falschen heraus stechen. Sie sind selten, solche Menschen, aber ich habe gelernt, wie wertvoll sie sein können, wenn man den Rest der Welt zur Hölle schicken will.«

»Und Raegan war einer dieser wenigen Guten?«

»Ja. Auf seine Weise.« Ich mache eine kurze Pause und schaue hinaus in die Mittagssonne. Das Unwetter hat sich gestern verzogen und endlich wirkt die Natur wieder so, wie man es sich im Sommer wünscht. Ganz davon abgesehen, tut das milde Wetter meiner Gesundheit gut. Mehr jedenfalls als die ständigen Schauer und Gewitter.

»Vielleicht lag es daran, dass er gelernt hatte, mit dem wenigen, was ihm das Leben bot, auszukommen und sich nicht zu beschweren«, fahre ich schließlich fort und widme mich wieder voll und ganz Winbow. »Was er besaß, das teilte er mit jenen, die ihm dessen würdig erschienen, den Rest, so ziemlich jeden also, ignorierte er in seiner Abgeschiedenheit. Und er war wohl damit glücklich. Natürlich gab es das eine oder andere, was er sich für seine Existenz fernab jedweder Zivilisation wünschte, Gesellschaft zum Beispiel, aber da man sich die nicht anbauen konnte, nahm der Einsiedler es hin und lebte sein Leben, ohne deswegen in Tränen auszubrechen. Vielleicht ist ja eine gewisse Zufriedenheit mit sich selbst der Schlüssel dazu, gut zu anderen zu sein – was weiß ich. Ich habe weder in dem einen noch anderen viel Übung.«

Ich befeuchte meine Kehle mit einem weiteren Schluck Wein und begrüße die Bilder, die Erinnerungen an den alten Einsiedler, die mir in den Sinn kommen, mit einem Lächeln.

»Als ich ihm damals in den höheren Regionen der Wacht begegnete, verband uns nur das Exil, die Einsamkeit. Wo ich mein einzelgängerisches Dasein gerne selbst beweinte, sah er die guten Dinge daran, erfreute sich an den kleinen Besonderheiten des Lebens, die man überall findet, wenn man nur mit offenen Augen voranschreitet. Von ihm lernte ich nicht nur, mich in der Natur zurechtzufinden und zu überleben, sondern viel mehr, zu akzeptieren, sich seinem Schicksal zu ergeben, ohne daran zu zerbrechen. Die Fähigkeiten, die er mich lehrte, mögen unbedeutend erscheinen, und ich kann sie sogar an einer Hand abzählen, aber wie sehr er mich als Menschen veränderte, das kann ich ihm in diesem Leben nicht zurückzahlen.«

»So, wie du von ihm sprichst, bedeutet er dir sehr viel.«

»Ich hatte den verrückten Einsiedler Grem in meiner Kindheit flüchtig kennen gelernt, verspottet und mit Scheiße beworfen und war König Raegan vom Einsamen Berg als freier, aber heimatloser Mann begegnet und hatte ihn zum Freund gewonnen.« Ich nicke Mikael zu. »Ja, er ist bis heute in meinem Herzen. Raegan war der unwahrscheinlichste Mentor, den ich mir hätte vorstellen können, aber er sollte einer der wichtigsten sein, die ich je fand. In sehr vielen Hinsichten, die ich damals noch nicht verstand.«

LÄMMER

Der Baum war ein verkrüppeltes Etwas, das mir fast schon Leid tat. Knorrig, schief und kümmerlich, vegetierte er mit nicht einmal drei Schritt Höhe auf einem kleinen Vorsprung vor sich hin.

»Ich weiß, das ist keine Arbeit für einen Schwertmann wie dich, aber wenn wir den Winter überleben wollen, brauchen wir Holz. Und zwar eine Menge Holz.« Raegan klopfte im Schneefall eines windstillen Morgens gegen den Stamm, der vielleicht den Umfang meines Oberschenkels hatte, und wirkte sehr zufrieden mit seiner Wahl.

Ich lockerte den Schal ein Stück. »Du willst den gesamten Holzvorräte auf einen Schlag sammeln?«

Der Einsiedler entdeckte meinen zweifelnden Blick. »Da bin ich aber sehr auf deine Gegenvorschläge gespannt. Willst du lieber in zwei Monaten vor die Türe gehen, wenn Schneestürme toben, die dich Hänfling die Berge hinunter wehen?« Überrumpelt schüttelte ich den Kopf, woraufhin mir Raegan seine Axt in die Hände drückte, die mir aufgestellt bis zur Brust reichte. »Hätte ich drauf wetten können. Also stell nicht so viele blödsinnige Fragen, sondern fang an zu schlagen. Umso eher sind wir fertig.«

Es wurde eine furchtbare Schufterei. Die gottverdammten Bäume, die wir fanden, sahen vielleicht jämmerlich aus, aber ihre Stämme waren fest und forderten mir mit dieser riesigen Axt, die ganz bestimmt nicht für einen Mann meiner Statur gemacht war, alles ab. Gegen Mittag konnte ich das elende Ding kaum noch anheben, ich brauchte dringend eine Pause. Mein neuer Freund, der Einsiedler, hingegen beschäftigte sich lieber mit dem Sammeln von Wurzeln und Blättern, die er hier und da abschnitt, wo ich sie nicht einmal bemerkt hätte. Beinahe zärtlich verstaute er die Pflanzen in einem kleinen Beutel aus Leinen.

Als er sah, wie ich mich auf einem flachen Felsen niederließ und auf der Axt abstützte, lachte er mich aus. »Du bist mir ja ein toller Schwertmann! Was denkst du, wie lange ein Gefecht im Krieg dauert, glaubst du vielleicht, da kannst du dich einfach ein bisschen langmachen, wenn es dir zu viel wird? Das hier ist nur ein kleiner Vorgeschmack. Die Bäume schlagen wenigstens nicht zurück, und du brauchst keinen Schild und keinen Kettenpanzer mit dir herumzutragen. Außerdem rutschst du auch nicht auf Blut oder Gedärmen aus. Freu dich mal!«

»In einer Schlacht würde ich gewiss auch nicht so ein Monstrum benutzen«, verteidigte ich mich und tippte mit dem Finger gegen das Axtblatt.

»Und wenn dir jemand dein feines Schwert aus der Hand schlägt oder es sich in den Rippen deines erschlagenen Feindes verhakt, willst du dann mit einem Messer weiterkämpfen?«

Ich sparte mir die Antwort, weil mir kein Gegenargument einfiel.

»So ist die Schlacht, Junge«, sinnierte er weiter. »Da kämpfst du mit allem, was du finden kannst. Du schlägst, trittst und ringst mit deinen Feinden. Du liegst mit ihm zusammen im Schlamm wie ein Liebespaar, wobei er versucht dir das Ohr abzubeißen und du ihm die Augen auszudrücken. Da bist du um jede Waffe dankbar, die irgendwo herumliegt.«

»Wenn ich mich mit meinem Feind im Schlamm wälze«, warf ich grinsend ein, »würde mir mein Messer aber mehr bringen als deine dämliche Axt.«

»Gut gekontert«, sagte Raegan. »Aber wir sind hier nicht auf dem Schlachtfeld, sondern sammeln Holz, damit dein runzliges Scheißloch nicht einfriert, wenn der Winter kommt. Also sieh zu, ich habe Hunger und nicht vor, den ganzen Tag in dieser Kälte zu verbringen.«

»Hast du den Krieg gesehen?«

Er nickte. »Habe ich. Wie die meisten Scaeten kämpfte ich vor Jahren in den unruhigen Zeiten.«

»Also warst du nicht immer ein Einsiedler.«

»Man wird nicht als Einsiedler geboren, du Tropf. Einst hatte ich ein anderes Leben, bestellte mein Land und liebte meine Frau.«

»Und dann?«

»Guter Versuch, Junge«, sagte Raegan und verschloss seinen Beutel mit einem Lederband. »Du sollst Bäume fällen und mich nicht in Gespräche verwickeln, damit du deinen faulen Hintern noch länger ausruhen kannst.«

Unser Tagwerk dauerte vom Morgengrauen bis zur ersten Dunkelheit, wobei Raegan den Tagesbeginn auch gerne einmal verschob, wenn in der Nacht vorher zu viel Bier geflossen war. Trotzdem arbeiteten wir hart und ausdauernd. Das von mir geschlagene Holz, das wir auch weiter unten im Wald sammelten, mussten wir mit Tragegestellen auf dem Rücken mühevoll zurück in die Hütte bringen, was sich als schweißtreibende und gefährliche Angelegenheit erwies. Schwer beladen, war es überlebenswichtig, dass wir auf jeden Schritt achteten, um nicht auf den stellenweise vereisten Felsen auszurutschen oder mit dem Fuß in einem plötzlich auftretenden Loch zu landen, was uns die Knochen brechen konnte. Das gesammelte Holz stapelten wir schließlich an der von der Feuerstelle gegenüberliegenden Wand. Nach und nach wuchs dieser Haufen und mit ihm meine Zufriedenheit. Zwar hatte ich in Dynfaert wie jeder über die Jahre bei den Wintervorbereitungen geholfen, aber als geborener Faulpelz und in der Illusion, ein auserwählter Schwertkämpfer zu sein, hatte ich das mit eher wenig Feuereifer getan. In der hohen Wacht allerdings erfüllte mich diese Schufterei mit einer bis dahin unbekannten Genugtuung. Gemeinsam mit Raegan schaffte ich die Grundlage für den Winter, arbeitete für etwas, das Sinn machte: mein eigenes Überleben. Die gefühlte Überlegenheit anderen gegenüber trat mit jedem Handgriff ein kleines Stück mehr in den Hintergrund, bis mich nach dem ersten Monat nur noch das Schwert, das seit unserem Festmahl unbewegt auf dem Tisch lag, daran erinnerte, was mir der Wyrc vorhergesagt hatte.

Ich brauchte Nachtgesang gar nicht in den Abgrund vor der Hütte zu werfen. Mein Leben ließ es mich auch so vergessen.

Mittlerweile hatte der Winter das Land vollends in seinem Griff, und der Schneefall nahm zu, erschwerte die Ausbesserungen an der Hütte selbst. Wie Raegan feststellte, war das Dach, trotz der größtenteils geschützten Lage unter dem Felsvorsprung, an mehreren Stellen undicht und das Holz morsch. Da wir aber für die kommenden zwei Monate mit schwerem Schneefall rechnen musste, durften wir kein Risiko eingehen. Deshalb arbeiteten Raegan und ich Hand in Hand, ersetzten schwache Holzbalken, dichteten hier und da die Dielen ab. Sobald wir außerhalb der Hütte arbeiteten, behinderte uns das Wetter mit jedem Tag mehr, und innerlich war ich kurz davor aufzugeben, doch Raegan trieb mich mit grimmiger Entschlossenheit an, sodass ich mir nicht die Blöße geben wollte, zu schwächeln und meinen Freund alleine weiterarbeiten zu lassen.

Wir hatten auch so gut es ging für unsere Nahrung gesorgt. Raegan nannte nach der Sammelei den ganzen vergangenen Monat und schon vor meinem Eintreffen eine beachtliche Zahl von verschiedenen Kräutern sein Eigen, die zusammen mit dem Fleisch, das wir erjagt, und den Forellen, die wir in einem weitläufigen Waldsee gefangen hatten, die gepökelt und damit haltbar gemacht wurden, für vielleicht drei Wochen reichen würden. Natürlich war das bei Weitem nicht genug, um uns über den gesamten Winter zu bringen, aber für die erste strenge Zeit gab es uns ein wenig Sicherheit. Dazu verfügten wir über einen Haufen gesammelter Waldbeeren, die, ebenfalls getrocknet, unsere letzten Reserven bildeten. Über Trinkwasser brauchten wir uns zum Glück keine Sorgen machen, denn nicht einmal eine Meile weiter westlich fiel vom Gebirge ein kleiner Bachlauf ab, der in den See mündete, in dem wir unsere Forellen gefischt hatten und der uns in den schwierigen Zeiten, die vor uns lagen, mit frischem Wasser versorgen würde.

Wir hatten also alles in unserer Macht stehende vollbracht, um das zu überstehen, was uns in den nächsten Wochen erwarten würde. Nun gab es nur noch zwei Dinge, die wir tun konnten:

Hoffen und Tauschen.

Zum ersten Mal seit Wochen gürtete ich mir wieder das Schwert. Ein sonderbares Gefühl überkam mich, als das Gewicht eben jener Waffe um meine Hüfte hing, das mich erst in diese Verbannung geschickt hatte.

»Denk bloß daran, was ich dir über die Klea gesagt habe, Ayrik«, sagte Raegan, der damit beschäftigt war, sein Werkzeug zusammen zu suchen, um es in eine breite Ledertasche zu räumen, die er sich auf den Rücken hängte. »Sie sprechen kein Anan und erst recht kein Ynaar. Überlass also mir das Reden, halt die Schnauze, und wirke wie jemand, der keinen Streit sucht.«

Wenn ich den Berichten Raegans Glauben schenken wollte, sollte sich das als schwieriger herausstellen, als er sagte. Die Klea waren ein nach alter Tradition lebender Stamm, bei dem vor allem der Starke herrschte. Dass sie jetzt sesshaft geworden waren und ihr Vieh grasen ließen und Behausungen errichteten, hieß noch lange nicht, dass sie alle plötzlich zu frommen Junuiten geworden waren. Bei ihnen hatte immer noch der das Sagen, der als der größte Krieger galt. Ständig suchte jemand eine Herausforderung, um seine Position zu untermauern oder zu verbessern. Untereinander taten sie das andauernd und ganz sicher, wenn Fremde zu Besuch kamen, die man nicht kannte und denen man zeigen wollte, wer das Sagen hatte. Und da Raegan wusste, dass ich Scaete war und als solcher von Natur aus wenig von Duniern hielt, fürchtete er wohl, ich könnte bei den Wilden Streit suchen. Er hatte mich in den vergangenen Tagen eindringlich davor gewarnt, mich auf irgendwelche Herausforderungen oder Beleidigungen einzulassen. Der Einsiedler konnte es sich nicht leisten, seinen brüchigen Frieden mit der Sippe zu gefährden, nur weil ich meinen Übermut nicht unter Kontrolle hatte. Trotzdem rüstete ich mich in Kette und Fell, gürtete den Pfeilbeutel und band mir die Bogensehne locker ums Handgelenk, damit ich die Waffe schnell einsatzbereit machen konnte. Auch das Schwert Nachtgesang hing in der Scheide an meiner Hüfte, um unmissverständlich zu zeigen, dass ich ein Schwertherr war, mit dem man nicht spaßen sollte.

Das war zumindest meine Idee. Genau genommen blieb ich ein verstoßener Maulheld ohne Heimat und Herr.

»Ich werde mir schon keinen Streit suchen, Raegan«, beruhigte ich den Einsiedler, der allmählich seinen Kram zusammengeklaubt hatte. »Mein Wort, dass ich keinen Kampf heraufbeschwöre.«

Raegan war abmarschbereit, ebenso wie ich dick in einen Fellumhang gehüllt, die riesige Axt in der Hand, die er als Wanderstab benutzen würde. Auf dem Rücken führte er die Währung mit sich, mit der er tauschen wollte – sein Handwerk als Zimmermann.

»Wehe, wenn du dich nicht daran hältst«, brummte er, und unsere Reise zu den Klea begann.

Der Tag des Marsches versprach unter einem guten Stern zu stehen. Zwar lag noch Neuschnee, der über Nacht gefallen sein musste, aber es ging ein fast schon sanfter Wind, als wir uns tiefer in das Gebirge der Hohen Wacht wagten. Kein Sturm, nicht einmal die kleinste Flocke, nur die winterliche Stille, der Schnee unter unseren Stiefeln und wir. Bei Sonnenhöchststand erreichten wir einen Punkt, von dem wir aus weit in das Tal unter uns blicken konnten, und Raegan hieß mich anzuhalten. Er stützte sich auf seine Axt und nickte auf den Wald unter uns, der sich wie ein Kunstwerk unter uns meilenweit nach Süden zog. Mir stockte der Atem bei diesem Anblick. Manchmal glaube ich, wir Menschen verstehen erst, wie klein und unbedeutend wir sind, wenn sich die Majestät der Welt vor unseren Füßen ausbreitet. Wenn ich damit richtig liege, dann war diese Aussicht für mich der wahre Augenöffner.

Von hier oben aus wirkten die unzähligen Bäume, als seien sie gerade einmal einen Finger lang. In endlosen Reihen standen sie dort, weiß und grau wie die Linien eines aufgestellten Heeres. Ich konnte mir kaum vorstellen, jemals so vermessen zu sein, zu Fuß durch diesen königlichen Anblick zu wandern, ehe mir klar wurde, dass es ich es bereits getan hatte. Doch erst aus dieser Position heraus konnte ich begreifen, was mich hier nun seit meinem Exil umgab. Vorher, in Dynfaert, hatte mich wohl meine eigene Ignoranz daran gehindert zu sehen, dass es weit mehr gab als mich kleinen Angeber.

Ich schaute nach Südosten, hoffte insgeheim, einen Blick auf das heimische Dynfaert werfen zu können, aber da verlor sich meine Sicht im Nebel der Welt. Für einen flüchtigen Moment wünschte ich mir, irgendein Vogel zu sein, der mit wenigen Flügelschlägen die Distanz zur Heimat überbrücken könnte. Aber Raegans Stimme riss mich aus meinen Tagträumereien.

»Manchmal, wenn ich daran zweifle, dass es die Götter gibt, dann komme ich an diesen Ort«, sagte er mit einem Glanz in den Augen. »Diese Junuiten mögen an ihren fleischgewordenen Gott glauben, aber wir haben die Allmacht der Vergessenen vor Augen, wenn wir nur wissen, wonach wir suchen müssen.«

»Es heißt, die Vergessenen würden nur deswegen nicht in die Welt der Sterblichen kommen, weil sie ihr Erbe überall um uns herum hinterlassen haben. So hat es mir der Wyrc erzählt.« Ich löste meinen Trinkschlauch vom Gürtel, stärkte mich mit verdünntem Bier und reichte ihn dann an Raegan.

Auch er trank, ehe er sprach.»Womöglich war das eine der wenigen Wahrheiten, die du jemals von ihm gehört hast.«

In den letzten Tagen hatten wir oft über den Alten gesprochen, und Raegans Meinung über ihn konnte eigentlich nicht schlechter sein. Für ihn war der Wyrc ein selbstsüchtiger Hurensohn, der weder den Vergessenen Göttern diente noch meinem Vater. Seine Unterweisungen, die Art und Weise wie er ein Kind benutzt hatte, um eine Machtposition für sich selbst in der neuen Ordnung von Anarien zu schaffen, erboste den Einsiedler bis aufs Blut. Er war der Meinung, unsere Götter brauchten keinen Diener, der ihnen einen Kämpfer schickte. Sie würden mich schon von alleine auf den richtigen Weg leiten. Raegan ließ keinen Zweifel daran, dass mir der Umgang mit dem Schwert einen Vorteil gab, ich dafür aber einen hohen Preis hatte zahlen müssen, ohne dass mich jemals jemand gefragt hätte, ob ich das überhaupt wollte.

Heute glaube ich, Raegan sah in mir sich selbst. Und deshalb hatte er mich wahrscheinlich auch aufgenommen, selbst wenn er immer felsenfest behauptete, er brauchte Hilfe bei den Wintervorbereitungen. Mein Freund hatte sich mit seinem Leben abgefunden und auf eine gewisse Art und Weise sicherlich auch damit seinen Frieden gemacht, aber bei mir hatte er noch die Hoffnung, ich könnte dem Schicksal, dasselbe Einsiedlerdasein wie er zu führen, noch entgehen, wenn ich nur den Stoß in die richtige Richtung bekäme.

Und er wollte ihn mir geben, das wusste ich.

Kurz bevor wir die Siedlung der Klea erreichten, ging die Sonne unter. Nur tat sie es diesmal in einer Farbenpracht, die einem förmlich den Atem verschlug. Das war nicht das Ende eines Tages, sondern ein Feuer am Himmel, das in allen Farbtönen von Rot, Gelb, ja selbst Grün und Blau brannte. Man konnte meinen, die Sonne verginge in einem qualvoll schönen Tod zwischen den Zinnen und Spitzen der Hohen Wacht, hinter denen sie verschwand. Raegan hielt kurz an und betrachtete diesen faszinierenden Anblick.

»Zu viele Omen für ein Jahr«, murmelte er und marschierte ohne Vorwarnung weiter.

Wenig später erreichten wir die Siedlung der Klea. Aber wenn ich eine kleine Ortschaft mit Zäunen und Hütten erwartet hatte, wurde ich mächtig überrascht.

Die ersten Boten des Dorfes tauchten auf, noch ehe wir irgendeine Behausung sehen konnten. Auf einem sanft ansteigenden Pass fingen uns vier Männer ab, die ich erst sah, als sie sich nur wenige Meter von uns aus den Büschen und Felsen schälten. Es reichte ein Blick, um sie als Krieger einzuordnen, weshalb ich mich sofort anspannte und den Bogen in meiner Hand ein wenig nach vorne schob. Ich ärgerte mich, die Sehne nicht eingespannt zu haben. Das würde Ewigkeiten dauern, sollte es zum Streit kommen, sodass ich mich auf mich Schwert würde verlassen müssen.

Wie alle Dunier, denen ich begegnet war, standen sie in ihrer Körpergröße und Stämmigkeit Raegan in nichts nach. Alle vier überragten mich um mindestens einen halben Kopf, hatten kräftige Arme und Beine, die sie mit eng gewickelter Wolle und mit Fellen gegen die Kälte schützten. Hosen, wie wir Scaeten sie trugen, waren bei den Duniern unbekannt, stattdessen umbanden sie ihre Arme und Beine mit mehreren Stofflagen und Fell, die von Bändern zusammengehalten wurden. Warum sie so einen schwachsinnigen Aufwand betrieben, statt sich einfach eine Hose an den Arsch zu ziehen, habe ich bis heute nicht verstanden. Nur einer der Krieger trug einen Fellmantel, die anderen drei hatten über die kurzen Tuniken schwere Umhänge aus Leder geworfen, die seitlich von Bronzefibeln ohne jede Verzierung gehalten wurden. Um sich gegen die Kälte zu schützen, vertrauten sie darüber hinaus breiten Schals, die kunstvoll gewebt einmal um Hals und Kopf geschwungen wurden und so nur die Augen frei ließen.

Als die Männer näher kamen, rief Raegan sie in einer rauen Sprache an, die ich nicht verstand, die aber nur Dunisch sein konnte. Daraufhin antwortete der Krieger im Fellmantel, wobei er die waffenlose rechte Hand hob. So nah, wie sie jetzt waren, konnte ich die Wachen eingehender betrachten. Alle waren mit Kurzbögen und Pfeilen ausgerüstet. Die Bögen lagen locker in den Händen, die Sehnen waren eingespannt. Was sie sonst noch an Waffen mit sich trugen, konnte ich nur schätzen, denn hinter den Umhängen sah ich die kurzen Griffe von Klingenwaffen blitzen. Wahrscheinlich mussten das ihre über alle Landesgrenzen hinaus bekannten Langmesser sein, die wie Schwerter geführt wurden, dabei aber nicht ganz deren Klingenlänge und Breite erreichten. Bei uns Scaeten war diese Waffe durchaus beliebt, fiel sie doch nicht unter das Schwertgesetz und eignete sich hervorragend für die Schlacht, wo man sie von unten aus der Schilddeckung in seinen Gegner stoßen konnte.

Ich überließ wie angeraten Raegan das Reden. Er trat vor, wechselte mehr oder minder freundlich einige Worte mit ihnen. Schließlich winkte uns der Wortführer der Klea durch.

Mein Freund sah über die Schulter kurz zu mir. »Das ist so üblich. Ihre Wachen überprüfen jeden, der sich dem Lager nähert, was selten genug geschieht. Da sie mich kennen und meinem Wort vertrauen, dass du keine Gefahr bist, dürfen wir passieren.«

Ich schielte zu den Kriegern. »Du hättest mir das auch durchaus früher verraten können.«

»Was unerwartete Bewaffnung angeht, sind wir jetzt wenigstens quitt«, grinste er sehr zufrieden.

Von da aus war es nur ein kurzer Weg bis zur eigentlichen Siedlung. Und als wir endlich dort ankamen, stockte mir zum zweiten Mal an diesem Tag der Atem.

Der als solcher nicht zu erkennende Weg endete auf einem Hochplateau, das zu zwei Seiten steil abfiel. An seiner Westflanke jedoch ragte der Bergrücken steil in den dunkler werdenden Himmel. Und dort, in den Fels des Berges gehauen, und nicht auf der Ebene, befand sich die Siedlung der Klea.

Raegan erzählte mir später, dass niemand wusste, wer diese Höhlen angelegt hatte, denn natürlichen Ursprungs waren sie nicht. Wie von Riesenhand war dem

Felsen ein Wohnraum abgerungen worden, der sich bis tief hinein erstreckte und genug Platz für eine große Sippe wie die Klea bot. Es gab mehrere kleinere Zugänge zur Siedlung, die alle in einer gewaltigen Vorhalle mündeten, deren Deckenhöhe sicherlich um die zwanzig Schritt zählte. Hier reihten sich auf zwei Ebenen, die durch halb zerfallene Steinstufen zu erreichen waren, Höhlenbehausungen aneinander, welche die unterschiedlichsten Funktionen hatten. So konnte ich auf Anhieb einen Schmied entdecken, der vor seinem Heim mit Hammer und Amboss arbeitete. Vor den meisten dieser Wohnhöhlen waren wuchtige Rundschilde aus Holz aufgestellt, neben denen Speere lehnten und eindrucksvoll unterstrichen, dass bei den Duniern jeder Mann ein Krieger war.

Die Vorhalle an sich stellte so etwas wie den Dorfmittelpunkt dar, denn hier herrschte Trubel, als wir eintraten. Man konnte die Halle grob in zwei Abschnitte teilen. Da war zuerst Platz für das Vieh: drei Kühe, mehrere Schweine, Hühner und Schafe, denen man den felsigen Untergrund mit allerhand Gras und Stroh ausgelegt hatte. Es gab Tränken und Futtergatter, ganz so wie in jeder anderen Behausung auch, die Schlafräume mit denen der Tierhaltung verbanden. In diesem Bereich hausten auch jene Dunier, die für die Haltung und Verarbeitung der Tiere verantwortlich waren. Die Hütten, in denen die Bauern mit ihren Familien lebten, waren recht stümperhaft zusammen gezimmert, aber was sollte es auch? Hier in der Halle regnete und stürmte es eh nie. Auf der anderen Seite aber, sicherlich mehr als dreißig Schritt entfernt, trank, lachte und sang man, da war das Heim der Krieger. Es war keine typische Trinkhalle, wie die meines Vaters in Dynfaert, doch auch hier gab es lange Tische und Bänke, an denen Männer in Rüstung saßen und soffen, allerdings waren sie alle um ein großes Lagerfeuer verteilt, das die Vorhalle leidlich wärmte. Es ging laut her, Frauen, sicherlich Sklaven oder Unfreie, waren damit beschäftigt, Krüge mit Bier und Met heranzutragen, der von den bereits jetzt angetrunkenen Kriegern sehnlichst erwartet wurde. Überall standen oder saßen Männer, deren Anzahl ich auf vierzig bis fünfzig schätzte, die mit dem Leben zufrieden schienen, weil sie alles hatten, was ein Krieger begehrte: Bier, Wärme, Waffen, Frauen.

Bei uns in Dynfaert war das Leben ein wenig geordneter. Als ich sah, wie ein dunischer Krieger, der seinen Schädel traditionell an der Seite abrasiert und das Haupthaar am Hinterkopf zu einem langen Zopf geflochten hatte, der ihm bis auf den Rücken fiel, unter dem Gelächter seiner Kameraden eine dickleibige Frau direkt auf dem Tisch nahm, war ich doch ganz froh, dass es Junus und seine langweilige Züchtigkeit zumindest ansatzweise bis in meine Heimat geschafft hatten.

Raegan betrachtete das Treiben in der Vorhalle. »Der Met muss weg, bevor er schlecht wird. Die Klea brauen immer zu viel davon und rauben, was sie in die Finger bekommen. Am liebsten Bier, Met und alles, was sie betrunken macht. Also nehme ich an, die Wintervorbereitungen sind bei ihnen schon abgeschlossen. Irgendein armes Schwein im Norden wird ein paar ziemlich beschissene Wochen haben.«

Auf dem Weg hatte er mir erzählt, dass sich die Sippe hier vor allem damit auf den Winter vorbereitete, indem sie vereinzelte Gehöfte im Norden ausplünderte, statt selbst große Vorräte anzulegen. So konnte man es natürlich auch machen.

Mein Freund deutete kaum merklich zu dem Tisch, der dem Feuer am nächsten stand. »Da hinten ist Ulreik, der Häuptling der Sippe. Ich sollte mich bei ihm sehen lassen, was heißt, wir müssen direkt durch seine Männer durch. Egal, was passiert, lasse dich auf keine Prügelei ein! Die nehmen dich, ohne ins Schwitzen zu kommen, auseinander, du verhungertes Wiesel.«

Ein Blick auf den lärmenden, stockbesoffenen Haufen dunischen Packs ließ mich daran zweifeln, ob ein Streit unbedingt an mir läge.

»Hast du verstanden?«, wollte Raegan jedoch wissen, woraufhin ich nickte.

»Ich gebe mir Mühe.«

Also nahm ich mir vor, alles zu ignorieren, was mich provozieren könnte, ließ die Augen stur nur auf dem bulligen Häuptling ruhen und folgte sittsam meinem Freund in den Kreis der Krieger. Ich schob sogar meinen Fellmantel ein Stück über den Schwertgriff, sodass ihn nicht jeder sofort sah und sich herausgefordert fühlen könnte.

Ich schaffte es keine zehn Schritte weit.

Ein harter Schlag traf mich am Oberschenkel, als wir die erste Bank voller Krieger passierten. Erst als ich anhielt und schaute, was und wer das war, sah ich, dass mir ein schwarzhaariger Kerl mit langem, herabhängendem Schnauzbart einen Tritt verpasst hatte. Er trug einen Ringpanzer, Langmesser und ein Schwert nordischer Art an der Seite, das mich an Nachtgesang erinnerte. Unbewusst nahm ich wahr, dass er eine Statur wie ein Holzfäller hatte – ein wahres Tier! Mir schwante nichts Gutes. Er grinste mich an, sagte irgendetwas in seiner Sprache zu mir und spannte dann seine Nackenmuskeln an, die wie aus Stahl geschmiedet schienen. Aus den Augen des Kriegers sprachen angetrunkene und überschwängliche Streitlust.

»Er sagt, dein Hals ist so dürr, der würde glatt durchbrechen, wenn es dir zu lange auf den Kopf schneit«, übersetzte eine weibliche Stimme hinter mir.

Ich drehte mich überrascht um und schaute auf das Gesicht einer noch sehr jungen Frau hinab, die mir gerade einmal bis zum Hals reichte und einen Krug Met vor der Brust hielt. Sie trug einen simplen Überwurf aus grober Wolle, dessen Kapuze nach hinten geschlagen war und so den Blick auf langes, aber an vielen Stellen verknotetes, lockiges Haar freigab, das die Farbe von Eichenholz hatte. Obwohl ihr Gesicht verschmutzt war, erkannte ich in ihrem schmalen Gesicht eine nach oben weisende Nase, große, braune Augen und geschwungene Brauen. Ihr Mund war fast schon unauffällig dünn und zusammengekniffen und ließ sie wirken, als würde sie es schon jetzt bereuen, für mich übersetzt zu haben. Der Ärmel des Gewandes war zurückgerutscht, sodass ich an der Innenseite ihres Unterarms ein nur zu bekanntes Brandmal sah.

Das Zeichen der Sklaven.

Mein Blick fiel wieder auf den dunischen Krieger, der gerade dabei war, sich mit seinen Kumpanen über einen Witz auszuschütten, der bestimmt auf meine Kosten ging.

Ich gönnte der Sklavin nur einen kurzen Blick. »Danke ihm für die Sorge um meine Gesundheit«, versuchte ich Raegans Rat zu beherzigen und wollte schon weiter. Hier stank es nach Ärger.

Mein Freund Raegan indes hatte von alle dem nichts mitbekommen und bemerkte erst jetzt, einige Schritt von mir entfernt, dass ich stehen geblieben war.

Er winkte mir ärgerlich zu, was mir wohl signalisieren sollte, gefälligst wieder zu ihm zu kommen. Derweil hatte die Sklavin meine Worte übersetzt. Es schien keine direkte Antwort vom Krieger zu kommen, denn das Mädchen wollte gerade den Metkrug bei ihm abstellen, als einer der Krieger ihr heftig auf den Hintern haute. So ein Schlag hätte wahrscheinlich sogar mich umgeworfen, bei der Kleinen jedoch bewirkte es, dass sie nach vorne auf den Krieger stolperte, der mich getreten hatte, und dabei das kostbare Gesöff fallen ließ. Klirrend zersprang das Tongefäß und benetzte die Stiefel der lagernden Krieger mit Met.

Unverständlich fluchend fuhr der hünenhafte Schnauzbart hoch und verpasste seiner überraschten Dienerin einen solchen Faustschlag ins Gesicht, dass diese mit einem Schrei zurückfiel und in die Knie ging. Ich hatte mich eigentlich schon wieder zum Gehen gewandt, fuhr aber bei dem Angriff auf dieses zarte, unsichere Ding herum. Der Dunier begann das Mädchen mit Tritten zu traktieren, riss sie anschließend an den Haaren hoch und wollte ihr gerade einen weiteren Schlag in das ohnehin schon vom Blut besudelte Gesicht verpassen, da setzte das Denken bei mir aus. Meine Rechte fuhr zwischen die Falten meines Mantels herab. Als Raegan aufbrüllte, war es bereits zu spät, hatte ich Nachtgesang aus der Scheide gerissen. In einer fließenden Bewegung brachte ich die Stahlklinge an den muskulösen Nacken des Duniers, stoppte sie nur eine Handbreit entfernt, sodass er mit aufgerissenen Augen im Schlag inne hielt, die Sklavin losließ und mich anfunkelte.

Sämtlicher Trubel in der Halle erstarb.

Die Gesichtszüge des Kriegers verzerrten sich vor Wut. Mit einem Stoß gegen die Brust warf er das gepeinigte Mädchen zurück, drehte sich mir ganz zu. Ich zog die Klinge ein wenig zurück, sah seitlich von mir, wie Raegan stehen geblieben war und leise vor sich hin fluchte. Und dann, bevor ich reagieren konnte, hatte der Dunier sein Langmesser gezogen. Im ersten Moment dachte ich, er würde sich damit auf mich stürzen, aber noch bevor ich irgendetwas tun konnte, schlug er einmal kräftig mit seiner Klinge gegen die meine und das Klirren ging im tosenden Jubel der umstehenden Dunier unter.

Irritiert sah ich, ohne den Kopf zu bewegen, nach links und rechts, verstand nicht, was es hier zu johlen und zu feiern gab. Der riesige Krieger hingegen hob beide Arme, als wolle er sich preisen lassen, drehte sich dabei im Kreis, dass jeder der nun stehenden Anwesenden ihn und seine Waffe in der Hand betrachten konnte, ehe er sich wieder mir stellte, angewidert vor die Füße spuckte und dann, flankiert von seinen Saufkumpanen, ein Stück zur Seite trat.

Ich verstand gar nichts, ließ aber mein Schwert langsam sinken.

Es kam Bewegung in die Halle der Klea. Männer packten gemeinsam die Tischplatten, Gestelle und Bänke, trugen das ganze Zeug an die linke Felswand, feixten laut miteinander, prosteten sich zu. Manch einer zeigte mit dem Finger auf mich, andere wiederum reckten mir die Faust entgegen, als wollten sie mir drohen, aber die meisten lachten mich schlichtweg aus.

Allmählich dämmerte es mir.

»Hast du tatsächlich nichts als Ziegenscheiße im Kopf?« Das war Raegan, der nun auf mich zustampfte, zwei dunische Krieger zur Seite schob und so aussah, als würde er mir am liebsten gleich den Hals umdrehen. »Was habe ich dir eben erst gesagt, verflucht nochmal?«

Ich sah das dunkelhaarige Mädchen wie einen gepeinigten Hund bei dem Krieger und seinen Gefährten stehen, die Hand an der aufgeplatzten Lippe, den Blick ängstlich gesenkt. »Hätte ich vielleicht dabei zusehen sollen, wie er sie totschlägt?«, fragte ich und zeigte mit dem Bogen, den ich immer noch in der Linken hielt, auf das arme Ding.

»Geht dich das irgendetwas an? Sie ist sein Besitz, er kann mit ihr machen, was immer ihm in den Sinn kommt! Und als ich sagte, du solltest dich auf keine Prügelei einlassen, habe ich damit bestimmt nicht gemeint, dass du mit deinem verdammten Schwert herumfuchteln sollst, du dämlicher Hund«, schnauzte er. »Du hast ihn herausgefordert, Schwachkopf! Und er hat angenommen, indem er Stahl gegen Stahl schlug.«

»Er will gegen mich kämpfen?«

»Ja, denkst du, die machen hier zum Säen Platz? Natürlich will er gegen dich kämpfen, bei allen Göttern! Er hätte gar nicht nein sagen können, selbst wenn er es wollte. Das ist Ulreiks ältester Sohn, sein erster Krieger, und das ist er nicht, weil sein Bart so schön buschig ist, sondern weil er in den letzten Jahren nichts anderes getan hat, als sich selbst überschätzende Helden wie dich auseinanderzunehmen. Er würde sein Gesicht verlieren, wenn er eine Herausforderung nicht annähme.«

Ich wollte eigentlich noch fragen, wie ich mich da wieder herauswinden konnte, da erschallte aus der Menge eine kräftige, aber angetrunkene dunische Stimme. Ulreik, der Häuptling der Sippe, mindestens ebenso berauscht wie die meisten hier, kämpfte sich torkelnd nach vorne, ehe er einen längeren Monolog zu halten begann, der Raegans Aufmerksamkeit erregte. Kaum gesprochen, nahm der Dunier einen Schild von einem seiner Krieger entgegen und warf ihn mir quer durch die Halle entgegen. Das Ding landete einen halben Schritt vor mir entfernt auf dem Felsboden. Und wieder jubelte das ganze Dorf.

»Er hat gesagt, dass du schwachsinniges Balg seinen Sohn herausgefordert hast und dass der freudig angenommen hat«, übersetzte Raegan über den Lärm hinweg.

»Er hat mich wirklich Balg genannt?«

»Nein, aber ich tue es! Und jetzt halt die Klappe und hör zu. Ulreik befiehlt, dass der Kampf hier und jetzt stattfindet, mit Schwertern bis zum Tod geführt wird und dass man noch vor der Nacht auf den Sieger, egal wen, aus vollen Bechern trinken soll.«

Mit mürrischem Gebrüll brachte der Häuptling seine Männer wieder zur Ruhe, dann sprach er lallend weiter, was zwischendurch von scheinbar zustimmenden Rufen unterbrochen wurde.

Mein Freund übersetzte weiter. »Es wird um das Feuer gekämpft, wer aus der Höhle flieht, gilt als Feigling und ist kein Mann mehr.«

Das war gleichbedeutend mit einem Todesurteil. Wer bei den Duniern als Feigling galt, wurde zu Freiwild, das jeder erlegen konnte, ohne Konsequenzen zu befürchten. Wollte ich also fliehen, hätte ich sehr sicher bereits zwei Pfeile im Rücken, noch ehe ich den Ausgang überhaupt erreicht hätte.

»Rher«, fuhr der Einsiedler in seiner Übersetzung fort, »heiligt den traditionellen Kampf Mann gegen Mann, und der Sieger wird keinerlei Wergeld zu zahlen haben, denn es handelt sich um ein göttergefälliges Streiten zweier Krieger. Niemand hat das Recht, sich einzumischen. Wer fällt, der fällt, gleich wessen Namens.«

Als daraufhin die Menge in einen Ruf einstimmte, der schlicht und ergreifend das Wort Ulweif enthielt, erfuhr ich zumindest den Namen meines Gegners. Ein letztes Mal hob der Häuptling seine Stimme an, dann wurde wieder gejubelt und auf meinen Tod angestoßen, während sich Ulweif mit seinen Kameraden an die andere Seite des Feuers zurückzog, um sich dort auf den Kampf vorzubereiten. Wie ich sah, zerrte er dabei das Mädchen mit sich, für das ich hier gerade meinen Hals riskierte und das mich nun Hilfe suchend anschaute.

Auch Raegan packte mich grob am Arm, zog mich auf die gegenüberliegende Seite der Flammen.

»Ich würde dich eigenhändig umbringen«, verkündete er mir, und seine Adern am Hals waren bedrohlich angeschwollen, »wenn ich nicht genau wüsste, dass Ulweif mir gleich die Arbeit abnimmt.«

Dann wendete er sich an den Häuptling, der bei Met zusammen mit seinem Hofstaat ungefähr auf halber Höhe zwischen uns Kriegern stand und in Vorfreude auf dieses Schauspiel überaus amüsiert wirkte. Es kam ein kurzes, aber lautstarkes Gespräch zwischen den beiden auf, wobei mein Freund immer wieder auf mich und dann Ulweif deutete. Abschließend winkte Ulreik lachend ab. Raegan stierte mich an.

»Immerhin. Egal, wie das hier ausgeht, ich darf tauschen und das Lager lebend verlassen. Das Gastrecht gilt weiterhin für mich.« Er stieß mir mit der Faust hart gegen die Brust. »Aber wenn du stirbst, sagt er, muss ich ein Idiot sein, so einen Schwächling wie dich mit zu den mächtigen Klea zu nehmen. Und Idioten bekommen hier weniger für ihr Handwerk.«

Ich stand wie vom Donner gerührt da und schaute mich ungläubig um. Zwar hatte ich immer um eine Gelegenheit gebetet, mich endlich am Schwert beweisen zu können, aber dass ich das direkt gegen den ersten Krieger eines barbarischen Dunierstammes machen würde, hatte ich mir so nicht vorgestellt. Meine Unterstützung bestand aus einem mir völlig fremden Mädchen und mit ein bisschen Glück aus Raegan, obwohl der eher danach aussah, als wollte er aus purer Verärgerung heraus gegen mich wetten.

»Worauf wartest du?«, maulte er los. »Willst du vielleicht mit dem ganzen Plunder am Leib kämpfen?

Also begann ich Pfeilbeutel und Mantel abzulegen, platzierte meinen Bogen säuberlich daneben. Ich löste den Schwertgurt und drückte ihm dem noch immer sauer dreinblickenden Raegan in die Hand. Meine Tunika und das Kettenhemd darüber ließ ich stur an, sodass jeder in der Halle sehen konnte, wie gut mein Harnisch gefertigt war. Vielleicht half ja ein wenig Angeberei.

Ulweif jedoch rief mir von der anderen Seite des Feuers etwas entgegen, das seine Gefährten und die betrunkenen Zuschauer in brüllendes Gelächter ausbrechen ließ.

Ich schielte zu Raegan. »Will ich wissen, was er gesagt hat?«

»Er freut sich schon darauf, dein Kettenhemd seinem sechsjährigen Sohn zu schenken. Wenn er es um die Brust weiten lässt, sollte es sogar passen.«

Zähneknirschend stierte ich meinen Gegner über die Flammen hinweg an. Wenigstens die Klea hatten hier ihren Spaß.

Ulweif, der den schon nicht gerade schmächtigen Raegan mit seiner Statur noch einmal übertrumpfte, entledigte sich derweil auch seiner Kleidung, warf aber zu meiner Überraschung sogar den Ringpanzer und die Tunika darunter ab. So stand er da, mit nacktem Oberkörper, der mit einigen Narben davon kündete, dass das hier nicht der erste Kampf war, in den der Sohn des Ulreik ging. Verdammt, der Kerl hatte Oberarme wie Baumstämme! Die Wolle und das Fell dort ließ er sich von einem Kumpanen lösen, der, besoffen wie er war, dafür eine Weile brauchte. Am Ende trug er nur noch ein von Stricken gehaltenes, breites Stück Leinen, das ihm nicht einmal bis zum Knie reichte.

Ich betrachtete das Schauspiel zweifelnd. »Will dieser Irre nackt gegen mich kämpfen?«

Also rief ihm mein Freund die Frage zu, aber dessen Antwort dauerte verhältnismäßig lange, wobei sich Ulweif ständig an den Schritt faste, sein Gemächt hin und her wog und dabei dem erschrockenen Mädchen einmal kräftig an die Brüste langte, bevor er sie zu seinen Waffenbrüdern stieß, die, von der Idee ganz angetan, ebenso wenig ihre Finger bei sich behalten konnten.

Ich verzog das Gesicht. »Das ist wohl Dunisch für Nein.«

»So etwas Ähnliches.«

Mir reichten seine Unverschämtheiten ein für allemal. Ich musste meiner Wut endlich Luft machen, bevor sie mich im Kampf blind machen und damit schwächen würde. Also zog ich mein Schwert aus der Scheide am Wehrgehänge, das Raegan noch immer hielt, und reckte dem Häuplingssohn Nachtgesang entgegen.

»Übersetze ihm das«, begann ich so laut, dass es jeder in der Halle verstehen konnte, der des Anan mächtig war. »Nur wertlose Halbmänner vergreifen sich an Mädchen, die einem nicht einmal in die Augen schauen können. Aber der da ist weniger als ein Halbmann, er ist eine Ratte, eine hässliche Missgeburt, mit größeren Brüsten als die seines unfruchtbaren Weibes, das Scheiße gebärt statt kräftiger Söhne.«

Raegan starrte mich unbewegt an. »Bist du wahnsinnig?«

»Mach es einfach! Wort für Wort.«

Ich schaute zu Ulweif herüber, der mir anfangs gar keine Beachtung schenkte, sondern mit seinen Kameraden, die ihn umringten, Zoten riss. Das Mädchen hingegen hatte alles von dem verstanden, was Raegan nun zu übersetzen begann. Sie glotzte mich mit aufgerissenen Augen an.

Jetzt beobachtete ich meinen Gegner eingehend, fixierte ihn mit meinen Augen und konnte so sehen, wie mit jedem von Raegans Worten sein Kopf ein Stück mehr in meine Richtung wanderte. Und Stück für Stück verzerrte sich sein Gesicht zu einer hasserfüllten Fratze.

Das entsetzte Protestieren aller Anwesenden verschluckte beinahe Ulweifs Schrei, als er sich wie von Sinnen auf mich stürzen wollte, aber gerade noch von seinen Kameraden daran gehindert wurde. Es brauchte vier Männer gleichzeitig, um dieses Tier zurückzuhalten.

Was ich beabsichtigt hatte, war mir geglückt. Der Sohn des Häuptlings fiel nur deswegen nicht über mich her, weil er sich nicht aus dem Griff der anderen Krieger befreien konnte. Und die versammelten Klea waren jetzt auch gegen mich.

Das reichte mir noch nicht.

»Sag ihm weiter«, brüllte ich über den Lärm hinweg, den knapp vierzig aufgebrachte dunische Krieger machten, »wenn ich mit ihm fertig bin, verfüttere ich ihn Stück für Stück an die Schweine, mit denen er es treibt, wenn ihn seine Hurenfrau nicht ranlässt.«

Diesmal protestierte Raegan gar nicht erst, sondern übersetzte meine furchtbare Beleidigung leidenschaftslos ins Dunische. Ulweif zerrte und zeterte, brüllte und beleidigte mich in seiner Sprache, aber der Einsiedler übersetzte es nicht, da ich das in dem Tumult, der nun herrschte, gar nicht verstanden hätte. Stattdessen starrte ich den dunischen Krieger einfach nur an und winkte ihm freundlich mit der linken Hand, mit der ich mir kurz zuvor an den Hintern gefasst hatte, um ihm meine Wertschätzung zu zeigen.

Sein Vater rief die Halle letztlich mit scharfen Befehlen zur Ruhe, woraufhin sich auch Ulweif allmählich beruhigte. Trotzdem konnte ich den Hass, den Drang, mich zu zerfetzen, deutlich in seinen Augen sehen. Jetzt wäre er anfällig für Fehler, würde überstürzt handeln, statt mich mit der sicheren Überlegenheit eines Mannes, der seinen Feind nicht ernst nahm, abzuschlachten. Ich musste nur den ersten Ansturm, der furchtbar werden würde, überleben.

Sonderbar, aber das erste Mal in meinem Leben hatte mir ein Rat des Wyrc tatsächlich etwas gebracht. »Kannst du einen Feind nicht mit Gewalt besiegen«, hatte er mir damals gesagt, »dann reize ihn, vernichte seine Überlegenheit mit Worten, die ihn so tief treffen, dass er kopflos wird.«

Ulreik wies uns Kämpfer mit zwei Handbewegungen an, ein Stück vorzutreten. Ulweif stampfte voller Hass einige Schritte näher an das Feuer, während ich Raegan einen letzten Blick zuwarf.

»Bring ihn bloß um, sonst bin ich ruiniert«, gab er mir mit auf den Weg, ehe er mir aufmunternd auf die Schulter schlug. »Viel Glück, du Hänfling!«

Mit einem schiefen Grinsen kommentierte ich seine Wünsche für mich, dann ging ich langsam auf den Schild zu, den mir der Herr der Klea eben zugeworfen hatte, und hob ihn auf. Ich schlüpfte mit dem linken Unterarm in die zwei Lederschlaufen an der Innenseite, konnte mich des Eindrucks aber nicht erwehren, dass das alles nicht sonderlich stabil wirkte.

Unterdessen tobte ein Unwetter in meiner Magengegend. Natürlich brannte ich auf meinen ersten Kampf Mann gegen Mann, aber ich hatte trotzdem Angst. Furchtbare Angst. Unwiderstehlich fraß sie sich durch den ganzen Körper, machte meine Bewegungen fahrig, unsicher. Die Rechte, die den Griff meines Schwertes umklammerte, zitterte kaum merklich, sodass ich den Druck noch mehr verstärkte, als gäbe mir das Kraft, die Angst zu besiegen. Für einen kurzen Moment schloss ich die Augen, bat meine Götter um Schnelligkeit und Mut in diesem Kampf. Aber etwas unterbrach mich. Aus Richtung des Häuptlings drangen nun Rufe, welche die tobenden Krieger schweigen ließen. Für kurze Augenblicke erinnerte ich mich an den Klang der Stimme, die jetzt so schrill und laut schrie, dass ich sie wiedererkannte. Mir brach der Schweiß aus.

Hinter Ulreik trat der Wyrc, mein alter Lehrmeister, der Druide von Dynfaert, auf den Kampfplatz und sang ein Lied der Götter, segnete den Zweikampf zwischen Ulweif und mir.

Doch er sah nur mich dabei an. Er sang, sein Stab fuhr lärmend auf den felsigen Boden.

Mir war, als würden meine Füße nicht mehr die Erde berühren. Ich schien zu wanken, konnte nicht glauben, was ich sah, wollte nicht wahrhaben, dass es der Alte war, der den Kampf heiligen sollte. Woher kam er, wieso war er hier in der Hohen Wacht? Gottverdammt nochmal, wieso war er hier?

»Beweise mir, dass ich nicht an dir versagt habe, Junge«, zischte er mir in unserer Sprache zu, als er mich passierte, ließ sein von mir ehemals gefürchtetes Lächeln sehen, ehe er mit einem rituellen Tanz begann, der zwischen meinem Feind und mir vor dem Feuer stattfand.

Krampfhaft versuchte ich mich auf den Dunier zu konzentrieren, der immer wieder in die Knie federte und Schwert und Langmesser zugleich hin und her schwenkte. Ich konzentrierte mich auf die beiden Klingen des Häuptlingssohnes, bemerkte, dass sein Schwert um gut eine Hand kürzer war als das meine, was mir einen Vorteil in der Reichweite gab, während er schneller angreifen konnte. Und der Wyrc sang weiter, rief Rher, das Schwert, und Kvylkcen, die gerechte Waage, an, die am Ende unseres Lebens darüber entscheidet, ob wir in die Halle der Toten oder in die Unterwelt gelangten, bat um ihren Beistand für diesen Kampf.

Dann brach der Alte ab, sah zum Häuptling und verkündete etwas, das ich nicht verstand, ehe er es in Anan wiederholte. »Die Zeichen sind gut. Die Götter haben ihr Wohlgefallen an diesem Streit der Krieger bis zum Tod.«

Niemand brüllte, niemand schrie Anfeuerungen oder Beleidigungen. Die Halle schwieg, denn der Wyrc, der Diener der Götter unserer Stämme, hatte gesprochen. Ohne Vorwarnung stieß der Alte plötzlich seinen Stab nach vorne und brüllte ein einziges Wort, das ich auch ohne Übersetzung verstand.

Der Kampf begann.

Ich brachte meinen Schild vor, das Schwert locker nach hinten ausgestreckt, und erwartete voller Anspannung den ersten Kampf meines Lebens. Und wenn mich nicht dieser verdammte Bastard von Wyrc mit seinem Auftreten hier aus der Fassung gebracht hätte, wäre ich wahrscheinlich auch konzentriert gewesen. Ein letzter Blick zum Alten, der jetzt bei Ulreik stand und mich mit seinen listigen Augen stetig beobachtete, dann versuchte ich meine Aufmerksamkeit nur auf Ulweif zu richten, der sich mir wie ein Raubtier näherte.

Da war er, keine zehn Schritt von mir entfernt. Seine nackte, unbehaarte Brust glänzte vom Schweiß im Flackern des Lagerfeuers, das er jetzt hinter sich ließ, seine Muskeln an Armen, Nacken und Bauch waren angespannt. Ich sah die schwarzen Haarstoppel an den Seiten seines Schädels, wo er sich vor wenigen Tagen rasiert haben musste. Ich sah ihn, sah ihn so verdammt deutlich.

Ulweif, der Sohn des Ulreik, erster Krieger der Klea. Ein Gigant, nur Muskeln und Raserei.

Dann war sein Schwert da, und der Tod begegnete mir zum ersten Mal.

In ungefähr fünf Schritten Entfernung änderte er plötzlich seine Geschwindigkeit. Mit drei schnellen Sprüngen war er heran, holte mit dem Schwert weit über Kopf aus. Ich hielt den Schild, so lange es ging, neutral, erst im letzten Augenblick, als der Stahl des Feindes im Feuer aufblitzte, riss ich den Rundschild nach oben. Ein Stück Holz an der Kante splitterte ab, als der Hieb abgefangen wurde. Großer Gott, hatte der Bastard Kraft im Schwertarm!

Hektisch stieß ich seine Waffe nach links weg, wollte zu einem Gegenangriff ansetzen, aber Ulweif war um einiges schneller, als ich erwartet hatte. Mit dem Langmesser versuchte er einen Ausfallschritt, sodass ich seine Klinge mit meiner eigenen wegwischen musste, wollte ich nicht bereits nach dem ersten Hieb abgestochen werden. Klirrend lenkte ich das Messer ab, kam aber immer noch zu keinem eigenen Angriff, denn wieder raste das dunische Schwert heran, ließ mich in meiner Parade wanken. Diesmal gelang es mir gar nicht erst, die Klinge wegzustoßen. Stattdessen prügelte Ulweif wie ein Wahnsinniger auf das Holz ein, ich federte unter der Wucht der Angriffe ein wenig in die Knie, versuchte Distanz zwischen uns zu bekommen, indem ich mit schnellen Schritten seitlich nach hinten auswich, aber vor den Schlägen schien es kein Entkommen zu geben. Mittlerweile war ich nur noch damit beschäftigt, seinen Klingen mit dem Schild zu begegnen. Ein Gegenangriff in diesem Stahlgewitter war vollkommen unmöglich. Und dann legte ich zu viel Druck in den Schild, sodass Ulweif völlig überraschend dagegen trat. Ich verlor den Halt, taumelte nach hinten weg, bis ich auf dem Hintern landete und panisch außerhalb der Reichweite seiner Waffen krabbelte.

Die Sippe der Klea brüllte vor Vergnügen.

Ulweif rotzte in meine Richtung, machte aber keine Anstalten, sich sofort wieder auf mich zu stürzen. Wozu auch? Er sah genau, dass er besser als ich war. Er wollte mich ganz einfach demütigen, den Schild nach und nach in Stücke hauen, mich auf dem Boden liegen sehen, um auf mich zu spucken. Ich musste zurück auf die Beine, nur zurück auf die Beine und endlich anfangen mich zu wehren.

Er stürmte auf mich zu, als ich gerade wieder stand. Ich tänzelte zur Seite weg, senkte den Schild knapp eine Handbreit. Ulweif fiel darauf herein. Er führte einen schneidenden Hieb, der mir die Kehle aufgeschlitzt hätte, aber ich tauchte nach links unter seinen Angriff hindurch, gelangte leicht hinter ihn, dann kam mein Rückhandschlag auf seine Schulter zielend.

Endlich! Dachte ich.

Ich schwöre, ich habe kaum einen Mann gesehen, der schneller reagierte als der Sohn des Klea-Häuptlings. Noch in der Angriffsbewegung musste er meinen Plan durchschaut haben, wirbelte er doch im Halbkreis herum und blockte meine Klinge mit überkreuztem Messer und Schwert, bevor die Spitze seiner kürzeren Waffe über den Stahl der Schwerter nach vorne stieß wie eine Schlange. Glück oder der Beistand der Götter ließen mich meinen Kopf nach rechts drehen, sodass mir nur ein wenig die Wange aufgeritzt wurde. In meiner Panik fiel mir nichts Besseres ein, also versuchte ich dem breitbeinig stehend Klea in die Eier zu treten, traf aber nur seinen Oberschenkel. Lachend ließ er von mir ab und entfernte sich.

Ulweif, vom ersten Blut angestachelt, streckte die Zunge heraus und leckte damit beinahe anzüglich seine grinsenden Lippen, das Langmesser mir entgegengestreckt.

»Sterben«, spie er mir wohl das einzige Wort entgegen, das er in meiner Sprache kannte, und fuchtelte mit der Spitze des Messers vor mir herum.

Ich kannte auch ein Wort in Dunisch, und ich brüllte es ihm wie ein Irrer entgegen. »Grem!«

Dann riss ich die Initiative an mich, indem ich das Schwert von unten herauf in einem fürchterlichen Hieb führte. Der Angriff hatte wenig Aussicht auf Erfolg, aber eigentlich wollte ich nur beginnen, ihn jetzt nach hinten treiben und ihm meinen Kampfrhythmus aufzwingen. Doch, zum Teufel, es war ungewohnt, mit einem Schild zu kämpfen, und Nachtgesang lag zu schwer in meiner Hand, war ich es doch gewöhnt, das Schwert beidhändig zu führen. Ich war klar im Nachteil, und dieser Dreckskerl feierte es bei jeder meiner Bewegungen.

Wieder griff ich an, wieder parierte er, versuchte mit dem Messer zu kontern, doch da stieß ich den Schild nach vorne, traf ihn hart am Arm, dass ich die Gelegenheit bekam, ihn im Taumeln anzugreifen. Ich ließ Nachtgesang von oben herab donnern, und wäre nicht sein eigenes Schwert zur Stelle gewesen, der Hieb hätte ihm glatt den Schädel gespalten. So aber krachte Stahl auf Stahl und stimmte einen Ton an, den jeder Krieger seit Anbeginn der Zeit kennt.

Wenn die Schwerter singen, werden die Melodien geboren, aus denen Helden entstehen, Lieder gedichtet werden und der Name unsterblich wird. Könnte ich Ulweif niederringen, würde ich damit beginnen, Nachtgesang und mir einen Namen zu erkämpfen, den man noch in den entferntesten Winkeln Anariens kannte. Dafür musste ich ihn nur umbringen. Aber wie sehr sich doch die ersten Kämpfe im Leben eines Mannes von denen unterscheiden, die er später führt. Wenn man noch bewusst wahrnimmt, wie das Schwert des Feindes zwei Finger am Gesicht vorbeisaust, zwei Finger davon entfernt, dir den Kiefer zu spalten, dann denkt man nur daran, dass man gleich draufgeht. Der Tod beherrscht dich, die Angst vor ihm, sein fauliger Atem schlägt dir ins Gesicht, und in eben diesen ersten Kämpfen sterben all jene, die sich nicht daran gewöhnen können. Eine natürliche Auslese sozusagen. Wer zu sehr an das Leben denkt, den Tod nicht umarmt und als Freund begrüßt, der erstickt an seinem eigenen Blut.

Und ich war jung und dumm genug. Ich breitete ich die Arme aus, um meinen Bruder Tod willkommen zu heißen, und stürzte mich stumm auf den Dunier, schmetterte die Klinge mit brutaler Kraft gegen ihn. Wieder und wieder gingen meine Angriffe auf ihn nieder, doch die Deckung der beiden Klingen schien undurchdringlich. Wie von Götterhand geführt, lenkte er Nachtgesangs Stahl ab, versuchte einen Gegenangriff, den mein Schild abfing.

Der Wyrc musste sehr zufrieden mit seiner Ausbildung sein. Ich begann langsam die Herrschaft zu gewinnen. Auch die umstehenden Dunier schienen zu bemerken, dass sich das Blatt wendete, denn ich hörte Ulweifs Namen, aus Dutzenden Kehlen gerufen.

Nein, ihr miesen Schweine, dachte ich. Hier herrschte nicht Ulweif, Ulreiks Sohn und erster Krieger der Klea! Das war Ayrik Areons Kampf, und mein Feind würde die erste Beute des Wolfes sein.

In einem waghalsigen Angriff versuchte der Dunier mir sein Schwert mit einem

Rückhandangriff in die Nierengegend zu hauen, was mich zu einem hektischen Ausfallschritt nach links zwang. Dabei musste ich meine Deckung ein Stück zu sehr gesenkt haben, denn im letzten Augenblick sah ich die Messerspitze auf Augenhöhe nach vorne beißen. Als würde Rher meinen Arm führen, riss ich den Schild nach oben, die Messerklinge bohrte sich gnadenlos durch das Holz, stach tief in meinen Unterarm dahinter. Ich brüllte auf und bemerkte kaum durch die Schmerzen, dass sich sein Messer im Holz verkantet hatte.

Mehr aus Verzweiflung trat ich sofort nach seinem Standbein, traf den Knöchel und warf mich ihm mit meinem ganzen Gewicht entgegen. Ulweif verlor den Halt, stürzte mit mir nach hinten. Ein hässliches Knacken, als wir aufschlugen, dann ein sich überschlagendes Brüllen des Klea-Kriegers.

Er warf den Kopf in den Nacken, schrie und sabberte, sein Hinterkopf knallte mehrmals auf den Boden, dann verpasste ich ihm erst einen, dann einen zweiten Stoß mit der Stirn ins Gesicht. Mir traten Sterne vor die Augen, ein roter Schleier behinderte kurz meine Sicht.

Schwindelig sprang ich auf die Beine, verlor halb die Orientierung und taumelte wie ein Säufer herum. Noch immer steckte das Messer in meinem beschädigten Schild, aber zu meinen Füßen wand sich Ulweif, dessen Gesicht von Blut verunstaltet war. Seine linke Hand stand unnatürlich verdreht ab. Sie musste von meinem Gewicht gebrochen worden sein, als wir zu Boden gingen und er das Messer nicht früh genug losgelassen hatte. Jetzt schlug er im Liegen blindlings mit dem Schwert nach meinen Beinen, was mich dazu zwang zurückzuspringen.

Kurzentschlossen und von meinem Angriff in Rage gebracht, streifte ich den Schild von der Linken, wobei mir Ulweifs Messer brutal aus dem Fleisch gerissen wurde. Mir verschwamm die Sicht, das Holz schepperte zu Boden. Mit beiden Händen umfasste ich den Schwertgriff, drängte die stechenden Schmerzen hinter meine Wut zurück.

»Steh auf, und ich breche dir mehr als nur die Hand! Los, komm schon, tanzen wir weiter oder hast du schon genug? Ja, hast du? Beschissener Feigling! Komm hoch, die Schweine warten auf dich!« Jetzt spuckte ich in seine Richtung und zitterte von all dem Hass, der mir durch den Körper schoss.

In der Halle war es sehr viel stiller geworden.

Ich begann Ulweif wie ein Wolf zu umkreisen. Langsam rappelte er sich zurück auf die Knie, rotzte Blut aus, und kam schließlich ganz auf die Beine. Die linke Waffenhand war nun nutzlos, es blieb ihm nur noch das Schwert. Er stierte mich an und stürzte sich dann überraschend in einen Angriff.

Mut hatte der Sohn des Ulreik. Er griff an, auch wenn seine Linke scheußlich gebrochen war. Trotzdem wagte er alles, kämpfte, als wolle er Njenaar, der gewaltigen Eule, die Träume brachte und die Toten mit sich nahm, beweisen, dass er würdig für die Endlose Halle war, sollte ich ihn schlagen. Er brach wie ein Sturm über mir ein, schien zu singen und dann stand ich wieder in der Defensive.

Ich mochte ihn verachten, aber sein Können am Schwert, seinen Mut konnte ich nicht leugnen. Trotz seiner Verletzung zwang er mich mit all seiner Erfahrung im Kampf in Richtung Feuer zurück, sodass ich beidhändig geführte Paraden so schnell führen musste, wie bei keiner Übung, die ich jemals mit dem Wyrc gemacht hatte. Ich vermied, wie es mich der Alte gelehrt hatte, seine Hiebe mit der scharfen Seite der Klinge abzufangen, denn das würde den Stahl in Mitleidenschaft ziehen, versuchte stattdessen, mit der flachen Seite zu blocken, ihm dabei entgegen zu kommen und dann und wann auszuweichen und mich so in eine Position zu bringen, aus der ich ihn ein für allemal erledigen konnte.

Dann nutzte Ulweif eine unerwartete Gelegenheit, als unsere Schwerter nach einer meiner Verteidigungen schleifend übereinander fuhren, wir uns zu nahe waren, indem er mir einen blitzschnellen Ellenbogenschlag mitten ins Gesicht bescherte. Ich stolperte, aber trotz der explodierenden Schmerzen in meiner Nase, hatte ich genau vor Augen, was getan werden musste. In erschreckender Klarheit sah ich die von der Deckung entblößten Beine. Ihr Anblick beherrschte mich und sonst nichts.

Ich ließ mich in einem so nicht vorhersehbaren Manöver leicht nach links fallen, rollte mich ab und kam mit einem Bein wieder halb hoch. Der Dunier reagierte nicht schnell genug, und Nachtgesang fuhr aus mit all der Wucht des beidhändigen Hiebes von hinten durch seine Kniekehle, dass es ihm den Unterschenkel beinahe abtrennte. Ein Blutschwall spritzte vor ihm auf den Felsboden, und ich meinte zu sehen, wie das Fleisch nur noch von einigen Sehnen und Hautfetzen gehalten wurde.

Jetzt schrie Ulweif nicht einmal vor Schmerzen, sondern knickte auf beide Knie ein. Ich sprang ganz zurück auf die Beine, während sich etwas über mein Blickfeld legte, das wie ein Meer aus Blut alles andere ausblendete. Ulweif hob sein Schwert in einer fast lachhaften Geste zur Abwehr, während ich mich positionierte, um ihm den Rest zu geben. Ich schlug ihm mit einem Rückhandangriff das Schwert zur Seite weg, sodass es mit einem Klirren im hohen Bogen davonflog, dann holte ich zu einem Hieb auf seinen Nacken aus, hackte einfach nur auf ihn ein. Ich weiß nicht mehr, ob Nachtgesang die Wirbelsäule beim ersten oder zweiten Schlag durchbrach, aber ich kann mich in aller Klarheit daran erinnern, dass der halb abgetrennte Kopf beinahe zeitgleich grotesk zur Seite rutschte, als der Körper auf dem Boden aufschlug.

Bruder Tod würde wohl noch auf mich warten müssen.

Als würde auf dem entstellten Körper Ulweifs ein Bannzauber liegen, löste ich nur mühsam den Blick davon und ließ ihn über die nun absolut stillen Zuschauer des Kampfes schweifen. Überrascht und entsetzt waren sie, manchen stand der Mund offen, andere weinten tatsächlich bei dem Anblick ihres gefallenen Hauptmannes. Niemand von ihnen musste auch nur damit gerechnet haben, dass ich derjenige wäre, der am Ende noch aufrecht stünde. Ich sah das Mädchen im Kreise von Ulweifs Männern, aber sie erwiderte meinen Blick nur mit eisiger Genugtuung. Raegan glotzte mich mit weit aufgerissenen Augen an, unfähig zu einer Bewegung.

Nur einer lächelte. Der Wyrc.

Als letztes bohrten sich meine Augen in ihn. Ich sah wieder dieses altbekannte, verhasste Lächeln hinter dem struppigen Bart. Er nickte vor sich hin, wirkte wie ein Vater, dessen Sohn im Herbst das erste Wild erlegt hatte.

Und dann wieder die Leiche Ulweifs. Man mag es kaum für möglich halten, aber seine Rechte zuckte noch mehrmals in Richtung des Schwertes neben ihm. Doch da gab es keine Hoffnung und kein neues Aufflammen des Kampfes mehr.

Von mir erschlagen, lag Ulweif einfach nur noch da und seine letzte Tat in diesem Leben war es, die Halle der Klea vollzubluten.

Unbewusst ging ich in die Knie, senkte Nachtgesang so weit, dass die Spitze den Boden berührte und ich mich auf seiner Parierstange abstützte. Endlich fand ich die Kraft, stand auf, stand gerade, woran niemand geglaubt hatte. Ich stand mit dem Schwert in den Händen und als Sieger.

Er war der erste Mann, den ich getötet habe. Ulweif, Sohn des Ulreik, erster Krieger der Klea..

Die ausgelassen betrunkene Gesellschaft in der Halle der Klea schien auf einen Schlag nüchtern. Niemand lachte mehr, niemand brüllte oder stieß mit Met an. Keiner wagte zu sprechen. Selbst die Bauern auf der anderen Seite waren näher getreten und starrten entsetzt auf ihren besten Krieger, der grauenhaft abgeschlachtet in seinem eigenen Blut lag. Ich suchte den Blick Ulreiks, dessen Sohn ich getötet hatte, doch der Häuptling konnte die Augen nicht von der Leiche seines Erben lösen.

Ich hatte mein vollmundiges Versprechen vor dem Kampf eingelöst, aber Ulweif in seiner Niederlage nicht entehrt. Er war im Kampf gestorben, hatte mir Wunden geschlagen und war wie ein Krieger von dieser Welt in die nächste gegangen.

»Wyrc«, rief ich in die Stille. »Nenne Ulreik meinen Namen und den meines Schwertes!«

Der Alte senkte den Kopf in meine Richtung, als sei ich ein Herr, und übersetzte dann dem fassungslos dastehenden Häuptling. Erst jetzt fand Ulreik die Kraft, mich, den Schlächter seines Sohnes, anzuschauen. Aber es lag kein Hass, keine Verachtung darin. Vielleicht war es einfach nur grenzenlose Überraschung, als würde er mich zum ersten Mal wahrnehmen. War ich bei meiner ungewollten Herausforderung für ihn nur ein Schwächling gewesen, dumm genug, seinen ungeschlagenen Sohn zu fordern, war ich jetzt ein Krieger, ein Schwertmann. Nichtsdestotrotz aber immer noch der Mörder seines Sohnes.

Ich fürchtete, dass Ulreik, trotz seines Versprechens, man würde auf den Sieger trinken und kein Wergeld fordern, seiner Rache freien Lauf lassen könnte. Wenn es der Häuptling wollte, konnte er mich hier und jetzt töten lassen, das musste er ebenso wissen. Gegen ihn und seine vierzig Männer durfte ich auf keinen Sieg hoffen.

»Sag ihm weiter«, wies ich den Wyrc an, denn mir lief die Zeit davon, »dass sein Sohn voller Ehre als Krieger gestorben ist, der mir Wunden geschlagen hat. Njenaar wird ihn mit sich getragen haben und von seinem Heldenmut in der Halle der Krieger berichten.«

Noch immer starrte mich Ulreik schweigend an. Eine unausgesprochene Drohung hing in der Luft. Ich stützte mich wieder schwer auf Nachtgesangs Parierstange, denn jetzt kamen die Schmerzen erst richtig. Ulweif hatte mich zwar nicht schwer verletzt, aber mein Kopf dröhnte von seinem Ellenbogenschlag, die Wange brannte wie Feuer, und Blut lief noch immer aus der Wunde am Unterarm, wo mich das Messer des Duniers erwischt hatte. Allerdings ging es mir immer noch besser als Ulweif. Der Gedanke hätte mich beinahe auflachen lassen.

Endlich sprach der Häuptling der Klea, aber seine Stimme war schwach und brach mehrmals ab. »Ulreik, Ulwolfs Sohn und Schwertherr der Klea«, übersetzte mir der Wyrc, als der Häuptling geendet hatte, »akzeptiert den Willen Rhers und Kvylkcens. Die Götter haben dich zum Sieger erklärt, und der Ruhm und die Lieder sollen Ayrik Areon und seinem Schwert Nachtgesang gelten.« Ich nickte Ulreik zu, dass ich verstanden hatte, dann sprach er mit nun etwas festerer Stimme weiter. »Ulreik sagt, dir als Sieger gebühren nicht nur Ruhm und Lied, sondern auch die Rüstung und Waffen seines Sohnes, denn so ist es Sitte bei den Duniern.«

»Danke dem Häuptling«, sagte ich. »Aber er soll Schwert, Messer und Panzer seinem Sohn mit in die andere Welt mitgeben. Er war ein mächtiger Krieger. Eines solchen würdig soll auch seine Bestattung sein.«

Ich sah, wie sehr sich Ulreik zusammen reißen musste, um nicht vor seinen Männern um seinen Sohn zu weinen, aber als der Wyrc ihm übersetzte, was ich gesagt hatte, bebte sein Kinn, und er nickte etwas zu heftig in meine Richtung. Dass ich Ulweifs Ausrüstung ablehnte, hatte allerdings nichts mit Güte zu tun. Ich wusste nur einfach nicht, was ich mit all dem Zeug in der Wildnis anstellen sollte. Ich besaß selbst Panzer, Schwert und Messer und verspürte wenig Drang, noch mehr Krempel durch den Winter zu schleppen. Und selbst wenn; an wen hätte ich es verkaufen können? Nein, da ließ ich doch lieber einem Vater, der seinen Erstgeborenen durch mich verloren hatte, ein wenig seiner Würde und erkaufte mir dadurch vielleicht mein eigenes Leben. »Und heute Nacht trinken wir auf sein Andenken«, rief ich vorsichtshalber und hob das blutige Schwert über den Kopf.

Endlich, nachdem der Wyrc, mein alter Lehrmeister, dem Häuptling und den anderen Klea meine Aufforderung genannt hatte, brandeten wieder Rufe auf. Die Männer brüllten zustimmend, feierten Ulweif, der einen guten, ehrenvollen Tod gestorben war, aber vielleicht auch mich. Jeder in der Halle hatte gesehen, dass die Götter ihm ein ehrenvolles Ende bereitet hatten und ich verdientermaßen der Sieger war.

Ein unglaublicher Druck schien vor mir ab zu fallen. Ich legte mit geschlossenen Augen den Kopf in den Nacken, während um mich herum die Feier zu meinen und Ulweifs Ehren begann. In diesem Lärm rief mir der Häuptling noch etwas zu, das ich von den Worten her zwar nicht verstand, aber ihre Bedeutung wurde mir klar, als Ulreik nickend auf das Mädchen zeigte, für das ich das alles hier erst auf mich genommen hatte.

Sie gehörte nun mir.

SIEBEN

Mittlerweile bin ich kräftig genug, um zu reiten. Zumindest hat mir Saer Mikael Winbow das gestern Abend nach meiner Erzählung verkündet. Dass ich mich immer noch so fühle, als hätte man mich eben erst aus dem Reich der Toten geholt, interessiert ihn nicht sonderlich. Stattdessen hat er mich heute in aller Früh geweckt, mich angewiesen, ihm dabei zu helfen, die Ausrüstung auf die Pferde zu verteilen, während er mich aufmerksam beobachtete, ob ich nicht vielleicht doch versuchte, mir meine Waffen zurückzuholen oder mich auf einen der Gäule zu schwingen und auf Nimmerwiedersehen zu verschwinden.

Aber ich habe es nicht getan, denn ein Eid ist ein Eid und meine Geschichte noch nicht zu Ende erzählt.

Das Wetter ist zum Glück beständig. Sonnenschein beherrscht seit drei Tagen den Himmel, Bienen summen durch die Luft und in der Nacht wird man nicht vom Prasseln des Regens eingeschläfert, sondern von zirpenden Grillen, die ihre Musik in die Dunkelheit singen. Wir reisen auf der alten Ynaarstraße nach Westen, die Pferde der von mir getöteten Ordensbrüder aneinandergebunden, und durchqueren die beschauliche Provinz Tarlhin. Ich würde fast sagen, ich könnte mir nichts Idyllischeres vorstellen, aber bei genauerer Betrachtung bleibe ich bei aller Schönheit des Sommers ein Gefangener von Saer Mikael Winbow, dem junuitischen Ordenskrieger des Heiligen Cadae. Und weil noch nicht genug heilige Männer die Tage ruinieren, sind wir an diesem Abend auch noch ausgerechnet in ein Kloster abseits der Ynaarstraße Richtung Rhynhaven eingekehrt.

Vom Bau dieser Mönche, die der Lehre irgendeines sonderbaren Heiligen aus den Tagen Junus' folgen, habe nur so viel gesehen, um es als ärmliche Anlage voller Langeweile und fürchterlicher Gottesfurcht abzutun. Anscheinend hegt niemand der Mönche ein gesteigertes Interesse daran, dass Winbow und ich uns allzu sehr hier umsehen. Man hat unsere Pferde versorgt und uns selbst ohne Umweg zum Brudervater gebracht. So wie es aussieht, besteht zwischen diesem Orden hier und Mikaels Cadaenern nicht besonders viel Zuneigung. Der Brudervater jedenfalls, ein ausgemergelter Kerl am Ende seiner Fünfziger, der sich Osmer nennt, gab uns unmissverständlich zu verstehen, dass wir unerwünscht seien.

»Fremde bringen Unruhe in unseren Tagesablauf und stören den Dienst an unserem himmlischen Vater«, hat er verkündet und uns mit Blicken gestraft, für die man von vielen anderen Männern die Zähne eingeschlagen bekommt. Nichtsdestotrotz bekamen wir seine Erlaubnis, die Nacht innerhalb des Klosters zu verbringen. Für eine geringe Spende an den Orden, versteht sich.

Wie sich herausstellte, wollte dieser Raffzahn die drei Pferde der toten Cadaener. Wir haben zwar keine Verwendung für sie, aber alleine die Unverschämtheit, einen solchen Gegenwert für eine Übernachtung zu verlangen, ließ mich beinahe aus der Haut fahren. Aber ich hielt mich zurück, Osmer mit seiner eigenen Ordenskette zu erdrosseln, betrachtete die düstere Behausung der Mönche mit Abscheu und fügte mich meinem Schicksal, in einem Kloster schlafen zu müssen, auch wenn mir ein Platz unter freiem Himmel selbst bei Hagel und Gewitter tausendmal lieber wäre.

Man hat uns eine Zelle zugewiesen, die einem in ihrer drückenden Enge aufs Gemüt schlägt. Zwar gibt es eine Fensteröffnung an der Westwand, aber das ändert auch nichts an dem modrigen Gestank, der selbst Saer Mikael recht bald nach draußen getrieben hat. Als durch das Fenster der Glockenschlag zum Abendgebet erklang, hatte mein Ordensfreund wenigstens eine Ausrede gefunden, die Zelle zu verlassen. Als sein Gefangener musste ich natürlich ebenso am Gottesdienst teilnehmen, ließ das Gesinge und die ganzen Predigten aber mit einer gesunden Portion Ignoranz über mich ergehen und nutzte die Zeit stattdessen dafür, ein wenig vor mich hinzudösen. Ein Tritt gegen den Fuß weckte mich dann irgendwann am Ende der Messe. Gähnend folgte ich dem Cadaener in den Speisesaal, wo schweigsame, bierernste Mönche eine Suppe löffelten, die sie gütigerweise mit uns teilten. Die Brühe schmeckte zwar nach nichts, füllte aber immerhin leidlich den Magen.

Und seit diesem kargen Abendmahl sitzen Mikael und ich auf einer kleinen Mauer im Innenhof des Klosters, lassen die letzten Sonnenstrahlen unsere Nasen kitzeln und beobachten einige der Mönche dabei, wie sie schweigend einen Garten pflegen, der im Hof blüht. Saer Mikael wirkt seltsam friedlich für einen Gottesmann, der vor wenigen Stunden erst von einem seiner Glaubensbrüder ausgenommen wurde wie eine Festtagsgans. Seine Augen sind geschlossen, und ein seliger Glanz überlagert sein Gesicht.

Das kann ich natürlich so nicht hinnehmen.

»Wenn es hier immer nur dünne Suppe gibt«, bemerke ich mit einem Blick auf die ackernden, stummen Gottesmänner, »dann wundert mich ihre ständige schlechte Laune wirklich nicht.«

Mikael sieht immer noch so aus, als würde er schlafen. »Die Brüder folgen nur dem Beispiel ihres Schutzheiligen Ganik. Sie suchen Nähe zu Junus durch Abstinenz in jedweder Hinsicht.«

»Ganik?«

»Der Heilige Ganik war einer der Feldherren Junus'. Nach dem Feuertod unseres Herrn geriet er in Gefangenschaft der Ynaar und hungerte und ließ sich geißeln, ohne sich zur Wehr zu setzen. Er starb als Märtyrer, als ihn das alte Volk sieben Tage später aufhängte.« Saer Mikael hat mal wieder diese grässliche Heiligkeit gepackt, für die ich ihn am liebsten übers Knie legen würde.

Diese junuitischen Heiligen haben vor allem ein Talent dazu, sich umbringen zu lassen. Was man daran als besonders verehrenswert erachten kann, werde ich nie verstehen.

»Aha«, mache ich. »Also hungern die Ganikaner die ganze Woche und lassen sich ohne Gegenwehr verdreschen. Ich frage mich nur, wo sie die ganzen Mönche herbekommen, wenn sie sich auch gegenseitig an den Bäumen aufknüpfen, um Ganiks Vorbild bis zum Letzten zu folgen. Muss ein wirklich einzigartiges Wunder deines Gottes sein.«

Knurrend wendet sich Mikael Winbow mir zu. »Hast du gar keinen Respekt vor den Männern Gottes?«

»Nein. Wieso sollte ich auch? Ich beurteile andere nicht durch ihren Titel, ihre Position oder die Götter, vor denen sie auf die Knie fallen, sondern durch ihr Verhalten. Der Brudervater zum Beispiel lässt uns in einer Zelle schlafen, in der es nicht einmal genug Licht gibt, um sich unfallfrei am Kopf zu kratzen, serviert uns eine Brühe, die wie gekochte Pisse aussieht, und nimmt dir dafür auch noch solch einen Gegenwert ab, dass man sich davon in Laer-Caheel für eine Woche in den besten Herbergen einquartieren könnte. Sie predigen hier Frömmigkeit und Entbehrung, und gleichzeitig streicht sich ihr oberster Mönch das Geld in die Taschen, um seinen verschrumpelten Schwanz bei nächster Gelegenheit in eine Hure stecken zu können.«

Mikael ist kurz davor, die Beherrschung zu verlieren. »Junus' Flammen sind das einzige Licht in dieser barbarischen Welt! Seine Lehren brachten Anarien Wohlstand, die Einigkeit unter einer Krone und einem Glauben. Er lehrte uns Nächstenliebe und Vergebung, wie du selbst bemerkt hast, nachdem ich dich versorgte, obwohl du meine Brüder getötet hast.« Winbows Augen funkeln. »Hätten das diese Klea, von denen du mir erzählt hast, etwa auch für dich getan, oder bevorzugst du sie nur, weil sie denselben Götzen dienen wie du? Hier gibt es keine Sklaven, Ayrik, anders als in der Halle dieser Barbaren. Sieh dich um! Die Mönche im Kloster sind frei und dienen Junus mit offenem Herzen. Ist das so verdammenswert für dich, so viel schlechter als ein Haufen dunischer Wilder?«

Ich lache kurz auf, was einen der Mönche im Garten missmutig aufblicken lässt. »Die Klea waren allesamt verdammte Scheißkerle, versteh mich da nicht falsch. Sie bedeuteten mir nicht mehr als der Dreck unter meinen Stiefeln. Nein«, erkläre ich dem Cadaener, »sie waren auch nicht besser als die Mönche, die ebenfalls nicht verdammenswerter sind als viele andere auf dieser Welt. Aber es sind eben jene einzelnen Menschen, die, in ihrer Zahl gering, doch so viele Leben und Hoffnungen zerstören. Rachsüchtige Edelmänner mit zu viel Geld und zu wenig Verstand, Könige, die ihre Untertanen als besseres Schlachtvieh sehen, oder eben auch Ulweif, den ich getötet habe, und Brudervater Osmer, der sich nicht schämt, zwei Reisende, von denen einer ein gläubiger Junuit ist, um einen ziemlichen Haufen Silber zu prellen. Wer von beiden der schlimmere Bastard ist, weiß ich nicht. Aber ich weiß, dass man sowohl mit dem Schwert als auch mit seiner Gier töten kann. Eines davon ist schneller, und nur das unterscheidet es. Und manchmal verbinden sich sogar diese beiden Waffen in den Händen einiger vollkommen gewissenloser Drecksäcke.« Ich nicke in Richtung der Mönche, die stumm im Garten arbeiten und damit wohl Junus' Werk tun. »Die da haben keine Ahnung und sind nicht verdorbener oder unschuldiger als die Bauern in der Halle der Klea. Aber Leute wie Osmer und Ulweif, von denen kann man niemals genug umbringen, um sein Gewissen ein wenig zu erleichtern und die Welt dadurch ein Stück friedlicher zu gestalten.«

»Wie viele hast du von solchen Männern denn getötet?«

»Nicht genug. Bei Weitem nicht genug, Saer.«

NARBEN

Ulweifs Waffenbrüder bargen seine Leiche, trugen sie hinauf in die zweite Ebene, wo die Frauen den Körper für die Bestattung herrichten würden. Derweil stellten die Krieger wieder Tische und Bänke auf, verteilten sich in der Halle, um das Gelage zu beginnen. Mir jedoch stand noch nicht der Sinn nach Trinken. Ich wollte meine Ruhe, marschierte einfach so aus einem der Eingänge hinaus auf das Hochplateau, ohne mich darum zu scheren, was um mich herum geschah oder welche Blicke mir folgten.

Draußen empfingen mich Kälte und eine sternenklare Nacht.

Ich ging einige Schritte weit, fand eine Stelle, wo ein Baumstumpf einladend darauf wartete, dass ich meinen müden Hintern darauf platzierte, um die Welt für einige Augenblicke ohne mich auskommen zu lassen. Noch immer hielt ich Nachtgesang in der Hand, wusste nicht so ganz, wohin mit dieser Waffe oder mir selbst. Ja, ich hatte Ulweif geschlagen, einen Krieger, der mir an Erfahrung, Kraft und Erfahrung überlegen war, und das in meinem ersten tatsächlichen Kampf, in dem es um Leben und Tod ging. Ich fühlte ohne jede Frage Stolz in meiner Brust aufflammen. Doch da war noch was anderes. Ulweifs entstellter Körper stand mir vor Augen. Die tödliche Wunde am Hals, der kaum noch am Rest des Beines hängende Unterschenkel. Ich konnte immer noch fühlen, wie mein Schwertstahl durch den Knochen fuhr, durch Fleisch und Muskeln. Ich schloss die Augen und hatte das Gefühl, meine Welt würde auf einer Welle von Blut davonschwimmen. Aideens Worte kamen mir in den Sinn. Ich würde die Freiheit haben zu entscheiden, wer es verdient hatte zu sterben und wer zu leben. Nun, nachdem ich den ersten Mann erschlagen, mein Schwert im Blut geweiht hatte, fragte ich mich, wie viel Entscheidungsfreiheit mir noch blieb, wenn zwischen mir und dem eigenen Tod nur der Bruchteil eines Augenblickes lag.

Aus Richtung des Siedlungseingangs hörte ich das Knarzen von Schritten im Schnee. Sitzend wendete ich mich ein Stück um. Es war das Mädchen. Es kam langsam, aber bestimmt auf mich zu, das Wollgewand eng um den Körper geschlungen, die Kapuze aufgezogen. Bei mir angekommen, blieb es stehen und sah mich ausdruckslleer an. Ich erwiderte den Blick, fragte mich, was sie jetzt von mir erwartete.

»Ich bin Cal.«

Wie alt mochte sie sein, fünfzehn, vielleicht sechzehn? Ich forschte im schwachen Licht der Sterne auf ihren Zügen nach einem Anhaltspunkt, aber mich irritierte die Abgestumpftheit in ihrem Blick.

»Wie lange warst du bei Ulweif«, wollte ich wissen.

»Drei Jahre.«

»Und wie alt bist du?«

Ohne den Kopf zu heben, sah sie an mir vorbei. »Als sie mich aus meiner Heimat holten, war ich siebzehn.«

Zwanzig Jahre also! Himmel, das hätte ich nicht gedacht. »Cal ist kein dunischer Name.«

»Nein.«

»Klingt recht ungewohnt. Ist das eine Kurzform?«
»Ja.«
Ich schielte zu ihr. Sie sagte nichts mehr, weder woher sie kam noch welchem Stamm sie angehörte oder wie ihr voller Name lautete. Allerdings war ich auch keineswegs in der Stimmung, ihr irgendetwas aus der Nase zu ziehen.
»Ayrik.« Ich rammte Nachtgesang in den Boden vor mir und drückte unwillkürlich mit der rechten Hand auf die Stelle an meinem Unterarm, wo mich Ulweifs Messer erwischt hatte. Im Laufe des Abends musste das versorgt werden. »Mein Name ist Ayrik.«
»Warum hat dich der Druide Areon genannt?«
»Es bedeutet in der Sprache der Scaeten Wolf.«
»Hast du dir den Namen selbst gegeben?«, fragte sie mit einem leicht spöttelnden Unterton.
Kurz nahm ich die Hand vom Arm und sah, dass der Stoff meiner Tunika allmählich dunkel von Blut getränkt war. »Nein, habe ich nicht.«
Wieder hörte ich Schritte im Schnee. Raegan näherte sich.
»Ulreik erwartet dich in der Halle«, murrte er bei uns angekommen, wobei er Cal einen vernichtenden Blick zuwarf.
Ich sah zu dem Einsiedler auf und konnte sofort erraten, was er dachte. Dass ich Ulweif getötet hatte, war vielleicht das kleinere Übel, aber dass wir nun Cal durchfüttern mussten, konnte ihm nicht gefallen. Unsere Vorräte waren ohnehin knapp bemessen, vom Platz in der Hütte ganz abgesehen. Aber so war das jetzt nun einmal. Ich konnte dieses Ding ja kaum in der Wildnis aussetzen.
»Ich komme gleich«, sagte ich. »Geh vor und nimm Cal mit. Sie soll bei uns sitzen, damit niemand auf die Idee kommt, sie zum Teil der Feier zu machen.«
»Ayrik, wir sollten –«
»Lass mir einfach nur einen Moment!«
Zwar konnte ich nicht sehen, wie er darauf reagierte, da ich ziellos auf die in Düsternis liegende Hohe Wacht starrte, aber kurz darauf hörte ich, wie sich die beiden in Richtung Höhle zurückzogen.
Ich zögerte, ihnen zu folgen. Nicht weil ich mich vor Ulreiks möglichem Zorn fürchtete. Auch nicht, weil ich kein Interesse an Wärme oder Bier hatte, ganz im Gegenteil. Es war hier draußen verflucht kalt, und hatte furchtbaren Durst, der mir nach genug Bier oder Met oder was immer sie mir auftischen würden, bestimmt dafür sorgen würde, dass ich das Blut in meiner Empfindung einfach wegtränke. Nein, ich wollte dem Wyrc einfach nicht beggnen. Ich fühlte mich regelrecht beschmutzt, weil ich ihn durch diesen Sieg mit Sicherheit erfreut oder mindestens zufrieden gemacht hatte.
Und das war das allerletzte, was ich jemals wollte, seit er sich in mein Leben geprügelt hatte.
Dieses verfluchte, durchtriebene Schwein! Ich konnte nie abschätzen, welche Macht er tatsächlich besaß, ob er rein zufällig bei den Klea war, was ich nicht glaubte, oder ob er mich belauerte. Wahrscheinlich tat er das bereits seit ich die Halle meines Vaters im Streit verlassen hatte. Trotz meiner Demütigungen und der Ablehnung des Thans war er noch nicht am Ende mit seinen Plänen oder Ideen mit

mir, das war mir klar. Die Frage war nicht, ob ich daran teilnehmen wollte, sondern, wie ich ihnen entgehen und sie im besten Fall sogar gegen ihn selbst wenden konnte. Aber dafür musste ich wissen, was er von mir wollte. Und das ging nur auf einem Wege, so sehr ich es auch hasste, mir das einzugestehen.

Ich wusste immer noch nicht, wofür ich Ulweif getötet hatte, wenn nicht um des Ruhmes willen, aber um dem Druiden von Dynfaert zu gefallen, ganz sicher nicht.

Raegan und Cal saßen am Tisch des Häuptlings, ganz so, wie ich befürchtet hatte. Ebenso richtig lag ich damit, dass der Wyrc dort hockte wie eine selbstgefällige, dürre Spinne im Netz.

Auf dem Weg zum Tisch bemerkte ich die Blicke der Krieger, die mir folgten. Noch immer waren die meisten davon nicht sonderlich freundlich, was ich ihnen allerdings nicht wirklich verübelte. Immerhin hatte ich ihren Hauptmann umgebracht. Ich wunderte mich viel mehr darüber, dass mir hier und da ein Mann anerkennend zunickte. Vielleicht hatten diese wenigen ja Ulweif nicht ausstehen können und waren meine neuen, unbekannten besten Freunde geworden.

An der Tafel des Häuptlings erstarben sämtliche Gespräche zwischen den dort versammelten, hochrangigen Kriegern, während sie mir Platz machten, damit ich mich rechts von Cal niederlassen konnte. Raegan saß direkt an ihrer Seite, einen hohen Bronzekrug mit Met vor sich, in den er finster stierte. Als ich mich gesetzt hatte, schenkte mir Cal vom Honigwein ein, doch ich suchte zuerst den Blick des Wyrc, der zur Rechten Ulweifs saß, was für ein großes Vertrauen des Häuptlings der Klea sprach. Also hatte sich diese Schlange bereits das Wohlwollen des Duniers erschlichen. Am liebsten hätte ich ihm seinen selbstgefälligen Gesichtsausdruck aus der Fratze geprügelt.

Kaum saß ich, stand Ulreik mit dem Metbecher in der Hand auf. Er begann zu sprechen, lange zu sprechen. Dann hob er seinen Met, wartete aber mit dem Trinken auf den Wyrc, der an Stelle meines Freundes Raegan, dem es die Laune verdorben hatte, übersetzte.

»Ulreik begrüßt dich als Freund und Krieger am Feuer der Klea. Er sagt, dein Schwert ist schnell und sein Sohn fand einen Tod, über den man singen wird. Du stehst unter dem Gastrecht seiner Sippe, niemand soll Hand an dich legen oder Rache fordern noch sonst einen Versuch unternehmen, dich für den Tod Ulweifs zur Rechenschaft zu ziehen. Es war der Wille der Vergessenen, der dich hat obsiegen lassen, deshalb ehrt und preist Ulreik deinen Namen und den deines Schwertes. Man wird dir eine Unterkunft zuweisen, in der du hausen kannst, solange dein Freund Geschäfte tätigt, und dir wird es weder an Met noch an Essen oder Wärme mangeln. Eine Sklavin soll sich gleich um deine Wunden kümmern, die dir sein Sohn geschlagen hat. Vom heutigen Tage an giltst du als Freund der Klea, für den immer ein Platz in der Halle sein wird.«

Ich wusste zwar, dass die Dunier ein abergläubischer Haufen waren, aber dass ihr Göttervertrauen soweit ging, befremdete mich trotzdem. Immerhin war durch meine Hand nicht irgendein unbedeutender Krieger gefallen, sondern der Sohn des Häuptlings, offensichtlich der beste Kämpfer, den man hier kannte. Die Sippe würde von nun an geschwächt sein, nicht nur durch den reinen Verlust, sondern auch durch die Rangeleien unter den anderen Männern, die nun nach Ulweifs Platz als Erster Krieger gierten.

»Danke ihm erneut«, sagte ich etwas einfallslos und stand ebenfalls auf, wobei ich meinen eigenen Metbecher hob.

Nach der Übersetzung des Wyrc prostete mir Ulreik zu, was als Zeichen für die anderen Krieger galt, nun ebenfalls mit dem Saufen fortzufahren. Trinksprüche in der mir fremden Sprache wurden ausgetauscht und Metbecher in meine Richtung geschwenkt. Ich gab mich so feierlich, wie es mir nur möglich schien, und nahm dann selbst einen tiefen Schluck.

An den nun aufkommenden Gesprächen beteiligte ich mich nicht, denn ich verstand ja weder die Sprache, noch stand mir der Sinn nach Gesellschaft. Stattdessen trank ich schnell und viel, sodass ich mich recht bald in einer leicht angetrunkenen Stimmung befand. Derweil war eine von Ulreiks Sklavinnen gekommen, hatte mir die Stichverletzung am Unterarm mit Wasser und Leinenverbänden versorgt, meine Wange aber nur kurz vom Blut gereinigt. Der Schnitt hatte mich nicht genug verletzt und blutete schon nicht mehr.

Was für ein lächerliches Bild wir doch abgaben! Ich hatte Ulweif besiegt, doch nicht ich, Raegan oder Cal feierten es. Nur die Klea tranken und sangen vor sich hin, bereiteten ihrem gefallenen Helden einen würdigen Abschied. Die eigentlichen Sieger jedoch schütteten stumm den Met in sich und wechselten kein Wort miteinander. Raegan war verstimmt wegen Cal, Cal fürchtete sich davor, welch neuer Herr ich ihr sein würde, und ich selbst stierte unentwegt den Wyrc an, der meine Blicke zu ignorieren schien, und suchte mit wenig Aussicht auf Erfolg nach einer Erklärung für seine Anwesenheit hier in der Wacht.

Nach fünf Bechern Met hatte ich endlich die letzten Skrupel weggetrunken, den Alten anzusprechen.

»Hat man dich auch vertrieben?«

Der Wyrc, der eben noch dem jetzt vollends trunkenen Ulreik nachgeschenkt hatte, sah mich an. »Ich diene den Vergessenen Göttern, nicht einem Mann alleine.«

Der Met hatte mich angriffslustig gemacht. »Spar dir dein rätselhaftes Gerede, das kenne ich zu Genüge. Versuch wenigstens einmal in deinem Leben eine Antwort zu geben, nach der man nicht mehr Fragen hat als vorher. Bist du noch der Wyrc von Dynfaert, oder hast du dir einen neuen Herrn gesucht, weil dich mein Vater nicht mehr in seiner Nähe duldet?«

»Warum sollte er so denken?«

»Vielleicht bist du neuerdings an Gewittern ohne Blitz und Regen schuld«, spielte ich auf dieses Grollen an, das mich vor einer gefühlten Ewigkeit in Grems alter Hütte erschreckt hatte. »Weil der Winter streng ist oder du schuld bist, dass er mich verbannen musste. Such dir aus, was dir besser gefällt.«

Der Wyrc zog eine Grimasse, als sei er die fleischgewordene Verantwortungslosigkeit. »Das Wetter liegt in den Händen der Götter, nicht in meinen. Und du hast Entscheidungen getroffen, nicht ich. Ich habe dir davon abgeraten, das Schwert an dich zu nehmen und zu deinem Vater zu gehen, bevor die Zeit reif war. Du wolltest nicht auf mich hören.«

Ich sah, wie Cal aufmerksam jedes Wort verfolgte, das der Wyrc und ich, unverstanden von den anderen in Anan, wechselten. Lauernd sah sie abwechselnd von einem zum anderen.

»Und du hast meine Frage immer noch nicht beantwortet«, versetzte ich und ging vorsichtshalber gar nicht erst darauf ein, dass er mir die Schuld an der Verbannung gab. Ich wäre nur in Versuchung gekommen, den zweiten Mann an einem Abend umzubringen.

»Dein Vater selbst schickte mich hierhin.«

Diese unerwartete Antwort ließ mich schlucken. Wieso sollte Rendel der Ältere den Druiden des Dorfes in die abgeschiedene Wildnis der Hohen Wacht entsenden? Wollte er mich wieder zurück in Dynfaert haben, bereute er etwa seine Entscheidung? Kurz flammte in mir so etwas wie Hoffnung auf, doch nicht heimatlos und vertrieben in den Norden ziehen zu müssen.

»Ich kenne Ulreik von den Klea, seit er mit seiner Sippe hier siedelt, und ich weiß um ihr Talent, zu überleben und zu kämpfen«, fuhr der Alte fort. »Gerade jetzt, da in Fortenskyte Hoftag der niederen Herren gehalten wird, benötigt Rendel solche Krieger in seinen Diensten.«

Die Hochkönigin war also mittlerweile in Fortenskyte, südlich von Dynfaert, angekommen, und mein Vater suchte neue Krieger in seinen Diensten. Das schien ihn aber nicht an mich zu erinnern. Ich sank sichtlich in mir zusammen. »Für welchen Zweck?«, fragte ich, auch wenn mich die Antwort nicht wirklich kümmerte.

»Um die Bestie aus den Wäldern zu erlegen. Das Dorf ist in Aufruhr, und dein Vater will sich dieses Viehs endlich entledigen. Der Winter und die Zeichen beunruhigen die Leute.«

Schlagartig hatte er wieder meine Aufmerksamkeit. Mich trafen die zu schmalen Schlitzen verengten Augen des Wyrc, die durch mich hindurch zu sehen schienen, rissen mich im Innersten auseinander. Er lächelte nicht, aber strahlte eine Zufriedenheit mit seinen Worten aus, die mich anwiderte.

»Man hat es immer noch nicht erlegt?«, erkundigte ich mich überflüssigerweise, wusste ich doch die Antwort bereits.

Der Wyrc saß mir bewegungslos wie Stein gegenüber. »Das Untier ist weiter auf Beute aus, tötet, und dein Vater muss rasch handeln, will er nicht vor dem Draak und der versammelten Saerschaft samt der Hochkönigin als unfähig dastehen, ein einfaches Biest vor den Toren des Königshofs zu erlegen.«

Ich rieb mir mit einer Hand durch den Bart. »Wen hat es getötet?«

»Den Fallensteller.«

Clyde! Aideens Vater!

Das durfte nicht wahr sein! Ich öffnete den Mund, um etwas zu sagen, schüttelte aber nur unfähig, mein Entsetzen in Worte zu fassen, den Kopf. Meine Gedanken und Ängste jagten über die Hohe Wacht hinweg zu Aideen, sodass ich gar nicht bewusst wahrnahm, wie Raegan überrascht Clydes Namen rief.

Wieso war ich nur gegangen? Wäre das alles auch geschehen, wenn ich, wie ursprünglich von mir in meiner Naivität geplant, das Biest gejagt hätte? Und was für ein gewaltiges Untier musste das sein, wenn es den erfahrenen, kräftigen und geschickten Waldläufer von Dynfaert riss, als wäre er nur ein Schaf, das man beim Weiden auf der Wiese vergessen hatte?

»Dann haben mich meine Augen und dein wuchernder Bart doch nicht getäuscht«, hörte ich den Wyrc säuseln, der sich nun mit einem abfälligen Gesichtsausdruck Raegan entgegen lehnte. »Ich meinte dich erkannt zu haben, wollte aber nicht glauben, dass du tatsächlich so dumm wärest, dich bei stolzen Männern wie den Klea zu zeigen.«

Die beiden kannten sich? Entgeistert glotzte ich den Einsiedler an. Als wir über den Alten gesprochen hatten, war ihm kein Wörtchen davon über die Lippen gekommen, dass er ihn kannte.

Mein alter Lehrmeister genoss den unbehaglichen Gesichtsausdruck Raegans. »Weiß Ulreik von deinem großen Mut in der Schlacht bei den zwei Bäumen?«, verspottete er meinen Freund weiter. »Oder weiß es Ayrik? Wie dem auch sei, dafür ist jetzt keine Zeit. Ich spreche mit einem Krieger, nicht mit dir Feigling.«

Für einen Moment dachte ich, Raegan würde sich auf den Wyrc stürzen, ihn für diese schamlose Beleidigung umbringen. Doch er umklammerte lediglich seinen Becher so fest mit beiden Händen, dass sich die Knochen unter der Haut weiß abzeichneten und es mich nicht gewundert hätte, wenn sein Trinkgefäß unter dem Druck geborsten wäre. Er blieb sitzen, starrte den Wyrc hasserfüllt an und tat nichts.

Mit einem abfälligen Schnauben wendete sich der alte Mistkerl wieder mir zu. »Ja, Clyde ist tot, gerissen von der Bestie aus den Wäldern. Und seine Tochter wird von Rache getrieben. Sie ist ausgezogen, um die Kreatur zu erlegen, aber niemand hat sie seitdem gesehen.«

»Was heißt, niemand hat sie seitdem gesehen?«

»Sie ist verschwunden. Als ich von Dynfaert hierher aufgebrochen bin, schon seit über einem Wochenlauf. Dein Vater fürchtet, ihr könnte etwas zugestoßen sein.«

Der Wyrc musste von meinen Gefühlen für Aideen wissen, denn dem Bastard entging nichts, rein gar nichts! Ihm war klar, dass ich bei diesen Nachrichten nicht weiter hier im Nirgendwo hocken und auf Erleuchtung warten würde. Die Netze des Wyrc waren ausgeworfen, und ich marschierte blind vor Sorge hinein. Er hatte mich an dem Punkt erwischt, wo ich nicht umkehren konnte, mich mit der Schwäche der Liebe geködert, sodass es nur einen Weg für mich gab.

»Du kannst dir die Suche nach Kriegern unter den Klea sparen, alter Mann«, sagte ich und verfluchte mich innerlich selbst. »Du hast dir deinen Eigenen selbst ausgebildet.

Der Weg zurück nach Dynfaert. Meinem Schicksal konnte ich nicht entkommen, nicht einmal in der tiefsten Wildnis. Ich würde nach Hause gehen, noch ein einziges Mal. Mit einem Schwert und als freier Mann. Es lag an mir, die Bestie zu töten und meiner alten Heimat Frieden und Sicherheit zu geben.

So dachte ich zumindest, ich verdammter Idiot.

»Das ist Irrsinn, Ayrik!«

Raegan und ich standen vor der Halle der Klea. Ich starrte ziellos in die Nacht hinaus, während der Einsiedler daneben verzweifelt versuchte, mir den Entschluss auszureden.

»Du bist kein Waldläufer«, machte er weiter. »Lass den Wyrc hier Krieger anwerben, die sich auf die Jagd verstehen, und halte dich da raus! Merkst du denn nicht, wie er versucht hat, dich einzuwickeln, dieser doppelzüngige Hund?«

Ich sah ihn flüchtig an und zog meinen Fellmantel enger um den Körper. »Mir ist egal, welche Pläne der Wyrc schmiedet, soll er doch meinetwegen daran ersticken. Mir geht es nur um Aideen. Du hast gehört, sie ist verschwunden, ihr Vater tot. Ich muss sie suchen und ihr beistehen, bevor sie das nächste Opfer dieses Monsters wird.«

»Glaubst du wirklich an einen solchen Zufall?«, ignorierte Raegan meine Argumente. »Der Wyrc taucht ausgerechnet hier auf, wenn wir auch da sind? Er hat etwas vor, vertraue mir einfach, ich weiß es! Ich kenne diese Schlange, ich habe gelernt, dass es bei ihm keine Zufälle gibt. Alles, was er tut, hat einen Sinn, alles ist von Anfang bis Ende geplant. Wenn es ihm passt, reicht er dir die Hand, nur um dir bei der nächstbesten Gelegenheit das Messer in den Rücken zu rammen. Für ihn bist du nur ein Werkzeug, nichts weiter!«

»Und wenn schon. Meinst du vielleicht, ich weiß das nicht? Ich habe Jahre unter ihm und seinen Ideen gelitten. Wenn einer den Wyrc kennt, dann ich.«

»Nicht so wie ich, Junge.«

Ich zog eine Grimasse. »Ich vergaß, du hattest ja bereits das Vergnügen. Aber mich einzuweihen in den letzten Wochen, in denen wir immer wieder über das Schwein gesprochen haben, das ist dir dann irgendwie entfallen. Hast du mich bewusst angelogen, oder ist dir nur der Wind hier oben durch die Erinnerungen gefahren?«

Raegan schwieg, vermied es, meinen Blick zu erwidern.

»Was hat er damit gemeint, du seiest ein Feigling?«, wollte ich weiter unfreundlich wissen. »Und was ist das für eine Schlacht bei den zwei Bäumen?«

»Ayrik, ich habe diese Dinge hinter mir gelassen.«

»Ich wollte auch meine Vergangenheit vergessen!«, platzte es aus mir heraus. »Aber man fragt mich nicht, was ich will, das tat man noch nie. Man hat mich immer nur so viel wissen lassen, wie man es für richtig hielt, solange ich meine Aufgabe erfüllte. Wie hast du es genannt, ein Werkzeug? Gut getroffen! Der Wyrc, mein Vater, sie haben auf mein Vertrauen geschissen, aber ich dachte, wir seien offen zueinander!«

»Über das, was hinter mir liegt, spreche ich nicht mehr. Es hat lange genug gedauert, mich unendlich Kraft gekostet, das alles zu besiegen. Und ja, auch der Wyrc gehört zu meiner Vergangenheit, selbst wenn ich den Tag verfluche, da er in mein Leben getreten ist. Dass ich ihn kenne, macht mich nicht stolz, noch lege ich großen Wert darauf, an ihn erinnert zu werden. Aber ich habe diese Sachen, den Wyrc, all die Erinnerungen und Geschichten, die mich mit ihm verbinden, hingenommen, meinen Frieden damit gemacht. Meine Vergangenheit hat mich in die Wildnis getrieben und mich zum Einsiedler gemacht, mein Leben auf den Kopf gestellt. Aber all das habe ich mittlerweile gelernt zu akzeptieren. Als du schließlich auftauchtest, hatte ich nicht vor, eine Wunde zu öffnen, die schon fast verheilt war.« Raegan suchte meinen Blick. »Doch nichts davon ändert, dass du mein Vertrauen hast.«

Ich schüttelte den Kopf. »Davon habe ich nicht viel gemerkt.«
»Trotzdem ist es so. Du bist mein Freund, Junge.«
Es begann wieder zu schneien. Fröstelnd zog ich den Rotz in der Nase hoch und schwieg. Mir lag nichts daran, mich mit Raegan zu streiten, denn er war nüchtern betrachtet tatsächlich mein einzig verbliebener Freund und hatte mir geholfen, als niemand sonst mehr da war. Zwar hatte er mich vor dem Kopf gestoßen, indem er mir die Wahrheit über den Wyrc und sich vorenthalten hatte und dies auch weiter tat, aber wer war ich schon, einen Mann für seine Vergangenheit zu verurteilen?

»Dann beweise mir dein Vertrauen«, sagte ich nach einigen Momenten der Stille. »Was auch immer in Dynfaert geschieht, es geht dich und mich nichts mehr an, ich weiß. Aber ich kann Aideen nicht im Stich lassen. Verstehst du das?«

Ich sah ein Glitzern in Raegans Augen. Sein Blick wirkte fern, ganz so, als sei er an einem anderen Ort. »Ich verstehe dich«, sagte er schließlich abwesend.

»Wir sind in spätestens zwei Wochen wieder zurück. Nur dieses eine Mal muss ich zurück. Sobald wir Aideen gefunden haben, verschwinden wir wieder.«

»Wir?«

Ich nickte. »Bist du an meiner Seite?«

Raegan drehte sich halb um, schaute zum Höhleneingang. Er zögerte, atmete schwer. Als er sich wieder mir zuwendete, schüttelte er kurz den Kopf. »Es sind sonderbare Zeiten. Der Winter schmeckt mir dieses Jahr nicht. Ich bin kein heiliger Mann, Ayrik, aber die Zeichen lassen kaum etwas Gutes vermuten. Der frühe Winter, das Gewitter ohne Regen, die Bestie in Dynfaert – das schmerzt mir in den Knochen. Als dein Freund sage ich dir, es ist ein Fehler wieder in dein Dorf zu gehen, aber als Mann, der weiß, wie es ist zu lieben, sehe ich deinen Weg offen vor dir liegen: Er führt dich nach Dynfaert, aber mich nicht. Zu Hause gibt es noch viel zu tun, das ich nicht für zwei Wochen ruhen lassen kann. Zudem muss ich hier bei der Sippe meiner Arbeit nachgehen. Es gibt Gatter und Hütten auszubessern, und einen neuen Tisch für Ulreik muss ich ebenso fertigen. Und wir können es uns nicht leisten, auf die Tauschware der Klea zu verzichten.« Mir blieb nichts anderes übrig, als zustimmend zu nicken. Raegan hatte ja Recht. »Erledige, was du zu erledigen hast, Ayrik, und ich werde versuchen, euch zu folgen, sobald ich kann. Dynfaert selbst will ich nicht betreten, aber du wirst mich in meiner alten Hütte finden. Sobald du Aideen aufgespürt hast, kehren wir zurück in den Palast, und nach dem Winter werde ich dich nach Norden führen, wo du einen neuen Pfad einschlagen kannst. Du siehst, es ist nicht viel, was ich dir anbiete, aber ich gebe es dir als Freund. Nimmst du es als solcher an?«

Dass mich Raegan zwar nicht bis nach Dynfaert begleiten würde, aber mir dennoch keine Steine in den Weg legte, ließ eine Last von mir abfallen. Mir war alles andere als wohl bei dem Gedanken, unter diesen Umständen noch einmal meine alte Siedlung zu besuchen, aber genau deswegen konnte ich Raegan mehr als verstehen. Warum auch immer er Dynfaert verlassen hatte, freiwillig war das nie und nimmer geschehen. Und wenn ich ihn tatsächlich als meinen Freund ansah, dann durfte ich ihn nicht in eine mögliche Gefahr hineinziehen, sich einem alten Leben zu stellen. Also nickte ich.

»Ich könnte den Wyrc in den Wäldern auch einfach umbringen und der Welt damit einen Gefallen tun«, meinte ich mit einem schwachen Grinsen, um die Stimmung ein wenig zu heben.

»Ach, komm, lass uns trinken gehen!« Raegan schnaubte und wandte sich zum Gehen. »Ich will nicht weiter von dieser Missgeburt eines Mannes sprechen. Wahrscheinlich würde er sich einfach wieder lebendig faulen. Den wird man nicht so einfach los.«

Das war also mein Plan. Oder der des Wyrc, um es genau zu nehmen, denn ich gab mich keinerlei Illusion hin. Als ich dem Alten in dieser Nacht noch erklärte, ich würde ihn nach Dynfaert begleiten, lächelte er wieder altbekannt vor sich hin. Ich hatte genau das getan, was er wollte, aber ich hielt mich wieder einmal für gerissener als den Rest der Welt. Insgeheim hatte ich mir vorgenommen, den greisen Mistkerl beim kleinsten Anzeichen einer List ein für allemal aus dem Weg zu räumen, ihn endgültig bezahlen zu lassen.

Als würde man alles mit dem Schwert lösen können. Ich Einfaltspinsel!

Cal hatte gegen Ende dieses Gelages mit stummer Entschlossenheit noch einmal meine Wunde untersucht, die ich Ulweifs Schwert und meinem Leichtsinn verdankte. Wir wechselten keine Worte miteinander, aber ich beobachtete sie bei ihrem Tun genau. Aufgrund ihrer geschickten Finger und sicheren Behandlung nahm ich an, dass sie dies nicht zum ersten Mal tat. Mir ging durch den Kopf, wie oft sie dies wohl bei Ulweif getan und was sie dabei empfunden hatte. Den Mann zu versorgen, der sie versklavt hatte, und dies jetzt bei jenem zu wiederholen, in dessen Besitz sie übergegangen war. Sie war nichts weiter als der Preis im ewigen Spiel wehrhafter Männer, die Macht, Reichtümer, Ruhm und Frauen unter sich aufteilten, ohne sich darum zu scheren, welche Konsequenzen ihre Taten hatten. Was zählte da schon Freiheit oder der Wunsch nach eigener Bestimmung?

Kurz fragte ich mich, ob ich nun auch zu einem Teil des Spiels geworden war, suchte die Antwort allerdings nicht lange. Die Welt war, wie sie war. Ich würde sie nicht verändern.

Die Feier zu Ehren Ulweifs löste sich später standesgemäß auf. Die Krieger waren irgendwann nachts vollends betrunken, die meisten schliefen an Ort und Stelle ein. Es stank nach Erbrochenem, den Ausdünstungen erfahrener Säufer und dem Rauch des langsam sterbenden Feuers. Ich hatte mich nicht gänzlich betrunken, denn ich war angespannt und tief in mir verunsichert. Zwar war ich wild entschlossen, Aideen zu helfen, das Biest zu töten, aber die Zweifel, ob ich das so einfach bewerkstelligen konnte, ließen nicht ab. Außerdem hallten Raegans Warnungen wegen des Wyrc ohne Unterlass in meinem Geist. Mein Freund jedoch schien talentierter im Verdrängen. Statt sich den Kopf über meine bevorstehende Reise nach Dynfaert zu zerbrechen, hatte er ihn sich nebelig getrunken.

Ich ließ mir von einem der Unfreien in Ulreiks Gefolge mit Händen und Füßen erklären, wo sich unsere Schlafstatt befand, bevor ich meinen heillos betrunkenen Freund mithilfe Cals dorthin schleppte. Unsere Unterkunft stellte sich als eine der leer stehenden Höhlen auf der zweiten Ebene heraus. Eine direkte Lichtquelle gab es nicht, nur das Flackern des Feuers in der Versammlungshalle zuckte hier und da hinauf. Jemand hatte bereits zwei Lager aus Stroh und Fellen herrichten lassen, sodass wir Raegan nur an Ort und Stelle ablegen mussten. Der bekam davon überhaupt nichts mit, sondern drehte sich in besoffener Gleichgültigkeit auf die Seite und schnarchte weiter.

Ich selbst legte Pfeile, Bogen und den Rest unserer Ausrüstung samt Mantel zwischen unseren Schlaflagern ab, dann zögerte ich. Zum einen schielte ich zu Cal herüber, die unentschlossen am Eingang der Wohnhöhle stand und von einem auf den anderen Fuß trat und zum anderen überlegte ich ernsthaft, im Kettenpanzer zu schlafen. Es hatte zwar keine offensichtlichen Anfeindungen während des Festes gegeben, aber das hieß noch lange nicht, dass man mich hier jetzt besonders mochte. Was wusste denn ich, ob nicht irgendein Waffenbruder Ulweifs die Gelegenheit ausnutzen wollte, dass die Klea fast ausnahmslos betrunken waren, damit keiner so recht mitbekommen würde, wenn man mir kurzerhand zum Dank für den Tod des ersten Kriegers den Hals abschnitt.

Und was zum Henker sollte ich jetzt mit Cal anstellen?

Sie bemerkte meinen versucht unauffälligen Blick und drehte sich mir ganz zu. Dabei verschränkte sie die Arme vor der Brust, was zusammen mit ihren aufeinander gepressten Lippen unpassend trotzig wirkte. Ich konnte mir bereits denken, was sie nun erwartete. Ein angetrunkener Krieger und seine Sklavin! Die meisten Männer würden sich jetzt holen, was ihnen gehörte.

»Das Lager ist groß genug für uns beide«, begann ich.

Sie nickte nur, sagte kein Wort.

»Wenn dir kalt ist, können wir meinen Fellmantel noch dazu nehmen. Dann ist dir ... nicht mehr kalt.«

Ich redete nur Unsinn, was ihr Schweigen nicht gerade verbesserte. Kurz fragte ich mich selbst, wieso ich mich wie ein Idiot gab, statt mich einfach hinzulegen, meinen Hintern ein Stück weiter an den Rand zu schieben und Cal so genug Platz zu lassen, damit sie auch dort schlafen konnte. Aber ich musste ja vor mich hinbrabbeln, als hätte mich der Wyrc nicht nur im Schwertkampf, sondern vor allem im Schwachsinn unterrichtet.

»Du bist ein Verbannter.« Cal fragte das nicht, sie stellte fest. Sie hatte jedes Wort verstanden, das ich mit dem Alten gewechselt hatte, also brauchte sie nur zwei Finger zusammen zu zählen.

»So ist es.«

Die Sklavin nickte kurz vor sich hin. »Und wer ist Aideen?«

»Eine gute Freundin aus meiner Heimat.«

»Wohin wir gehen werden?«

Ich runzelte die Stirn. »Willst du lieber in diesem Loch hier bleiben?«

Cal gab mir darauf keine Antwort, sondern ging langsam, sehr langsam auf die Schlafstatt zu. Dort ließ sie sich mit einer fast unnatürlich wirkenden Eleganz nieder, setzte sich kerzengerade hin, wobei sie eingehend Raegans Rücken betrachtete. Nach einigen Momenten, in denen ich unschlüssig an Ort und Stelle stehen blieb, die Sklavin ignorierte und ein- und denselben Punkt an der Wand anstarrte, löste ich schließlich den Schwertgurt und ging die zwei Schritte zum Lager. Ich spürte eine nicht ganz zu packende Unsicherheit, als ich mich an das Fußende setzte, eine Elle von Cal entfernt, die mich jetzt dabei nicht ansah. Ich zog mir die Stiefel aus, überlegte kurz, dann entledigte ich mich mithilfe Cals auch des Kettenhemdes und Wams, ehe ich mich hinlegte. Die Hosen behielt ich allerdings an. Es kam mir irgendwie falsch vor, nackt neben diesem dürren Ding zu liegen. Stattdessen griff ich an Cal vorbei und zog meinen Fellmantel auf das Lager.

Als wäre dies ein geheimes Kommando gewesen, begann sie sich sitzend aus ihrem Gewand zu schälen. Cal tat das ohne einen Anflug von Hast. Jeder Handgriff schien ebenso gewohnt wie die Tatsache, dass sie in den letzten Jahren ständig neben einem brutalen Schlächter gelegen haben musste. Die Wolle rutschte über die Schultern bis zum Steiß und gab den Blick auf einen blassen, schmalen Rücken frei, der an einigen Stellen deutlich vernarbt war. Damals konnte ich diese Narben noch nicht einordnen, heute aber nehme ich an, dass die Spuren ihrer Vergangenheit von einem nicht besonders scharfen Messer stammen mussten. Ich wollte mir gar nicht vorstellen, was Ulweif ihr angetan hatte. Jetzt stand Cal auf, streifte ihre Tunika in einer einzigen Bewegung über Po und Beine herab. Noch immer lag ich, schielte aber zu ihr herüber. Ein kleiner Hintern, dünne, aber gerade Beine, die an den Oberschenkeln ebenfalls Zeichen von Misshandlungen aufwiesen.

Ich wendete den Blick ab. Nur aus dem Augenwinkel sah ich, wie Cal unter meinen Fellumhang schlüpfte, um dort regungslos auf dem Rücken liegen zu bleiben.

Mir ging durch den Kopf, welche Verantwortung Macht, in welcher Form auch immer, mit sich brachte. Zu Hause in Dynfaert gab es natürlich auch Sklaven, aber man behandelte sie nicht absichtlich böswillig. Zumindest die meisten nicht, denn es stand unter Strafe, sie mit unangebrachter Härte zu züchtigen, geschweige denn zu misshandeln. Wer auch nur einen Hauch Verstand besaß, ging mit seinen Dienern gut um, ernährte sie auf dieselbe Art und Weise wie andere Helfer auf dem Hof, denn ein verhungerter, eingeschüchterter Sklave war keine große Hilfe bei der Arbeit. Es machte ja auch keinen Sinn, seine Milchkuh zu foltern, nur weil sie einem gehörte. Die Klea jedoch schienen das anders zu sehen.

Und solche Menschen hatten mich an ihrer Tafel als Freund willkommen geheißen? Auf Freunde wie diese konnte ich verzichten.

Vielleicht war es also gar nicht die schlechteste Tat gewesen, Ulweif zu töten. Er war ein brutaler Drecksack gewesen, der erste Krieger einer Bande von Gesetzlosen, die einfachen Menschen das Überlebensnotwendige für den Winter raubten und sie damit zum Tode verurteilten. Sie nahmen sich, was sie wollten, und scherten sich einen Dreck um das Leid anderer. Cals nackter, geschundener Körper war dafür der schlimmste Beweis.

Ulweif. Ich zog Nachtgesang aus der Scheide und legte mir das Schwert rechts von meinem Schlafplatz ins Stroh. Würde irgendeiner seiner Männer auf die dumme Idee kommen, mich im Schlaf umbringen zu wollen, und ich würde es früh genug bemerken, dann hätte ich zumindest direkt meine Waffe bei der Hand. So abgesichert, streckte ich mich aus und ignorierte dabei, soweit es ging, Cal.

So lagen wir nebeneinander. Sie war in meinen Mantel eingehüllt, ich nur halb von den Fellen eingeschlossen, was mich bald frieren ließ. Ich bemerkte, wie Cal neben mir schneller atmete, sah nach einer kleinen Kopfbewegung in ihre Richtung ein braunes Lockengewirr oberhalb der improvisierten Decke herausschauen. Das Fell hob und senkte sich in schnellen Atemzügen.

Wir schwiegen, hingen unseren eigenen Gedanken und Verunsicherungen nach. Keiner von uns bewegte sich auch nur eine Handbreit. Irgendwann schloss ich die Augen, frierend, wie ich da lag, und wollte eigentlich die aufkommende Müdigkeit begrüßen, da schob sich Cal plötzlich nah an mich heran. Sanft, fast ängstlich hob sie meinen Fellmantel über mich, deckte mich damit zu. Ich konnte ihre warme Haut an meiner spüren, ihre Brüste an meinen Rippen, bemerkte schüchterne Finger, die sich auf meinen Bauch legten und stockend weiter nach unten glitten.

Als ich die Augen wieder öffnete, den Kopf in ihre Richtung drehte, sah ich, dass ihre Augen geschlossen waren, Tränen, die sich trotzdem einen Weg über die Wangen bahnten.

Ich umschloss ihre Finger, die nun meinen Hosenbund erreichten, mit einer Hand. »Ich bin nicht Ulweif.« Mein Flüstern ließ Cal die Augen öffnen. »Du musst das nicht tun«, wisperte ich weiter, wobei ich langsam ihre Hand von meinem Körper wegführte.

Ihre Stimme war zerbrechlich leise. »Wieso nicht?«

Was sollte ich darauf antworten? Ich wusste es ja selbst nicht. Natürlich wollte ich Cal nicht wehtun. Dafür hatte ich am eigenen Leib zu oft lernen müssen, was es hieß, ausgenutzt zu werden. Aber auf der anderen Seite ließ mich eine nackte Frau neben mir natürlich alles andere als kalt. Cal war auf ihre rohe und verwilderte Art schön, wahrscheinlich noch schöner, wenn man ihr erst einmal den Dreck aus dem Gesicht gewaschen hatte, aber das änderte nichts daran, dass alles in mir dagegen rebellierte. Von meiner einstigen, eingebildeten Ehrenhaftigkeit war in den letzten Wochen in der Hohen Wacht verdammt wenig übrig geblieben, aber ein schwacher Funke hatte überlebt. Ich wollte mich einfach nicht in den Haufen der Männer einreihen, die Schwäche ausnutzten. Ich wollte anders sein, schon vor meinem Exil und erst recht nachdem man mich verbannt und ich die wirkliche Welt in all ihrer Härte entdeckt hatte.

Nur fielen mir einfach keine passenden Worte ein, all das Cal zu erklären. »Ich bin nicht Ulweif«, wiederholte ich einfach.

Wieder schwiegen wir, aber Cal blieb in ihrer Position liegen, sodass sie ihren Kopf mit einer Hand abstützte und mich von der Seite aus ansah. Sie schob das Fell bis zu ihren Schultern herab.

»Wieso hast du ihn gefordert?«, wollte sie irgendwann wissen.

Ich starrte zur Höhlendecke empor, die in Schatten lag. »Weil er es verdient hatte.«

»Hast du es für mich getan?«

»Das weiß ich nicht. Ich wollte nur, dass er aufhört, dich zu schlagen, mehr nicht.«

»Warum?«

Cal bestand nur aus Fragen und nicht gegebenen Antworten.

»Man behandelt niemanden so, der es nicht verdient hat.«

»Vielleicht habe ich es ja verdient.«

Ich lachte humorlos auf. »Ja, weil du den Met verschüttet hast, bricht man dir alle Knochen. Eine verdammt gerechte Behandlung!«

»Und wenn ich es vorher verdient habe?«

»Dann solltest du aus diesem verdammten Lager in Ulreiks Felle kriechen! Der wird sich gewiss erkenntlich zeigen und dir deine gewohnte Tracht Prügel vor dem Schlafengehen verpassen, wenn er dazu noch in der Lage ist.«

Damit drehte ich ihr den Rücken zu und schloss die Augen. Wie konnte man sich nur so bereitwillig unterdrücken lassen? Ich war unentschlossen zwischen purer Verärgerung über so viel Undankbarkeit und Dummheit und reinstem Unverständnis. Ich begriff es einfach nicht, aber wollte verdammt sein, wenn ich mir deswegen den Schlaf rauben ließe. Sollte Cal doch machen, was sie wollte.

Am nächsten Morgen steckte kein Messer in meinem Rücken, ebenso wenig hatte man mir den Schädel eingeschlagen. Dafür lag Cal eng an mich gedrückt, ihr Kopf auf meiner Brust und der linke Arm um meinen Körper geschlungen. Verschlafen lugte ich in ihre Richtung, betrachtete ihr Gesicht, das von einem Lockenwirrwarr größtenteils verdeckt war. Zum ersten Mal, seit wir uns begegnet waren, wirkte sie vollkommen friedlich und ausgeglichen.

So behutsam wie möglich stand ich schließlich auf, bettete Cals Kopf auf eines der Felle und zog den Mantel, der ihr bis zum Rücken herabgerutscht war, ein Stück höher, damit ihre schmalen Schultern wieder zugedeckt waren. Auf der anderen Seite der Unterkunft konnte ich Raegans massige Gestalt in beinahe derselben Position liegen sehen, wie ich ihn in der Nacht dort abgelegt hatte. Der Mann hatte einen Schlaf, um den ihn jeder Tote beneiden würde. Langsam, um die beiden nicht zu wecken, griff ich nach meinem Schwert, zog es vom Lager herunter. Ich schlüpfte in die Stiefel und warf mir meine Tunika über, bevor ich mir das Wehrgehänge gürtete, um die Wohnhöhle schließlich zu verlassen.

Ich trat durch die Öffnung der Behausung. Nachtgesang noch immer blank in der Hand, beobachtete ich das frühe Treiben unter mir. Die Geräusche einer allmählich erwachenden Sippe erfüllten die Siedlung der Klea. Vereinzelt hörte ich Lachen, leise Gespräche und mehr als einmal Husten und Würgen, was gewiss von den Kriegern kam, die nach einer durchzechten Nacht von der harten Hand des Katers geweckt wurden. Die ersten Viehhüter waren bereits auf den Beinen, begannen im Morgengrauen, das durch die Eingänge der Höhle grüßte, ihr Tagwerk. Auch die Frauen hatten bereits mit ihren Arbeiten begonnen. Große Wasserkrüge wurden in die Halle getragen, nachdem man sie im ersten Licht des Tages an einer Quelle, deren Standort ich nicht kannte, aufgefüllt hatte. Zwei der Weiber kümmerten sich um das Feuer, vor dem immer noch Ulweifs getrocknetes Blut den Felsboden verzierte.

Verschlafen rieb ich mir durch das Gesicht und steckte dann endlich Nachtgesang zurück in die Scheide. Ich musste irgendwo etwas Essbares auftreiben, was sich bei meinen Sprachkenntnissen des Dunischen wohl als komplizierter herausstellen dürfte, als ich mir das vorstellte. Ohne große Hoffnung auf Erfolg schlenderte ich die Felsentreppen hinab, wobei ich einem noch halb betrunkenen Speermann auswich, der anscheinend noch einmal zurück in sein Lager kriechen wollte. Aufgrund ihrer Einstellung hätte ich mich mit den Kriegern der Klea eigentlich sehr gut verstehen sollen, besonders viel Arbeitseifer besaßen die jedenfalls nicht.

Männer und Frauen folgten mir mit Blicken, tuschelten miteinander, wobei ich versuchte, sie weitestgehend zu ignorieren. Einer der Knechte nickte mir verstohlen zu, als wollte er mir einen guten Morgen wünschen, der Rest beschränkte sich aufs Glotzen. Es wurde ganz eindeutig Zeit, dass ich hier verschwand. Ob man in mir jetzt einen Krieger oder nur den Bastard sah, der Ulweif erschlagen hatte, spielte da schon keine entscheidende Rolle mehr. Mich stieß das Lager als solches ab. In jedem Gesicht sah ich einen Wilden ohne Mitgefühl und Ehre, ein besseres Raubtier, von dem ich mich unterscheiden wollte. Nachdem ich in der Nacht Cals Narben gesehen hatte, war meine Ablehnung diesem Haufen gegenüber förmlich im Schlaf gewachsen. Mir widerstrebte es zutiefst, hier vom Met getrunken und am Feuer gesessen zu haben, vom Fleisch dieser Mörder und Plünderer gesättigt gewesen zu sein. Ich empfand eine Art Ekel vor mir selbst. Womöglich verband die Dunier und mich, dass wir alle Ausgestoßene oder Verbannte waren, die ihr eigenes Leben abseits des Reiches lebten, aber mehr wollte und durfte ich mit ihnen nicht gemein haben. Die Klea standen für genau das, was ich nie sein wollte: Gedankenlose Schlächter, die ihr Schwert, das sie sich selbst unter Androhung von Strafe nicht nehmen lassen wollten, aus reiner Habgier einsetzten.

Ich fand ein Fass, das man mit abgestandenem Wasser gefüllt hatte, und das nicht mehr zum Trinken geeignet war, sodass ich mir in einer kurzen Wäsche zumindest die Haare und das Gesicht säubern konnte. Die Kälte vertrieb die Müdigkeit schließlich mit erstaunlicher Geschwindigkeit.

»Du solltest nicht allein durch das Lager streifen, Areon.« Der Morgen war schon schlimm genug, die Stimme des Wyrc hingegen gab mir den Rest. Irgendwie hatte es der Greis geschafft, sich mir von hinten zu nähern, ohne dass ich ihn bemerkte. »Morgen brechen wir auf. Man sieht dich hier nicht gerne.«

Noch einmal warf ich mir einen Schwall Wasser ins Gesicht, bevor ich mich umdrehte, mir die nassen Haare nach hinten strich und den Alten in seiner ganzen verhassten, selbstgefälligen Art ansah. Wie immer war er in Lumpen gehüllt, schuppiger Bart, wirre Haare und ein Lächeln, das einen die Faust wie von Zauberhand ballen ließ.

»Je früher, desto besser. Dieser Ort macht mich krank. Raegan wird uns nicht begleiten«, informierte ich ihn erst jetzt beiläufig, da ich das gestern nicht für nötig gehalten hatte. »Dafür Cal.«

»Ah, du hast dir also eine neue Hure gesucht, ja?« Spontan fiel mir keine Beleidigung ein, also schwieg ich. »Das ist gut, Areon«, brabbelte er weiter und ignorierte die Neuigkeiten um meinen Freund Raegan. »Ein Krieger ist zum Töten da, wie du mir gestern eindrucksvoll bewiesen hast, aber nach der Schlacht braucht er ein Weib, das er sich nimmt, um das Feuer des Kampfes weiter zu schüren.«

Ich fragte mich, ob irgendjemand der Klea etwas dagegen hätte, wenn ich seinen Schädel solange in das Fass tauchte, bis er nicht mehr mit seinen dürren Gliedern zuckte.

Der Wyrc wechselte das Thema. »Den Feigling hätte ich ohnehin nicht mitgenommen«, ließ er mich schließlich wissen. »Man kann ihm nicht vertrauen.«

»Ach, aber dir?«

»Habe ich dich jemals belogen?«

Ich machte einen bedrohlichen Schritt auf den Alten zu. »Und ob du das hast!

Ich bin ein Verbannter, ohne Heimat und Ziel. Sieh dich doch um: Statt mit den Schwertkämpfern Anariens zu reiten, bin ich gezwungen, mich in das stinkende Lager eines Pöbelhaufens von Wilden zu flüchten, wenn ich im Winter nicht verhungern will. Ich teile das Lager mit einem Mädchen, das man geschändet und gefoltert hat, nur weil es einem unzivilisierten Schläger gehörte, der es raubte, als sei es eine beschissene Halskette. Ist das vielleicht das Leben, das du mir vorausgesagt hast? Dass ich mich mit dem Abschaum der Welt abgeben muss, statt sie für ihre Taten zu richten?«

»Du stehst über ihnen«, blieb der Alte ungerührt. »Das hast du gestern bewiesen, als du Ulreiks Sohn, einen Krieger der Vergessenen Götter, würdig im Kampf erschlugst. Ich habe dir nie den Weg zu deiner Bestimmung vorausgesagt, nur das Ziel. Und du wirst ein Krieger der Vergessenen sein, daran gibt es keinerlei Zweifel. Die Zeichen sind unmissverständlich. Du weißt das.«

»Was soll ich wissen? Ich habe doch keine Ahnung, welche verrückten Omen und Prophezeiungen dein kranker Geist den ganzen Tag ausspuckt!«

Die Mundwinkel des Wyrc hoben sich. »Höre in dich hinein, Ayrik, und du wirst wissen, dass du auf dem richtigen Weg bist.«

Ich öffnete den Mund, um zu einer Antwort anzusetzen, aber mir blieben die Worte im Halse stecken. Mochte er noch so oft von den Göttern berührt sein, dieser Druide, es änderte nichts an den Gesetzen der Krone. Ich würde mit einem Schwert zurück nach Dynfaert gehen und mich einer großen Gefahr aussetzen. Man durfte mich nicht sehen, und ich würde unter keinen Umständen zu meinem Vater zurückkehren. Am Ende könnte er bei soviel Dreistigkeit nur auf die Idee kommen, mich tatsächlich an den Saer Draak auszuliefern und alle Familienbande vergessen.

»Lass die Götter neue Gesetze schreiben, dann glaube ich deiner dummen Weissagung«, winkte ich lediglich ab.

»Sie sind mit dir«, wisperte er lächelnd als Antwort. »Die Götter sind mit dir. Sie werden dir dein Schicksal zeigen, nicht dein Vater, kein Gesetz, nicht ich oder sonst ein Sterblicher. Vertraue ihnen, Ayrik, und du wirst dein Heil finden.«

Ich konnte dieses Versprechen nicht mehr hören. Elf Winter lang hatte er mich damit vertröstet, jede Nacht aufs Neue, dass ich auserwählt sei, der Wolf unter den Kriegern des Reiches zu werden. Und elf Jahre lang war rein gar nichts geschehen. Davongetrieben wie ein morgendlicher Furz im Wind. Seine Prophezeiung hatte mich nur zu einem arroganten Mistkerl werden lassen, der in seiner Verblendung glaubte, über allem zu stehen, und nicht einmal merkte, wie er dadurch sein eigenes Heim für immer verlor. Er sollte an seinen Worten ersticken, mich damit in Ruhe lassen, denn ich war fertig mit ihm und seinen versponnenen Ideen, selbst wenn es am Ende die Worte meines Vaters gewesen waren, die mich vertrieben hatten. Es änderte nichts daran, dass der Wyrc ein verlogener Köter war, der mir nichts als Ärger eingebracht hatte.

»Von dir lasse ich mir nicht mehr mein Leben bestimmen«, spie ich den Alten an. »Ich begleite dich aus einem einzigen Grund zurück nach Dynfaert: um Aideen zu helfen! Habe ich sie gefunden, verschwinde ich wieder und diesmal endgültig. Ich rate dir, das zu begreifen. Verschone mich also mit deinen Vorhersehungen, die habe ich mir lange genug angehört. Stecke sie dir meinetwegen in den Hintern, ich habe jetzt mein eigenes Schicksal, dem ich folgen werde. Und darin ist garantiert kein Platz mehr für dich.«

Ich ließ ihn an Ort und Stelle stehen, konnte aber noch seine Worte hinter mir hören, die mir eher wie eine Warnung vorkamen. »Ich bin der einzige Freund, der dir geblieben ist, Areon. Wir stehen auf einer Seite.«

ACHT

Ulgoth zog seinen Tuchschal von der Nase und bellte irgendetwas auf Dunisch, sodass ich anhielt und ihn mürrisch anschaute.

»Was will er jetzt schon wieder?«, fragte ich den Wyrc, der ebenso stoppte wie der zweite Krieger in unseren Reihen.

Ich rotzte in den Schnee. Verdammte Brut!

Ulgoth war Ulweifs jüngerer Bruder, der ihm bis auf dieselbe schmale Nase kaum ähnelte. Der junge Klea war schlank wie eine Gerte, von der Statur ebenso sehnig wie ich selbst. Sein Schwurmann Brok hingegen war das genaue Gegenteil, groß, breit und einschüchternd. Das Haar hatte er vollständig abrasiert und die Glatze mit alten Zeichen der Macht tätowieren lassen. Diese beiden sollten mich also den Weg über nach Dynfaert plagen, nachdem der Alte sie für die Jagd auf die Bestie angeheuert hatte. Als wäre die Anwesenheit des Wyrc nicht schon furchtbar genug, hatte ich nun auch noch zwei streitsüchtige Dunier am Hals, die er bezahlte, damit sie die Bestie von Dynfaert erlegen sollten. Auf meinen Einwurf, er würde ja seiner eigenen Prophezeiung bedenklich wenig vertrauen, wenn er direkt einmal Unterstützung für seinen Wunderkrieger anschleppte, sobald es ernst wurde, hatte der Wyrc nur gelacht und gemeint, ich sei ein Schwertmann und keine Insel. Zu einer weiteren Erklärung ließ er sich nicht herab. Und so hatte ich also zwei weitere Seelen in meiner Gesellschaft, die ich nicht ausstehen konnte und von denen einer ständig anhielt, um in einer fremden Sprache vor sich hin zu maulen.

»Er sagt, deine Hure hält uns nur auf«, übersetzte der Alte gelangweilt, woraufhin ich mich nach Cal umzusehen begann.

Mir war überhaupt nicht aufgefallen, dass sie nicht mehr neben mir marschierte. Stattdessen hockte sie zehn, fünfzehn Schritte hinter uns auf einem schneebedeckten Felsen und massierte sich den Knöchel ihres rechten Beines.

Ich streifte Ulgoth mit einem knappen Blick, bevor ich zu Cal ging. »Wenn er sie noch einmal Hure nennt, mache ich ihn zu meiner.«

Keine Ahnung, ob der greise Mistkerl auch das übersetzte, denn ich wendete mich um und stapfte, ohne die anderen weiter zu beachten, zu Cal. Der Wyrc wusste, dass es zwischen den Klea-Kriegern und mir keine Liebe gab. Ulgoth hasste mich, weil ich seinen Bruder erschlagen hatte, also konnte mich Brok als sein treuer Speichellecker und Waffenbruder ebenso wenig ausstehen. Ich selbst hatte eigentlich vor, diesem Gesindel der Dunier und ihrer stinkenden Höhle zu entkommen und nicht von ihnen nach Dynfaert begleitet zu werden, und war dementsprechend wenig von ihrer Gesellschaft begeistert. Außerdem begafften die beiden Cal seit unserem Aufbruch vor zwei Tagen mit eindeutigen Blicken, sodass ich bereits am ersten Abend um einen Grund bat, einem von beiden eine Lektion zu erteilen. Leider kam die Chance nicht. Ulgoth und Brok hielten sich zurück, erinnerten sich wahrscheinlich daran, was ich mit ihrem Herren Ulweif gemacht hatte.

Cal sah mir kurz entgegen, ihr Mund war ein schmaler Strich. Mittlerweile hatte ich gelernt, ihre Mimik einzuschätzen. Nie sah man bei ihr eine offen zur Schau gestellte Empfindung, alles war irgendwie verborgen, ganz so, als würde sie sich durch allzu offensichtliche menschliche Regungen selbst schwächen oder einer Gefahr preisgeben. Trotzdem wusste ich, dass sie Schmerzen leiden musste, sonst hätte sie nie angehalten.

»Bist du falsch aufgetreten?«, wollte ich von ihr wissen, als ich mich vor sie hockte.

Sie schüttelte den Kopf, senkte wieder den Blick auf ihren Knöchel und massierte stur weiter. Und nun? Ich schielte sie schief an, wollte so zaghaft, wie es nur ging, die Stelle berühren, die sie schmerzte, aber Cal zuckte heftig ihren Fuß zurück. Mit einem Zischen zog sie Luft durch zusammengepresste Zähne ein.

»Du hast Schmerzen«, stellte ich überflüssig fest. »Ich kann dich nicht bis nach Dynfaert tragen. Also lass mich ansehen, was da ist. Ich bin zwar kein Heilkundiger, aber ich habe mir selbst schon oft genug irgendwelche Prellungen geholt. Schmerzhaft, aber nicht schlimm.«

»Wieso nimmst du mich überhaupt mit?«

Ob der Schärfe in ihrer Stimme nahm ich meine Hände gleich wieder zurück. »Ich konnte dich schlecht bei den Klea lassen.«

Ihre braunen Augen funkelten mich angriffslustig an, als sie wieder den Kopf hob. »Dahin gehöre ich aber.«

Ulgoth rief irgendetwas in unsere Richtung. Seinem Tonfall zu folgen, war es keine freundliche Erinnerung, dass sich der Tag langsam dem Ende neigte.

Ich ignorierte ihn. »Cal, ob dir das gefällt oder nicht, du gehörst jetzt mir. Das heißt, du gehst dahin, wohin ich gehe. Wenn wir allerdings weiter nutzlos in der Wildnis herumstehen und darauf warten, dass die Dunkelheit kommt, bevor wir einen geeigneten Platz für das Nachtlager finden, dann könnte es passieren, dass wir alle schon sehr bald Ulweif im Jenseits Gesellschaft leisten werden. Und ich mochte ihn zu Lebzeiten schon nicht sonderlich.«

»Dann lass mich doch einfach hier, du Bastard!«

Bevor ich nachdenken konnte, hatte ich die Hand zum Schlag erhoben. Wie konnte sie es wagen, mich anzuschreien und so zu beleidigen? Ich war ihr Herr! Ich hatte mein Leben für sie riskiert, indem ich Ulweif im Kampf entgegengetreten war. Ich hatte für sie geblutet und getötet, und das war der Dank?

»Ja, schlag nur zu!«, fauchte sie mich an. »Das ist alles, was ihr könnt.«

Meine Hand zitterte. Ich sah, wie Cal Tränen in die Augen traten, wie sie diese nicht einmal wegblinzelte, sondern mir unbewegt ins Gesicht starrte. Dieses zornige, in Felle eingehüllte, zerbrechliche Ding. Langsam ließ ich meine Hand sinken. Ich setzte einen Fuß nach hinten, stand zögernd auf. Ein Blick umher genügte, um festzustellen, in was für einem Gebiet wir uns befanden und wie wenig es für eine Rast geeignet war. Zwar hatten wir die Baumgrenze bereits passiert, waren tiefer in das Tal hinab gestiegen, aber dennoch waren wir noch nicht gänzlich im Wald angekommen. Das Land fiel ab, einzelne Bäume säumten den felsigen, von Schnee hier und da bedeckten Boden, aber es gab keine Mulde, keinen Felsvorsprung oder sonst eine Möglichkeit, halbwegs von Wind und Wetter geschützt zu übernachten.

Ich drehte mich halb zu den drei anderen um, die ungeduldig dastanden. »Wir rasten hier.«

Obwohl ich es nicht sehen konnte, spürte ich doch Cals Blick auf mir. Der Wyrc neigte den Kopf in meine Richtung, übersetzte die Worte für die beiden Klea ins Dunische, woraufhin diese zeterten. Ulgoth begann mit dem Alten zu streiten, zeigte immer wieder mit seinem Speer auf mich, bis der Wyrc mit einigen schneidenden Befehlen für Ruhe sorgte. Ich wusste aus eigener Erfahrung um die Macht seiner Stimme, also wunderte es mich nicht, dass der Klea daraufhin schwieg und sich mit einer ruckartigen Bewegung seinem Waffenbruder zuwendete. Wieder wurde Dunisch gesprochen, Brok zuckte gleichgültig dreinblickend mit den Schultern, dann entfernten sich die beiden Krieger in entgegengesetzte Richtungen. Im ersten Moment hoffte ich, sie würden das Weite suchen, als ich jedoch sah, wie Brok gezielt nach größeren Steinen in der Umgebung suchte, verstand ich:

Der Wyrc hatte ihnen befohlen, eine Feuerstelle zu errichten.

Wieso gab er sich solche Mühe, auf meiner Seite zu stehen? Der gerissene Hund musste wissen, dass er mich nicht einmal überzeugen konnte, sein Freund zu sein, wenn er mir jeden Morgen frische Eier ans Frühstückslager brächte. Aber was sollte es auch. Ich hatte aufgegeben, ihn verstehen zu wollen. Das brachte nur Kopfschmerzen mit sich.

Noch bevor das letzte Licht des Tages verschwand, hatten wir das Lager errichtet. Wie auch in den zwei hinter uns liegenden Nächten verteilten sich unsere Schlafplätze, ausgelegt mit Fellen, von Schnee und unangenehmen, kleinen Steinen beseitigt, um eine winzige Feuerstelle herum. Von den Klea hatten wir drei große Lederhäute erstanden, die mit einigen festen Ästen, die wir mit uns führten, zu halbwegs wasserdichten Zelten aufgebaut werden konnten. Dadurch wurden wir über Nacht wenigstens nicht eingeschneit.

So hockten wir im Schein der Flammen, einzig und allein durch Kälte und gegenseitige Abneigung vereint.

Bald begann der Wyrc zu erzählen, jedoch tat er es in der Sprache der Dunier, die ich als Einziger nicht verstand. Ich nahm aufgrund seines bedächtigen Tonfalls an, er gab wieder einmal eine seiner Geschichten der Vergessenen Götter zum Besten. Mir war es gleich. Ich hatte in den letzten Jahren genug Gelegenheit gehabt, seinem Gerede zu folgen. Es interessierte mich nicht mehr, hatte den Zauber verloren. Im Gegensatz zu den Ammenmärchen des Alten plagten mich ganz andere, sehr weltliche Probleme.

Cal zum Beispiel.

Es hatte keinen Sinn, sich etwas vorzumachen: Bei dem, was vor mir, was jenseits meines letzten Besuchs in Dynfaert lag, konnte ich sie nicht mitnehmen. Raegan hatte mir unmissverständlich klar gemacht, dass wir sie nicht mit durch den Winter schleppen konnten, denn dafür reichten unsere Vorräte einfach nicht aus. Es würde ohnehin schon knapp werden, auch ohne ein weiteres Maul, das es zu stopfen galt. Und nach dem Winter würde es nicht besser werden. Raegan stand zwar bei mir im Wort, mir einen Weg in den Norden zu zeigen, sobald der Schnee gegangen sei, aber das hieß nicht, dass mich dann eine goldene Zukunft erwartete. Eher wahrscheinlich schien mir eine Existenz, die vom Kampf und dem Ringen um einen Platz in der Mitte freier Krieger dominiert wurde. Bei den Klea hatte ich einen Vorgeschmack auf das bekommen, was ich befürchtete. Man würde mich herausfordern, testen, versuchen jede Schwäche gegen mich zu wenden, mich dort zu treffen, wo ich anfällig war. Und Cal, diese Blume aus Eis, würde immer eine solche Schwäche bleiben. Ulweif hatte sie vor meinen Augen entehrt, indem er sie belästigte, sie unsittlich berührte, und davon war ich in Rage geraten. Jeder andere Krieger mit einem halbwegs wachen Verstand würde innerhalb kürzester Zeit bemerken, dass man mich am besten treffen konnte, indem man sich gegen Cal und nicht direkt gegen mich wendete. Sie würde zum Spielball einer Gesellschaft werden, in der nur der Stärkste überlebte. Und genau dieses Schicksal hatte sie nicht länger verdient.

Selbst jetzt belauerten mich die beiden Klea am Feuer, aber sehr viel mehr Cal, die sich bald fast schon aus Gewohnheit an mich schmiegte. Es war mehr als sonderbar. Ich konnte mit ihr keine zwei Worte wechseln, ohne dass wir in Streit gerieten, aber schwiegen wir erst, suchte sie meine Nähe. Dann kroch sie unter meinen Fellumhang, drückte sich nah an mich, als könnte ich jeden Moment verschwinden und sie in dieser feindseligen Welt zurücklassen.

Ob ich das wollte oder nicht, seit Ulweifs Tod war ich für Cal verantwortlich. Sie mochte eine Sklavin und damit mein Besitz sein, aber mehr noch blieb sie ein Mensch, eine junge Frau, die man ob ihres Standes als Unfreie schnell für Freiwild halten konnte. Dieses lockige, dürre Ding stand an der untersten Sprosse einer Treppe, die bis hinauf zur Hochkönigin reichte.

Ich steckte also in einem Dilemma. Zurück in Raegans Hütte durfte ich sie nicht mitnehmen, bei den Klea wollte ich sie nicht lassen, weil dann nur ein zweiter Ulweif käme und sie noch in der ersten Nacht schänden würde. Mir blieb also nur, sie irgendwie im Hause meines Vaters unterzubringen. In Dynfaerts abgeschiedener Friedlichkeit könnte sie selbst als Sklavin ein normales, ungefährliches Leben führen. Aideen und ihr Vater waren Unfreie, standen nur eine Stufe über den Sklaven, denen sie voraushatten, Eide schwören zu dürfen und im gewissen Maße Dinge ihr Eigen zu nennen. Sie galten nicht als Besitz des Haushaltes, sondern als Persönlichkeiten, die lediglich an Grund und Boden ihres Herrn gebunden waren. Und ich als Freimann hatte die Macht, einen Sklaven in meinem Besitz zu einem Unfreien zu ernennen. Das hatte mich Vater gelehrt.

Mir war die Idee bereits am Morgen nach dem Kampf mit Ulweif gekommen. Nach Raegans Ablehnung, Cal mit in seinen Palast zu nehmen, war ich kurz in Versuchung, das Mädchen einfach vor Zeugen in den Stand einer Unfreien zu erheben. Allerdings wäre dieses Geschenk unter den Klea ein goldener Kelch voller Gift gewesen. Es hätte wohl keine zwei Tage gedauert, und irgendeiner der Krieger hätte sie wieder versklavt. Ohne mich fehlte ihr ein Fürsprecher oder Herr, der sie verteidigte. Sie aus der Sklaverei zu erheben, ginge nur in einer Gesellschaft, wie es Dynfaert war, wo es Männer gab, die ihr Schutz im Gegenzug für Arbeit böten. Vielleicht könnte ich einen meiner Brüder, Rendel oder Beorn, die eigene Höfe hatten, überreden, Cals Herr zu werden. Sie konnte dort bei der Pflege des Viehs oder bei Arbeiten im Hause helfen, unter Umständen sogar in der Halle meines Vaters, bis im Frühjahr wieder genug auf den Feldern zu tun wäre. Wenn eines sicher war, dann dass es in Dynfaert mehr Arbeit gab als einem lieb sein konnte.

Allerdings hatte ich nicht geplant, meinem alten Herrn freiwillig unter die Augen zu treten, deshalb kamen auch nur Beorn und Rendel in Frage. Ich glaubte kaum, dass sie mich meinem Vater, geschweige denn dem Saer ausliefern würden.

Wir waren verschworen, standen uns näher als viele andere Brüder. Sie würden mich verstehen und sie würden sich um Cal kümmern, wenn ich sie darum bäte.

Ich musste nur lebend bis zu ihnen gelangen. Und Cal ebenso.

UNTERSCHIEDE

Die Stimmung unter uns unfreiwilligen Gefährten hätte während der Reise nicht schlechter sein können. Tatsächlich kann ich mich an keine Gelegenheit erinnern, zu der wir abends beieinander saßen und uns nicht an einen anderen Ort der Welt gewünscht hätten. Auch mein Verhältnis zu Cal besserte sich, wenn überhaupt, nur schleppend. Sprachen wir zu Anfang unserer Reise gerade einmal genug, um daran erinnert zu werden, dass es den anderen überhaupt noch gab, wechselten wir nach einigen Tagen schon öfter ein Wort miteinander. Aber es blieb oberflächlich. Cal fragte mich ständig irgendwelche Dinge aus meiner Vergangenheit, doch antwortete ich ihr, blieb es meist beim Schweigen ihrerseits. Eines dieser Gespräche ist mir besonders in Erinnerung geblieben, erfuhr ich doch damals unfreiwillig mehr von meiner halsstarrigen Sklavin als sie wahrscheinlich freiwillig preisgeben wollte.

Damals befanden wir uns noch in den höheren Ebenen der Wacht, wo wir bis an die Knöchel im Schnee versanken. Es knirschte unter unseren Sohlen, was wir jedoch selten bis gar nicht hörten, so streng und pfeifend fuhr ein schneidend kalter Wind über die leblosen Hochebenen. Der Rotz gefror uns fast noch in der Nase, sämtliche Glieder waren taub gefroren. Die beiden Klea hatten die Vorhut gebildet, hinter ihnen der Alte, dem die Eiseskälte trotz seines greisen Alters nichts ausmachte. Ich selbst blieb am Ende unseres kleinen Zuges bei Cal, hatte mir den Schal bis über die Nase gezogen, damit sie mir mit ein wenig Glück nicht abfror. Wir waren bis in die frühen Mittagsstunden schweigend nebeneinander her gewandert, immer darauf bedacht, keinen falschen Schritt auf diesem tückischen Untergrund zu tun und so einen Sturz zu provozieren. Der Himmel war bis auf vereinzelte, weiße Wolkenfestungen von einem solch kräftigen Blau, dass mich seine Farbe bis in die heutigen Tage in Erinnerungen begleitet.

Als wir schließlich rasteten, uns mit Brot, Käse und verdünntem Bier stärkten, sprach mich die junge Sklavin schließlich an. Wir hockten unter einem kleinen Felsvorsprung, den wir zuvor grob vom Schnee befreit hatten, und waren tief in unsere Fellmäntel eingehüllt.

»Ich werde aus dir nicht schlau«, begann sie und kaute eine Weile auf ihrem Käse herum, ehe sie fortfuhr. »Wieso hilfst du dem Druiden? Du hasst ihn doch.«

»Wegen dieser Ratte gehe ich ja auch nicht zurück«, erwiderte ich. »Wie du weißt, steckt meine Freundin Aideen in Schwierigkeiten. Wir kennen uns schon lange, sehr lange, und ich kann sie jetzt nicht im Stich lassen. Ihr Vater ist tot, sie braucht mich.«

Sie sagte nicht direkt etwas darauf, sondern sah stattdessen zu dem Wyrc und den Duniern, die weiter unten ebenso rasteten wie wir. Sie hatten sich auf einem der Lederstücke niedergelassen, das wir sonst als Zeltbahn gebrauchten, und stopften sich stumm mit Brot voll. Wie mir bereits früh aufgefallen war, suchten Ulgoth und Brok die Nähe des Alten. Es musste ein ständiger Feiertag für sie sein, mit einem heiligen Mann der Götter durch die Wildnis zu ziehen.

Arme Irre.

»Ich glaube, du bist besser als sie«, sagte Cal plötzlich und nickte in Richtung der Klea.

Ich schaute zu ihr herüber. »Wenn du es sagst.«

»Du musst es sein«, sagte sie leise und ignorierte meinen Blick. »Du hast Ulweif ehrenhaft besiegt. Wie die Saers in den Liedern.«

Mir kamen die blutigen Bilder jenes Zweikampfes wieder in den Sinn. »Dein früherer Herr hat sich überschätzt. Es war ein kurzer Moment, den ich genutzt habe, mehr nicht. Das hätte jeder Krieger geschafft, der schnell genug ist. Ein kleines Stolpern meinerseits und du wärest weiterhin Ulweifs Besitz gewesen.« Ich spülte einen Bissen Brot mit Wasser aus meinem Trinkschlauch hinunter. »Außerdem bin ich kein Saer.«

»Trotzdem handelst du wie einer.«

»Ach ja?« Ich reichte Cal den Schlauch und grinste schief. »Wie viele sind dir denn bisher über den Weg gelaufen?«

Ich erntete Schweigen, was mich natürlich nicht wunderte. Cal warf einem gerne Brocken hin und verschwieg dann den Rest der Geschichte. Man konnte es glatt für eine Masche halten, mit der sie sich interessanter machen wollte. Umso mehr überraschte mich ihre nun wieder einsetzende leise Stimme, die der Wind zu mir trug.

»Am Hofe meines Vaters kamen und gingen die Saers in großer Zahl. Es waren unbedeutende unter ihnen, Schwertmänner ohne eigenes Lehen, die im Dienste höherer Herren standen, namenlose Streiter, deren Klingen noch keine Namen tragen. Mein Vater hat sie ebenso in seinem Hause willkommen geheißen wie die Bruderschaft der Alier um ihren Marschall Jervain Terety.« Ich linste sie überrascht an. Jedes Kind im Reich kennt die Alier und ihren legendären Ruf als die Besten der Besten unter den Schwertherren und vor allem als persönliche Leibwache der Hochkönigin von Anarien. Woher Cal solche Männer kennen sollte, wollte sich mir nicht erschließen. Als ich noch darüber nachgrübelte, was das zu bedeuten hatte, fügte sie hinzu: »Jeder dieser Saers hatte dieselbe Stärke in den Augen, wie ich es bei dir gesehen habe, als du gegen Ulweif gekämpft hast.«

War sie also die Tochter eines Schankwirtes, der sein Haus an irgendeiner alten Ynaarstraße führte, die das Reich durchzogen wie die Adern den Körper, in das dann und wann reisende Schwertmänner einkehrten? Das zumindest schien mir wahrscheinlich. Solche Höfe gab es, das wusste ich aus den Erzählungen meiner Brüder, die bereits mit Vaters Haufen in angrenzende Provinzen gezogen waren, um dort bei einem der vielen Konflikte ihre ersten Kämpfe zu bestehen. Und ich wusste durch sie ebenso, dass diese Gasthäuser meist abgelegen von jeder Siedlung lagen, dort wo geplagte Wanderer nur zu gerne eine warme, trockene Schlafstatt hinter der nächsten Wegbiegung vermutet hätten. Einsam gelegen, gab es kaum Schutz vor marodierenden Banden. Es war also mehr als wahrscheinlich, dass die Klea eines dieser Häuser überfallen, sämtliche Sachen von Wert ebenso geraubt hatten – wie Cal, die jung und schön eine lohnende Beute für Ulweif gewesen sein musste.

»Woher stammst du, Cal?«

Sie hielt noch immer meinen Trinkschlauch in ihren verdreckten Fingern. Kurz drehte sie das Leder hin und her, starrte es an. Dann reichte sie mir den Schlauch mit einem traurigen Lächeln zurück. »Aus einer anderen Zeit, Saer.«

Cal fiel nach diesem Gespräch wieder in ihr gewohntes Schweigen. Es machte keinen Sinn, ihr mehr aus der Nase ziehen zu wollen, als sie mir zu erzählen bereit gewesen war. Ich versuchte es zwar, gab allerdings nach wenigen Versuchen auf. Mit einem Stein zu reden, war ergiebiger. Ich sparte mir, sie nach weiteren Ereignissen ihres Lebens zu fragen, irgendwann würde sie von ganz alleine wieder berichten, sich ein Stück weit mehr öffnen oder auch nicht. Bis dahin hätten wir zwei ohnehin genug zu tun, am Leben zu bleiben.

Meine Besorgnis, Dynfaert in einem Stück zu erreichen, rührte nicht nur von den beiden Klea her. Ich war mir zwar sicher, die zwei würden keinen Herzschlag zögern, böte sich ihnen die Gelegenheit, mir den Hals aufzuschlitzen, trotzdem machte ich mir sehr viel mehr Sorgen um die Wildnis und das Wetter. Seit meiner ersten Wanderung durch den Wald waren einige Wochen vergangen, der Winter in all seiner erbarmungslosen Macht gekommen. Empfand ich die Zeit damals schon als eine gefährliche Mühe, dann war dieser Weg nun der reinste Irrsinn. Des Nachts hörten wir Wölfe nahe unserer Lager heulen. Ausgehungerte, verzweifelte Tiere, die nicht mehr lange zögern würden, selbst eine Gruppe Menschen im Schein des Feuers anzugreifen, um ihren Hunger zu stillen. Ich hatte noch nie gegen ein Rudel Wölfe gekämpft, deshalb wusste ich nicht, wie unsere Aussichten waren, eine solche Begegnung zu überleben, aber ich war nicht naiv genug anzunehmen, wir würden sie einfach so wieder vertreiben. Der Wolf ist eine Kreatur der Vergessenen, sagt man. Mit ihm jagt die Macht unserer Götter, welche die Wälder und Berge des Landes beherrschen. Und schon immer waren Mensch und Wolf Rivalen um die Gunst der alten Mächte. Mir schauderte bei dem Gedanken, mich einem solchen Tier zu stellen, ob nun in der Wildnis oder in der Gegend um Dynfaert, wohin wir unterwegs waren, um diese mysteriöse Bestie zur Strecke zu bringen, die meine Heimat im kalten Griff der Angst hatte. Ob es nun ein Wolf oder ein anderes Biest war, natürlichen Ursprungs war es ganz sicher nicht.

Was das Wetter anging, hatten wir vor unserem Aufbruch das Möglichste getan. Die Klea waren ohnehin gut gegen die Kälte gerüstet, denn sie konnten aus den Vollen schöpfen, was warme Pelzkleidung und Leder anging. Als heiligen Mann hatten sie natürlich auch den Wyrc mit dem Besten ausgestattet, was man entbehren konnte. Nur Cal und ich mussten die nötige Ausrüstung und Verpflegung teuer tauschen. Es war Raegan zu verdanken, dass wir nicht mit dem losziehen mussten, was wir am Körper trugen, denn er war in Vorleistung gegangen, was seine Arbeit anging. So konnte ich ein zweites, dickeres Gewand aus grober Wolle ebenso für Cal ersteigern wie einen eigenen Pelzmantel. Glücklicherweise waren Cals Stiefel fest genug für eine solche Reise. Sozusagen ein verspätetes Geschenk Ulweifs, das er ihr wenige Tage vor seinem unerwarteten Ende gegeben hatte. Ich selbst war gut genug ausgestattet, um all das mit ein wenig Glück zu überstehen.

Aber sogar mit der besten Ausrüstung konnte man der Natur nicht trotzen. Seit Anbeginn der Zeit war sie mächtiger als der Mensch, riss ihn zu Boden, beendete sein Leben, wenn es ihr beliebte. Ein unerwarteter Kälteeinbruch, eine Lawine in den höheren Ebenen der Wacht, ein gefrorener Teich, den man bei all dem Neuschnee nicht sah – es gab genügend Möglichkeiten für uns, hier zu verrecken. War man nicht vorsichtig, kannte man nicht die Tücken der Natur, dann konnte es einen verdammt schnell erwischen. Da halfen kein Schal, kein Mantel, kein Panzerhemd und kein Schwert.

Als wir schließlich am vierten Tag die Baumgrenze erreichten, in den stummen, weißen Wald eintauchten, dankte ich den Vergessenen Göttern, dass wir es ohne größere Verletzungen geschafft hatten. Zwar plagte Cal immer noch ihr Knöchel, den sie mich ums Verrecken nicht untersuchen lassen wollte, und Brok war bei einem achtlosen Schritt auf einem gefrorenen Stein ausgerutscht und hatte sich die Knie aufgeschlagen, aber solcherlei Wehwehchen konnte man kaum verhindern. Viel schlimmer wären Knochenbrüche und Erfrierungen gewesen, die einen hier in der Wildnis das Leben kosten konnten. Von solchen Katastrophen waren wir aber zum Glück bisher verschont geblieben.

Wir konnten nur beten, dass es so blieb.

Während meiner Nachtwachen streifte ich im Lichtkreis der Lagerfeuer umher, umklammerte Fackel und Schwert und spähte in die Dunkelheit und fürchtete mich zum ersten Mal seit meiner Kindheit vor den unbekannten, alten Mächten, die dort hausten. Ich fühlte mich umgeben von Feinden, dort die Klea, die mich hassten, deren wachsende Abneigung ich jeden Abend bemerkte, hier die Hohe Wacht mit all ihren urtümlichen Gefahren. Und als wäre das alles schon nicht mies genug, gab es da auch noch den Alten, dem ich die Maske der Freundschaft keinen Augenblick abkaufte.

Meine Wache endete, wenn eine der Talgkerzen, die der Wyrc mitgebracht hatte, vier Daumenbreit heruntergebrannt war. Dann schlich ich an Brok heran, um ihn mit zufriedener Gemeinheit mit einem Tritt gegen die Füße, die wegen seiner Größe aus dem Schutz des Zeltes herausschauten, zu wecken. In den ersten Nächten war er daraufhin erschrocken hochgefahren, sein schartiges Messer in der Hand. Die bitterbösen Blicke, die er mir zuwarf, sobald er bemerkte, dass nur ich es war, der seinen Schlaf rüde unterbrochen hatte, genoss ich wie süßen Wein. Es war meine kleine Rache für sein ständiges Tuscheln mit Ulgoth hinter meinem Rücken und den geilen Blicken, die sie Cal immer dann zuwarfen, wenn sie sich unbeobachtet fühlten.

Mittlerweile hatte sich der Dunier daran gewöhnt. Er beschränkte sich darauf, mich noch eine Spur verärgerter anzustarren als zuvor. Sein Schlaf war eh nicht sonderlich tief, das merkte ich daran, wie schnell er aus dem vermeintlichen Reich Njenaars erwachte, sobald ich ihn weckte. Ich selbst schlief ebenso wenig lange am Stück. Das machte auf Dauer am Tage unaufmerksam, was mich aber beruhigte, denn damit wären nicht nur ich, sondern auch er geschwächt. Wer wusste schon, wann mir das vielleicht einmal zum Vorteil gereichen könnte.

Kam Brok auf die Beine, sammelte seine Waffen, Langmesser, und Speer auf, kroch ich unter mein eigenes Zelt. Cal wärmte es durch ihre Anwesenheit glücklicherweise vor. Ich machte mir erst gar nicht die Mühe, mich auszuziehen. Am nächsten Morgen, das wusste ich genau, wäre es nur eine noch größere Qual, all den Plunder in der grauenhaften Kälte wieder überzuziehen. Außerdem schützte mich die Kleidung ein Stück weit vor den Klauen des Winters. Lediglich das Kettenhemd mit seinen fast gefrorenen Ringen warf ich unter einigem Zurren und Zerren ab. Zwar brachte mich das Gewicht dieses verdammten Panzers beinahe um, aber ich wollte es nicht wagen, ungerüstet mit den Duniern durch die Gegend zu marschieren, weil ich weiß Gott nicht sagen konnte, ob sie mir nicht irgendwann das Messer in den Rücken jagen würden. Kämen sie nachts auf so eine Idee, dann meinetwegen. Da würde mir auch kein Kettenhemd dieser Welt nützen. Wenigstens das Lederwams behielt ich allerdings an. Durch die Füllung mit Rosshaar hielt es insoweit warm, wie man es bei dieser beschissenen Kälte erwarten konnte. Meinen Fellmantel benutzte ich als weitere Decke, davon konnte man nie genug haben.

Cal lag immer auf der Seite, wenn ich kam. Immer, wirklich jeden Abend. Und jeden Abend legte ich ihr den Arm um die Hüfte, zog sie sanft an mich, während ich mit der anderen Hand Nachtgesangs Heft berührte. Ich merkte, wie Cal davon kurz erwachte, spürte jedoch auch durch die Kleidung, wie sie sich daraufhin noch näher an mich schmiegte. Im Winter unter freiem Himmel zu schlafen, war so ziemlich das Dümmste, was man machen konnte. Niemand, der bei klarem Verstand ist, verlässt sein schützendes Heim, wo es mit Glück genug Feuerholz und Nahrung gibt, um stattdessen bei eisigen Temperaturen im Schnee zu hocken. Wir jedoch waren die Könige des Irrsinns und marschierten durch den Winter, als sei es das Natürlichste der Welt. Wir froren, hatten schlechte Laune, tauten kaum mehr auf – Aber was sollten wir uns beschweren? Man wurde mit der Zeit genügsam. Hauptsache, es war nicht allzu frostig, und da hatte ich es mit Cal in meinem Lager am besten getroffen.

Nach der ersten Woche hatten wir uns bis tief in den Wald der Hohen Wacht geschlagen. Ich war froh, den eisigen Winden in den höheren Lagen entkommen zu sein, dafür hatte mich mittlerweile der unruhige, wenige Schlaf in eine überreizte Stimmung gebracht. Wieder einmal taten mir alle Knochen weh, ich stank und hatte einen Atem, der nach toten Bären stank. Es störte niemanden. Keiner von uns fühlte sich besser oder sah gepflegter aus. Wir hatten uns der wilden Natur angepasst, nichts weiter. Allerdings wird jeder bei zu wenig Schlaf und zu viel Kälte irgendwann ungemütlich. Aus dem Inneren drängt es gegen die selbst auferlegte Konzentration, zermartert sie, zerreißt sie, bis man nur noch ein wandelnder Haufen abgrundtief schlechter Laune ist.

In unserem Lager am vierzehnten frühen Abend war es dann bei mir vorbei.

Die Sonne war noch nicht ganz untergegangen und hing von einer trüben Wolkendecke verhüllt im Westen knapp über den Baumwipfeln. Wieder einmal murmelte der Alte auf Dunisch vor sich hin, wobei ihm die Klea und Cal mittlerweile kaum noch zu folgen schienen. Ihre Blicke waren leer, von Müdigkeit schwer auf das Zucken der Flammen gerichtet. Wahrscheinlich hörten ihm die Wilden nur zu, weil sie eben ein abergläubischer Haufen höriger Idioten waren. Sie würden einem Diener der Vergessenen Götter nie Ablehnung zeigen.

Ich hatte genug. Ich wollte Antworten.

Von welchem Standpunkt man es aus betrachtet, besitze ich das ein oder andere Talent. Eines davon ist zum Beispiel, dass ich ohne große Anstrengung rülpsen kann. Ich habe es mir als Kind irgendwann selbst beigebracht. Eigentlich ist es gar nicht so schwer. Wenn man genug Luft kaut und weiß, wie viel man einatmen muss, ist es nur noch eine Frage der nicht vorhandenen Manieren, um sich Gehör zu verschaffen. Und genau das tat ich damals: Ich rülpste dröhnend in das Geschwafel des Alten, was seine Märchenstunde jäh unterbrach.

Der Wyrc wendete sich mir ungewöhnlich ruhig zu. »Ja, Ayrik? Du hast etwas zu sagen?«

»Woher kennst du eigentlich Raegan?« Mein Atem stach mir zwar selbst süßlich in der Nase, aber immerhin hatte ich erreicht, was ich wollte.

Wenn er verärgert war, dass ich ihn unterbrochen hatte, dann zeigte er es nicht. »Denk nach«, meinte er. »Der Feigling lebte jahrelang in Dynfaert. Nur weil du ihn als Einsiedler kennen gelernt hast, heißt das noch lange nicht, dass er es sein Leben lang war. Früher lebte Raegan als Freimann in der Dorfgemeinschaft und war ein Krieger deines Großvaters Deakan, als er noch den Titel des Than von Dynfaert führte und dein Vater in deinem Alter war. Es mag dir ja undenkbar sein, aber selbst die Alten waren einst jung.«

»Ich wusste nicht, dass Raegan ein Freimann ist.«

»Wäre er es nicht«, sagte der Druide, »hätte er sich niemals von Dynfaert entfernen, geschweige denn, sich am Waldesrand alleine und ohne Aufgabe niederlassen dürfen. Es wäre von Vorteil, wenn du dann und wann deinen Kopf benutzen würdest.«

Ich zog eine Grimasse, überging aber seine Stichelei. »Also war er ein Krieger.«

»Ja. Und ein wertvoller noch dazu.« Der Alte unterbrach sich mit einem überaus abwertenden Lippenschürzen. »Zumindest bis zu einem gewissen Zeitpunkt.«

Ich erinnerte mich an seine Worte nach dem Kampf gegen Ulweif. »Die Schlacht bei den zwei Bäumen.« Der Wyrc nickte nur. »Und was geschah dort?«

Das Zögern des Alten sagte mir, dass er sich nicht sicher war, was er mir verraten wollte. »Es war ein Gefecht gegen scaetische Aufständische, die das Gesetz der Krone nicht anerkannten, dreizehn Jahre in der Vergangenheit.«

»Scaeten?« Ich hatte nie davon gehört, dass es in unseren Tagen Probleme mit scaetischen Herren gegeben hatte. Soweit ich das wusste, war mein Stamm ein fester Teil der anarischen Gesellschaft. Dass einige von ihnen, ähnlich wie die sehr viel wilderen Dunier, abseits des Gesetzes lebten, war mir neu. Aber als dies damals geschehen sein musste, war ich noch ein Bengel gewesen, der den Unterschied zwischen scaetischen und dunischen Aufständischen nicht kannte.

»Ja, Scaeten. Unter anderem deswegen weigerte sich Raegan, gegen sie zu kämpfen.«

»Das heißt?«

Seine Gesichtszüge wurden unnachgiebig. »Das heißt, dass du ihn selbst nach seinen Gründen fragen kannst. Ich werde dazu nichts mehr sagen. Du hältst mich vielleicht für ein durchtriebenes Schwein, aber ich säe keine Zwietracht unter Freunden. Du siehst diesen Feigling als Freund, das sei dir gestattet, aber ich habe meine eigene Meinung über ihn. Mehr wirst du von mir nicht erfahren.«

Ich spuckte ins Lagerfeuer. Wer auch immer hier was verschwieg, mir war klar, dass ich nur den Bruchteil der Wahrheit kannte. Würde ich erst zu Raegan zurückkehren, nahm ich mir vor, mit ihm ein klärendes Gespräch zu führen. Jetzt musste ich mich vorerst um ein anderes Problem kümmern.

»Wie stellst du dir das eigentlich vor, wenn wir Dynfaert erst erreichen, alter Mann?«, wechselte ich das Thema, da er ohnehin nichts weiter sagen würde.

Brok und Ulgoth verstanden zwar seit geraumer Zeit nicht mehr, was ich und der Alte genau besprachen, dafür aber umso mehr meinen unfreundlichen Tonfall. Den Wyrc schien es nicht zu irritieren, er blieb ruhig. Wie ein geduldiger Lehrer faltete er die Hände im Schoß. »Das Schicksal findet den Mann, nicht der Mann das Schicksal.«

»Lass das Gesabber, und beantworte meine Frage!«

»Ich werde mit deinem Vater sprechen«, sagte er und biss in eine Zwiebel, die er sich aus seinem Gepäck gezogen hatte. »Er vertraut meinen Ratsschlüssen und wird mir nicht widersprechen, wenn ich ihn weise, dir zu vergeben.«

Im ersten Moment dachte ich, ich hätte mich verhört. »Sag das noch einmal.«

»Bist du neuerdings taub?« Kurz war die altbekannte Schärfe zurück in seine Stimme gekehrt. »Ich werde ihm raten, dich wieder in seinem Hause willkommen zu heißen, denn Rendel ist sich seines Fehlers gewiss, dich zurückgewiesen zu haben. Deswegen wird er diesmal anders entscheiden, vertraue mir. Du wirst zwar ein neues Leben annehmen, ein Schwertmann sein, aber deine Heimat bleibt Heimat. Deine Familie Familie. Du wirst starke Wurzeln für das brauchen, was dir angedacht ist.«

Ich schüttelte bei dieser irren Vorstellung den Kopf. Mein Vater durfte mich als Mann, der ein Schwert trug, gar nicht aufnehmen. Er würde seinen eigenen Hals und den meiner ganzen Sippe riskieren. Aus diesen Gründen war ich doch erst verbannt worden! Dass der Wyrc nicht ganz richtig im Kopf war, wusste ich zwar schon vorher, aber langsam begann ich selbst an seinem noch verbliebenen Furz von Verstand zu zweifeln.

Ich lachte nur noch. »Und wann werden wir Dynfaert erreichen, wo ich entgegen aller Gesetze plötzlich zu Ruhm und Ansehen kommen soll?«

Im Hintergrund hörte ich Ulgoth in seiner Sprache eine Frage stellen, die Cal leise beantwortete. Als Reaktion darauf lachte der Bruder des Ulweif rau auf, wobei auch sein Kumpan einstimmte. Von den Worten des Wyrc verwirrt, lugte ich zu den beiden Duniern hinüber und wurde von Cals aggressiver, dunischer Erwiderung überrascht, die sie den Klea entgegenschleuderte. Ich hatte keine Ahnung, was sie ihnen sagte, aber Ulgoth war bereits aufgesprungen, noch ehe Cal ihr letztes Wort aussprechen konnte.

Und dann entlud sich alle Anspannung der letzten Tage.

Ulgoth, der eben noch meiner Sklavin gegenüber gesessen hatte, war auf den Beinen, riss sein Langmesser aus der verharzten Holzscheide, während ich fast zeitgleich in die Höhe schoss, um einen schnellen Schritt vor Cal zu machen und den Klea grob zurück zu zustoßen. Schon machte sich Ulgoth bereit, mich dafür bezahlen zu lassen, da wurde er durch das helle Singen Nachtgesangs aufgehalten, das wie von fremder Macht mit meiner Hand blank gezogen wurde.

Ich baute mich vor Cal auf, zum Sprung bereit, das Schwert in beiden Fäusten. Mein Blick durchbohrte den Klea, der in seiner Bewegung eingefroren war und der mich nun ebenfalls anstarrte. Brok stand neben ihm, wie sein Freund mit dem Messer der Dunier bewaffnet. Niemand wagte sich zu bewegen. Bis auf Cal, die hastig einen Schritt halb liegend zurückgewichen war, waren alle auf den Beinen, selbst der Wyrc.

Ulgoth fauchte mich in seiner kehligen Sprache an, wobei er Cal immer wieder hasserfüllte Blicke zuwarf.

»Töte ihn«, meldete sich plötzlich eine Stimme in mir. Und wieder. »Töte ihn«. Deutlicher. Laut. Fordernd. »Töte ihn!«

Plötzlich verstand ich, erkannte die Stimme. Es war der Wyrc. Seine Worte waren voller Gift. Eindringlich, befehlend.

Ich suchte Ulgoths Augen. Ein drohendes Grau, halb verborgen hinter seinen zu schmalen Schlitzen verengten Lidern.

Wäre ich schnell genug, könnte ich ihn vielleicht mit einem Hieb erschlagen. Der Klea stand keine Schwertlänge von mir entfernt, und mit dem Messer hätte er einem raschen Angriff nichts entgegenzusetzen. Aber was wäre mit Brok? Der würde sicherlich nicht einfach zuschauen, wie ich seinen Freund abschlachtete.

War es trotzdem nicht das, was ich insgeheim wollte? Die Schweine leiden sehen, Ulgoths Brustkorb mit einem einzigen Hieb spalten und Brok den Stahl durch den speckigen Nacken treiben. Ich wollte ihr Blut im Schnee sehen, wollte sie zu ihrem einstigen Hauptmann schicken, auf dass sie mit ihm in den hintersten Winkeln der Hölle schmoren würden.

Ich erschrak vor mir selbst.

»Töte ihn!«

Allmählich dämmerte es den Klea, was der Alte da in einer fremden Sprache von sich gab. Zu eindeutig war sein Tonfall. Unglauben wandelte sich in offene Feindseligkeit, die man leicht auf ihren Zügen lesen konnte. Sie begannen näher zusammenzurücken, während sich Ulgoth mir und Brok dem Wyrc zuwendete. Sie zögerten, fürchteten sich bestimmt nicht am meisten vor meinem Schwert, sondern vor dem Druiden, dessen schreckliche Macht die Krieger zittern ließ. Niemand wusste, welche Kräfte die Diener der Vergessenen tatsächlich hatten, aber ihre Zaubermacht ist der Lebenssaft vieler uralter Lieder und Sänge, mit denen die Anhänger der Götter von Kindesbeinen an aufwachsen. Es war ganz einfach: So wie die Abenddämmerung nicht gegen die Nacht bestehen konnte, war es dem Menschen unmöglich, einen Diener der Götter zu vernichten. Sie geboten über das Feuer, den Wind und das Wasser, kannten Texte längst vergangener Sprachen, als das Menschengeschlecht noch jung und die Stärke der Vergessenen allgegenwärtig gewesen war. Die Wyrc waren der verlängerte Arm einer Herrschaft, die über allem stand. Und das wussten die Klea.

Ich ließ Ulgoth nicht aus den Augen.

Unruhig sah er abwechselnd von mir zum Alten und wieder zurück. Noch hatte sich das Messer in seiner Faust keine Spanne bewegt, weder zurück Richtung Scheide noch in aggressiver Absicht zu uns. In ihm arbeitete es. Die ledrige Haut seiner Stirn lag in Falten, die Mundwinkel der Lippen hingen grimmig nach unten. Er ließ sich seit Tagen einen Schnauzer wachsen, da er nun der älteste Sohn des Ulreik war. Fragte sich, für wie lange.

»Ich will wissen, was er gesagt hat«, sagte ich und schob ich den Drang zurück, Ulgoth in Stücke zu hauen. Niemand antwortete mir. Keiner übersetzte, weder der Wyrc noch Cal. Ich wagte nicht, meine Aufmerksamkeit vom dunischen Krieger zu nehmen, nicht einmal für einen kurzen Blick. »Hat es euch die Sprache verschlagen? Was hat er gesagt, zum Teufel?«

Ich fühlte den Blick des Alten auf mir ruhen. »Antworte ihm, Sklavin. Sag es ihm!«

Cal schwieg. Ich konnte nicht sehen, wo genau sie war, aber ich nahm an, dass sie immer noch hinter mir kauerte.

Als das Mädchen auch nach einer Weile nicht sprechen wollte, hob der Alte seine eigene Stimme an. »Ulgoth bezweifelt, dass wir Dynfaert überhaupt erreichen.«

Er spottete, wie so oft. Ich kannte den Klang seiner Worte nur zu gut, wusste um die Betonungen, die er dann benutzte. »Sind ihm hier draußen die Eier abgefroren, diesem Feigling? Wie viele Tagesmärsche sind wir noch von der Siedlung entfernt?«

»Unter normalen Umständen sollten wir in zwei Tagen den Zaun deines Vaters erreichen.« Mir gefiel nicht, wie der Alte das sagte.

Dieser Hundesohn mit seinen elenden Geheimnissen. »Sag den beiden, sie sollen ihre Waffen senken. Wir können es uns nicht leisten, hier Blut zu vergießen.«

Der Wyrc ignorierte meine Anweisungen. »Töte ihn endlich, Areon!«

»Was?« Was sollte dieser Irrsinn? »Erst heuerst du sie an, damit sie die Bestie erlegen, und nun willst du, dass ich sie umbringe?«

Er blieb ungerührt. »Erschlage einen von ihnen dafür, dass er die Waffe gegen dich erhoben hat, oder du verlierst dein Gesicht. Die Klea dulden keine Schwäche, also zeige ihnen keine. Tust du es dennoch, wirst du bis Dynfaert keinen ruhigen Moment mehr haben.«

Natürlich! Ich sollte Ulgoth töten, weil er das Messer gegen mich erhoben hatte. Von wegen. »Was bist du doch eine verlogene Ratte. Er soll sterben, weil er sich gegen dich gewendet hat, nicht gegen mich.«

Unvermittelt senkte ich das Schwert, was mir einen irritierten Blick der beiden Dunier einbrachte. Damit hatten sie nicht gerechnet, und um ehrlich zu sein, ich wenige Augenblicke zuvor ebenso wenig.

Ich riskierte es einfach, drehte mich dem Wyrc zu. »Wenn du ihn tot sehen willst, bitte sehr: Da steht er, viel Glück! Bist du Manns genug, erledige es selbst. Ich erledige ganz bestimmt nicht deine Drecksarbeit, du irrer Greis.«

Seine Antwort war ein finsteres Stieren, mehr nicht. Keine Worte, keine Drohung, nichts.

Ohne Ulgoth, Brok oder den Alten weiter zu beachten, nahm ich Cal bei der Hand, zerrte sie energisch auf die Beine und zog sie dann ein Stück von den anderen weg. Ich hatte endgültig die Schnauze von dieser Geheimnistuerei voll. Anscheinend wusste hier jeder, welches Problem es gab, nur ich nicht. Damit wäre jetzt gleich Schluss.

Mit einem Murren schob ich die junge Sklavin auf einen umgestürzten, toten Baumstamm, der von Eis bedeckt im Schein des Feuers leise glitzerte. »Keine Ausreden, kein Schweigen, ich will endlich wissen, was hier gespielt wird«, begann ich ohne jede Wärme in der Stimme und hockte mich dabei vor sie. Cal starrte mich aus großen, braunen Augen an. »Ich bin nicht geistesgestört, weißt du. Es ist kaum zu übersehen, dass du bei jedem Schritt leidest. Also sag ich es jetzt ein allerletztes

Mal im Freundlichen: Lass mich deinen Fuß untersuchen! Es steht mir bis zum Hals, wenn ich sehe, wie du mit den beiden Klea tuschelst, sie bestimmt ebenso Bescheid wissen wie der Alte, ihr mich aber weiterhin im Unklaren lässt.«

»Es ist nichts –«, hob Cal einen vorsichtigen Einwand an.

»Das kannst du einem anderen erzählen«, unterbrach ich sie. Ich zog meine Handschuhe aus, begann durch Reiben eine gewisse Wärme in meine Hände zu bringen. Dabei beobachtete mich Cal, als würde ich sie gleich häuten. »Du hast zwei Möglichkeiten: Entweder du ziehst den Stiefel freiwillig aus, oder ich mache das.« Ich zuckte mit den Schultern. »Mir ist es herzlich egal, aber für dich wäre das eine sicher angenehmer als das andere.«

Aus dem Augenwinkel konnte ich genau beobachten, wie sie grübelte und dabei unsicher zu dem Rest unserer unfreiwilligen Gefährten schielte, die einen einstweiligen Waffenstillstand geschlossen hatten. Zumindest ging ich davon aus. Immerhin lag noch niemand tot im Schnee.

Als ich zurück zu Cal sah, bemerkte ich, wie sie die Schnürungen der Stiefel löste, nach und nach aus dem Leder schlüpfte. Mit einem kleinen Nicken rückte ich näher an sie heran, wobei ich ihren Fuß auf meinen Oberschenkel legte. Die Untersuchung war kurz, denn ich fand bereits nach wenigen Augenblicken, was ich befürchtet hatte. Cals Fußgelenk war dick geschwollen, berührte ich die Stelle, konnte ich deutlich eine unnatürliche Wärme spüren. Eher unbewusst legte ich ihr die Außenseite meiner Hand an die Stirn. Ich zuckte sofort zurück.

»Du brennst ja!« Noch einmal tastete ich die Stirn ab, wanderte zu ihrer Wange und fragte mich, ob es an meinen immer noch eisigen Fingern lag, dass mir ihre Haut so heiß vorkam. »Seit wann und wie ist das passiert?«

Sie mied meinen Blick. Erst jetzt konnte ich mir die geröteten Augen erklären, die mir bereits vor zwei Tagen aufgefallen waren. Damals hatte ich gedacht, es läge an den eisigen Winden, denen wir uns zuvor im Gebirge gestellt hatten, nun aber sah die Sache etwas anders aus.

»Kurz nach unserem Aufbruch«, sagte sie. »Ich habe das Erdloch nicht gesehen, bin reingetreten und hängen geblieben.«

Vielleicht der Eingang eines tierischen Baus. Hasen und Igel buddeln gerne und verbringen den Winter dort, Marder und andere Räuber ebenso. Dass man dort reintrat, konnte leicht passieren, war selten ein Unglück. Fieber allerdings war eine ganz andere Sache, und Cal wusste das. Ich fragte mich nur, woher es kam. Den Fuß konnte sie noch bewegen, was, wenn ich mich richtig erinnerte, einen Bruch ausschloss. Es gab auch keine offensichtlichen äußeren Wunden oder verschorfte Stellen. Seit wann also verursachten Verstauchungen Fieber?

Raegan hätte Bescheid gewusst. Der riesenhafte Kerl sah zwar aus wie ein übler Knochenbrecher und Kinderfresser, aber er war in der Heilkunde bewandert, kannte jeden Strauch und jede Wurzel. Er würde nun wohl lachen, etwas aus einem seiner kleinen Säckchen fördern, die er an seinem Gürtel trug, und wenige Stunden später wäre es dann besser, sodass er einen recht bald aufzog, weil man ein solcher Jammerlappen gewesen war.

Zu dumm nur, dass Raegan mehrere Tagesmärsche entfernt Zäune, Truhen oder Bänke zimmerte, während ich hier in der Kälte hockte und keine Ahnung hatte, was ich mit Cal anstellen sollte.

Vielleicht wüsste ja …

Zum Teufel, mir widerstrebte es zutiefst, den Wyrc, diesen Mistkerl, um Hilfe zu bitten, aber was sollte ich sonst machen? Ich kannte mich nicht gut genug in der Heilkunde aus und wollte es mit meinem jämmerlichen Wissen darum sicherlich nicht noch schlimmer machen. Cal hatte ohnehin schon arge Probleme aufzutreten, aber mit dem Fieber noch dazu grenzte es an ein Wunder, dass sie überhaupt so lange durchgehalten hatte. Sollte sich doch der Alte endlich einmal nützlich machen, statt uns abends mit seinen Geschichten zu langweilen und wirres Zeug in seinen Bart zu brabbeln.

Ich erklärte ihm also widerwillig, was es für ein Problem gab. Zu meiner großen Überraschung murrte er nicht, gab keine dummen Ratschläge oder begehrte sonst auf, stattdessen ging er zur Sklavin und begann mit seinen knorrigen, langen Fingern an Cals Knöchel zu hantieren. Oh, wie sehr ich mich zurückhalten musste, ihn nicht gleich wieder von ihr weg zu zerren! Ich schaute dem Treiben eine Weile schweigend zu, ebenso wie die beiden Klea, die sich merklich zurückhielten. Als ich mich halb zu ihnen umwendete, ihnen einige eisige Blicke zuwarf, konnte ich sehen, dass sie den Wyrc aufmerksam beobachteten. Wahrscheinlich fragten sie sich, was zum Teufel sie jetzt machen sollten.

»Sie hat Fieber«, informierte mich der Alte schließlich, was meine Aufmerksamkeit wieder auf ihn zog. »Ihr Knöchel ist angeschwollen und heiß.«

»Was du nicht sagst! Das hab ich selbst schon bemerkt, du Genie. Dafür hätte ich dich nicht an ihrem Bein fummeln lassen müssen.« Ich knirschte mit den Zähnen. Wieso gab mir in letzter Zeit wirklich jeder nur noch dumme Antworten? »Mich interessiert mehr, woher es kommt und, viel wichtiger, was wir dagegen unternehmen können.«

»Es muss sich eine Entzündung gebildet haben.« Der Alte betrachtete Cal ebenso teilnahmslos wie der Bauer ein Huhn, das später im Kochtopf landen würde. »Das kann geschehen, wenn man einen verletzten Fuß nicht schont.«

Für einen Moment legte ich den Kopf in den Nacken und schloss die Augen. Bei allem, was uns hätte passieren können, war das so ziemlich das Letzte, was ich gebrauchen konnte. Zwei Tage, zwei verdammte Tage nur noch bis Dynfaert, und ausgerechnet jetzt musste Cal Fieber bekommen und kaum noch laufen können. Als wäre das nicht schon grausam genug, waren die Spannungen zwischen den Klea und mir an einem Punkt angelangt, an dem es nicht mehr lange dauern würde, bis Blut flösse. Es wäre ja auch zu einfach gewesen, ohne jede Schererei bis nach Dynfaert zu marschieren, Cal abzuliefern, das Biest zu erschlagen und sich dann auf Nimmerwiedersehen zu verabschieden.

Ich war eben schon immer ein entsetzlicher Träumer.

»Wenn du meinen Rat hören willst«, sagte der Wyrc, und ich hatte gute Lust ihn zu unterbrechen, denn wenn es eines gab, auf das ich gerade getrost schiss, dann auf seine angeblichen Ratschläge, »lass sie hier zurück, oder gebe sie den Klea. Mit ein wenig Glück beschwichtigt das Ulgoth, und er kommt von Rachegedanken ab, die er sicherlich jetzt schon hegt.«

Cals offen stehender Mund reichte, um mir zu sagen, was sie von diesem grandiosen Einfall hielt.

»Vielleicht sollte ich dich an Ulgoth verschenken«, erwiderte ich, während ich mir durchs Gesicht rieb. »Dann hätte ich endlich dich und deine dämlichen Ideen vom Hals.«

Meine Drohung war so überzeugend vorgetragen, dass der Alte sich kaum zu einem trägen Grinsen herabließ. Dabei drehte er den Kopf leicht zur Seite, um die Dunier zu fixieren. Auch ich schaute zu den beiden. Sie erwiderten unsere Blicke. Eine unausgesprochene Drohung hing in der Winterluft. Ich fragte mich nur, wer hier den ersten Schritt wagen würde.

»Sie ahnen, dass es der Sklavin schlecht geht«, erriet der Wyrc meine Gedanken. »Spätestens morgen zur Mittagsstunde wird das Mädchen nicht mehr aus eigener Kraft laufen können und Ulgoth seine Gelegenheit haben, einen von euch beiden umzubringen, wenn ihr nachts entkräftet in den Fellen liegt. Denn mache dir nichts vor, Areon: Ich sehe dich an und sehe einen Mann, der am Ende seiner Stärke angelangt ist. Schleppe deine Sklavin auch nur einen Tag durch die Wacht, und du wirst bei Sonnenuntergang kaum noch dein Schwert heben können. Du bist schon jetzt angreifbar, und noch mehr, wenn du dich mit ihr belastest.«

Immer noch hielten die Klea ihre Waffen in den Händen, unentschlossen, ob sie es tatsächlich wagen sollten, einen heiligen Diener der Vergessenen anzugreifen. Sie zögerten, umklammerten die Griffe der Langmesser, als seien sie die Antwort auf dieses Elend.

»Die Klea kennen vielleicht keine Schrift und errichten keine Hallen wie dein Volk, aber sie sind weder blind noch dumm.« Die Stimme des Alten nahm einen monotonen Klang an. »Ihr ganzes Leben besteht aus Kampf. Sie kämpfen um Beute, gegen die Natur, kämpfen, um zu überleben. Ja, Areon, wenn sie eines können, dann überleben. Ich habe ihre Blicke gesehen. Sie sind Meister darin, Dinge gewahr zu werden, die anderen verborgen bleiben. Und glaube mir, Ulgoth hat Cals Verletzung bereits am ersten Abend bemerkt, giert seitdem nach einem Zeitpunkt, sie aus dem Weg zu räumen. Und das nicht nur, weil sie uns aufhält, sondern viel mehr, um dich zu treffen. Sie ist dein verwundbarster Punkt, den er angreifen wird, sobald sich die Gelegenheit bietet.«

Ich sah zu Cal hinab, die noch immer hockte und mittlerweile ihren Stiefel wieder verschnürte. Sie vermied es, mich oder den Alten anzusehen, sondern gab sich überaus beschäftigt mit ihrem Schuhwerk. Ich konnte nur raten, wie es in ihr aussah, nachdem der Wyrc so offen davon gesprochen hatte, sie Ulgoth zu geben oder einfach in der Wildnis auszusetzen. Sie war lediglich eine Sklavin, Besitz höhergestellter Männer, und die Welt war, wie sie war. Würde ich ihr den Hals brechen, als sei sie ein tollwütiger Hund, niemand könnte mich hier in der Wildnis der Wacht dafür zur Rechenschaft ziehen, Wergeld verlangen oder einen Vorwurf machen. Sie war mein, in allen Belangen.

Als ich schwer ausatmete, bildete sich eine kleine Wolke. Die Finger begannen kalt und taub zu werden, da ich meine Handschuhe noch nicht wieder angezogen hatte. Die Abenddämmerung war kühl, traurig und hoffnungslos, von einer grauen, dicken Wolkendecke verhangen, kaum mehr zu etwas gut, als einem die Laune zu verderben.

Da standen sie, die Klea. Dick eingehüllte Gestalten, von denen eine Feindschaft ausging, die mich schaudern ließ. Bewaffnet, gefährlich, mir ungut gesonnen und ohne jede Skrupel.

Ich warf einen letzten Blick auf Cal, dieses dürre Ding ohne eigenes Leben. Sie war auf Gedeih und Verderb einem Mann ausgeliefert, den sie kaum kannte und der vor ihren Augen bereits ihren ersten Herrn erschlagen hatte. Ein verstoßener Krieger, der sie zwar noch nicht bedrängt hatte, ihm zu Willen zu sein, aber den sonst kaum etwas von den Klea unterschied. Ich war ebenso verdreckt, roh, gewalttätig und ungerecht wie die wilden Dunier.

Langsame Schritte führten mich zurück zu den Klea. Ulgoth sah mir misstrauisch entgegen, wagte aber nicht zurückzuweichen, um nicht als Feigling dazustehen. Der Krieger und ich wechselten einige Blicke, stumm, aber plötzlich ohne jede Anspannung. Ich hatte keine Ahnung, was uns bewegte, aber wir lächelten uns grimmig an, Ulgoth ließ sogar das Langmesser sinken.

Ich drehte mich halb zum Wyrc um. »Du rätst mir also, Cal Ulgoth zu geben, damit er besänftigt ist?«

»Ich rate dir«, sagte er mit seinem verhassten Lächeln an, »eine Entscheidung zu treffen.«

Cal stierte den gefrorenen Boden an.

»Entscheidung«, sagte ich mehr zu mir selbst und spürte, wie meine Fingerspitzen das fast gefrorene Metall der Parierstange streiften.

Letztlich drehte sich doch alles nur darum, einen Unterschied in einer Welt zu machen, die ungerecht, hart und kalt war. Es ging darum, jene zu schützen, die es selbst nicht konnten. Das sagen die Lieder über all die großen Saers unserer Zeit. War ich also einer von ihnen, wie Cal es mir gesagt hatte?

Nein. Aber ich wollte einen Unterschied machen.

Ulgoth rechnete nicht damit. Als ich in einer Bewegung Nachtgesang aus der Scheide riss und den Hieb von schräg oben gegen ihn führte, kam er nur zu einem winzigen Taumeln, das ihn nicht weit genug wegbrachte. Mein Schwert war noch nie besonders scharf gewesen, aber alleine die Wucht des Angriffes reichte, um den Stahl tief in seinen Hals zu treiben, wo er auf Knochen traf. Unfähig zu einer Bewegung glotzte mich Ulgoth an, und Blut pulsierte aus der Stelle, wo ihm mein Schwert die Halsschlagader durchtrennt hatte. Ohne dass ein Laut seine Lippen verließ, stürzte der Klea rücklings in den Schnee und blieb dort wie ein umgehauener Baum liegen. Im selben Moment war Brok zurückgesprungen, die Augen entsetzt aufgerissen zu seinem erschlagenen Herrn gewendet, dessen Blut allmählich den Schnees rot einfärbte. Ich versuchte seine Überraschung auszunutzen, schwang Nachtgesang über den Kopf und ließ die Klinge zu einem Schädelspalter niederdonnern. Im letzten Augenblick konnte Brok meinem Angriff ausweichen, indem er zur Seite sprang, sodass der Hieb pfeifend durch die Winterluft schnitt. Schon setzte ich zu einem neuerlichen Angriff an, da hörte ich wie durch einen Schleier ein völlig unerwartetes Geräusch von Süden her.

Hundegebell.

Und noch etwas viel Schlimmeres, das meinen beidhändig geführten Schwerthieb daneben gehen ließ und Brok die Gelegenheit gab, sich außer Reichweite meiner

Waffe zu bringen. Er starrte ebenso wie ich in Richtung des Lärms. In der anbrechenden Dunkelheit der Nacht tanzten flackernde Lichter von Fackeln durch den Wald, als seien die Geister der Vergessenen zum Leben erwacht.

Reiter näherten sich über einen natürlichen Wildwechsel, wo die Natur eine Schneise in die Reihen der Bäume geschnitten hatte. Das dumpfe Pochen der Hufen und die Rufe der Männer auf den Rücken der Tiere, das Bellen von schlanken Jagdhunden und die Kommandos ihrer Herren, die von ihren Biestern an langen Stricken förmlich gezogen wurden, das Aufblitzen der Speerspitzen im Schein der Fackeln in ihren Händen ...

Mir wurde heiß und kalt. Das Schwert fühlte sich auf einmal sehr viel schwerer an, als es tatsächlich war und ich brachte es wie von fremder Hand gelenkt in eine abwehrende Haltung. Als die ersten Reiter in Sicht kamen und ich sie in all ihrer Herrschaftlichkeit erkannte, da wurde mir klar, dass Cals Fieber und Broks Zorn meine kleinsten Probleme waren.

Die Saers kamen. Und ich war nur ein stinkender Gesetzloser mit einer Sklavin und einem heidnischen Druiden im Schlepptau.

NEUN

Neun Reiter, von Fackeln unheimlich beleuchtete Schemen in der aufziehenden Dunkelheit, näherten sich unserem Lager. Sie wurden von drei Männern angeführt, wahrscheinlich Waldläufern, den Herren der vier Jagdhunde, die uns gewittert hatten. Für eine Flucht war es zu spät, das wusste ich, und so blieb auch Brok, der zuerst den Plan zu haben schien, schlichtweg Reißaus zu nehmen, wenige Schritte von mir entfernt stehen. Er warf mir einen gehetzten Blick zu, ehe er seinen Speer mit beiden Händen packte. Laufen würde ihm nichts bringen, das wusste er. Zwar hätte der Klea die Reiter sicherlich zu Fuß in diesem unwegsamen Gelände abschütteln können, aber noch immer lag zwischen ihm und seiner gesamten Ausrüstung, seinem Proviant, ein Hindernis, dem er sich nicht zu sehr nähern wollte:

Ich.

Er war gefangen. Dummerweise nicht nur er.

Auf dem Schlachtfeld, wo der wütende Gesang unzähliger Stimmen vor dem Gemetzel von Tod und Angst kündet, wo selbst der Tapferste seinen Mut verliert und sich einpisst wie ein Kleinkind, wo Helden und Unfreie gleichsam zu hunderten sterben und verstümmelt werden, da gibt es kaum etwas, das so sehr einschüchtert, wie das Donnern der Hufen schwerer Kriegsrösser und das Gebrüll und die gepanzerte Erscheinung ihrer Meister. Wenn dieses bedrohliche Monster aus Krieger, schnaubendem Pferd, Lanze, Schild und Stahl im leichten Trab, denn niemand mit Verstand reitet in vollem Galopp in einen mit Speeren bewaffneten Feind hinein, auf einen zuprescht, dann wünscht man sich nur noch an einen anderen, sehr viel friedlicheren Ort.

Heute weiß ich das. Heute kenne ich das Gefühl, auf den Ansturm der Reitergruppen zu warten, die einen einfachen Mann am Boden brachial hinwegfegen können und deren schierer Anblick das Blut in den Adern gefrieren lässt. Damals jedoch bekam ich bereits einen Vorgeschmack auf diesen Schrecken, selbst wenn sich uns diese Reiter in einem eher gemächlichen Tempo näherten, weil sie Baum, Wurzel, Senke, Untergrund und das trübe Licht eines aufziehenden Abends an einer höheren Geschwindigkeit hinderten.

Trotzdem wagte ich mich nicht zu rühren, ehe die ersten Reiter so nahe waren, dass ich sie genauer erkennen konnte. Und ich ließ Nachtgesang, mein verbotenes Schwert, langsam, sehr langsam sinken, bis seine Spitze mit einem leisen, schabenden Geräusch den schneebedeckten Boden berührte.

Vielleicht zehn Schritt von mir entfernt ließ der Anführer der Reiter halten. Die Hunde bellten und zerrten an ihren Leinen, und ihre Herren, verwilderte Gestalten in Leder, hatten alle Mühe, die Tiere zurückzuhalten. Ich hingegen konzentrierte mich auf die Männer im Sattel. Ich brauchte keine zwei Herzschläge, ehe ich das schmale Gesicht des Anführers mit der langen Nase, dem ernsten Mund, und die ergrauten, kurz geschorenen Haaren einordnen konnte.

Saer Luran Draak. Herr von Dynfaert und Freund meines Vaters.

Der Draak war eine hoch gewachsene, stattliche Erscheinung im Sattel seines Fuchses. Ungefähr in den Jahren meines Vaters, ähnelte er meinem alten Herren in so manchem Punkt, ganz besonders aber in der Ernsthaftigkeit, die er ausstrahlte. Er hatte mich sicherlich seit mindestens zwei Jahren nicht mehr gesehen, aber dennoch zeigten sich Erstaunen und Erkenntnis auf den für sein Alter noch recht jugendlichen Zügen. Seine Augen wanderten meine Erscheinung ab, bis sie an Nachtgesang hängen blieben, das ich noch immer gesenkt in der Hand hielt.

Ein zweiter Reiter drängte sich neben den Herrn von Dynfaert, ebenso von Stand wie Luran Draak. Zwar waren beide gut gegen den Winter in Tuniken, Tuch und Fell eingepackt, ihre Farben jedoch unterschieden sich deutlich. Wo die Kleidung des Draak grau und unscheinbar wirkte, beeindruckte die des anderen in einem tiefschwarzen Umhang und einer ebenso dunklen Tunika, die jedoch am Kragen mit seltsamen, blauen Ornamenten versehen war. Gepanzert schien keiner von ihnen zu sein. Aber wozu auch? Die hier waren auf der Jagd, da reitet man nicht mit Kettenhemd und Plattenteilen durch den Wald.

Cal war unbemerkt hinter mich getreten. Ich spürte ihre Hände an meinem Rücken, ihren Atem an meinem Nacken. Sie suchte wieder Nähe, wie sie es immer tat, wenn sie sich fürchtete.

Ich wagte nicht mich umzusehen. Wo sich der Wyrc befand, was er nun vorhatte, konnte ich nicht sagen. Vielleicht hatte er ja schon das Weite gesucht, dieser miese Zauberkünstler. Wäre die Situation nicht so gefährlich für mein eigenes Wohl gewesen, ich hätte ihn am liebsten ausgelacht. So viel zu seinem Wunderkrieger! Das einzige, zu dem man mich erheben würde, wäre der Titel Ayrik der Krüppel, hätte man mir erst für das Verbrechen, ein Schwert zu tragen, die Rechte abgeschlagen. Eine saubere Prophezeiung hatte der alte Trottel da getan.

»Wer sind die denn?« Es war der Saer in Schwarz, der skeptisch fragte, und hinter dem sich weitere Reiter tummelten, die aber noch nicht soweit vorgeritten waren, dass ich sie genauer erkennen konnte. Jetzt reckte er seine Fackel ein Stück nach oben, um uns besser zu beleuchten.

Seine Frage war ohne jeden Zweifel an den Draak gerichtet, aber der sagte kein Wort. Nein, er starrte nur mich an, ließ dann seine Augen zu Brok hinüberwandern, schließlich zu Cal, deren dunkler Lockenschopf über meine Schulter ragte, ehe er letztlich auf einem Punkt links hinter mir stoppte. Und dort verharrte. Lange verharrte. Die verdammten Hunde bellten immer noch, wurden nun aber allmählich von den Waldläufern zum Schweigen gebracht.

»Saer Luran Draak vom See«, begrüßte der Wyrc den Herrn von Dynfaert. »Was für eine unerwartete Freude! Was führt Euch und diese Männer in die Wälder der Hohen Wacht, Saer?«

Eine geraume Weile fixierte der Draak den Alten, ohne ein Wort zu erwidern. Ich konnte sehen wie es hinter der hohen Stirn arbeitete, musterte seine nachdenklichen, bartlosen Züge. Ich wusste, dass er lachen konnte, es sehr gerne und oft tat, aber ebenso neigte er zu Tiefsinn und Unnachgiebigkeit. Vor einigen Jahren, Aideen und ich hatten gerade festgestellt, wofür die körperlichen Unterschiede zwischen uns gut sein konnten, da war ich Zeuge geworden, wie kompromisslos der Draak als Lehnsherr war. Damals beim Gerichtstag hatte er selbst das Schwert geschwungen, um einem Dieb aus seiner Festungswache die allzu vorwitzige Hand zu nehmen. Die grauen Augen des Saers hatten sich über die Jahre in mein Gedächtnis gebrannt. Seine kühlen Gesichtszüge, die Härte und Gnadenlosigkeit, mit der er diesen Verbrecher bestrafte. Er hatte es selbst getan, nicht einen seiner Krieger oder Hauptleute dazu befehligt. Er selbst, der Draak von Dynfaert.

Und eben genau denselben Ausdruck von vor all den Jahren sah ich nun in seinem Gesicht. Ich steckte in Schwierigkeiten.

WOLFSBEUTE

»Wyrc«, sagte der Draak einfach nur, und der Alte erwiderte rein gar nichts mehr. Anscheinend wusste er wohl doch noch, wann er das Maul zu halten hatte.

Derweil sprang der schwarze Saer aus dem Sattel und lenkte so meine Aufmerksamkeit gänzlich auf sich. Wortlos reichte er seine Fackel einem der anderen Reiter. Ich beobachtete ihn, beäugte jede seiner Bewegungen, wie er sich nun langsam näherte. Fast provokant schlug er die Falten des Umhangs nach hinten, sodass ich das fein gearbeitete Heft eines Schwertes sehen konnte, das um seine Hüfte gegürtet war. Währenddessen hoben sich seine Mundwinkel zu einem fast schon unverschämten Grinsen, das ihm zusammen mit dem sauber gestutzten blonden Bart einen verwegenen Ausdruck verlieh. Wie alt mochte er sein? Ungefähr in meinen Jahren, vielleicht zwei, drei mehr? Vom Wuchs her jedenfalls überragte er mich ein wenig, wobei er dabei kaum breiter war als ich.

»Ist das ein Stock in deiner Hand?«, wollte er wissen, und ich begriff erst spät, dass er mich damit meinte. Ich glotzte ihn einfach nur an. Er näherte sich mir immer weiter. »Was ist los, bist du stumm?«

Derweil drängten sich die anderen Reiter nach vorne, weitere Saers, für die ich in diesem Moment keinen Sinn hatte. Eher unterbewusst bemerkte ich, dass einige von ihnen ähnlich in Schwarz gehüllt waren wie der Saer, der mich zu umkreisen begann und mich dabei gutgelaunt beobachtete.

Cals Finger krallten sich von hinten in meinen Fellumhang. »Das sind Männer der Bruderschaft«, wisperte sie mir ins Ohr.

Es wurde immer besser. Mich hatte die persönliche Leibwache der Königin erwischt, die Bruderschaft der Alier. Trotzdem: Woher wusste Cal das?

»Kannst du den Stock auch einsetzen?«, fragte der blonde Schwertmann, blieb aber plötzlich stehen, als er Ulgoths Leiche, die nun nicht mehr von mir verdeckt war, im Schnee liegen sah. »Oh«, machte er. »Anscheinend ein guter Knüppel.«

Ich bewegte Nachtgesang keine Elle, behielt den Saer lediglich im Auge.

»Also wenn mich nicht alles täuscht«, plauderte der munter weiter, als würde ihn der erschlagene Klea nicht kümmern, »dann ist das Ding in deiner Hand aus Eisen, vielleicht sogar aus geschmiedetem Stahl. Knapp einen Schritt lang, mit einem Griff aus Holz vernietet und sehr wahrscheinlich ziemlich scharf. Ich weiß ja nicht …«

Ein weiterer Saer, ebenso blond wie der vor mir, jedoch deutlich jünger und in einen Pelzmantel gehüllt, mit längeren, streng gescheitelten Haaren, trat vor. »Sieht mir aus wie ein Bauer, Saer Stavis.« Seine Stimme troff nur so vor Überheblichkeit.

Der Bärtige ignorierte ihn. »Wie gut kannst du mit deinem Stahlknüppel umgehen?«

Ich suchte den Blick des Draak, aber dessen Konzentration war vollends auf den Wyrc gerichtet, der immer noch keinen Schritt vorgetan oder ein weiteres Wort gesprochen hatte. Es hatte keinen Sinn. Vom Draak war keine Hilfe zu erwarten, noch schritt er ein, während auch die letzten Saers von ihren Tieren stiegen und mit hochmütigem Grinsen verfolgten, wie der Schwertherr, den man Stavis genannt hatte, mit mir seinen Spaß hatte.

Angespannt ließ ich meinen Blick über die anderen noblen Krieger wandern. Ihre selbstgefälligen Gesichtsausdrücke weckten allmählich Wut in mir. Sie sahen mich an, als sei ich der Dorfschwachsinnige, den man nach Belieben verspotten konnte, ohne dafür irgendwelche Konsequenzen fürchten zu müssen. Selbst wenn sie die Bruderschaft der Alier waren, wer gab ihnen das Recht dazu?

»Was ist jetzt, Wallec?«, schaltete sich ein weiterer, älterer Saer ein, dessen dichter Bart die Hälfte des massigen Gesichts verdeckte. Der Kerl war noch größer und breiter als Raegan, bei ihm jedoch rührte dieser Umstand mehr von seinem übermäßigen Leibesumfang. Eigentlich musste es fast unmöglich sein, aber ich war mir sicher, dass er noch fetter sein musste als mein Onkel Gerret. »Du siehst doch, dass der Bauer ein Schwert hat. Mach es kurz!«

Arrogantes Pack.

Aber auch diesen Saer beachtete Wallec nicht. »Ich wundere mich ein bisschen. Sieh mal«, er langte nach dem Griff seines Schwertes und zog es aus der Scheide, »ich habe auch so einen Knüppel, aber irgendwie meine ich mich zu erinnern, dass man es Schwert nennt. Sind die euch Bauern nicht verboten?«

Zur Hölle mit dieser Zurückhaltung! Sie würden mir ohnehin die Hand abschlagen, da musste ich mich nicht auch noch lächerlich machen lassen und die Klappe halten, als sei ich der letzte Feigling.

»Wenn du mein Schwert nicht genau erkennst, kann ich es dir gerne ins Auge rammen.« Ein unvernünftiges Grinsen. »Dann sollte es nah genug sein.«

Das brachte noch mehr Heiterkeit in die Gruppe der adligen Krieger. Ihr Gelächter schallte durch den dunkler werdenden Wald, wobei der Fette alle anderen mit seinem Gebell übertönte.

Auch Wallec schien überaus amüsiert. Er wischte sich sein breites Grinsen keineswegs weg, als er zu einer Antwort ansetzte. »Mut hast du, das will ich nicht bestreiten. Wer sind deine Freunde?«

»Freunde?« Ich riskierte einen kurzen Blick zu Brok. »Der da ist ganz sicher nicht mein Freund.«

»Und was ist mit dem Gevatter hinter dir?«

»Alles andere als das.«

Er nickte in Richtung des toten Ulgoth. »Wie steht es mit dem?«

»Der hat jetzt genug neue Freunde im Jenseits.«

Das Fehlen irgendwelcher Unerstützung für mich ließ den Saer ganz offensichtlich stutzen. Er legte die Stirn in Falten und schaute über meine Schulter zu Cal. Ich konnte seine Gedanken erraten.

»Sie gehört zu mir«, erklärte ich.

Wallec winkte ab. »Meinetwegen. Ich hoffe für dich, dass sie recht geschickt darin ist, dir die Verschnürungen deiner Stiefel zu binden. Mit einer Hand wird dir das in Zukunft nur schwer gelingen, glaub mal.«

Ich erlaubte mir ein trockenes Lachen, obwohl mir überhaupt nicht danach war. »Willst du mir etwa die Hand abschlagen?«

»Ich bin mir nicht sicher, ob du weißt, wer ich bin.«

»Ein aufgeblasener Schweinepriester würde ich sagen.«

Darauf gab es kein Gelächter der Saers. Nur Wallec hielt ein Grienen aufrecht, wobei er sein Schwert, ein einhändiges Stück mit sanft zur Spitze verjüngender Klinge, locker in der Hand wog. »Mein Name ist Saer Stavis Wallec, und dies«, er hob die Klinge ein Stück an, »ist Sommerwind, das Schwert meiner Ahnen, mit dem sie im Krieg gegen die Ynaar für die Freiheit unseres Volkes gekämpft haben.« Jetzt schwang so etwas wie Stolz in seiner Stimme mit. »Ich bin ein Mann der Bruderschaft, der Haustruppe unserer Hochkönigin Enea, verschworener Schwertherr und, das will ich nicht verschweigen, ein Held in meiner Heimat Neweven.«

Ich zuckte die Schultern. »Gratuliere.«

Diesmal erntete ich kein Lachen, sondern einen empörten Aufschrei des jungen, arroganten Saers, der neben Stavis Wallec stand. Er trat vor und zog sein eigenes Schwert. »Zeige gefälligst Respekt, wenn du mit einem Saer sprichst! Du wirst ihn seinem Stand angemessen anreden, hast du verstanden?«

Wahrscheinlich ahnte Cal schon, dass ich mir so etwas nicht gefallen lassen würde, und sie zog noch fester an meinem Mantel. Ich schüttelte sie leicht ab.

»Warum sollte ich einem Halbwüchsigen wie dir Respekt entgegen bringen?« Ich und meine große Klappe. Über mir schwebte förmlich das Beil, das mir die Hand nehmen würde, trotzdem lernte ich nicht. Das tat ich scheinbar nie. »Halt dich raus, wenn sich Männer unterhalten, oder ich frage deinen fetten Freund, ob er dich übers Knie legt, Saer Hosenscheißer.«

Damit hatte ich den Bogen überspannt. Der Jüngling sprang wutentbrannt auf mich zu, ich stieß Cal zur Sicherheit von mir weg, Geschrei setzte ein. Einige der Saers versuchten ihren jungen Waffenbruder aufzuhalten, aber der war schneller, wand sich aus den versuchten Griffen geschickt heraus und packte sein Schwert mit beiden Händen. Keinen Herzschlag dauerte es, ehe ich seinem ersten Hieb mit Nachtgesang begegnen musste. Zwei-, dreimal trafen sich klirrend unsere Schwerter, dann peitschte eine befehlende Stimme durch den Wald und ließ uns beide innehalten.

»Rodrey Boros!«, brüllte der Draak noch einmal und schwang sich aus dem Sattel.

Eine Peitsche um den Fußknöchel hätte meinen übereifrigen Gegner nicht schneller von mir wegbringen können als die Stimme des Herrn von Dynfaert.

Der Draak kam langsam auf uns zu, die Hand nicht einmal in der Nähe seines ungewöhnlichen Schwertes, dessen Heft mit einer sanft nach oben verlaufenden Parierstange schwarz wie die Nacht war. Den einhändigen Griff hatte man mit dunkelrotem Leder umwickelt, während die Klinge selbst ein Stück länger und schmaler war als die meiner Waffe. Im Gegensatz zu den wuchtigeren Schwertern anderer Saers wirkte das des Draak zerbrechlich. Mir kamen jedoch die Geschichten Vaters in Erinnerung, Erzählungen von Luran Draak, der mit seiner Klinge Bluttränen zahllose Aufständische und Nordmänner niedergemacht hatte. Ich zweifelte keinen Moment daran, dass der Draak von allen hier versammelten Saers der gefährlichste, der größte war. So wie er auf uns zwei Kontrahenten zukam, die wie in Stein gemeißelten Züge, die Entschlossenheit seiner Augen, da war es mit meinem Übermut schnell vorbei. Mit einem beiläufigen Blick streifte der Draak Brok, der den kurzen Kampf zwischen dem Saer und mir neugierig beobachtet hatte, dann blieb er vor dem Jüngling und mir stehen.

»Dies hier ist mein Lehen, und du, Rodrey Boros, bist lediglich Gast«, sagte der Draak, durchbohrte den jungen Kerl förmlich mit seinen Augen. »Und du wirst niemanden auf meinem Land angreifen, ohne dass ich den Befehl dazu gebe.«

Boros' Mundwinkel hingen verärgert hinab. »Dieser Wilde hat gegen das Gesetz der Königin verstoßen und mich beleidigt«, protestierte er. »Meine Ehre gebietet es, dass ich ihn dafür zur Rechenschaft ziehe!«

»Mache deinem hohen Namen erst einmal Ehre, bevor du dich deswegen streitest! In Dynfaert spreche ich im Namen der Königin Recht und nicht du, Schwertschüler!«

Wieder hob Rodrey Boros zu einer Erwiderung an. »Aber ich – «

»Genug!«, donnerte der Herr von Dynfaert, und der junge Schwertschüler zuckte ob der Heftigkeit dieser Unterbrechung zusammen. Fast schien es, als wolle Luran Draak sein Gegenüber mit dem nun folgenden Schweigen herausfordern, er zwang ihn jedoch mit einem stummen Blick in die Knie. Ich schwöre, ich habe nie mehr danach einen Mann gesehen, der willensstärker war als dieser graue Schwertherr, den mein Vater zum Freund hatte. Er brauchte keine Waffen, um andere zu bezwingen.

Schließlich neigte Boros, den ich fälschlicherweise für einen geweihten Saer gehalten hatte, den Kopf und steckte das Schwert zurück. »Wie Ihr befehlt, mein Herr.«

Wortlos ruckte der Kopf des Draak in Richtung der anderen Saers, woraufhin sich der Blonde mit hängenden Schultern zurückzog. Stavis Wallec jedoch blieb weiterhin vorgetreten und beobachtete, wie der Draak nun weiter verfahren wollte. Mir blieb das schiefe Grinsen des Saers der Bruderschaft nicht verborgen. Mir kam sogar der Gedanke, Wallec hätte die Zurechtweisung in Richtung des arroganten Burschen genossen.

»Ayrik Rendelssohn«, holte mich der Draak zurück in die Welt, in der ich noch immer gewaltige Probleme hatte. »Mich haben in letzter Zeit viele Gerüchte über dich erreicht, und keines davon gefiel mir. Dass du die verbotene Waffe führtest, war nur eines von vielen. Mich betrübte diese Nachricht, denn ich habe dich immer für einen aufgeweckten Jungen gehalten, der es eines Tages bis in meine Festungswache gebracht hätte. Ich habe weder deinen Vater noch deinen Bruder Rendel einen Eid schwören lassen, als sie mir sagten, du seiest verschwunden und die Geschichten über das Schwert in deiner Hand seien lediglich Gewäsch gewesen.« Der Draak sah mich direkt und bewegungslos an. Mir fiel wieder einmal auf, wie traurig er auf eine sonderbare Art und Weise wirkte. »Jetzt aber sehe ich dich hier zurück in meinem Lehen tatsächlich mit einem Schwert in der Hand und frage mich, welchen Trost ich deinem Vater, meinem Freund und Waffengefährten, bringen soll, wenn du im Kerker auf den Gerichtstag und deine Verurteilung wartest.«

Seine Stimme, seine Mimik – diese Endgültigkeit packte mich plötzlich, sodass ich regelrecht in mich zusammen sank. Ich konnte den Blick des Draak nicht mehr ertragen und stierte leer in die Schatten des Waldes, der uns umgab und der mir nun keinen Schutz, keine Heimat mehr bot. Dies war das Ende, da war ich mir sicher. Dabei fühlte ich nicht einmal Wut auf den Wyrc, der mir mit seinen falschen

Versprechen die Kindheit zerstört hatte und nun hinter mir stand und schwieg und keine Worte der Verteidigung für mich zustande brachte, obwohl er mich in der Nacht verdammt hatte, in der er mir zum ersten Mal das Schwert in die Hand gedrückt hatte. Ich war kein Krieger, würde nie einer sein, sondern stattdessen meine Hand, meine Ehre verlieren und die meines Vaters auch noch in den Dreck ziehen. Eigentlich hätte ich den Wyrc dafür an Ort und Stelle, im Angesicht der Saers und meines Lehnsherrn, umbringen müssen.

Eigentlich.

»Lass das Schwert fallen, Ayrik«, sagte der Draak. »Mache deinem Vater nicht noch mehr Schande, indem du dich widersetzt.«

Eigentlich wollte ich seinem Befehl folge leisten, meine verkrampften Finger vom Griff Nachtgesangs lösen und die Klinge für immer aus meinem Leben vertreiben.

Eigentlich.

Mein Körper jedoch gehorchte mir nicht mehr.

Die Augen waren gebannt auf die Bäume und Sträucher, die Schatten und Geheimnisse des Waldes gerichtet. Ich spürte die Präsenz der Vergessenen Götter so deutlich, dass meine Haut unter Wolle, Leder, Fell und Kette kribbelte, als stünde ich unter dem Einfluss eines Zaubers. Mein Magen zog sich schmerzhaft zusammen, Übelkeit stieg in mir auf, und Todeskälte umfing mein ganzes Sein. Woher diese unbestimmte Angst kam, die sich meiner bemächtigte, wusste ich tief in mir drin. Ich konnte es spüren, schmecken, riechen, ertasten.

Es war überall. In mir und um mich herum. Überall. Es griff nach jedem, den Saers und den Tieren, nach Verrätern und Lügnern.

»Was geht hier vor sich?«, hörte ich einen der Schwertkämpfer mit bebender Stimme in den Abend rufen, aber nichts drang mehr zu mir durch.

Die Hunde begannen zu winseln und zu jaulen.

»Hexenwerk«, sagte ein anderer, von dem ich glaubte, es musste sich um den jungen Schwertschüler Rodrey Boros handeln.

Jetzt schlossen sich meine Finger fester, noch fester um Nachtgesangs Griff.

Die kalte Winterluft schien zu flirren, der Wald in sich zusammen zu fallen. Die Äste der Bäume, die Wurzeln, das Gras und die Steine – alles schien die Klauen nach mir auszustrecken, ihre uralten Existenzen zu neuem, widernatürlichem Leben zu erwachen. Ich hörte Stimmen in einer fremden, lange untergegangenen Sprache, Beschwörungen und Verfluchungen. Die Pferde scheuten, Männer murmelten angespannt. Schwerter und Speere wurden hervorgezogen. Brok begann einen Singsang in seiner Sprache anzustimmen, ein Gebet wahrscheinlich, und Cal hinter mir stieß einen schrillen Schrei aus, der einen im Mark erschütterte.

Dann kam der Tod aus dem Geäst des alten Waldes. Und mein Schicksal erfüllte sich.

Während der Tage meines Exils hatte ich kein genaues Bild von der Bestie, die meine Heimat bedrohte. Es blieb ein körperloser Schrecken, dem nichts entgegengesetzt werden konnte, der nicht aus den Schatten trat und sich als zu bekämpfende Bedrohung offenbarte. Dieses Ungetüm war für mich nur die Idee einer großen Tat, die mich vielleicht bei meinem Vater und der ganzen Welt in einem anderen Licht darstellen könnte. Trotzdem wusste ich an diesem Abend, als mich die Saers stellten, als der Wald um mich herum erwachte und dieser riesige Schatten aus dem Geäst kroch, dass ich die Bestie von Dynfaert gefunden hatte.

Oder sie mich.

Und da kam sie. Lauernd, bedächtig setzte sie einen Lauf vor den anderen. Ob es ein Wolf war, konnte ich nicht sagen, dennoch ähnelte es von der Gestalt her einem der schmutzigen Jagdhunde, die noch immer auf dem Boden kauerten, den Schwanz gesenkt und ängstlich jaulend. Nur war dieses Tier, wenn es denn eines war, größer, sehr viel größer als jeder Hund, den ich je gesehen hatte, sicherlich an die zwei, drei Schritt lang und hoch wie ein junges Pony. Das struppige Fell in dreckigem Grau, hier und da übersät von kahlen Stellen, sträubte sich, als es lautlos näher schlich. Der Leib der Bestie wirkte ausgemergelt, fast zu dürr für solch eine übergroße Gestalt, die eine Kraft und Gefahr ausstrahlte, dass die Saers hektisch und unter aufgeregtem Geschrei näher zusammen rückten. Schwerter und Speere wurden den widernatürlich blau glühenden Augen entgegengereckt, die hierhin und dorthin spähten, jeden einzelnen Menschen in diesem Teil des Waldes durchbohrten und mit ihrem Funkeln unter einen grauenerregenden Zauber bannten. Denn niemand von uns wagte es, sich dem Untier auch nur einen Schritt zu nähern.

Ein tiefes Knurren drang aus der Kehle des Ungeheuers, als es auf allen Vieren kauerte, ließ die ersten Pferde, wie vom Wahnsinn gepackt, durchgehen. Die Saers versuchten nicht einmal ihre verschreckten Tiere daran zu hindern, sondern bildeten eine lockere Formation, riefen sich gegenseitig zur Ordnung, während andere das Biest mit halbherzigen Drohungen herausfordern, ihren eigenen Mut zu wecken versuchten. Die Hundeführer zerrten ihre Tiere brutal auf die Beine, verpassten ihnen Tritte, aber keiner der Köter sah so aus, als sei er sonderlich versessen drauf, dieser Bestie zu nahe zu kommen. Sie jaulten herzerweichend und bewegten sich keine Elle, als die Männer hektisch die Stricke von ihren Halsbändern zu lösen begannen.

»Bleib hinter mir«, zischte ich Cal zu, die wieder im Schutze meines Rückens war.

Zusammen wagten wir Schritte zurück, sodass ich links im Augenwinkel Brok erkannte, der, bewaffnet mit Speer und Messer, komplett auf dieses Untier fixiert schien, während sich die Saers zu meiner Rechten sammelten. Eilig waren einige Schilde herangeschafft worden, ehe die meisten von ihnen vor Schrecken gepackt getürmt waren, sodass die Krieger einen löchrigen Schildwall bilden konnten, in den sich auch der Draak einreihte. Die meisten hielten noch ihre Schwerter in den Händen, andere dazu Fackeln und nur wenige waren auf die Idee gekommen sich mit Speeren auszurüsten.

»Wo sind die Armbrüste?«, schrie der Draak einen seiner Männer an. »Willst du das Vieh zum Zweikampf herausfordern, du Narr? Und lasst endlich die Hunde los!«

Ich schob Cal weiter nach hinten. Noch immer setzte das Biest eine Pfote vor die andere, machte keine Anstalten anzuhalten, und ich hätte mir am liebsten vor Angst in die Hosen gemacht. So sehr ich mir auch vorgenommen hatte, dem Schrecken von Dynfaert entgegen zu treten, sollte ich dessen habhaft werden, so wenig blieb davon übrig, als es mich nun aus glühenden Augen angaffte. Wo waren der Heldenmut, der Wunsch nach großen Taten geblieben? In dem Moment, da der Wolf mich anstarrte, die Lefzen nach oben zog und eine Reihe grauenhaft anzusehender Reißzähne entblößte, da verging der Mut und versaute mir warm und feucht die Hosen.

Das Knurren der Bestie fuhr mir in den Magen, ließ mich schaudern. Ein Ton aus der Anderswelt, wo Geschöpfe lauerten, die älter und grausamer waren als jeder Feind, dem man sich nur stellen konnte.

Von hinten näherte sich jemand. Der Wyrc.

»Deine Stunde, Areon«, drang seine triumphierende Stimme zu mir durch. »Deine Stunde!«

Aus dem Winkel meines Sichtfeldes sah ich, wie der Alte langsam an mir vorbeiging, sich dem Untier näherte. Er hatte die Arme erhoben, als würde er beten, während ein Gesang aus seinem lügnerischen Maul drang, der mich an den Tag erinnerte, an dem ich mich Ulweif gestellt und er den Kampf gesegnet hatte. Der Wolf jedoch wandte den Kopf langsam dem Wyrc zu, und das Grollen nahm an Intensität zu. Ich konnte sehen, wie es noch ein Stück weiter gen Boden kauerte, ganz so, als wolle es jeden Moment den alten Mann anfallen. Doch soweit kam es nicht.

Ich hatte das Geschrei der Saers kurzzeitig völlig ignoriert, und erst jetzt, da ich ein dumpfes Plock hörte, das Biest schmerzhaft aufjaulte, begriff ich, dass der Befehl des Draak ausgeführt worden war. Ich warf den Kopf herum und sah, dass einer der Männer gerade die Armbrust senkte, um einen neuen Bolzen einzulegen, während ein zweiter seine Waffe auf das Biest anlegte. Wieder wurde geschossen, wieder das Tier getroffen. Es zuckte zurück und jaulte, dass einem das Blut in den Adern gefror. Die Krieger jubelten.

Aber der Wolf fiel nicht.

Ich sah die Bolzen im Fleisch der Bestie stecken, sah das Blut im Schein der Fackeln dunkel glitzern. Einen Mann, jedes andere Tier hätten die beiden Treffer niederstrecken oder zumindest aufhalten müssen. Aber dieser riesige Wolf war kein gewöhnliches Tier. Und die Saers hatten einen Zorn geweckt, gegen den sie nicht bestehen konnten. Schon begannen die ersten von ihnen zurückzuweichen, ihr Jubel erstickte. Und dann, ohne dass es irgendwie verletzt erschien, sprang das Ungeheuer wie die fleischgewordene Rache der Vergessenen Götter mitten in die Gruppe der Schwertmänner hinein und badete im Blut.

Wir mussten das Chaos ausnutzen! Hektisch sah ich mich um, entdeckte eine kräftige Eiche, hoch genug, um vorerst Sicherheit zu bieten. Grob stieß ich Cal in die Richtung des Baumes, ignorierte die entsetzlichen Schreie von Tod und Elend zu meiner Linken.

»Hoch da!« Ich half Cal, die ersten Äste zu packen.

Sie kletterte panisch höher, rutschte einmal ab und gab einen Schmerzenslaut von sich, als sie ihren verletzten Knöchel zu sehr belastete. Im letzten Moment fing sie sich wieder, zog sich Ast für Ast weiter aus der Gefahr heraus. Für Cal war gesorgt, sie würde da oben in Sicherheit sein.

Ich fuhr herum. Die Bestie hatte die Formation der Saers auseinander gerissen wie ein Wolf, der in eine Schafherde fuhr. Zwei Männer mit Schwertern und die Waldläufer lagen regungslos neben einem grauenhaft zerfetzten Hundekörper im Schnee, die sieben anderen sammelten gerade erst wieder ihren Mut. Der arrogante Schwertschüler, den der Draak Rodrey Boros genannt hatte, stieß mit einem Kriegsschrei vor, drang nur mit seinem Schwert auf den unnatürlichen Feind ein, doch sein Streich ging fehl. Stattdessen bekam er einen gewaltigen Hieb der Krallen zu spüren, der ihn umriss und auf dem Boden liegend zurückweichen ließ. Schon wollte das Biest nachsetzen und den geschlagenen Boros zerfetzen, da versuchte einer der freien Saers des Draak seinen Speer von der Seite in den monströsen Wolfsleib zu stoßen. Schnell wie eine Schlange fuhr das Untier herum, schnappte nach dem Speerschaft und zerbrach das massive Holz mit einem einzigen Biss. Der überraschte Saer versuchte noch nach seinem Schwert zu greifen, aber da war die Bestie schon da, begrub ihn in einem Sturm aus Klauen und Zähnen. Ich sah das Blut in einer Fontäne spritzen, als die Kehle des Kriegers herausgerissen wurde und seine Bewegungen und Schreie erstarben. Ein weiterer Krieger fiel wenige Augenblicke später, ohne auch nur einen Streich geführt zu haben.

Bei allen Göttern, diese Kreatur konnte nicht aus dieser Welt stammen! Ein Dämon, Rachegeist und von Hass erfüllter Schrecken aus der Anderswelt, wo die Szenkza auf den Tag des letzten Kampfes warten, um die Menschheit zu verschlingen.

Jetzt wichen die Krieger vor diesem Monster zurück. Nachdem es so mühelos vier ihrer Brüder, die besten Krieger Anariens, gerissen hatte, packte sie die Angst, und ich konnte es ihnen nicht verübeln. Gegen diesen Dämon gab es keinen Sieg.

»Areon!« Ein Ruf zu meiner Rechten.

Brok.

In der aufziehenden Dunkelheit erkannte ich ein wildes Grinsen bei dem Dunier, der sich bisher zurückgehalten hatte. Fast wie zum Gruß hob er das Langmesser in seiner linken Hand, ehe er den Speer in der anderen nach vorne stieß und dem riesigen Wolf entgegen stürmte. Was für einen Mut dieser Bastard hatte! Ich mochte ihn ebenso wie seinen toten Herrn Ulgoth verachten, aber seine Furchtlosigkeit stand in nichts der des Ulweif nach, der unseren Kampf weitergeführt hatte, als er schon längst als Verlierer feststand. Hier in diesem Waldstück machte Brok seinem Namen neue Ehre, selbst wenn er ein ungewaschener, brutaler Hurensohn war. Er zögerte nicht, stellte sich dem Monstrum und hielt es mit Speer und Messer in Schach.

»Sie werden es nicht besiegen können«, sagte der Wyrc, den ich kurzzeitig völlig vergessen hatte, etwas abseits von mir. Unsere Augen trafen sich. »Es ist nicht ihr Schicksal, das sich erfüllt, sondern deines!«

Der Kampfeslärm trat in den Hintergrund, und ich schwöre, in diesem kurzen Moment gab es nur den Alten und mich. Erinnerungen stiegen in mir hoch, Bilder von Nächten am See, der Wyrc über mir, das zu schwere Schwert in meinen kindlichen Händen, die Angst. Ich war wieder der Junge, dem die Welt eine Bürde auferlegt hatte, die zu mächtig für ihn war, eine Angst, die ihn zu erschlagen drohte. Aber diesmal änderte sich etwas. An den Fingerspitzen meiner rechten Hand fühlte ich den kalten Stahl der Parierstange Nachtgesangs. Eine Handbreit hob ich das

Schwert nur an, war mir der Kraft meiner Arme, der Macht dieser Waffe bewusst. Ich war immer noch ein Kind, ja, aber jetzt konnte ich das Schwert in meiner Hand heben, wusste es zu führen, und der Wyrc, der bald sein von mir so sehr verabscheutes Lächeln zeigte, ängstigte mich nicht mehr. Ich hatte nichts zu verlieren.

»Steh auf, Junge.«

Langsam sah ich zu der Stelle herüber, wo sich Wolf und Mensch, Dämon und Sterblichkeit bekämpften. Die Zahl der noch kampffähigen Männer hatte noch weiter abgenommen. Ich konnte Stavis Wallec und den Fetten erkennen, die der Wolf ebenso zu Boden gefegt hatte und die nun für keine Rettung mehr sorgen konnten. Nur Brok, vier weitere Saers und der Draak kämpften noch mit einem kaum zu verstehenden Mut gegen die Kreatur.

»Steh endlich auf!«

Brok taumelte von einem Hieb des Untiers, dann zerrissen messerscharfe Krallen sein Gesicht, Speer und Messer fielen, ehe der Dunier selbst zu Boden ging.

Ich hob Nachtgesang an, legte auch die Linke an den mit Leder umwickelten Griff dieser verbotenen Waffe.

Der Draak schlug dem Wolf eine Wunde, riss sein Schwert aus dem Fleisch, sodass ihm dunkles Blut ins Gesicht schoss. Ein fürchterliches Jaulen zerriss den Wald. Aber bevor der Saer von Dynfaert nachsetzen konnte, ging der Wolf zu einem Sprung über, der den Draak nach hinten warf. Mir entwich ein Stöhnen, als ich sah, wie der Saer im letzten Moment sein Schwert hob und der Wolf von seinem eigenen Angriff in die Schneide der Klinge getrieben wurde. Widernatürliche Schmerzenslaute paarten sich mit Knurren, die beiden krachten in den Schnee und rangen dort miteinander.

Ich sah es in aller Deutlichkeit. Für mich gab es nur noch den auf und ab wogenden Leib des Monstrums, eine wandelnde Festung aus grauem Fell und Muskeln und Krallen, die nach dem Draak unter ihr schnappte. Womöglich gab es keinen Sieg gegen die Bestie, sehr wahrscheinlich würden wir hier alle verrecken, noch ehe der Tag gänzlich vergangen wäre. Aber für mich war es für einen Rückzug zu spät. Ich war weiter gegangen als je zuvor, hatte zu viel verloren, um den Moment der Entscheidung jetzt noch zu ignorieren.

Dieses Untier war mein Schicksal. Es gab keinen Weg mehr zurück.

Und dorthin schaute ich nicht mehr. Die ganze Welt kümmerte mich nicht mehr. Was ich tat, tat ich für mich. Nicht für den Alten, nicht für Luran Draak, nicht einmal für meinen Vater. Für mich! Dieses Biest würde sterben, durch mich, jetzt. An diesem Abend. Also rannte ich und schrie, verfluchte den Wolf und die Welt, und Nachtgesang stimmte ein Lied an, das den Wald erfüllte, ihn daran erinnerte, dass aus Mut und Taten Legenden geformt werden, die die Zeit überdauern. Von der Eiche aus hörte ich Cals entsetztes Kreischen, während die Welt um mich herum ihre Bedeutung verlor und der Wolf nur noch wenige Schritte von mir entfernt war. Gleich, gleich ...

Dunkelheit senkte sich auf die Welt, Nachtgesang schrie stählern, als ich ausholte. Ich sah das Biest, sah mich und die Zukunft, die ich nicht mehr hatte. Mit einem hohen Pfeifen fuhr der Stahl herab wie ein Blitz, der auf die Erde schießt und dort in vergänglichem, flammendem Ruhm vergeht. Der Wolf bäumte sich auf, Schmerzen, Blut, Tod und ich rammte mitten hinein in dieses Monstrum. Der Aufprall trieb mir die Luft aus den Lungen.

Meine Stunde.

Alles drehte sich, und ich verlor die Orientierung. Aber ich wusste, wo es war, konnte das struppige Fell auf meiner Haut spüren. Irgendwie gelang es mir, mein Schwert zurück in Position zu bringen. Ich ließ es niedergehen, stach, schlug, wütete. Immer und immer wieder. Etwas Warmes benetzte mein Gesicht, ließ Übelkeit in mir aufsteigen. Ich hörte ein fernes Brüllen, bis mir bewusst wurde, dass es mein eigener Schrei war, der nicht abbrechen wollte, während Hieb auf Hieb in unheiliges Fleisch fuhr.

Ein letztes Mal schlug Nachtgesang in den Leib der Kreatur, ehe meine Kraft versagte und ich über meinem Feind zusammenbrach, die Hände endlich vom Griff abrutschten. Schleierhaft sah ich mein Schwert aufragen, bis zur Hälfte der Klinge in der Seite meines intimsten und doch unbekannten Feindes versenkt. Es war vorbei.

Stille.

Unter mir fühlte ich den langsamen Herzschlag des Tieres. Es lebte? So wie Mensch und Tier existierten, bis das Herz anhielt und unsere Seelen in die Halle der Toten oder die Anderswelt gelangten? War es ein Geschöpf der Götter und kein Dämon? Es war deutlich, ja! Ein Herz, Blut, Fleisch, Knochen und Wunden. Aber wie ein langsam verklingendes Lied der Skalden wurde das Pochen unter mir leiser. Schwächer, immer schwächer. Ein kaum zu vernehmendes Pulsieren, das sich bald im Dunkel verlor und gänzlich erstarb.

Schmerzen in der Leistengegend ließen meine Sicht und Wahrnehmung verschwimmen. Fahrig tastete ich mit einer Hand an die Stelle, fühlte an den Fingerspitzen mein eigenes Blut. Um mich herum waren Stimmen, ich hörte sie, verstand aber nicht, was sie sagten. Meine Finger krallten sich panisch in das Fell, das überall um mich herum zu sein schien. Meine Sinne schwanden. Und noch ehe ich vollkommen das Bewusstsein verlor, ging mir durch den Kopf, dass das hier eine verfluchte Menge Tod für einen einzigen Abend war. Dann hörte ich ein höhnisches Lachen, sah helles Haar und ein hochnäsiges Grinsen über mir, ehe mich etwas mit solcher Gewalt im Gesicht traf, dass es das Elend für diesen Tag ein für allemal beendete.

Kälte war das erste, das ich bewusst wieder wahrnahm.

Instinktiv rollte ich mich zusammen, griff mit blinden Händen nach etwas, das mich bedeckte. Ein Fell, dicht und warm. War es noch immer der Wolf, hatte dieser götterverluchte Abend immer noch kein Ende gefunden? Meine Augen öffneten sich. Flackerndes, schwaches Licht. Jemand war an meiner Seite. Ich lag, das bemerkte ich, aber ich war immerhin nicht alleine. Noch ehe ich etwas anderes sehen konnte, starrte ich mitten hinein in stechend blaue Augen. Der Wolf, schoss es mir zuerst in den Sinn, aber diese Augen hier waren … anders. Wie die Offenbarung eines klaren Sommertages strahlten sie mich an. Schmal, geschwungen, rein und wunderschön.

»Du hast lange geschlafen.«

Noch nicht lange genug. Ich wollte wieder die Augen schließen, aber das Blau hielt mich in seinem Bann. Nach und nach schärfte sich mein Blick, und ich wurde einer jungen Frau gewahr, die neben mir auf einer Art Schlafstatt saß. Man hatte mich mit Decken aus Bärenfell eingehüllt, trotzdem fror ich wie ein Verirrter in der nördlichen Eiswüste, wo alles Leben innerhalb weniger Stunden vergeht. Ohne direkt begreifen zu können, ob das Gesicht zu den Augen tatsächlich real war, suchte ich nach Anzeichen, wer derjenige war, der mir in dieser Kälte Gesellschaft leistete. Ein feines Gesicht, leicht nach oben verlaufende Nasenspitze, schmal zusammengekniffene Lippen und ein kleines Kinn – es war ein Mädchen. Einzelne helle Strähnen fielen ihr ins Gesicht, das sie nun schief legte, als würde sie mich mit derselben Neugier betrachten wie ein gefangenes Tier.

»Weißt du, wo du bist?«

Ihre Stimme hatte etwas Beruhigendes, das komplette Gegenteil zu den unnatürlich hellen Augen. Ich wollte antworten, sie fragen, ob die Bestie erschlagen war, aber ich bekam keinen Satz heraus. Stattdessen hustete ich ungeniert und krümmte mich wegen der plötzlichen Anstrengung.

Ihr Mund entspannte sich, während sie ein kleines Lächeln zeigte. »Wer hustet, der lebt.«

Ich konnte immer noch nicht sprechen, fühlte nur, wie mich der Schlaf lockte. Für einen kleinen Moment versuchte ich zu erkennen, was um mich herum war, gab es aber schnell wieder auf. Müdigkeit umfing mich, eine Hand legte sich sanft auf meine Brust.

»Du hast anscheinend noch nicht lange genug geruht. Schlaf weiter. Schlaf. Schlaf.«

Diesem Befehl konnte ich nicht entgehen, die Augen fielen mir erneut zu. Traumlos.

Ich war allein.

Um mich herum war kalter Stein. Wieder flackerte da ein Licht, als ich wach wurde. Eine Fackel, wie ich annahm. Schlagartig setzte die Kälte wieder ein. Meine Rechte krallte sich erneut in das Fell, das sich nicht sonderlich warum anfühlte. Wieso verfolgte mich diese beschissene Kälte überall hin?

Der Raum, in dem mich ich befand, war klein, fast einengend. Schwarzer, grober Stein, eine massive Tür aus Eichenholz an der gegenüberliegenden Wand. Unter größter Mühe stemmte ich mich halb liegend auf. Ja, ich lag noch immer auf einer Schlafstatt von Fellen, obwohl diese blauen Augen gegangen waren, mich alleine in der Kälte zurückgelassen hatten. Es gab kein Anzeichen von Leben in dieser Zelle, Panik stieg in mir auf. Ich wollte nicht alleine sein, nicht jetzt, nicht, während der Frost in meine Knochen kroch und mich lähmte.

»Hallo?« Mein Hals schmerzte, trotzdem wiederholte ich den Ruf. »Ist da wer?«

Niemand antwortete. Angst, nur Angst. Wo zum Teufel war ich? Wo war die Bestie, wo Cal und die Saers, der Wyrc und Brok, dieser irrsinnige Wilde, der mit Messer und Speer auf den der Wolf stürzte.

»Holt mich hier heraus! Lasst mich nicht alleine!«

Mir stiegen Tränen in die Augen. Zweimal, dreimal schrie ich in die Einsamkeit hinein, bis ich wie ein Kind zu heulen begann. Sie durften mich nicht zurücklassen! Die Erinnerungen kamen zurück. Ich hatte das Untier erschlagen, das wusste ich. Der Herzschlag der Bestie nah an meinem eigenen Körper, wie er immer schwächer geworden war, all das Blut. Das konnte ich mir nicht nur eingebildet haben. Ich hatte es getötet!

»Halt die Schnauze, ich hab dich gehört!«, blaffte eine Stimme wie durch einen Traum bis zu mir durch, und ich begann noch heftiger zu weinen, weil da etwas anderes war als meine eigene Angst und die Kälte.

»Holt mich hier raus!«

Ein Schloss klackte an der schweren Tür, die aufschwang. Licht fiel in mein Gefängnis und die Helligkeit ließ mich schmerzhaft blinzeln.

»Wenn du weiter so rumbrüllst«, ließ mich der Schemen im gleißenden Licht wissen, »reiß ich dir deine verdammte Zunge aus dem Hals, du Held. Was denkst du, ob das mehr wehtut, als die Hand abgeschlagen zu bekommen? Willst du einen Vorgeschmack bekommen, ja? Dann brüll nur weiter.«

Ich sank zurück in die Felle. Früher wäre mir eine patzige Antwort eingefallen, mittlerweile war mir jede Unverschämtheit im Keim erfroren.

Alles umsonst. Sie würden mir die Hand nehmen.

ZEHN

Draußen regnete es seit Stunden. Durch eine schmale Fensteröffnung, die zu hoch gelegen war, als dass ich sie mit den Händen hätte erreichen können, hörte ich den Singsang des Regens, der mich mehrmals wieder wegdösen ließ. Ich hatte keine Ahnung, wie spät es am Tag war, weil ich wie ein Geisteskranker zwischen Wachen und Schlafen taumelte. Durch den Schart in der Wand konnte ich nur eine trübe, graue Suppe an Wolken erkennen. Mir war es ohnehin einerlei. Dick eingepackt in die beiden Felle hockte ich auf dem Lager aus Holz, Binsen, Gestank und schlechter Laune und erwartete meinen Richtspruch.

Mir war die Tageszeit ziemlich scheißegal.

Wie lange ich schon in diesem Gefängnis saß, wusste ich nicht. Die vor Kälte starrenden Steinwände umschlossen einen Raum, in dem ich ausgestreckt so eben in alle Richtungen liegen konnte, ohne mir irgendetwas zu stoßen. Bequem war hier nichts, warm noch viel weniger, aber wenigstens hatte ich meine Ruhe. Die Tür öffnete sich nur einmal am Tag und dann auch nur, damit mir der Wachmann, ein stetig gelangweilt wirkender Blondschopf mit zu wenig Gewicht für seinen hohen Wuchs, meine karge Mahlzeit bringen konnte. Ohne mit mir zu reden oder auf Fragen zu reagieren, wie lange ich hier sei, wo meine Gefährten seien, wann ich die Verhandlung erwarten konnte, ob ich Schwurmänner benennen durfte oder wer die junge Frau mit den strahlenden Augen gewesen sei, schob er mir nur einen Wasserschlauch und eine Holzschüssel herüber, in der etwas schwamm, das ich nicht beim Namen nennen konnte. Ich nahm an, man hatte sämtliche Küchenabfälle in einen Topf geworfen, das Ganze zu einer matschigen Masse gestampft, einmal kräftig reingerotzt und dann dem Wachmann übergeben, um mich damit ein wenig zu foltern. Und sah dieser graue Brei schon nicht sonderlich anregend aus, war der Geschmack noch viel schlimmer. Der reinste Schlangenfraß! Auf der anderen Seite: In Zukunft wäre ich froh, als einhändiger Krüppel überhaupt etwas zwischen die Zähne zu bekommen.

Der Gedanke an die Verurteilung, die Klinge, die mir meine Hand nehmen würde, ließ mich in ein Loch fallen, in dem ich es mir, seit ich aufgewacht war, bequem gemacht hatte. Ich wusste nicht, was aus dem Wolf geworden war, ob ich mir das Mädchen mit den blauen Augen lediglich in Fieberträumen ersonnen hatte, um nicht durchzudrehen. Ebenso wenig, wie es um Cal, Raegan, den Alten, Brok oder die Saers stand oder wer sich jetzt über mein Schwert Nachtgesang freuen durfte. Wahrscheinlich dieser arrogante Scheißer, den sie Rodrey genannt hatten.

Was für ein mieser Schweinehund!

Ich erinnerte mich an sein Grinsegesicht, nachdem ich über dem Wolf zusammengebrochen war. Rodrey Boros, das stand für mich mittlerweile fest. Schön, dass ich ihn amüsieren konnte, bevor er mir irgendetwas so brutal ins Gesicht geschlagen hatte, dass ich die gesamte Reise nach Dynfaert verschlief. Eigentlich war das aber unmöglich. Mir tat zwar der Kiefer furchtbar weh, und ich hatte recht bald festgestellt, dass einer meiner Backenzähne locker saß, dennoch konnte mich ein einziger Schlag unmöglich so lange außer Gefecht gesetzt haben. Mir fehlte einfach zu viel Zeit in meiner Erinnerung, und das gefiel mir ganz und gar nicht. Bevor wir den Schwertherren und dem Wolf begegnet waren, hatte der Wyrc gesagt, es seien zwei Tagesreisen bis zu meiner alten Heimat. Bei aller mir gegebenen Faulheit, aber zwei Tage konnte selbst ich nicht verschlafen. War also von dem Untier eine Art Gift ausgegangen, das Körper und Seele in einen tiefen Schlaf versetzte, hatte ich Fieber bekommen oder irgendeine andere unheilige Krankheit? Jemand wusste die Antworten, nur leider war dieser jemand nicht ich.

Meine Wunde knapp links unterhalb des Bauchnabels juckte, aber ich widerstand dem Drang mich einfach zu kratzen. Stattdessen rieb ich um die gut eine Hand breite Stelle herum, machte es aber nur noch schlimmer. Jemand hatte mich sorgfältig versorgt, soviel stand fest. Die Stelle, wo mich die Krallen des Wolfes erwischt hatten, war fachmännisch genäht und gesäubert worden, denn es gab keinerlei Entzündungen oder andere Plagen, vom Jucken einmal abgesehen. Trotz der Größe heilte die Verletzung gut ab, sodass es bald nur noch eine Narbe mehr an meinem Körper wäre. Ich fand es sehr absurd, mich mit derlei Aufmerksamkeit zu behandeln, nur um mir ein paar Tage später die Hand abzuschlagen, was sicherlich eine sehr viel größere Wunde nach sich ziehen dürfte. Wäre mir nicht so elend zumute gewesen, ich hätte glatt drüber lachen können. Nur leider waren die Umstände alles andere als lustig. Man hatte mir all meinen Besitz genommen – Nachtgesang verschwunden, der noble Kettenpanzer weg, Cal ebenso. Ich saß in einer nasskalten Zelle in einem Haufen von Fellen, trug nur meine vor Dreck stehende Tunika, nach Pisse stinkende Beinkleider und Stiefel, die von zu viel getrocknetem Blut reichlich verunstaltet waren. Innerhalb der letzten Wochen war mir ein Bart gewachsen, der ungewohnt kratzte, aber nicht mehr störte. Ich roch mittlerweile so sehr nach totem Vieh, dass sich der Gestank über alle anderen Empfindungen wie ein Leichentuch legte.

Und so hockte ich da und tat das einzige, was mir in den Sinn kam – mich elend fühlen.

Vier lange Tage ging das schon so. Mein Wärter kam, versorgte mich mit dieser Sauerei, die man nur mit viel Wohlwollen als Nahrung betrachten konnte, hielt die Klappe und ließ mich mürrischer zurück als zuvor. Es gab keine Hoffnung auf Besserung, nur das Warten auf den Tag der Verurteilung, der irgendwann kommen musste. Bis auf diese eine Wache ließ sich niemand sehen. Weder Vater, keiner meiner Brüder, nicht der Wyrc, nicht Saer Luran Draak, selbst der Wächter, der gedroht hatte, mir die Zunge aus dem Hals zu reißen, wenn ich nicht ruhig wäre, kam nicht mehr. In meinem Selbstmitleid war ich mir sicher, die ganze Welt hätte mich in diesem Loch vergessen.

Vergessen. Was wohl aus Aideen geworden war? Mein eigentliches Ziel, sie in der Umgebung von Dynfaert zu suchen und, sobald ich sie gefunden hätte, zu verschwinden, war für mich eine Ewigkeit entfernt. Von hier aus würde ich rein gar nichts tun können, war der Fallenstellerin keine Hilfe. Wieso mussten der Draak und seine Männer auch ausgerechnet in denselben Winkeln des Waldes unterwegs gewesen sein wie ich? Konnte es dümmere Zufälle geben als diesen? Gut, ich hätte auch meinem Vater in die Arme laufen können, aber der hätte mich wahrscheinlich nicht verhaften lassen. Oder doch? Immerhin saß ich in diesem Kerker fest, und er war noch kein einziges Mal hier aufgetaucht, obwohl ich bezweifelte, dass er keine Kenntnis von meiner Gefangenschaft hatte. Wenn der Draak es ihm nicht aus Freundschaft gesagt hatte, dann zumindest aus der Pflicht heraus, seinen Than darüber zu informieren, dass einer seiner Krieger in Gefangenschaft saß und demnächst seine Hand verlöre. Auf das Pflichtbewusstsein des Saers konnte man sich verlassen. Nein, Vater wollte nicht kommen, so viel stand fest. Ich konnte es ihm kaum verübeln, fragte mich aber, was ihn mehr Überwindung gekostet hatte: Mich in diesem Loch zu ignorieren oder als Kind dem irren Druiden in die Klauen zu legen, auf dass er mich ohne väterliche Aufsicht ausbildete.

Das Schloss an der Tür klickte lärmend, zum zweiten Mal an diesem Tag. Mein neuer Freund von der Wache war schon hier gewesen und hatte mich mit dieser trüben Köstlichkeit versorgt, was sollte das also? Die Tür schwang auf, ich sah meinen Wärter, aber Blondschopf blieb an der Schwelle stehen und ließ einen anderen, mir noch unbekannten Kerl mit dünnem Haar und Wieselgesicht herein. Beide Wachmänner trugen dicke, knielange Überwürfe aus gehärtetem Leder und Fellmäntel gegen die Kälte in diesem Teil der Burg. Vielleicht wollte der Dürre ja einem seiner Freunde den eingepissten Möchtegernkrieger vorführen. Gut, sollte er. Ich war jenseits irgendeines Stolzes. Als ich jedoch sah, dass der Unbekannte eine Kampfaxt mit kurzem Stiel in der Hand hielt, erschrak ich merklich. Wollte man mir hier in aller Heimlichkeit die Hand abhacken? Mein Körper spannte sich an, ein brennender Klumpen Angst wuchs in der Bauchgegend. Diese feigen Bastarde!

»Auf die Beine«, sagte Wieselgesicht, und ich erkannte seine Stimme als die wieder, die mir gedroht hatte, als ich im Kerker zu mir gekommen war.

Immerhin erinnerte sich irgendjemand an mich.

Nur widerstrebend schälte ich mich aus den Fällen und stand auf. Ich begann zu frösteln, was sicherlich nicht nur an der Kälte lag, die mich nun ohne den Schutz meiner Decken biss.

Der Kerl ließ seine Augen kurz über meine erbärmliche Gestalt huschen. »Du wirst keinen Unsinn versuchen! Wenn du abhaust, fang ich dich ein und reiß dir jeden Fingernagel einzeln raus, ist das klar?«

Nichts war klar. Was wollten die überhaupt von mir? Wenn sie hier waren, um Axtarbeit zu leisten, dann sollten sie es verdammt noch mal hinter sich bringen und mich nicht auch noch in die Kälte schicken.

»Ob das klar ist?«

Ich nickte.

Daraufhin deutete das Wiesel mit seiner Axt auf die Tür. Das war eindeutig. Es wurde also nichts aus einer heimlichen Bestrafung.

Ich ging in der Mitte, Wieselgesicht vor, Blondschopf hinter mir. Sie sagten nichts, aber das war auch gar nicht nötig. Mir war mehr als bewusst, wohin es ging. Und während mich die beiden durch die schmalen Gänge der Festung führten, sprangen meine Empfindungen zwischen Angst und Scham hin und her. Ich wollte nicht so öffentlich gedemütigt werden! Nicht vor ganz Dynfaert, nicht einmal vor der Besatzung der Burg, von denen ich einige sogar kannte. Wie erniedrigend würde es sein, in die Gesichter der Männer und Frauen zu schauen, mit denen ich gelacht und getrunken hatte und die nun alle meiner Schande gewahr würden. Ich konnte ihre angewiderten Mienen vor mir sehen, wie sie den Verbrecher, den Flüchtling, mich voller Abscheu anstarrten.

Das war dann also das Ende meines selbst gewählten Weges. Wie jämmerlich! Ich hatte es einige Wochen in Freiheit ausgehalten, war aber zu dämlich gewesen, mich ordentlich zu verstecken. Vielleicht war es ja sogar die gerechte Bestrafung für einen Krieger, der nicht einmal gerissen genug war, dem Offensichtlichen aus dem Weg zu gehen. Dummheit und Arroganz hatten mich in diese Lage gebracht, in der man mir die Schwerthand abhauen würde, da konnte ich nicht einmal dem Wyrc die Schuld zuschieben. Ich hätte nicht zurück nach Dynfaert gehen dürfen, nicht einmal für Aideen. Aber ich hatte eine Entscheidung getroffen. Eine falsche.

So sah die Lage aus. Das einzige, was ich jetzt noch tun konnte, war, mich nicht selbst zu entehren, indem ich anderen die Schuld für meine eigene Idiotie gab. Für das hier musste ich gerade stehen, ich ganz alleine. Das war ich mir selbst schuldig.

Mir kam der alte Farrid in den Sinn. Er war ein griesgrämiger, zu Trunkenheit neigender Narr mit wucherndem Bart und krummen Beinen gewesen. Früher einmal hatte er die Mühle des Ortes abseits der Gehöfte betrieben, bevor er bei einem Unfall seinen rechten Unterarm verloren hatte und das meiste der Arbeit an seinen Sohn Nael übergegangen war. Man munkelte, er sei im Suff mit dem Arm zwischen die Mühlsteine geraten, und der Wyrc habe Mühe gehabt, den alten Trinker überhaupt am Leben zu halten. Irgendwie hatte er es jedenfalls überstanden, ohne Unterarm, dafür aber mit noch mehr Durst. Seit diesem Zeitpunkt sah man ihn oft in Dynfaert unterwegs, immer von einem Bier zum nächsten. Obwohl ich damals noch ein Kind gewesen war, konnte ich mich gut an seine Erzählungen in der Halle meines Vaters erinnern. Wenn Farrid allzu betrunken war, und das kam oft vor, hatte er ohne Unterlass geschworen, dass er an manchen Tagen noch seine Hand spüren könnte, ganz so als habe er sie einfach nur verlegt. Dann tat es weh, sagte er, wie ein längst vergessener Schmerz in den Knochen. Damals hätte ich mir nie erträumen lassen, dass ich eines Tages dasselbe Problem haben würde.

Mittlerweile waren wir in Bereiche der Burg vorgedrungen, die ich kannte. Meine Bewacher und ich waren zweimal über steile Treppen nach oben gestiegen, was mich zum dem Schluss kommen ließ, dass der Kerker in den untersten Ebenen des Hauptturms gelegen haben musste. Bis dorthin hatte es mich noch nie verschlagen, war ich doch vorher lediglich wegen einiger Botengänge für die Wache von Dynfaert hier gewesen. Von daher erkannte ich auch nach und nach einige der Gänge und wunderte mich schließlich nicht, als wir bald darauf die Vorhalle erreichten.

Die Festung des Draak trug keinen wirklichen Namen. Manche in Dynfaert nannten sie einfach nur den Zahn, da man bei klarer Sicht an bestimmten Orten des Dorfes einen Blick auf die höher gelegene Festung erhaschen konnte, die sich eben vom Rest des Vorgebirges abzeichnete wie ein Zahn in einem morschen Gebiss. Der Aufstieg war eine mühevolle Angelegenheit, weil ein gnadenloser Wind über den gewundenen Pfad pfiff, der einen immer höher bis vor das Tor der Festung führte, das drei Männer zugleich öffnen mussten. Stand man am Fuße der Burg, kam man nicht umhin, sie mit den dunklen Steinen, sicherlich zehn Schritt hohen Mauern und ihren zwei steilen Türmen als ebenso bedrückend wie hässlich zu bezeichnen. Und überall fand man groteske Statuen in den Stein gehauen, die Wesen zeigten, die ich nicht beim Namen nennen konnte. Wächter in Stein einer ohnehin schon beinahe uneinnehmbaren Festung. Wann dieses finstere Bollwerk errichtet wurde, wusste niemand so recht, obwohl Bruder Naan, der junuitische Priester von Dynfaert, steif und fest behauptete, es sei eine Konstruktion der Ynaar. Zwar hatte ich noch nie zuvor ein Gebäude der Ynaar gesehen, aber man sagte sich, sie seien vollkommen und von einer Anmut, die Menschen heute nicht mehr zu errichten wussten. All das traf auf die Burg des Draak ganz gewiss nicht zu. Sie war massiv und bedrohlich wie das Gebirge selbst, an dessen Anfang sie thronte und das sich im Rücken der Mauern bis in den Himmel zog, als sei es der schlafende Gigantenvater dieses Bauwerkes.

Hier in der Vorhalle, so wusste ich, ging es rechts durch ein zweimal mannshohes Doppeltor zum Innenhof, wo sich die Krieger und Saers für gewöhnlich nahe der Schmiede und einer Trinkhütte im Waffengang übten. Wie oft hatte ich dort im Sommer im Stroh gesessen, meine Pflichten Pflichten sein lassen, einen Becher Bier in der Hand und in Gedanken die Schrittfolge einiger junger Saers korrigiert und mich an ihre Stelle gewünscht. Der Gesang von Schwertklingen, die aufeinander trafen, das dumpfe Pochen von Holzschilden, die sie abfingen, raues Gelächter von höher stehenden Männern und der Geruch des Strohs und Schmiedefeuers erfüllten meine Erinnerungen, und mir wurde elend zumute, wenn ich daran dachte, dass heute das einzige Geräusch an eben jenem Ort mein eigener Schmerzensschrei sein würde.

Ich bereitete mich schon darauf vor, Blondschopf nach rechts zu folgen, straffte meine Schultern, aber zu meiner Überraschung bog er nach links ab, wo vier Stufen zu einer höher gelegenen Ebene der Burg führten. Dort war ich noch nie gewesen, allerhöchstens den kleinen Gang an der Nordwand entlang, wo es zum Quartiermeister ging, mit dem ich oft wegen Nachschubs an Messern und Speerspitzen zu tun hatte. Aber nach links? Kurz schielte ich über die Schulter zum Tor. Vielleicht wollte auch einfach niemand bei diesem Sauwetter eine Bestrafung im Freien durchführen, es wäre nur zu verständlich.

Wir passierten eine Gruppe von Waschweibern, die respektvoll an die Wand wichen. Einige der Frauen warfen mir Blicke zu, die von mitleidig bis angewidert reichten. Kein Wunder. In ihren Weidenkörben voller frischer Wäsche roch es nach Seife, dann kam ich Waldschrat daher, und eine giftige Wolke aus altem Schweiß und Pisse folgte mir auf dem Fuße. Wie tief war ich nur gefallen?

Bald darauf hielten die beiden Wachen an, sodass mir unangenehme Begegnungen mit weiteren Menschen vorerst erspart blieben. Träge sah ich mich um. Wir hatten einen breiten Korridor erreicht, der zu zwei Seiten abgabelte. An den Verzweigungen standen jeweils zwei Männer in armierten Lederkollern, mit Schild und Speer bewaffnet, als seien sie dort festgewachsen. Wieselgesicht hielt schließlich auf den rechten Gang zu, was die Wachen dort veranlasste, den Weg zur Tür zu versperren.

»Ich bringe den Gefangenen«, sagte das Wiesel, wobei er seine Handaxt hinter seinen Gürtel zurücksteckte.

Ohne eine Erwiderung traten die Wachen daraufhin zur Seite. Man hatte mich also erwartet, auch gut. Wieselgesicht öffnete die Tür, und der Dürre hinter mir stieß mich mit Nachdruck nach vorne. Als wir schließlich eintraten, wusste ich zwar nicht, was genau ich erwartet hatte, aber das hier ganz sicher nicht.

VERURTEILT

Der Draak speiste alleine. An einem kleinen Tisch, dessen kunstvolle, geschmeidige Schnitzungen an den Kanten Raegan den puren Neid ins Gesicht getrieben hätten, saß er, eine Platte mit Fleischscheiben und Käse vor sich. Gerade als wir eintraten, trank er Südwein aus einem schweren Silberbecher. Ich wusste, dass er solche Tropfen bevorzugte, da sie für ihn so etwas wie den Geschmack der Heimat verkörperten. Langsam setzte mein Lehnsherr den Pokal ab, seine graue Augen ruhten einzig und alleine auf mir.

Eine wohlige Wärme schlug mir entgegen, kein Vergleich zu meinem zugigen Gefängnis in den unteren Ebenen. Eine Kohlepfanne stand im Raum, der so etwas wie ein Rückzugsort für den Herrn der Burg war. Es gab eine einzelne Fensteröffnung im Rücken des Saers, aber diese war mit milchigem Glas ausgebaut. Glas! Ich hatte noch nie welches gesehen, nur davon gehört, dass man daraus Behälter und Abgrenzungen für Fenster machen konnte. Wie genau, wusste ich nicht, was mir aber auch egal war. Viel beeindruckender blieb die Tatsache, dass es selten war und dass es einen nicht zu unterschätzenden Luxus in dieser Burg gab, von dem ich vorher nichts geahnt hatte. Auch die Wände, durch die Kälte einziehen konnte, hatte man geschützt. Dafür hingen schwere Teppiche an massiven Leisten von der Decke bis zum Boden. Verglich ich den Raum mit meiner Kerkerzelle, in der ich die letzten Tage gehaust hatte, wurden Reichtum und Annehmlichkeiten umso deutlicher. Es gab eben die am oberen und die am unteren Ende. Nun wusste ich jedenfalls unmissverständlich, wo ich stand.

Flüchtig streifte der Draak Wieselgesicht und Blondschopf. »Lasst uns alleine.«

»Wie Ihr wünscht, Herr.« Ich drehte mich nicht um, hörte aber, wie sich die beiden zurückzogen und die Tür geschlossen wurde.

Der Draak trug ein knielanges Wams aus grobem, grünem Leinen und Lederbeinlinge, aber nicht sein Schwert gegürtet. Immerhin ein halbwegs freundlicher Empfang. Von seinem Mahl abgelenkt, wendete er sich sitzend ein wenig zu mir um. Ich versuchte auf seiner Miene irgendein Anzeichen dafür zu finden, wie es um seine Laune bestellt war, jetzt da er mich sah, fand aber nichts. Sein Gesicht war unbewegt, ernst wie das einer der steinernen Wächter an den Festungsmauern.

»Deine Verletzung ist abgeheilt?«, fragte er schließlich.

»Ja, Saer.«

»Und das Fieber?«

»Ist gegangen, Herr.«

»Gut.« Luran Draak betrachtete ein Stück Käse in seiner Hand, bevor er es zurück auf den Teller legte. »Niemand konnte genau sagen, was für ein übler Zauber dich gefangen hielt, aber vier Tage scheinen ausgereicht zu haben.«

Er fischte sich ein Stück gebratene Fleischscheibe von der Platte und verspeiste sie ohne Hast. Mein Magen knurrte bei dem Anblick, hatte mich der widerwärtige Brei, den man mir vorsetzte, doch lediglich am Leben gehalten, aber bestimmt nicht gesättigt. Dem Draak blieb mein gieriger Blick auf Fleisch und Käse nicht verborgen. Eine Augenbraue hob sich bei ihm, warf die Stirn in leichte Falten. Dann stand er noch kauend auf, nahm den Pokal aus Silber und deutete mit der freien Hand auf die Speisen an seinem Platz.

Trotz eines inneren Drangs, mich direkt auf das Essen zu stürzen, hielt ich mich zurück. »Das ist Euer Essen, Saer.«

Ein Schmunzeln erwachte auf dem oft stillen Gesicht des Saers. »Mir ist der Hunger vergangen. Glaube mir, Junge, es ist ein Segen, sich nur selten selbst riechen zu können.«

Als Frau wäre ich wohl errötet, als Mann blieb mir nur der Blick gen Boden. »Verzeiht, Herr.«

Er zuckte nur die Schultern, deutete weiterhin auf das Mahl, ehe ich mich dazu durchrang, mir eine Scheibe Fleisch und ein großes Stück Käse zu nehmen. Ich begann bewusst langsam zu essen, weil ich mich nicht unbedingt auch noch wie eine Wildsau verhalten wollte, wenn ich schon wie eine stank. Luran Draak ging daraufhin an das Fenster, schaute durch das trübe Glas hinaus in den Regen. Er ließ ein Schweigen zwischen uns, das bald wie ein Kettenpanzer auf mir lastete. Mir war nicht klar, ob er wollte, dass ich etwas sagte, oder ob er einfach nur nachdachte.

Mit dem Geschmack von Fleisch und Käse auf der Zunge, kam mir Cal in den Sinn. Das arme Ding hatte so etwas gewiss seit Ewigkeiten nicht mehr genießen können.

»Darf ich fragen, was aus meiner Sklavin geworden ist?«, wagte ich endlich zu sprechen.

Der Draak blieb am Fenster. »Man hat sich um sie gekümmert. Stavis Wallec nahm sich ihrer an.«

Das war doch der Saer gewesen, der sich mit mir ein Wortgefecht geliefert hatte. Was bei ihm wohl sich ihrer angenommen zu bedeuten hatte? Wie der Draak es sagte, klang es zumindest halbwegs beruhigend. Eine Sorge also für mich weniger. Blieb eine andere.

»Und der Wolf?«

Diesmal antwortete der Saer nicht sofort. Stattdessen verweilte er noch kurz am Fenster, bis er sich umdrehte, einen Schluck trank und mich dann ansah. »Tot.«

Ich hörte auf zu kauen, erwiderte den Blick des Saers. Also hatte ich es tatsächlich geschafft, und der langsamer werdende Herzschlag unter mir an diesem Abend war kein grausamer Traum gewesen. Seltsamerweise verspürte ich nicht einmal ansatzweise so etwas wie Stolz.

»Du wirkst nicht sehr erfreut.«

Ich kaute den Rest des Fleisches und schluckte es hinunter, ehe ich antwortete. »Ich bin Euer Gefangener, Herr, und mein Vater hat mich verstoßen.« Die Worte fühlten sich bitter in meinem Mund an und ruinierten den Geschmack des kalten Fleischs. »Ich habe einen hohen Preis für diesen Sieg bezahlt.«

»Womöglich.«

In der düsteren Einsamkeit meiner klammen Zelle hatte ich vergessen, wie wortkarg der Saer von Dynfaert sein konnte. Und auch, wie sehr manche Antworten schmerzen konnten. Womöglich. Also würde mir diese Tat am Ende rein gar nichts bringen. Mit einer Mistgabel statt eines Schwertes in der Hand, würden alle im Dorf wahrscheinlich feiern und saufen, bis die ersten an ihrem eigenen Erbrochenen erstickten, mein Name wäre in aller Munde. So aber machte ich mit etwas Bekanntschaft, das mächtiger als jede Tat zu sein schien:

Gesetze.

»Was soll ich nur mit dir machen, Ayrik?« Der Draak sah mich forschend an. Ich entschied, dass es vielleicht an der Zeit für etwas Kühnheit war. »Mit Verlaub, Herr, lasst mich gehen. Noch vor Sonnenuntergang bin ich verschwunden und Ihr werdet mich nie wieder sehen.« Es war nicht direkt ein Lachen, das der Saer zeigte, aber seine Mundwinkel zuckten merklich. »Ich weiß, dass ich gegen königliches Gesetz verstoßen habe«, fuhr ich fort, ehe mich Luran Draak unterbrechen würde. »Und ich weiß auch, welche Strafe darauf steht, unrechtmäßig ein Schwert zu führen. Aber ich habe diesem Dorf, vielleicht dem ganzen Umland, einen Dienst erwiesen, Saer Luran. Das Untier hat viele Menschenleben beendet, und Eure Vasallen trauten sich kaum noch auf die Felder. Nun aber kann das Leben weitergehen. Ich verlange natürlich keine Sonderbehandlung, trotzdem ...« Ich hob hilflos die Arme. Was hätte ich denn noch vollbringen müssen, um der Verurteilung zu entgehen? Den Wolf zähmen?

Ehe er etwas darauf erwiderte, trank der Draak erneut. »Vielleicht war dein Dienst zu groß.«

»Herr?«

Luran Draak schien einige Momente durch mich hindurch zu sehen. Dann blinzelte er und seufzte hörbar. »Ayrik, wenn es nach mir ginge, dann würde ich dir dein Schwert zurückgeben, dir alles Gute wünschen, vergessen, dich jemals gesehen zu haben und dich deiner Wege ziehen lassen. Junus weiß um deine Taten und auch, woher du diese Klinge hast, die dir von Rechts wegen nicht zusteht. Ich würde dich gehen lassen, nicht nur aus Freundschaft zu deinem Vater, sondern weil du es dir verdient hast.«

Wer, wenn nicht der Herr des Landes sollte darüber entscheiden? Ich wich unwillkürlich einen Schritt zurück, als ich den traurigen Blick des Draak sah.

»Aber diese Entscheidung ist nicht mehr die meine.« Er sah zur Tür. »Wachen!« Die zwei Bewaffneten traten ein, und mir brach der Schweiß aus. »Bringt den Thansohn in die Waschstube. Besorgt eine frische Tunika und neue Hosen. Und wenn ihr Stiefel in seiner Größe findet, dann gebt sie ihm ebenso.« Die grauen Augen des Draak ruhten wieder auf mir. »Er soll nicht wie ein Wilder aussehen, wenn die Königin über ihn richtet.«

Ich glotzte den Draak entgeistert an.

»Ich sagte ja, deine Tat sei vielleicht zu groß, Ayrik.«

Ich weiß nicht, was mich mehr beunruhigte: Die Tatsache, dass die Hochkönigin von mir wusste, oder der traurige Tonfall des Saers von Dynfaert.

Wie konnte ich verdammter Idiot das nur vergessen haben?

Die Anwesenheit der Königin an ihrem nördlichsten Hof Fortenskyte, die Bruderschaft der Alier und all die anderen Saers, die sich im Hofstaat tummelten und sich jetzt von Langeweile geplagt in der Umgebung herumtrieben, waren doch erst der Grund gewesen, warum ich damals Raegans Hütte verlassen und mich so überstürzt in die Wildnis geschlagen hatte! Ich wollte keinem von ihnen in die Hände laufen, war stattdessen in die Hohe Wacht geflüchtet, nur um am Ende von Luran Draak und den Saers der Bruderschaft festgesetzt zu werden.

Was sich mir allerdings immer noch nicht erschloss, war die Tatsache, warum die Königin höchstpersönlich über mein Schicksal entscheiden wollte. Die Beherrscherin des Nordens und Südens, Hochkönigin über ganz Anarien, göttliche Nachfolgerin Junus', über jeden Zweifel erhaben – zum Teufel, hatte sie nichts Besseres zu tun? Die Königin war für mich einfachen Mann mehr eine mystische Gestalt als eine tatsächlich lebende Person, die sich nicht mit so weltlichen Dingen wie Verbrechen zu beschäftigten hatte.

Aber was half schon Grübeln? Wenn eine Königin ruft, springt der Untertan. Enea von Rhynhaven würde den Richtspruch fällen. Ich hatte es zu akzeptieren.

Wenigstens bekam ich ein warmes Bad und saubere Kleidung, ehe man mich aburteilte. Ein kleiner Sieg in diesen Tagen, in denen ich von einem Schlamassel in den nächsten taumelte. Obwohl es schon befremdlich war, von bewaffneten Wachen dabei beobachtet zu werden, wie man sich wusch. Einige Weiber hatten Wasser erhitzt, es in einen Waschzuber geschüttet, der in einem beheizten Raum stand, den man anscheinend nur für die Körperpflege nutzte. Ich sah so etwas zum ersten Mal in meinem Leben. Unten im Dorf wusch man sich zu jeder Jahreszeit mit Regenwasser, das in großen Fässern vor den Hütten und Häusern gesammelt wurde, und damit hatte sich die Körperpflege in der Regel erschöpft. In diesem Raum jedoch war es so warm, dass Dampf in der Luft hing und man schon zu schwitzen begann, ehe man überhaupt in den Zuber gestiegen war. Es gab Öle und Pasten der unterschiedlichsten Gerüche, aber da ich keine Ahnung hatte, wofür das alles gut war, ignorierte ich das Zeug und hielt mich an einen Klumpen Seife, der auf einer hölzernen Ablage des Zubers lag. Es tat gut, sich den Schmutz und den Schweiß von Wochen in der Wildnis abwaschen zu können, und zum ersten Mal seit sehr langer Zeit fühlte ich mich wieder wie ein Mensch. Bereits nach kurzer Zeit war das Wasser im Zuber trüb vor Dreck, der vorher an mir geklebt hatte, aber es störte mich nicht. Ich lag in dieser warmen, fiesen Brühe und genoss Momente des Friedens.

Schließlich aber gab mir eine der Wachen recht deutlich zu verstehen, dass ich lange genug Zeit gehabt hatte. Er stieß mit seinem Speerschaft gegen den Bauch des Zubers und meinte, ich solle meinen Arsch aus dem Wasser bewegen. Auf meine Frage, ob ich mich rasieren dürfte, lachte er nur und erwiderte, dass er gewiss nicht dämlich genug wäre, mir Verbrecher ein Messer in die Hand zu drücken.

Man vergaß bei einem heißen Bad nur zu schnell, wo man in der Welt stand.

Ein weiterer Wachmann hatte dem Befehl des Draak gehorcht und kehrte mit frischer Kleidung für mich in den Waschraum zurück. Kurz freute ich mich diebisch darüber, dass ich ganze drei Wachen in Schach hielt, nur damit ich gut duftend vor die Königin treten konnte, ehe mir bewusst wurde, dass es auch sicherlich drei oder mehr Mann bedurfte, um mir die Hand abzuschlagen. Schlagartig verlor ich jede Begeisterung über die neu gewonnene Aufmerksamkeit.

Also schlüpfte ich in eine weinrote Tunika, die an Saum und Kragen mit Stickereien versehen war und sicherlich um einiges kostbarer sein dürfte als meine eigentliche Kleidung, und versuchte nicht daran zu denken, was mich heute noch erwartete. Die Beinlinge bestanden aus Wolle, braun, schlicht und für einen Mann gemacht, der deutlich längere Beine hatte als ich. Wenigstens passten die Lederstiefel, sodass ich die Hose in die Schäfte stopfte, damit ich nicht vor die Königin stolpern musste. In diesem Waschraum gab es sogar einen Spiegel, für dessen Preis man wahrscheinlich Nahrung für einen ganzen Monat erstehen konnte. Die beschlagene Oberfläche wischte ich mit dem Ärmel meiner Tunika frei, um mein Spiegelbild zu betrachten. Ich hätte es besser gelassen. Meine Lippen waren von der ständigen Kälte in der Wildnis eingerissen, tiefe Ringe zeichneten sich unter meinen Augen ab und ließen mich noch abgerissener aussehen, als es der nicht gestutzte Bart ohnehin schon schaffte. Mehrere verschorfte Kratzer verunstalteten mein Gesicht an Wange und Augenbrauen, und hinter den Bartstoppeln konnte ich an meinem Kiefer eine abklingende Schwellung feststellen. Meine Haare waren in letzter Zeit ein Stück gewachsen, sodass ich sie mir, nass wie sie gerade waren, kurz entschlossen nach hinten strich und einige Strähnen hinter die Ohren schob. So wie ich aussah, würde kein Mädchen Atemnot bei meinem Anblick bekommen. Das Exil hatte einen weiteren Preis gefordert.

Als ich fertig war, führten mich meine persönlichen Wachen wieder durch die Burg. Dort, wo es zum Zimmer ging, in dem mich der Draak empfangen hatte, nahmen sie nun die linke Abzweigung. Nach einigen Schritten verbreiterte sich dieser Korridor und endete vor einem größeren Tor, vor dem ebenfalls Wachen standen. Aber diese hier machten einen ganz anderen Eindruck als die Männer des Draak. Beide Krieger waren komplett in schwarz gehüllte, Respekt einflößende Gestalten, deren Gesichter Maskenhelme mit einem engmaschigen Kettengeflecht, das am Nasenschutz befestigt war und bis auf die Brust fiel, verbargen. Ebenso eingeschwärzt wie die Helme waren die Glieder ihrer Kettenhemden, die Ledermäntel, Hosen, Stiefel und selbst die gesteppten Wämser, die an den Kragen der Harnische überstanden. Blau zeichnete sich das Zeichen der Flamme, die Insignien des Königshauses von Rhynhaven, auf den schwarzen Rundschilden ab. Unwillkürlich wich ich vor diesen Männern zurück, die mich nicht nur durch ihre eindrucksvolle Bewaffnung aus Stoßspeer sowie Langmesser und Axt am Gürtel vorsichtig machten. Das hier waren die Soldaten der Königin, die unter den Saers der Bruderschaft in ihrer Haustruppe dienten. Männer, die mich Aufschneider mühelos in Stücke hauen würden.

Und im Schatten dieser zwei Elitesoldaten ließ man uns schließlich warten. Ich begann zu zittern.

Eine der königlichen Wachen schlüpfte durch die Tür in den Raum dahinter und kehrte wenige Augenblicke zurück. Der Krieger sagte kein Wort, was wohl bedeutete, ich solle warten. Und das tat ich.

In meinem Magen tobte ein Krieg, den ich zu verlieren drohte. Ich wollte meine Hand nicht verlieren, verdammt noch mal! Aber ebenso wenig gefiel mir die Vorstellung, Angst davor zu haben. Ich hatte den Wolf von Dynfaert erschlagen. Ich! Keiner der hoch gelobten Saers, nicht Brok von den Klea, kein Luran Draak und auch nicht einer dieser schwarz gerüsteten Krieger aus der Haustruppe. Ayrik war es gewesen, ein einfacher Mann, der nur deswegen im Dreck gelandet war, weil er gegen ein Gesetz verstoßen hatte, das ohnehin niemand so recht verstand.

Es dauerte eine Weile, aber dann wurde die Tür von innerhalb des Raumes geöffnet und schwang lautlos auf. Meine beiden Bewacher machten keine Anstalten hineinzugehen, und ein Blick zu ihnen gab mir zu verstehen, warum. Der Rechte von ihnen nickte in Richtung Tür, und ich ging, obwohl meine Beine den Dienst versagen wollten, während die beiden zurückblieben.

Alleine. Damit hatte ich wenigstens Erfahrung.

Als ich über die Schwelle getreten war, schlossen Krieger, die ebenso gerüstet waren wie ihre Kameraden im Gang, die Tür und ließen mich in einer Welt zurück, die ich so noch nie gesehen hatte. Nur einen kleinen Moment gönnte ich mir, um mich umzusehen, während mein Herz so hart hämmerte, dass es jeden Moment durch den Brustkorb brechen müsste. Ich befand mich in der Großen Halle der Festung, keine Frage. Die gewölbte Decke, die sich gewiss acht, neun Schritt über mir befand, war mit einem einzigen, gewaltigen Bild verziert, das ich mir jedoch nicht genauer ansehen konnte, denn meine Augen wollten sich nicht entscheiden, wohin sie zuerst schauen sollten. Die Halle war noch weitläufiger und um einiges prächtiger als die meines Vaters in Dynfaert. Sie war sicherlich fünfzehn Schritte breit und doppelt so lang. An der linken Wand hingen Standarten, die ich nicht einordnen konnte, obwohl ich meinte, eine von ihnen als den aufbäumenden Drachen des Draak erkannt zu haben, während die rechte mit einer Reihe von farbigen Glasfenstern geschmückt war, die beinahe mannshoch waren. Auch hier spendeten Kohlebecken Wärme, selbst wenn sie aufgrund der schieren Größe der Halle nicht so deutlich zu spüren war wie im Zimmer des Saers von Dynfaert. Man hatte zwei lange Tafeln aufgestellt, linker- und rechterhand, an denen einiges an Kriegsvolk und andere Männer saßen. Dazwischen bildete sich eine Art Korridor, der bis zu einer Empore am anderen Ende der Halle führte. Und dort, über allen anderen, thronte die Hochkönigin von Anarien mit den Männern der Bruderschaft der Alier.

Sämtliche Gespräche erstarben in dem Moment, da die Tür hinter mir geschlossen wurde. Es wurde sehr, sehr still. Drückend still.

Übelkeit stieg in mir auf.

Von meiner Position aus war die Königin lediglich eine in blauschwarz gehüllte Gestalt, umgeben von sechs gerüsteten Männern in Schwarz – die Saers der Bruderschaft, wie ich an den Mänteln, ihren geschwärzten Kettenhemden und Plattenteilen an Schultern, Oberarmen und Schienbeinen erkannte. Sie trugen als einzige in dieser Halle, von den Wachen am Tor abgesehen, Waffen – Schwerter, die in zahllosen Liedern besungen wurden. Stavis Wallec sah ich dort unter ihnen, wie er grinste, als ich ihn bemerkte und mich fragte, wo Cal in dem Moment sein mochte. Zu der Linken der Königin saß eine weitere Frau auf einem schlichten Thron aus fast weißem Holz, das ich bis zu diesem Zeitpunkt noch nicht gesehen hatte. Ich war erschlagen von Eindrücken und Furcht, dass ich den Wink der Königin fast übersah.

»Tritt näher an den Thron, Ayrik Rendelssohn«, erschallte die Stimme eines Saers neben ihr.

Langsam setzte ich mich in Bewegung, die Blicke der Versammelten folgten mir. Wie in einem Traum erkannte ich, dass links anscheinend Adelsvolk sitzen musste, denn ich sah teure Tuniken, verziert an Kragen und Ärmelsaum. Hohe Damen, Kirchenleute, alles von Rang und Namen hatte sich eingefunden. Auch

Rodrey Boros, der arrogante Jüngling, saß dort nicht weit weg, ignorierte mich aber vollkommen. An der rechten Tafel hingegen lagerten gemeine Männer, und mir wurde heiß und kalt, als ich viele von ihnen erkannte. Allen voran meinen Vater. Sie waren gekommen. Vater, Rendel der Jüngere, Keyn, Beorn und einige Axtmänner meines alten Herrn. Selbst der Wyrc und Brok, von einer hässlichen Narbe im Gesicht verunstaltet, hockten dort.

Und alle Augen, ob nun adlig oder nicht, ruhten auf mir, wobei ich die Blicke nicht zu deuten wusste. War es Besorgnis? Die Miene Vaters jedenfalls war wie eingefroren, ernst und hart wie eh und je.

Meine Beine wollten nachgeben, und ich wagte mich kaum näher an die Empore heran. Wieso musste man mich vor aller Augen demütigen, verdammt? Die Schande, meine Hand zu verlieren, wäre schon so groß genug. So aber konnte ganz Dynfaert daran teilhaben.

Ich richtete meine Augen auf die Königin und jene, die sie umlagerten. Enea, die Herrscherin über Anarien, war eine kühle Schönheit in den Vierzigern. Ihr Haar war gelockt, hell und zu einer kunstvollen Frisur aus Zöpfen und Strähnen hochgesteckt. Ihr Mund war ein Stück zu breit, als dass man ihn klassisch schön nennen konnte, nun zu einem Strich zusammengepresst. Scharf geschwungene Brauen lagen über Augen, die so blau waren, dass es übermenschlich wirkte.

Und plötzlich dämmerte es mir.

Das war unmöglich! Dasselbe unnatürliche Blau, wie ich es bei dem Mädchen zu träumen gemeint hatte, als ich wie im Wahn in meiner Zelle lag und sie aus weiter Ferne zu mir sprach, funkelte mich jetzt aus den Augen der Hochkönigin an. Beinahe wäre ich gestrauchelt. Dann erkannte ich die Frau an der Seite der Königin und verstand. Auf dem Thron aus weißem Holz saß das Mädchen, das bei mir gewesen war. Die Haare ihrer Mutter, ebenso schlank, aber von einer Aura der Wildheit umgeben und nun sehr real. Sie trug ein schlichtes Kleid in Schwarz und Blau aus einem Stoff, den ich nicht kannte, fließend weich und glänzend, und über diesem einen Überwurf aus feinem Schwarz. Ebenso wie bei ihrer hohen Mutter ruhte ein schmales Band aus purem Silber auf ihrer Stirn. Ich verstand und fiel vor der Empore auf die Knie, ohne dass ich es bewusst gewollt hätte.

Ich senkte das Haupt vor Hochkönigin Enea und ihrer einzigen Tochter, der Erbin des Throns von Rhynhaven und künftigen Herrin über alle Länder Anariens.

»Erhebe dich, Ayrik Rendelssohn«, drang die warme Stimme der Königin zu mir, die im krassen Gegensatz zu ihrer herrschaftlichen, unnahbaren Art stand.

Ich tat, wie geheißen, wusste aber nicht wohin mit mir, geschweige denn ein Wort zu sprechen.

»Wie steht es mit deiner Verletzung, hat man dich gut versorgt?«

Ich blinzelte irritiert, ehe ich meine Stimme wieder fand. Schon wieder jemand, der sich nach meiner Gesundheit erkundigte. »Sie heilt gut, meine Königin.«

Jetzt hoben sich die Mundwinkel Eneas, und ich war überrascht, wie gut ihr dieses Lächeln stand. Es passte sehr viel besser zu den Lippen und den Grübchen, die sich an ihren Wangen bildeten. »Wie du sicherlich schon bemerkt hast, habe ich deine Gefährten und deine Sippe kommen lassen«, fuhr sie fort. »Dein Vater ist der Than der Hofgemeinschaft am Fuße der Festung?«

»Ja, meine Königin.«

»Und du bist ein Krieger in seinen Diensten?«

»Ich war es zumindest, meine Königin.«

Sie lehnte sich in ihren Thron und maß mich mit einem scharfen Blick aus diesen überirdischen Augen. »Ich bin überrascht, dass der Than von Dynfaert seine Männer mit Schwertern ausrüstet. Schwertern, die den Saers des Reiches seit vielen Jahren von Gesetzes wegen vorbehalten sind.«

»So ist es nicht, Herrin«, protestierte ich und verfluchte mich still selbst, so aufbrausend gewesen zu sein. »Mein Vater wusste nichts davon. Ich habe das Schwert eigenmächtig an mich genommen und wollte das Lehen verlassen, ehe ich ihm Schande bereiten konnte.«

Das stimmte zwar nicht genau, aber ich hatte meinem Vater schon genug Schwierigkeiten gemacht. Ich wollte ihn nicht auch noch mit in diese Angelegenheit ziehen, selbst wenn die Vergessenen wussten, wie groß seine Schuld an diesem Unglück ausfiel. Aber er war und blieb mein Vater. Ich würde ihn nicht verraten.

»War es diese Waffe hier?«, fragte sie und ließ sich von einem ihrer verschworenen Saers in Schwarz, wie ich erkannte, war es der Fette aus dem Wald, Nachtgesang, das in der Scheide am Schwertgehänge ruhte, reichen. Also hatte es Rodrey Boros nicht in die Finger bekommen. Fast war ich erleichtert.

Ich nickte. »Das ist mein Schwert, Herrin.«

Zu meiner Überraschung zog Enea die Klinge blank, betrachtete den Stahl, als würde sie so etwas zum ersten Mal sehen. Wie ich feststellen konnte, hatte man die Klinge nicht nur vom Blut der Bestie gereinigt, sondern auch die Rostflecken abgeschliffen.

»Die Schwerter meiner Saers haben Namen«, sagte sie und fuhr mit einem Finger über die Oberfläche des Stahls. »Verrate mir, Ayrik Rendelssohn, wie ruft man deine Klinge?«

Ich zögerte. «Nachtgesang, meine Königin.«

Was sollte das?

Wieder lächelte sie, senkte dabei das Schwert, bis die Spitze den Boden berührte. »Nacht und Gesang. Trefflich.« Ich schaute zur Seite fort. Mir war so elend zu Mute. »Denn über jene Nacht, in der du diese Bestie erschlugst, wird man singen.« Ich traute meinen Ohren kaum und hob wieder den Blick. »Oh, bist du überrascht, dass ich davon weiß?« Sie ließ sich zu einem kleinen Lachen hinreißen, das beinahe ansteckend war. »Meine Tochter Sanna hat die Angewohnheit sich in Kreisen zu bewegen, die der Prinzessin von Rhynhaven nicht gut stehen, aber manchmal fördert sie durch dieses unschickliche Verhalten sehr Interessantes zutage.«

Sanna. Meine Augen huschten zur Thronfolgerin, und sie erwiderte meinen Blick, ehe sie mit einem winzigen Lächeln nickte.

»Sie hatte von einem Mann gehört, einem einfachen Manne, der in den Wäldern ein Untier von enormer Macht erschlug«, sprach die Hochkönigin weiter, sodass sich mein Blick erneut auf sie legte. »Gerüchte über diese Kreatur waren mir schon früher zu Ohren gekommen, als meine Saers der Bruderschaft um Erlaubnis baten, das nahe Umland nach diesem Schrecken zu durchsuchen.« Unerwartet nahm ihre Stimme einen schneidenden Tonfall an. »Dieselben Saers, die es nicht für nötig hielten, ihre Hochkönigin darüber zu informieren, dass es letztlich ein Freimann gewesen war, der dieser Gefahr ein Ende bereitete.«

Die Männer der Bruderschaft dort oben auf der Empore starrten unbewegt geradeaus, die Züge wie versteinert. Ich hatte mir gerade jede Menge Freunde gemacht.

»Und auch dein Herr, Saer Luran Draak vom See, schien von plötzlicher Vergesslichkeit geplagt zu sein«, sagte Enea weiter. »Und das, obwohl ich mir sicher bin, dass er kaum älter ist als ich selbst. Ich vergesse jedoch nichts.«

Jetzt breitete sich eine unangenehme Stille aus. Mit einem Stein im Magen sah ich von den Saers zu Prinzessin Sanna und ihrer Mutter, die auf mich herabblickte und auf etwas zu warten schien.

»Meine Königin«, ich sammelte all meinen Mut zusammen, »womöglich hielten es die guten Saers für unangemessen, Euch mit solch eindeutigen Fällen zu belästigen.«

»Das Gesetz wird in meinem Namen gesprochen. Wenn ich schon einmal in der Nähe bin, um meinem treuen Saer Luran einen Besuch abzustatten, hätte man mich doch unterrichten können, denkst du nicht auch?«

Ich öffnete den Mund, um etwas zu antworten, aber mir fiel nichts ein. Der Hochkönigin von Anarien zu widersprechen, kam mir nicht sehr schlau vor.

»Außerdem«, fuhr sie fort, als sie bemerkte, dass ich dazu nichts sagen würde, »ist dieser Fall nicht so eindeutig, wie es den Anschein hat.«

Sie erhob sich von ihrem Stuhl, und ich bemerkte, dass Enea von Rhynhaven ungefähr meine Größe hatte. Schlank wie ihre Tochter war sie, gewiss, aber als der Stoff ihres Umhangs zur Seite rutschte und die Arme freilegte, die nicht vom Kleid bedeckt waren, sah ich wohlgestählte, kleine Muskeln. Also stimmte es doch, was man sich über die Königinnen von Anarien erzählte – dass sie manches Mal selbst in die Schlacht ritten und besser als die meisten Saers das Schwert zu führen wussten.

Mit zwei Schritten ging sie näher an das Ende der Empore zu und richtete ihren Blick auf die versammelte Gesellschaft zu ihren Füßen. »Dieses Untier«, hob Enea ihre Stimme an und wendete sich eindeutig an jeden hier im Saal, »hat vier Saers im Dienste des Draak und drei erfahrene Jäger getötet, als wären sie lediglich Kinder gewesen. Vier weitere wurden verwundet, ohne den Wolf niederzustrecken.« Sie richtete Nachtgesang in meine Richtung. »Nur dieser junge Krieger war in der Lage, es zu töten, und hat damit den Saer Luran Draak vom See, Saer Stavis Wallec von Neweven, Saer Fyrell Neelor und Saer Wulfar Mornai sowie dem Schwertschüler Rodrey Boros das Leben gerettet!« Gemurmel setzte hinter mir ein, das ich nicht einzuordnen wusste. »Er hat es mit einer Waffe getan, die ihm das Gesetz auf Strafe verbietet, und er trug diese, wie ich herausfand, bereits eine sehr lange Zeit mit sich, wurde in Dynfaert daran vom Druiden des alten Glaubens über Jahre hinweg ausgebildet.« Nun wandelte sich bei manchen das Gemurmel in offenen Protest, aber die Hochkönigin gebot ihnen mit erhobener Hand Einhalt. »Und damit hat sich Ayrik, der Sohn des Thans von Dynfaert, nicht alleine eines Verbrechens schuldig gemacht, sondern das ganze Dorf, dessen Vorsteher, der Druide und selbst der Saer Luran Draak. Sie alle sollen deshalb ihre gerechte Strafe erhalten.«

Ich begann zu zittern und fürchtete, mir jeden Moment meine geliehenen Hosen einzupissen. Mein Schicksal zog sehr, sehr weite Kreise. Dem Wyrc gönnte ich es tiefster Seele, dass er dafür bezahlen würde, aber Vater und dem Draak nicht. Ja, mein alter Herr hatte es überhaupt erst zu verantworten, er hätte mich vor Wyrc beschützen können. Dennoch war er mein Vater und kein schlechter Mensch. Ich konnte nur erahnen, welche Lügen ihm der Alte damals ins Ohr geträufelt hatte, um ihn zu solch einer Entscheidung zu bringen.

Die Stimme Eneas nahm eine herrschaftliche Stärke an. »Saer Luran Draak vom See, Than Rendel von Dynfaert und der Wyrc Abananduam – tretet vor!«

Abana-was? Im ersten Moment dachte ich, ich hätte mich verhört. Der Wyrc hatte einen Namen? In meinen ganzen Jahren war mir so etwas nicht zu Ohren gekommen, nicht einmal von Vater, und der hätte es wissen müssen. Und jetzt rief ihn die Hochkönigin Abananduam.

Luran Draak, mein Vater und der Wyrc sammelten sich rechts von mir, ebenfalls am Fuße der Empore, die Blicke auf ihre Königin gerichtet. Rendel der Ältere trug sein bestes Kettenhemd, jedoch keine Felle, war unbewaffnet, aber stolz, wie ich ihn kannte. Ein flüchtiger Augenkontakt mit ihm, ehe er seine Aufmerksamkeit auf Enea richtete. Der Wyrc hingegen lächelte mich so an, wie ich es mir gedacht hatte. Sollte er doch grinsen, der dumme Hund. Was sie mir antäten, würde auch mit ihm geschehen. Hoffte ich jedenfalls. Und das würde mich bei allen kommenden Scherereien daran erinnern, dass ich nicht als einziger schlecht weggekommen war.

Als Höchstgestellter unter den Männern trat der Draak ein Stück vor. Er beugte das Knie, und die anderen taten es ihm gleich. Unter den Leuten hinter uns war nun wieder absolute Stille eingekehrt. Angespannte Stille.

»So hört meine Urteile«, begann die Hochkönigin. »Than Rendel von Dynfaert!«

Vater hob den Kopf. »Meine Königin.«

»Du sollst allen Besitz, den dein Sohn Ayrik von dir oder den deinen erlangt hat, an mein Haus übergeben. Rüstungen, Pferde, Waffen und Sklaven. Hier in Dynfaert wird er es nicht mehr brauchen, denn er verlässt seine Heimat. Ich nehme dir den Sohn, das soll Strafe genug sein.« Ehe mein Vater etwas sagen konnte, wendete sich die Hochkönigin an den Alten. »Abananduam, Druide von Dynfaert.« Der Wyrc senkte sein Haupt nur ein klitzekleines Stück. »Du hast einen Freien verbotenerweise den Umgang mit Schwertern gelehrt. Darauf steht dieselbe Strafe wie das Führen eben solcher Waffen selbst.« Enea machte eine Pause und sah forschend zu mir herüber. »Welchen Göttern dient dein Schüler, Druide?«

»Denen seiner Vorväter, Hochkönigin.«

Wieder rollte ein Murren von vielen Männern und Frauen durch die Halle, und Enea ignorierte es vollkommen. »Aber er akzeptiert die Macht Junus', die Wahrheit des Buches und meine göttliche Abstammung?«

»Das tut er, Herrin.«

»Ist er des Lesens und Schreibens mächtig?«

»Sowohl im Anan als auch Ynaar«, nickte er. »Jedoch lässt seine Ausdrucksweise in der Sprache der Gelehrten zu wünschen übrig.«

Die stechend blauen Augen wanderten wieder auf den Wyrc. »Du hast ihn gut vorbereitet, wie es mir scheint. Und obwohl du das Schicksal deines Schützlings teilen solltest, entscheide ich anders. Ich befehle dir, ihn auf seinen Wegen zu begleiten, ihn weiter anzuleiten und zu beraten. Er wird nach meinem Urteil jede Hilfe benötigen, die er findet. Da du schon früher um sein Wohlergehen besorgt warst, wird dies deine Bürde sein.«

Wieso lächelte dieser verlauste Haufen Scheiße? Mir war überhaupt nicht nach guter Laune, aber der Alte sah aus, als hätte ihn die Königin gerade geadelt und mich verdammt. Sie könnten mir neben der Hand auch gleich beide Füße abhacken, schlimmer als das wäre es kaum.

»Ich lebe, um zu dienen, o Herrscherin Anariens«, ließ der Druide in einem Tonfall verlauten, der nicht zufriedener hätte ausfallen können.

Über meinen Ärger hinweg sprach die Herrscherin nun nicht Luran Draak an, sondern den blonden Schwertkämpfer ihrer Leibwache. »Saer Stavis Wallec, treuer Schwertmann, beantwortet mir eine Frage.«

Wallec trat vor. Es überraschte mich, dass er diesmal nicht grinste. »Ich stehe zu Eurer Verfügung, meine Königin.«

»Saer, wie ich hörte, habt Ihr mit Ayrik die Klinge gekreuzt.«

»Es war der Schwertschüler Rodrey Boros, Herrin, nicht ich.«

»Aber Ihr habt ihn beobachtet. Wie steht es um sein Können mit dem Stahl?«

Zuerst verstand ich diese Frage nicht, noch sonst jemand an den beiden Tafeln. Aber dann dämmerte es nicht nur mir, denn ich konnte hören, wie manche nur mühevoll ihr Flüstern aufrechterhalten konnten, am liebsten aufgeschrieen hätten. Es wurde unruhig in der Gesellschaft, was von Königin Enea ignoriert wurde.

Ich begann wieder zu zittern.

Die Mundwinkel Stavis' hoben sich. »Ungehobelt, aber nicht talentfrei, Herrin«, antwortete er frisch und frei, sodass bei mir der Eindruck entstand, als hätte er hier jede Menge Spaß.

Aus den Reihen der Freimänner an der rechten Tafel kam mancher Lacher, auf der anderen Seite blieb es stumm.

»Ihr habt es gehört, Saer Luran«, richtete Enea endlich das Wort an den Draak. »Und vernehmt nun meinen Richtspruch: Da Ihr nicht in der Lage wart, einen Freimann Eures Lehens davon abzuhalten, jahrelang in der Kunst des Schwertkampfes unterrichtet zu werden, nehme ich an, Ihr wusstet davon und habt es gebilligt. Daher fällt es Euch zu, seine Ausbildung zu perfektionieren. Ihr, Saer Luran Draak vom See, Herr von Dynfaert, werdet sein Schwertmeister sein, bis wir im Frühjahr den Königshof Fortenskyte verlassen werden. Ich erwarte, dass der Sohn des Than bis dahin bereit für seine neuen Aufgaben sein wird.«

Der Draak schien ernsthaft verwirrt. Nicht nur er. Mir drehte sich die Welt vor Augen.

»Wenn es der Wunsch meiner Königin ist.«

Enea rümpfte kurz die Nase. »Das ist es.«

»Dann soll es so geschehen, Herrin.«

Mit einem Funkeln in den unnatürlichen Augen drehte sich die Hochkönigin mir zu. »Und dies soll deine Bestrafung sein, Ayrik Rendelssohn: Morgen zur letzten Nachtstunde wirst du deinen Namen und dein altes Leben ablegen. Ich, Enea aus dem Hause Junus, Vierte des Namens, Beherrscherin des Nordens und des Südens, Ahnin des Einen Gottes, entziehe dir deinen Stand als Freimann und erhebe dich zu einem Saer der Bruderschaft der Alier.«

Jetzt versagten meine Beine endgültig ihren Dienst, Tränen traten mir in die Augen. Ich fiel auf die Knie, unfähig etwas zu sagen.

»Ich gebe dir nicht viele Privilegien, sondern ein Leben voller Dienst, Verantwortung, Demut, Ehre, Mitgefühl und Treue. Vier Schwertmänner hat das Biest gerissen, welches du erschlagen hast, drei meiner treuesten Männer stehen in deiner Schuld, zwei von ihnen Mitglieder der Bruderschaft. Du wirst in ihre Reihen aufrücken, denn ein Lehen vermag ich dir nicht zu geben. Stattdessen wirst du in meinem Gefolge dienen, dorthin gehen, wohin ich gehe und die Schlachten schlagen, die ich befehlige. Der Schutz meines eigenen Lebens und das meiner Tochter werden dein erstes und einziges Ziel sein. Was ich von dir verlange, ist absolute Treue. Willst du dies akzeptieren?«

Steh auf, Junge.

Ich hob meinen Kopf, den Blick, schaute der Königin aus tränennassen Augen in die ihren und sah, dass sie Nachtgesang zurück an den Saer ihrer Haustruppe gab.

»Bis in den Tod, Herrin, bin ich der Eure!«

»Dann erhebe dich«, sagte sie feierlich. »Setze dich an den Tisch der Freimänner dort, und trinke ein letztes Mal unter den tapferen Männern als einer der ihren. Morgen Nacht gebe ich dir dein Schwert zurück, und du wirst deine Weihe erhalten und ein Schwertherr, ein Saer Anariens, werden. Und von dieser Pflicht wird dich nur der Tod erlösen.«

Nachtgesang würde wieder mir gehören. Ein für allemal. Ich würde ein Saer sein. Der Kreis der Verdammnis schloss sich.

ELF

Seit ich Mikael gestern in unserem Nachtlager abseits der Ynaarstraße davon berichtet habe, dass ich ein Saer bin, scheint er schlechter zu schlafen. Zumindest sieht es danach aus, denn Winbow schwankt den ganzen Tag schon bedenklich im Sattel hin und her und ist mehr als einmal weggedöst, während wir Meile und Meile näher an die Stadt Kolymand heran reiten. Seltsamerweise verschwende ich keinen Gedanken daran, die Gelegenheit beim Schopfe zu packen und mich einfach aus dem Staub zu machen. So geistesgegenwärtig, wie der Cadaener heute ist, wäre ich über alle Berge, ehe er mein Fehlen überhaupt bemerkte.

Nein, ich bleibe. Denn Saer Mikael Winbow hat mir heute Morgen mein Schwert zurückgegeben.

»Schwörst du beim Leben deiner Mutter, dass dich die Hochkönigin im Angesicht des Einen zum Saer ernannt, in die Reihen der Bruderschaft der Alier aufgenommen und dir ein Schwert verliehen hat, dass du deinen Eid, den du mir vor einer Woche geleistet hast, nicht brechen wirst?«, waren seine Worte gewesen, als ich noch halb schlafend aus den Fellen gekrochen kam und von einem mir entgegengestreckten Schwertgriff begrüßt wurde.

»Meine Mutter ist seit Jahren tot, Winbow.«

»Dann schwöre auf ihr Grab! Schwöre auf deine falschen Götter meinetwegen, aber schwöre mir, dass du die Wahrheit gesagt hast!«

Ich hatte seinen Blick erwidert und die Hand auf das Schwertheft gelegt. »Ich bin ein geweihter Saer der Bruderschaft. Und mein Eid gilt weiterhin. Das schwöre ich bei meinem Namen und im Angesicht aller Götter, die dir einfallen. Ganz davon abgesehen«, seufzte ich und schob den rechten Ärmel meiner Tunika nach oben, sodass mein Handgelenk frei wurde, »trage ich das Zeichen der Bruderschaft. Darf ich aber jetzt erst einmal wach werden?«

Winbow starrte erst mich, dann das Brandmahl am Gelenk an, ehe er nickte. »Dann ist dies deine Klinge, Saer.« Und damit hatte er mir das Schwert in die Hand gedrückt, sich nicht um meinen verblüfften Gesichtsausdruck, sondern um sein Pferd gekümmert und kein Wort mehr bis eben mit mir gewechselt.

Jetzt ist es Nachmittag, und das Schwert ruht wieder am Waffengurt zu meiner Linken, schenkt mir ein eigentlich vertrautes und dennoch seltsames Gefühl. Die Sonne brennt uns schon den ganzen Tag auf die Schädel, weshalb wir wie Rudersklaven schwitzen und die riesigen Schatten nur allzu willkommen heißen, welche die Wehrmauern von Kolymand werfen, die sich vor uns erheben. Langsam reiten wir auf die Stadt zu, und mich beschleicht ein ungutes Gefühl. Da oben, in knapp zehn Schritt Höhe, kann ich Wächter sehen, die sich neugierig zwischen den Zinnen tummeln.

»Sag ihnen nicht meinen Namen!«, raune ich Winbow zu, was mir einen irritieren Blick beschert.

»Was, wieso?«

»Ich bin Saer Jory Lambric.« Den Namen habe ich schon öfter benutzt. Bisher ist es noch niemandem aufgefallen. Nur versteht das Mikael nicht. So fällt auch sein ahnungsloser Blick aus. »Den Rest erkläre ich dir später, wenn wir Zeit haben«, versichere ich ihm, ehe wir in Rufweite zu den Wachen kommen.

Meine Warnung kam keinen Augenblick zu früh. »Ihr da!«, dringt eine befehlende Stimme von oberhalb des überdachten, schwer befestigten und vor allem mit einem Fallgitter gesicherten Tores. »Bleibt, wo ihr seid und nennt uns eure Namen!«

Ich suche nach dem Urheber der Stimme und kann schließlich ein behelmtes Gesicht erkennen, das aus einem der drei Fenster über dem Tor herauslugt.

Bevor uns Mikael, dieser heilige Idiot, in frommer Ehrlichkeit verraten kann, übernehme ich die Initiative. »Das ist Saer Mikael Winbow der Cadaener und ich bin Saer Jory Lambric aus Drokah. Wir sind Schwertbrüder im Dienste unseres Herrn Junus' und suchen Unterkunft für die Nacht.«

Drokah ist ein Kaff jenseits der Grenzen Nordllaers, das kaum ein Mensch kennt. Vor einigen Jahren bin ich einmal dort gewesen, schlief in einer ranzigen Gaststube und war froh, am nächsten Tag wieder verschwinden zu können, ohne im Schlaf von Ratten und Läusen aufgefressen worden zu sein. Es ist ein von allen Göttern verlassener Flecken Erde, den hier in der Provinz Tarlhin keine Sau kennen kann. Erst recht nicht der Soldat da oben im Stadttor.

Allerdings interessiert ihn auch nicht sonderlich, woher wir kommen, viel mehr unsere von den Tagen auf der Straße arg in Mitleidenschaft gezogene Kleidung. »Saers wollt ihr sein?«, brüllt er zurück. »Welcher Adlige reitet im abgerissenen Mantel durch das Reich? Ihr stinkt bis hier oben nach verfaulendem Vieh und seht nicht adliger aus als unsere Bettler, die in der Gosse in ihrer eigenen Scheiße schlafen!«

Gut. Dann eben anders.

Ich ziehe mein Schwert, das bis eben noch halbwegs verborgen war. »Wenn du noch einmal meine Würde als Saer infrage stellst, wickle ich dir meinen verdreckten Mantel um den Hals und hänge dich damit an den Zinnen deines verfluchten Turms auf!« Manche Dinge verlernt man nie, Arroganz schon gar nicht. »Und jetzt sieh zu, dass das Tor aufgeht, oder dein Herr wird davon erfahren, wie du zwei Saers Bittstellern gleich vor der Stadt hast warten lassen. Dann wirst du den Bettlern schneller Gesellschaft leisten, als dir lieb ist!«

Dem Wachmann dort oben hat es mit einem Male die Widerworte verschlagen. Pflichtschuldig gibt er mit einem Wink den Befehl, das Tor zu öffnen.

»War das nun Saer Ayrik oder der Eidbrecher in dir?«, sieht Mikael mit erhobenen Augenbrauen zu mir.

»Sei vorsichtig mit meinem Namen«, warne ich ihn eindringlich, woraufhin mich der Ordensbruder fragend anschaut. »Kolymand liegt im Herrschaftsgebiet des Königs im Dreistromland und zwischen ihm und mir herrscht nicht gerade Freundschaft. Sprich den Namen Ayrik hier zu laut aus, Winbow, und sie schlagen dir den Schädel ein und verkaufen meinen traurigen Arsch nach Laer-Caheel, bevor sie sich darüber einig werden können, wer das Kopfgeld einstreicht.« Ich zeige mit dem Finger auf meine Brust. »Deswegen bin ich Saer Jory Lambric.«

»Paldairn hat einen Preis auf deinen Kopf ausgesetzt?« Mikael wirkt ehrlich überrascht. Das ist dann wohl ein weiterer Teil der Geschichte, von dem er bis eben nichts wusste.

»Ja. Aber alles zu seiner Zeit«, gebe ich vorerst zurück, denn in diesem Moment wird das Fallgitter hochgezogen. »Lass uns erst einmal eine Herberge suchen. Ich habe Hunger.«

»Eine Herberge, ja?«, wiederholt er mürrisch. »Mit welchem Silber zahlen wir die denn?«

»Mit deinem natürlich.« Mit einer Hacke gebe ich meinem Pferd den Befehl zum Anreiten, womit ich den verdutzten Mikael langsam passiere. »Wir haben keine Pferde mehr, die wir einem gierigen Pfaffen als Bezahlung in den Hals stecken können, und ich bin mittellos. Oder hast du schon einmal von einem Gefangenen gehört, der Münzen mit sich herumschleppt?«

Saer Mikaels sauertöpfische Stimme weht von hinten zu mir. »Ich habe jedenfalls auch noch nie von einem Gefangenen gehört, dem es erlaubt ist, ein Schwert zu tragen.«

»Es liegt eben alles in Junus' Hand, Bruder«, rufe ich ihm grinsend zu und passiere das Westtor von Kolymand, bevor Mikael irgendetwas Frommes darauf erwidern kann.

Am Abend sitzen wir in einer der einfacheren Tavernen von Kolymand und verdauen einen Eintopf bei mehreren Bechern Bier. Die Fensterläden der Schenke sind geöffnet, von draußen dringt die schwüle Abendluft herein. Winbow tut zwar so, als beachte er mich nicht sonderlich, aber ich spüre seine kurzen, gewollt unauffälligen Blicke mehr als einmal. In Sachen Gerissenheit ist der gute Bruder eben ein ziemlicher Stümper.

Irgendwann wird es mir zu dumm. Ich weiß eh, dass es ihn interessiert, wie es in meiner Geschichte weitergeht. »Kannst du dich noch an deine Weihe erinnern?«, will ich von ihm wissen, woraufhin der Cadaener aufblickt.

»Aber natürlich.« Winbow stellt seinen Tonbecher ab. »Es ist jetzt vier Jahre her. Man hat mich nach acht Wintern harter Dienerschaft in der Ordensburg von Laer-Caheel im Angesicht unseres Herrn zum Saer ernannt.« Er lächelt bei der Erinnerung, und ich kann ihn nur zu gut verstehen. »Niemals werde ich die Freude vergessen, die mir sogar der Schmerz des Mahls am Unterarm gebracht hat. Es war wie die Geburt in ein neues Leben, das seit jeher auf mich wartete.«

Ich schaue in Winbows Becher. Eine kleine Fliege hat sich ins Bier verirrt und säuft allmählich ab. Dann finde ich die passenden Worte. »Nach all den Jahren, die seit diesem Tag vergangen sind, liege ich noch oft wach, bevor mich der Schlaf holt, und denke an diesen einen Moment in der Festung des Draak zurück. Gesichter und Worte verschwimmen zu wehmütigen Fetzen einer Erinnerung, die mir so fern und unwirklich vorkommen, als seien sie ein einziger, nie wirklich greifbarer Traum. Dann aber sehe ich das Schwert, das ich trage, fühle die Narben, die es mir gebracht hat, und denke zurück an die Zeit, in der dieses neue Leben begonnen hat. Es war die Träumerei eines Kindes gewesen, die ich bis dahin gelebt hatte, und unvermittelt war es Wirklichkeit geworden. Die Bruderschaft der Alier, diese Saers in Schwarz … bei allen Göttern.« Ich ziehe eine Grimasse, als würde ich es selbst kaum glauben.

»Kennst du die Geschichte der Bruderschaft?«

Mikael erntet für diese Frage ein schiefes Grinsen von mir. »Ich war jahrelang einer von ihnen. Was denkst du denn?« Mit dem Finger auf der Tischplatte deute ich die Geschichte der Bruderschaft an. »Es begann mit Al, dem ynaarischen Soldaten, der sich zum bereits gefangenen Junus bekannte und ihn auf seinem Weg zur Hinrichtung begleitete, danach den Dienst im Heer der Ynaar verließ, um sich Junus' Tochter Ci anzuschließen, deren Leibwächter er wurde. In seiner Tradition formierten sich Männer in Bruderschaften, wurden zu Saers, einzig und allein dem Thron verschworen, und sie kämpften und bluteten für das Königshaus durch die Generationen, bis solche Bastarde wie ich kamen und die Ehre der Bruderschaft in den Dreck zogen.« Ich schaue Winbow fragend an. »Habe ich etwas vergessen?«

Der Cadaener mahlt mit dem Kiefer, ehe er spricht. »Ja. Dass es die größte Ehre eines Mannes ist, in dieser Bruderschaft zu dienen.«

»Habe ich nie bestritten! Ganz im Gegenteil. Als mich Enea in die Reihen der Alier erhob, wusste ich vor lauter Hochgefühl gar nicht, wohin mit mir. Ich war wie berauscht von dem, was ich von nun an sein sollte –ein Saer im Dienste der Krone. Was kann es Besseres für einen Mann geben?«

»Von diesem Hochgefühl ist wohl heute nicht mehr viel übrig.« Mikael Winbow bemerkt die Fliege in seinem Bier gerade noch rechtzeitig, stellt den Becher zur Seite und deutet mit zwei ausgestreckten Fingern dem Wirt, eine neue Runde zu bringen. »Wo ist der Saer in dir hin?«

»Ich habe in den Kriegen des Nordens und des Südens gekämpft, Winbow, und stehe doch noch aufrecht«, sage ich und schnaube bei den Erinnerungen. »Auf Siege folgten Niederlagen und auf Leben der Tod. Wie jeder Mann, der Entscheidungen treffen musste, bereue ich manche Dinge, andere wiederum erfüllen mich mit Stolz, doch lange Zeit dachte ich nicht, ich würde mein Dasein in Frage stellen, so wie ich es heute tue. Dieses ewige Zweifeln, das Träumen, so dachte ich, sei an eben jenem Tag in der Burg des Draak für immer gegangen. Eine Zeit lang sah es auch tatsächlich danach aus. Ich lebte den Traum eines jeden Jungen, war ein Schwertbruder im Gefolge der Königin. Was mir der Wyrc vorausgesagt hatte, war entgegen jeder Erwartung endlich eingetreten, und ich fühlte mich so prall gefüllt mit Stolz und Übermut, dass es mir überhaupt nicht in den Sinn kam, wie schnell solche Gefühle verdrängt werden können, wie unvermittelt der eigene Triumph zur Katastrophe umschlägt.« Wir werden vom Wirt unterbrochen, der uns zwei frische Krüge Bier bringt. »Ich naiver Trottel«, sage ich, nachdem der Hausherr wieder verschwunden ist. »Wie schön und unschuldig diese Tage waren, wie sehr ich sie genoss. Ich war ein Saer, ja, aber das änderte nichts. Der Titel ändert nichts, erst recht nicht den Mann. Und um deine Frage zu beantworten: Es gab in mir nie irgendeine Würde und Ehre des Saers, nach der du suchst, Winbow. Sie war nur das Konstrukt eines Jungen, der schon immer ziemlich gut darin war, sich Träumereien als Wirklichkeit einzureden.«

SILBERBECHER

Man machte mir unter Jubel Platz auf jener Bank, wo schon meine Brüder saßen und wohin ich nun mit Vater und dem Wyrc zurückkehrte. Man klopfte mir auf die Schultern, mein Name wurde gerufen, aber ich nahm es kaum wahr. Wie in einem Traum begleitete mich mein Vater an den Tisch der Freimänner, wo ich einen Becher in die Hand gedrückt bekam, der eilig mit Bier gefüllt wurde. Man stieß mit mir an, ließ meinen Namen hochleben, feierte und pries mich.

»Komm«, sagte mein Vater und schob mich auf die Bank. »Heute sind wir alle Gäste der Hochkönigin. Man hat uns zwar nicht gesagt, wie deine Anhörung enden würde, aber jetzt, da es raus ist, wollen wir dir zu Ehren trinken und feiern, denn du wirst der erste Saer seit Jahrzehnten sein, der nicht als solcher geboren wurde. Einer aus unserer Mitte!«

Vater erntete laute Zustimmung von den anderen Männern. Das Gelage begann.

Ich hingegen saß und trank und nickte dann und wann, war aber mit meinen Gedanken noch immer nicht zurück in der wirklichen Welt, in der man mir soeben für den nächsten Tag die Weihe zum Saer der Bruderschaft versprochen hatte. Zu sehr kreiste mein Geist noch um diese vollkommen unerwartete Wendung des Schicksals. Was hatte ich Angst gehabt, als mich Wieselgesicht und Blondschopf aus der Zelle geholt und zu meiner befürchteten Verurteilung gebracht hatten. Und jetzt das! Alles, was der Wyrc vorausgesagt, worauf mein Vater seine Hoffnungen gesetzt hatte, war eingetroffen – und noch mehr! Ein Saer ...

Ich fühlte mich wie in einem berauschten Traum.

»Auf Euch, Saer Ayrik«, hörte ich immer wieder aus irgendeiner Ecke der Tafel rufen, woraufhin Bier, Met oder Wein in meine Richtung gehoben wurden.

Pflichtschuldig tat ich es ihnen gleich.

Wie sich bald herausstellte, ließ uns Königin Enea mit dieser Feier alleine. Kurz nachdem sie mir meine Weihe zum Schwertherrn versprochen hatte, zog sie sich zurück, und nur ihre Tochter und zwei Männer der Leibwache blieben, welche nahe bei der Prinzessin standen, die sich nun ebenfalls einen Silberkelch mit Wein bringen ließ. Das allgemeine Betrinken begann, und auch an unserem Tisch der Freimänner widmete man sich mehr den Getränken als mir.

Ich nutzte die Gelegenheit, um die dringlichste Frage zu klären, die sich mittlerweile über die Euphorie des Versprechens gelegt hatte. »Vater«, stieß ich ihn an. »Gibt es Neuigkeiten von Aideen?«

Als ich seinen traurigen Blick sah, zog sich mein Herz zusammen. »Nein, Junge. Niemand hat sie gesehen.«

Beinahe hätte ich mit der Faust auf den Tisch gehauen. »Das ist doch unmöglich! So groß ist die Wacht nicht, und Aideen sieht es nicht ähnlich, sich so lange einer sinnlosen Jagd hinzugeben. Sie kennt die Wälder wie kaum einer. Wie lange ist sie jetzt schon verschwunden?«

»Mehr als sechs Wochen«, schaltete sich mein ältester Bruder Rendel ein. »Wir haben bereits am ersten Tag nach ihr gesucht, aber keinerlei Spuren im Schnee finden können.«

Ich schüttelte den Kopf und trank mein Bier mit eben jener Angst im Bauch, die man nur dann kennt, wenn die Ungewissheit nicht müde wird, die schrecklichsten Wendungen des Schicksals auszumalen. »Ich muss sie finden«, sagte ich. Es gab mir die Illusion, zumindest irgendetwas tun zu können.

Vater legte mir die Hand auf die Schulter. »Ayrik, versteh mich nicht falsch, aber diese Aufgabe ist nicht mehr deine. Du wirst ein Saer sein, dessen Pflichten ihn kaum von der Seite seiner Herrin weichen lassen werden. Du bist der Königin verschworen, nicht der Suche nach Aideen.«

Schon wollte ich protestieren, da hob Beorn beschwichtigend die Hand. »Vater hat Recht. Dein Dienst gilt der Krone. Aber wir«, er wies in einer ausladenden Geste auf meine anderen Brüder, »haben diese Verpflichtungen nicht. Wir werden nach ihr suchen, das schwöre ich dir!«

Zustimmendes Gemurmel setzte ein, selbst von einigen umstehenden Kriegern meines Vaters, die das Gespräch mitbekommen hatte.

»Sprich mit dem Draak«, riet mir mein Vater. »Vielleicht kann er dich, solange ihr noch in Fortenskyte seid, für einige Tage freistellen, damit du mit deinen Brüdern auf die Suche gehen kannst, selbst wenn ich bezweifle, dass er es dir gewähren wird.«

»Einen Versuch ist es wert.«

Mein Vater nickte, und plötzlich sah ich ein Lächeln auf seinen Zügen, mit dem er mir meine trüben Gedanken zu vertreiben versuche. »Dass du im Dienste der Königin stehst, hat aber auch seine Vorteile. Die meisten Saers müssen für ihr Rüstzeug selbst aufkommen, was eine kostspielige Angelegenheit ist, du jedoch kannst aus den Vollen schöpfen. Die besten Panzerhemden und Schwerter, Helme, Pferde; all das steht dir zur Verfügung. Ein neues Leben erwartet dich. Und dann gehst du auch noch in die Lehre bei Saer Luran Draak. Los, weg mit den finsteren Gedanken, heute ist ein Feiertag für dich!«

Da wir erneut auf den Saer von Dynfaert zu sprechen kamen, fiel mir etwas anderes ein. »Luran wirkte übrigens nicht sonderlich begeistert davon, dass ich –«

»Dass du ein Saer wirst?«, unterbrach mich Vater und schenkte uns, seinen Söhnen nach, denn auch Keyn hatte sich nun näher an unseren Platz gerückt. »Ich kenne Luran Draak jetzt schon seit über fünfundzwanzig Jahren, als er damals, vielleicht in deinem Alter, Ayrik, in Dynfaert ankam, um den alten Herrn Tjer Raedlic zu beerben, der sich eines Nachts totgesoffen hatte. Die beiden waren über Umwege verwandt, und da Raedlic ohne direkten Nachkommen abgetreten war, rückte der Draak auf. Ihr wisst, er stammt nicht aus Nordllaer, sondern aus dem Dreistromland an der Bucht von Ditarvis.«

Das wussten wir, auch wenn man dem Saer seine südländische Abstammung kaum ansah. Im Herbst und Winter war er vielleicht nicht so blass wie wir anderen, aber mit seiner harten und besonnenen Art gab es kaum einen Ort, an dem ich ihn mir besser vorstellen konnte als hier im Norden. Unser Winter war anscheinend wirkungsvoller, als man dachte, hatte er doch seine Wirkung schon beim Draak getan und ihn zu einem stillen, unterkühlten Mann gemacht.

»Wie dem auch sei«, fuhr Vater fort. »Luran hatte man für ihn unerwartet in diese

Rolle geworfen. Von einer noch jungen und unerfahrenen Königin zum Lehnsherren über ein Gebiet ernannt, welches er nicht kannte und das Wochen der Reise von seiner Heimat entfernt war, dürfte ein ziemlicher Schock gewesen sein. Dennoch hat er seine Pflichten angenommen und ist über die Jahre in sie hineingewachsen. Und in all dieser Zeit hat er nie, hört zu, nie einen anderen aufgrund seines niedrigeren Standes herabgewürdigt oder respektlos behandelt. Stattdessen sind er und ich Freunde geworden, über alle Bestimmungen hinweg. Also bilde ich mir ein, einschätzen zu können, ob ihn deine Ernennung gestört hat, Ayrik. Und ich sage dir: Von allen Saers im Reich solltest du dich um Luran Draak am wenigsten sorgen.«

Ich versuchte über die Köpfe der vielen Männer zu meinem neuen Schwertmeister zu schauen, aber ich fand ihn nicht, denn mittlerweile standen einige der Krieger und Saers, sodass er im Gewühl unterging.

»Um einen anderen dafür umso mehr«, bemerkte Keyn und nickte über den Tisch hinweg.

»Meinst du das Balg?« Ich war dem Deut meines Bruders gefolgt und hatte fast augenblicklich Rodrey Boros erblickt, der mich finster anstierte.

»Genau«, sagte mein Bruder. »Kennst du ihn?«

Mir tat unwillkürlich der Kiefer weh. »Wir sind nicht unbedingt befreundet.«

»Gewöhn dich besser dran«, murmelte Rendel der Jüngere. »Ich habe den Adel beobachtet, als dir die Königin den Titel des Saers versprach. Einige wirkten überrascht, andere belustigt, aber da gab es auch genug, denen die offene Verachtung aus den Augen sprach. Man wird dich kaum mit offenen Armen empfangen, das verspreche ich dir.«

Vater nickte schwach. »Er hat Recht. Deinen Platz wirst du dir hart erkämpfen müssen, denn für viele von ihnen bleibst du der Emporkömmling ohne Haus, Geschichte und Ehre.«

Ich wollte davon nichts hören und winkte ab. Dieser unerwartete Traum war eben erst in Erfüllung gegangen, das Unwahrscheinlichste eingetreten, und mir stand nicht der Sinn nach Warnungen oder neuen Problemen. »Damit werde ich schon fertig.«

Vater sah mich lange an, ehe er lächelte und nickte. »Du wirst es schaffen, Sohn. Ich glaube daran.«

»Und wir auch«, nickte mir Beorn zu, woraufhin er die Zustimmung meiner anderen Brüder erntete. Er hob seinen Becher. »Saer Ayrik!«

Ich tat es ihm und den anderen gleich. Wieder einmal. »Auf ein neues Leben!«

Bier, Met und würziger Wein, den ich bisher noch nicht gekannt hatte, flossen ohne Unterlass, und die Stimmung an diesem Abend blieb zumindest an unserem Tisch ausgelassen. Viele der Männer, die kamen, um mit mir anzustoßen und mir Glück zu wünschen, kannte ich. Da waren Keon, den ich vor einer gefühlten Ewigkeit als zu alt für die Jagd nach der Bestie in den Wäldern geschimpft hatte, Harold und Brenjen der Schmied oder auch Adhac, ein guter Freund von der Wache, der vom Wuchs tatsächlich noch kleiner als ich war, aber dafür über ein loseres Mundwerk verfügte. Sie und die anderen schienen sich ehrlich für mich zu freuen, vielleicht aber waren sie auch einfach nur froh, dass es ein Freimann zum Saer gebracht hatte. So etwas geschah selten, sehr selten. Man wurde für gewöhnlich in seinen Stand geboren, lebte und starb schließlich in ihm, ohne dass die Welt einem die Möglichkeit gab, höher aufzusteigen, mehr zu erreichen, als die Geburt einem versprach.

Bei mir sollte es also anders werden.

All der Trubel um mich herum hinderte mich daran, weitere Fragen zu stellen, die in mir brannten. Wie war Clyde gestorben, wo waren meine Schwester Annah oder Cal? Mir schwirrte der Kopf von mehreren Bechern Bier und Met und zu vielen unbeantworteten Fragen. Wo würde ich schlafen, jetzt da ich nicht mehr in diese verdammte Zelle zurück musste, was sollte ich morgen zur Weihe tragen, wer gab mir meinen Kettenpanzer und die Ausrüstung zurück?

Dummerweise bekam ich vorläufig keinerlei Antworten, denn die Freimänner drängten sich wieder um mich, genossen das Trinken und die ausgelassene Stimmung, überhäuften mich mit Glückwünschen und sonderbaren Fragen.

»Welchen Namen wirst du führen?«

»Müssen wir dich ab morgen Saer nennen?«

»Trägst du jetzt einen Bart?«

»Wie groß war der Wolf?«

»War es ein Dämon aus der Hölle?«

Fragen über Fragen, zu viele auf einen Schlag. Ich antwortete so gut ich konnte, trank kräftig und wunderte mich, warum mein Becher trotzdem immer von neuem gefüllt war. Auch die Saers gegenüber von uns hatten sich mittlerweile aus ihrer Versteinerung gelöst und zechten untereinander. Mit mäßiger Überraschung bemerkte ich Stavis Wallec, der aus einer Tür am Kopfende des Raumes trat, wohin eben noch die Leibwache samt Königin verschwunden war, einen Kelch von der Tafel der Saers nahm und ihn in meine Richtung hob, als sich unsere Blicke durch Zufall trafen. Er war damit der einzige Mann dort drüben, der einzige adlige Mann, der mir überhaupt in irgendeiner Form gratulierte.

Ausgerechnet Wallec. Immer geriet ich an die Sonderlinge.

»Ayrik.« Mein Bruder Rendel stieß mich leicht an.

Sein Nicken ging in Richtung Empore, wo die Prinzessin noch immer alleine saß, nur von den beiden stummen Wachen in Schwarz umgeben. Sie schwenkte ihren silbernen Kelch hin und her, winkte mich unauffällig mit der freien Hand zu sich.

»Sprich langsam«, riet mir Rendel, der alles beobachtet hatte, als ich mich erhob. »In Gegenwart der Thronfolgerin zu lallen, ist unhöflich.«

Tatsächlich hatte ich etwas zu oft den Becher leer abgesetzt und gefüllt wieder gehoben. Mein Sichtfeld verschwamm merklich an den Rändern, und die Zunge fühlte sich pelzig an. Die besten Voraussetzungen also, um mit Prinzessin Sanna, der zweiten ihres Namens, Erbin des Hauses Junus', einige Worte zu wechseln.

Die Leibwachen neben dem Thron dort oben musterten mich mit aufmerksamem Blick. Keinen der beiden kannte ich. Der Saer zu ihrer Linken maß gut einen halben Kopf mehr als ich, trug seine dunklen Haare praktisch kurz und hatte ein Gesicht, in das sich die Jahre wie mit Feuer in tiefe Furchen gebrannt hatten. Seine Wangen waren eingefallen, das Kinn leicht hervorspringend. Ein Unfall oder

Angriff hatte seine Nase gebrochen, sodass sie eine deutliche Krümmung zur Seite aufwies, doch am auffälligsten war der stetig aufmerksame, fast durchbohrende Blick aus grauen Augen, der jeden meiner Schritte verfolgte, als sei ich ein wildes Tier, das man im Auge halten musste. In seinem schwarzen Umhang und der ebenso schwarzen Panzerung aus Kettenhemd und Plattenteilen wirkte er wie der Tod höchstpersönlich.

Der zweite Saer war ein unauffälliger Mann, bei dem man befürchten musste, ihm würde die Plattenpanzerung früher oder später die Arme abreißen. Schmutzig blonde Haare hingen bis auf die Panzerung an seinen Schultern. Er hatte sich einen Bart an Oberlippe und Kinn wachsen lassen, etwas zu struppig, als dass es mannhaft wäre, und seine schmalen, fast weibischen Gesichtszüge taten ihr Übriges, um aus diesem Saer eine nicht sonderlich beeindruckende Gestalt zu machen. Ich fragte mich ernsthaft, wer so verrückt gewesen war, dieses Bürschchen in solch eine ehrenhafte Position zu bringen.

Prinzessin Sanna beachtete die beiden Leibwachen nicht. Sie hockte auf ihrem Thron, hatte die Beine übereinander geschlagen und schien sich offensichtlich zu langweilen. Erst als ich vor der Empore niederkniete, kam etwas Leben in ihre Miene zurück.

»Steht auf«, meinte ich ihre Stimme zu hören, die aber vom Lärm der trinkenden Männer in der Halle beinahe verschluckt wurde, sodass die Prinzessin ihren Befehl wiederholte.

An eine Unterhaltung war so erst gar nicht zu denken. Wie auf Kommando stimmte einer der Freien hinter mir auch noch ein unflätiges Trinklied an, in das viele raue Männerstimmen einfielen. Daraufhin leerte die Prinzessin ihren Becher in einem Zug und erhob sich. Auch die beiden Saers bewegten sich, taten einen Schritt nach hinten. Der eine mit dem finsteren Gesicht ging schließlich zu einer zweiten Tür am anderen Ende der Empore, die er öffnete und maßvollen Fußes durchschritt. Die Prinzessin ging gemächlich hinter ihm, im Rücken geschützt vom zweiten Leibwächter. Im Türrahmen blieb sie noch einmal stehen und machte mir mit einer knappen Kopfbewegung deutlich, dass ich ihr folgen sollte.

Ich drehte mich zum Tisch der Freimänner um und fand den Blick meines Vaters, der anscheinend alles genau beobachtet hatte. Er nickte mir aufmunternd zu.

Zum Teufel. Wer war ich schon, in einem einzigen Moment meinem Vater und der Prinzessin von Anarien zu widersprechen?

Sie führten uns hinauf in eines der oberen Stockwerke der Haupthalle, wo uns zwei weitere düstere Krieger der Haustruppe erwarteten. In Begleitung der Prinzessin von Rhynhaven und ihrer Leibwächter öffnete man uns eine Tür am Ende des Korridors. Kaum traten wir in den persönlichen Rückzugsort der Prinzessin ein, begann der unscheinbare der Saers mehrere Kerzen zu entzünden, die auf einem Tisch in Bronzeschälchen ruhten oder in Halterungen an der Wand hingen, während der andere an der Tür Position bezog. Alles schien mir eingeübt, stundenlang perfektioniert. Bald verströmten die Kerzen den Geruch von Lavendel. Prinzessin Sanna schlenderte bis an das andere Ende des Raumes und blieb vor einem breiten Bett stehen, Decke und Kissen frisch mit Stoffen bezogen, wie ich es in solch einer Pracht noch nicht gesehen hatte. Auf einem Tisch am anderen Ende des Raumes stand allerhand Duftzeug, Seifen, Tonflaschen, Pokale, Becher und andere Behälter. Es roch bis zu mir nach Frau.

»Lasst uns jetzt alleine«, befahl die Prinzessin in Richtung der Saers, kaum, dass sie auf dem Bett Platz genommen hatte, was ein Stirnrunzeln beim Leibwächter mit dem zerfurchten Gesicht auslöste.

»Herrin?« Eine kratzige, eine unangenehme Stimme.

»Ihr habt mich gehört, Saer Kerrick.«

Der Blick des Saers streifte mich. »Wir kennen diesen Mann nicht, Prinzessin.«

»Schon morgen wird dieser Mann Euer verschworener Bruder sein.«

»Noch ist er kein Saer, Herrin.«

»Kerrick Bodhwyn.« Die Prinzessin seufzte. »Meine hohe Mutter hat eben erst versprochen, ihn zum Saer zu machen. Für wie wahrscheinlich haltet Ihr es, dass er dieses Geschenk mit Verrat vergelten wird? Seht Ihr eine Waffe bei ihm, hat er einen Grund mich umzubringen? Nein, mein guter Saer, von ihm geht keine Gefahr aus, dessen bin ich mir sicher.« Sie sah mich mit einem undeutbaren Ausdruck in den Augen an, der sich in unnachgiebige, blaue Härte wandelte, ehe sie sich wieder dem Saer zuwendete, den sie Kerrick genannt hatte. »Und falls Euch dies nicht als Begründung reicht, Bodhwyn, dann sollte es mein Befehl.«

Zuerst dachte ich, Kerrick Bodhwyn würde noch etwas darauf erwidern, aber er starrte die Tochter der Königin nur einige Herzschläge an und verneigte sich dann mit einem steifen »Herrin«, ehe er mit dem zweiten Saer zusammen das Zimmer verließ. Die Tür fiel mit einem Quietschen zu.

Jetzt erst ließ sich die Prinzessin auf dem Bett nieder, setzte sich seufzend an das Fußende, sodass sie ihre Beine baumeln ließ. Hier im Schein der Kerzen, wirkte sie jünger als ich sie aus meinen Fieberträumen in Erinnerung hatte. Geblieben jedoch waren diese blauen Augen, die sie mit ihrer Mutter gemein hatte. Etwas Unmenschliches lag darin, selbst jetzt, da sie lächelte und dieser Ausdruck auch ihre Augen erreichte.

»Die Saers Kerrick Bodhwyn und Fyrell Neelor«, erklärte sie. »Treue Männer der Bruderschaft, die besten der Besten, wenn auch etwas unspektakulär. Einer von ihnen ist umgänglicher als der andere, aber ich denke, du kannst dir ohne meine Hilfe leicht ausmalen, wer wer ist.«

Sie lachte nicht über ihren eigenen Scherz, sondern forschte in meinem Gesicht nach einer Reaktion. Welche wäre in Gegenwart der Thronfolgerin wohl angemessen? »Sie sind sicherlich ehrbare Saers«, entschied ich mich für eine respektvolle und gegen eine mir eher auf der Zunge liegende unverschämte Antwort, die sich vor allem um das Bürschchen von Saer drehte.

»Gewiss«, stimmte mir die Prinzessin etwas lustlos zu. Sie stieß Luft durch die Nase aus, während ihr Blick zum Tisch glitt. Mit einer Hand strich sie sich die hellen Haare zurück. »Gib mir vom Wein, und nimm dir auch einen Becher.«

Ich drehte mich leicht um und betrachtete all die Behälter und Krüge, die dort standen, und fand nach kurzem Suchen eine massive Tonflasche, die sich nach dem Entkorken als Wein herausstellte. Aus einer Reihe von silbernen, hohen Kelchen nahm ich mir zwei, in die ich einschenkte.

203

Als ich der Prinzessin den Wein reichte, hatte ihr Lächeln etwas Raubtierhaftes, und ich konnte nicht sagen, ob es mich abschreckte oder faszinierte. »Auf dein Wohl, Saer Ayrik.«

»Auf das Eure, Herrin«, erwiderte ich, hob den Wein an, obwohl mir nach all dem Bier und Met sicher nicht auch noch der Sinn danach stand. Mir dröhnte der Kopf ja schon jetzt.

»Also«, meinte sie nach einem unweiblich tiefen Schluck, an dessen Ende sie sich zurück in die Decken lehnte. »Mundet dir der Wein?«

»Er schmeckt sehr viel besser als der mit Wasser verdünnte, den es manchmal bei uns in Dynfaert gibt, wenn Carel ein Fass von einem der fahrenden Händler ersteht.«

»Dynfaert? Dieses Dorf am Fuße des Berges?«

»Meine Heimat, ja.«

Sie schien sich Bilder ins Gedächtnis zu rufen, trank noch ein-, zweimal. »Ich habe die Hütten der Bauern gesehen, als wir hier ankamen. Ärmlich, schief gebaut, kaum fest genug, um den Wind abzuhalten.« Wie ich an ihrem Tonfall erkannte, war sie nicht mehr ganz nüchtern. »Ich kann mir nicht vorstellen, wie es ist, dort zu leben.«

»Man lebt«, gab ich zurück. »Die Winter, wie jetzt, sind kalt, es pfeift zwischen den Brettern ins Haus, und ich nehme an, man schläft nicht so gemütlich wie in diesem Bett hier oder am Königshof Fortenskyte.«

Ich hatte Fortenskyte vor drei Jahren im Sommer gesehen, als ich meinen Bruder Rendel und einen Trupp Krieger dorthin begleitet hatte. Ich konnte mich noch gut an die Mauern, die vielen Steingebäude und den mächtigen Palas erinnern. Herrschaftliche Wohnorte für herrschaftliche Menschen, die sich einmal im Jahr blicken ließen, um den Winter dort zu verbringen.

Sanna ließ meine Worte eine Weile im Raum hängen. »Bist du glücklich mit dem, was du hast?«

Die Frage war so absurd, dass ich plötzlich lachen musste. »Was heißt schon glücklich? Es ist das einzige Leben, das ich kenne. Als Sohn des Than habe ich mich nie beschwert, weil es den Unfreien und Sklaven bestimmt nicht gerade besser ergeht.«

Sie lächelte. »Und jetzt erwartet dich ein neues, ein höheres Leben.«

»So ist es, Herrin.«

Mir fiel auf, dass die Prinzessin, eine junge Frau, deutlich zügiger trank als ich. Das geschah mir eher seltener. Noch drei weitere Schlucke, und ihr Pokal war leer, sodass sie ihn mir fordernd entgegenhielt. Für einen Moment wollte ich ihr raten, es etwas langsamer angehen zu lassen, dann hatte mich die Vernunft wieder im Griff. Ich konnte der Thronfolgerin ja schlecht vorschreiben, wie schnell sie ihren Wein trank. Also füllte ich den Becher wieder bis knapp unter den Rand auf, ließ meinen aber unberührt. Es war noch mehr als die Hälfte drin.

Wieder trank sie beinahe gierig. »Warum denkst du, wird man dich zum Saer machen?«

»Ich nehme an, weil ich die Bestie getötet habe«, antwortete ich etwas überrumpelt. »So zumindest meinte ich es Eurer Mutter Worte entnommen zu haben.«

Eurer Mutter Worte. Um Himmels willen, ich redete wie ein Höfling!

»Hm«, machte Sanna derweil und sah durch mich durch.

Nach einem neuerlichen Schluck atmete die Prinzessin von Rhynhaven tief durch und schloss die Augen. Als sie sich schließlich ein Stück weiter auf das Bett zurücklehnte und den Kopf in den Nacken legte, kam mir in den Sinn, dass sie sehr unköniglich betrunken sein musste. Und was sollte ich dann machen? Sie hier liegen lassen, den Saers, die sicherlich draußen vor der Tür wachten, Bescheid geben oder so tun, als sei sie einfach nur eingeschlafen, und unauffällig verschwinden?

»Dein böser Wolf war nur eine willkommene Geschichte«, überraschte mich ihre Stimme. Umständlich setzte sich Sanna wieder auf und suchte meinen Blick. Das Weiß ihrer Augen war gerötet. »Der eigentliche Grund für deine Ernennung ist ein ganz anderer.«

Tatsächlich? Da war ich aber mal gespannt, was sie mir für Erklärungen liefern konnte, und ließ sie sprechen.

»Meine Mutter ist der mächtigste Mensch in Anarien, wahrscheinlich sogar aller Länder und Reiche, die diesseits und jenseits der Ostensee und des Exilmeeres liegen.« Sanna vollführte eine ausladende Bewegung mit dem Kelch in ihrer Hand, als würde dieses Zimmer die bekannte Welt umfassen. »Seit Junus, mein Ahnherr, seine Tochter zeugte, regieren die Frauen das Haus, während die Männer eine untergeordnete Rolle spielen. Wusstest du, dass es in der langen Geschichte Anariens nur zwei Männer gab, welche die Krone trugen?« Wusste ich nicht und schüttelte dementsprechend den Kopf. »Tatsächlich. Lediglich zweimal war das erstgeborene Kind ein Junge. Nun ja, göttlicher Zufall, was? Es ist das Gesetz der Tochter Junus', der Aufrechten Ci, das uns Nachkommen des Einen Gottes den Anspruch auf die Krone sichert. So ist es vorherbestimmt, dass ich Mutter eines Tages auf den Thron folge und Herrscherin über das Zwillingskönigreich Anarien werde. Ich soll heiraten, und es wird einen König geben, der im Süden über Parnabun, das Dreistromland und die Lange Küste von Ryahir an meiner statt regiert, ich jedoch bin die Hochkönigin über alle Provinzen und Länder. Ich!« Die Prinzessin machte eine Pause, die sie nutzte, um noch mehr Wein zu trinken. »In anderen Reichen ist es die Aufgabe der Königinnen, ihren Ehemännern Bier nachzuschenken und dekorativ neben dem Thron zu stehen, bevor sie des Nachts als bessere Zuchtstuten dienen, die dem Herrscher einen Erben gebären sollen. Und sieh dir an, wo sie heute stehen! Die Ynaar mit ihrem vergreisten Räten und Kaisern sind untergegangen, von meiner Familie vernichtet. Im Norden schlagen sich minderwertige Kleinkönige gegenseitig die Köpfe ein, und in Calhanias hat man die Königsfamilie vor Jahren umgebracht und sie durch einen korrupten Haufen von Ältesten ersetzt. Nur wir stehen mächtiger und strahlender da als zuvor. Hast du dich je gefragt, warum das so ist?«

Die plötzliche Unterbrechung ihrer Rede überraschte mich. Genau genommen hatte ich bis eben keine Ahnung gehabt, wer überhaupt in Calhanias oder bei den Ynaar herrschte. Und es war auch eigentlich immer ziemlich egal gewesen.

»Weil wir nie vergessen haben, woher wahre Macht kommt, Ayrik«, antwortete sie, ohne lange auf mich zu warten. »Die Stärke Anariens liegt nur auf den ersten Blick in der Größe unserer Armeen, der Kampfkraft der Saers oder dem Reichtum der Krone. Auch nicht in unserer Blutlinie, die direkt bis zu Junus selbst zu verfolgen ist, denn ein finsterer Gott ohne Anhänger hat nur die Macht, den Ängstlichen und Zaudernden Albträume zu bescheren. Die Macht, unser aller Macht, stammt aus jeder Hufe Land, welche die Freien bewirtschaften, aus den Hoffnungen und Träumen der Menschen, die uns dienen, Ayrik. Denn mache dir eines sehr bewusst: Meine Mutter mag über alles und jeden in Anarien herrschen, doch kein König hält sich lange auf seinem Thron, wenn der aus den Knochen und dem toten Fleisch jener errichtet wurde, die unter ihm stehen. Ist das Volk hingegen zufrieden, schenkt man den Menschen Hoffnung, presst nicht zu viel aus ihnen, lässt ihnen ein freies Leben, dann herrscht man bis an das Ende aller Tage. Genau deswegen wird Mutter dich zum Saer machen und nicht weil du einen Wolf erschlagen hast. Würde sie danach gehen, hätten wir jede Woche einen neuen Schwertmann, und könnten gleich alle Jagdhunde im Reich zu Saers weihen.«

Ich war verwirrt, konnte der Prinzessin nur halb folgen. »Herrin, ich verstehe nicht recht. Was habe ich damit zu tun?«

»Du«, sie zeigte mit dem Finger auf mich, »gibst den einfachen Menschen diese Hoffnung, von der ich sprach. Du bist weder von edler Geburt, noch hast du dich nach oben intrigiert. Du bist einer aus ihrer Mitte, ein Freimann, der seiner Königin diente und durch diese Treue und seinen Mut höher aufstieg, als es sein Geburtsstand wollte. So zumindest wird man es dem Volk verkaufen. Böse Zungen werden dich gewiss einen Emporkömmling nennen, aber für die meisten anderen in diesem Land wirst du ein Held sein. Einer, der seine Bestimmung gefunden hat, egal, in welchen Stand er geboren wurde.«

Klang einleuchtend. Ich gönnte mir ein bierseliges Lächeln.

»Das gefällt dir, nicht wahr?« Sannas eigenes fiel hintergründiger aus, das ohne Vorwarnung wieder verschwand. »Bevor du anfängst zu jubeln, lass dir eines gesagt sein: Für Mutter bist du lediglich ein Werkzeug der Politik, mit dem sie die Menschen zufrieden stellen kann. Bald wird man deinen Namen kennen, von Süden bis hier hoch in den Norden – Ayrik Areon, der Freimann, den man zum Saer machte. Ein wundervoller Stoff für Lieder und Legenden, findest du nicht?« Sie lachte, aber es klang nicht abwertend. »Und immer wird es Hochkönigin Enea gewesen sein oder ich, die ihm mit eigenen Händen den Mantel der Bruderschaft anlegte. Sie ist sich durchaus bewusst, wie sehr sie die Bedürfnisse des einfachen Mannes in den letzten Jahren vernachlässigt hat. Grenzkriege, Streitereien mit meinem Vater, der in Laer-Caheel hockt und sich für den wahren König hält, sowie Zerwürfnisse mit den Glaubensreformern aus Lindegh haben sie schon zu lange die wahre Quelle ihrer Macht ignorieren lassen. Es rumort in Anarien. Du musst wissen, dass sie, abgesehen vom Winter, nicht aus Langeweile fast jeden Tag des Jahres unterwegs ist und ihren Hof an den unterschiedlichsten Orten in jedem Winkel des Landes aufschlägt. Rhynhaven ist eine prächtige Stadt und ihr Palast ein Ort des Luxus und der Gemütlichkeit. Mutter wäre sicherlich sehr viel lieber dort, umgeben von Dienern, Wärme, Sicherheit und Müßiggang. Aber Anarien ist wie ein schlafendes Ungeheuer. Groß, sehr viel größer, als du es von deinem beschaulichen Dorf ersehen könntest, und niemand beherrscht eine solche Bestie, wenn er sich in seinem Haus verkriecht und darauf hofft, sie möge nicht erwachen. Mutter zeigt sich den

Leuten, horcht hinein in das Volk und ihre Saers, die für sie die Kontrolle aufrechterhalten. Was denkst du, wie schnell ein abgelegener Schwertherr, zum Beispiel hier im wilden Nordllaer, wo es noch genug Heiden gibt, die ohnehin nicht viel von unserem Ahnherrn Junus halten, vergisst, wem seine Treue gehört, wenn man ihn nur machen ließe? Eide sind eine heilige Sache, aber wir Menschen waren schon immer sehr talentiert darin, das Heilige mit Füßen zu treten. Immerhin haben sie meinen Ahnen verbrannt und beten ihn heute an.« Sie zeigte ein kleines Grienen. »Genau deswegen ist Mutter den Winter hier im kalten Norden und nicht im Dreistromland oder in Rhynhaven oder sonstwo. Nordllaer liegt nahe an Agnar, und dort wimmelt es nur so vor eifrigen Kriegern und Kleinkönigen, die einen einfachen Freimann oder bedeutungslosen Saer recht schnell bei der Aussicht auf Beute und mehr Macht seinen Eid vergessen lassen können. So ist der Mensch nun einmal. Und das Volk, die einfachen Männer und Frauen, giert nach einem Helden aus ihrer Mitte. Nach einem Mann wie dir. Du bist von weitaus größerer Bedeutung für sie, als du es dir vorstellen kannst. Aber glaube deswegen nicht, du seiest unersetzlich. Geht dieses Experiment fehl, verschwindest du schneller in den Schatten der Vergessenheit, als du aufgestiegen bist. Du bist für Mutter nur so lange von Wert, Saer Ayrik, solange du funktionierst.«

Funktionieren. Wie ein Werkzeug. Ein Werkzeug wie für den Wyrc, der seine eigenen Pläne verfolgte, die ich damals nicht verstand? Meine Hochstimmung drohte zu versiegen.

Prinzessin Sanna sah, wie meine Mundwinkel nach unten sanken, und auf einmal wirkte sie ehrlich betrübt. Sie erhob sich leicht schwankend vom Bett, ging an mir vorbei und schenkte mir schließlich mit eigener Hand vom Wein nach. »Trotzdem solltest du dich nicht grämen«, sagte sie und lehnte sich gegen den Tisch neben mir. »Wir alle sind nur Figuren in einem Spiel, das die Welt umfasst. Du, ich, die Hochkönigin von Anarien, wir haben eine Rolle zu füllen, deren Schicksal nicht zu durchschauen ist. Also bringt es auch nichts, sich deswegen schlecht zu fühlen. Es kommt nur darauf an, wie wir dieses Spiel spielen.«

»Ihr spielt es gerne, Herrin?«

Ihre Mundwinkel hoben sich zu einem Raubtiergrinsen. »Bei Zeiten.«

»Deswegen wart Ihr auch in meiner Zelle.«

»Vielleicht.« Sie stieß ihren Becher gegen meinen, und diese blauen Augen durchbohrten mein Innerstes. »Vielleicht wollte ich aber auch einfach nur den Helden sehen, den meine Mutter dem Volk zu verkaufen gedenkt.«

Ich konnte sie nicht durchschauen, wurde aus der Prinzessin nicht schlau. Sie war ganz sicher jünger als ich, vielleicht erst achtzehn Sommer, aber sie sprach und dachte wie eine gewiefte, sehr erfahrene Frau. Selbst jetzt, sie war offensichtlich betrunken, stach ihre Geistesschärfe hervor wie nichts anderes. Vielleicht sagte sie die Wahrheit, und die Hochkönigin hatte mich aus sehr praktischen Gründen erwählt, doch Prinzessin Sanna stand ihrer Mutter in nichts nach, wenn es um Gerissenheit ging. Dass sie mich in ihre privaten Gemächer geführt und mir all das anvertraut hatte, musste einen Grund haben. Nur verstand ich ihn noch nicht. Wollte sie mich gegen ihre Mutter vereinnahmen, oder war mein Schicksal für sie nur eine neue, interessante Wendung in diesem Spiel, wie sie es nannte, die ihr die Langeweile

vertrieb?
Ich wusste es nicht. Ich wusste anscheinend gar nichts.
»Was habt Ihr gefunden, Prinzessin?«, wagte ich einen Vorstoß, der mir durch den Wein nur allzu leicht gelang. »Ein Werkzeug oder einen Helden?«
»Einen Saer, der noch nicht gelernt hat, seiner Prinzessin die nötige Zurückhaltung zu erweisen.« Als sie mein verwirrtes Gesicht sah, legte sie den Kopf in den Nacken und lachte schallend auf. »Nun schau nicht so drein! Ich finde es erfrischend, ganz ehrlich! Ich sagte doch, Saer Kerrick und Saer Fyrell ermüden mich mit ihrer steifen Art. Jeder von ihnen wäre bei diesem Gespräch mindestens einmal auf die Knie gesunken und hätte sich als unwürdig ausgegeben, ganz davon abgesehen, dass sie nie und nimmer mit mir zusammen getrunken hätten. Du jedoch bist anders. Genau deswegen werde ich Mutter bitten, dass du Fyrell Neelors Platz einnimmst. Ich bin seines Rattengesichts mehr als überdrüssig.«
Jetzt war ich tatsächlich kurz davor, auf die Knie zu fallen. »Ihr ehrt mich, Herrin, aber Saer Fyrell wird sich diesen Platz sicher verdient haben.«
»Und jetzt hast du ihn dir verdient«, versetzte sie gleichgültig. »So einfach sind die Dinge, wenn man als Prinzessin zur Welt gekommen ist. Ich werde meine Mutter darum bitten, und sie wird vor allem als Hochkönigin zustimmen. Denn der junge Schwertherr, der die wunderschöne Prinzessin von Rhynhaven beschützt, ist eine noch bessere Geschichte, die man sich im Reich erzählen kann, nicht wahr?«
»Ich ... ich werde Euch nicht enttäuschen, Herrin!«
»Oh, noch nicht einmal im Dienst und schon beginnst du mich zu langweilen. Du brauchst nicht so pflichtschuldig zu wirken, denn ich sehe dir an, wie sehr es dich reizt, in meiner Nähe zu sein.«
Mir schoss das Blut in die Ohren. »Herrin –«
»Oder wäre es dir lieber, dein Freund Rodrey Boros nähme diesen Platz ein?« Ich zuckte beinahe zusammen, als die Prinzessin eine Hand auf die meine legte, die den Kelch mittlerweile krampfhaft umklammerte. »Mutter wird ihn mit dir zusammen in die Bruderschaft erheben, das hat sie mir heute Morgen gestanden. Und eigentlich gedenkt sie, ihn mir an die Seite zu stellen.«
»Rodrey ist ein –«, begann ich.
»– eine Natter. Mir ist durchaus bewusst, wem du diese Schwellung unter dem Bart zu verdanken hast. Ich kenne ihn schon lange genug, um zu wissen, dass er besser als intrigantes Weib zur Welt gekommen wäre. Er trägt die Saerwürde nur aus einem einzigen Grund: Weil sein Vater der mächtigste Herr von Illargis und damit einer der einflussreichsten Adligen ganz Anariens ist. Mutter kann es sich nicht leisten, diesem Kleingeist vor den Kopf zu stoßen.« Mir fehlten ehrlich die Worte, was nicht oft geschah. »Soll sie ihn meinetwegen die königlichen Schweineställe ausmisten lassen, aber in meine Nähe kommt dieser Gockel nicht, so wahr ich die Thronerbin bin!«
Wenn man es so betrachtete. »Wie Ihr wünscht, Herrin.«
»Und wie ich es wünsche, Saer.« Sie nahm ihre Hand zurück, und erst jetzt bemerkte ich, dass sich bei dieser Berührung meine Nackenhaare aufgestellt hatten.
Die Prinzessin trat vom Tisch weg, trank den Kelch in der Bewegung leer, sodass sie ihn achtlos in die Ecke warf, ehe sie wieder auf das Bett fiel. »Jetzt lass mich

alleine. Es ist an der Zeit, dass ich meine Augen schließe und den Wein Wein sein lasse. Ich hatte ohnehin genug. Immerhin muss ich morgen wieder die Prinzessin und Thronerbin sein.« Ihre Finger spielten in der Luft. »Die Nachkommin des Einen Gottes, künftige Beherrscherin des Zwillingskönigreiches ...« Ihr Tonfall hatte etwas Genervtes angenommen. Sie brach ab. »Eine gute Nacht wünsche ich dir, Saer Ayrik.«

Ich rührte den Wein nicht mehr an, stellte ihn auf dem Tischchen neben all den anderen Flaschen, Kelchen und Salben ab. Mit einem sonderbaren Gefühl in der Magengegend verneigte ich mich vor dem Bett, wo die Prinzessin Sanna lang ausgestreckt lag und die Augen geschlossen hatte.

»Ich danke Euch für das Gespräch, Herrin. Auch Euch eine gute Nacht.«

Bevor ich die Tür öffnen konnte, hörte ich Sanna im Bett noch einmal aufrichten. »Ayrik.«

»Herrin?« Ich drehte mich um.

Das Gesicht der Thronfolgerin hatte einen sonderbaren, ja fast nachdenklichen Ausdruck angenommen. Sie sah mich an, die hellen Augen suchten meine. Sie erschien mir plötzlich um einiges älter und traurig, unendlich traurig. In diesem Moment wirkte sie so zerbrechlich und schutzbedürftig, dass ich tief in mir meine neue Aufgabe schon in dieser Nacht antrat. Ich würde an ihrer Seite sein.

»Was auch immer geschieht«, sagte sie leise. »Ich werde dich nicht benutzen. Darauf hast du mein Wort.«

Mir war es gleich, ob dieser Satz Berechnung oder aus tiefster Seele so ehrlich gemeint war, wie er klang. Ich hatte eine Aufgabe gefunden und würde sie erfüllen, stünden auch alle Armeen der Welt zwischen mir und meiner Herrin.

Ich war ein Saer.

»Ich werde zu Euch stehen, solange ich lebe. Das schwöre ich Euch.«

Draußen schloss ich leise die Tür. Saer Kerrick und Saer Fyrell standen wie Statuen zu beiden Seiten und wirkten ebenso blind wie Gestalten aus Stein, welche die Mauern der Festung bewachten, denn sie würdigten mich keinerlei Aufmerksamkeit. Aber als ich ihnen den Rücken zuwendete und langsam zur Treppe ging, konnte ich ihre Blicke in meinem Rücken spüren.

Noch mehr Freunde in einem neuen Leben, das noch nicht einmal richtig begonnen hatte.

Meine Rückkehr in die Große Halle der Festung wurde von vielen bemerkt. Ich konnte ganz genau sehen, wie mir mehrere Augen folgten, während ich den Tisch der Freimänner ansteuerte. Allen voran Rodrey Boros. Wie es schien, hatte der Schwertschüler noch immer kein besseres Ziel für seine schlechte Laune gefunden.

Vater stand mittlerweile mit dem Draak in ein Gespräch vertieft. Als ich näher kam, bemerkte ich trübe Augen beim Than von Dynfaert, was ein sicheres Anzeichen dafür war, dass er die Zeit nicht untätig gewesen war, in der ich oben im Zimmer der Prinzessin einige Wahrheiten gehört hatte. Ich gesellte mich mit einem neuen Becher Bier zu den beiden, woraufhin mir Luran Draak zunickte.

»Wir haben eben über dich gesprochen, Bursche«, offenbarte mir Vater im unverwechselbaren Tonfall eines schwer Betrunkenen. »Der Draak wird dich hart

209

rannehmen, darauf kannst du dich verlassen. Und bei den Göttern, das hast du verdammt nötig!«

Bei Saer Luran hoben sich nicht nur die Augenbrauen, sondern auch der linke Mundwinkel zu einem Schmunzeln. »Du solltest deinem Sohn nicht alle Überraschungen verraten, Rendel. Es wird sonst nur langweilig für ihn.« Im Gegensatz zu meinem Vater klang der Draak überhaupt nicht angetrunken.

Rendel der Ältere winkte etwas zu heftig ab, sodass er den Rest seines Mets verschüttete. »Ein wenig Langeweile wird ihm gut tun, da kann er noch dreimal ein Saer sein. Die letzten Jahre waren genug der Aufregung. Zu was ich ihn verdammt habe ...«, begann mein Vater und sprach von mir, als wäre ich gar nicht da.

Luran Draak unterbrach ihn milde. »Wir haben darüber gesprochen, mein Freund. Lass gut sein.«

Langsam nickte mein Vater und schielte in den Becher. »Ich bete, dass es so ist, wie du sagst.«

»Fort mit den finsteren Gedanken«, lächelte der Draak und schlug meinem Vater freundschaftlich auf die Schulter. »Dein Jüngster wird ein verschworener Schwertbruder, kein Grund für lange Gesichter.«

Daraufhin geschah etwas für mich völlig Unerwartetes: Vater hob den Blick zu mir, und die trunkenen Augen wirkten plötzlich gläsern, wässrig, ganz so, als müsse er jeden Augenblick weinen. Ich sah den Schmerz, den er litt, wie schwer es ihm fiel, mir in die Augen zu schauen. Wie sehr kann man von Pflichtbewusstsein und Treue den Göttern gegenüber erfüllt sein, um seinen eigenen Sohn zu verkaufen? Ich weiß es nicht. Aber vielleicht zum ersten Mal hatte ich eine Ahnung, was es Vater gekostet hatte, dem Ruf der Götter gefolgt zu sein.

Ich packte seinen freien Unterarm. »Geh zu deinen anderen Söhnen.« Ich lächelte, auch wenn es schwer fiel. »Sie wollen diesen Abend auch mit ihrem Vater verbringen. Ich komme gleich zu euch.«

Rendel der Ältere nickte nur stumm und torkelte schließlich zurück zu seiner kleinen, überschaubaren Sippe.

Sollte ich ihn für das hassen, was er mir angetan hatte? Dass er mich zurückgewiesen hatte vor all den Wochen in seiner Halle? Für das Elend in den Jahren unter dem Wyrc? Nein, ich konnte und wollte es nicht. Prinzessin Sanna hatte es passend gesagt: Wir sind alle nur Figuren in einem Spiel, das die ganze Welt umspannt. Der Than von Dynfaert, mein Vater, hatte seine Rolle gespielt und sie bis zum Ende erfüllt.

»Er fürchtet, seinen jüngsten Sohn zu verlieren«, riss mich der Draak aus den Gedanken. Ich konzentrierte mich auf ihn und bemerkte, wie auch er meinem Vater nachsah. »Und das wird er auf eine Art auch«, fuhr der Saer von Dynfaert fort. »Morgen wirst du dein eigenes Haus gründen – dein Name, dein Schicksal. Rendel muss dich gehen lassen wie keinen seiner anderen Söhne. Sicher, deine älteren Brüder mögen das Haus deines Vaters bereits verlassen haben, und Annah wird in ein, spätestens zwei Jahren heiraten und ebenso ihr eigenes Heim gründen, aber sie alle werden immer in Dynfaert bleiben, Teil seiner Sippe. Du jedoch ...« Er hatte Recht. Ich wäre nicht mehr Teil der Sippe hier in Dynfaert, sondern ein Wanderer auf unbekannten Pfaden. »Du solltest dich in den kommenden Jahren daran erinnern, woher du kommst, Ayrik, und welches Opfer dein Vater brachte, damit du diesen Weg einschlagen konntest.«

Schaute ich mir meinen alten Herren an, der wie ein geprügelter Hund am Tisch hockte und mit tränennassen Augen Met in sich schüttete und dabei mehr schlecht als recht von meinen Brüdern aufgemuntert wurde, stellte ich mir vor, wie es ihm in den letzten Jahren ergangen sein musste. Dann verstand ich, was der Draak damit meinte, mein Vater hätte Opfer gebracht. Ich hatte zwar keine Kinder, konnte nicht nachvollziehen, wie es sein musste, seinen jüngsten Sohn in die Obhut eines anderen Mannes zu geben, der das eigen Fleisch und Blut mit harter Hand auf etwas vorbereitete, was nie mehr als eine ferne Hoffnung gewesen war, aber ich wusste mit absoluter Sicherheit, dass mich mein Vater, bei allen Fehlern, die er hatte, liebte. Dass er sich die Entscheidung nicht leicht gemacht hatte.

»Ich werde ihm Ehre machen, Herr.«

Mein neuer Schwertmeister musterte mich von oben bis unten. »Ich wusste nicht, dass dich der Alte ausbildete. Dein Vater hat nie ein Wort darüber verloren. Wäre es so gewesen, hätte ich den Druiden am nächsten Baum aufgeknüpft. Aber wenn er es schon einmal getan hat – was hat er dich gelehrt?«

»Den Kampf mit dem Schwert nach alter Tradition«, sagte ich noch etwas in Gedanken vertieft, konzentrierte mich aber nach und nach wieder auf den Saer. »Lesen und Schreiben in der gemeinen und der Zunge der Gelehrten, die Lehre der Sterne und Heilkunde, wenn ich auch nicht viel davon verstanden habe. Ich kenne Lieder und Geschichten aus den Altvorderentagen, weiß um die Ynaar, ihren Aufstieg und Fall und wie Junus über das Exilmeer ging, um die Stämme Anariens zu einen und daraus das Zwillingskönigreich zu formen. Er lehrte mich die Wege der Vergessenen Götter, ihre Zeichen und Heiligtümer zu erkennen und erzog mich nach ihren Sitten. Allerdings«, gab ich mit einem Schulterzucken zu, »habe ich mich wohl bis auf den Schwertkampf nicht sonderlich angestrengt, wenn Ihr versteht, was ich meine, Herr.«

»Das hättest du aber besser getan. Dieses Wissen wäre bei deinen kommenden Aufgaben von Vorteil gewesen, aber sei es drum. Wir werden bald erfahren, wie weit es mit deinen Kenntnissen her ist. Und höre endlich auf, mich Herr zu nennen! Ich bin nicht kleinlich genug, darauf zu bestehen, dass du mich bis morgen als deinen Lehnsherren ansiehst.«

Ich neigte leicht den Kopf.

»Du sagtest, du hast den Schwertkampf nach alter Tradition gelernt. Bedeutet das, du weißt nicht, wie man mit Schwert und Schild zugleich umgeht?«

Ich erinnerte mich an mein Glück im Kampf mit Ulweif. »Wie man es nimmt«, versuchte ich eine Ausrede, winkte aber fast zeitgleich ab. »Um ehrlich zu sein, nein. Ich bin nicht besonders gut darin.«

»Dem werden wir abhelfen müssen. So ehrenhaft deine Art des Kämpfens auch sein mag, auf dem Schlachtfeld nützt sie dir nichts. Hebe dir diese Technik für Zweikämpfe auf, wenn du jemals dumm genug sein solltest, dich auf einen einzulassen.«

»Das habe ich schon getan«, sagte ich und erntete ein kleines Nicken.

»Ich weiß. Du hast Broks Herren erschlagen und einen Mann niedergestreckt, der nicht einmal seine Waffen heben konnte.« Luran Draak klang beinahe belustigt.

Ich kniff die Augen zusammen. »Woher wisst Ihr von Ulweif und seinem Bruder?«

»Weil einer ihrer Schwurmänner hier in diesem Saal säuft und ich vor der Anhörung mit ihm und dem Wyrc gesprochen habe. Das ist nicht so schwer zu erraten, oder? Ich weiß auch von Raegan, dem alten Einsiedler, wo du dich verkrochen hast, und von deiner Sklavin Cal.«

Ich war nicht mehr ganz nüchtern, deshalb wohl etwas begriffsstutzig. Ich nickte und fühlte mich überaus dämlich. »Darf ich fragen, was sie gesagt haben?«

»Darfst du. Der Wyrc hat dich in den höchsten Tönen gelobt, und Brok scheint dich zu respektieren, was mich nicht sonderlich überrascht. Immerhin hast du zwei seiner Herren umgebracht, Männer, die stärker und mächtiger waren als er selbst, und damit hast du ihn gleich zweimal von einem Eid befreit. Glaube mir, Bursche, es gibt nichts, was die Dunier mehr beeindruckt als Stärke. Das war schon immer so.«

Ich verkniff mir das Lachen. »Brok respektiert mich?!«

»Respekt ist nichts anderes als die gesündeste Mischung aus Furcht und Neid. Bilde dir also nicht allzu viel darauf ein.« Der Draak ließ einen langen, schweigenden Blick durch den Saal gleiten, wo Saers und Freimänner immer noch feierten. »Sie saufen und fressen mir die Vorräte weg«, sagte er seufzend. »Uns steht ein harter Winter bevor, wir werden die Vorräte dringend hier brauchen, um jeden bis zum Frühling durchzubringen. Es wird Zeit, dass sie zurück nach Fortenskyte kehren, wo es genug Nahrung gibt, statt mir hier das zu rauben, was dein Vater und all die Bauern das Jahr über erarbeitet haben.« Er wandte sich wieder mir zu. »Wie auch immer. Ich werde dich zu einem Saer machen. Das habe ich nicht nur deinem Vater versprochen, sondern auch der Hochkönigin. An mir soll es also nicht liegen, fraglich bleibt nur, wie du dazu stehst.«

Ich wusste, dass mich der Saer von Dynfaert damit herausfordern wollte, und ich gab ihm die Antwort, die er sich gewiss wünschte. »Ich beabsichtige, nicht zu versagen.«

»Gut, dann sind wir uns ja einig. Trink nicht mehr so viel. Du hast jetzt einen Ruf zu verlieren.« Er hatte sich schon halb weggedreht, da fiel ihm zwischen einem Schmunzeln etwas ein. »Eigentlich musst du dir erst einmal einen Ruf erkämpfen, bevor du ihn ruinieren kannst. Das ist eine seltene Art des Vorteils.«

Saer Luran Draak ließ mich mit offenem Mund stehen und verließ die Halle ohne ein weiteres Wort. Ich hatte nicht die geringste Ahnung, was mich bei ihm erwarten würde, sollte ich ab morgen sein Schwertschüler sein. So sehr ich den Wyrc als Kind gehasst hatte, nach wenigen Monaten war er in seiner Art und Weise berechenbar gewesen. Machte ich Unsinn, schlug er mich, enttäuschte ich ihn, bekam ich die nächste Ohrfeige. Er hatte auf Versagen immer mit Gewalt reagiert, immer. Saer Luran Draak hingegen würde kaum zu solch offensichtlichen Züchtigungen neigen, das war mir irgendwie klar. Trotzdem. Ich wusste nicht, welche Ausbildung mir mehr Angst machen sollte.

Der Wyrc, wo war er überhaupt? Seit die Königin ihr Urteil gefällt hatte, hatte ich ihn nicht mehr gesehen, ebenso wenig Brok, der anscheinend mein neuer bester Freund werden wollte. Kurz sah ich mich in der Halle um, konnte aber weder die auffällige Glatze noch den struppigen Bart entdecken. Was sollte es auch. Ich wollte meine letzte Nacht als Freimann nicht alleine verbringen, sondern bei meinem Vater, der mich liebte, und den Brüdern, die ich morgen gegen neue eintauschen würde.

Und plötzlich fehlte mir Aideen so sehr, dass ich mich fragte, ob Saer Ayrik schaffen konnte, was dem Freimann nicht gelungen war.

Sie zu finden.

ZWÖLF

Knien.
Ich hatte gelernt zu fallen und wieder aufzustehen. In den meisten Nächten meines Lebens war es stets nach diesem Grundsatz gegangen. Man schlug mich nieder, und ich stand mit noch mehr Verachtung und Hass wieder auf. An diesem Abend aber, dem Moment meiner Weihe, da lernte ich eine dritte Bewegung:
Knien.
Als ich den Palas des Herrn Luran Draak von Dynfaert zusammen mit Rodrey Boros betrat, um im Angesicht eines jeden Freien des Dorfes meine Weihe zu empfangen, da beugte ich das Knie, ohne zu wissen, dass es mich meinen Lebtag verfolgen würde. Ich tat es ohne Hintergedanken, ohne Furcht oder Scham. Ich ging vor unserer Hochkönigin Enea, der ersten Ihres Namens, der Beherrscherin von Nord und Süd, der Erbe des Einen Gottes Junus, in die Knie. Und ich schwöre, niemals mehr fiel mir ein Eid so leicht wie an diesem Tag.
Ja. Ich sehe es vor mir, ich höre ihre Stimmen, die laut flüsterten, dass ich kein Saer war, niemals einer sein würde. Ich höre das Prasseln des Heiligen Feuers. Ihre Blicke auf meiner angeblich unwürdigen Gestalt kleben. Noch immer spüre ich das Gewicht des Kettenhemdes aus königlichen Schmieden, der Plattenteile an Armen, Schultern und Schienbeinen – eine schwere Rüstung in Schwarz, deren Gewicht ich aber kaum spürte. Ich sah die Prinzessin von Rhynhaven vor mir stehen, wie sie mein Schwert Nachtgesang anhob, um dem versammelten Hof den Namen meiner Waffe zu nennen, auf dass es die Geschicke dieser Welt für immer verändern würde. Noch immer, selbst nach all diesen Jahren, sehe ich den fein säuberlich gekehrten Boden der Halle des Draak, als ich mein Haupt neige, um die Gebete Hüter Wilgurs zu empfangen, die Segenssprüche der Menschen um mich herum.
Ich erinnere mich an alles, aber ich finde keinen Frieden mit dem, was mich damals antrieb.
Man brannte mir das Zeichen der Saerschaft, die halb geschlossene Flamme, knapp unterhalb des rechten Handballens in den Arm. Es sollte mich verfolgen, dieses Zeichen, das mir der Hüter unserer Königin verlieh, als sei ich der Bulle eines einfachen Bauern. Sie gürteten mich mit meinem Schwert, legten mir den schwarzen Mantel der Bruderschaft der Alier über die Schultern, mahnten mich, freimütig und edel und selbstlos und ehrenhaft zu sein, aber ich verstand nichts. Ich sah nur ihre Augen, verfolgte meine eigenen Ziele. Selbst damals, als ich nur ein Junge mit zu viel Übermut war, der ein Schwert verliehen bekam, konnte ich mir mit nicht einmal die Leichtigkeit, die der Jugend eigen ist, wirklich einreden, ich sei ein Saer.
Ein Aufschneider und Maulheld, das war ich. Nicht mehr.
Hätte ich meinen Eid doch nur als solcher getan. Kann man es einem Kind übel nehmen, wenn es Unsinn von sich gibt? In den kommenden Jahren, da brach ich so ziemlich jeden Schwur, den ich damals in der Halle des Draak ablegte. Ja, ich verteidigte die Krone in jeder Schlacht, die kam, nur um sie am Ende zu verraten und mich gegen sie zu stellen. Ich war edel und freigiebig, aber nur solange, bis ich

die ersten Dörfer verbrannt und Unbewaffnete getötet hatte. Aus den edelsten Absichten erwachsen die schlimmsten Katastrophen, aus den berühmtesten Saers die größten Verbrecher. So stellt sich die Welt auf den Kopf, ohne dass wir es bemerken. Ein schleichender Übergang vom Heldentum zum Ende aller Güte.

Aber ich schwor. Ich schwor im Beisein des Hofes, an der Seite zweier Schwertherren, die für mich bürgten und sich damit selbst verdammten: Saer Luran Draak und Saer Stavis Wallec. Niemand ahnte es, konnte voraussehen, was für Konsequenzen aus Wörtern entstanden, die im Leichtsinn eines Schwurs geboren wurden. Ich schwor und wurde ein Saer im Schwarz der Bruderschaft.

»Von heute an bis an das Ende meiner Tage. Das schwöre ich«, waren die letzten Worte des Eides, dann ließ ich mich vom Jubel des Hofes davontragen.

Und mein langer Fall begann.

FLAMMEN

Alles war ungewohnt. Das Kettenhemd, die Plattenrüstungsteile, die schiere Größe des Moments. Als wäre das alles nicht genug, irritierte mich auch noch das Gewicht des Schwertes am Gürtel inmitten dieser Menschen. Wie ein makabrer Traum, dass ich nicht nach Schweiß und Pisse, sondern nach Seife und geöltem Stahl roch, dass man mir zulächelte, auf mich einstürmte, um zu gratulieren, statt mich schief anzusehen, wie man es in den Jahren zuvor getan hatte. Und mehr als alles andere verwirrte mich, dass man mich Saer Ayrik nannte. Saer – das Wort im alten Ynaar für einen Schwertherren. Genau das war ich jetzt. Es gab nichts, was mich hätte unvorbereiteter treffen können.

Wie viele der Leute, die mir jetzt auf die Schultern klopften, hatten mich in den letzten Jahren einen Nichtsnutz, einen Tagedieb und Tunichtgut genannt. Jetzt aber standen sie hier, lächelten mich mit Bier und Met in der Hand an, den mein neuer Schwertherr bezahlt hatte. Verdammte Kriecher! Früher war ich ihnen nicht fleißig genug gewesen, jetzt bestürmten sie mich, suchten meine Gunst. Aber ich tat ihnen den Gefallen. Hatte ich nicht eben geschworen, freimütig zu sein? Es kam mir richtig vor, mich besser daran zu halten, auch wenn ich manchmal die Faust hinterm Rücken ballte.

Der Strom der Gratulanten riss kaum ab. Viele von denen, die kamen, habe ich heute vergessen, denn sie spielten keine Rolle mehr in meinem Leben, an einige wenige erinnere mich jedoch. Da waren Keon, der treueste unter den Kriegern meines Vaters, der mir ein zahnloses Grinsen zeigte, Carel, der Wirt, bei dem ich so oft gesoffen hatte, versicherte mir, dass auch als Herr noch in seinem Hause willkommen sei. Er hatte sogar seine Tochter Lyv dabei, die von ihrem frischen Gemahl Yaven an der Hand geführt wurde, ohne jede Ziege im Schlepptau. Die beiden zu sehen, versetzte mir einen Stich, denn ich musste an das letzte Gespräch denken, das ich mit Aideen geführt und in dem ich über Yaven hergezogen hatte. Weder meine Fallenstellerin noch ihren knorrigen Vater hier zu sehen, zerriss mir fast das Herz.

Doch gerade als meine Stimmung zu kippen drohte, sah ich über die Köpfe zweier Bauern, die mir pflichtbewusst gratulierten, einen gelben, wilden Haarschopf, einen Kerl, der alle anderen bei weitem überragte. Mein plötzliches Lachen irritierte die umstehenden Männer, die ich einfach stehen ließ, um mich zu diesem Riesen vorzukämpfen.

»Grem!«, rief ich und begann wie ein Verrückter zu lachen.

Ich blieb vor Raegan, Einsiedler, König vom einsamen Berg, Hundefreund, und vor allem mein Freund, stehen, und er lächelte so breit, dass ich seine überraschend gut erhaltenen Zähne in ihrer ganzen Pracht bewundern durfte.

»Verdammt noch mal, hat man dich herausgeputzt!« Raegan zurrte prüfend an meinen Schulterpanzern. »Kaum lass ich dich mal ein paar Tage aus den Augen, spielst du verrückt und hältst dich für einen Saer. Glaub aber bloß nicht, dass ich jetzt vor dir auf den Knien rumrutsche, du Held! Du bist und bleibst ein verhungerter Hänfling.«

»Und du ein Haufen Scheiße!«

Mein Freund prustete los und klopfte mir mit einer seiner Pranken so heftig auf den Rücken, dass mir beinahe die Luft wegblieb. Ich ließ ihn wieder los und schaute ihn von oben bis unten an. Für seine Verhältnisse hatte sich der Einsiedler regelrecht herausgeputzt. Bis auf seine vor Dreck stehenden Stiefel war sein Aufzug aus Wams, Hosen und Mantel nahezu fleckenlos. Raegan hatte sich sogar die Haare gewaschen und den Bart gekämmt, etwas, das ich gar nicht von ihm kannte und das ein untrügliches Zeichen dafür war, wie ernst er diesen Anlass nahm.

»Versteh mich nicht falsch, Bursche, aber ich habe mich anscheinend zu sehr an dich Taugenichts gewöhnt. Als ich in meinem alten Heim auf dich gewartet habe, fehlte mir doch glatt deine gnadenlose Selbstüberschätzung. Eigentlich hatte ich das Gefühl wegtrinken wollen, aber du Säufer hast mir ja nicht einmal den kleinsten Tropfen Bier oder Wein gelassen.«

Unfähig etwas zu sagen, schüttelte ich nur den Kopf und grinste. Bald gesellten sich Vater, meine Brüder und Annah, die ihr feinstes Kleid aus blauen Leinen für diesen Tag trug, zu uns. In den Gesichtern meiner Familie lag eine verschwörerische Zufriedenheit, was mich darauf schließen ließ, wem ich Raegans Anwesenheit zu verdanken hatte.

»Jetzt glotz mich nicht an wie eine Ziege!«, sagte Raegan. »Der Than und ich waren uns einig, dass es kein Gesetz gibt, das mich von der Festung fern halten könnte. Ich bin noch immer ein Freimann, egal, wo ich lebe oder was man sich so an Tratsch über mich erzählt.«

Rendel der Ältere nickte zustimmend. »So ist es. Von deiner Sklavin erfuhr ich, dass Raegan in seiner alten Hütte außerhalb Dynfaerts auf deine Rückkehr wartete. Und –«

»– Und ich habe Vater dorthin geführt«, unterbrach ihn Annah mit einem Lächeln, das so wärmend war, wie es nicht einmal die Sonne im Frühling schaffte. »Ich wusste ja, wo«, sie stockte kurz, wollte mich anscheinend nicht bewusst an Aideen erinnern, »wo du in den letzten Jahren immer Unterschlupf gefunden hast.«

Noch bevor das Schicksal meiner Freundin, meiner ersten Liebe, zu sehr die Stimmung beeinflussen konnte, lenkte uns Raegan, der gutmütige Kerl mit dem Aussehen eines Berserkers, alle ab. »Außerdem sah ich es als meine Pflicht als König vom Einsamen Berg an, mich einer anderen Königin vorzustellen.« Er kratzte sich am Kopf. »Muss ich jetzt vor ihr oder sie vor mir auf die Knie sinken? Wie dem auch sei. Du solltest allerdings wissen, dass du in diesem schwarzen Krempel blass wie eine Leiche wirkst.«

Ich lachte und vergaß, genoss den Augenblick, den ich mir nur erträumt hatte und den ich nun wahrhaftig im Kreise jener feierte, die mir am Herzen lagen. Selbst wenn Aideens Fehlen ein Loch in meine Welt riss, das wie ein pochender Zahnschmerz unterschwellig von allem anderen ablenkt.

Bald begannen sich die Versammelten zu verstreuen. Die meisten der Freimänner aus Dynfaert verließen alsbald die Halle, um, wie ich schätzte, in Carels Schänke auf mein Wohl zu trinken, und nur jene, die mir nahe standen, blieben. Auch unter den hohen Damen und Herren lichteten sich bald die Reihen, sodass Diener damit beginnen konnten, Tische und Bänke wieder aufzustellen. Es dauerte nicht lange und man brachte große Fässer mit Bier und Wein in den Saal.

Ich stand noch immer umringt von den Kämpfern meines Vaters, meiner Familie und Raegan, während sich zu meiner Linken die Saers an einer langen Tafel niederließen, an der rechten hingegen, genau wie am letzten Tag, die Freimänner Plätze zu suchen begannen.

Und ich stand genau dazwischen.

Wohin gehörte ich jetzt? Zu den Menschen, mit denen ich mein ganzes Leben verbracht hatte, oder zu den Männern, die ich nun meine Brüder nannte, aber die ich nicht kannte?

Stavis Wallec war es schließlich, der mir die Entscheidung abnahm. Er hatte sich bereits gesetzt und reckte mir auffordernd zwei Becher entgegen.

»Setzt euch«, wendete ich mich an meine Familie und die treuesten Krieger. »Lasst euch den Wein und das Bier schmecken, trinkt auf mein Wohl. Ich werde mich meinen neuen Brüdern vorstellen, aber später noch einmal zu euch kommen, damit wir gemeinsam anstoßen können.«

Wieder wurde mir auf die Schulter geklopft und gratuliert, ich hingegen bekam unwillkürlich Bauchschmerzen. Ich hatte längst bemerkt, dass viele der Saers zu mir sahen, konnte aber nicht so recht sagen, wie ich sie zu deuten hatte. Rodrey Boros jedenfalls saß bereits bei meinen neuen Waffenbrüdern, also wurde es wohl auch langsam für mich Zeit.

Die wenigen Schritte zur Tafel der Schwertherren waren eine einzige Qual.

»Saers«, hob ich schließlich die Stimme zu einem Gruß an, als ich sie erreicht hatte.

Wenn man stummes Glotzen als freundliche Antwort versteht, bekam ich einen wahrhaft warmen Empfang bereitet.

Jervain Terety, der Marschall der Königin und Führer der Bruderschaft der Alier, erhob sich von seinem Platz, da ich keine Anstalten machte, mich zu setzen. Terety war ein Mann von hohem Wuchs und schlanker Erscheinung. Sein dunkles Haar trug er kürzer, als es die meisten anderen Männer zu tun pflegten, sein Gesicht war bartlos. Vom Alter her musste er den Draak um sicherlich fünf, sechs Jahre unterbieten, trotzdem ähnelten sich die beiden – ebenso schlank und groß, ebenso dunkel vom Haar. Doch sah man bei meinem neuen Schwertmeister meistens einen eher ernsten Gesichtsausdruck, umspielte die Züge Teretys ein oft spöttischer Glanz. Ich sollte bald lernen, dass der Marschall einen ganz eigenen Sinn für Humor an den Tag legte und er meistens nicht halb so belustigt war, wie es auf den ersten Blick wirkte.

»Als Marschall der Bruderschaft der Alier«, begann Jervain und hob dabei einen einfachen Holzbecher an, »will ich dich als Erster in unseren Reihen begrüßen, Saer Ayrik.«

Mir wurde von Stavis, der am Ende der Tafel saß, ebenfalls ein Becher gereicht, den ich zum Gruß anhob. »Ich danke dir, Saer Jervain. Es ehrt mich, in der Gesellschaft solch großer Männer zu stehen und an euer Seite meinen Dienst zu tun.«

Was hatte ich erwartet? Dass man mir zuprostete, lachend auf die Schulter schlug und mich mit offenen Armen empfing? Vielleicht. Aber sicher nicht das eisige Schweigen, das auf meine Worte folgte. Ich versuchte meine Gesichtszüge unter Kontrolle zu halten, die wie von Zauberhand nach unten sinken wollten.

»Ich weiß«, sagte Terety in das Schweigen der schwarz gerüsteten Männer hinein und machte dabei keine Anstalten, sich wieder zu setzen, »dass einige von euch mit der Ernennung Areons nicht einverstanden sind. Ich habe mir die Beschwerden und das Gemoser ja schon den ganzen Tag über anhören dürfen. Aber was ich euch jetzt sage, merkt euch besser ganz genau: Wir sind Saers und keine Waschweiber! Wir leben, um zu dienen und nicht um mit den Entscheidungen unserer Herrin zu hadern. Ich verlange von euch jeden einzelnen Tag absolute Treue, und das erwarte ich auch in diesem Falle. Ihr alle habt die Worte unserer Herrin vernommen, also fügt euch der Weisheit und dem Willen der Hochkönigin Anariens, denn durch sie spricht unser Herr Junus zu allen Zeiten!«

So sehr es den Marschall ehrte, denn er stand für mich ein und befand sich damit in überschaubarer Gesellschaft, genauso beschämte es mich im selben Moment. Die offene Ablehnung dieser Männer traf mich natürlich, wäre es also nicht an mir gewesen, dagegen vorzugehen? Müsste ich meine Ehre nicht selbst verteidigen? So stand ich da wie ein kleiner Junge, den die Größeren verprügelt hatten und der heulend zu seinem älteren Bruder kriecht, damit der die Angelegenheit regelt.

Ungefähr in der Mitte der Tafel erhob sich unvermittelt dieser hagere, finstere Saer mit dem eingefallenen Gesicht, den ich in Sannas Gemächern als Kerrick Bodhwyn kennen gelernt hatte. Sein stechender Blick richtete sich auf mich. »Willkommen, Saer Ayrik«, krächzte er, und nach und nach erhoben sich die anderen Schwertbrüder und stimmten in den Gruß ein.

Ich fragte mich, wie ehrlich manche Begrüßungen gemeint waren, und hob meinen Becher.

Der Marschall übernahm es, mich den anderen Männern der Bruderschaft vorzustellen. Einige von ihnen kannte ich ja bereits – Wulfar den fetten Schwertmann aus dem Wald, Rodrey Boros, Kerrick Bodhwyn und den klapperdürren Fyrell Neelor, der immer noch so wirkte, als hätte er sich durch puren Zufall in die Gesellschaft solch hoher Krieger verirrt. Zwei der Männer hingegen waren mir noch unbekannt. Da war zum einen Petr Mornai. Ich schwöre bei meinen Göttern, dass ich nie wieder einem Mann begegnet bin, der eine beeindruckendere Nase hatte als Saer Petr! Sie war nicht einmal besonders lang, sondern mehr ein fleischiger, steiler Abhang, der das bemitleidenswerte Gesicht des Saers beherrschte, wie die Hohe Wacht das Umland meiner Heimat. Der Rest seines Äußeren stand im krassen Gegenteil zu diesem Erker, denn es war unauffällig, fast schon zum Vergessen. Dunkle Haare hingen ihm platt bis über die Ohren, die grauen Augen waren klein und sein Mund ein schmaler Strich, aus dem selten etwas Lustiges drang. Von ganz anderem Schlag war Leocord Bodhwyn, der Neffe des wenig ansehnlichen Kerrick Bodhwyn. War sein Onkel eine beängstigende Person mit ebenso viel Schönheit wie ein frisches Schlachtfeld, hatte es die Natur mit Leocord gut gemeint. Er und ich waren in ungefähr demselben Alter, aber ihm gegenübergestellt war ich der reinste Schweinehirte. So wie Leocord aussah, mussten sich die Menschen einen Saer in ihren Träumen vorstellen – Hoch gewachsen, ein gestählter Körper voller Jugend, funkelnde grüne Augen, halblanges dunkles Haar und ein Lächeln, das jedes Mädchenherz zum Schmelzen brachte. Wie die meisten Saers, denen ich begegnet bin, trug auch Leocord keinen Bart, sodass man die unverschämt gute Haut seines Gesichts sehen konnte, die jede Frau vor Neid erblassen lassen musste. Saer Leocord war makellos, das findet man in unseren Tagen ohnehin selten, erst recht nicht unter den Männern des Krieges.

Das also sollten meine neuen Brüder werden.

Nach der Vorstellung, informierte mich der Marschall über den weiteren Ablauf, während ich noch damit beschäftigt war, mir die Namen einzuprägen. »Ich nehme an, dass wir die Festung des Draak in spätestens zwei Tagen Richtung Fortenskyte verlassen werden. Dort wirst du die Männer unter unserem Kommando kennen lernen«, sagte er. »Und dann wollen wir sehen, in welche Verantwortung wir dich stecken können, während dir der gute Saer Luran beibringt, was es heißt, ein Schwertherr zu sein.«

»Ich kann es kaum erwarten«, erwiderte ich. »Wie viele Männer gehören zur Haustruppe?«

»Zweihundert Männer unter Waffen, Soldaten, die nie etwas anderes gelernt haben als zu kämpfen, lagern derzeit am Königshof, noch einmal zweihundert sind zu dieser Stunde in der Nordmark stationiert, um etwaige Überfälle rechtzeitig vergelten zu können. Die Saers Jannor Lynek, Brawhin Cole, Wynholm Demir und Lilaec Thurner führen die Männer dort an. Unsere übrigen Krieger sind allesamt Freimänner, die besten der Besten, beritten und geschult an Axt und Speer.« Jervain ließ sich von einer Dienerin nachschenken.

»Du wirst sie mögen«, warf Stavis ein. »Es sind tapfere, harte Freimänner.«

Bevor ich etwas entgegnen konnte, begann Wulfar zu murren. Hinter dem dichten Bart sah ich deutlich einen missbilligenden Ausdruck auf seinem massigen Gesicht. »Gewiss wird er das«, schnaubte der fette Saer. »Gleich und Gleich gesellt sich gern.«

Rodrey Boros grinste.

»Saer Wulfar«, sagte ich, noch ehe es wieder ein anderer für mich übernehmen konnte. »Ich spreche ungern in hohen Tönen von mir, aber es ehrt mich, dass du mich ruhmlosen Tropf für ebenso tapfer hältst wie die Krieger unserer Reiterei, die sich sicherlich schon in zahllosen Schlachten auszeichnen durften.«

Schlagartig hatte ich die Lacher der Saers auf meiner Seite, selbst Bodhwyn zeigte so etwas wie ein Grinsen. Lediglich Rodrey Boros und Wulfar selbst fanden das eher weniger lustig.

Der füllige Saer erhob sich. »Wir werden noch sehen, wie wertvoll du bist, Areon«, meinte er sichtlich verärgert. »Entschuldigt mich. Mein Dienst beginnt früh.«

Damit verabschiedete er sich überhastet und Rodrey Boros mit ihm. Zwar stimmte es, dass die beiden noch vor Morgengrauen Dienst tun mussten, aber die Art und Weise ihres Abgangs sorgte für Kopfschütteln bei Jervain.

»Mach dir nichts aus ihm«, riet mir Stavis. »Wulfar hat an Saer Rodrey einen Narren gefressen, seit sein eigener Sohn vor Jahr und Tag gestorben ist. Boros' Vater hat seinen Jüngsten damals Wulfar als Mündel überantwortet, um so einen Fuß in die Tür der Bruderschaft zu schieben. Seitdem sind die beiden kaum voneinander zu trennen.«

»Sie ähneln sich«, nickte Jervain. »Luk, Wulfars Sohn, war ein unbeherrschter

Knabe mit zu viel Mut in seinem Körper. Boros ist von ähnlichem Schlag.«

Einer der freien Saers, deren Namen ich im Laufe der Jahre vergessen habe, ließ sich zu einem Einwurf herab, der verhaltenes Gelächter hervor rief. »Nur nicht so fett.«

In diesem Moment hörte ich hinter mir Schritte, und Jervain Terety am Kopf der Tafel erhob sich mit einem schmalen Lächeln. »Saer Luran, komm und leiste uns Gesellschaft!«

Mein neuer Lehrmeister nahm zwischen Stavis und mir Platz, und sofort wurde auch ihm ein Becher mit Wein gebracht, mit dem er mir nickend zuprostete. Ich erwiderte seine Geste, schielte aber unauffällig zur Empore, wo sich die Königin mit ihrer Tochter Sanna und dem Hüter eingehend unterhielt. Ich konnte zwar nicht verstehen, worum es ging, aber Eneas Gesichtsausdruck zu folgen, gab es eine Meinungsverschiedenheit.

»Wie ich sehe, hast du dich bereits mit deinen Brüdern bekannt gemacht«, lenkte mich der Draak zurück an unseren Tisch.

»So ist es, Herr.«

Der Schwertmann aus dem Süden maß mich mit einem Blick. »Ich bin nicht länger dein Herr, Ayrik, das habe ich hoffentlich oft genug erwähnt. Spare dir also diese Anrede. Wenn du mir schon den Respekt erweisen willst, den ich verdiene, dann nenne mich Saer.«

»Wie Ihr wünscht, Saer.«

Ein Nicken, mehr nicht.

Jervain Terety nippte an seinem Wein, während er mich über den Tisch hinweg musterte. Schließlich stellte er den Becher ab und wendete sich dem Draak zu. »Du hast vier Monde Zeit, um aus deinem Schützling einen Saer zu formen«, sagte der Marschall langsam. »Dann, so Junus will, kehren wir nach Rhynhaven an den Hof zurück, und ich erwarte einen ausgebildeten Schwertmann in meinen Reihen vorzufinden, der nicht nur Wölfe erlegen kann, sondern der sich auf den Angriff zu Pferde ebenso versteht wie auf das Führen von Männern in der Schlacht.«

»Er wird bereit sein.« In der Stimme Luran Draaks lag eine widerspruchslose Feststellung.

»Und?« Terety sah mich forschend an. »Bist du würdig, Saer? Wirst du ein Meister des Schwertes sein?«

»Mehr als das, Marschall!«

»Hört den jungen Wolf heulen«, sagte Kerrick Bodhwyn. Sein bleiches Gesicht war mir starr zugewandt.

Terety ließ die Worte kurz zwischen uns hängen. »Saer Luran wird dich also in der Kunst und den Tugenden des Schwertes unterweisen«, sagte er mehr zu sich selbst. »Aber derweil brauche ich dich als Mitglied der Leibwache unserer Herrin. Wenngleich es fraglich ist, welchen Nutzen du mir bringen solltet.«

»Wie ich hörte, plant die Hochkönigin selbst mit ihm.« Der Draak sah kurz zur Empore, wo die Herrscherin des Reiches noch immer mit ihrem obersten Geistlichen diskutierte.

Die Erwiderung des Marschalls wurde von Dienern unterbrochen, die in diesem Moment begannen, die Vorspeise zum Festmahl an den beiden Tafeln zu verteilen. Frisches Brot, Fleisch, Käse, Zwiebeln und einige sonderbare Früchte, die wie lang gezogene, dunkle Kirschen aussahen und die ich bis dahin überhaupt nicht kannte, wurden auf langen Brettern herein getragen.

»Ja, ich weiß«, sagte Terety, nachdem eine dieser Platten zwischen uns auf den Tisch gestellt wurde. »Wie mir unsere Königin verriet, wünscht ihre hohe Tochter eine ... kleine Umgestaltung ihrer persönlichen Leibwachen.«

Jetzt hatte ich nicht nur Kerrick Bodhwyns Aufmerksamkeit. Fyrell Neelor, der bis zu diesem Zeitpunkt die Klappe gehalten hatte, glotzte mich mit offenem Mund an. Ihm dämmerte wohl, wer hier ersetzt werden sollte.

»Um ehrlich zu sein, bin ich von diesem Wunsch nicht sonderlich angetan«, meinte Saer Jervain und griff dabei nach einem noch warmen Stück Brot.

Die Augen des Draak bohrten sich in Terety. »Ich ebenso wenig.«

»Dennoch ist es der Wunsch der Prinzessin.«

»Und wir leben, um zu dienen.« Aus Luran Draaks Mund klang es nicht sonderlich begeistert.

Der Marschall kaute eine Weile auf dem Brotstück herum. »Saer Kerrick?«

Ohne von mir weg zu sehen, nickte Bodhwyn. »Es sei so.«

»Das lass ich mir nicht bieten!«, polterte Fyrell Neelor unvermittelt los und ließ damit jedwede Gespräche im Saal ersterben. »Ich entstamme einem ehrenwerten Haus hoher Saers! Meine Familie hat für die Krone und Junus Generationen lang geblutet! Was hat er dagegen zu bieten?« Ich gebe gerne zu, dass mich die Heftigkeit des Ausbruchs bei diesem Hänfling erstaunte, und ich zolle ihm mittlerweile Respekt dafür. Damals jedoch hätte ich Saer Fyrell am liebsten das übergroße Maul solange mit dem gerade gebrachten Brot gestopft, bis es ihm aus den Ohren wieder herausgekommen wäre. »Er ist ein Emporkömmling!«, geiferte der Saer mit sich unmännlich überschlagender Stimme weiter. »Er tat nichts, als einen Wolf zu töten, nichts! Und dafür soll ich entehrt werden? Ich fordere Gerechtigkeit!«

»Saer Fyrell Neelor!« Die Stimme der Hochkönigin peitschte durch die Halle, ließ den Schwertmann jäh verstummen. Wieder breitete sich Stille aus, aber diesmal nicht annähernd so angenehm wie eben bei meiner Weihe. »Spricht aus Euch der Wein, oder wollt Ihr uns allen etwas mitteilen?«

Es lag nicht die geringste Wärme in ihrer Stimme.

Dem Blick Eneas konnte Fyrell nicht lange widerstehen. Er senkte demütig den Kopf, wirkte plötzlich wie ein geprügelter Hund. Armer, dürrer Kerl, dachte ich, während ich mich gleichzeitig sonderbarerweise darüber freute, dass man ihn vor dem versammelten Hof zum Schweigen gebracht hatte. Manchmal war ich eben ein ziemlich selbstsüchtiger Bastard.

»Dann schlage ich vor, Ihr sucht Eure Kammer auf«, befahl die Königin, nachdem Fyrell keinerlei Antwort gegeben hatte. »Ich dulde es nicht, dass meine Saers die Beherrschung verlieren, weil sie dem Wein zu sehr zugesprochen haben.«

Und damit schlich Fyrell Neelor, bis vor wenigen Augenblicken noch die persönliche Leibwache der Prinzessin von Rhynhaven, aus dem Saal. Ein Sänger begann eine Melodie auf seiner Laute anzustimmen, die Gespräche nahmen wieder ihren Lauf.

Kerrick Bodhwyn nahm sich unbeeindruckt eine Scheibe Fleisch von der Platte. Er zeigte wieder dieses verschlagene Grinsen. »Bist du ebenso schnell mit dem Schwert wie damit, dir neue Freunde zu schaffen, Saer Wolfstöter?«

Von all den Dingen, die mich der Wyrc gelehrt hatte, empfand ich immer das Lesen, Schreiben und Rechnen als das Unnötigste. Letzteres beherrsche ich bis heute nicht wirklich herausragend, aber es reichte damals schon dazu aus, mir an einer Hand abzuzählen, wie viele Feinde ich mir direkt am ersten Tag als Schwertadliger gemacht hatte.

Es sollte erst der Anfang sein.

DREIZEHN

Für gewöhnlich lässt mich Winbow während des Tages in Ruhe. Dann reiten wir schweigend nebeneinander her und lassen uns in der Sonne braten, während wir versuchen, die mistigen Mücken zu ignorieren, die einen hier am Uferwege des Rhyn förmlich auffressen. Heute jedoch scheinen den Cadaener zu viele dieser Biester gestochen zu haben, denn er sucht das Gespräch. Auf seine Weise zumindest. Den Ordensmantel feinsäuberlich in der Satteltasche verstaut, hat sich Mikael die Ärmel seiner Tunika gegen die Hitze hochgekrempelt. Schwitzend und mit rotem Kopf lenkt er sein Pferd genau neben meines. Immer wieder sieht er zu mir herüber, sagt aber nichts, was mir nach einer Weile auf die Nerven geht. Er ist ohne jede Frage tapfer, dieser Schwertherr Junus', hat im Krieg gestanden, misst sicherlich fast sechs Fuß und ist breit wie ein Holzfäller, aber mich anzusprechen, das traut er sich nicht, sondern zaudert wie die Jungfer vor der ersten Nacht.

Bin ich tatsächlich so beängstigend? Wohl kaum, sonst hätte mir Mikael nicht mein Schwert zurückgegeben oder ließe mich frei reiten. Nein, wahrscheinlich gefällt ihm meine Geschichte einfach nicht, die zu viel mit seinen Vorurteilen aufräumt, die man ihm von mir zu verkaufen versucht hat. Noch mehr Wahrheiten könnten seine Überzeugung auf die Probe stellen, das weiß er.

Und da ich zaghaftes Verhalten nicht ausstehen kann, erlöse ich den Cadaener und mich selbst. »Stinke ich?«

»Hm? Nein!«

»Gut.«

Mikael reitet kurz vor mich, um einem herankommenden Ochsenfuhrwerk, das Mühlsteine geladen hat, Platz zu machen. Als der Karren an uns vorbeigerumpelt ist, lässt sich der Saer wieder neben mich fallen. »Wieso fragst du?«

»Du starrst mich schon den ganzen Morgen über an, als hätte ich mich in Scheiße gewälzt.«

Darauf erwidert mein heiliger Freund nichts. Er kann es nicht ausstehen, wenn ich fluche oder unsittliche Worte benutze, was genau genommen der Grund dafür ist, dass ich es so oft mache.

Nachdem er seinen Ärger über meine Ausdrucksweise runtergeschluckt hat, hebt er wieder die Stimme an. »Ich frage mich nur schon die ganze Zeit, wie alt du bist.«

»Rechnen ist also nicht deine Stärke. Ganz einfach: Als man mich mit dem Zeichen eines Saers versah, war ich knapp zweiundzwanzig, und das Ganze passierte vor dreizehn Jahren. Soll ich dir ein paar Steine als Hilfe fürs Zusammenzählen besorgen?«

Wie fast immer ignoriert er meine Stichelei. »Du wirkst älter als fünfunddreißig.«

»Wäre ich eine Frau, würde ich das jetzt als Beleidigung auffassen«, gebe ich zurück. »Betrachte es mal von diesem Stanpunkt aus: Männern, die ihr Leben dem Krieg widmen, die mit dem Schwert und der Axt und dem Speer groß werden, ist es selten vergönnt, ein hohes Alter zu erreichen, denn das Schicksal der Krieger ist es, auf dem Schlachtfeld vor ihrer Zeit zu sterben. Ich gelte für manche ja fast schon als alter Mann, den lediglich die Jahre einholen, die er Njenaar ohnehin schon zu lange abgeschwatzt hat. Obwohl meine Knochen noch heile sind, meine Kraft weiterhin groß, ich unter keinen Verkrüppelungen oder Gebrechen leide und fast alle Zähne dort sind, wo sie hingehören, stimme ich dir doch zu – ich bin ein alter Mann. Zähle ich all die Narben meines Körpers mit denen des Geistes zusammen, dann hätte ich schon vor Ewigkeiten den letzten Gang antreten müssen.« Ich zucke mit den Schultern. »Glaub mir, ich verstehe es selbst nicht, aber ich lebe noch. So alt ich mich auch fühle, mich konnte bisher keiner umbringen und deswegen lachte über jene, die ich ins Grab schickte.«

»Du hast über die Toten gelacht?«, fragt der Cadaener entsetzt.

»Natürlich! Die Toten interessiert es doch gar nicht, ob wir lachen oder weinen, denn sie sind für immer von diesem ganzen elenden Mist erlöst. Deswegen lachte ich oft und lachte hart. Mit den Jahren änderte sich nur der Grund. Aus anfänglicher Ignoranz allen weltlichen Übeln gegenüber wuchs bald die Einsicht, dass ich besser über das lachte, was mich zu zerstören drohte, statt daran zu Grunde zu gehen.« Einige kleinere Wolken schieben sich vor die Sonne und spendieren uns für Momente Ruhe von der brütenden Sonne. »Heute habe ich noch nicht gelacht, das weiß ich genau, aber vor all diesen Jahren, in den ersten Stunden als Schwertherr, da tat ich es oft. Ich lachte und vergaß. Ich lachte und hoffte und merkte nicht einmal, wie man bereits begann, die Schlinge um meinen Hals zu knüpfen. Ich war ein lachender, verdammter Idiot.«

BRÜDER

Zwei Tage nach der Ernennung zum Saer saß ich im Sattel meines Pferdes inmitten eines langen Trosses, der aus sicherlich über einhundert Menschen bestand. Man hatte Aufstellung im Hofe der Festung genommen, sich herausgeputzt für den königlichen Weg zum Hof von Fortenskyte. Den schwarzen Mantel eng um den Körper geschlungen, ließ ich einen feinen, sehr unangenehmen Schneeregen auf mich niedergehen und beobachtete das Gewusel im Matsch des Festungshofes um mich herum. Die Sauerei, die vom Himmel fiel, Schnee, der aussah, als sei er mit Asche vermischt, erschien mir irgendwie dreckiger, dunkler als gewöhnlich, damals jedoch schob ich es lediglich auf meine langsam einfrierende Laune. Trotz meines schweren Mantels und eines dicken Tuches, das ich um den Hals geschlungen trug, fror ich. Und ich wartete.

Es war Aufbruchszeit. Wenn eine Königin ging, tat sie es nie ohne gewaltigen Aufwand. Diener und Sklaven waren den ganzen vorherigen Tag damit beschäftigt gewesen, alles, was der engste Kreis des Königshofes so mit sich auf die Festung des Draak gebracht hatte, wieder in vier Wagen zu laden, die jetzt hinter mir standen. Und es gab eine Menge zu verladen.

An diesem verschneiten, elend kalten Morgen, kurz nach Sonnenaufgang, war man abmarschbereit. Genau wie Stavis Wallec saß ich bereits im Sattel und wartete. Wartete auf meine Hochkönigin und ihre Tochter, die ich in den letzten zwei Tagen kaum zu Gesicht bekommen hatte, denn der Draak war mit Marschall Jervain Terety übereingekommen, dass mein Dienst erst auf dem Weg zum Königshof Fortenskyte beginnen sollte. In der Zwischenzeit hatte mich mein Lehrmeister ausgerüstet sowie mein bisheriges Hab und Gut nach Nützlichem durchsucht. Wie sich herausstellte, war Saer Luran nicht unbedingt von meinem altertümlich wirkenden Schwert Nachtgesang begeistert. Zu schwer, urteilte er, zu sehr auf Wucht ausgelegt, falsch ausbalanciert und zu allem Überfluss auch noch kaum mit einer Hand zu führen. Damit, so belustigte er sich zumindest in seiner trockenen Art, würde ich noch Spaß in voller Rüstung und mit einem Schild in der Linken bekommen. Daraufhin rüstete er mich, noch immer auf diese sonderbare Weise grinsend, mit einem gesteppten Lederwams aus, das ebenso lang wie mein neuer, geschwärzter Kettenpanzer war. Man trug dieses Wams unter dem Kettenhemd, informierte mich der Draak, und half mir gleich in meine neuen Rüstungen, die sich schließlich in Kombination als nicht unbedingt leicht herausstellten. Ebenso bekam ich einen Schild mit dem Flammenzeichen des Königshauses von Rhynhaven und eine übermannsgroße Lanze. Einen dieser schwarzen Helme mit dem Kettengeflecht, das die Hälfte meines Gesichts bedeckte, überreichte man mir mit Arm- und Beinschienen allerdings erst in Fortenskyte.

Im Vergleich zu dem Stück Holz, das ich in der Höhle der Klea benutzen durfte, war mein neuer Schild ein wahrer Schatz. Oben abgerundet und nach unten verjüngend verlaufend, stellte der knapp drei Fuß hohe, leicht nach innen gebogene Schild in seiner guten Ausarbeitung ein kleines Kunstwerk dar. Er war aus massivem Eichenholz gefertigt und mit Rohhaut bespannt, die man an den Rändern des

Schildes vernäht hatte, und so ideal für Reiterkrieger, wie ich jetzt einer war. Alleine aufgrund seiner Länge schützte er die allzu verletzlichen Beine eines Saers im Sattel. Die gute Verarbeitung galt sicher auch für die Flügellanze, deren Klinge ungefähr zwei Ellen der insgesamt über zwei Schritt langen Waffe einnahm, nur wusste ich nicht im Geringsten, wie man mit so einem Spieß vom Sattel aus umgehen sollte. Als Saer jedoch musste ich das lernen, erklärte mir der Draak, denn wir waren in erster Linie eine berittene Eliteeinheit, die mit ihren Lanzen im Sturmangriff eine verheerende Wirkung unter den Feinden anrichten konnte. Er versprach mir einige erbauliche Übungsstunden im Sattel, sobald wir Fortenskyte erreicht hätten, und ich glaubte es ihm aufs Wort.

Damit einem Saer im Kampf nicht ein verirrter Schwertstreich den Hals aufschlitzte, benutzten wir zusätzliche Kettenhauben, welche auf dieselbe Art und Weise gefertigt und geschwärzt worden waren wie mein Panzerhemd. Zusammen mit einer gepolsterten Kappe konnte man so die Haube mit dem Helm, den ich bald erhalten sollte, tragen, ohne sich die Haare vom Kopf zu rupfen. Ein paar Beinlinge aus Kettengeflechten, die mittels einer Vergurtung an einer gepolsterten Hose befestigt wurden, schützten meine Beine. Ich kenne Saers, die keine Stiefel auf solche Beinlinge tragen, aber die Männer der Bruderschaft hielten es anders, was mich dazu brachte, es ihnen gleichzutun.

Überhaupt fühlte sich meine neue Ausrüstung noch ungewohnt fremd und kostbar an. Ich hatte während der Lehrzeit beim Wyrc weder in voller Rüstung noch mit einer Lanze gekämpft, was mich ahnen ließ, dass mir eine gewaltige Umstellung bevorstand. Die Zeiten des wilden Schwertschwingens schienen vorüber, die Zeit für einen Saer der Bruderschaft stand bevor. Und als solcher zeichnete man sich nicht durch kopflose Raserei aus, sondern durch Disziplin, Formationen und Geschick. Mir stand ein langer Weg bevor, das stand fest.

Doch bevor es soweit sein sollte, gab es einen, der mich vorerst woanders hinführen würde. Zu Cal.

Am Morgen nach der Ernennung hatte ich sie das erste Mal seit unserem schicksalhaften Kampf im Wald wieder gesehen. Und ich staunte nicht schlecht, als sie tatsächlich lächelte, nachdem ich sie auf Anraten des Draak in der Sklavenküche aufsuchte. Man hatte ihr ein schlichtes, aber sauberes Kleid aus Wolle gegeben, sie gewaschen und die dunklen, lockigen Haare von Filz und Dreck befreit. Beinahe wirkte sie wie eine Fremde auf mich, war ich doch nur die verwilderte Cal gewohnt, die ebenso nach totem Bär stank, wie ich es getan hatte.

»Herr«, brachte sie noch immer scheu lächelnd zustande, als ich sie fand, und sank auf die Knie.

Ich ignorierte die anderen Sklaven und Unfreien, die hier arbeiteten und ebenso auf die Knie gingen, und fragte mich stumm, wie ich reagieren sollte. Sie hatte Recht, ich war jetzt ein Herr, obwohl ich das streng genommen ja vorher auch schon gewesen war. Für sie zumindest. Sie gehörte mir, seit ich ihren vorherigen Besitzer erschlagen und damit all seine Güter für mich beansprucht hatte. Jetzt, im ewigen Spiel der Mächtigen, hatte sie einmal mehr den Besitzer gewechselt, denn als Saer der Bruderschaft war es mir nicht gestattet, Sklaven zu halten. Stattdessen gehörte sie nun der Krone. Sklavin und Saer, zwei Welten, die nicht unterschiedlicher hätten sein können. Uns verband jedoch die harte Wanderung durch die Hohe Wacht, das gemeinsame, enge beieinander Schlafen, als uns die unerbittliche Grausamkeit des Winters dazu zwang, eine sonderbare Verbindung einzugehen. Wir hatten gemeinsam die Bestie von Dynfaert, die Klea und den Wyrc überlebt, und jetzt kniete sie vor mir nieder, und ich fühlte mich nicht richtig.

»Komm«, sagte ich und zog sie auf die Beine. »Lass uns ein Stück gehen. Ich muss bald wieder zurück bei meinem Lehrmeister sein.«

Eine Weile schlenderten wir über den Hof der Festung, die jetzt vor Geschäftigkeit pulsierte. Knechte, Sklaven und Krieger gingen hierhin und dorthin, hielten das Leben in diesen Mauern mit ihrer Arbeit aufrecht, während weder Cal noch ich so richtig wussten, was wir sagen sollten.

Also begann ich mit dem Offensichtlichen. »Deinem Fuß geht es scheinbar besser?« Sie nickte. »Gut. Wenn man bedenkt, in was für Schwierigkeiten uns das beinahe gebracht hätte …« Ich räusperte mich. »Es gibt Neuigkeiten, Cal: ich bin nicht länger dein Herr. Die Hochkönigin ist es jetzt, weil es mir als Saer ihrer Wache nicht gestattet ist, eigene Sklaven zu haben. Du wirst mit uns nach Fortenskyte kommen, hat mir der Draak mitgeteilt, und dort sollst du weiterhin in der Küche arbeiten.«

Es klang sonderbar, ja. Es klang falsch, hohl und sinnlos. Aber was sollte ich sonst sagen? Die Welt ist, wie sie ist.

»Ich weiß, Herr. Zira hat es mir bereits gesagt.«

Zwei Stallburschen, denen der Geruch von Pferdemist deutlich anhing, kamen uns entgegen, sahen dann Nachtgesang an meinem Gürtel, das schwarze Kettenhemd und wichen mir daraufhin unterwürfig aus, sodass sie mitten durch eine der zahllosen Pfützen auf dem mit Stroh und Binsen ausgelegten Hof marschierten. An den Füßen hatten sie lediglich zwei Ledersohlen, die mit Bändern um die nackten Waden gewickelt waren. Nicht das passende Fußwerk für solch eine Witterung.

»Wer ist Zira?«

»Die Älteste der Küchensklaven, Herr.«

Ich zog eine Grimasse. »Lass das Herr sein, ja?« Unentschlossen rückte ich meinen Schwertgurt zurecht, während ich an den Draak und mich selbst dachte: »Zumindest wenn wir allein sind.«

Cal hob kurz den Blick. Wieder ein kleines Lächeln. Sie nickte.

Wir gingen hinauf auf den Wehrgang der östlichen Mauer, wo wir zwei der Speermänner trafen, die zur Truppe des Draak gehörten. Ich kannte sie, konnte mich aber nicht mehr an ihre Namen erinnern. Auch sie neigten das Haupt, ließen die Sklavin und mich ohne Worte über den hölzernen Gang schlendern. Irgendwann hielten wir an, und ich lehnte mich mit den Unterarmen gegen die Brustwehr, schaute hinaus in eine Welt, die ich nur allzu gut kannte. Wohin man auch über die Mauern sah – graue Wälder, steile Hänge, eine vergessene Welt im Schatten der Hohen Wacht. Ein Meer aus Stein und Holz, ein altes Reich, in dem die Grauen umhergingen. Vor uns erstreckte sich das Land finsterer Götter, die meine waren und welche die Menschen aus Dynfaert mieden, obwohl sie noch vor nicht vielen Jahren ebenso zu ihnen gebetet hatten, wie ich es manchmal tat. Nebelfetzen hingen zwischen den Tannen und Felsen, wie es so oft im Herbst und Winter war. Wenn man nur stark genug daran glaubte, dann konnte man im Dunst die Stummen Jäger, Gesandte der Götter, sehen, von denen es heißt, sie jagten im Schutz der Nebelschleier nach den Schwachen und Feigen.

Wir schauten auf die unbezwingbare Hohe Wacht, wo meine Götter stark und grausam sind, und deren Herrschaftsgebiet Cal und ich uns gestellt und überlebt hatten. Diese Erfahrung würde uns niemand nehmen können. Das schweißte zusammen, mochte ich auch ein Herr und sie die Sklavin sein.

»Behandelt man dich gut?«, wollte ich endlich wissen, denn diese Frage brannte mir schon seit meinem Erwachen im Verlies der Festung auf der Seele.

Ständig hatte ich ihren mit Narben übersäten Rücken vor Augen, kurz bevor mich der Schlaf holte, und erinnerte mich mit Abscheu den Klea gegenüber, der ihr das angetan hatte. Ihr Misstrauen, dieses Unterwürfige, fast schon erwartend, ich würde sie ebenso dreckig behandeln wie Ulweif. All das lastete wie eine Bürde auf mir, die schwerer wog als mein neues Leben als Saer. Ich fühlte mich für sie verantwortlich. Sollten mich die Grauen holen, würde ich daran versagen! Immerhin war ich jetzt ein Schwertherr, ein verdammter Adliger. Da sollte das ja wohl irgendwie möglich sein.

»Es gibt mehr zu essen als bei den Klea, und meine Schlafstatt teile ich mir nur mit einem Mädchen aus dem Norden, das noch nicht sehr gut Anan spricht.«

Ich sah zu ihr. »Aber niemand schlägt dich oder stellt dir nach?«

Sie schüttelte den Kopf, ohne den Blick von der Hohen Wacht zu nehmen, die sich vor uns wie eine Mahnung an unsere gemeinsame Vergangenheit ausbreitete.

Das beruhigte mich, auch wenn ich nicht dumm genug war zu glauben, dass es so bliebe. Cal war jung und hübsch anzusehen. Ich konnte mir lebhaft ausmalen, was in den Köpfen und vor allem in der Hose einiger der älteren Sklaven passieren konnte, wenn sie glaubten, der Neuen zu zeigen, wo ihr Platz sei.

»Wenn wir den Königshof erreichen, wirst du den Rest der Sklaven kennen lernen. Keine Ahnung, was sich da für Bastarde herumtreiben, aber ich verspreche dir, nach dem Rechten zu sehen, so oft mein Dienst es erlaubt. Sollte dich dann jemand schlecht behandeln, wirst du es mir sagen, hörst du?«

Erst bewegten sich die Augen leicht in meine Richtung, dann, kaum merklich, aber Stück für Stück der ganze Kopf. »Warum machst du das?«

Ich musste lächeln. »Hast du schon vergessen? Weil ich nicht Ulweif bin.«

Cal, dieses zerbrechliche Ding. Immerhin würde ich sie in meiner Nähe wissen und wehe dem, der es wagen sollte, Hand an sie zu legen! Sie würde also zusammen mit den anderen Sklaven am Ende des Trosses sein. Zu Fuß, nicht wie ich im Sattel eines Pferdes über andere weit sichtbar erhaben. So war der Lauf der Welt.

»He, Saer Heide!« Stavis Wallec. Ich musste wohl zu auffällig ins Leere gestarrt haben. »Mit offenen Augen eingeschlafen?«

Seit er für mich gebürgt hatte, war Stavis oft in meiner Nähe gewesen, hatte mich aufgezogen und verspottet, aber nicht in einem herabsetzenden Tonfall. Der aus Neweven stammende Schwertmann war einfach so, legte eine Unbeschwertheit an den Tag, die in diesem mürrischen Winter nur allzu willkommen schien. Ich konnte ihm nie böse sein, übertraf seine große Klappe doch meine bei weitem. Es bestand eine Sympathie zwischen uns beiden, die sehr wahrscheinlich weder er noch ich erklären konnten, aber was auch keinem deswegen den Schlaf raubte. Wir mochten uns, mehr mussten wir nicht wissen.

»Wäre ich ein Fisch, könnte ich bei dem Dreckswetter vielleicht schlafen«, sagte ich und wischte mir den Schneeregen von der Stirn, der mir allmählich in die Augen lief.

Stavis streckte die flache Hand mit der Innenseite nach oben aus, schürzte die Lippen und sah wie jemand aus, der erst jetzt bemerkte, dass es regnete. »Du solltest froh sein«, ließ er mich wissen, »dass wir bei so einem Wetter abreisen und nicht im Hochsommer.«

»Ich kann mich vor Dankbarkeit kaum im Sattel halten, Stavis.«

»Das meine ich ernst! Was denkst du denn, wie schnell wir mit all den Wagen und Leuten zu Fuß vorankommen werden? Mit ein wenig Glück sehen wir Fortenskyte kurz nach Sonnenuntergang. Und jetzt stell dir vor, dir würde bis dahin die Sommersonne auf deinen hohlen Schädel brennen. Noch ehe wir den Hof erreicht hätten, wäre auch noch der klägliche Rest deines Verstandes verdunstet.«

»Das wüsste mein Mentor ganz bestimmt zu verhindern.«

»Der Draak?«

»Der Verlauste.« Und damit meinte ich natürlich den Wyrc, den das Schicksal einmal mehr an mein Leben gebunden hatte.

Ich hatte immer noch nicht mit mir selbst ausmachen können, was ich davon halten sollte, dass er mindestens an meiner Seite bleiben würde, bis der Frühling käme und wir zurück in den Königspalast nach Rhynhaven zögen. Einerseits wollte ich nichts lieber als diesem Bastard zu entkommen, seit Jahren schon, aber auf der anderen Seite hatte sich seine wirre Prophezeiung letztlich doch als wahr herausgestellt. Und das ließ mich zweifeln. Vielleicht hatte mich mein Hass auf ihn blind gemacht, und er war tatsächlich ein Diener der Vergessenen Götter und nicht der von Machtgier zerfressene Ränkeschmied, dem ich mit Genuss beinahe alle Zähne eingeschlagen hätte. Die Götter waren launisch wie das Wetter, das unterschied sie von Junus, diesem gütigen, wenn auch alles verbietenden Gott meiner Königin. Vielleicht unterhielt es die Vergessenen ja, dass mich der Greis weiter plagen sollte.

Stavis Wallec sah sich kurz um. »Wo ist der Druide überhaupt?«

Ich wusste, dass ihm der Wyrc nicht geheuer war. »Irgendwo. Hoffentlich weit genug von mir weg. Seit der Nacht im Wald habe ich kein Wort mehr mit ihm gewechselt.«

Fast schien es, als ginge mir der Alte aus dem Weg. Selbst nach meiner Weihe war er verschwunden und mit ihm Brok, der hier als Gast geduldet wurde. Mich verwirrte das Verhalten des Wyrc, hatte ich doch fest damit gerechnet, dass er mir in der gewohnt selbstgerechten Art seinen Triumph unter die Nase reiben würde. Aber nichts dergleichen geschah. Er hatte sich im Hintergrund aufgehalten und tat es noch jetzt.

»Freu dich nicht zu früh«, sagte ich, als ich Stavis erleichterten Blick sah. »Ich weiß, dass er uns nach Fortenskyte folgen wird. Der Draak hat gestern mit ihm gesprochen.«

Im diesem Regen störte es wahrscheinlich eh niemanden, deshalb spuckte Stavis aus, um Übel abzuwenden.« Und diesen glatzköpfigen Wilden bringt er sicher auch mit.«

»Brok ist jetzt sein Schüler und Beschützer geworden. Also, ja.«

Das passte mir überhaupt nicht. Den Alten konnte ich mittlerweile einschätzen, das brachten die letzten elf Jahre einfach mit sich. Aber Brok, dieser grobschlächtige Klotz, war von ganz anderem Schlag. Ich zweifelte keinen Moment daran, dass er mich damals im Wald umgebracht hätte, wäre ihm nur die Gelegenheit gekommen, was er sicherlich immer noch bereute. Und selbst jetzt, da ich ein Saer der Königin war, so sehr mir auch Luran Draak schwor, die Dunier würden den Stärkeren respektieren, rechnete ich fest damit, eines Tages gegen den Klea antreten zu müssen. Ich hatte zwei seiner Herren erschlagen und hätte es mit ihm ebenso getan, wären nicht die Saers und diese riesige Wolfsbestie dazwischen gekommen. Es erschien mir sehr unwahrscheinlich, dass Brok all das vergessen hatte. Und außerdem war da immer noch Cal. Sie blieb selbst in Fortenskyte mein schwacher Punkt. Würde er ihr etwas antun, gäbe es keinen Eid der Welt, der mich davon abhielte, ihm das Herz aus der Brust zu reißen.

Hinter uns hörten wir das dumpfe Stampfen von Hufen. Die restlichen Männer der Bruderschaft passierten in diesem Moment den Tross seitlich, also konnte es nicht mehr lange dauern, bis die Königin und Prinzessin Sanna aus dem Palas treten würden, sodass wir die Reise beginnen konnten. Kurz bevor uns die Saers erreichten, zügelten Jervain Terety, Kerrick Bodhwyn und Fyrell Neelor ihre Tiere, um zu warten, während der Rest zu uns aufschloss. Ich zog die lederne Kappe hervor, die ich zwischen meinen Schwertgurt geklemmt hatte, setzte erst sie, dann die Kettenhaube auf.

»Ist das Wetter in deinem Dorf immer so unentschlossen?«, rief mir Leocord zu, der noch nicht nass genug geworden war und dementsprechend edel aussah, ehe auch er Haube und Helm aufzog.

»Das ist der Norden, Saer«, antwortete ich, woraufhin Leocord mit einer kleinen Grimasse nickte, und sein Fuchs, ein kräftiges Tier, übermütig einige Schritte tänzelte.

Wulfar Mornai hielt sich mit seinem Liebling Rodrey Boros etwas hinter uns, was ihn aber nicht daran hinderte, bewusst deutlich genug vor sich hin zu maulen, damit ich es hörte. »Je eher wir dieses gottlose Loch verlassen, desto besser«, beschwerte er sich lauthals. »Hier duldet man heidnische Hexenmeister und ihre Mordbrüder in den Hallen eines Saers, und gemeines Volk schwingt die Schwerter, als seien es Mistgabeln. Ketzerei, wohin man schaut!«

Ich warf Stavis und Leocord einen Seitenblick zu und ihren Gesichtsausdrücken nach hätte es mich nicht gewundert, wenn sie in diesem Moment dasselbe dachten, wie ich: Saer Wulfar sah aus wie ein vor sich hin motzendes, fettes Bierfass. Ich lernte einige Dinge sicherlich langsam, aber dass die königliche Haustruppe alles andere als eine glückliche Anhäufung von Brüdern war, wurde mir mit jedem Tag bewusster. Da gab es auf der einen Seite das Grüppchen um Mornai, dem sein Ziehsohn Rodrey Boros, sein Neffe Petr und neuerdings auch Fyrell Neelor angehörten, und auf der anderen Seite den Marschall Jervain Terety und Kerrick Bodhwyn, denen der Dienst für die Krone, so unterschiedlich beide Saers auch waren, über alles andere, vor allem persönliche Eitelkeit, zu gehen schien. Und dann waren da eben noch Stavis und ich. Und Leocord Bodhwyn, den ich zuerst für einen ähnlich eitlen Gockel gehalten hatte wie Boros. Aber ich hatte mich getäuscht. Am Abend nach meiner Ernennung hatten Stavis und ich im Saal zusammen getrunken, und es verwunderte mich sehr, als sich Leocord zu uns gesellte, sich in unsere Gespräche einbrachte, ja sogar nach meinem bisherigen Leben fragte. Anscheinend teilte er die Abneigung seiner drei anderen Brüder für mich Emporkömmling nicht. Wie mir Stavis dann später erklärte, nachdem sich Bodhwyn verabschiedet hatte und wir zwei die einzigen noch wachen Männer im Saal waren, mied Leocord die Gesellschaft seines Onkels und konnte Wulfar nicht ausstehen. Warum, das wusste Stavis nicht, hatte er Leocord doch selbst erst vor zwei Monaten kennen gelernt, als der Neffe von Saer Kerrick in die Bruderschaft erhoben wurde. Überhaupt, so Wallec, erzählte Leocord nicht viel von sich.

»Der Junge schmiedet seine eigene Legende, indem er einfach die Schnauze über sich hält und den Rest der Welt rätseln lässt, was den schönen Saer zu seinen noblen Taten antreibt. Nichts ist mächtiger als die Vorstellungskraft der Menschen«, hatte Stavis gesagt und uns den letzten Becher Wein eingeschüttet.

Wenig später traten endlich Königin und Prinzessin aus dem Palas, gingen gemessenen Schrittes die Treppen hinab in den Hof, dicht gefolgt von Luran Draak, der nun beiden nacheinander in die Sättel ihrer Pferde half. So war es Sitte. Dem Gastgeber oblag die Ehre, seinen hohen Gästen die Steigbügel zu halten. Mutter und Tochter waren angetan in schwere blaue Kapuzenmäntel, die bis zu den Knöcheln reichten, und gegürtet mit Schwertern. Auch trugen sie keine kostbaren Kleider, sondern eng anliegende Hosen aus Wildleder und feste Tuniken. Es überraschte mich nicht sonderlich, die Hefte ihrer Schwerter zwischen den Falten der Umhänge zu entdecken, wusste ich doch, dass es eine alte Tradition war, dass die Herrscherinnen Anariens die Kunst des Schwertkampfes erlernten. Wie wir Saers trugen auch Königin und Prinzessin das Schwert als Zeichen einer Vormachtstellung, obgleich die ihre natürlich um einiges höher wog als unsere.

Schließlich formierten wir Männer der Bruderschaft uns um die beiden hohen Damen. Zu beiden Seiten wurden sie nun von verschworenen Kriegern in Schwarz flankiert, wobei mir ein Platz am rechten Ende dieser Formation zuteil wurde. Vor mir ritt Kerrick Bodhwyn, der sich leicht im Sattel umwendete, um mir einen nicht zu deutenden, sehr kurzen Blick zuzuwerfen. Noch kurz besprach sich der Draak mit seinem Verwalter, einem rundlichen Kerl, den ich als Adamae kennen gelernt hatte und der in seiner Abwesenheit dafür Sorge tragen sollte, dass Dynfaert in der Zwischenzeit nicht unterginge – dann brachen wir auf. Der Zug setzte sich wie ein schwerfälliges Tier in Bewegung. Befehle wurden gerufen, Holzräder knarrten, Pferde schnauften. Der Tross erwachte zum Leben. Ich hakte die Lanze in meinen Steigbügel.

Der Schneeregen nieselte auf uns nieder, als ich die Heimat verließ.

Der Pfad herab von der Festung des Draak bis an die Grenzen meines Dorfes wurde stets gut in Schuss gehalten, war fest und sicher zu bereisen, trotzdem kamen wir nur langsam voran. Die Führer mussten überaus vorsichtig sein, wollten sie nicht mit ihren Wagen, vollgeladen mit allerhand Unsinn, in die graue Tiefe des Waldes unter uns stürzen. Und so dauerte es bis in den späten Morgen hinein, ehe wir zu Füßen der Hohen Wacht die ersten Überreste des alten Ynaarweges erreichten, der sich vielleicht zweihundert Schritt abseits der Umzäunung Dynfaerts nach und nach aus der Umklammerung der Natur löste. War er weiter nördlich größtenteils überwachsen, kaum zu begehen, geschweige denn zu sehen, begann ab hier der gut erhaltene Zustand. Vater war dem Draak gegenüber verpflichtet, den mit Pflastersteinen befestigten Weg instand zu halten, denn er führte von hier südlich zu den Königshöfen Fortenskyte, Firth-Daire und Shaerlenrest. Angeblich ging es jenseits von Shaerlenrest noch weiter, bis sich der Weg mit einem anderen Überrest des ynaarischen Straßennetzes traf. Aber ich hatte keine Ahnung, wo das sein sollte, war ich ja nicht einmal bis zu diesem Zeitpunkt nach Shaerlenrest gekommen, das, laut meinem Vater, einhundertzwanzig Meilen von Dynfaert entfernt am südlichen Ende der Provinz Nordllaer lag. Dass diese Straßen überhaupt noch gangbar und in einem guten Zustand waren, lag sehr im Interesse der Krone, stellten sie doch die schnellste und beste Möglichkeit dar, Truppen quer durch das Land zu schicken. Statt Krieger über holprige Naturpfade ziehen zu lassen, die Pferd und Mensch gleichermaßen ermüdeten, nutzte man lieber ein Überbleibsel der wenig geliebten Ynaar, die man zwar aus dem Land geworfen hatte, aber deren praktisches Erbe überaus willkommen blieb. Heute weiß ich, welchen Luxus diese Straßen darstellen, bin ich doch unzählige Meilen sowohl über gepflasterte Wege gegangen als auch über die jämmerlichen Wildpfade, die unser Volk in diesen Tagen anlegt und es Straße nennt. Und mein Hintern kann so einige schmerzhafte Geschichten von holprigen, kaum als solchen zu erkennenden Wegen erzählen, die mehr Schlaglöcher alle zehn Schritte aufweisen als dass sie geradeaus gehen. Die Ynaar mochten die Dunier, uns Scaeten oder Loken über Jahrhunderte unterdrückt haben, aber vom Straßenbau hatten sie mehr verstanden als die nun im Zwillingskönigreich Anarien vereinten Stämme zusammen.

Als wir so Dynfaerts äußerste Grenzen passierten, musste ich unwillkürlich daran denken, wie ich als Kind aus reiner Unvernunft einige der losen Pflastersteine aus der Straße gerissen hatte, um zu schauen, wie weit ich sie werfen konnte. Nie war mir die Idee gekommen, dass ich eines Tages tatsächlich eben diesen Weg nehmen würde, um meine Heimat hinter mir zu lassen. Wehmütig sah ich nach links, wo ich in einiger Entfernung undeutlich im Regenschleier die Spitze des ältesten Baumes erkennen konnte. Dort lagen Carels Schänke, der Palas meines Vaters, die Schmiede – all jene Orte eben, von denen ich dachte, ich würde sie nie verlassen. Und jetzt saß ich im Sattel als Schwertherr, befand mich in der nobelsten Gesellschaft, die dieses Reich zu bieten hatte, und zog mit dem Tross der Königin Anariens zu ihrem Winterquartier in Fortenskyte, um dort das Leben als Saer ihrer Leibwache zu beginnen. Ich wusste, dass wir bald nicht weit entfernt das mickrige Tor in der Umzäunung passieren würden, dass ich nur links abbiegen musste, um zurück ins Zentrum Dynfaerts mit all seinen verstreuten Höfen zu gelangen, aber diesmal lag ein anderer Weg vor mir. Es würde weiter nach Süden gehen, immer geradeaus. Immer weiter weg vom Vertrauten.

Aus dem Augenwinkel erkannte ich, dass Stavis, der am Ende der königlichen

Eskorte neben mir ritt, ebenso in Richtung der Dorfgemeinschaft sah.
»Hast du dich von deiner Familie verabschieden können?«, wollte er wissen, aber ich antwortete nicht.

Mein Magen zog sich bei dieser Erinnerung zusammen, und mir schnürte sich vor Rührung die Kehle zu. Ich mag selbst noch heute keine Abschiede, denn sie bringen einen Mann nur dazu, über die schlimmsten möglichen Wendungen des Schicksals nachzugrübeln, wenn er jene zurücklässt, die er liebt, aber dieses eine Lebewohl am Tag vor dem Auszug werde ich nie vergessen.

Nach Absprache mit dem Draak hatte ich mich am frühen Abend des Tages zuvor nach Dynfaert in die Halle meines Vaters begeben, wo mich meine Sippe bereits erwartete. Annah und die Frauen meiner Brüder Rendel und Keyn, Maud und Liliah, hatten einen Eintopf aus Schweinefleisch, Zwiebeln und Knoblauch gekocht, den wir ein letztes Mal gemeinsam an der Tafel Vaters essen wollten. Dazu gab es Brot, gekochte Eier, Würzpastete, Bier und einen Haufen gedrückte Stimmung. Als ich in Kettenhemd, dem schwarzen Mantel der Bruderschaft der Alier und mit gegürtetem Schwert als scheinbar völlig fremder Herr den Palas betrat, kam mir Annah zögernd entgegen. Sie streckte ihre Hand aus, um meine Wange zu berühren, und vergoss bitter lächelnd die ersten Tränen.

Sie waren alle gekommen. Meine Brüder mit Weib und Kind, Annah, Onkel Gerret, Irma und ihre Nachkommen. Selbst Raegan hatte Vater eingeladen, an dem Mahl teilzunehmen. Dort saßen sie, an der Tafel, die ich zuletzt mit Hass und Verbitterung im Herzen verlassen hatte, und sie sahen zu dem Schwertmann, der seine Schwester an der Hand zu ihnen führte.

Vater am Kopf der Tafel erhob sich. Seine Stirn lag in Falten, um die Augen waren deutliche Furchen zu sehen, was darauf schließen ließ, dass er in den letzten Tagen wenig geschlafen und mehr getrunken hatte.

»Heil Euch, Saer Ayrik Areon von Dynfaert«, begrüßte er mit mich mit einem Becher in der Hand und zittriger Stimme und ich kam mir noch mehr wie ein Fremder vor. »Was mein ist, soll Euer sein an diesem Abend, den wir gemeinsam verbringen wollen.«

Annah zog mich sanft weiter auf die Tafel zu, war ich doch stehen geblieben, und dabei berührte sie unabsichtlich die Stelle, wo mir Hüter Wilgur das Zeichen der Flamme eingebrannt hatte. Das Mal schmerzte ohnehin schon den ganzen Tag, sodass ich unwillkürlich zusammenzuckte. Ich rang mir ein Lächeln für Annah ab und ließ mich schließlich von ihr führen. Die beiden Haussklaven Varin und Randol, die ich mein Leben lang gekannt hatte, verneigten sich, als ich sie auf dem Weg zur Tafel passierte. Ich wollte wie immer meinen Platz neben Keyn und Beorn auf der linken Bank einnehmen, aber Annah deutete auf den hölzernen Stuhl am anderen Kopfende der Tafel. Er war unberührt geblieben in den letzten Jahren, in denen wir ohne Mutter aufwuchsen, nur der Draak hatte dort von Zeit zu Zeit gesessen, wenn er meinen Vater besuchte. Nun sollte also ich dort Platz nehmen. Der Saer, der Schwertherr. Ein Fremder in der eigenen Sippe.

Annah und die anderen Frauen begannen nun die Becher der Männer mit Bier aus irdenen Krügen zu füllen, sodass ich stehen blieb und darauf wartete, dass ein jeder bedient war. Dann, die Frauen waren zurück an ihre Plätze gegangen, stießen wir an und begannen das Mahl.

Jeder am Tisch wusste, wie knapp die Zeit bemessen war und dass am Ende des Abends der Abschied stand, deshalb wurde das bald einsetzende Schweigen zwischen dem Schlürfen des Eintopfes gebrochen. Es stellte sich zu meiner Überraschung heraus, dass Vater Raegan einstweilen den Posten des Wildhüters angeboten und mein Freund angenommen hatte. Das war nur zu verständlich, gab es doch niemanden, der im Wald nach dem Rechten sah, jetzt da Clyde tot und Aideen immer noch verschwunden war. Das konnte sich der Than nicht leisten. Jemand musste die Fallen überprüfen, für Nachschub an Wild im kargen Winter sorgen und ebenso ein Auge darauf haben, dass sich keine Gesetzlosen aus anderen Dorfgemeinschaften im Forst einnisteten. Und wenn es einen Mann gab, der sich im Wald der Hohen Wacht auskannte, dann Raegan. Er würde am nächsten Morgen aufbrechen, sein Hab und Gut aus dem Palast in den höheren Gebieten des Gebirges holen und wieder in seine alte Hütte ziehen. Ich konnte nicht sagen, ob er das Angebot meines Vaters aus reiner Pflichtschuldigkeit annahm oder ob es ihn grämte, seine selbst auferlegte Isolation aufzugeben, denn der Hüne schwieg sich mehr oder minder aus. Er lächelte nur müde und gab, wenn überhaupt, knappe Worte von sich.

Als ich aber auf Aideen zu sprechen kam, kehrte das Leben in ihn zurück. »Ich verspreche dir, Ayrik, dass ich nach Aideen suchen werde. Sie wird nicht ewig verschwunden bleiben.«

Rendel der Jüngere räusperte sich. »Wir und unsere Krieger werden ihn dabei unterstützen, das habe ich dir ja bereits versichert. Die Zeiten sind ruhig, und ich kann sicherlich einige gute Männer für die Suche abstellen. Ist eh eine sinnvollere Beschäftigung, als dass sie sich ihren Verstand versaufen, wie sie es sonst im Winter tun.«

Es war ein schwacher Hoffnungsschimmer, aber besser als nichts. »Ich hoffe, du findest Männer, die den Mut haben, im Wald zu suchen. Frag in jedem Fall Adhac«, riet ich meinem Bruder, denn Adhac war ein Freund seit Kindertagen, der Aideen ebenfalls gut kannte. Er würde sich sicher bei dem Gedanken einpissen, den alten Forst zu betreten, aber er würde trotzdem um meinetwillen mit Rendel gehen.

Der nickte. »Das tat ich bereits heute Morgen. Adhac gab mir sein Wort, uns bei der Suche nach Aideen zu helfen.«

»Und wir natürlich auch«, sagte Keyn mit einem schiefen Grinsen zu Beorn, der weniger amüsiert, aber umso entschlossener nickte.

Ich atmete tief ein und aus. »Ihr könnt euch nicht vorstellen, was mir das bedeutet. Sagt Adhac und jedem Mann, der euch begleitet, dass ich ihren Mut nicht vergessen werde.«

»Daran werden sie dich früh genug erinnern«, warf Beorn ein. »Du bist jetzt ein Mann mit wachsendem Einfluss. Jeder will sich mit dem Saer von Dynfaert gut stellen, dich mit Gefallen überhäufen, bis sie es dir irgendwann aufs Brot schmieren, wenn es darum geht, einen Vorteil für sich daraus zu ziehen.« Er wischte mit einer Hand durch die Luft. »Steuererleichterungen, mehr Land – was weiß ich.«

Annah, die bisher am ehesten durch ihr Schweigen traurige Stimmung verbreitet hatte, rang sich endlich auch ein Lächeln ab. »Sei froh, dass keine Frauen an der

Suche teilnehmen, sonst würden sie dich fragen, ob du sie zum Dank ehelichst.«

»So ist es«, stimmte mein blinder Onkel Gerret bei und nickte, sodass seine zwei Kinne einen hübschen Tanz aufführten. »Mein kleiner Neffe ist über Nacht zur guten Partie geworden.« Ich schielte zu ihm hinüber, legte mir schon eine Beleidigung parat, aber er sprach zu meiner Überraschung einfach weiter. »Pass auf, wen du dir ins Bett holst, Bursche! Frauen saugen dich aus, rauben dir die letzten Haare und machen dich vor deiner Zeit zu einem alten Mann. Glaub mir, ich weiß, wovon ich rede!«

Meine Tante Irma schwieg schicksalsergeben.

»Wobei es fraglich ist, ob es Ayrik gestattet sein wird, sich ein Weib zu nehmen«, sagte Vater. »Die Männer der Bruderschaft sind selten an Kind und Frau gebunden. Selbst der Draak hat kein Weib, und er ist nicht einmal Bruder der Alier.«

Ich winkte ab. »Fangt jetzt bloß nicht damit an.« Wenn es eines gab, worüber ich derzeit garantiert nicht reden wollte, dann über irgendwelche Frauengeschichten. Aideen blieb verschwunden, wie konnte ich da über eine mögliche Heirat mit irgendwem nachdenken?

»Dein Weib wird der Dienst sein.« Raegan. Er sah mich mit einem verstörend nachdenklichen Blick an. »Mögen dich die Vergessenen Götter und Junus dabei segnen.«

Es sollte kein langer Aufenthalt in der Halle des Than werden. Nach dem Mahl saßen wir noch eine Weile beim Bier zusammen, während vor allem meine Tante Einzelheiten über die Königin wissen wollte. Es war typisches Weibergetratsche, das ich, so gut es ging, beantwortete. Der Rest meiner Familie blieb größtenteils schweigsam. Ich merkte, wie die Stimmung immer schlechter wurde, also verabschiedete ich mich bald mit dem Wunsch, meine restliche Ausrüstung zu packen. Rendel der Jüngere, Beorn und Keyn begleiteten mich und halfen mir dabei, meinen kargen Besitz einzupacken. Es war eine recht kurze Arbeit, denn besonders viel Besitz gab es nicht. Schließlich umarmten wir Brüder uns, und wir rissen unpassende Witze, um vom eigenen Trübsinn abzulenken. Wir kauften es uns nicht einmal selbst ab, gaben uns aber alle Mühe, nicht so zu wirken. Rendel der Jüngere küsste meine Stirn und übergab mir als Geschenk aller Brüder ein Jagdmesser, das sie gemeinsam mit Brenjen am Tag davor gefertigt hatten. Es war ein gutes Stück mit Horngriff und einer kleinen Gravur in Form des Ältesten Baumes von Dynfaert, der mich, wie Rendel sagte, daran erinnern sollte, woher ich kam, wenn ich bald in fremden Winkeln der Welt unterwegs sei. Gerührt wie ich davon war, schenkte ich meinen Brüdern kurzerhand mein altes Kettenhemd, ohne mich zu fragen, wie man eine Rüstung durch drei teilte. Beorn merkte es als erster, und unser Lebewohl wurde mit Lachen besiegelt.

Sich von Annah zu verabschieden war hingegen ein sehr viel schlimmeres Unterfangen. Noch bevor ich überhaupt bei ihr angekommen war, fing sie bitterlich an zu weinen. Ich schloss sie in meine Arme, versuchte sie ein wenig zu beruhigen.

»Sobald Aideen zurück ist, kommt ihr mich noch vor dem Frühjahr in Fortenskyte besuchen, kleine Schwester«, sagte ich. »Wir werden zusammen ausreiten, wenn die ersten Maiglöckchen blühen, trinken den besten Wein von Fortenskyte, und wenn niemand hinschaut, bringe ich dir ein paar gemeine Schläge bei, die du anwenden kannst, wenn all die Kerle erst anfangen dich zu umgarnen.«

Sie beruhigte sich kaum, sondern steigerte sich nur in ihr Weinen hinein. »Mich will doch eh niemand«, brachte sie zwischen zwei Schluchzern hervor. Es zerriss mir fast das Herz.

»Unsinn!« Ich löste mich etwas aus der Umarmung und sah sie mit einem Lächeln an, das mich mehr Mühe kostete, als den Wolf im Wald zu erschlagen. »Hast du die Prinzessin Sanna gesehen?«, wollte ich wissen, woraufhin Annah meinen Blick erwiderte und schwach nickte. »Sie ist wunderschön, oder?«

»Ja.«

Ich streichelte ihre tränennasse Wange. »Nicht mehr lange, und du wirst ebenso schön sein, Annah. Wenn du mir versprichst, ein Geheimnis für dich zu behalten, verrate ich dir etwas.«

Sie rieb sich die Augen und schniefte. »Was für ein Geheimnis?«

»Schwöre erst!« Als wüsste ich nicht, wie ich meine kleine Schwester aufmuntern konnte.

»Also gut, ich schwöre es dir.«

Ich hob warnend einen Finger, mit dem ich kurz darauf ihre Nase stupste. »Kein Wort zu irgendwem, aber sie hat mich nach dir gefragt.«

»Das stimmt doch nicht!« Sie schaute mich misstrauisch an, und um genau zu sein, war es wirklich gelogen. Zumindest zur Hälfte. Leocord hatte mich am Abend meiner Weihe nach meiner Schwester gefragt und gemeint, nicht mehr lange und die Männer würden um ihre Gunst kämpfen. Also erzählte ich Annah genau das, tauschte nur den Namen Leocord gegen Sanna aus. Meine kleine Schwester hatte nicht die besten Erfahrungen mit Kerlen gemacht, die sie lieber verspotteten, wenn keiner von uns Brüdern in der Nähe war, aber zu schönen Frauen schaute sie auf. Insgeheim, das wusste ich, wünschte sie sich nichts sehnlicher, als ebenso begehrenswert und grazil zu sein wie die Prinzessin, und es verletzte mich im Innersten, zu wissen, dass dies niemals der Fall sein würde. Nichtsdestotrotz war sie für mich schöner, als irgendeine Frau auf der Welt je sein könnte, denn sie war gut, hatte das offenste Herz, das man sich nur vorstellen konnte. Annah war schön auf ihre ganz eigene Weise und würde es immer bleiben. Es mussten sich nur Augen finden, die genau das erkennen würden.

»Wenn du nach Fortenskyte kommst, wirst du sie kennen lernen«, beendete ich meine kleine Notlüge. »Dann kann sie es dir selbst sagen.«

»Du würdest mich der Prinzessin vorstellen?« Plötzlich hatte ich sie wirklich gefangen.

»Ich würde nicht, ich werde.«

Annah fiel mir stürmisch um den Hals, benässte meine stoppligen Wangen mit ihren Tränen, während ich meinte ein Lächeln in ihrer Stimme zu hören. »Pass auf dich auf, hörst du?«

»Mir passiert so schnell nichts«, beruhigte ich sie und gab ihr einen Kuss auf die Nase.

Noch einmal drückte ich sie fest an mich, dann machte ich kehrt. Es wurde Zeit zu gehen. Zögern würde es nur noch schlimmer machen. Also schüttelte ich Onkel Gerret und seiner Frau die Hand, grinste schief und verließ dann mit Vater und

Raegan den Palas in Richtung der Stallungen. Dort hatten Diener mein Eigentum hingeschafft. Ein überschaubares Eigentum, zugegeben. Im Stall lehnten Pfeilbeutel und Bogen an der hölzernen Wand. Ein kleines Bündel lag davor, und ich wusste genau, dass sich nicht mehr darin befand als einige Beinkleider, zwei Tuniken und ein paar leichte Stiefel aus Wildleder. Den Rest meines Besitzes trug ich am Körper. Wieder einmal. Nur war es diesmal keine Flucht von Zuhause. Diesmal ging ich in vollem Bewusstsein in ein neues Leben. Ich wusste ja nicht, wie sehr selbst dies schmerzen konnte.

Raegan half mir schließlich Brauner, ein kräftiges Tier, das man zwar nicht für den Krieg gezüchtet hatte, das aber schlichtweg das einzige Pferd war, das mir gehörte, zu satteln, während Vater im Hintergrund blieb, sich mit verschränkten Armen an die Scheunenwand lehnte. Ich wusste, dass er uns beobachtete, wusste um die Tränen in seinen Augen, die er bis jetzt zurückgehalten hatte. Während Raegan meinem Pferd das Zaumzeug überzog, verschnürte ich Kleidung, Bogen und Pfeile in zwei Lagen gegerbte Lederhaut, bevor ich das Bündel am hinteren Teil des Sattels festband.

Ich verknotete gerade die letzten Bänder, als Raegan mir die Hand auf die Schulter legte.

»Es ist nicht unbedingt der Abschied, den ich noch vor einigen Wochen erwartet hatte«, sagte er, und ich drehte mich zu ihm. »Aber wenn man bedenkt, dass dein Plan vorher darin bestand, dich blindlings in den Norden zu flüchten, hast du es gar nicht schlecht getroffen.« Ein schwaches Lächeln hob seine Mundwinkel. »Wie dem auch sei. Ich weiß nicht, ob ich dir danken oder alles Gute wünschen soll, Ayrik. Du gehst ebenso in ein neues Leben wie ich. Hier in Dynfaert gab es einmal eine Heimat für mich, nun soll sie es also wieder werden. Du hingegen gibst sie auf.« Er machte eine Pause, suchte mit den Augen in den oberen Winkeln der Scheune, die am Dach zu beiden Seiten offen war, nach Worten. »Du kamst als Suchender, als Verlorener zu mir. Damals wusstest du nicht, wonach genau du suchtest, es gab kein Ziel und kaum einen Weg. Beides jedoch hast du jetzt vor dir liegen, aber lass dich nicht deswegen daran hindern, ein Suchender zu bleiben, Junge. Achte auf die Welt um dich herum, achte auf das, was sie besser machen könnte, und finde dich dabei selbst. Verschwende nicht das Geschenk, das man dir gemacht hat, indem du dich darin badest, sondern nutze es, um Antworten zu finden. Der Weg des Schwertes mag dich an entlegene, verzweifelte Orte führen, sowohl in der Welt als auch in dir selbst. Mögest du die Stärke haben, sie zu meistern und das zu finden, wonach wir alle letztlich suchen – Frieden.«

Noch bevor ich etwas sagen konnte, drückte mir der alte Einsiedler, der er nun nicht mehr war, ein Paar Handschuhe in die Rechte. Neugierig betrachtete ich sie, stellte fest, dass sie aus kunstvoll vernähtem Leder bestanden. Geschickte Hände hatten schmale Streifen aus Metall in die Finger und Handrücken genäht, sodass sie um einiges verstärkter waren als gewöhnlich.

Ich wollte Raegan danken, für alles, nicht nur für diese Handschuhe, sondern dafür, dass er mir geholfen hatte, einen Weg zu finden, als ich bereit gewesen war, aufzugeben. Dafür, dass er mir als Freund begegnet war, als ich keine mehr hatte. Dass er Raegan war und immer bleiben möge, der König vom Einsamen Berg und

Grem, der Einsiedler und Hundefreund. Er aber zeigte ein kleines Lächeln, und nickte und es brauchte keine Worte.

»Balle sie nicht allzu oft zu Fäusten, Saer Ayrik.«

Er drückte mich einmal fest an sich, klopfte mir auf den Rücken, dann wendete er sich ab, blieb kurz bei meinem Vater stehen, dem er unterstützend zunickte und verließ schließlich die Scheune. Ich sah seiner massigen Gestalt nach, bis die Nacht ihn verschluckte.

»Raegan hält große Stücke auf dich«, sagte mein Vater, als sein neuer Wildhüter verschwunden war. Er stieß sich von der Wand ab und kam auf mich zu. »Das tat er bereits, als ihr euch zum ersten Mal begegnet seid. Damit hat er mir etwas voraus.«

Ich klemmte die Handschuhe hinter meinen Schwertgurt und senkte den Blick. »Wahrscheinlich habe ich dir wenig Anlass gegeben, auf mich stolz zu sein, Vater.«

Rendel schüttelte kurz den Kopf. »Ich war in den letzten elf Jahren jeden einzelnen Tag auf dich stolz, weil du ertragen hast, was ich dir aufbürdete. Ich wusste genau, wie sehr du es hasstest, vom Wyrc unterrichtet zu werden, und ich sah die blauen Flecken, die Wunden in deinem Gesicht, wenn du morgens nach den Lehrstunden zurück in meine Halle kamst. Diesen trüben Glanz in deinen Augen, wie man ihn bei Männern sieht, deren Willen gebrochen wurde, werde ich niemals vergessen.«

Ich legte ihm eine Hand an den Oberarm. »Er hat mich nicht gebrochen!«

»Dafür habe ich dich verkauft.« Vater atmete tief ein und aus. »Du wirst es wohl nie verstehen, warum ich dich in seine Obhut gab, und vielleicht werde ich es nicht einmal selbst. Es war … es fühlte sich wie das Schicksal an, das dir noch vor deiner Geburt zugedacht war. Als dann schließlich die Bestie auftauchte und sich alles zu erfüllen schien, da bekam ich Angst, Ayrik. Angst! Ich wollte nicht sehen, was der Wyrc aus dir gemacht hat, ignorierte es und wagte nicht, dich auf diese Suche zu schicken. Aber jetzt sehe ich es deutlicher als je zuvor.« Seine Stimme brach fast. »Du warst bereits ein Schwertherr. Selbst ohne Titel und Zeichen des Adels.«

Es tat weh zu sehen, wie mein Vater mit der Fassung rang. Nichts trifft einen Mann härter als mit ansehen zu müssen, wie jene leiden, die man liebt. Und ich liebte meinen Vater aus der Tiefe meiner Seele. Wie konnte ich ihm einen Vorwurf daraus machen, dass er an etwas geglaubt hatte, das nun tatsächlich eingetreten war? Ich wollte keine Erklärungen, warum die Welt war, wie sie war, denn nicht einmal mein alter Herr hätte sie geben können. Rendel der Ältere hatte seine Entscheidung getroffen, als ich noch sehr jung war. Er hatte sie aus der Überzeugung getroffen, das Richtige zu tun, und am Ende sollte es genau so sein. Aber sehr viel wichtiger als diese Erkenntnis, war zu sehen, wie sehr es meinen Vater noch heute beschäftigte und wie hart er dann wohl auch in den letzten Jahren gelitten haben musste, als er genau wusste, was der Alte in den Nächten mit mir tat. Er war niemals der herzlose Hund gewesen, der seinen Sohn um der eigenen Interessen willen verkauft hatte. Es mag Stunden in meiner Kindheit gegeben haben, in denen ich so gedacht hatte, ja, aber tief in mir wusste ich immer, dass es nicht die Hand meines Vaters gewesen war, die mich prügelte. Jetzt jedoch war ich kein Kind mehr, sondern ein Saer der Hochkönigin von Anarien. Und ich würde meine Vergangenheit weder beweinen noch jemanden dafür verurteilen.

Ich suchte den Blick meines Vaters und fand ihn. »Wir beide haben Opfer gebracht, aber die Vergangenheit ist nicht unsere Zukunft. All das liegt jetzt hinter uns.«

Vater nickte, er nickte mehrmals, presste die Lippen aufeinander. Seine Augen glänzten feucht. »Du wirst ein großartiger Schwertherr werden.«

Ich lächelte und sagte nichts darauf. Wie konnte ich auch? Welche Worte gibt es für den Moment, da man sich von seinem Vater verabschiedet, ihn vielleicht nie wieder sieht? Denn da machte ich mir keine Illusionen. Meine Pflichten für die Krone würden es nahezu unmöglich machen, Dynfaert und meiner Sippe einen Besuch abzustatten. Und Vater hätte umgekehrt keine Zeit, kurzerhand nach Fortenskyte zu reisen, wenn die Königin dort im Winter lagerte, denn für den Than gab es immer zu viel Arbeit und kaum Muße.

Als ich schließlich meinen Vater umarmte, wusste ich nicht, ob ich ihn jemals wieder sehen würde. Er war ein Mann am Ende seiner Vierziger. Eine Krankheit, ein unglücklicher Sturz, und er könnte am Ende seines Lebensweges angelangt sein. Die pure Hoffnung auf ein besseres Schicksal ließ mich das Gegenteil behaupten.

»Wir sehen uns in deiner Halle wieder.«

Ich zitterte am ganzen Körper, kämpfte die Tränen nieder, als ich mit einer Hand nach dem Sattel griff, den linken Fuß in den Steigbügel stellte und mich gänzlich nach oben zog. Noch einmal trat Vater an mich heran, sah zu mir herauf.

»Auch ich habe ein Geschenk für dich.« Er griff in einen kleinen Beutel, den er am Gürtel trug, zog etwas heraus, das ich im ersten Moment nicht sehen konnte, denn er hielt es fest in seiner Faust verschlossen. »Deine Mutter hat dies für mich gemacht, als ich noch ein junger, kräftiger Kerl wie du war. Seit ihrem Tod«, er schüttelte den Kopf, ganz so als wollte er finstere Erinnerungen verscheuchen, »habe ich es nicht mehr getragen. Nimm es mit dir, und sei dir gewiss, dass dich deine Eltern auf den Pfaden begleiten, die du nun beschreiten wirst.«

Trotz aller Anstrengung konnte ich meine Tränen nicht zurückkämpfen. Was mir mein Vater reichte, war ein Armband aus Leder. Schmal, bräunlich und mit Schriftzeichen der Scaeten versehen, Zeichen mit denen mein Volk selten die ganz alten Lieder niederzuschreiben pflegte. Lieder über den Beginn der Welt, Helden und ihre Taten, manche aus Liebe, manche aus Hass begangen. Ich konnte sie nicht lesen und verschloss das Band stattdessen fest in meiner Faust.

»Was steht dort geschrieben?«

Vater führte mein Pferd am Zaumzeug aus der Stallung. Und endlich, endlich sah ich ein ehrliches, offenes und liebendes Lächeln im Mondlicht bei ihm.

»Zuhause.«

Dynfaert verschwand allmählich hinter den Hügeln, welche die Ynaarstraße zu beiden Seiten flankierten. Der Tross der Königin zog langsam, aber unerbittlich weiter nach Süden. Und als ich mich ein weiteres Mal umwandte, sah ich nur noch Bäume und Felsen und Sträucher, die ich nicht kannte. Hinter mir sagte die Heimat im Schneeregen der Vergangenheit Lebewohl. Was ich einst war, was ich Zuhause nannte, entfernte sich und ich steuerte meine Zukunft an, ein Leben, das ich nicht einzuschätzen wusste und das überraschend über mich gekommen war. Nur die

Hohe Wacht, ihre Berge und Gipfel und ihre alte Macht, die hoch über uns Sterblichen thronten, begleiteten mich. Doch bald schrumpfte auch dieser majestätische Anblick, wurde kleiner und kleiner, während der Tag mit jedem Hufschlag ein Stück mehr verging. Schließlich ließ auch der Regen nach, und von ihm blieb nur die Kälte in den Knochen, die ich deutlicher spürte als alles andere.

Prinzessin Sanna wendete sich im Sattel nach hinten, sah zu mir. Sie verstand. Sie sah. Und schwieg. Es gibt keine passenden Worte, wenn man sein Zuhause verlässt und endlich die Straße des eigenen Lebens betritt.

Das Zeichen der Flamme brannte an meinem Unterarm. Ich war ein Schwertherr.

VIERZEHN

Anarien ist ein schlafendes Ungeheuer. Dies waren Prinzessin Sannas Worte, und sie trafen nur zu gut den Kern der Sache. Das Reich ist viel zu groß, um es von einem Ort aus regieren zu können. Die Ynaar waren vor vielen Jahren daran gescheitert, dachten, sie könnten von Rekenya aus, dem Eiland westlich meiner Heimat, jenseits des Exilmeeres, über Stämme herrschen, denen das Kämpfen im Blut lag. Eine ziemliche Dummheit, wie sich später herausstellte. Das Glück der Ynaar war es gewesen, dass sich die einzelnen Völker Anariens in der Vergangenheit untereinander spinnefeind waren und es niemanden gab, der sie einen konnte. Also errichteten die Ynaar nach einer angeblich erstaunlich leichten Eroberung Anariens im Land verstreut Heerlager, die man im Laufe der Jahrzehnte befestigte, bis Städte daraus wurden, wie wir sie nicht mehr kennen und in denen heute die Mastschweine der Bauern auf gesprungenen Marmorböden einst prachtvoller Hallen scheißen.

Damals ließen die Ynaar die Stämme halbwegs unbehelligt ihren Glauben, ihre Traditionen und Eigenarten leben, forderten jedoch Tributzahlungen und wehrhafte Männer für die Armeen. Wer sich unterordnete, hatte keine Probleme mit den Besatzern. Kam allerdings jemand auf die Idee, Ärger zu machen, bestraften die Ynaar dies mit gnadenloser Härte. Lieder aus den alten Tagen berichten davon, wie sie Aufständische kurzerhand vernichteten und vorsichtshalber auch gleich ganze Dörfer auslöschten, die im Verdacht standen, die Aufrührer unterstützt zu haben. Es gab niemanden, der die Ynaar, ihren Kaiser, all die Statthalter, Fürsten und Heere in Anarien herausforderte und damit davon kam.

All das änderte sich erst, so sagen Legende und Kirche, als Junus von Westen her aus Rekenya in meinem Land auftauchte. Ein fleischgewordener Gott, der die Zwistigkeiten der Bewohner dieses Landes mit allerhand Wundertaten beseitigte, die Stämme einte und schließlich als Ketzer und Rebell von den Ynaar in Laer-Caheel verbrannt wurde. Erst seiner Tochter Ci gelang, was er nicht schaffte: Sie jagte die fremden Besatzer über das Meer und befreite damit die Heimat meiner Vorväter von der Besatzung. Fortan hatte sie ein ganzes Land am Hals, das sie mehr oder minder vereinigen konnte. Aber wie das mit all den plötzlich auftauchenden Helden ist – sie taugen nicht für die Dauer. Vielleicht machte sie sich deswegen nach ihrer Krönung zur ersten Hochkönigin Anariens aus dem Staub, gab sich wieder ihrer göttlichen Form hin, wie es die Priester gerne wohlwollend predigen, und überließ es ihren Erben, mit dem nun aufkeimenden Schlamassel aufzuräumen. Denn kaum waren die Ynaar besiegt, begehrten in allen Winkeln des Landes die Kriegsherren auf, die zuvor für Junus und Ci gekämpft und geblutet hatten. Sie forderten mehr Anteil vom Gewinn, eine schönere Festung, besseres Saatgut, mehr Land, eine reichere Frau oder aber machten alleine deswegen Ärger, weil es nun einmal in ihrer Natur lag und sie in Friedenszeiten nicht wussten, wohin mit sich. Die Anfangsjahre des Königreiches Anarien müssen ein grauenhaftes Chaos gewesen sein. Kaum von der Unterdrückung der Ynaar erlöst, brannten wenige Jahre später wieder die Dörfer, während sich Loken, Dunier, Scaeten und Junuiten gegenseitig die Schädel einschlugen, um festzustellen, wer künftig das Sagen haben sollte.

Den Sieg für die Junuiten brachte dann am Ende gerade eine typische Eigenart der Ynaar: Gerissenheit. Das noch frühe Königshaus band Krieger an sich mit Beute, Eiden und dem Versprechen auf Ländereien, die man sich eroberte. Und so fiel nach und nach ein Kriegsherr nach dem anderen, entweder weil er sich beugte und sich unterwarf, oder aber weil man ihm schlicht die ärmliche Festung unter dem Hintern anzündete. Und die Hochköniginnen des Hauses Junus hielten ihr Wort, liehen treuen Kriegern Land, das sie frei bewirtschaften, auf dem Unfreie für sie arbeiteten und Sklaven gehalten werden durften. Als Gegenleistung für das geliehene Land musste man Abgaben zahlen und bereit für die Schlacht sein, wann immer die Krone rief. Je wohlhabender ein Herr war, desto besser musste auch seine Ausrüstung sein, und mehr Männer standen in seiner Kriegsschar. So bildeten sich im Laufe der Jahre Reiterkrieger heraus, die mit Speer und Schild und Schwert kämpften, kostbare Panzer und Helme trugen und für jeden Feind bereits weithin als große Männer zu erkennen waren. Aufgrund ihrer Schwüre und Grundbesitze band sie das Königshaus immer mehr an sich, bis es nur noch ein kurzer Schritt zum Saer war, wie wir ihn heute kennen und zu denen ich gehöre. So hatte sich also die Krone im Laufe der Jahre einen Haufen an treuen Edelkriegern geschaffen, die für Ordnung im Land sorgten und mit all den Freimännern und Unfreien in ihren Diensten ein Heer darstellten, das einmal in seiner Gänze zusammengerufen, nicht so leicht zu besiegen war.

Dummerweise neigen Krieger dazu, sich schnell zu langweilen, wenn es niemanden gibt, den sie umbringen können, und Langeweile ist ein verräterischer Freund. In der Geschichte Anariens wimmelt es nur so von übereifrigen Saers, allzu abenteuerlustigen Gesellen, denen der Sinn nicht unbedingt nach Treue, sondern Unabhängigkeit stand. Und schlossen sich erst mehrere Saers zusammen, hatte man in Windeseile eine ausgewachsene Rebellion im eigenen Land. Genau das machte meine Königin zu einer ständig unsteten, von Norden nach Süden ziehenden Herrscherin, die Acht geben musste, dass ihre verschworenen Männer sich daran erinnerten, wem sie ihre Eide geleistet hatten, und dass jede Freiheit ihre Grenzen hat. Deswegen gibt es im ganzen Land Königshöfe. Und deswegen reisten wir in den Jahren meines Dienstes für die Krone mehr durch Anarien, als es jeder Wanderprediger auch nur im Entferntesten vermochte.

Mikael Winbow, dessen Gefangener ich bin, und der im Dienste des Ordens des Heiligen Cadae steht, weiß das alles natürlich. Er ist Teil dieses mächtigen Gebildes, das Kirche und Krone zusammen bilden. Mit Sicherheit hat er Ruhm errungen, Siege erkämpft und einen verteufelt großen Haufen Frauen zu Witwen gemacht, aber was es heißt, ein Saer der Königlichen Haustruppe zu sein, davon hat er keine Ahnung. Das ständige Reisen, das Neue, das sich hinter jeder Weggabelung verstecken konnte, Entbehrungen und Verrat – dafür ist in seiner Heiligkeit kein Platz.

Und deswegen freuen mich seine Worte an diesem Abend schon beinahe.

»Erzähle mir von deinem Dienst für die Hochkönigin.«

»Der Dienst«, wiederhole ich lang gezogen. »Du, der am meisten von uns vom Dienen verstehst, willst also von mir etwas darüber hören. Wie du willst.« Ich lächle und lege mir die Worte zurecht. »Nachdem ich mein altes Zuhause aufgegeben hatte, sollte das neue dort sein, wo Königin und Prinzessin weilten. Meistens auf den Straßen des Reiches. Hast du mittlerweile gesehen, was man darauf alles lernen kann, Saer Mikael, dort in Staub und Dreck und Einsamkeit?«

Er schüttelt den Kopf, also erkläre ich es ihm.

LICHT

Hinter uns schrumpfte die Hohe Wacht mit jeder Meile, und die alte Ynaarstraße führte uns in tiefer gelegene, schroffe Gegenden. Zu beiden Seiten erhoben sich meilenweit immer wieder kleinere Hügel aus der begrasten Ebene. Von den Erhebungen wusste ich, dass sie von meinen Vorfahren als Gräber für hochgestellte Krieger ausgehoben wurden, als es noch keinen Junus und kein Zwillingskönigreich gegeben hatte. Im Laufe der Jahre hatten Grabräuber die Ruhestätten geplündert, was den Kriegern eigentlich als Beigabe auf ihre letzte Reise in die ewige Halle dienen sollte, war geraubt und verscherbelt worden. Dennoch kam ich nicht umhin, diese stummen Mahnmale scaetischer Vergangenheit mit einem gewissen Stolz zu betrachten. Es gab ein Leben vor der neuen Ordnung. Geschichten, Legenden, Zeitzeugen aus aufgetürmten Steinen und Erde.

Auf halber Strecke zum Hof durchquerten wir die Ausläufe eines kahlen Laubwaldes, aber von den Saers der Haustruppe reagierte niemand nervös oder sonderlich vorsichtig. Machte man sich bei uns in Dynfaert schon wegen ein paar Bäume am Saum der Wacht in die Hose, interessierte es hier niemanden. Sicherlich lag es daran, dass dieses Gehölz nicht als Reich der finsteren Götter wie die Wälder der Hohen Wacht galt und dass so nahe an Fortenskyte kein halbwegs vernunftbegabter Mensch auf die Idee käme, einen solch großen Tross wie den unseren anzugreifen. Es gab also keinen Grund zur Sorge für uns Männer, die für die Sicherheit der Königsfamilie verantwortlich waren.

Während wir unter verschlungenen Ästen ritten, informierte mich Luran, dass hier sein Lehen endete und dies ein Königswald sei, in dem es den Menschen unter Strafe verboten war, Wild zu jagen. Das war mir bis dahin völlig neu. Welchen Sinn das Ganze haben sollte, erschloss sich mir nicht. Wieso verbot man freien Männern eine der natürlichsten Tätigkeiten – das Jagen?

Auf meine Nachfrage hin seufzte der Draak. »Denk doch einmal nach, Ayrik. Wie viele Menschen siehst du hier auf diesem Zug?«

»Wohl um die einhundert, vielleicht zweihundert«, antwortete ich skeptisch, wusste ich doch nicht, worauf er hinauswollte.

»Und glaubst du, das ist das ganze Gefolge der Königin?«

»Unwahrscheinlich.«

»Mehr als unwahrscheinlich. Zählt man jeden Saer, Krieger, Diener, Beamten, Sklaven und Kirchenmann zusammen, kommt man gewiss auf über eintausend. Hast du in deinem Leben jemals eine solche Menschenmenge auf einem Haufen gesehen?«

Alleine die Vorstellung erschreckte mich. »So viele leben nicht einmal im ganzen Lehen Dynfaert!«

»Richtig«, nickte er. »Aber so viele, wenn nicht mehr, werden benötigt, um ein Land wie Anarien zu beherrschen. Dynfaert ist nur einer von unzähligen Nadelstichen auf dem Teppich des Zwillingskönigreiches, Ayrik. Du weißt ja, wie schwer es ist, die wenigen Hundert in unserem Lehen zu ernähren, stelle dir also vor, wie ungemein härter es sein muss, eintausend mit genügend Korn, Fleisch und Bier zu verköstigen.« Darüber hatte ich nie nachgedacht. »Deswegen bewirtschaften die Königshöfe im Reich ihre Grundgüter nur aus dem Grund, dass sie über ausreichend Nahrung verfügen, wenn die Königin mit ihren Männern zu ihnen kommt«, fuhr der Draak fort. »Und das geschieht oft. Du wirst noch feststellen, dass du die Hälfte des Jahres im Sattel verbringst, was deinem Hintern weniger gut tun wird als dem Reich an sich. Es mag für dich schwer zu verstehen sein, aber es ist billiger und sinnvoller, wenn der Gast an den Tisch kommt, statt umgekehrt. Würden all die anderen Lehen, die im ganzen Reich verstreut sind, ihre Steuern und Abgaben in Vieh, Eiern, Bier, Wein und Fleisch bezahlen, sie an einem festen Ort sammeln, wo die Königin das ganze Jahr residieren könnte, zum Beispiel im Palast von Rhynhaven, wäre die Hälfte der Abgaben verdorben, noch ehe sie überhaupt in die Nähe der Stadt kämen. So ist es aus vielen Gründen sinnvoller, wenn wir ein Wanderkönigreich bleiben mit Höfen in ganz Anarien, die ihren Teil des Landes bestellen, damit Leute wie du im Gefolge der Königin genug Nahrung vorfinden, wenn sie irgendwo Halt machen.«

»Und wieso darf ein Mann nun nicht im Königswald jagen?«

Die Miene des Draak blieb geduldig, auch wenn ich an seinem Tonfall hörte, dass nicht mehr viel fehlte und er würde mich für meine Begriffsstutzigkeit tadeln. »Ayrik, auch im Wald der Hohen Wacht ist es nicht jedem gestattet zu jagen. Ich sehe es dir nach, dass dies neu für dich ist, findet man bei uns ja kaum jemanden, der den Wald betritt, geschweige denn, es wagen würde, dort ein Tier zu erlegen. Aber gäbe es dieses Gesetz nicht, das den Freien verbietet, in Königsforsten zu jagen, würde sich die Fleischbeschaffung als noch schwieriger herausstellen, als sie es ohnehin schon ist. Und dein Speiseplan sähe in diesem Fall in Zukunft recht mager aus.«

Ich schob mit meiner Lanze einen zu tief hängenden Ast zur Seite, woraufhin ich von einem leichten Schneeschauer berieselt wurde. »Dafür gibt es ein Gesetz?«

»Es gibt für nahezu alles ein Gesetz, niedergeschrieben und für die Welt festgehalten. Das wirst du bald noch lernen.« Das glaubte ich auch, hielt aber die Klappe. »Deshalb hat die Königin an jedem ihrer Höfe einen Wildhüter, der von Gesetzes wegen her dort für sie jagen darf. Erwischt der allerdings im Wald einen unvorsichtigen Mann, der mehr erlegt hat als einen Hasen oder kleineren Vogel, ergeht es ihm schlecht. Sehr schlecht.« Der Draak sah kurz zu mir. »Du kannst lesen, richtig?«

»Der Wyrc brachte es mir bei«, bestätigte ich, während zwei Finken über unsere Köpfe flogen. »Warum auch immer.«

»Es gibt sinnlosere Fähigkeiten.«

»Könnt Ihr lesen und schreiben?«

»Ja. In Parnabun und im Dreistromland, wo ich aufwuchs, legt man bei der Ausbildung junger Saers mehr Wert darauf als hier im Norden.«

»Warum auch immer«, wiederholte ich und meinte es so.

Ich hatte mit meinen zweiundzwanzig Jahren genau einen Kodex gesehen, und das war ein Brocken von einem Buch gewesen, den Bruder Naan in seiner kleinen Kapelle in Dynfaert bei der Messe vor sich her zu tragen pflegte. Der Priester machte einen heiligen Aufwand um dieses Ding, hob es ständig in die Luft und las mit einem solchen Eifer daraus, dass es mich nicht gewundert hätte, wenn er es auch mit ins Bett nähme. Da ich allerdings nicht besonders oft an den Messen teilgenommen hatte, war mir damals nicht ganz klar, um was für einen Kodex es sich genau handelte. Mittlerweile weiß ich, dass es das Heilige Buch Junus' gewesen war, das der verbrannte Gott, zumindest erzählt das die Kirche, selbst verfasst hat, bevor seine Zeit auf Erden in den Flammen seiner Hinrichtung verging. Der Wyrc hatte mich vor einigen Jahren gezwungen, Teile daraus zu lesen. Das Vorhaben scheiterte allerdings zum einen an meinen miserablen Kenntnissen des Ynaar, in dem die Schrift verfasst war, und zum anderen an meinem nicht unbedingt vorhandenen Willen, dieses Ding zu entziffern. Selbst das wenige, was ich damals las, brachte mich nicht weiter. Allerhand Geschichtchen und Wundertaten, die mich nicht kümmerten. Der Sinn des Lesens erschloss sich mir nicht, denn Männer waren entweder dafür da, um auf den Feldern zu arbeiten oder das Kriegshandwerk zu lernen. In beiden Fällen brachte es einem nichts ein, vollgekritzelte Pergamente entziffern zu können. Weder machte es die Aussaat einfacher noch den Schwertarm schneller. Nur Pfaffen konnten lesen, wahrscheinlich um neue Verbote und Vorschriften zu lernen, mit denen sie ihre Gläubigen plagten. Und die Geschichten der altvorderen Helden und Legenden wurden fast ausnahmslos gesungen, auswendig vorgetragen, denn so ist es seit jeher Sitte in diesen Ländern, noch ehe die Ynaar vertrieben wurden. Eine der wenigen Traditionen, die Junus und sein neuer Glaube nicht zerstört hatte.

Die Sonne stach für wenige Momente durch die graue Wolkendecke, als der Draak zu mir herübersah und dabei ein Grienen zeigte. »Sei unbesorgt, Saer. Du wirst keinerlei Zeit für Schriftstücke haben, das kann ich dir versprechen.«

Der Tag schwand zusehends. Wir hatten lediglich zweimal gerastet, um uns kurz zu stärken und jenen, die zu Fuß gehen mussten und unseren Pferden zumindest eine kleine Pause zu gönnen. Für Augenblicke hatte ich mit dem Gedanken gespielt, nach Cal zu sehen, aber mein Platz war an der Seite der Königin, da gab es kein Vertun. Also blieb ich, kaute mit wachsenden Schmerzen im Hintern auf einem Stück gepökeltem Fleisch und beobachtete misstrauisch den Himmel, der bisher noch nicht wieder seine Schleusen geöffnet hatte. Durch die Verzögerungen solcher Pausen, befürchtete ich, dass wir Fortenskyte nicht vor einem neuerlichen Schneeregen erreichen würden. Ich verriet Stavis Wallec meine Befürchtung, der sie murrend teilte. Wir waren zwischenzeitlich wieder halbwegs getrocknet, und keiner von uns legte Wert auf einen neuerlichen Wolkenbruch.

Stavis und ich stellten uns am Ende allerdings als erbärmliche Propheten heraus. Es hatte noch nicht geregnet und Nacht war es auch noch nicht, dafür zeigten sich die ersten Anzeichen des Hofes, als wir im schwindenden Tageslicht knappe zwei Meilen vor dem Ende unserer Reise auf einen Wachturm stießen, den Männer unter Waffen besetzt hielten. Es handelte sich um eine Konstruktion aus Holz, mindestens zehn, vielleicht sogar fünfzehn Schritt hoch und sicherlich fünf Schritt an den Seiten breit. Der Turm hatte zwei Ebenen, wobei die oberste der Plattformen von einem steil verlaufenden, mit Holz und Leder abgedeckten Dach geschützt war. Kaum waren wir nahe genug heran, dass die Wachen die königlichen Banner ausmachen konnten, stieß einer der Krieger dort oben in ein Horn, und ein einzelner, langer Ton waberte durch das hügelige Land und erreichte vielleicht sogar die Hohe

Wacht, ferne Gipfel einer noch ferneren Heimat in meinem Rücken.
Die Königin kam. Und endlich, das Licht des Tages war merklich zurückgegangen, erreichten wir ihren Hof.

Fortenskyte eindrucksvoll zu nennen, wäre noch eine schamlose Untertreibung. Als wir uns von Norden her auf der Ynaarstraße näherten, war das erste, was sich dem Beobachter offenbarte, der gewaltige Bau eines Palas aus Stein, eingelassen in die westliche Mauer, die über vier Schritt Höhe aufwies. Die Halle selbst jedoch überragte das Mauerwerk noch einmal um ein Vielfaches. Wie auch die Wehrmauer selbst war der Palas aus Quader und Bruchsteinen errichtet und endete in einem Satteldach, das gut und gerne in zwölf Schritt Höhe jedes Gebäude des Hofes überragte. Es gab rundbogenartige Fenster aus Glas in beiden Stockwerken und die äußere Fassade wurde durch Strebepfeiler gegliedert, in die Steinmetze in mühevoller Kleinarbeit Bilder aus Junus' Leben und Schaffen eingearbeitet hatten.

Je näher man kam, desto deutlicher wurde, dass der Königshof als Halbkreisbau angelegt war. Ein kurzer Abschnitt der Wehrmauer, der Straße zugewandt, stand für sich alleine und war mit zwei Türmen zwischen dem breiten Haupttor versehen, während der Rest der Mauer östlich in einem durchgehenden Gebäuderiegel mit demselben Satteldach wie des Palas' aufging. So groß und geräumig war diese doppelgeschossige Behausung, dass ich damals schätzte, man könnte die gesamte Bevölkerung Dynfaerts zweimal alleine in diesem Gebäude unterbringen. Wie an einer Schnur gezogen erstreckte sich der Bau einmal im Halbkreis um die westliche Seite des Hofes, bildete die komplette Südseite, bis er im Westen im Mauerwerk des Palas endete. Die Ausmaße dieses Hofes zu schätzen war für mich, der ohnehin seine Probleme mit Zahlen hatte, nahezu unmöglich, doch wie ich später durch Luran Draak herausfand, maßen Nord- und Südseite jeweils über einhundertfünfzig Schritt, während sich im Westen und Osten die Bauten des Palas und des Rundbäudes annähernd einhundertzwanzig Schritt in die Länge zogen. Um die gesamte Hofanlage hatte man einen Graben gezogen, der steil zwei bis drei Schritt abfiel, und den man nur am Tor an der Nordseite mittels einer Fallbrücke überqueren konnte.

Über eben jene Brücke ritten wir nun. Der königliche Zug ergoss sich wie Wasser in den Hof von Fortenskyte. Man hatte den Innenbereich mit Pflastersteinen ausgelegt, und es verwunderte mich sehr, wie sauber alles gehalten war. Kein Dreck, keine Pferdeäpfel oder sonstiger Unrat verunstalteten die Steine, die die Hufe unserer Pferde im geschlossenen Halbrund des Hofes klacken ließen. Wahrscheinlich gab es hier Sklaven, die nur dafür zuständig waren, den Hof sauber zu halten – gewundert hätte es mich nicht. Als ich mich umschaute, konnte ich sehen, dass sich ein Säulengang rechterhand über die gesamte Front des Gebäudekomplexes zog. Dort gab es unzählige Türen und Fenster im zweiten Stock, alle mit seltenem Glas versehen. Wohin die Türen führten, welche zahlreichen Kammern, Säle oder Räume dahinter lagen, konnte ich mir damals nicht einmal vorstellen. An der südwestlichen Seite ging der Halbrundbau in Stallungen über, die allerdings nie und nimmer die Pferde aller Saers und Krieger aufnehmen konnten. Später erfuhr ich, dass dort nur die Tiere der Bruderschaft – und selbstverständliche die Rösser unserer Herrinnen – untergestellt wurden, während man jene der Freimänner auf die

Höfe im umliegenden Land verteilt hatte.

Die ursprünglichen Mauern und den Palas von Fortenskyte waren einst Teil eines Landgutes der Ynaar. Als die Nachkommen Junus' Anarien zurückeroberten, hatte man diesen Hof nicht geschleift, sondern über die Jahrzehnte hinweg ausgebaut. So fand man hier in Fortenskyte überall neuere Gebäude aus Holz, wie eben die Stallungen oder aber auch eine Schmiede, die man kurzerhand an das sehr viel ältere Mauerwerk im Osten gebaut hatte. Der Königshof war ein Flickenteppich aus Vergangenheit und Gegenwart, allerdings so auf Hochglanz poliert, dass man dem Gedanken erliegen konnte, die Ynaar würden immer noch hier residieren. Dennoch, das wurde mir in den kommenden Jahren bewusst, als ich mehr und mehr vom Kriegshandwerk verstand, eigneten sich die meisten Königshöfe, so auch Fortenskyte, eher weniger für den Krieg. Es waren keine Festungen mit Wehrmauern, befestigten Türmen und Verteidigungsanlagen, an denen feindliche Scharen wie Wellen an die Küste brandeten. Die meisten lagen wie von Götterhand fallen gelassene, sehr protzige Höfe mitten im Land, keinerlei Gedanken daran verschwendend, eine gut zu verteidigende Stelle zu wählen, sondern nur deswegen errichtet oder von den Ynaar übernommen, weil sie sich am Straßennetz befanden. Man konnte es auch überspitzt so ausdrücken: War die Festung des Draak in den Ausläufen der Hohen Wacht ein Bollwerk, das kein Feind erobern konnte, war Fortenskyte ein übergroß geratener Gasthof, in dem man als Mitglied des königlichen Gefolges nicht bezahlen musste, um dort zu übernachten und zu speisen. Die nicht vorhandene Wehrhaftigkeit des Hofes war aber nicht Unvorsichtigkeit geschuldet, sondern der Tatsache, dass sie sich weitab von jedweden wilden Gebieten befanden und von einem Ring aus Wachtürmen beschützt wurden, die jeden Feind bereits in weiter Entfernung ausmachen konnten. Zudem waren die Königshöfe stets mit handverlesenen Kriegern besetzt, mit denen man sich besser nicht anlegte. Die Besatzungen verfügten über hervorragende Ausrüstungen und eine noch bessere Ausbildung. Sie zu unterhalten musste ein kostspieliges Gut sein, aber es war ja nicht mein Silber, das diese Männer kassierten und auch nicht mein Fleisch, das sie unentwegt fraßen.

Von Westen her verdunkelte sich der Himmel immer mehr, was aber nicht nur am nahenden Sonnenuntergang lag, sondern viel mehr an schweren, tief hängenden Regenwolken, die uns jetzt doch einholten. Allmählich erreichte der gesamte Tross den Hof, mehr und mehr Menschen begannen den Hof mit Leben zu erfüllen. Wir, das engste Gefolge der Königin, trennten uns auf Höhe eines Brunnens, der sich ungefähr in der Mitte des Hofes befand, vom Rest des Zuges und steuerten nach links auf den Palas zu, während der Rest des Gefolges, vom nahenden Regen angespornt, damit begann, ohne Rast die Wagen zu entladen. Sklaven strömten nun aus allen Winkeln des Hofes zusammen, um den geschundenen Dienern zur Hand zu gehen. Wir Saers jedoch hielten weiter, um unsere Herrin formiert, auf den Palas zu.

Vor der Königshalle waren in zwei Reihen zu je fünfzehn Mann Krieger in der schwarzen und blauen Kluft der königlichen Haustruppe angetreten. Vor den Soldaten standen drei weitere Männer, keiner von ihnen gerüstet oder bewaffnet und doch mit der natürlichen Ausstrahlung von Herren gesegnet. Dass es sich bei diesen Männern um Saers und nicht um Höflinge handeln musste, erkannte ich alleine an ihrer Art zu stehen. Kräftige Kerle, aufrechte Körperhaltung und ein Anflug von Arroganz.

Einer von ihnen überragte die anderen um eine halbe Haupteslänge, hatte einen geschorenen Schädel und ein glatt rasiertes, ernstes Gesicht, in dem ich mehrere kleinere Narben ausmachen konnte. Er trug lediglich eine knielange Tunika, aber keine Hosen darunter, sondern nur halb verschlossene Stiefel, sodass ich muskulöse Waden erkennen konnte, die dicker waren als meine eigenen Oberschenkel. Der Zweite war der mit Abstand älteste der Männer. Haar und Bart waren seit langer Zeit ergraut, und sein Körper zeigte die ersten Zeichen von Fülligkeit, die immer dann kam, wenn man sich mehr der Tafel und dem Bier als Schwert und Sattel zuwendet. Nichtsdestotrotz strahlte er immer noch eine Autorität aus, der man sich kaum entziehen konnte.

Enea und Sanna wurden noch in den Sätteln von dem dritten Mann in schwerem Fellmantel und roter Tunika empfangen, der sich aus der Gruppe der herrschaftlichen Männer löste. In seinen Händen hielt er zwei Silberkelche, die er nun den hohen Damen entgegen streckte.

»Elred Galwey«, raunte mir Luran zu. »Der königliche Verwalter von Fortenskyte.«

Galwey war selbst ein Saer, relativ hoch gewachsen mit strohblonden Haaren, grauen Augen und schmalen Lippen, die hinter einem nicht sonderlich sauber gestutzten Bart untergingen. Obwohl der Verwalter sicherlich die dreißig schon weit überschritten haben musste, wirkten seine Gesichtszüge weich, fast gutherzig. Kleine Fältchen an den Rändern seiner Augen zeugten davon, dass er oft und gerne lachte, während eine deutlich gezackte Narbe auf seiner Stirn im krassen Gegensatz zu diesem herzlichen Äußeren stand. Entweder hatte sich Saer Elred irgendwann einmal ganz mächtig den Kopf gestoßen, oder aber seine Freundlichkeit wurde dann und wann von einem kriegerischen Charakterzug verdrängt.

Die Regenwolken zogen näher, ich war müde, mir tat der Hintern weh, hatte genug von einem Tag der Reiterei, es wurde Zeit für das Ende der Reise. Schon wollte ich aus dem Sattel steigen, da sah ich im letzten Augenblick Leocord, der mein Treiben bemerkte und rasch den Kopf schüttelte. Mit einer beschwichtigenden Handbewegung deutete er mir, im Sattel zu bleiben. Ich folgte seinem Rat, schob also meinen Hintern unauffällig zurück in den Sattel und beobachtete stattdessen die Empfangszeremonie dort vorne, hoffend, dass niemand meinen Aussetzer bemerkt hatte.

Elred war mittlerweile ganz an unsere Königin getreten, die ihn auf dem Rücken ihres prächtigen grauen Hengstes bei weitem überragte. »Heil Euch«, sagte er. »Ganz Fortenskyte hat Eure Rückkehr mit größter Freude erwartet, Herrin!«

Königin und Prinzessin nahmen die ihnen angebotenen Kelche an und prosteten erst Galwey, dann der Königshalle entgegen. »Ich danke Euch für Euren Willkommensgruß, Saer Elred«, entgegnete Enea, und Sanna nickte zustimmend, wenn auch abwesend.

Dann trank ihre Mutter zwei kleine Schlucke, während Sanna sich nicht lumpen ließ und den Kelch in einem einzigen Zug leerte, der die meisten Männer, die ich kannte, vor Neid hätte in Grund und Boden versinken lassen. Sanna leckte sich über die Lippen und warf den Becher achtlos zur Seite weg, der mit einem hohen Scheppern auf dem gepflasterten Boden aufschlug, wo er einige Schritte weit rollte. Alle sahen es, aber niemand schien sonderlich überrascht. Auch nicht ihre Mutter, die ihren halb vollen Kelch noch in der Hand hielt, dabei Sanna ausdruckslos ansah, ehe sie ihren Wein zurück an Elred gab. Ein Junge, gerade einmal groß genug, um nicht aufrecht unter unseren Pferden laufen zu können, kam und nahm dem Verwalter von Fortenskyte den Becher ab und sammelte den anderen ein, damit dieser schließlich Königin und Prinzessin mit angemessener Würde aus den Sätteln helfen konnte. Für uns Saers das Zeichen zum Absteigen.

»Ich hoffe, Euer Aufenthalt in Dynfaert verlief zu Eurer Zufriedenheit, Herrin«, meinte Elred, der dabei zusah, wie Enea ihren Umhang raffte und ihrer Tochter einen flüchtig prüfenden Blick zuwarf.

Als sie sich wieder ihrem Verwalter zuwendete, fiel die Antwort förmlich aus. »Gewiss, Saer.«

»Das erfreut mich. Darf ich Euch ein Abendmahl im Palas anrichten lassen? Laewy hat erst heute Morgen einen Hirsch erlegt, und der würde sicher zusammen mit ...«

Enea unterbrach ihn mit einem knappen Kopfschütteln. »Wild in der Halle nur für die Männer meiner Haustruppe. Bringt meiner Tochter und mir das Mahl in meine privaten Gemächer. Wir geruhen heute alleine zu speisen.«

Mir entging nicht, wie unterkühlt die Stimme meiner Herrin klang. Ich fragte mich, ob ihr die Reise aufs Gemüt geschlagen war oder das Trinkverhalten ihrer Tochter. Ohne weiter auf Elred, die dreißig Mann Leibwache oder die beiden anderen Saers zu achten, die sich ihr zu Ehren aufgestellt hatten, ging sie schnurstracks auf die Tür zum Palas zu. Zwei ihrer Krieger waren vorausgeeilt und öffneten das Portal.

»Marschall«, drehte sich Enea noch einmal kurz um. »Der Abend steht den Männern zur freien Verfügung. Wählt vier Krieger aus, die in Fortenskyte geblieben sind, und postiert sie an den bekannten Stellen.« Jervain neigte das Haupt, ehe unsere Herrin hinzufügte: »Und ich ziehe es vor, nicht gestört zu werden.« Dann verschwand sie zusammen mit Sanna im Inneren der Königshalle und ließ einen ratlosen, sehr großen Haufen Männer zurück.

Ich klopfte meinem Pferd sachte den Hals, ehe ich mir die Kettenhaube zurückschlug. Unter der Lederkappe waren meine Haare von Schweiß verklebt. Ich sah Enea, Sanna und Saer Elred nach und fühlte mich sonderbarerweise beruhigt, dass selbst Eltern und Kinder des Hauses Junus' solche Scherereien hatten. Als ich mich Saer Jervain zuwendete, bemerkte ich, dass er den Kopf schüttelte. Auch die anderen Saers sahen mehr oder minder unauffällig zu ihrem Marschall, als würden sie bei ihm eine Erklärung für dieses Verhalten finden.

Terety fuhr sich durch die kürzeren Haare. Dann seufzte er und winkte Männer aus Reihen der angetretenen Krieger heran. Bevor er sich ihnen widmete, zeigte er mit ausgestrecktem Zeigefinger erst auf Stavis Wallec und dann auf mich.

»Bring Areon in sein Quartier. Wir treffen uns danach im Palas.«

Diener kümmerten sich um die Pferde der Saers, was für mich eine vollkom-

251

men neue Erfahrung darstellte. In Dynfaert hatten wir zwar ebenfalls Knechte, Sklaven, um genauer zu sein, aber dennoch oblag es den Kriegern selbst, ihre Tiere nach dem Ritt in die Stallungen zu bringen, um sie dort zu versorgen. Anders hier in Fortenskyte. Nun, als hätte ich mich jemals um Arbeit gerissen. So löste ich mein Bündel mit Kleidung, Pfeilen und Bogen vom Sattel und folgte schwer bepackt Stavis zurück über den Innenhof zum Palas.

»Die Tür für gewöhnliche Männer und andere Sklaven«, meinte Stavis trocken, nickte der ersten von zwei mit Speeren bewaffneten Wachen in den Mänteln der königlichen Haustruppe zu, die vor einem an der südlichen Flanke gelegenen Seiteneingang standen, ehe er eintrat und ich ihm folgte.

»Wenn du zukünftig in deine Gemächer möchtest, nimmst du diesen Eingang«, klärte mich Wallec auf, als wir in einen Zwischengang traten, in dem es bis auf eine nach oben führende Treppe und zwei Kerzenhalter an der gegenüberliegenden Wand nichts weiteres gab. Ich folgte ihm nach oben. »Du könntest auch aus der Halle in die Quartiere gelangen, aber das schickt sich nicht für uns. Und außerdem kommst du so gar nicht erst in die Versuchung, die königlichen Gemächer mit deinen eigenen zu verwechseln.«

Wieso warnte mich Stavis davor, mich in die Räume meiner Herrinnen zu verirren? Als hätte ich nichts anderes zu tun! Natürlich zog mich Sanna auf eine sehr sonderbare Weise an und das verwirrte mich zugegebenermaßen, aber welchen Mann ließe es auch kalt, von einer solch gleichsam mächtigen wie faszinierend schönen Frau umgeben zu sein?

Letztlich ging ich nicht auf Stavis' Seitenhieb ein. Wir erreichten das zweite Stockwerk und traten in einen langen, wenn auch schmalen Gang, der trüb durch das schwindende Tageslicht erhellt wurde, das durch eine den ganzen Gang ziehende Fensterreihe fiel.

»Hier befinden sich unsere Quartiere«, erklärte mir Stavis. »Sei froh, dass wir in Fortenskyte sind. An anderen Höfen ist man nicht so reich mit Platz gesegnet, dass jeder Saer seine eigene Kammer hat. In Aeglis teilen sich zwei Männer Raum und Bett. Nicht sehr angenehm.«

»Bestimmt nicht, wenn man neben Wulfar schlafen muss.«

Stavis gluckste. »Die Freude hat ja in Zukunft unser allseits geschätzter Saer Hosenscheißer.«

Alleine die Vorstellung, wie der kleine Rodrey Boros neben Wulfar Mornai versuchte Platz zu finden, ohne von der puren Fettmasse erdrückt zu werden, ließ mich grinsen.

Stavis hielt vor der dritten Tür, die er öffnete, woraufhin er sich übertrieben tief wie ein pflichtbewusster Diener verneigte. »Willkommen, o Herr!«

Ich trat in einen Raum, in dem ich von der Tür bis zur Wand, an der sich ein Fenster befand, mit ausgestrecktem Arm und mit meinem Schwert in der Hand stehen konnte, ungefähr ebenso breit wie lang. Es gab ein schlichtes Bett mit frischen Decken und Kissen, die mit Fell bezogen waren, eine Truhe am Fußende sowie einen kleinen Tisch, unter den man einen Schemel geschoben hatte. Mit knappen Blicken maß ich die Ausstattung und kam zu dem Entschluss, dass Luxus anders aussah. Aber irgendetwas an dieser Kammer war ungewohnt. Ich warf mein Bündel, Bogen und Pfeile auf das Bett und trat zu dem Fenster, das nicht milchig, sondern von erstaunlicher Klarheit war, sodass ich über die weiten Felder sehen konnte, welche den Königshof umgaben. Ich klopfte prüfend mit meinem Finger gegen das Glas. Immerhin ein wenig Luxus.

»Ich werde Diener anweisen, dir Kerzen, eine Schüssel Wasser samt Waschzeug und einen Pott zu besorgen, in den du nachts Wasser lassen kannst.« Stavis war mittlerweile auch in die Kammer getreten.

Ich drehte mich zu ihm um. Und jetzt fiel mir auch auf, was dieses Gemach von all den anderen unterschied, die ich bis dahin gesehen hatte. »Warum ist es hier nicht kalt?«

Der Saer von Newewen deutete mit einem Finger nach unten. »Der Palas ist unterkellert und wird von dort im Winter beheizt. In der Halle ist es noch sehr viel wärmer, aber da wir uns genau über ihr befinden, bekommen unsere Schlafgemächer noch ein wenig der Hitze ab. Im Winter eine praktische Angelegenheit. Ein Abschiedsgeschenk der Ynaar, wenn man so will.«

Erstaunt riss ich die Augen auf. »Beheizt? Wie geht das?«

»Was weiß ich. Hat mich nie interessiert. Solange ich nicht frieren muss, können da unten meinetwegen die Höllenfeuer lodern.«

Je mehr ich über die Ynaar lernte, umso mehr wunderte ich mich, wie es meine Vorfahren geschafft hatten, solch ein überlegenes Volk überhaupt zu besiegen. Sie hatten Straßen errichtet, Paläste, die einem im Winter Wärme spendeten, und wenn ich dem Wyrc glauben durfte, dann hatten sie über ein Reich geherrscht, gegen das Anarien wie eine erbärmliche Bauernschaft wirkte. Von ihrem gewaltigen Heer ganz zu schweigen. Auf der anderen Seite: Niemand hätte ein Kupferstück auf mich gewettet, als ich gegen Ulweif angetreten war. Also lief alles entweder auf Zufall hinaus, oder die Götter hatten einen seltsamen Sinn für Humor.

Stavis wendete sich zum Gehen. »Also dann. Die Diener bringen dir gleich Wasser, damit du dich ein wenig frisch machen kannst. Verstau in der Zeit einfach deine Sachen, fang an, dich heimisch zu fühlen, und wenn du wieder wie ein Mensch riechst, treffen wir uns unten in der Halle. Du weißt, wie du dorthin gelangst?«

»Mein Vater war ein Freimann, kein Esel. Die Treppe runter, raus aus der Tür, vorbei am Palas und dann durch das große Portal. Ziemlich einfach, oder? Selbst für einen Emporkömmling wie mich.«

»Schlauer Emporkömmling«, meinte Stavis noch mit einem schiefen Grinsen, dann ließ er mich in meinem neuen Heim alleine.

Die Nacht kam und mit ihr ein Regen, den ich den Göttern sei Dank nicht auf der Straße erleben musste. Wind peitschte dicke Tropfen gegen mein Fenster und ließ mich die Wärme in meinem Zimmer nur noch mehr zu schätzen wissen, während ich mich mit kaltem Wasser aus einem Bottich wusch, den zwei Sklaven vorher gebracht hatten. Mit einem Stück Seife schrubbte ich meine Achseln und Arme, bis der beißende Geruch von Schweiß und Straße halbwegs verschwunden war.

Einer der Diener hinter mir entzündete drei Talgkerzen.

Ich wusste nicht, ob es auf Stavis Mist gewachsen war, aber neben dem Wasserbottich und einem Pisspott, hatten die Diener allerhand anderen Kram mitgebracht. Mit drei Mann in guten Tuniken waren sie in meine Kammer gekommen, beladen mit mehreren Tonkrügen voll Duftwässerchen und anderem Körperpflegetand, der danach aussah, als habe man das Zeug eben erst der nächstbesten Hofdame abgenommen. Und nicht nur das. Fünf fein gearbeitete Wämser lagen nun auf meiner Bettstatt, alle im Schwarz der Bruderschaft, an Saum und Kragen mit ineinander übergehenden blauen Flammen bestickt. Zudem bekam ich ein neues Paar Stiefel aus geschmeidigem Leder, ungefähr so hoch, dass sie die Hälfte meiner Waden bedeckten, und endlich auch meine fehlenden Rüstungsteile, allesamt geschwärzt. Nachdem zwei der Diener schließlich den Bottich neben den Tisch geschleppt hatten, verneigten sie sich und ließen mich mit einem Jungen alleine, der augenscheinlich nicht älter als zehn Winter sein konnte.

Ich warf mir einen letzten Wasserschwall ins Gesicht und schielte zu all den Krügen und Behältern, die auf dem Tisch verteilt standen. In einer schmalen Schale befand sich eine milchige Masse, an der ich prüfend roch. Harz, mehr konnte ich mir nicht zusammenreimen.

»Eine Salbe für die Haare, Herr«, klärte mich der Junge auf. »Man bringt es damit in Form.« Auf meinen irritierten Blick hin erklärte er mir, dass das Mittel aus Ölen und dem Harz der Pinie angerührt war.

Ich steckte einen Finger in die Masse und fühlte mich an etwas erinnert, das man eher in einer Frau verteilte und sich für gewöhnlich nicht in die Haare schmierte. »War das Saer Stavis' Idee?«

Der Diener wirkte ehrlich verwirrt. »Nein, Herr.«

Mit Zeigefinger und Daumen verschmierte ich das Zeug, so gut es ging. »Sondern?«

»Es war der persönliche Wunsch der Hohen Prinzessin von Rhynhaven.«

Kopfschüttelnd betrachtete ich den Jungen. »Wie ist dein Name?«

»Lenard, mein Herr.«

Noch immer Finger gegen Daumen reibend, sah ich zu Lenard herüber. Seine braunen Haare waren säuberlich hinter den Ohren und am Nacken gestutzt, die Haut ungewohnt rein für einen Sklaven. Auch schien er mir durchaus gut genährt und nicht abgemagert, selbst die Zähne befanden sich in einem gesunden Zustand. Anscheinend lebten die Unfreien am Hofe Fortenskyte besser als die meisten Freimänner in Dynfaert.

»Ich bin Saer Ayrik Areon.« Noch immer klang das ungewohnt in meinen Ohren, und ich fragte mich, wie lange es wohl dauern würde, bis er mir selbst vertrauter werden würde. »Stehst du den Saers der Bruderschaft zu Diensten?«

Mit einem Lächeln nickte Lenard. »Ja, Herr. Ich säubere die Kammern, kämme die Felle der Schwertherren aus und bringe frische Kleidung und Wasser. Außerdem diene ich den Hohen Herren in der Königshalle.«

Er wirkte so lebendig und zufrieden mit seinem Dasein, dass ich nicht umhin kam, ihn mit Cal zu vergleichen, deren Schicksal ungleich härter ausgefallen war. Ich fragte mich, wie es ihr von nun an in der Sklavenküche von Fortenskyte ergehen würde, und nahm mir vor, morgen nach ihr zu schauen. Es konnte nicht schaden, den anderen Sklaven ein wenig Stärke zu demonstrieren, damit sie direkt wussten, dass jede Drangsalierung des Mädchens üble Konsequenzen hätte.

In Gedanken bei Cal, nickte ich dem Jungen aufmunternd zu. »Du hast eine ehrenwerte Aufgabe, Lenard. Geh jetzt, ich komme hier alleine zurecht.«

»Wie Ihr wünscht, Herr.«

Kaum hatte sich der Junge zurückgezogen, begann ich mich anzukleiden. Mir knurrte der Magen, hatte ich doch zuletzt gegen Mittag ein wenig Pökelfleisch abbekommen, dementsprechend verführerisch klang die Aussicht auf Wild, das Saer Elred uns in der Halle versprochen hatte. Statt meiner eigenen Tunika, streifte ich die Schwarze der Bruderschaft über, die Lenard vorhin gebracht hatte. Warum die eigenen, minderwertigen Sachen nutzen, wenn man schon sehr viel bessere gestellt bekommt? Das Leinen fühlte sich gut auf meinem Körper an, ebenso die frische Hose und meine neuen Stiefel, nachdem ich mir die Füße gesäubert hatte, die bedenklich nach altem Käse rochen. Ich versuchte sogar etwas von dieser seltsamen Paste, mit der ich mir meine Haare seitlich nach hinten strich. In den letzten Wochen hatte ich verständlicherweise wenig Muße gehabt, sie schneiden zu lassen, und mittlerweile waren so weit gewachsen, dass ich mir die längsten Strähnen in den Mund stecken konnte. Ich wusste nicht, wie man als Saer seine Haare trug, hielt es in der Bruderschaft doch anscheinend jeder, wie es ihm beliebte. Also verzichtete ich darauf, mir deswegen den Kopf zu zerbrechen, und gürtete mir stattdessen Nachtgesang, an dessen Wehrgehänge auch das Messer hing, welches mir meine Brüder zum Abschied geschenkt hatten.

Draußen empfing mich strömender Regen. Noch immer arbeiteten Sklaven daran, die Wagen zu entladen, was bei dem Sauwetter eine ganz schöne Elendsarbeit sein musste. Tief gebückt und die Kapuzen einfacher Lodenmäntel ins Gesicht gezogen, schleppten sie einen Haufen Plunder durch den Regen in die verschiedenen Gebäude des Hofes. Zu sagen, sie täten mir leid, wäre etwas zu viel des Guten, aber mit ihnen tauschen wollte ich nun auch nicht. Stattdessen huschte ich nahe an der Mauer des Palas vorbei zum Hauptportal, wo sich zwei behelmte Wächter der Haustruppe stoisch dem Regen aussetzten. Obwohl sie mein Schwert sahen, machten sie keinerlei Anstalt, sich zur Seite zu bewegen, um mir Einlass zu gewähren.

»Euer Name, Herr?«

»Saer Ayrik Areon von Dynfaert, Schwertherr der Bruderschaft.« Noch immer bewegten sie sich keinen Zoll, und mir schwand allmählich die Geduld, denn der Regen begann sich mit dieser Paste in meinen Haaren zu vermischen und sonderbar zu riechen. »Jetzt probt hier nicht den Aufstand! Ich werde nass und habe Hunger und in den nächsten Wochen werdet ihr mich noch öfter durch diese Tür gehen sehen, also macht schon auf!«

Der Krieger musste hinter dem Kettengeflecht des Helmes grinsen. »Der Marschall hat Euch bereits angekündigt, Saer Ayrik. Willkommen in Fortenskyte!«

Im Gegensatz zum Palas meines Vaters gab es hier kein Feuer, um das sich die Krieger versammeln konnten. Man müsste auch verrückt sein, den sündhaft teuren Marmor, mit dem der Boden in viereckigen, handtellergroßen Fliesen ausgelegt war, mit einer Feuerstelle zu ruinieren. Stattdessen sorgten unzählige Talgkerzen, die an den Wänden von mannshohen, vergoldeten Kerzenständern gehalten wurden, für Licht, sobald die Sonne untergegangen war. Denn Sonnenlicht, das lernte ich später, war die eigentliche Lichtquelle im Palas. Zu beiden Seiten hatten Baumeister torbogenartige Fenster von der doppelten Größe eines Mannes knapp unterhalb der Decke eingearbeitet. Und war mir das Glas in meinem Zimmer schon kostbar vorgekommen, so wirkte dieses hier wie reinster Kristall. Ob die Wände selbst ebenso mit Marmor versehen waren, konnte ich nur raten, zumindest aber glich ihre Farbe an manchen Stellen, nämlich dort, wo man Säulen gemalt hatte, denen des Fußbodens. Der Rest der Wände war in einer Farbe angestrichen worden, die einem Sonnenaufgang im Sommer ähnelte. Es gab keinerlei weiteren Wandschmuck, keine Wandteppiche oder Skulpturen, nur diese marmorgrauen Säulen vor einem feurigen Hintergrund.

Schon von außen hatte mich die schiere Höhe des Palas beeindruckt, und das änderte sich auch nicht, als ich nun im Inneren stand. Obwohl ich wusste, dass sich über der Halle die Quartiere von uns Saers befanden, wirkte alleine die reine Distanz zwischen Boden und Decke unmenschlich hoch. Waren es zehn Schritt oder mehr? Ich wusste es nicht. Aber die Ausmaße der Halle ließen einen fühlen, als betrete man nicht einen Raum, sondern den Innenhof der größten Festungsanlage, die man sich nur vorstellen konnte. Am anderen Ende dieser gewaltigen Halle erreichte man über drei Stufen den Platz der Königsfamilie, der aber, wie zu erwarten, nun verwaist auf die Beherrscherinnen des Reiches wartete. Eingelassen war dieser Teil in einen Rundbogen, in dem vier weitere Fenster bei Tage für noch mehr Licht sorgen würden. Zwei verzierte Stühle standen dort und irgendwie beschlich mich das Gefühl, dass, bei wenig Wolken und Sonnenschein, die Strahlen genau auf diese Plätze fallen würden. Männer staffierten sich in Stahl und Fellen aus, mit Waffen und Rüstungen, Königinnen ließen Licht auf ihre Häupter scheinen – alles war eben nur eine Frage der richtigen Inszenierung.

Und zu Füßen eben dieser Stühle breitete sich das Gefolge aus, das an diesem Abend durchaus überschaubar ausfiel. Wie schon in der Halle des Draak gab es zwei lange Tafeln zu beiden Seiten, allerdings waren diese Tische aus einem sonderbaren, dunklen Holz gefertigt, das bei näherer Betrachtung eine rötliche Färbung aufwies. Zu dieser Stunde bevölkerten lediglich meine neuen Brüder und zwei mir unbekannte Männer die linke Tafel, von denen einer auf seiner Laute lustlos vor sich hin zupfte. Luran Draak oder Saer Elred, der Verwalter von Fortenskyte, waren nicht zu sehen, dafür aber umso mehr sein versprochenes Mahl aus Rehfleisch, das auf einer silbernen Platte zusammen mit frischen Laiben Brot zwischen den Männern stand und einen Duft verströmte, der mich einmal mehr an meinen furchtbaren Hunger erinnerte.

Ein kleines Nicken sollte als Begrüßung bei den Männern reichen, waren doch schon die ersten Gespräche im Gange, die ich nicht unterbrechen wollte. Also pflanzte ich meinen Hintern auf die Bank neben Stavis und gegenüber von Kerrick Bodhwyn.

Der zweite Fremde, derjenige, der nicht die Laute quälte, erklärte gerade zwischen zwei Bissen Wild, was ein mir Unbekannter namens Marec in den Vorratskammern zu suchen hatte. »Ich habe ihm daraufhin die Abendration für zwei Wochen gestrichen«, schloss er und schob sich den Rest des Fleisches in den Mund. »Sollte ihm nicht schaden, er ist ohnehin fett genug.«

Während des folgenden Gelächters betrachtete ich den Mann eingehender. Obwohl er saß, konnte ich sehen, dass er von beachtlichem Wuchs war. Sein breites Gesicht zierte ein blonder Bart, den zwischen Kinn und Mund bereits die ersten grauen Strähnen durchzogen. Auch das Haupthaar, knapp schulterlang, war stellenweise ergraut, was mich zusammen mit nicht gerade wenigen Falten in seinem grimmigen Gesicht zu dem Schluss kommen ließ, dass dieser Mann sicherlich die vierzig bereits überschritten haben musste. Er trug eine Tunika im selben Schwarz wie wir anderen Männer der Bruderschaft, lediglich die Flammenstickereien an Kragen und Saum fehlten.

»Der Junge hat vier Monde Zeit, seinen Bauch verschwinden zu lassen«, erwiderte der Marschall auf den Bericht des Fremden. »Wenn er zum dritten immer noch nichts taugt, schickst du ihn zurück, woher er gekommen ist, Haetan. Ich brauche keine Männer in unseren Reihen, die keinerlei Bewusstsein für Disziplin haben.«

Der Mann, den Jervain Haetan genannt hatte, nickte und griff mit der Linken nach seinem Becher, woraufhin ich sehen konnte, dass ihm sowohl der kleine als auch der Ringfinger fehlten. »Entweder er lernt oder er verbringt den Winter mehr im Panzerhemd als im Schlafsaal.«

Ich nahm mir einen Becher und goss mir aus einer Karaffe Bier ein, tat mich am Wildbraten gütlich und hielt mich sonst vorerst zurück.

»Du alleine entscheidest, ob er bereit ist«, sagte Jervain zu Haetan. »Wenn du mir sagst, wir werden ihn gebrauchen können, dann vertraue ich dir. Stellt er sich als untauglich heraus, verschwindet er. Ganz wie es dir beliebt, mein Freund.«

Petr Mornai schnaubte. »Ich habe diesen Marec beobachtet, bevor wir zum Draak zogen. Wenn er sich nicht sehr gesteigert hat, bringen wir eher dem Mädchen da das Kämpfen bei als diesem Nichtsnutz«, meinte er und zeigte mit einem trockenen Lachen auf ein junges Ding von Dienerin, die sich gerade mit einer leeren Bierkaraffe in Richtung Küche aufmachte, um nachzufüllen.

»Vielleicht sollten wir das Schweinchen gegen Saer Heide antreten lassen«, schlug Stavis begeistert vor und nickte in meine Richtung. »Ich wette einen Silberling, dass der Fettsack Ayrik im ersten Gang aus dem Sattel holt.«

Ich erwiderte Stavis' Grinsen, auch wenn meines eine Spur gemeiner ausfiel, ließ mich jedoch nicht auf ein Wortgefecht mit ihm ein. Stattdessen bemerkte ich aus dem Augenwinkel Wulfar Mornais säuerlichen Gesichtsausdruck. Ich an seiner Stelle hätte Witze über Fettleibigkeit auch nicht besonders lustig gefunden. Die Nennung meines Namens brachte mir jedoch Haetans Aufmerksamkeit. Er betrachtete mich mit unnachgiebiger Härte, ganz so, als sei ich erst jetzt an der Tafel erschienen und nicht willkommen.

»Das ist Saer Ayrik Areon von Dynfaert«, stellte mich Jervain dem grimmigen Kerl vor. »Die Herrin hat ihn auf der Festung des Draak zum Saer und Bruder der Alier ernannt.« Ich nickte Haetan zu, der die Geste knapp erwiderte. »Ayrik, das ist Haetan, Hauptmann der Krieger unserer Haustruppe. Er hat diesen Posten seit mehr als zwanzig Wintern inne, also versteht er wahrscheinlich mehr von der Kriegskunst als jeder hier am Tisch. Wenn du lernen willst, zu überleben und zu siegen, dann höre genau zu, wenn er spricht.«

Noch bevor Haetan und ich irgendetwas auf die Vorstellung sagen konnten, regte sich der zweite Mann an der Tafel. Sein Geklimper verstummte, und er hob in einer Art und Weise den Blick, der mir sofort sagte, dass der Kerl hoffnungslos besoffen war.

»Saer Ayrik, der Wolfstöter von Dynfaert?« Das Wort Wolfstöter stellte seine vom Bier gelähmte Zunge vor eine beinahe unlösbare Aufgabe.

Ich nickte und wandte meine Augen von Haetan zum Lautenmann. »Und Ihr seid, Herr?«

Auch der trug einen Bart, aber seiner war dunkel, um einiges länger als der des Hauptmanns, und auch sonst glichen sie sich kaum. Wirkte Haetan grimmig und hart, sah dieser Mann eher verschlagen und gerade jetzt ziemlich betrunken aus. Um das Grün seiner Augen herum hatten sich rote Adern gebildet, aber sie lenkten nur ein wenig von den Fältchen ab, die sich von seiner Augenpartie hinab zu einem schmalen Mund zogen. Von dort aus ging es zu einem kurzen, spitz zulaufenden Kinn, das ein wenig weibisch wirkte. Und wäre er eine Frau gewesen, man hätte man seine bis zum Nacken reichenden dunklen Haare sicher zu einer kunstvollen Frisur formen können.

So aber blieb lediglich ein besoffener Kerl mit Bart, der mich aus trüben Augen anglotzte. »Man nennt mich Bjaen, den – «

»– Trinker«, beendete Stavis Wallec die Vorstellung. Gelächter. Die Saers hatten ihren Spaß.

»Bjaen, den Sänger, Ihr Südling!« Wenn Bjaen verärgert war, dann versteckte er es gut. Stattdessen griff er nach seinem Bier, nur um festzustellen, dass der Becher leer war. Seine schmalen Lippen verzogen sich zu einer bedauernden Grimasse.

»Wahr bleibt wahr.« Stavis zuckte mit den Achseln und goss Bjaen nach. »Aber es schmälert auch nicht dein Talent.«

»Ganz und gar nicht.« Der Sänger prostete in die Runde, nahm einen gewaltigen Schluck, um sich dann träge auf den Tisch zu lehnen. Er sah wieder zu mir. »Man kennt mich von Nord bis Süd und von West nach Nord«, lallte er. »Bjaen ist überall willkommen. Bei Schwertmännern, Kirchenleuten und bei allen Frauen. Oh ja! Vor allem bei den Frauen!«

Sein lüsternes, betrunkenes Grienen ließ mich daran zweifeln, dass er in solch einem Zustand überhaupt ein Weib abbekäme. Allenfalls bei den Huren dürfte er Erfolg haben, aber die ließen sich ja auch dafür bezahlen, von besoffenen Kerlen betatscht zu werden. Nichtsdestotrotz schien eine Frau etwas für Bjaen übrig zu haben – die Königin. Dass er hier mit den Saers der Bruderschaft in ihrer Halle trinken durfte, war ein untrügliches Zeichen für die Gunst unserer Herrin.

»Ich habe Lieder über jeden tapferen Mann der Alier geschrieben und in«, er schien in Gedanken zu zählen, aber auf kein wirkliches Ergebnis zu kommen, »ja, in allen Provinzen gesungen. Stimmt es, Saer Jervain? Habe ich Recht? Euer Lied ist ganz besonders beliebt!«

Der Marschall spießte ein Stück Wild mit seinem Messer auf und hörte nur halbherzig zu. »Wenn du es sagst, Sänger.«

»Oh ja! Ganz gewiss!« Und dann hielt Bjaen die Klappe, starrte ins Nichts, und ich fragte mich, ob er schlicht vergessen hatte, was er sagen wollte. So etwas passiert im Suff schon einmal.

»Ihr seid aus Dynfaert, Saer?« Haetan hatte sein Mahl beendet. Ich erwiderte seinen Blick und nickte. »Mein Vater ist der Than dort.«

»Rendel ist leicht in Euch zu erkennen.«

Ob das gut oder schlecht war, konnte ich nicht sagen. Die Miene Haetans war unbewegt und verriet keinerlei Gemütsregung.

»Ihr müsstet euch eigentlich gut verstehen, Haetan«, meinte Stavis amüsiert. »Ayrik betet dieselben Waldgötter an wie du.«

Nur die Augen des Hauptmanns bewegten sich von Stavis Wallec wieder zu mir. »Ihr dient den Vergessenen, Saer?«

»Ich wurde nach ihren Lehren erzogen.«

Und obwohl Wulfar Mornai verächtlich schnaubte, nickte Haetan, und sein linker Mundwinkel zuckte unmerklich. Hatte ich etwa gerade einen neuen Freund gewonnen?

»Heide, Heide«, murmelte Bjaen der Sänger plötzlich, als dämmerte ihm etwas. »Kein guter Stoff, nicht die Wahrheit.« Er machte Anstalten aufzustehen, was allerdings nicht so einfach schien. Stattdessen gab er einen beachtlichen Rülpser von sich. »Das lass ich weg, soll keiner sagen, Bjaen verstehe es nicht, die Helden im rechten Licht-«, er winkte ab. »Das wird ein Lied, ein Lied, ihr Herren! Ein Lied.«

»Lied?« Ich legte die Stirn in Falten. »Über mich?«

»Ein Lied«, rief Bjaen und schwankte bedenklich auf der Bank. »Ich werde es in allen Provinzen singen, Herr Alrik, Erik oder doch Ayrik? Ja, das war es, Ayrik.« Nachdem er meinen Namen wieder gefunden hatte, leerte der Sänger seinen Becher. »Aber was reimt sich auf Ayrik? Tja, was nur? Überlege ich morgen. Trotzdem werdet Ihr berühmt sein, Saer.« Zur Unterstützung seiner Worte lehnte er sich ein Stück zurück und zupfte zwei deutlich verstimmte Saiten.

»Und wessen Idee war das?«

Ich wusste die Antwort bereits, bevor er sie mir in gesungener Form gab. »Es entsprang ... der Weisheit ... unser aller ... Prinzessin.«

Und als der letzte Ton verklang, ich mich fragte, wieso mich Prinzessin Sanna mit einem kostbaren Kettenhemd, weibischen Kosmetika, dem Platz in ihrer persönlichen Leibwache und einem Lied ehrte, wurde das Portal des Palas aufgestoßen, und ein Soldat, patschnass von Kopf bis Fuß, eilte an die Tafel, wo er sich knapp verneigte.

Der Marschall erkannte ihn offenbar. »Raef, was gibt es?«

»Verzeiht die Störung, mein Herr. Aber es sind Reiter vor dem Tor.«

»Und was wollen sie?«

»Eine Audienz bei unserer Hochkönigin.«

Das löste allgemeines Gelächter am Tisch aus. Offenbar war es nicht sonderlich üblich, des Nachts an die Tür des Königshofes zu klopfen und eine Unterredung mit Enea zu fordern.

»Schicke die Narren fort. Eine Meile östlich liegt eine Herberge, sollen sie sich dort einquartieren und morgen wiederkommen.«

Jervain wollte sich wieder seinem Mahl zuwenden, doch der Krieger namens Raef blieb, wo er war. »Verzeiht erneut, Herr, aber vielleicht sollten wir sie nicht wegschicken.«

»Und wieso nicht?« Der Marschall klang gereizt.

»Ihr Anführer sagt, er sei König Terje aus Wilnheim.«

Jervains Blick schnellte vom Wein hoch. »Nordmänner?«

Raef nickte. »Ja, Marschall. Soll ich sie immer noch abweisen?«

»Teufel, nein!« Jervain erhob sich. »Lasst sie ein, versorgt ihre Pferde, und seht zu, dass sie den Weg in den Palas finden. Unbewaffnet!«

Noch einmal verneigte sich Raef und machte sich dann auf den Weg, den Befehl seines Herrn auszuführen. In die anderen Saers kam Bewegung. Wulfar und Petr halfen Bjaen, der, besoffen wie er war, nicht gerade in Gegenwart eines Königs lallen sollte, seine Kammer zu finden, während Kerrick Bodhwyn zwei der Diener anwies, die Kettenhemden, Panzerteile und Mäntel der Männer in die Halle zu schaffen. Und zwar so schnell es ging.

Haetan stand bereits und hielt sein Bier unentschlossen in der Hand. »Der Terje?«

»Wer sonst?« Jervain starrte in Richtung des Portals.

»Dabei hatte ich gedacht, wir seien diesen Hund und seine Brut ein für alle Mal los.«

Ich wechselte einen ratlosen Blick mit Leocord und selbst Rodrey, denn offensichtlich verstanden weder sie noch ich, worum es hier überhaupt ging.

»Ihr kennt diesen König?«, wagte sich schließlich Leocord zu fragen.

Jervain sah den Saer nur kurz an, dann kamen die ersten Diener mit unseren Rüstungen und Mänteln zurück in die Halle. Und als man dem Marschall in seinen Harnisch half, sah er plötzlich um einiges unfreundlicher aus. »Allerdings. Wir haben seinen erbärmlichen Haufen vor fünf Jahren westlich von Wilnheim abgeschlachtet.«

»Die Taverne wäre die bessere Idee gewesen«, meine Rodrey Boros, und zum ersten Mal, seit ich ihn kannte, stimmte ich ihm aus tiefster Seele zu.

FÜNFZEHN

Saer Jervain Terety, königlicher Marschall und in diesem Moment der Sprecher unserer Hochkönigin, empfing die Gäste auf den Stufen der Empore sitzend, sein Schwert blank über die Knie gelegt. Er hielt einen Pokal in der Hand, in den gerade eben erst ein Diener frisches Bier nachgeschüttet hatte, und legte eine Miene an den Tag, die kein bisschen von Gastfreundschaft kündete. Ebenso wenig die der Saers Wulfar Mornai oder Kerrick Bodhwyn, die hinter ihm Aufstellung bezogen hatten. Bodhwyn wirkte mit seinem zerfurchten Gesicht und den starren Augen in dem vollständig schwarzen Aufzug der Bruderschaft Furcht einflößend wie eh und je, und selbst Mornai sah in Kettenhemd, Mantel und Schwert, auf das er sich blankgezogen stützte, nicht wie jemand aus, der einem Mann freudestrahlend Bier anbot, um ihn in der Halle willkommen zu heißen. Petr Mornai, Fyrell Neelor, Rodrey Boros, Leocord Bodhwyn, Stavis Wallec, der Hauptmann Haetan und ich hatten uns wieder an der linken Tafel niedergelassen, ebenso gerüstet und bewaffnet wie unsere drei Brüder dort vorne.

Selbst ein Schwachsinniger hätte dieses Verhalten verstanden. Die Nordleute um Terje waren alles andere als willkommen. Jervain Terety wollte das mehr als deutlich machen.

Als die Wachen vor dem Tor schließlich den Nordmann ankündigten und er mit seinen Leuten eintrat, verfehlte Jervains überaus freundliche Begrüßung ihre Wirkung nicht.

»Man nimmt mir also die Waffen ab, und Eure Klinge liegt blank in der Hand, während eure Männer mit Schwertern und Kettenhemden trinken.« Terje sprach Anan mit einem kaum zu hörenden Akzent, aber mit einer umso deutlicheren Verstimmung. »Begrüßt man in diesem Land seine Gäste auf diese Weise?«

Die Lippen des Marschalls verzogen sich zu einem abfälligen Lächeln. »Eines der Vorrechte der Bruderschaft der Alier, mein Freund. Es ist Gesetz, dass nur sie Waffen in der Königshalle tragen dürfen. Außerdem: Als ich das letzte Mal in dein Land kam, hieß man mich mit Axt, Pfeil und Schwert willkommen. Ich glaube, diese Ehre wurde dir an unserem Tor nicht zuteil.«

Terje, oder König Terje, wie er sich selbst nannte, näherte sich mit seinem Gefolge der Empore, wo er in gebührendem Abstand anhielt. Ich hatte in meiner Kindheit und Jugend genug Geschichten über die Nordleute gehört, um sie fast ausnahmslos als Schwachsinn abzutun. Helle Haare und Augen, größer als gewöhnliche Menschen seien sie gewachsen. So weit mochte das ja sogar hin und wieder stimmen, aber die Ammenmärchen, sie würden in ihren wilden Wäldern von Agnar nackt um Bäume tanzen, Blut aus den Schädeln ihrer erschlagenen Gegner saufen und sich mit Dämonen paaren, die ihnen abscheuliche Mordbastarde gebären, nahm ich als junger Mann nicht mehr ernst. Jetzt, da ich die ersten Nordleute von Angesicht zu Angesicht sah, wusste ich auch warum. Terje war durchaus von hohem, kräftigem Wuchs, mit breiten Schultern und einem mannhaften, bartlosen Gesicht, helle Haare hatte er jedoch nicht. Oder nicht mehr, denn Terjes Schädel war blank rasiert. Jetzt jedoch, nach wahrscheinlich einigen Wochen in der Wildnis, waren ihm wieder einige Stoppeln gewachsen, und ich konnte sehen, dass sein Haaransatz deutlich zurückgewichen war. In seiner Aufmachung, ein knielanges Kettenhemd, feste Stiefel und ein kostbaren Mantel aus dem Fell eines Braunbären, hätte man ihn auch leichthin für einen Freimann aus meiner Provinz hier in Nordllaer halten können.

Nicht anders verhielt es sich mit seinen drei Begleitern, unter denen sich nur noch ein weiterer, kräftiger Mann befand, der mit seinen goldenen, schulterlangen Haaren und dem dichten Bart schon eher dem ähnelte, was man sich unter einem Nordmann vorstellte. Die anderen beiden, Frauen, trugen ebenso Kettenhemd und Fell wie die Männer, was mich mehr als verwunderte. In meiner Heimat schickte es sich nicht für Frauen, Rüstungen oder Waffen zu führen, im Norden war es wohl nichts Besonderes. Ich ging jede Wette ein, dass das Aideen bestimmt gefallen hätte. Eine der Frauen war eine kalte Schönheit mit pechschwarzen, offen getragenen Haaren, die ihr bis zur Hälfte ihres Rückens reichten, und grünen Augen. Schlank und groß und mit dem selbstsicheren Auftreten eines Kriegers gesegnet, verspürte ich spontan wenig Muße, diesem Weib im Kampf zu begegnen. Ihr ganzes Sein strahlte etwas Herbes, Unbändiges aus. Ich schätzte, dass sie sich irgendwo am Ende ihrer Zwanziger befinden musste, vielleicht auch Anfang dreißig. Ihre Begleiterin hingegen konnte kaum sechzehn Winter zählen und ähnelte ihr bis auf die dunklen Haare kaum. Das Mädchen hatte ein kurzes, breites Gesicht mit schmalen Augen, aus denen eine gesunde Portion Neugier sprach. Ihr Körper war sehniger als der ihrer Freundin, die Beine lang und schlank. Doch wo von dieser Kriegerin fast schon pure Gewalt ausging, wirkte das Mädchen mit den am Hinterkopf zu einem schmucklosen Wust zusammengebunden, schwarzen Haaren sonderbar geheimnisvoll, auf ihre Art gefährlich. Noch zwei Jahre, dann wäre sie die Art Frau, die die meisten Männer aus einer heimlichen Angst heraus meiden oder sogar böswillig verurteilen. Das ist in allen Teilen der Welt dasselbe. Schüchtert eine Frau den Mann ein, ist sie eine Hure, damit er sich nicht selbst oder der ganzen Welt eingestehen muss, dass er ein Schwächling ist, der einem Weib nicht das Wasser reichen kann.

Ich wendete mich wieder den anderen Nordleuten zu. Ihre Kleidung und Haare starrten vor Schmutz, das fiel mir jetzt auf. Wo auch immer sie herkamen, in den letzten Wochen hatten sie weder Wasser noch Seife gesehen.

Terje ließ den Blick erst über Jervain, Kerrick und Wulfar schweifen, dann sah er zu uns anderen Saers herüber, die bei Bier zusammensaßen und sich fragten, wie diese kühle Unterredung wohl enden mochte.

»Vielleicht waren Eure Männer auf den Mauern freundlicher«, sagte der Nordmann, »weil ich nicht mit tausenden von Bewaffneten davor lagere. Oder weil ich keinen der Höfe auf dem Weg hierhin geschleift und die Bewohner umgebracht oder versklavt habe.« Terje fixierte Saer Jervain, dessen Miene noch immer einen spöttischen Ausdruck trug. »Welche Begründung gefällt Euch besser, Marschall?«

»Das muss ziemlich hart für dich gewesen sein«, versetzte Terety, der keinerlei Anstalten machte, einen Mann, der sich König nannte, mit Herr anzusprechen. »All die schönen Bauernschaften und Dörfer, gesegnet mit Kühen und Ziegen, Schafen und Ochsen, Silber und Met. So viel, das man herrlich rauben kann. Und dann die Weiber erst ...«

Ich konnte sehen, wie der kahle Schädel des Nordmanns vor Wut rot anlief. Das überraschte mich nicht, ich selbst wäre wahrscheinlich schon sehr viel früher aus der Haut gefahren. Viel mehr wunderte ich mich über mich selbst, denn ich empfand wenig Sympathie für meinen eigenen Marschall. Der ganze Empfang, wenn man ihn denn so nennen wollte, schien nur darauf hinauszulaufen, diesen Terje zu demütigen. Und genau darin sah ich keinen Sinn. Das Gastrecht meines Volkes, der Scaeten, hätte es vorgeschrieben, den Nordleuten vom Bier zu geben und einen Platz an der Tafel anzubieten und nicht, sie durchnässt, verdreckt mitten im Palas stehen zu lassen. Aber was galten die Regeln der Scaeten schon in solchen Hallen? Einen Scheißdreck, wie ich feststellte. Am Hofe wehte ein anderer Wind.

Terje zügelte gerade noch seine Wut. »Eure eigenen Männer«, sein Blick fiel auf einige meiner neuen Brüder, »haben sich mit den Plünderungen und Weibern ebenso wenig zurückgehalten wie Ihr selbst. Wenn ich mich richtig erinnere, Saer, war das Mädchen keine sechzehn, das Ihr neben der kreischenden Mutter nahmt, während Eure noblen Brüder den Hof in der Nähe von Bregars Methalle verwüsteten.«

Neben mir schoss Rodrey Boros von seinem Platz hoch. »Ein Wort von Euch, Saer Marschall, und der Wilde stirbt für diese Beleidigung!«

Terje beachtete Boros nicht einmal, der schon wieder erpicht darauf war, irgendwen für eine Beleidigung zu bestrafen, die ihn nicht einmal selbst betraf.

»Verzeih meinem guten Saer Boros dieses Verhalten«, sagte Terety milde an den Nordmann gerichtet und deutete meinem verhassten Schwertbruder, sich wieder zu setzen. »Er ist jung und aufbrausend, und was er vom Krieg weiß, füllt nicht einmal den Becher hier.« Jervain schwenkte den Bierbecher hin und her. »Krieg – eine blutige, unangenehme Sache. Du dürftest dich ja gut genug daran erinnern, Terje.«

»König Terje«, verbesserte ihn die schwarzhaarige Kriegerin im Kettenhemd kühl und mit einem sehr viel deutlicherem, harten Akzent als ihr Herr.

Jervains Miene hätte nicht unbeeindruckter ausfallen können. »In eurem fruchtlosen Land gibt es mehr Könige als Steine. Verzeihung, aber da kann man schon einmal den Überblick verlieren.« Der Marschall trank die letzten Schlucke des Bieres und stellte den Becher neben sich auf die Stufe. »Wer ist übrigens dein Hofstaat, o mächtiger König?«

Ausnahmsweise stimmte ich nicht in das Gelächter ein, das Jervains höhnische Frage unter den Saers auslöste. Ich fühlte mich unwohl in dieser Runde.

Terje überging den Spott. »Norulf, mein Vetter«, erwiderte er steif und nickte dem blonden Hünen zu. Dann deutete er knapp erst auf die Kriegerin und das dunkelhaarige Mädchen. »Meine Töchter Glyrna und Siv.«

Vor allem Glyrna, diese hoch gewachsene, schwarzhaarige Schwertfrau, betrachtete Jervain zweifelnd. »Sag mir, Terje, haben wir dein Land tatsächlich so entvölkert, dass ihr schon eure Weiber in Rüstungen stecken müsst?« Diesmal verzichteten die Nordleute auf eine Erwiderung, sahen wohl ein, dass ein Wortgefecht nichts einbrachte. Auch Terety war der Sache überdrüssig. »Wie dem auch sei. Was führt dich her?«

Der selbst ernannte König straffte sich. »Das ist für die Ohren Eurer Königin bestimmt, nicht für ihren obersten Jagdhund.«

Wieder wollte Rodrey Boros aufspringen, aber diesmal packte ihn Stavis rechzeitig und hielt seinen dürren Hintern auf die Bank gedrückt.

»Die Königin genießt einen höchst königlichen Schlaf«, erwiderte der Marschall ungerührt. »Also nimmst du entweder mit mir Vorlieb, oder du wartest, bis sie dich in den nächsten Tagen empfängt, wenn sie es denn überhaupt in Betracht zieht. Enea ist eine viel beschäftigte Frau. Das ist nun einmal so, wenn man über etwas mehr gebietet als Schafe, Ziegen und Mannsweiber.«

Von der Seite aus konnte ich sehen, wie Terje mit dem Kiefer mahlte. »Haltet mich nicht zum Narren, Terety! Ich bin keine tausend Meilen geritten, um mich von Euch beleidigen und hinhalten zu lassen. Was ich zu sagen habe, ist von großer Wichtigkeit und duldet keinen Aufschub. Dies hier ist nicht der rechte Zeitpunkt für alte Streitigkeiten.«

Der Marschall winkte knapp. »Dann sprich! Der Krieg ist vorüber, wir haben einen Waffenstillstand, und du stehst nicht als mein Feind vor mir, sondern als ein Bittsteller vor dem ersten Schwertherrn des Reiches. Wenn ich dir nicht reiche, Terje, dann gehe meinetwegen den üblichen Weg und lasse dich von Saer Elred vertrösten.« Als Jervain an der Miene des Nordmanns sah, dass dieser nichts mit dem Namen des Verwalters anfangen konnte, schmunzelte er. »Gewiss, der Saer und Verweser von Fortenskyte ist ein fleißiger Mann, treu Reich und Krone ergeben, aber viel mehr Freude als die Bewirtschaftung dieses Hofes macht es ihm, Gäste warten zu lassen, um ihnen damit zu zeigen, was er mit seinem feinen Titel für Macht inne hat. Du freust dich sicher nicht, mich hier zu finden, aber glaub mir, du kannst von Glück sagen, dass ich dich empfange, kein anderer.« Jervain lehnte sich etwas nach vorne, und seine Stimme nahm einen bedrohlichen Ton an. »Die Hochkönigin von Anarien ist keine Hure, Terje, die man nach Belieben aufsuchen und belästigen kann. Du magst dich auch König nennen, und deine verlauste Bande von Räubern und Schlägern lässt sich davon bestimmt beeindrucken, aber hier interessiert es niemanden auch nur einen Haufen Scheiße, für wen oder was du dich hältst! Also hast du die Wahl: Du trägst dein Anliegen mir vor und ich entscheide, ob es wichtig genug ist, unsere Königin damit zu belangen, oder du packst das Gesindel da an deiner Seite bei den Händen und verschwindest auf dem schnellsten Weg zurück nach Agnar.«

Man konnte sehen, wie sehr es Terje widerstrebte, sich vom Marschall so behandeln zu lassen, ich war mir sogar mehr als sicher, dass der Nordmann am liebsten Jervains Grinsen mit der Axt beseitigt hätte, aber stattdessen nickte er nur. Nickte mehrmals, was ein deutliches Zeichen war, dass ihm das alles ganz und gar nicht passte.

»Der Norden brennt«, sagte er schließlich ohne jede Einleitung.

Und mit diesen Worten kam eins zum anderen.

LEGENDEN

»Schon wieder?« Jervain schnaubte auf die Einleitung Terjes. »Hat euch der letzte Krieg nicht gereicht, dass sich deine Leute jetzt schon gegenseitig umbringen? Wer kämpft gegen wen, kenne ich eine der Parteien?«

»Niemand kämpft, Marschall.«

»Sondern?«

Terje suchte nach den richtigen Worten. »Wart Ihr jemals nördlich des Jaoktals?«, fragte er, worauf Jervain lediglich den Kopf schüttelte. »Die Kjel beanspruchen das Land dort, und niemand will es ihnen streitig machen, gibt es dort doch nur Berge, Kälte und Kargheit. Des Nachts streifen finstere Wesen durch die Klüfte der –«

»Wenn du mich mit Legenden langweilen willst, Nordmann«, unterbrach ihn Jervain, »sag es gleich, dann kannst du die Geschichtchen dem Burschen hier vor der Tür erzählen.« Er zeigte auf Lenard, den jungen Sklaven, der in der Halle darauf wartete, die Saers zu bedienen. »Der Junge lässt sich vielleicht davon beeindrucken, ich bin zu alt für so ein Gewäsch.«

»Es sind keine Legenden, Marschall.« Terjes Miene war angespannt. »Das Gebiet jenseits des Jaoktals ist ein Land von Feuer und schwarzem Stein und brennenden Bergen. Heiße Quellen schießen Wasser in die Höhe, das einen Mann bei lebendigem Leib kochen kann, ganze Landstriche sind unbetretbar, denn die Luft ist voller giftiger Dämpfe. Man sagt, dort herrschen die Drachen, die auf den geeigneten Zeitpunkt lauern, die Reiche der Menschen zu vernichten.«

»Terje«, der Marschall tippelte mit den Fingern am Rand des Bechers, »ich sage es zum letzten Mal: Strapaziere nicht meine Geduld, komm zur Sache, oder ich lasse dich hinauswerfen.«

Der Nordmann schluckte offensichtlich eine erboste Erwiderung herunter. »Wie Ihr wollt, Saer.« Kurz sammelte er sich, als Terety endlich Lenard ein Zeichen gab, die Nordleute mit Bier zu versorgen. »Vor zwei und einem halben Mondlauf befand ich mich mit meiner Sippe auf dem Weg zu Eull Ziegentod, der mit seinem Haufen zehn Tagesritte von meiner Methalle haust. Ich wollte Siv mit seinem Jüngsten vermählen, denn Eull verfügt über mehr Land und Vieh als ich, während meine Krieger als die besten im ganzen Norden gelten. Ich dachte, eine Verbindung sei in beiderseitigem Interesse. Also ritt ich mit meinen Töchtern, Norulf, meinem Druiden, und zehn ausgesuchten Kriegern nach Norden, immer dem Lauf des Var nach, der unsere Heimat vom Kjel-Land bis hinab an die Grenzen Eures Reiches durchzieht. Am fünften Tag unserer Reise sahen wir große Schwärme von Vögeln am Himmel, die nach Süden zogen. Thal, einer meiner erfahrensten Waldläufer, schwor, dass er Habichte und Elstern unter ihnen sah, und diese Tiere verlassen im Winter nicht unsere Heimat. Aber mehr noch! Mit meinen eigenen Augen erkannte ich Falken, mehr als dreißig, die all die anderen niederen Vögel aus meinem Land zu führen schienen. Und sie flohen, Marschall, sie flohen!«

Lenard brachte Terje und den Seinen nacheinander Krüge mit Bier, und der Nordmann nahm einen kräftigen Schluck, ehe er fortfuhr.

»Mein Druide sah es als böses Omen, dass die Beute dem Jäger folgt und schlachtete noch am selben Abend sein Pferd, um die Vergessenen mit dem Blute seines eigenen Tieres zu besänftigen. Aber sie waren nicht besänftigt. Am nächsten Tag, kaum war sie Sonne aufgegangen, hob ein Donnern wie von zweimal tausend Hufen an. Wir fürchteten schon, die Kjel seien aus ihrem Gebirge herabgekommen, um die Täler mit Plünderei und Tod zu überziehen, denn sie lieben niemanden, mögen sie auch dreimal Nordmänner wie wir sein, doch es waren keine Menschen. Wir hatten gerade eine Hügelkuppe überwunden, da sahen wir von Norden, wieder von Norden her, eine Staubwolke, größer als jede Woge, die ich je gesehen habe, über die Ebene auf uns zu stürmen. Wir wussten nicht, was wir tun sollten, also stiegen wir von unseren Pferden, und ich schäme mich nicht zu sagen, dass wir mit Angst im Herzen einen Schildwall formten, denn wir wollten, wenn dies schon die letzte Stunde sei, im Kampf sterben, damit wir in die Halle der Helden einzögen. Und dann sahen wir, wie sich aus dem Staub Kreaturen schälten, Hunderte um Hunderte. Es waren Elche, die größte Herde, die je den Norden durchwandert hat. Und auch sie flohen! Und mit ihnen Rehe, Wildpferde, selbst Wölfe sahen wir am darauf folgenden Tag. Was immer sie aus dem Norden trieb, es musste gewaltig gewesen sein.«

Ich beobachtete Saer Jervain eingehend. Sein erst noch zweifelnder, fast überheblicher Ausdruck war verflogen. Stattdessen lag seine Konzentration voll auf dem Nordmann und dessen Bericht.

»Meine Männer drängten mich umzukehren. Sie sagten, die Grauen hätten sich im Land aus Feuer erhoben und trieben nun alles Leben aus ihrer Domäne, das ihnen nicht diente. Ich jedoch entschied mich, eine höher gelegene Position zu beziehen, um Ausschau zu halten, was im Norden vor sich ging. Wir wussten um einen Punkt, keinen halben Tagesritt entfernt, an dem unsere Vorfahren in den Tagen vor den Ynaar, eine Festung errichtet hatten, die weit über den Ebenen thronte. Heute stehen dort nur noch Mauerreste, denn die Ynaar vernichteten das Bollwerk, noch ehe die ersten Südlinge in mein Land kamen.«

Haetan, der Hauptmann unserer Freimänner, erhob die Stimme. »Du sprichst von den Ruinen von Ingereth? Das ist keine zweihundert Meilen nordwestlich unseres Heerlagers bei Bronwyth entfernt.«

Terje nickte knapp. »Dorthin wollten wir uns zurückziehen, um bei klarem Wetter einen Blick in den Norden zu werfen und zu beratschlagen, was wir nun tun sollten. Aber dazu kamen wir nicht, denn plötzlich erzitterte die Erde, unsere Tiere gingen von Wahnsinn gepackt durch, und Svein, einer meiner Krieger, brach sich den Hals und starb ruhmlos, als er aus dem Sattel geworfen wurde. Die Grundfesten der Erde bebten, von Norden rollte ein Getöse, ein Donnern heran, als würden alle Trommeln der Welt zugleich schlagen. So mächtig und laut, dass sich selbst die tapfersten unter uns zu Boden warfen und nach ihren Müttern schrien! Und dann –« Terje brach ab und atmete deutlich hörbar ein und aus. Ich konnte sehen, wie er die Hände zu Fäusten ballte. Sie zitterten. »Und dann, ich schwöre es bei allen Göttern, blähte sich das Land fern im Norden auf, wo die schwarzen Berge und heißen Quellen liegen, und die Erde brach auf, und eine Wand aus Feuer und Asche erhob sich bis in die höchsten Ebenen des Himmels, die alles zu verschlingen drohte.«

Niemand wagte zu sprechen. Selbst Rodrey Boros hatte sich auf den Tisch gelehnt und hing an den Lippen des Nordmanns, dessen Stimme bei diesen Erinnerungen zu versagen drohte.

»Wir kehrten um. Tage zogen herauf, die keine waren. Der Himmel verdüsterte sich, als hätte die Sonne ihre letzte Schlacht verloren. Fern im Norden thronten Säulen aus Feuer, Rauch und einer unendlichen Schwärze, und riesige Blitze umzuckten den Brand wie sich aufbäumende Schlangen. Ich bin kein ängstlicher Mann, Terety, das wisst Ihr, aber als es Asche zu regnen begann und wir an verendeten Tieren vorbeizogen, die gestorben waren, wo sie standen, da dachte ich, das Ende aller Tage sei gekommen.«

Unwillkürlich musste ich an den dreckigen, grauen Schnee denken, der auf uns niedergegangen war, kurz bevor der königliche Zug die Festung des Draak verlassen hatte. Konnte das womöglich aus dem Norden über uns gekommen sein? Und das Donnern an jenem Tag vor Grems Hütte, als ich auf Aideen gewartet hatte. Agnar lag Wochen von Dynfaert entfernt, und ich hatte noch nie gehört, dass ein Geräusch so weit reichen konnte. Dennoch ...

»Es wurde nicht mehr richtig hell seit diesem Tag, und noch mehrmals donnerte es aus dem Kjel-Land. Wir hetzten weiter südlich, wollten der Finsternis entkommen, aber es gab keinen Ort, der weit genug von diesem Grauen entfernt sein konnte. Schwarze Wolken hingen über uns, und mit jeder Meile, die wir zurücklegten, schien es kälter und kälter zu werden. Dann kam der Schnee. Schmutzig grau und ohne Unterlass fiel er aus der Düsternis, die über dem ganzen Land hing, wie ein schwarzes Leichentuch. Bei Bregars Methalle trafen wir schließlich auf andere Sippen, die sich dort versammelten, denn schon seit den Altvorderentagen ist dies einer der letzten Rückzugsorte in Zeiten der Not und der größte Thingplatz, den mein Volk kennt. Täglich trafen mehr ein. Niedere Häuptlinge aus dem Jaoktal, Krieger, Weiber, Kinder, Alte, einfach alle, die sich hatten retten können. Selbst einige Freie aus den Eisebenen hatten sich auf den beschwerlichen Weg gemacht. Manche von ihnen auf Karren, von Ochsen oder Eseln gezogen, andere wiederum schleppten sich zu Fuß nach Süden und brachten mehr tot als lebendig ihre Viecher mit. Wenn diese überlebt hatten, denn wie wir hörten, fielen die meisten der Tiere, einen oder zwei Tage nachdem sich das Feuer aus der Erde ergoss, der Himmel sich verfinsterte und die Asche niederging, tot um. Auch die Alten und ganz Jungen starben reihenweise, berichtete man. Je näher man an den feurigen Bergen gehaust hatte, desto schlimmer schien es. Als wären nicht nur Flammen und Rauch aus der Erde geschossen, sondern auch ein giftiger Odem, der jeden in den Tod riss, der nicht stark genug war.«

Jervain riskierte einen kurzen Blick zu uns anderen Saers. Dann fragte er Terje: »Bist du auf dem Weg zurück nach Süden an Bronwyth vorbei gekommen?«

Terje schüttelte den Kopf. »Nein. Dafür hätten wir den Rhyn queren müssen, was ich nicht riskieren wollte. Aber die Stadt und das Heerlager liegen ebenso unter der schwarzen Wolke wie der halbe Norden. Wie es jedoch dort steht, kann keiner sagen. Aus Bronwyth jedenfalls kam niemand zu Bregars Methalle.«

Der Marschall räusperte sich. Sein Bierkrug war mittlerweile leer. Abwesend hob er den Becher in Richtung Dienerschaft. Eine Weile grübelte der Marschall vor sich hin. »Wie viele lagern bei Bregars Halle?«, wollte er schließlich wissen.

»Ich weiß es nicht«, gab Terje zu. »Als wir das Thing abhielten, mochten einige hundert Häuptlinge, Kriegsherren und Könige anwesend gewesen sein. Dazu kommen noch die Sippen der Herren, das Vieh, Sklaven – ich weiß es wirklich nicht. Fest steht aber, dass jeden Tag mehr eintrafen und dass gewiss nicht alle, die überlebt haben, zur Methalle kamen oder kommen würden. Viele werden sich andere Wege in den Süden suchen. Solange sie der tödlichen Wolke entkommen, wird es ihnen gleich sein, wohin sie sich wenden. Der Hunger und die Angst werden sie antreiben.«

»Anzunehmen«, murmelte Jervain. »Sag mir, Terje, wieso bist du zu uns gekommen? Und woher wusstest du, dass die Königin in Fortenskyte weilt?«

»Wir wussten es nicht. Aber in Cirenskyte befand sie sich nicht, also suchten wir uns einen Weg weiter in den Süden und hofften auf Hinweise zu stoßen, wo wir sie oder einen anderen mächtigen Saer finden konnten.«

»Saer Hale hat dich in Cirenskyte nicht empfangen?« Terety klang doch einigermaßen überrascht.

Der Nordmann antwortete mit emotionsloser Stimme. »Euer Hof in der Nordmark wurde zerstört.«

»Was?!«

Tumult entstand an unserem Tisch. Petr Mornai war aufgesprungen und starrte Terje und seine Begleiter mit offenem Mund an, Stavis' Augen waren entsetzt aufgerissen. Ich tauschte Blicke mit Boros und Leocord aus, die nicht minder schockiert aussahen. Cirenskyte war der nördlichste aller Höfe. Königsbesitz! Ein Angriff auf diesen Ort, der vielleicht eine Monatsreise von Fortenskyte entfernt lag, glich einer Kriegserklärung. Nicht nur, dass irgendjemand die Grenze überschritten und dafür höchstwahrscheinlich Männer Anariens getötet hatte, wer auch immer dafür verantwortlich war, er hatte den persönlichen Grund und Boden der Königin entweiht, angegriffen und zerstört. Jemand würde dafür zahlen. Und zwar gewaltig.

Jervain Terety stand nun auch und funkelte Terje an. »Wer?«

»Ich oder die Meinen jedenfalls nicht, wenn Ihr darauf hinauswollt.« Der Nordmann hielt dem Blick unseres Marschalls stand. »Als wir dort ankamen, schwelten nur noch die Reste der Feuer. Das Tor hatte man nicht aufgebrochen; es stand schlicht nur offen. Wir fanden vielleicht fünfzig Leichen, viele davon unbewaffnet und ohne Rüstungen abgeschlachtet in den Gebäuden des Königshofes. Wenn Ihr mich fragt, Saer Jervain, dann wurden Eure Männer im Schlaf überrascht, noch ehe sie zu den Waffen greifen konnten. Aber wer auch immer den Hof zerstörte, er wurde von etwas anderem getrieben als von Eroberungswillen oder Mordlust. Die Vorratsspeicher waren bis auf das letzte Korn geleert, alle Tiere geraubt, das Fleisch aus den Kammern genommen und die Bierfässer gestohlen. Solch hübsche Kerzenständer«, er nickte knapp auf jene, die unsere Halle erhellten und immerhin aus Gold bestanden, »waren fast ausnahmslos noch da, auch sonst jede Menge Geschmeide und Wandschmuck.«

»Wieso haben sie den Hof nicht gänzlich ausgeplündert?«, fragte sich Rodrey leise.

»Weil man Gold nicht fressen kann«, sagte Haetan neben ihm und hatte damit verdammt Recht.

Terety ging langsam von den Stufen zur Seite weg, in der rechten Hand sein Schwert, in der linken den Becher. Es schien, als würde er nachdenken, aber ohne Vorwarnung schleuderte er den Krug mit einer solchen Gewalt gegen die Wand, dass er klirrend zersprang. »Verflucht seien diese Hornochsen!« Er zeigte mit der freien Hand auf Terje. »Bist du gekommen, um deine Haut zu retten oder mich zu täuschen, Nordmann? Es ist schon ein seltsamer Zufall, dass du einer unbekannten Horde vom Norden auf dem Fuße folgst, nachdem sie einen Königshof in Schutt und Asche legten. Wer sagt mir, dass du nicht lügst, dass du diese Geschichte verbreitest, damit wir Männer nach Cirenskyte schicken und dir damit den Weg östlich an der Wacht preisgeben? Du könnest genauso gut die Gelegenheit beim Schopfe packen und von Nordosten ins Reich einfallen. Oder vielleicht steckst du auch mit einem anderen Bastard aus Agnar unter einer Decke, der Cirenskyte angegriffen hat, während du mir hier Lügen auftischst. Weiß ich, wie viele Krieger unter deinem Kommando stehen oder welche Absichten du verfolgst?«

Terje zeigte ein winziges Lächeln, das in seinem grimmigen Gesicht unpassend wirkte, und das ebenso schnell wieder verschwand. »Der Krieg hat Euch misstrauisch gemacht, Marschall. Dabei solltet Ihr doch gelernt haben, dass der Norden das Schwert der List nicht schätzt. Wenn ich Eure jämmerlichen Grenzgehöfte plündern wollte, bräuchte ich mich nicht in diese Halle begeben und es versteckt ankündigen, findet Ihr nicht auch? Ich würde mir holen, was ich wollte. Ich würde töten und rauben, ohne Worte zu verschwenden, so wie es Sitte bei den Söhnen des Nordens ist. Aber dankt den Vergessenen oder Eurem Gott, dass mir danach überhaupt nicht der Sinn steht.«

»Was willst du dann?«

»Euch warnen, Terety. Dieser Haufen, der Cirenskyte geschleift hat, war nur der Anfang. Mehr werden kommen, das verspreche ich Euch.«

Jetzt stieß der Marschall ein kurzes Lachen aus. »Und ich soll dir glauben, dass du aus reiner Güte tausend Meilen gereist bist, nur um uns das zu sagen? Komm schon, Terje, ich kenne dich besser. Was soll dabei für dich herausspringen?«

Der Nordmann breitete die Arme aus. »Sicherheit und Land für meine Sippe. Meine Heimat ist verloren, ich werde eine neue benötigen, wenn sich der Staub gelegt hat.«

»Das habe ich nicht zu entscheiden.«

Wieder ein kleines Lächeln bei Terje. Irgendwie wusste ich, dass der Mann aus dem Norden schon längst gewonnen hatte, und er wusste es erst recht. Jervains Miene war mit jedem Wort aus dem Mund Terjes düsterer und düsterer geworden, seine anfängliche Hochnäsigkeit abgefallen. Er würde Königin Enea eindringlich raten, den Heiden zu empfangen, denn diese Neuigkeiten waren von viel zu großer Dringlichkeit, als dass man sie ignorieren konnte. Wer wusste schon, wie weit die Horden, die Cirenskyte vernichtet hatten, nach Süden vordringen würden. Irgendwann würden vielleicht die ersten Dörfer fallen, Orte wie Dynfaert, und eines Tages dann sogar Fortenskyte, Shaerlenrest oder gar Rhynhaven selbst. Wir wussten nicht genau, wie es in Agnar und der Nordmark stand, aber Wehe uns, wenn sich diese schwarze Wolke nicht bald verzöge! Ich hatte zwar keine Ahnung, wie viele

Menschen dort oben im Norden lebten, aber ich war sicher nicht dumm genug anzunehmen, dass es vielleicht vierhundert Männer und eintausend Ziegen sein würden, die dann weiter nach Süden auf der Suche nach Schutz vordrängten. Und der Winter, der selbst hier schon kräftig zugeschlagen hatte, würde sein Übriges tun, die Menschen zu uns zu treiben. Hunger war die mächtigste Waffe der Menschheit, und diese Waffe würde sich bald zu einem gewaltigen Hieb erheben, wenn sie es nicht schon längst getan hatte. Fänden wir keine Möglichkeit, sie aufzuhalten, gäbe es bald eine Flut der anderen, sehr viel gefährlicheren Sorte in Nordllaer und im schlimmsten Fall in ganz Anarien.

Jervain Terety wusste das. Jeder im Palas wusste es.

»Saer Fyrell«, rief er den schmächtigen Schwertbruder an, der sich erhob. »Geh und such Elred. Ich will, dass er unseren Gästen Zimmer im Ostflügel zuweist. Ihnen soll es an nichts fehlen, bring Bier und Nahrung, und sieh zu, dass die Betten sauber sind.«

Armer, dummer Fyrell Neelor. In den letzten Tagen schien es ihm an Verständnis zu mangeln, wann er das Maul zu halten hatte. »Ich bin kein Diener, Saer Jervain.«

Hätte Jervain einen zweiten, heilen Becher gehabt, Neelor hätte wohl Bekanntschaft damit gemacht. Sein Gebrüll hingegen reichte auch so. »Beweg dich zu Elred, du Rattengesicht, oder ich finde noch vor Sonnenaufgang eine Aufgabe, die deiner verkrüppelten Gestalt würdig ist!«

Stocksteif erhob sich Saer Fyrell. Auf seiner Miene konnte man keinerlei Regung erkennen. Fast war es, als hätten ihm Jervains Beleidigungen alle Muskeln im Gesicht einfrieren lassen. Er neigte eine Handbreit den Oberkörper und setzte sich langsam, sehr langsam in Bewegung.

»Terje, folge Saer Fyrell«, sagte der Marschall noch immer verstimmt. »Morgen wirst du deine Audienz haben. Jetzt geh.« Der Nordmann nickte, aber bevor er Neelor in Richtung des Portals folgen konnte, hielt ihn Terety noch einmal zurück. »Wenn ich herausfinde, dass du mich hintergehst, uns Lügen auftischst, oder sonst irgendwie versuchst mich für dumm zu verkaufen«, er streckte das Schwert aus, bis es auf die Nordleute zeigte, »dann wirst du dir wünschen, Ascheregen und Feuerberge seien deine einzigen Probleme.«

»Und Ihr, Marschall, solltet dafür beten, dass all dies Eure größten Probleme bleiben.«

Dann verließ er mit seinen Töchtern, dem schweigsamen Krieger an seiner Seite und Fyrell die Halle und ließ einen beunruhigten Haufen Schwertherren zurück.

Das Portal der Halle war kaum in die Angeln gefallen, da ließ sich Terety zurück auf die Bank an unserer Tafel fallen. Wulfar Mornai und Kerrick Bodhwyn, die bisher schweigend hinter ihm an der Empore gestanden hatten, folgten ihm auf dem Fuße.

»Hunderte Häuptlinge hat er gesagt«, murmelte Terety und griff nach der Bierkaraffe. »Und in Cirenskyte hatte Saer Hale achtzig Männer unter Waffen, fast ausnahmslos Veteranen aus dem letzten Zug in dieses verfluchte Land. Hale selbst war alles andere als ein simpler Verwalter. Wer auch immer ihn besiegt hat, muss seine Männer mindestens um das Dreifache übermannt haben.«

Die toten Augen Kerrick Bodhwyns hefteten sich auf Jervain. »Hat Terje etwas damit zu tun?«

»Unwahrscheinlich.« Der Marschall rieb sich durch das Gesicht. »Er hängt viel zu sehr an seiner selbst auferlegten Ehre, als dass er mich mehrmals im Beisein seiner verkommenen Weiber und eines Schwurmannes zu belügen wagte.«

»Also hat er wohl die Wahrheit gesagt.« Wulfar Mornai nickte sich selbst zu. Auch Haetan stimmte dem zu. »Terje, dieser Hund, würde sich eher die Zunge herausschneiden, als zu lügen.«

Ich war das Schweigen satt. »Und was bedeutet das?«

»Das bedeutet, dass der Draak um einiges weniger Zeit haben wird dich auszubilden als geplant. Den Rest übernimmt die Wirklichkeit.« Jervain riss ein Stück vom mittlerweile kalten Wildbraten ab und betrachtete das Stück kopfschüttelnd. »Asche in Regen und Schnee. Herrgott, dabei kann ich den Winter auch so schon nicht ausstehen.«

Vor der Audienz der Nordleute bei meiner Königin stand die Morgenmesse, an der ich zwangsläufig teilnehmen musste, und die in einer kleinen Kapelle stattfand, welche am Südende hinter dem Palas errichtet war. Der Bau war als Oktagon angelegt, die Wände mit Marmor und Gold versehen und erhellt von unzähligen Kerzen. Im Vergleich zur Pracht der Halle selbst, wirkte die Kapelle allerdings eher wie ein besserer Stall, in dem sich die Herde der Gläubigen drängte, um Worten Hüter Wilgurs zu lauschen. Er hielt die Predigt vor dem Altar im alten Ynaar, was ich leidlich verstand, aber ich gab mir auch keine ausgesprochene Mühe dem ganzen Gebete und Geheule zu folgen. Ich langweilte mich wie schon früher, als ich noch Bruder Naans Gejammere ertragen musste.

Wir hatten uns alle herausgeputzt. Die Königin und ihre hohe Tochter trugen kostbare, knöchellange Kleider aus Seide, besetzt mit silbernen Beschlägen auf dem Blau des Stoffes. Ihre Kronen funkelten im Schein der Kerzen, sahen aus, als stünden sie in Flammen, was mich unangenehm an den Bericht Terjes am Abend erinnerte. Wir Saers hatten Kettenhemd, Plattenteile, Helm, Mantel und Schwert angelegt und standen um die Herrscher unseres Reiches aufgestellt, als gäbe es in dieser Kapelle irgendetwas zu bekämpfen außer der Langeweile. Endlose Gesänge, Lobpreisungen an Junus, der in die Flammen gegangen war, um uns alle zu erretten – das Übliche halt. Das einzige Mal, da ich wirklich Junus während der Messe dankte, war, als der Hüter die letzte Kerze in den heiligen Flammen entzündete, die Gemeinde segnete und endlich entließ. Ich wusste zwar immer noch nicht so ganz, was ich von diesem Glauben halten sollte, in dessen Zeichen ich nun diente, aber eines blieb gewiss: Diese Religion war um einiges zeitraubender als mein Glaube an die Vergessenen Götter, der wenige Namen hatten und die man überall um uns herum preisen konnte, indem man einen Sämling in den Boden pflanzte oder einen Mann tötete, um damit die Halle der Helden mit neuen Seelen zu bestücken.

Eine bestimmte Portion Faulheit behielt ich also auch nach meiner Weihe bei.

Hochkönigin Enea empfing Terje und sein Gefolge anschließend mit deutlich mehr Freundlichkeit als mein Marschall am Abend zuvor. Es gab keine blanken Klingen in seinem Beisein, denn wir, die Saers der Bruderschaft, hatten Formation hinter ihr eingenommen und hielten unsere Schwerter in den Scheiden. Auch von den anderen Anwesenden, die ein Frühstück aus verdünntem Wein und ein wenig Brot mit geräuchertem Speck, Lachs, Eiern und Käse an der Tafel zur Linken einnahmen, war niemand bewaffnet. Weder Saer Elred noch Luran Draak oder die beiden anderen Saers, die ich gestern bei unserer Ankunft bemerkt hatte. Der Rest des Hofes, der Hüter, einige Höflinge und Damen, trugen ebenso keine Waffen. Dafür erhob sich während Terjes Bericht, der wiederholte, was er am Abend zuvor uns erzählt hatte, immer wieder Gemurmel vom Tisch, das um einiges unangenehmer war als jede blankgezogene Klinge. Vor allem die hohen Damen waren geschockt von den Neuigkeiten aus dem Norden. Terje, der genauso wie seine Begleiter gewaschen war, aber deren Kleidung trotzdem alles andere als sauber wirkte, genoss seinen Auftritt nicht sonderlich. Aber er schien viel zu stolz zu sein, um das allzu offensichtlich zu zeigen. Nur ein winziges Zittern in seiner Stimme verriet ihn.

Ich stand links hinter Prinzessin Sanna und sah so, wie sie leicht den Kopf zu meiner Seite wendete und hinter vorgehaltener Hand gähnte. Es erschien mir nicht unbedingt wie ein Zeichen von Langeweile, sondern von ernsthafter Erschöpfung. Schon während der Messe waren mir die tiefen Ringe unter ihren geröteten Augen aufgefallen. Was auch immer sie in der letzten Nacht getrieben hatte, sonderlich viel Schlaf war gewiss nicht darunter gewesen.

Nachdem der Nordmann geendet hatte, ließ Enea erst einmal die Unruhe, die daraufhin in der Halle entstand, geschehen. Nach einigen Momenten hob sie die Hände, um die Menschen wieder zur Ruhe zu bringen. Allmählich verstummte das Stimmengewirr. Enea versprach daraufhin Terje, dass sie sich mit ihrem Hofstaat beraten würde, aber dass er einstweilen mit den Seinen in Fortenskyte willkommen sei. Der Nordmann verneigte sich und wurde ebenso wie fast der komplette Palas angewiesen, die Königin mit ihren treuesten Männern nun alleine zu lassen, denn die Zeit drängte, und Entscheidungen mussten getroffen werden.

Wir Saers der Bruderschaft blieben. Der Draak blieb, Hüter Wilgur, Saer Elred und die beiden anderen Schwertherren, die sich als Saer Trestan Vannigan und Saer Dykan kaer Bilenis herausstellten, ebenso. Eine verdammt kleine Schar von Menschen, die über das Schicksal tausender entscheiden sollte. Bis auf Stavis ließen sich nun auch meine neuen Brüder der Königswache am Tisch nieder, und die Beratungen begannen.

»Wie sehr kann man diesem Nordmann trauen?«, erkundigte sich die Königin zur Eröffnung der Beratungen.

Es war der Marschall Jervain, der antwortete. »Vor fünf Jahren habe ich gegen ihn und seine Männer achtzig Meilen nördlich von Bronwyth gekämpft, wenige Tage vor Ende des Krieges. Er war einer der Kleinkönige gewesen, der die Überfälle weiter südlich zwar nicht direkt unterstützt hatte, dafür aber umso größeren Widerstand leistete, als wir kamen, um den Wilden eine Lektion zu erteilen. Wir konnten ihn damals schlagen und den Großteil seiner Krieger töten oder in die Flucht schlagen. Ihn selbst nahmen wir gefangen, was uns Saer Gaven gekostet hat, den Terje in zwei Hälften hackte, bevor wir ihn überwältigten. Ich habe ihn bei den folgenden Verhandlungen kennen gelernt. Er ist stolz auf seinen Namen, seine Sippe, seine Ländereien, die Freiheit und wahrscheinlich auch auf die wenigen Haare auf seinem Schädel, aber ich habe ihn noch nie lügen hören. Damals hätte er mir die Rückzugsorte einiger anderer Kriegsherren leichthin um seiner selbst willen verraten können, aber er weigerte sich, mit uns zusammenzuarbeiten. Fünf Tage lang lehnte er sogar den Eintopf ab, den wir ihm jeden Morgen aufs Neue auftischten, dieser verfluchte Hund. Lieber – verzeiht, Herrin – schiss er am zweiten Tag in die Schüssel und schob sie zurück vor die Tür.« Aus dem Augenwinkel sah ich Jervain bitter grinsen. »Euer Bote, der verkündete, der Feldzug sei beendet und jeder höhere Herr des Nordens solle freigelassen werden, nachdem er geschworen hatte, niemals mehr die Waffen gegen Euch zu erheben, hat ihm letztlich das Leben gerettet, Herrin. Ansonsten wäre er entweder verhungert, oder ich hätte ihn irgendwann für seine Sturheit hängen lassen.«

»Hat er den Eid geleistet, Saer Jervain?«

»Ja, Herrin.«

»Und wird er sich daran halten?«

»Wie ich sagte, er ist zu sehr von seinem eigenen Stolz besessen, als dass er sich unehrenhaft verhalten würde. Der Mann ist immer schon mehr Krieger denn König gewesen.«

»Man kann ihm nicht vertrauen«, warf Kerrick Bodhwyn ein, der wie immer die meiste Zeit geschwiegen und stattdessen einen leeren Punkt an der Wand angestarrt hatte. Jetzt schien er wieder Interesse an den Beratungen gefunden zu haben, denn er hob den Kopf und wandte seine starren Augen der Königin zu. »Mag er sich an seinen Eid halten, aber einen Freund habt Ihr deswegen niemals gewonnen. Wenn Ihr es am wenigsten erwartet, wird er Euch verraten.«

»Dem stimme ich zu«, sagte Wulfar Mornai. Dykan kaer Bilenis nickte an dem Tisch zu unseren Füßen.

Meine Königin hingegen schien das wenig zu kümmern. »Einerlei, ob er uns liebt oder nicht. Er wird hier bei uns in Fortenskyte bleiben, augenscheinlich als unser Gast und Freund, aber weder er noch seine Begleiter dürfen den Hof verlassen, bis ich weiß, was im Norden vor sich geht. Soll er seine eigenen Pläne verfolgen, solange er hier verweilt, wird er sie kaum umsetzen können.«

Vielleicht hatte Sanna die Zeit genutzt und ein wenig mit offenen Augen geschlafen, denn jetzt setzte sie sich leicht auf und sprach zum ersten Mal an diesem Morgen. »Mein Vater muss von den Entwicklungen in Agnar wissen.«

»In der Tat«, stimmte ihre Mutter zu. »Wenn die Dinge tatsächlich so schlimm in der Nordmark stehen, wie Terje sagte, dann werden wir Hilfe aus Laer-Caheel dringend benötigen. Marschall, wie viele unserer Männer stehen im Grenzgebiet unter Waffen?«

Jervain musste nicht lange überlegen. »Der letzte Bericht ist zwei Monde alt. Saer Wynholm befehligt vierhundert Mann in Bronwyth, darunter die Saers Brihan Cole, Jannor Lynek, und einhundertachtzig Freimänner Eurer Haustruppe. Lilaec Thurner hält mit fünfzig Kriegern die Festung Kerwhon. Laut Wynholms letztem Brief nach hat Saer Lilaec im Spätsommer begonnen, örtliche Bauern zeitweise in Dienst zu stellen, da die Besatzung in Kerwhon sonst nicht aufrechterhalten werden konnte.«

»Das sind nicht einmal tausend Mann«, rief Hüter Wilgur vom Tisch und sah so dermaßen verschreckt aus, als gehöre er persönlich zu der mickrigen Festungsbesatzung.

»Um genau zu sein, Hüter«, erwiderte Terety ungerührt, »sprechen wir von vielleicht sechshundert Mann unter Waffen, von denen ein Viertel nicht einmal dazu taugt, bedrohlich zu wirken. Wenn es überhaupt noch so viele sind.«

»Und wie sollen diese wenigen solch einen Strom von heidnischen Barbaren aufhalten, die in den Süden fallen?« Wilgur schaute sich Hilfe suchend im Raum um, fand aber nur angespannte und ziemlich ratlose Männer.

»Gar nicht. Nicht einmal tausend Männer könnten das«, sagte Jervain und rieb sich das Kinn.

»Saer Jervain«, hob Enea die Stimme an, »von wie vielen flüchtenden Nordleuten sprechen wir?«

»Ich weiß es nicht, Herrin.«

»Dann schätzt.«

Der Marschall dachte eine Weile nach, ehe er antwortete. »Agnar ist ein gewaltiger Landstrich, so groß, dass wir ihn auf unserem Feldzug nicht einmal zur Hälfte sahen. Abgesehen von Bronwyth gibt es keine Städte oder Festungen, keine Königshöfe und Siedlungen mit mehr als zweihundert Seelen. Aber dafür leben die Wilden in Großsippen von vielleicht fünfzig bis hundert – Männer, Frauen, Alte und Kinder. Diese Sippen sind zahllos. Es könnten also mehrere tausend sein, die nun im Süden Schutz suchen, aber der Mark dadurch nur den Tod bringen. Sehen wir es von diesem Standpunkt: Im besten Fall hat der Feuerberg die meisten der Heiden verbrannt, und wir reden von weniger Flüchtlingen, als ich sie schätzte. Der Haufen, der Cirenskyte vernichtete, könnte einem streitsüchtigen Kleinkönig gehören, der die Gunst der Stunde nutzte, um ins Landesinnere vorzudringen und Beute zu machen. Aber im schlimmsten Fall stehen nun zehn-, vielleicht zwanzigtausend oder gar mehr von Hunger und Furcht und Kälte getriebene Nordleute an Euren Grenzen. Dann wird der Untergang Cirenskytes nur das erste Lüftchen eines verheerenden Sturms sein, der über Nordllaer hereinbrechen könnte.«

Diese Einschätzung verfehlte ihre Wirkung nicht. Nur äußerte sich die Beunruhigung diesmal nicht in Tumulten und Rufen, sondern in bedrückender Stille, in der die Königin schließlich als erste ihre Sprache wiederfand.

»Hüter, Ihr werdet die Chroniken der Ynaar danach durchforsten, ob ein ähnliches Ereignis bereits einmal geschehen ist. Mein Vater lehrte mich, dass die Vergangenheit der Schlüssel zur Gegenwart sei. Ich halte es ebenso.« Der Gottesmann nickte stumm. »Und beauftragt Eure Gelehrten, mir über alles, was diese Feuerberge angeht, Bericht zu erstatten. Noch tappe ich in vollkommener Dunkelheit, und nur Wissen kann mir den Weg erleuchten, der vor uns liegt. Terje sprach von Tagen ohne Sonne, schwarzem Schnee und totem Vieh. Wir alle sind bereits Zeuge davon geworden, dass die Auswirkungen in Agnar bis hierhin nach Nordllaer zu spüren waren. Droht uns noch mehr, unter Umständen eine Missernte, will ich es wissen, bevor es eintritt.«

Terety stand jetzt auf, ging vor die Empore, wo er sofort das Knie beugte. »Mit Eurer Erlaubnis, Herrin, breche ich unverzüglich mit einem kleinen Trupp auf, um für Euch die Situation in Cirenskyte mit eigenen Augen zu untersuchen. Ich werde den Hof wieder befestigen, Spähpunkte errichten und den Weg nach Süden gegen jedweden Feind halten.«

»Ich schicke ungern den ersten Schwertherrn des Reiches von meiner Seite«, wandte Enea ein. »Nicht in solch unruhigen Zeiten. Gibt es keinen anderen, der diesen Auftrag erfüllen kann?«

»Was ist mit Saer Dykan?«, warf Sanna unvermittelt ein, aber die Königin schüttelte den Kopf.

»Ihn und Saer Taliven brauche ich hier, um die Thans der Dorfgemeinschaften in Nordllaer zu mobilisieren, denn im schlimmsten Falle werden wir jeden Speer benötigen, den unsere Freimänner stellen können.«

Dykan kaer Bilenis erhob sich an der Tafel. »Ich stehe Euch zu Diensten, Herrin.« Der hochgewachsene Adlige sah fragend zu Enea. »Aber in welcher Zahl und zu welchem Zeitpunkt sollen sich die Freimänner versammeln?«

»Vorerst reicht es, wenn die Thans ihre Krieger vorbereiten. Von morgen an in einem Mond will ich, dass sie abmarschbereit sind, wenn ich sie rufe. Solange ich nicht genau weiß, wie die Lage in der Mark ist, besteht keine Notwendigkeit, das Heer vollständig zu sammeln. Mir widerstrebt es, eine Heerschau im Winter zu halten, aber stehen die Dinge schlecht, wird es keinen anderen Weg geben, als nach Norden zu ziehen und die Grenze zu sichern.«

»Und wie viele sollen sich bereithalten, Herrin?«

Enea sah zu Jervain, der noch immer vor ihr das Knie gebeugt hielt. »Saer Marschall?«

»Mein Rat ist, alle wehrfähigen Männer in Bereitschaft zu versetzen. Ob wir sie am Ende brauchen, sei dahingestellt, aber solange wir nicht genau wissen, in welcher Masse sich die Wilden im Norden sammeln, sollten wir mit dem Schlimmsten rechnen.«

»Dann sei es so«, verkündete die Hochkönigin. »Saer Dykan, Euer Auftrag beginnt bei Sonnenaufgang. Die Thans haben einen Monat, um für genügend Vorräte, Ausrüstung, Waffen und Krieger zu sorgen. Danach will ich jeden kampffähigen Mann in Bereitschaft wissen.«

»Wie Ihr befehlt, meine Königin.«

Unwillkürlich musste ich an meinen Vater und Rendel den Jüngeren, Beorn und Keyn denken. Würden wir gemeinsam in den Krieg ziehen?

»Dennoch benötige ich einen Saer, der das Kommando in Cirenskyte übernimmt, sowie Männer, die Kontakt mit Saer Wynholm in Bronwyth aufnehmen«, sagte Enea weiter. »Saer Jervain, als Marschall der Bruderschaft gehört Ihr an meine Seite, deshalb scheidet Ihr aus, auch wenn ich weiß, wie sehr Ihr darauf erpicht seid, den Haufen anzuführen, der in den Norden geht. An Eurer Statt sollen Saer Wulfar Mornai, Saer Kerrick Bodhwyn und Saer Rodrey Boros mit dreihundert Mann an den Hof Cirenskyte reiten und in Erfahrung bringen, was geschehen ist. Seid Ihr dort angekommen, befehle ich, dass sich die Männer aufteilen. Saer Kerrick, Ihr werdet Euch die hundert besten Reiter aussuchen und mit ihnen nach Bronwyth ziehen – schnell und ohne jedwede Verzögerung. Nehmt Kontakt mit Saer Wynholm oder einem der anderen Schwertmänner meiner Garde im Norden auf, und sendet Boten hier nach Fortenskyte, sobald Ihr Neuigkeiten erfahrt. Unterdessen sollt Ihr, Saer Wulfar, die Wehranlagen von Cirenskyte wieder ausbauen und Männer bei den örtlichen Thans rekrutieren, welche die Besatzung verstärken. Haltet Cirenskyte um jeden Preis! Ich erwarte Berichte, so oft es möglich ist und über jede Kleinigkeit, erscheint sie Euch auch noch so banal.«

»Ich werde Eure Augen und Ohren in Agnar sein, meine Königin«, versprach Wulfar Mornai.

In Gedanken ging ich die Zahl der Saers der Bruderschaft durch, die Enea jetzt noch in Fortenskyte blieben. Wulfar Mornai, sein Liebling Rodrey Boros und Kerrick Bodhwyn würden also nach Norden ziehen, um ein wenig Licht in dieses Dunkel zu bringen. Drei Schwerter weniger, die sich um den Schutz der Königin kümmern konnten. Zog man dann auch noch die dreihundert Freimänner ab, die mit ihnen gehen sollten, würde man einen zutiefst geschwächten Königshof in Fortenskyte zurücklassen. Zwar verstand ich damals noch herzlich wenig von der Kriegskunst, aber selbst mir war schon klar, dass Enea nicht über ein Lagerhaus voller Kämpfer verfügte, das nach Belieben geplündert werden konnte. Ich hoffte einfach nur, dass keiner dieser marodierenden Nordmänner bis zu uns gelangte, denn dann hätten wir ein gewaltiges Problem am Hals.

»Und wer soll zu Eurem Gemahl, König Paldairn, gehen, Herrin?« Marschall Jervain hatte sich derweil wieder an den Tisch begeben.

»Das wiederum ist ein ganz anderes Problem.« Enea deutete in Richtung Tafel, woraufhin sich der Verwalter von Fortenskyte, Saer Elred Galwey, erhob und zu einem Bericht ansetzte, der etwas mehr Zeit in Anspruch nahm.

Wie wir von ihm erfuhren, verhielt sich der Gemahl meiner Gebieterin seit einigen Monaten auffallend widerborstig. Alles hatte mit verspäteten Tributzahlungen begonnen, die man zuerst der üblichen Unzuverlässigkeit Paldairns zuschrieb, der als Lebemann bekannt war. Allerdings hatte Paldairn nicht nur vergessen, Gold nach Rhynhaven zu schicken, sondern auch gleich fast zweitausend Soldaten, die als Verstärkung für die Nordgrenze vorgesehen waren – wohlgemerkt, bevor wir von der Katastrophe in Agnar erfuhren. Als man Enea schließlich durch Spione am Hofe ihres Gatten in Laer-Caheel mitteilen ließ, dass Paldairn begonnen hatte, eigene Münzen zu prägen und Schwertmänner per Eid an sich zu binden, wurde es unruhig bei meiner Königin. In der Geschichte Anariens mangelt es nicht an Familienfehden, und das Letzte, was das Reich benötigte, war ein neuerliches Aufflammen des Neides eines niederen Herrn. Solche Streitereien mochten vielleicht harmlos klingen, aber in der wirklichen Welt bedeuten sie zusammengezogene Heere, ausgebrannte Dörfer und Männer, die nicht zu Hause sind, um die Ernte einzufahren. Und das wiederum kann in Hungersnot, toten Frauen und Kindern, Unzufriedenheit und im schlimmsten Fall einer offenen Rebellion enden, die dann noch mehr Leben kostet. Nichts davon lag der Hochkönigin besonders am Herzen. Ganz besonders nicht, wenn man die Entwicklungen berücksichtigte, die nun im Norden des Reiches ihren Anfang nahmen.

Als Saer Elred mit seinem Bericht am Ende angelangt war, erhob sich Enea von ihrem Platz, wanderte langsam und in Gedanken an mir vorbei. »Es kann nicht sein, dass der König des Südens vergisst, wen Junus als Gebieter über das Reich in seiner Gesamtheit bestimmt hat«, sinnierte sie. »Paldairn war schon immer stur, aber noch nie zuvor hat er derart offen meinen Herrschaftsanspruch untergraben. Er muss gewarnt sein, dass Verrat nicht ungestraft bleibt, daran erinnert werden, wo sein Platz in der Welt ist. Im wahrscheinlichsten Fall benötigen wir die Schwerter aus dem Dreistromland und Parnabun, und ich kann es mir nicht leisten, erneut auf ihr Eintreffen zu warten. Wer weiß schon, ob die Barbaren bis nach Cirenskyte gelangt wären, hätten sich Paldairns Krieger an ihrer befohlenen Position befunden. Noch einmal will ich so ein Risiko nicht eingehen. Wir werden meinem Gemahl also eine Botschaft schicken müssen.«

Hüter Wilgur nahm die Amtskappe ab. »Eine Botschaft, Herrin?«

Enea antworte nicht, sondern blieb am Ende der Empore stehen, um einen langen Blick aus einem der Fenster zu werfen.

»Wir sollten einen Kriegshaufen zusammenstellen, der groß genug ist, um Eure Verärgerung deutlich zum Ausdruck zu bringen«, schlug der ältere der beiden hochrangigen Saers von Fortenskyte, Saer Trestan Vannigan, vor. Ich hatte ihn zwar erst an diesem Morgen kennen gelernt, aber das hinderte mich nicht daran, wenig bis gar nichts von ihm zu halten. Und noch weniger von dem hassenden Blick, den er mir zugeworfen hatte, als ich mich neben dem Thron bei Stavis aufbaute.

»Schicken wir bewaffnete Männer in den Süden, könnte Paldairn das als Provokation auffassen und sich die Lage noch weiter verschärfen.« Mein neuer Schwertmeister Luran Draak musste nicht einmal die Stimme anheben, um sich Gehör zu verschaffen.

Alle Augen richteten sich auf ihn, selbst Enea drehte sich zum ergrauten Saer.

»Wir alle hier kennen Paldairn«, fuhr der Draak fort. »Jeder weiß um seinen Stolz und – verzeiht mir meine offenen Worte, Herrin – seinen Jähzorn. Er sieht den Süden, ganz Parnabun und das Dreistromland als sein Herrschaftsgebiet, das ist kein Geheimnis. Noch bezweifelt irgendwer, dass er Befehle gerne sehr frei auslegt und mit seinen Verpflichtungen eher wankelmütig umgeht. Wäre er ein gemeiner Saer oder gar Freimann, man hätte ihn schon längst ob seiner Verfehlungen des Standes beraubt. Aber er ist und bleibt bei allen Fehlern Euer Gemahl und der König des Südens. Hunderte Männer stehen unter seinem Banner, noch mehr könnten sich ihm anschließen, wenn er es darauf anlegt. Noch ist er unser Verbündeter, gewiss, aber ein gefährlicher. Als solchen sollten wir ihn betrachten. Das Zwillingskönigreich steht am Scheideweg, deswegen dürfen wir uns unter keinen Umständen mit Paldairn überwerfen! Was wir jetzt brauchen, sind keine Streitmacht, die ihn herausfordert, sondern Fingerspitzengefühl, Weisheit und die nötige Portion Respekt, die ihm ein sehr deutliches Zeichen setzen, dass er nur der Niedere eines hohen Hauses ist.«

»Wollt Ihr etwa damit sagen, unsere Herrscherin selbst soll in solch einer gefährlichen Lage den Weg nach Süden antreten, um König Paldairn zur Vernunft zu bringen?«, fragte der Hüter, aber Luran schüttelte träge den Kopf.

»Das wäre zu viel Ehre für einen einzigen Mann, mag er auch König des Südens sein. Wer weiß schon, auf welche Ideen wir ihn mit einem Zug wie diesem brächten. Ehe wir uns versähen, fände er vielleicht die Krone des Reiches passender für sein eigenes Haupt. Das dürfen wir nicht riskieren. Nein, ein anderer muss gehen.«

Jervain Terety ließ den Blick wandern. »Und wer soll das sein?«

Prinzessin Sanna erhob sich von ihrem Stuhl. »Wenn mein Vater auf jemanden in dieser Runde hört, dann auf mich.« Sie suchte den Blick der Hochkönigin.

»Sprich weiter, Tochter.«

»Sicherlich ist mein Vater ein stolzer und eigenwilliger Mann, aber seine Treue liegt beim Reich. Als er Euch, Saer Luran, vor all den Jahren mit seinen Männern im Norden zur Hilfe eilte, war ich zwar noch ein Kind, aber ich kenne die Lieder, die seitdem darüber gesungen werden.« Zustimmendes Gemurmel hob unter den Männern an der Tafel an. »Wie auch immer seine Pläne aussehen, und seien sie noch so sehr von rebellischen Gedanken durchsetzt, so gibt es doch eines, wogegen ein Vater und König machtlos ist.« Ich sah Sannas gewinnendes Lächeln. »Die Liebe zu seiner Tochter.«

Das klang ohne jeden Zweifel nach einem vernünftigen Vorschlag. Ich kannte meine Prinzessin zwar erst seit wenigen Tagen, aber selbst ich konnte mich ihrem Liebreiz, ihrer Ausstrahlung kaum entziehen. Welcher Vater würde einer solchen Tochter schon einen Wunsch abschlagen können?

Der Marschall schien ähnlich zu denken. »Sollte diese Mission erfolgreich sein«, sagte er, »könnten wir ein Problem, das sich auszuweiten droht, im Keim ersticken, ohne einen Konflikt an zwei Fronten heraufzubeschwören. Der innere Frieden des Reichs muss gerade jetzt gewahrt werden, wo die Heiden in der Nordmark stehen und ein unbekanntes Übel in Agnar wächst. Deshalb stimme ich meiner Prinzessin und Saer Luran zu: unsere Waffe muss in diesem Kampf Vertrauen sein, nicht das Schwert. Hier kann uns der Liebreiz der Prinzessin den Sieg schenken, wo es keine Schlacht und kein Drohen vermögen.«

Was auch immer in Hochkönigin Enea vor sich gehen mochte, sie ließ sich mit dem Bedenken lange Zeit. Schließlich aber nickte sie. »Saer Luran Draak, Saer Stavis Wallec und Saer Ayrik Areon.«

Mein Freund Stavis und ich traten vor, während sich der Draak an der Tafel erhob. Auf seinem Gesicht konnte ich deutlich erkennen, dass er angespannt war. Enea musste das bemerkt haben, aber sie ließ sich nichts anmerken.

»Ich habe eine Aufgabe für Euch.«

SECHZEHN

»Die Pflicht, der Dienst für die gerechte Sache, die Treue zu seinem Lehnsherrn, es sind die Zutaten, aus denen das Leben des Saers besteht, Mut und Güte, das Blut, das uns durchfließt. Im Prinzip kann man daran nichts falsch verstehen, und deswegen gibt es auch keine Lieder über Saers, die auf ihrem Weg gestrauchelt sind. Zumindest bis heute nicht. Ein Schwert ist ein Schwert und ein Eid ist ein Eid – so einfach kann das Leben sein. Bekämpfe die Feinde des Reiches, erfülle deinen Schwur, und dir winken Ruhm und Ehre, man wird deinen Namen preisen, wohin es dich auch immer in Anarien verschlägt.« Ich werfe Mikael Winbow über den Tisch hinweg einen fragenden Blick zu. »Soweit richtig?«

Der Cadaener hat entschieden, dass wir zwei weitere Tage in Kolymand rasten werden, um unseren Pferden Ruhe zu gönnen und uns selbst mit Verpflegung für die restliche Strecke unserer zweiten Etappe bis nach Neweven auszustatten. Mir soll es nur recht sein. Aus verständlichen Gründen habe es nicht sehr eilig, bei seinem Ordensmeister und meinem Prozess abgeliefert zu werden. Mir gefällt es, an schwülen Abenden bei Wein, Bier und Musik in den Gaststätten der Stadt zu sitzen und Saer Mikael Winbow meine Geschichte zu erzählen. Mittlerweile gibt mir das eine gewisse Ruhe und Ausgeglichenheit. Es ist seltsam, aber ich fühle mich mit jedem weiteren Abschnitt meiner Erinnerung, die ich mit ihm teile, friedlicher. Es ist tatsächlich wie eine Art Beichte, aber das würde ich diesem Junuiten natürlich nie verraten. Es macht mir im Gegenteil sehr viel mehr Spaß, ihn ein wenig aufzuziehen, wenn sich die Gelegenheit ergibt. Wie jetzt zum Beispiel.

Denn Mikael hat meine Worte auf sich wirken lassen, beginnt langsam vor sich hin zu nicken und wirkt sehr nachdenklich. »Ja, das ist richtig.«

»Falsch, ist es nicht!«, poltere ich unvermittelt los, sodass er, sich bis eben noch mit beiden Ellbogen auf den Tisch stützend, überhastet zurückweicht, mich mit großen Augen anstiert.

Ich erwidere seinen Blick todernst, halte den Ausdruck für einige Momente aufrecht, bis ich es nicht mehr schaffe und in schallendes Gelächter ausbreche. »Das war nur ein Scherz, Winbow! Sei nicht immer so sauertöpfisch, um Himmels Willen! Davon kriegt man nur Falten.«

Der Cadaener hebt eine Augenbraue, verzieht aber sonst keine Miene. Meine Güte, der Kerl hat mindestens so viel Humor wie ein Schlachtfeld.

»Also«, hebe ich wieder in meiner Erzählung an und erspare uns noch mehr Witze. »Natürlich ist es richtig. Das sind die Werte, die einen Saer durchfließen, aber bei Weitem nicht alles. Manches im Leben eines Schwertherrn fällt leicht. In der Schlacht zum Beispiel wirst du von deinen Brüdern angetrieben, vom eigenen Stolz und der Kampfeswut, die einen früher oder später überfallen, die Furcht und Todesangst besiegen. Im Krieg Tapferkeit zu zeigen, klingt sehr viel schwerer als es ist. Vom Schlachtfeld gibt es eh kein Entkommen. Der Weg zurück ist versperrt, also haust und stichst du auf alles vor dir ein, was nicht zur eigenen Seite gehört. Du tötest, um zu überleben. Manche können das besser als andere, weshalb man sie dann besonders lobpreist, aber das liegt wohl daran, dass sich die Menschen besonders gerne an den Liedern erfreuen, in denen die meisten Feinde erschlagen und Festungen geschleift werden, weil im Blutvergießen ein Heil zu liegen scheint, das uns seit den Altvorderentagen beeindruckt. Man könnte glatt meinen, wir Menschen sind einfach nur ein sehr großer Haufen von noch viel größeren Idioten, die sich an dem erfreuen, was sie das Leben kosten kann.«

»Dennoch kann es keine Siege im Krieg ohne Tapferkeit und Leidenschaft geben«, hält der Junuit dagegen, was mir nicht mehr als ein Grunzen entlockt. »Wir Saers sollen die Männer inspirieren, die nicht für den Krieg ausgebildet wurden, damit sie in der Schlacht über sich hinauswachsen und der Krone Ruhm bringen. Ich kann nichts Falsches daran erkennen.«

»Wirklichen Mut, wahre Leidenschaft zeigt man dort, wo man es am wenigsten erwartet, Winbow. Die Bürde des Saers entfaltet sich an den unwahrscheinlichsten Orten und in den ruhmlosesten Momenten, zu Gelegenheiten, die man am ehesten vergisst. Nur wären diese Lieder langweilig, kein Than wollte sie in seiner Halle hören.« Ich mache eine wegwerfende Handbewegung. »Der Krieg ist nichts weiter, als die oberflächliche Bestätigung unserer Privilegien – Ruhm zu erringen, für die Königin und uns selbst. Dann singt man über uns und preist die Heldentaten im Reich. Kommt es dir nicht seltsam vor, dass gerade die, die ein simples Leben führen, am wenigsten verstehen, wie sehr gerade die kleinen Dinge einen Unterschied machen können, und sich stattdessen vom Kriegsruhm fremder Schwertmänner beeindrucken lassen?«

»Willst du mir damit sagen, dass dir der Ruhm egal war, den du im Dienste der Königin erkämpft hast?«

»Ruhm ist das Spielfeld derer, die zu blind sind, ihre wahre Aufgabe, die kleinen Dinge des Daseins, zu sehen. Es ist die Illusion für alle, die an den Dingen scheitern, die uns umgeben.« Ich lächle bitter. »Mittlerweile habe ich das verstanden und scheiße auf Ruhm und Ehre. Damals jedoch nicht, da scheiterte ich an beidem – dem Ruhm und den kleinen Dingen. Erst heute verstehe ich, was ich damit angerichtet habe.«

TREUE

Nachdem Kerrick Bodhwyn, neben mir die zweite persönliche Leibwache der Prinzessin Sanna, den Auftrag erhalten hatte, mit dreihundert Mann in Bronwyth nach dem Rechten zu sehen, blieb nur noch ich, für die Sicherheit der Thronfolgerin auf ihrer Reise in die Provinz des Dreistromlandes zu sorgen. Da ich als Saer allerdings ungefähr genauso erfahren wie kundig war, was die Straßen in den Süden betraf, oblag es Luran Draak und Stavis Wallec, mich zu begleiten. Und heimlich auf die Finger zu schauen natürlich. Da machte ich mir keine Illusionen. Immerhin stand niemand Geringeres unter meinem Schutz als die Prinzessin von Rhynhaven, und die vertraute man nun einmal nicht jedem dahergelaufenen Emporkömmlingsbengel mit einem Schwert an.

Was Stavis Wallec betraf, so schien ihn die Aussicht auf eine Reise in den Süden regelrecht zu begeistern. Als wir spät am Abend nach der Beratung zusammen in einem ruhigen Eckchen des Palas bei Wein und Fleisch saßen, offenbarte er mir einige durchaus interessante Neuigkeiten, was das Leben eines Saers und seine eigene Euphorie dieser Fahrt gegenüber betraf.

»Pilgerfahrt?!«, fragte ich entgeistert, nachdem mich Stavis darüber informiert hatte, dass ich unter normalen Umständen ohnehin nach Laer-Caheel, wo König Paldairn residierte, hätte gehen müssen. Gehen wohlgemerkt.

Stavis saß mir gegenüber und kaute genüsslich auf einem Stück kaltem Braten herum, das er einer der Bediensteten in seiner gewohnt charmanten Art abgeschwatzt hatte. Wir lungerten mit einem Krug schweren Weins gemütlich vor uns hin, seitdem sich die anderen Schwertmänner aus der Halle zurückgezogen hatten, wir aber noch keinen Drang nach Schlaf verspürten. Es war bereits spät, und wir wohl die einzigen, die im ganzen Königshof noch wach waren. Und wach war ich nach diesen Neuigkeiten ohne jeden Zweifel.

Pilgerfahrt.

Auf meine entsetzte Frage nickte er.

»Zu Fuß?!«, fragte ich ungläubig weiter.

»Man nennt es Pilgerfahrt, nicht Pilgerritt.«

»Du meinst das ernst, oder?«, bohrte ich nach.

»Lügen geweihte Saers?«

Ich stürzte die Hälfte meines Weines in einem Zug hinunter. »Was sollte ich überhaupt in Laer-Caheel, wenn nicht für den Schutz der Prinzessin sorgen? Ich bin doch kein Junuit!«

Mein Freund deutete kurz mit dem Stück Fleisch auf sich selbst. »Sehe ich vielleicht wie ein gottesfürchtiger Mann aus? Ich bin Junuit, weil mein Vater einer ist und sein Vater davor und der davor ... tja, der war wahrscheinlich noch ein stinkender Heide wie du, aber darum geht es ja auch nicht.«

»Sondern?«

Stavis riss ein weiteres Stück vom Fleisch ab und schob es sich zwischen die Zähne. »Das gehört nun einmal dazu«, erwiderte er mit vollem Mund. »Falls es dir nicht aufgefallen ist, aber der Hüter hat dir da ein Flammenzeichen auf die Hand gebrannt.« Mein Freund kaute kurz zu Ende, ehe er fortfuhr. »Ich weiß nicht, ob Wilgur besonderen Spaß dabei empfindet, Menschenfleisch zu verbrennen, aber eigentlich hat das sowieso einen anderen Sinn, falls du dir in Erinnerung rufst, wer deine Herrin ist.«

Ich schnitt eine Grimasse, wusste aber nichts darauf zu erwidern. Die meiste Zeit des Tages gelang es mir ganz gut zu ignorieren, dass ich jetzt mehr oder minder im Dienste der Kirche des Junus stand. Immerhin war meine Königin der direkte Nachfahre des verbrannten Gottes.

»Ayrik«, mein Schwertbruder verschlang den letzten Bissen vom Braten, ehe er fortfuhr. »Du bist ziemlich spät zu Würden und Titel gekommen. Unter normalen Umständen würdest du die Schweine hüten und Kinder zeugen und nicht mit mir in einer wunderbar warmen Halle bei Wein und Fleisch sitzen, während deine alten Freunde in Dynfaert näher an das Vieh rücken, damit sie sich nichts abfrieren.« Ich schenkte Stavis und mir vom Wein nach. »Du bist jetzt wie alt, knapp über zwanzig – richtig? – und hattest bisher Ruhe vor diesem heiligen Zeug. Mich hat man begonnen auszubilden, als ich mir noch in die Hosen schiss und das Beste im Leben die Brust meiner Mutter war. Seitdem hat man mich jeden verfluchten Tag in die Messe gezwungen. Gesänge, Gebete, Büßerstunden und was weiß ich noch. Zum Glück bin ich mittlerweile alt genug, mir Ausreden einfallen zu lassen, warum ich da nicht mehr so oft erscheine, aber die ganzen Jahre vorher musste ich da auch durch, ob es mir gefiel oder nicht. Du hingegen bist dem Elend in deinem kleinen Dörfchen gekonnt entgangen, also kannst du jetzt zumindest nach Laer-Caheel pilgern und dich fromm vor deinem neuen Meister geben, während wir dafür sorgen, dass unsere Prinzessin in einem Stück hin und wieder zurück kommt.«

»Und muss ich da irgendetwas Besonderes machen? Beten, mich geißeln, noch so ein Brandmal über mich ergehen lassen?«

Stavis winkte ab. »Ach wo. Bis auf den Pilgerweg innerhalb Laer-Caheels zu beschreiten, eine ganze Nacht auf Knien das Heiligste Feuer anzustarren und von all deinen Sünden abzulassen, hast du eigentlich deine Ruhe.«

Ich sah genau, wie sehr sich Stavis das Grinsen verkniff. Ich konnte mein eigenes ja kaum unterdrücken. »Du findest das lustig.«

»Natürlich! Weil ich weiß, wie wenig Lust du darauf hast.«

Ich fiel in sein Lachen ein, auch wenn ich befürchtete, mir würde es im Laufe dieser kommenden Pilgerei noch kräftig vergehen.

»Aber jetzt ganz ernsthaft«, begann Stavis wieder. »So übel ist das Ganze gar nicht. Wenn du die Beterei und das alles nicht zu ernst nimmst, dann wirst du sogar ein bisschen Spaß daran haben.« Er führte den Mittelfinger seiner rechten Hand angedeutet an den Hintern. »Das auf Religion und Götter, auch wenn ich das nicht zu laut sagen sollte, aber ich glaube an eher handfeste Dinge, wie die Brüste einer Frau zum Beispiel oder dass mich ein Schwert entweder umbringt oder zu einem gewissen Luxus führen kann. Gut, eigentlich sind mir die Frauen wichtiger, aber als Hurenbock will ich ja nicht in Erinnerung bleiben.« Es schlich sich ein zwielichtiger Ausdruck auf seine Züge. »Trotzdem. Du hast ja noch keine Ahnung, was für Prachtstücke von Weibsbildern es da unten gibt!«

Ich wollte zu der Erwiderung ansetzen, dass wir eigentlich nach Laer-Caheel gingen, um für Prinzessin Sannas Sicherheit zu sorgen, nicht damit ich zum Glauben fand und er, um eine Frau zu beglücken, aber mein Freund ließ mich gar nicht zu Wort kommen.

Er lehnte sich mit den Unterarmen auf den Holztisch. »Heiliger Himmel, Frauen! Frauen wie Göttinnen! Nicht so grobschlächtig wie diese blassen Huren, die einem hier an jeder Wegbiegung begegnen und sofort ein Balg andrehen wollen, damit sie einen Trottel finden, der sie bis ans Ende aller Tage durchfüttert. Da unten sind die Weiber dunkelhäutiger, mit Augen wie glühende Kohlen und Prachtkörpern zum Niederknien.« Tief in wohlige Erinnerungen versunken, schenkte Stavis nach. »Die kratzen dir den ganzen Rücken auf, wenn du nur die richtige Stelle findest, ich sag es dir!«

»Das klingt ganz, als hättest du deine eigene Pilgerfahrt verdammt genossen.«

»Worauf zu dich verlassen kannst, Saer Heide!«

Ich musste beinahe wieder lachen. »Vergiss nur über all deine Geilheit nicht, dass wir eine Prinzessin zu beschützen haben, Stavis.«

»Hm?« Als würde er aus einem Tagtraum erwachen, blinzelte der Saer von Neweven. »Ich sagte doch, dass ich an zwei Dinge im Leben glaube: Frauen und Schwerter. Egal, wie diese Fahrt endet, ich werde entweder dem einen oder dem anderen frönen.«

Ich selbst freute mich auf meine eigene Weise auf diese Reise. Nicht dass ich gesteigertes Interesse daran hatte, mich Junus anzubiedern, aber mir gefiel die Möglichkeit, unbekannte Länder zu bereisen und dabei die Prinzessin zu beschützen sehr viel mehr als den Winter über im kalten Fortenskyte zu sitzen und mich vom Draak in voller Rüstung über einen verschneiten Hof jagen zu lassen. Außerdem würde ich in der Nähe Sannas sein, was einen nicht zu unterschätzenden, wenn auch unerklärlichen Reiz auf mich ausübte.

Luran Draak teilte meine Freude eher weniger, was ich nur zu gut verstand. Mir war nicht klar, wie weit Laer-Caheel tatsächlich entfernt lag, aber nachdem der Draak am Ende der Beratungen »vier Monate auf der Straße, und von Norden zieht ein Sturm auf« murrte, wurde mir bewusst, dass es kein Tagesausritt werden würde. In der Zeit, in der wir unterwegs wären, um König Paldairn die nötigen Männer abzuschwatzen, war der Draak gezwungen, die Organisation von Dynfaert und der Festung seinem Verwalter Adamae sowie meinem Vater zu überlassen. Nicht dass er ihnen misstraute, aber nach all dem, was wir von Terje aus dem Norden erfahren hatten, gab es günstigere Gelegenheiten für einen Saer fernab seines Lehens zu sein.

Aber Saer Luran Draak, Herr von Dynfaert, genoss aus einem mir noch unbekannten Grund das höchste Vertrauen der Königin. Und in ihm gab es viel zu viel Ehre, als dass er ihr einen Wunsch, der letztlich sowieso ein Befehl war, abschlagen konnte. Deshalb fügte er sich seinem Schicksal, ritt direkt im Anschluss an die Beratungen nach Dynfaert, um alles Nötige zu organisieren, und kehrte am Abend des nächsten Tages zurück. Mit kaum besserer Laune, aber dafür mit den Grüßen meines Vaters.

»Rendel ist verflucht stolz auf dich«, ließ er mich wissen. »Du solltest ihn nicht enttäuschen.«

Danach stand mir gewiss nicht der Sinn. Im Gegenteil nahm ich mir vor, diese Sache in einem Maße zu Ende zu bringen, dass Bjaen, der trinkende Sänger aus der Halle der Königin, der uns auch auf dem Weg nach Laer-Caheel begleiten würde, mehr als zwei gute Gründe hätte, das Lied auf mich zu schreiben. Ich wollte weder in den Augen meines Vaters scheitern noch in denen meiner Königin oder Prinzessin, für deren Schutz ich sorgen würde.

Morgen würde es also beginnen.

Bevor ich mich jedoch zur Ruhe legte, musste ich Cal in der Küche der Sklaven einen Besuch abstatten. Ich würde Monate fort von Fortenskyte sein, deshalb wäre dies die letzte Gelegenheit, mich nach dem Wohlbefinden meiner ehemaligen Sklavin zu erkundigen. Mein Eintreffen in der kleinen Hütte an der Südseite der Mauer sorgte wieder einmal für große Augen. Für gewöhnlich verirrten sich keine Schwertherren in die Behausungen der Unfreien. Ich musste mehrmals nachfragen, wo ich Cal finden konnte, bis ein Bursche von vielleicht fünfzehn Sommern genug Mut gefunden hatte, mir Auskunft zu erteilen.

»Sie hat sich zur Ruhe gelegt, Herr.«

Ich runzelte die Stirn. »Hat sie keine Aufgabe für den Abend?«

Eine Antwort bekam ich darauf nicht, wenn man von einem eingeschüchterten Blick zum mit Binsen ausgelegten Boden absah.

Mir kam das seltsam vor. Selbst die Sklaven in Dynfaert, denen es wirklich nicht schlecht erging, arbeiteten neben der eigentlichen Tätigkeit auf den Feldern nach Sonnenuntergang noch im Haushalt, flickten Kleidung, entsorgten die Küchenabfälle, bereiteten Speisen zu oder verhinderten schlicht, dass man nicht im eigenen Heim im Dreck versank. Und als ich mich in der Küche der Sklaven umschaute, einem geräumigen Ort von vielleicht fünf Mal fünf Schritten, in dem es nach Zwiebelsuppe und Herdfeuer roch, sah selbst ich fauler Hund an jeder Ecke genug Arbeit liegen. Mir wurde flau im Magen.

»Wo schläft Cal?«

Dem Jungen war wohl mein frostiger Unterton aufgefallen, denn er zeigte wortlos und aschfahl im Gesicht auf eine Tür am Ende des Raumes. Eine verschlossene Tür. Acht, neun geschäftige Sklaven befanden sich in der Küche. Keiner sah danach aus, als würde er gleich schlafen gehen können. Sehr langsam wandte ich mich von dem Burschen ab und ging in Richtung der Tür. Würde sich bestätigen, was ich vermutete, gäbe es bald einen sehr viel unangenehmeren Grund hier zu putzen.

Alle Sklaven von Fortenskyte schliefen gemeinsam in einem lang gezogenen Raum, der direkt an die Küche grenzte und der mit Fellen, Stroh und Binsen ausgelegt war. Hier hatte niemand ein eigenes Bett, man legte sich hin, wo Platz war, schlief dort, schnarchte, furzte, schniefte oder vögelte, wie es einem beliebte und für jeden hör- und sichtbar. Dass die Küche letztlich vom Schlafraum abgetrennt war, hatte nichts mit einem Quäntchen Abgeschiedenheit zu tun, sondern nur damit, dass der Funkenflug des Herdfeuers zu leicht das Stroh in Brand setzen konnte. Es gab hier auch kaum Licht, keine Fenster oder Öffnungen im Dach. Nur zwei Kerzen flackerten auf einem Tisch neben der Tür. Ich ließ die Tür auf, trat einen Schritt in den Raum. Kaum Licht, abgesehen von den Kerzen und dem, das nun aus der Küche herein fiel. Keine Wärme.

Nur ein Flüstern in der Dunkelheit.

»Cal?«

Etwas bewegte sich unter einem verdächtig hohen Haufen von Fellen. Ich blieb an der Tür stehen und bemerkte erst, dass meine Hand am Heft Nachtgesangs fuhr, als die Haut den kalten Stahl des Knaufs streifte.

»Wer ist da?« Das war nicht Cals Stimme. Nicht einmal eine weibliche. Ich hatte es von Anfang an gewusst! Kaum war Cal hier, hatte schon irgendein stinkender Drecksack seinen Schwanz nicht im Griff.

Mir wurde schlecht, sehr schlecht. Für einen Augenblick befürchtete ich, mir würden die Nerven vollends durchgehen. Stattdessen atmete ich tief durch und nahm die Hand vom Schwert. Ich durfte das nicht, unter keinen Umständen! Ich war nun ein Mann der Königin und kein ausgestoßener Wanderer, der, ohne Strafe fürchten zu müssen, im Wald der Hohen Wacht wahllos einen Menschen erschlagen konnte. Ich hatte mich geändert.

Zumindest wollte ich daran glauben.

»Aus dem Fell raus, wer immer du bist, sonst zerre ich dich an den Eiern bis vor die Tür!« Ich hatte noch nicht sonderlich viel Erfahrung darin, wie ein Herr zu klingen, kam aber eine gute Portion Wut dazu, fiel es mir doch erstaunlich leicht.

Denn es kam Bewegung in den Fellhaufen. Nach und nach schälte sich Cal heraus, die eine der Decken schützend vor ihren nackten Körper hielt. Dicht bei ihr richtete sich ein Mann auf, den ich im schwachen Licht auf vielleicht achtzehn Sommer schätzte. Kurz geschorenes blondes Haar, weiche Gesichtszüge und vom Körperbau ziemlich schmal. Ein Jüngelchen, mehr nicht. Von einem, der Cal in die Felle zwang, hätte ich etwas anderes erwartet. Eher einen grobschlächtigen Bastard vom Schlage eines Ulweifs, der danach aussah, dass er seine Zeit am liebsten damit verbrachte, Höfe zu schleifen, Frauen zu rauben, Kinder in Brunnen zu werfen oder Männer zu verstümmeln. Der hier hingegen wirkte eher so, als habe er schon Probleme damit, eine Katze im Fluss zu ersäufen.

Das änderte allerdings nichts daran, dass ich die wenigen Schritte bis zu ihm tat, ohne darüber nachzudenken, ausholte, ihn grob im Nacken packte und aus der Schlafstatt riss. Eher unbewusst bemerkte ich, dass er vollständig nackt war.

»Ayrik, nein!«

Ich ignorierte Cals protestierenden Ruf, hielt den Burschen, der keine Anstalten machte, sich zu wehren, am Nacken gepackt und wollte gerade zu einem Schlag ausholen, als sich meine ehemalige Sklavin schützend über den Kerl warf. Überrascht ließ ich ihn los, starrte Cal geradewegs an, die flehend zu mir empor sah und die Arme um den Mann geschlungen hatte.

»Penn ist ein Freund«, brach es aus ihr hervor, was mich meine Hand langsam sinken lassen ließ.

»Er hat dich nicht gezwungen?«

»Nein! Nein, keinen Moment.«

Ich sah von Cal zu ihrem Freund und zurück. »Penn?«, fragte ich unsinnigerweise.

»Ja, Herr.« Er wirkte immer noch vollkommen verschüchtert.

Mir wurde das Ganze allmählich peinlich. »Und du dienst hier auch in der Küche?«

Penn brachte ein Nicken zustande, ihm und mir gingen scheinbar die Worte aus.

»Er ist gut zu mir«, flüsterte Cal und die Art und Weise, wie sie es sagte, sie den nackten Penn umarmte, beschützte, vor mir beschützte, irgendetwas dazwischen, rief eine Scham in mir auf, die ich nicht kannte. Für wen hielt ich mich eigentlich?

Unbeholfen kratzte ich mir den Hinterkopf. »Und seit wann ...?« Ich suchte sowohl bei Cal als auch Penn nach irgendwelchen Antworten auf Fragen, die ich mir selbst nicht wirklich stellen konnte. Die Situation war so unglaublich absurd und beschämend, dass ich mich erst einmal umdrehte. »Zieht euch etwas an. Das letzte Mal, als ich Cal mit einem Nackten gesehen habe, fehlte ihm wenig später der Kopf.«

Ich wartete, bis das Rascheln von Kleidungen aufhörte, und wendete mich dann wieder den beiden zu. Cal und Penn trugen nun schlichte Tuniken, die ihnen bis zu den Knöcheln reichten, wirkten allerdings immer noch genügend peinlich berührt.

»Nun«, begann ich, ohne zu wissen, was ich jetzt sagen sollte. Deswegen holte ich erst einmal tief Luft, versuchte meine Gedanken zu sammeln, mir in Erinnerung zu rufen, warum ich überhaupt hier war. Cal und ihren neuen Freund in den Fellen zu erwischen, hatte mich ein wenig überrumpelt und von meinem eigentlichen Vorhaben abgelenkt. »Ich werde einige Zeit unterwegs sein«, kam ich endlich auf das eigentliche Thema. »Die Prinzessin zieht ins Dreistromland, und ich gehöre zu den Männern, die sie dorthin begleiten. Das heißt, Penn hier wird eine Weile auf dich achten müssen.«

Gar nicht so schlecht, wenn man bedachte, dass ich bis eben noch kurz davor stand, eben jenem neuen Beschützer Cals alle Knochen im Leib zu brechen. Jetzt durfte er für einige Wochen den Helden spielen. Gewiss nicht das Verkehrteste für einen frisch verliebten Jüngling. Blieb nur zu hoffen, dass er zäher war, als sein schmächtiges Äußeres vermuten ließ.

Penn warf Cal einen kurzen Blick zu. »Nach Süden, Herr, nach Laer-Caheel?«, fragte er vorsichtig.

»So ist es«, nickte ich.

Cals Züge hellten sich plötzlich auf. »Zira kam heute Morgen zu uns und wählte einige Sklaven aus, die auf der Fahrt den Herrschaften zu Diensten sein sollen. Penn und ich waren auch unter ihnen.«

»Oh.« Damit hatte ich nicht gerechnet, auch wenn es natürlich zu erwarten war, dass den Tross nach Süden auch Sklaven begleiten würden. Irgendjemand musste sich ja um den Aufbau der Nachtlager, Feuerholzbeschaffung oder Ausbesserungen an den Wagen kümmern.

»Ich war noch nie in Laer-Caheel«, sagte Cal und klang dabei fast ein wenig aufgeregt.

»Ebenso wenig wie ich. Was ist mit dir?« Ich sah zu Penn.

»Nein, Herr. Ich wurde hier in Fortenskyte geboren und habe den Hof kaum verlassen.«

»Wunderbar.« Mit einem schiefen Grinsen versuchte ich die Situation zu entspannen. »Wenigstens sind wir alle gleich ahnungslos.«

Ich fühlte mich fehl am Platze, wollte den beiden noch einige Momente der Ruhe und Zweisamkeit gönnen, also verabschiedete ich mich schließlich in der Gewissheit, ein neues Problem, Cal alleine in Fortenskyte zurück zulassen, vorerst aufgeschoben zu haben, und verließ die Unterkunft.

»Du verbringst viel Zeit in den Behausungen der Sklaven«, krächzte es von recht, als ich gerade durch die Tür nach draußen auf den Innenhof trat.

Ich kannte nur einen Mann mit solch einer unangenehmen Stimme. Kerrick Bodhwyn lehnte an der hölzernen Wand der Unterkunft und maß mich mit einem teilnahmslosen Blick aus trüben Augen.

»Es gab noch etwas, das ich erledigen musste«, sagte ich und wandte mich diesem hageren, düsteren Saer der Bruderschaft zu, bei dem ich nie genau sagen konnte, ob er jetzt auf meiner Seite stand oder mich am liebsten umbringen wollte.

Er grinste müde, aber es wirkte kaum amüsiert. »Ich hoffe, du wirst auf dem Weg nach Laer-Caheel nicht zu viel zu erledigen haben.«

»Das liegt kaum in meiner Hand.«

Kerrick stieß sich von der Wand ab, ging auf mich zu und behielt dieses unfreundliche Grinsen im Gesicht. Er blieb vor mir stehen, hob seine eigene Hand, um sie eingehend zu betrachten, ehe er sie wieder sinken ließ. Dann schnitt er eine bedauernde Geste. »Wie man es nimmt«, schnarrte er und ließ mich dann an Ort und Stelle gänzlich ratlos zurück.

Ich war wie berauscht von dem, was kommen mochte, dass ich es kaum erwarten konnte, die Fahrt endlich zu beginnen. Gleichzeitig jedoch plagte mich das schlechte Gewissen, weil ich deshalb nicht nach Aideen suchen konnte, die immer noch verschollen war. So musste ich also voll und ganz auf Raegan und meine Brüder hoffen, die versprochen hatten, meine alte Freundin zu finden. Ob ich deswegen in der Nacht vor unserem Aufbruch schlecht schlief, weiß ich nicht. Sie ging mir durch den Kopf, Aideen und all die Erinnerungen, die wir aus einer jugendlichen Unvernunft heraus geteilt hatten. Ja, ich dachte an meine Fallenstellerin mit den Eiskristallen im Haar, aber auch an mein neues Leben als Saer, das ich noch nicht wirklich verinnerlicht hatte. Ich wälzte mich hin und her, warf die Decke weg, nur um sie wieder blind in der Dunkelheit zu ertasten, zurück auf meine Schlafstatt zu ziehen und mich weiter fehl am Platze zu fühlen.

Das ging eine Weile so, bis ich davon genug hatte, mich mürrisch und halb schlafend aus den Fellen quälte. Ich trug nur eine Hose, fror aber nicht. Die Wärme, die hier im Palas herrschte, schien nie zu vergehen und verwirrte mich. Ich war es gewohnt, zu frieren im Winter, mich dick einzupacken, den ranzigen Gestank der Felle in der Nase und am Morgen ein dürftiges Frühstück aus dünner Linsensuppe mit Zwiebeln zu löffeln. In Fortenskyte hingegen war alles anders. Nahrung gab es im Überfluss, Wärme gab es im Überfluss. Wo ich schlief, stank es nicht, und mir tat auch nicht der Rücken weh, wenn ich mich bei Sonnenaufgang erhob. Ein unbekanntes Leben, in das ich noch herein wachsen musste. Dass es mich den Schlaf kosten würde, hätte ich mir allerdings nicht gedacht.

Ich schlüpfte in Tunika und Stiefel, ahnte mehr, als ich sah, wo meine Kleidung lag, ehe ich nach meinem Schwert langte, das neben mir im Bett lag. Im Laufe meines

Exils in der Hohen Wacht hatte ich es mir zu Eigen gemacht, neben Nachtgesang zu schlafen. Sonderbar, wie schnell man sich an gewisse Dinge gewöhnt, sobald es einem an den Kragen gehen kann, und wie wenig man sie ablegt, befindet man sich erst in einer anderen Umgebung. In meiner Kammer gab es kein Licht, sodass ich blinzelte, als ich, zusätzlich in meinen schwarzen Mantel der Bruderschaft gehüllt, hinaus auf den Korridor trat, der im flackernden Schein der Kerzen lag. Es war kein Laut zu hören, sah man vom gedämpften Schnarchen ab, das durch eine der anderen Türen drang. Fortenskyte lag in Träumen, und ich zog wie ein Geist durch die Stille des verlassen wirkenden Palas.

Irgendetwas trieb mich letztlich hinaus auf die westliche Mauer, die an die Halle grenzte. Zwei Männer der Haustruppe hielten dort oben Wache, hockten unter einem Verschlag aus Holz vor einem kleinen Feuer, über dem ein verbeulter Kessel hing, in dem die Krieger anscheinend so etwas wie einen Eintopf warm hielten. Kaum war ich die zwei Stufen von der Tür zum Palas auf die Mauer getreten, hoben sich die Blicke der Männer. Als man die Farbe meines Mantels erkannte, wurde ich freundlich, wenn auch respektvoll begrüßt und eingeladen, mich am Feuer bei ihnen niederzulassen. Da ich ohnehin mitten in der Nacht keine anderen Pläne hatte, nahm ich die Einladung nur allzu gerne an. Die Krieger stellten sich mir vor, aber um ehrlich zu sein, kann ich mich heute nicht mehr an ihre Namen erinnern, auch wenn ich meine, ihre Gesichter in der ein oder anderen Schlacht wieder erkannt zu haben. An was ich mich jedoch sehr gut erinnere, ist ihre Offenheit mir gegenüber. Als sich herausstellte, dass ich der Saer war, der nicht als solcher geboren wurde, da machten sie keine Unterschiede, boten mir eine Schüssel ihrer Suppe an, ließen mich am Feuer sitzen und lachten mit mir über einige Zoten. Man sprach über die Heimat, über Frauen und Bier – Gespräche eben, die den Unterschied unserer Stände vergessen machte. Themen, über die Männer sprechen, wenn sie unter sich sind und die Kälte und der Winter und die Nacht sie zusammenrücken lassen und es niemanden interessiert, ob man in eine goldene oder kupferne Schüssel schiss.

Als sich die Tür zum Palas schließlich erneut öffnete, wunderte ich mich erst, wer noch unter Schlaflosigkeit litt und fand mich wenige Augenblicke mit verstörend pochendem Herzen auf den Knien wieder.

»Mir war unbekannt, dass die Saers der Bruderschaft neuerdings Wachdienst auf den Mauern ableisten«, sagte Prinzessin Sanna und trat ganz über die Türschwelle.

Die Thronerbin befand sich in Begleitung zweier Hauskrieger in Schwarz und Blau und trug einen schweren Samtmantel, der am Kragen mit Fell abgesetzt war. Ihr helles Haar hatte sie sich am Hinterkopf streng zusammen geknotet. Sanna sah nicht danach aus, als habe sie in dieser Nacht besonders viel geschlafen. Die Augen waren hell und unnatürlich wie eh und je, aber vor allem hellwach.

»Erhebt euch«, wies Sanna die Wachen, die ebenso wie ich auf die Knie gesunken waren, und mich an und schickte dann ihre eigenen Krieger davon, bevor sie sich wieder mir widmete. »Nun, Saer Ayrik?«

»Ich fand keinen Schlaf, Herrin«, erklärte ich ihr knapp, wollte ich ihr doch nicht unbedingt verraten, dass ich bisher alles andere als in meinem neuen Leben angekommen war.

Sie lächelte. »Dann ergeht es Euch wohl wie mir.« Sie deutete die Mauer entlang.

»Begleitet mich ein Stück. Immerhin seid Ihr eine meiner Leibwachen.«

Es lag zwar keine offene Herrschaft in ihren Worten, das änderte aber nichts daran, dass es sich um einen unmissverständlichen Befehl handelte. Also dankte ich den Männern für Eintopf und Gesellschaft und folgte Sanna, die bereits gemächlich vorgegangen war. Ich reihte mich neben ihr ein. Zusammen schlenderten wir vorerst schweigend über die Mauer, das Feuer der Wachen im Rücken, wo die beiden anderen Hauskrieger auf Sannas Befehl hin zurückblieben waren.

»Hast du dich gut eingelebt?« Mich wunderte nicht, dass Sanna in eine persönlichere Anrede überwechselte, sobald wir alleine waren. Das hatte sie schon gemacht, als ich mit ihr auf der Burg des Draak alleine in ihren privaten Gemächern sprach.

Ich versuchte es mit einer ausweichenden Antwort. »Ich bin noch nicht lange genug hier in Fortenskyte, Herrin.«

»Wusstest du, dass man mir nachsagt, ich könne jede Lüge als solche enttarnen?« Sie blieb stehen und schaute mich forschend an. »Wahrscheinlich nicht, sonst hättest du dir mehr Mühe mit deiner gegeben.«

»Es ist –«, versuchte ich mich rauszureden, aber Prinzessin Sanna schnitt mir das Wort ab.

»Wage es ja nicht, mir dieselben faulen Ausreden aufzutischen, die ich ohnehin jeden zweiten Tag von all den Schleimern am Hofe zu hören bekomme!«, fauchte sie mich mit einer Schärfe in der Stimme an, die ich ihr niemals zugetraut hätte. Aber so heftig und überraschend dieser Ausbruch kam, ebenso rasch verging er auch. Die Thronfolgerin zeigte wieder ihr viel zu erwachsenes Lächeln. »Versuche gar nicht erst mir zu gefallen, Ayrik.« Als sie mir die Hand auf die stoppelige Wange legte, mir in die Augen sah und mich anlächelte, fühlte ich mich für einen Saer der Bruderschaft der Alier ziemlich mickrig. Ihre nächsten Worte waren wie ein Honig, der mir verdorben vorkam. »Ich mag ehrliche Männer. Davon gibt es viel zu wenige. Also sage mir: Fühlst du dich wohl im Kreise der anderen Saers?«

Vielleicht antwortete ich nicht, aus Furcht etwas Falsches zu sagen, sie wieder in Rage zu bringen, vielleicht auch, weil ich sie nicht enttäuschen, ihr unter keinen Umständen das Bild zerstören wollte, das sie sich von mir gebildet zu haben schien.

Und deswegen schüttelte ich nur den Kopf.

Sanna zog ihre Hand zurück und lehnte sich mit dem Rücken an die Zinne. Sie wirkte weder verärgert noch enttäuscht. Stattdessen schaute sie mich abwartend an.

Also begann ich zu erzählen, was mich plagte. »Es liegt nicht an den Männern oder meiner neuen Aufgabe. Ich fühle mich geehrt, mittlerweile sogar ein wenig von den anderen akzeptiert. Vor allem Stavis Wallec und Leocord Bodhwyn werden mir gute Freunde, egal, in welchen Welten wir vor einigen Wochen noch lebten. Ich befinde mich in der Gesellschaft der nobelsten Menschen Anariens, schlafe in einer warmen Kammer und muss mir keine Sorgen machen, dass im Laufe des Winters die Nahrung knapp wird. Und trotzdem …«

Ich zögerte, Sanna von Aideen zu erzählen. Dass ich mich schlecht fühlte, von all diesem Luxus umgeben zu sein, während meine Freundin noch immer verschwunden blieb, wahrscheinlich alleine und verletzt in der Wildnis, der Kälte und Unnachgiebigkeit des Winters der Hohen Wacht ausgesetzt.

»Fühlst du dich unwert?«, fragte Sanna fast mitfühlend nach, woraufhin ich den

Kopf schüttelte.
»Das ist es noch nicht einmal.« Ich presste die Lippen aufeinander, als wolle ich verhindern, dass mir irgendein unüberlegtes Wort herausrutschte, und warf einen Blick in die Nacht jenseits der Mauer. Und dann begann ich zögernd zu erzählen. Von Aideen, die mit mir aufgewachsen war, unseren ersten Gehversuchen als Liebespaar und der Verbundenheit, die uns über die Jahre begleitete bis hin zu dem Tag, an dem ich sie als Verbannter verließ, sie zum letzten Mal sah. Ich schloss mit dem, was ich wusste: Dass sie nach dem Tod ihres Vaters auf eigene Faust losgezogen war, um die Bestie zu finden, die ich letztlich erschlagen hatte.
»Seitdem hat sie niemand mehr gesehen«, schloss ich.
»Liebst du sie?«
»Auf meine eigene Art, ja.« Sanna schaute mich fragend an. »Aideen und ich kennen uns seit Jahren. Wir waren immer zusammen, immer. Sie wusste, neben meinem Vater und dem Wyrc, als einzige, was ich in den Nächten trieb, sie kannte meine tiefsten Ängste und Gedanken. In den Jahren, als mich der Alte mit harter Hand ausbildete, war Aideen meine einzige Familie, denn ihr konnte ich mich anvertrauen. Sie war Mutter, Schwester und Geliebte zugleich. Aber wir beide wussten, dass wir niemals ein normales Leben würden führen können. Sie ist und bleibt eine Unfreie und ich ein höhergestellter Mann. Vor allem jetzt, da ich ein Schwert trage und ein Herr bin.«
»Ein einfaches Leben, eine einfache Liebe.« Sanna legte den Kopf in den Nacken, und ich starrte unbewusst ihren Hals an. Wieso reizte mich diese Frau so sehr, dass ich nur daran dachte, ihren Hals hinab zu küssen, kurz nachdem ich ihr von Aideen erzählt hatte? »Auf der einen Seite beneide ich dich, Ayrik«, fuhr die Prinzessin fort, schaute mich an, und ich bemühte mich, meine Gedanken wieder auf das Gespräch zu bringen. »Auf der anderen Seite denke ich vollkommen eigennützig daran, dass du jetzt an meiner Seite bist und nicht an ihrer.«
Ich bin mir ziemlich sicher, dass ich auf diese Worte hin ein sehr irritiertes Gesicht zog. Was sollte das werden? Sanna war die Prinzessin von Rhynhaven, die künftige Hochkönigin unseres Reiches und ich ein Saer ihrer Leibwache, nicht ein Freier, der sich ernsthaft Hoffnungen machen konnte. Ich war austauschbar. Jeder andere Mann mit Schwert, Panzer und Brandmal konnte meinen Platz einnehmen, wie ich selbst bei Fyrell Neelor sehen musste, der vor mir für den Schutz der Prinzessin verantwortlich gewesen war, bis ihn Sanna aussortiert hatte. Also machten ihre Worte keinen Sinn. Und naiv genug, zu denken, sie hätte sich in mich verliebt, war ich ganz sicher nicht.
Sanna hatte eine Angewohnheit, das fiel mir in dieser Nacht auf der Mauer einmal mehr auf, die mich nervös machte –, sie sah mir ständig in die Augen. Es lag nicht nur daran, dass dieses Blau so unnatürlich funkelte oder dass sie eine wunderschöne Frau war, auch kümmerte mich ihr Titel nicht viel, von der göttlichen Abstammung ganz zu schweigen. Da war etwas ganz anderes, das mich schweigen ließ, wo ich bei anderen Menschen ohne Unterlass redete. Es lag daran, dass ich zu jedem Zeitpunkt das unbestimmte Gefühl hatte, sie wüsste mit absoluter Sicherheit, was ich gerade dachte. Nicht auf eine Art und Weise, wie es bei Aideen und mir gewesen war, eine Verbindung aus Vertrauen und gemeinsamer Zeit geboren,

sondern weil Sanna in mir lesen konnte. Sie wusste, sie fühlte, und möglicherweise ahnte sie auch nur, es machte keinen Unterschied. Ich stand vor ihr, nackt und ohne Geheimnisse. Ich fühlte mich ihr ausgeliefert, wie noch nie zuvor in meinem Leben. Nicht einmal der Wyrc war in der Lage, mich so zu verunsichern und, bei allen Göttern, wenn es jemandem gab, der mich über Jahre hinweg geängstigt hatte, dann dieser alte Sack! Ich wollte nicht, dass irgendjemand wusste, was ich wirklich dachte und was in mir vor sich ging. Eine gefühlte Ewigkeit lang hatte ich gelernt, meine Gedanken und Gefühle vor anderen zu verbergen, aus Angst davor, mich verletzbar, angreifbar zu machen, zu offenbaren, wer und wie ich wirklich war. Und jetzt stand dieses halbe Mädchen vor mir und wusste zum Teufel noch mal, dass ich sie wollte, egal, wie es in der Welt um uns herum aussah.

Wenn Sanna lächelte, dann bildeten sich kleine Fältchen unterhalb ihrer Mundwinkel. Mir war es vorher nie aufgefallen, jetzt machte es mich verrückt. »Komm mit mir«, sagte sie und ging, ohne auf eine Erwiderung zu warten.

Ich folgte ihr, nicht sicher, ob ich mich jetzt unbehaglich oder beflügelt fühlen sollte. Es gab keine richtigen oder falschen Entscheidungen, als ich Sanna die Treppe von der Mauer hinab folgte, wir über den verlassenen Innenhof von Fortenskyte huschten, wie die Katze die Maus in der Nacht jagte. Die einzigen Zeugen unserer Jagd waren die Stille und von schwarzen Wolken verhüllte Sterne. Wer die Katze und wer die Maus war, konnte ich nicht sagen. Sie schien mir immer einen Schritt voraus zu sein, geschickt, mit mir spielend, entkommend. Leichtfüßig eilte sie hinüber in Richtung Kapelle, warf mir einen Blick über die Schulter zu. Dieses Lächeln. Mein Verlangen wuchs, ließ mich nicht zögern oder denken. Ich mochte sie jagen, tatsächlich aber war es Sanna, die die Kontrolle behielt, und das ließ sie mich spüren. Immer wieder hielt sie an, tat so, als ließe sie mich an sie herankommen, nur um sich dann, noch ehe wir uns berühren konnten, zu entziehen.

An der Kapelle stellte ich sie schließlich. Kurz zuvor hatte es angefangen leicht zu schneien, immer noch dreckig, verschmutzt, wie ein Bote aus dem Norden, wo die Berge in Flammen standen und Asche in die Luft warfen, die hier auf uns niederging. Sanna drückte sich mit dem Rücken gegen das Gemäuer, lächelte mich in einer süßen Verführung des Verbotenen an, während sie den Kopf leicht schräg legte. Ihre Augen waren schmale Schlitze, in denen ein Feuer in Blau brannte.

Wir waren wie Kinder. Unvernünftig, mit der Gefahr spielend, entdeckt zu werden. Und wie Kinder genossen wir das verbotene Spiel, labten uns am Reiz der Gefahr. Auf den Mauern gab es immer noch einige wenige Wachen, aber es machte auch keinen großen Unterschied, ob man jetzt vom halben Hof beobachtet wurde oder nur von zwei gelangweilten, müden Kriegern, die sich wunderten, was hier vor sich ging.

Einen Schritt vor Sanna blieb ich stehen, weil ich nicht wagte, ihr zu nahe zu kommen.

»Du bist ein Heide«, sagte sie leise. »Vielleicht sollte ich dir die Wunder Junus' näher bringen. Es kann seinen Reiz haben.«

»Bruder Naan ist daran in den letzten Jahren immer gescheitert«, meinte ich, aber da hatte Sanna schon leise die Tür zur Kapelle geöffnet und war hinein geschlüpft. Mir blieb nichts anderes übrig, als ihr zu folgen.

Die Kerzen und das Heilige Feuer im Oktagon der Kapelle brannten immer noch. Als würde es den Weg bis zum Altar beleuchten, standen hohe Kerzenständer aus purem Gold wie stumme Wächter zu beiden Seiten des Mittelganges, neben dem sich sonst die Gläubigen drängten bis zum Altar, zu dem sich Sanna nun aufreizend langsam bewegte. Die Erbin eines Gottes, flankiert von Feuer. Unsicher blieb ich nahe an der Tür stehen, die ich zuvor behutsam geschlossen hatte. Sanna hingegen kannte kein Zaudern. Sie ging auf den Altar zu, auf dem das Heilige Buch lag, aus dem die Priester so gern lasen und von dem ich so gut wie nie etwas verstand. Sie ging wie zu einer Krönung, herrschaftlich und ohne jeden Zweifel. Der Opfertisch dort bestand aus purem Gold, schlicht gehalten und nichtsdestotrotz kostbar. Es gab keinerlei Verzierungen, nur das angedeutete Zeichen der Flamme, das auf der Vorderseite prangte. Dort blieb Sanna stehen, nahm das Heilige Buch in die Hand und drehte sich mir zu. Scheinbar wahllos schlug sie eine Seite auf, blätterte zwei-, dreimal um.

Sie begann zu lesen. »Und so sprach Junus, der unter den Avaren gewandelt war und sich vor dem Schlachtengetümmel ein Weibe niederer Geburt nahm, zu den versammelten Königen und Kriegern: Sehet, ich habe Lust an der Liebe und nicht an dem Opfer in den Flammen, das ihr für mich auserwählt habt. Denn ich bin das Leben, und aus meinem Samen soll das erwachsen, was wir nicht zu sein vermögen und was andere uns zu verbieten versuchen.«

Sanna musste diese Stelle während des Lesens direkt aus dem Ynaar, der Sprache der Gelehrten, übersetzt haben, denn ich wusste, dass in dieser Schrift nicht eine einzige Stelle im simplen Anan verfasst stand. Ich wusste es, weil mich der Wyrc vor einigen Jahren gezwungen hatte, das verdammte Buch zu lesen, auch wenn ich nicht einmal die Hälfte verstand.

Jetzt senkte sie den Kodex in den Händen und schaute zu mir. »Kanntest du diese Worte aus der Schrift?«

»Nein«, gestand ich. »Mein Ynaar ist miserabel, und ich habe das Heilige Buch nur einmal gelesen.«

»Aber du verstehst, was Junus damit sagen will?«

»Dass ihn recht weltliche Gelüste plagten, nehme ich an.«

Es musste ihr klar sein, dass mein Einwurf nicht wirklich ernst gemeint war, denn nun sah und hörte ich Sanna zum ersten Mal lachen. Es war ein unauffälliges Lachen, leise, verstohlen, aber es erreichte ihre Augen und machte sie noch schöner. Sie klappte das Buch zu und legte es, ohne sich umzudrehen, zurück auf den Altar. Dabei hielt sie ihre Augen stur auf mich gerichtet. Auch noch, als sie sich plötzlich auf die Kante des Tisches setzte und die Beine baumeln ließ. Die Falten des Mantels rutschten zurück, und ich sah, dass Sanna darunter ein schlichtes schwarzes Kleid aus Samt trug, das ihr ein Stück über die Knien reichte. So sitzend, schob sich der Saum des Kleides hoch, sodass nicht nur die Waden, sondern auch ein großer Teil ihrer Schenkel entblößt wurden.

Ich wusste nicht wieso, aber diese angedeutete Nacktheit war kein Zufall. Alles, was Sanna tat, kam bewusst, verfolgte ein Ziel. In diesem Fall gelang es ihr mehr als gut, denn ich starrte die nackte Haut ihrer Beine an und fragte mich, wie es sich wohl anfühlen würde, wenn ich meine Hände darüber gleiten ließe.

»Wenn die Priester unserer Tage von Junus sprechen, dann sehen sie in ihm nur den göttlichen Feldherren, der den Kampf gegen die Ynaar begann und meine Familie als seine Erben zurückließ«, sagte Sanna und ihre Stimme halte im Oktagon wider. »Die Kirche verklärt ihn, sieht in ihm, was ihr dient. Dabei vergessen all die Bischöfe und Priester, dass Junus ein Mann voller Leidenschaft war. Als er eine menschliche Form annahm, da umarmte er all jene Eigenschaften und Begierden, die uns Menschen Zeit unseres Lebens umtreiben.« Ihr Lächeln nahm plötzlich einen verschlagenen Ausdruck an. »Wusstest du, dass er mehr als eine Frau in seinen Betten und insgesamt vierzehn Nachkommen hatte?«

Alleine die Vorstellung brachte mich zum Lachen. Der Junus, den ich über Bruder Naan und den Alten kennen gelernt hatte, war ein fleischgewordener Gott gewesen, der in unsere Lande kam, einen Krieg führte, pflichtbewusst eine Tochter, Ci, gezeugt und sich dann aus dem Staub gemacht hatte, noch bevor sein Kind alt genug war, um ihm ordentlich die Nerven zu rauben. Stellte ich ihn mir als Menschen vor, dann hatte ich einen mürrischen Mann vor Augen, der in das Bett seiner Gemahlin stieg, wie andere auf den Rücken ihres Kriegspferdes.

»Ist das wahr?«, wollte ich lachend wissen.

»Ich denke, ich weiß mehr von meinem eigenen Ahn als die Kirche. Das sind die Geschichten, die man nur aus Angst nicht dem einfachen Volke erzählt, weil unsere Bischöfe befürchten, der unfreie Bauer könnte auf die Idee kommen, unserem Gott vor allem in diesen Belangen nachzueifern. Dabei ist doch die Liebe gerade das, was uns Junus hinterlassen hat. Vor allem in meinem Blut.«

Etwas an der Art, wie sie ihre letzten Worte sagte, ließ mich nun endlich auf sie zu gehen. Meine Stiefel hinterließen dreckige Spuren auf dem kostbaren Marmor, aber das nahm ich eher beiläufig wahr. Sannas Augen, ihr Blick, ihr ganzes Sein zog mich an. Und ich wollte mich nicht wehren.

Sie lächelte nur, als ich zu ihr ging und den Verrat umarmte. Wortlos öffnete sie ein Stück die Beine, sodass ich näher an sie herankommen konnte. Meine Hand hob sich, um sie vom Haaransatz seitlich vorbei bis zum Hals hinab zu berühren. In der Kapelle war so still, dass ich selbst ihren nun schneller werdenden Atem hören konnte. Alle Gefahren ignorierend, ließ ich meine Finger zu ihrem Nacken gleiten. Ich packte etwas fester zu, um sie näher an mich zu ziehen. Mir wurde heiß, es tobte in meinem Magen, als sich unsere Gesichter einander näherten, und wir schlossen die Augen, noch bevor sich unsere Lippen trafen. Und wie süß sie schmeckte, sei meine Seele verdammt! Der Kuss war lediglich für Augenblicke vorsichtig und tastend, denn als meine Zungenspitze über ihre Lippen fuhr und ich meine andere Hand über ihren Rücken nach unten gleiten ließ, brachen bei uns die letzten Grenzen ein.

Sannas Hände krallten sich ohne Vorwarnung in meinen Hintern. Sie zog sich fest an mich, ihre Zunge wurde fordernder, und fast instinktiv begann ich mein Becken gegen ihren Unterleib zu drücken. Sie spürte, dass mich diese Berührungen nicht kalt ließ, dass ich sie wollte, aber es schien sie nur noch mehr zu erregen. Zwischen den Küssen hörte ich sie leise stöhnen, und ihr Becken kam nun auch in Bewegung, passte sich mir an. Ruckartig ließ sie vom Kuss ab, lehnte sich leicht nach hinten. Mir kam es fast so vor, als glühte das Blau in ihren Augen intensiver als je zuvor. Sie atmete schwerer, hielt mich mit einer Hand an meiner Brust etwas von sich weg.

Ich wurde fast verrückt. Alle Gedanken an Aideen, die Königin oder etwas anderes waren wie ausgelöscht. Es gab nur sie, nur sie, diesen Kuss und ihre Nähe. In diesem Moment. In jedem Moment meines Lebens.

Sannas Lippen öffneten sich, und es gab nichts Süßeres, was ich mir vorstellen konnte. »Dir gefällt der Gedanke, eine Prinzessin zu vögeln«, wisperte sie, und sofort verwandelten sich ihre Züge in ein verdorbenes Lächeln, das mir nicht den Hauch einer Gelegenheit gab, irgendetwas darauf zu erwidern.

Ich merkte, dass sie begann, meinen Schwertgurt zu lösen. Wenige Handgriffe später schepperte Nachtgesang samt Gürtel auf den marmornen Boden, und Sanna machte sich am Saum meiner Hosen zu schaffen. Ihre Hand war warm und weich, als sie schließlich hinein griff und zu massieren begann.

Sie ließ ihre Hand rauf und runter fahren und genoss anscheinend, was sie damit anrichtete. »Der Hüter schläft in einer Kammer gleich hinter uns«, flüsterte sie, und schlagartig riss ich die Augen auf und starrte sie entgeistert an. Sie biss sich auf die Unterlippe. »Wie schlau von mir, dafür gesorgt zu haben, dass er heute Abend ganze neun Becher Wein hatte.« Ihr Griff wurde fester. »Du könntest mich hier also abschlachten, und er würde es nicht hören.«

Mittlerweile war ich zu weit weg von jedem Schamgefühl. »Ich habe aber etwas ganz anderes vor.«

»Ach ja?«

»Ja.« Und damit zog ich ihre Hand in meiner Hose zurück, drückte sie ein Stück mehr auf den Altar und schob den Rocksaum gänzlich nach oben. Was sich mir zwischen ihren Beinen offenbarte, kannte ich bereits; Sanna trug eine Art Verband, der ihre Scham bedeckte. Als ich die Leinen hektisch öffnete, den Verband herunterzog und einige Flecken Blut darin fand, rief mir der letzte verbliebene Funken klar Verstand zu, dass ich Sanna bei allen Verfehlungen zumindest nicht schwängern würde. Aideen hatte mir früher erklärt, dass eine Frau während ihrer Monatsblutung kein Kind empfangen konnte. Ein Umstand, den wir über Jahre hinweg ausgiebig ausgenutzt hatten und der mir jetzt an diesem alles andere als passenden Ort wieder einmal zum Vorteil gereichte.

Ich berührte sie zwischen den Beinen, hörte das heisere Stöhnen Sannas und erregte sie und mich nur noch mehr, als ich zwei Finger in sie gleiten ließ. Sanna hielt es nur wenige Augenblicke aus, riss mich grob für einen wilden Kuss an sich heran, sodass ich die Finger aus ihr zog und die Fibel meines Mantels öffnete. Mir war auch ohne die schweren Leinen über den Schultern heiß genug.

Sie ging mir zur Hand, als ich in sie eindrang, wir beide aufstöhnten, den Blick in den Augen des anderen haltend. Mit den Ellbogen lehnte sie sich auf dem Alter zurück, während ich sie am Nacken festhielt und eine Hand auf ihren Bauch legte. Wir wagten uns nicht zu bewegen, wollten diesen ersten Moment des Fühlens nicht vergehen lassen. Zaghaft hob Sanna das Becken an, ich spürte sie, spürte sie so verdammt nahe, dass ich zum ersten Mal in so einem Moment nicht wusste, was ich tun sollte. Stattdessen übernahm sie die Initiative, bis ich mich ihren Bewegungen anpasste und wir allmählich wie in einen intimen Tanz vertieft das genossen und lebten, was uns in dieser Nacht verband. Ich konnte und kann es heute noch nicht benennen. War es Liebe oder Lust oder ein Trunk aus beidem? Es zählte nichts. Es war vielleicht einer der perfektesten Momente meines Lebens, nicht mehr, nicht weniger.

Als unsere Bewegungen schneller und härter wurden, die Welt um uns herum zu schrumpfen schien, es nur noch zwei Körper und eine Leidenschaft gab, da stieß Sanna mit einer Hand das Heilige Buch vom Altar herunter und zog mich zu sich herunter. Und während sie und ich uns zum Höhepunkt brachten, da gab es in dieser Kapelle vielleicht zum ersten Mal wahrhaftige Heiligkeit.

Am nächsten Morgen brachen wir in Richtung Süden auf. Während Sanna in der Behaglichkeit und Abgeschiedenheit eines geräumigen Wagens schlief, der von zwei stämmigen Pferden gezogen wurde, saß ich im Sattel meines Tieres und hatte das Gefühl, der gesamte Hof von Fortenskyte würde mich anstarren. Sahen sie meine Augenringe, die daher kamen, dass ich in der letzten Nacht keinen Moment des Schlafes hatte? Fiel ihnen der kleine Kratzer auf, den Sannas Fingernägel an meinem Hals hinterlassen hatten und den ich mit einem Tuch zu verbergen versuchte? Ging ihr Geruch von mir aus, wie der des Blutes an einem Schwert nach der Schlacht? Oder füllten die Gedanken und Sehnsüchte nach der Prinzessin von Rhynhaven einzig und alleine mein Sein aus, war ich einsam in dem Verlangen, die Nähe der letzten Nacht von jetzt an immer zu halten?

Kerrick Bodhwyn stand schwarz in Kettenhemd und Mantel gehüllt neben seinem eigenen Pferd. Er würde nach uns den Königshof verlassen und im Norden die Expedition anführen. Seinen Totenschädel zierte ein fahles Grinsen, das mich erschaudern ließ, während ich mein Pferd durch das Haupttor lenkte und er mir mit Blicken folgte, die ich noch meilenweit wie ein Messer stechend im Rücken spüren konnte.

Dieser schweigsame Saer wusste zu viel, also gab es für ihn keinen besseren Platz als den im Norden und für mich keinen besseren als den im Süden. Weit weg von Geheimnissen, die ihn nichts angingen.

Bei Sanna.

SIEBZEHN

Ich denke, jetzt wird er mich gleich töten.

Kann ich es ihm aber verdenken? Mikael Winbow hat gerade erfahren, dass meine Prinzessin und ich es in einer Kapelle seines verehrten Gottes getrieben haben. Wann, wenn nicht jetzt, wäre für ihn die Gelegenheit, mich Sünder endlich von meinem unseligen Leben zu befreien? Und weil ich schon viel zu oft einen Pakt mit dem Tod geschlossen habe, sitze ich einfach nur da. Er hat mir zwar mein Schwert zurückgegeben, aber ich denke nicht daran, es zu ziehen, aufzustehen oder mich sonst irgendwie zu wehren. Stattdessen schaue ich ihm in die Augen, weil es das Letzte ist, was mir noch geblieben ist. Wenigstens will ich sehen, wenn er den Entschluss fasst.

»Sag mir«, überrascht mich seine Stimme, »ist all das wahr, was du mir erzählt hast?«

Der Morgen graut bereits. So lange hat er mir noch nie am Stück zugehört, dieser seltsame Ordensbruder. Fern im Osten schimmern bereits die Vorboten eines neuen Tages, was die ersten Vögel erwachen und das Licht begrüßen lässt. Und wieder herrscht diese unnahbare Stille, wenn die Nacht zurückgedrängt wird und die Sonne ihren angestammten Platz erobert.

Wahrscheinlich gibt es keinen besseren Moment, um von einem junuitischen Saer einen Kopf kürzer gemacht zu werden. Und deswegen nicke ich und lächle.

»Jedes Wort, Saer.« Ich lege eine Hand auf das Heft meines Schwertes. »Bei meiner Ehre, ich schwöre es.«

»Welche Ehre hast du, wenn das die Wahrheit ist?«

»Man kann lieben, ohne sich zu entehren. Und man kann Fehler begehen und trotzdem lieben, auch wenn ich solch noble Taten nicht für mich beanspruche.«

»Du sprichst von Liebe und Ehre, als fändest du sie jeden Tag auf der Straße. Wie verloren kann man sein, wenn man diese Geschenke aufs Schändlichste verrät?« Winbow schüttelt den Kopf. »Ich bedaure dich, Ayrik Areon, ich bedauere deine Seele. Nur was du mehr verdient hast, Mitleid oder Hass, das weiß ich nicht zu sagen.«

»Hass, weil ich geliebt habe?«

»Nein.« Winbow erhebt sich, und ich sehe schon halb und halb sein Schwert aus der Scheide fliegen und meinen Schädel spalten. Aber die Klinge kommt nicht. Der Cadaener geht nur ein Stück von unserem Lagerfeuer weg, als wolle er, wie all die anderen, leugnen, jemals mit mir in Freundschaft gesprochen zu haben. »Hass, weil du das Geschenk mit Füßen getreten hast, das dir die Königin gab. So viel Niedertracht muss ein Mann erst einmal in sich tragen.«

»Wenn du mich nicht verstehst, dann hast du niemals geliebt.«

Er fährt zu mir herum. »Was weißt du von Liebe, wenn du die Liebe zu deiner Lehensherrin verrätst? Enea gab dir ein neues Leben, eine Bestimmung, und du hast es mit Füßen getreten!«

»Und welche himmlischen Mächte hätten dich davor geschützt, nicht genauso zu handeln, wie ich es tat?« Jetzt stehe ich ebenfalls auf und beginne Winbow zu umrunden. »Na? Ich bin gespannt, welche heilige Ausrede dir einfällt.«

Zweimal lässt mich der Cadaener um ihn herumgehen, beim dritten Mal packt er mich blitzschnell am Saum der Tunika. »Was wagst du, Eidbrecher?!«

Mit hartem Griff umfasse ich sein Handgelenk, starre dem Ordenskrieger in die Augen. »Das bin ich für dich, wenn es dir passt, nicht wahr? Ein Eidbrecher und Verräter.« Mikael wehrt sich nicht richtig, hält sich zurück und erwidert nur den Blick. »Wenn du willst, dass ich meine Worte zurücknehme, dann liegst du falsch. Die Wahrheit ist, wie sie ist, du verdammter Heuchler!«

Mit einem Stoß befördere ich ihn von mir weg und ziehe keinen Augenblick später mein Schwert aus der Scheide. Natürlich will der Cadaener auch seine Klinge zücken, aber da fliegt ihm meine Waffe schon entgegen, noch ehe sein Stahl auch nur zur Hälfte blank liegt. Wuchtig rammt sich das Schwert knapp vor ihm ins Erdreich.

»Was du von mir erwartest, Saer Mikael, ist nur eine Ahnung der Wahrheit.« Die Schwertklinge zittert vor ihm im Boden. »Und wenn du denkst, dass ich vor dir elendem Junuiten anfange zu heulen, um mein Seelenheil zu bitten oder zu bereuen, dann hast du die letzten Tage nicht zugehört!« Ich deute mit einem Nicken auf das in die Erde gerammte Schwert. »Da ist meine Bürde, hier meine Geschichte. Höre sie dir zu Ende an, oder bring mich gleich um. Die Wahl ist deine, Cadaener.«

Mikaels Blick fällt auf die Wolfsfratze im Knauf meines Schwertes. Vielleicht weiß er sich nicht anders zu helfen, aber er tut nichts. Er lässt diese Feindseligkeit zwischen uns bestehen, ignoriert den Streit und hebt die Hand auffordernd zu mir.

»Erzähl mir weiter, Areon. Selbst wenn Junus' mein Zeuge ist, dass du dich für all das schon bald wirst verantworten müssen.«

»Oh, du bist mutig«, spotte ich. »Du willst also tatsächlich die ganze Wahrheit über den Dreck in Laer-Caheel erfahren. Dann mach dich darauf gefasst, dass nicht alle Freunde die sind, für die du sie hältst.« Mit einem Blick auf sein immer noch halb gezogenes Schwert spucke ich ihm vor die Füße. »Danach kannst du von mir aus meinen Kopf haben, heiliger Mann.«

WUNDER

Wir brachen im Schneefall dieses unnatürlichen Winters auf. Zwar lag die Verantwortung für die Sicherheit der Prinzessin bei Stavis Wallec und mir, die Reise jedoch bis Laer-Caheel führte der Draak an. Er kannte diese Länder am besten, war der am weitesten erfahrene Schwertherr auf dieser Fahrt. Ganz davon abgesehen, war er ein Vertrauter der Hochkönigin. Mir war das nur lieb. Bis zu seiner Heimatstadt Neweven hätte uns vielleicht Stavis führen können, ich bis zur Grenze von Shaerlenrest, Luran hingegen war auf allen Straßen erfahren. So konnten sich Stavis und ich voll und ganz auf die Sicherheit der Thronfolgerin konzentrieren.

Auf Befehl des Marschalls sollten wir Saers in voller Ausrüstung von Fortenskyte losreiten. Wie Jervain Terety es ausdrückte, handelte es sich bei unserem Auftrag nicht um einen gemütlichen Jagdausflug, sondern eine Delegation des Hauses Junus'. Stavis und ich sollten etwas hermachen, von weithin sichtbar als Saers zu erkennen sein. Zumindest für den ersten und den letzten Tag der Reise war es befohlen, die komplette Rüstung anzulegen. Danach würden wir unsere Pferde schonen und die schwere Panzerung in einen der Wagen laden. Wir halfen uns am Morgen der Abreise gegenseitig in die schwarze Panzerung, zogen über die dicksten Tuniken, die wir finden konnten, unsere Wämser und Kettenhemden und verschlossen die Plattenteile an Armen, Schultern und Beinen. In den Sätteln setzten wir uns schließlich die mit Kettengeflecht versehenen Helme auf und ließen uns von Knechten Lanzen und Schilde reichen. Auch die Krieger in unserem Gefolge marschierten oder ritten in voller Montur, die Helme und Speerspitzen auf Hochglanz poliert. Abschreckung nennt man das wohl. Und zu mehr als zur Abschreckung taugten auch Schild und Speer in meinen Händen kaum. Ich wusste schlicht und ergreifend noch nicht, wie ich diese beiden Waffen vom Rücken eines Pferdes aus führen sollte, ohne dabei wie der letzte Anfänger zu wirken. Wenn ich schon sonst nichts konnte, sollte doch wenigstens der Schein stimmen. Zu gerne hätte ich mich an diesem Morgen des Aufbruchs selbst gesehen – den Herrn in schwarzem Stahl, stolz, bewaffnet, ein Saer der Bruderschaft der Alier. Betrachtete ich Stavis neben mir, der auf dieselbe Art gerüstet war wie ich, konnte ich nur erahnen, wie eindrucksvoll ich auf das Volk wirken musste, das sich in Fortenskyte versammelt hatte, um der Prinzessin die Ehre zu erweisen. Allein der Gedanke daran ließ mich aufrechter und selbstbewusster im Sattel sitzen. Hätte ich jetzt noch das nötige Wissen besessen, hätte ich mir den Saer der Bruderschaft höchstwahrscheinlich sogar selbst abgekauft.

Der Tag der Abreise war bitterlich kalt, deshalb gab ich einen feuchten Dreck darauf, ob mein Tuchschal, den ich mir kurzerhand um den Hals gewickelt hatte, ausgefranst und abgerissen wirkte und nicht wirklich zu einem Saer passen wollte. Der Stoff wärmte meinen Hals, nur das zählte. Sehr viel besser in Schuss waren meine mit Metallplättchen verstärkten Handschuhe, die mir Raegan vor dem Aufbruch aus Dynfaert geschenkt hatte. Ich dankte dem sonderbaren Einsiedler stumm in Gedanken. Ein besseres Geschenk hätte er mir zu dieser Jahreszeit gar nicht machen können.

Es war ein kleiner Tross, der nach Süden ritt. Die Prinzessin wurde von uns drei Saers, Luran Draak, Stavis Wallec und mir, beschützt. Zwanzig Krieger der Haustruppe begleiteten uns, die Hälfte davon zu Pferde. Einen weiteren Reiter stellte Bjaen der Sänger dar. Der bärtige Kerl erschien zum Aufbruch ungewohnt nüchtern, aber dafür mit einem knielangen Lederkoller, das mit Metallbeschlägen verstärkt war, und einer Kampfaxt, die er sich an den Sattel seines Pferdes hing, ehe er sich uns mit einem säuerlichen Gesicht anschloss. Stavis und ich wetteten, wann er zum ersten Mal besoffen aus dem Sattel fallen würde.

Den Zug begleiteten zwei Wagen, einer für unsere Vorräte, Zelte und sonstige Ausrüstungen, ein anderer, der nur für Sanna bereitstand. Gut ausgebaut, wirkte das Ding, das von zwei Pferden aus den königlichen Stallungen gezogen wurde, eher wie ein kleines Häuschen auf vier Rädern, in das sich unsere Prinzessin zurückziehen konnte, wenn das Wetter zu streng wurde. Zum Tross gehörten auch zehn Unfreie, unter ihnen Cal und Penn, die aber nicht dazu da waren, uns Kriegern die Hintern nachzutragen, sondern lediglich für die tägliche Arbeit bereit standen. Und davon gab es genug. Wir mussten mehr als eintausend Meilen bis nach Laer-Caheel zurücklegen, eine Entfernung, die ich mir damals nicht einmal vorstellen konnte, da würde es genug Gelegenheiten geben, die Räder auszubessern, Zelte zu flicken, Feuerholz zu sammeln oder sich sonst irgendwie mit Knechterei zu betätigen. Die einzige Arbeit, die sie uns Kriegern abnahmen, war das Zubereiten der Speisen und die Errichtung der Lager, wenn wir nicht in einen der Königshöfe würden einkehren können. Die Prinzessin selbst hatte vier eigene Dienerinnen bei sich, alle ausgewählte Freie, die als ihre Zofen bereits seit Jahren am Hofe dienten.

Zwar war unser Packwagen mit Zelten beladen, aber es stellte sich alsbald heraus, dass wir sie kaum benötigen würden. Unser Weg nach Laer-Caheel führte über dieselbe Straße der Ynaar, die an den Grenzen meines Dorfes Dynfaert begann und die Königshöfe von Fortenskyte, Firth-Daire und Shaerlenrest verband. Und das bedeutete für uns, dass wir in regelmäßigen Abständen unter einem festen Dach in warmen Gemächern schlafen konnten, statt uns mit dem Frost in den Nächten herumzuplagen. Damit sich die Königshöfe auf unsere Ankünfte vorbereiten konnten, würden wir jeden Morgen einen Boten vorausschicken, der alleine sehr viel schneller vorankäme und den wir aus den Reihen der Panzerreiter auswählten, die uns begleiteten.

Von Shaerlenrest aus, dem südlichsten Hofes in der Provinz Nordllaer, begann eine zweite Straße, die uns über einige kleinere Höfe zu den Städten Neweven, Stavis Wallecs Heimat, Ondo und Lindegh führen würde, ehe am Ende dieser vielen Meilen Laer-Caheel selbst stünde. Was nach einem lustigen Ausritt von wenigen Tagen klang, stellte sich allerdings als eine elend lange Reise heraus, für die wir, bei blauäugiger Schätzung, mehr als anderthalb Monate benötigen würden. Durch das Fußvolk und die Wagen kamen wir nicht sonderlich schnell voran, zudem befand sich die Straße, da konnten die Ynaar noch so große Baumeister gewesen sein, in einem bedenklichen Zustand. Nicht, weil sie schlecht gepflegt worden war, sondern weil das Wetter, Schnee, Eis und Regen, ein allzu schnelles Tempo gar nicht erst zuließen. Niemand, der sich glücklich schätzen konnte, ein Pferd unter dem Hintern zu haben, wollte es riskieren, dass sein Tier auf einer vereisten Stelle im Pflasterstein aus dem Tritt kam und sich die Knochen brach. Ab dann hätte es nämlich geheißen, zu Fuß weiter zu reisen, konnten wir uns doch nicht auch noch mit Ersatzpferden belasten. Im Krieg sieht das anders aus. Da hat jeder Saer mindestens ein weiteres Pferd, eines für die Reisen und eines für die Schlacht, aber im Krieg eskortiert man für gewöhnlich auch nicht die Prinzessin von Rhynhaven samt Anhang durch das halbe Zwillingskönigreich.

Am Morgen unserer Abreise bekamen wir unerwarteten und für mich unangenehmen Besuch. Die Sonne blieb hinter einem dichten Nebelschleier verborgen, der Tag begann kalt und grau, Sanna schlummerte noch in ihrem Wagen, und wir hatten vielleicht erst drei Meilen zurückgelegt, da näherten sich unserem Zug aus Richtung Fortenskyte zwei Reiter. Wir sahen sie erst, als sie sich aus den Nebelfetzen schälten, aber ich erkannte beide auf Anhieb. Unser Zug kam zum Halten. Ich verdrehte die Augen.

»Einen guten Morgen«, wünschte uns der Wyrc von Dynfaert, als er in Rufweite kam.

Meine Laune sank schlagartig. Der Alte war natürlich in Begleitung seines neuen Freundes Brok. Die Narben in seinem verhassten Gesicht, die er der Wolfsbestie in den Wäldern verdankte, verunstalteten den ohnehin schon nicht sonderlich hübschen Kerl auf ihre ganz eigene Weise. Allerdings hatte man ihn für sein Opfer fürstlich entlohnt. Der Dunier trug eine Lederkappe auf seinem glatzköpfigen Haupt und über einem engmaschigen Kettenhemd, das er definitiv nicht schon während unserer Reise durch die Wacht besessen hatte, einen kostbaren Fellmantel. Die Gönnerhaftigkeit meines alten Lehrers ging sogar so weit, dass er Brok einen kräftigen Rappen geschenkt hatte, der wild und gefährlich und danach aussah, als habe man ihn für den Krieg gezüchtet. Wo auch immer der Alte solch ein Pferd her hatte, ich war nie in den Genuss solcher Geschenke gekommen. Für mich hatte es Ohrfeigen, Beleidigungen und ein altes Schwert gegeben. Zumindest aber war mir erspart geblieben, für den Rest meines Lebens wie jemand auszusehen, der von einem Bären begattet wurde.

Luran Draak ritt dem Alten entgegen, und auch ich schloss mich ihm an, selbst wenn ich wenig Lust danach verspürte, mit dem Druiden irgendwelche Belanglosigkeiten zu wechseln. Würde ich mich allerdings zurückhalten, der Alte käme nur auf die Idee, mich wie ein kleines Kind anzurufen. Die Blöße wollte ich mir nicht geben. Außerdem interessierte es mich schon, wo dieser Strippenzieher in den letzten Tagen gesteckt hatte. Während also Luran und ich auf die beiden zuhielten, blieb Stavis Wallec zurück. Er konnte den Wyrc nicht ausstehen, Brok noch viel weniger.

Luran hielt sich nicht lange mit Freundlichkeit auf, während Schneeflocken um uns herum aufgewirbelt wurden. »Was gibt es, Druide? Wir haben einen langen Weg vor uns und keine Zeit für Plauderei.«

»Sorgt Euch nicht, Saer Luran, ich habe nicht vor, diesen königlichen Zug lange aufzuhalten.« Der Alte lächelte hinter seinem Bart. »Ich wollte nur die Gelegenheit nutzen, meinem einstigen Schützling Glück für seine erste Aufgabe zu wünschen und ihm den Segen der Vergessenen mit auf den Weg zu geben.«

Mein Blick war auf den Druiden fixiert, aber ich merkte, dass mich Brok als auch der Draak ansahen. Erwarteten sie jetzt eine Reaktion? Eventuell wäre es ja die passende Antwort gewesen, einfach mein Pferd zu wenden und weiter zu reiten. Aber ich nahm an, dass Luran jetzt, da ich ein Saer war, ein wenig mehr Güte von mir erwartete. So wenig ich den Wyrc auch leiden konnte, so hatte er doch eine nicht zu unterschätzende Rolle in dieser Angelegenheit gespielt, die mich in den Stand eines adligen Schwertherrn gebracht hatte.

Es war nur einfach so, dass ich in noch nie besonders freundlich zu ihm gewesen war und nicht vorhatte, etwas daran zu ändern, nur weil man mich jetzt Saer nannte. Der Alte hatte elf Jahre hart daran gearbeitet, sich jedwede Absolution zu verspielen.

»Dann segne«, sagte ich, nahm den Helm ab und fühlte mich sehr herrschaftlich, wie ich den Wyrc herablassend ansah, »bevor wir hier eingeschneit werden.«

Der Alte wirkte milde belustigt. »Geduld war schon immer Eure Stärke, Saer.«

Er sprach mich an wie einen Herrn. Unwillkürlich fielen mir seine Worte aus eben jener ersten Nacht am Waldsee wieder ein. »Und wenn du diesem Weg folgst, wirst du der Meister sein und ich der Knecht.«

Ich winkte ab und verdrängte die Erinnerung. »Wo hast du überhaupt gesteckt? Man könnte fast sagen, ich habe deinen Geruch vermisst.«

»Ich bin immer noch der Druide von Dynfaert. Das Leben dort bleibt nicht stehen, nur weil Ihr nun ein Saer seid. In diesen unruhigen Zeiten gibt es viele Zeichen der Götter, die gelesen werden müssen. Aber ich habe mit Stolz gesehen, wie Ihr zum Schwertherrn wurdet und sich Euer Schicksal endlich erfüllte.« War das jetzt ein Lob? Ich wusste es nicht. Wie immer war mir nicht klar, was ich von den Worten des Alten halten sollte. »In Dynfaert preist man Euren Namen«, erzählte er weiter. »Fahrt fort, wie Ihr begonnen habt, und schon bald wird man Ayrik Areon im ganzen Reich kennen.«

Allmählich irritierte mich seine Lobhudelei. »Das habe ich vor.«

»Gut.« Jetzt lächelte der Alte tatsächlich freundlich! Freundlich! Es wurde immer grotesker. »Das Auge des Fydh ruht weiterhin auf Euch, Saer Ayrik. Mögen die Vergessenen Götter Euren Schwertarm stark und den Geist scharf halten, wenn Ihr ihnen zu Ehre in den Süden geht.«

Der Alte murmelte einige Worte in der Sprache unserer Götter, hob beschwörend die Arme, während ich den Impuls unterdrückte, ihm zu erklären, dass ich nicht wegen irgendwelcher Götter nach Laer-Caheel zog, sondern weil die Prinzessin ihren eigensinnigen Vater dazu bringen musste, Krieger in den Norden zu schicken, bevor uns eine hungrige Horde von Nordleuten verspeisen würde. Ich ließ ihn stattdessen gewähren, ließ ihn segnen und seinen eigenen Triumph wenige Momente genießen. Wer wusste schon, wie lange der Verlauste noch zu leben hatte. Da würde es ganz sicher nicht mehr viel für ihn zu befeiern geben.

Als er schließlich fertig war, hob er die Arme. »Die Götter sind mit Euch! Euer Weg soll mit Ruhm gepflastert sein!«

»Ich danke dir für den Segen«, erwiderte ich und zwang mich zu einem Lächeln. Ein Blick zum Draak deutete mir, dass wir allmählich weiter mussten. »Es wird Zeit. Gib gut Acht auf Dynfaert und meinen Vater.«

Der Alte neigte unterwürfig seinen Kopf. »Ich werde dem Than dienen wie seit Jahr und Tag.«

»Gut.« Ich setzte mir den Helm wieder auf. »Und hilf Raegan und meinen Brüdern bei der Suche nach Aideen. Ich weiß nicht, ob es dir etwas bedeutet, aber wenn ihr sie findet, könnte ich besser von dir denken, sobald ich zurück aus Laer-Caheel bin.« Diesmal sagte der Alte nichts, behielt aber seine demütige Körperhaltung bei. Nur Brok starrte mich in einer kaum zu übersehenden, herausfordernden Art an. Sollte er doch. Ich wendete mein Pferd halb, nickte Brok mit einem Grinsen zu. »Und sag ihm, er soll den Winter dafür nutzen, sich ein paar Haare wachsen zu lassen. Mit der lächerlichen Kappe sieht er aus wie ein halb gepelltes Ei.«

»Fünfzig, vielleicht sechzig Tagesreisen.« Das waren die Worte des Draak gewesen, als ich ihn fragte, wie lange es dauern würde, bis wir Laer-Caheel erreichten. Fünfzig bis sechzig Tage also, in denen er mich in ungewohntem Umfeld auf meine neue Rolle als Saer vorbereiten konnte. Da wir am Tage nicht sonderlich viel Zeit hatten, Dinge zu üben, den Lanzengang oder einen manierlichen Kampf mit Schwert und Schild zum Beispiel, verlagerte der Draak seine Unterrichtsstunden oft in den Abend hinein.

Wieder einmal sollte ich also in der Dunkelheit ausgebildet werden. Das kannte ich schon vom Wyrc, aber wenigstens gab es diesmal keine Prügel.

Obwohl wir spätestens alle zwei Tage in einem der Königshöfe unterkamen, die die Ynaarstraße säumten wie Perlen an einer Kette, hieß das noch lange nicht, dass ich mich auf die faule Haut legen konnte. Kaum war das Abendmahl vorbei, stand auch schon meine Ausbildung auf dem Plan. Verbrachten wir die Nacht an einem der Königshöfe, ließ der Draak von Bediensteten Fackeln im Innenhof aufstellen und lehrte mich die Feinheiten des berittenen Kampfes. In der Wildnis, in einem der Zelte, unterrichtete er mich in der Theorie der Kriegskunst. Dafür brauchte der Draak kaum mehr als eine Stimme, sein Wissen, einen Stock und einen Boden, in den er Schlachtreihen aufmalen konnte, um mir zu zeigen, wo welche Truppenteile aufgestellt werden mussten. Ich lernte von ihm den Wert von Bogenschützen kennen – und wie selten man talentierte Schützen fand –, die Vorteile einer erhöhten Position oder die Wichtigkeit der Reiterei, die einem Gegner in Formation am besten von den Flanken her zusetzt, wenn sie nicht gar erst zum Zuge kommt, um flüchtende Gegner von hinten niederzumachen. Luran Draak erzählte mir von der Schlacht von Kirlaigh, die wenige Jahre zuvor zwischen Königstruppen und den Nordleuten getobt hatte und an der viele unserer Saers schon teilgenommen hatten. Er erzählte, und ich lernte. Und wenn ich am wenigsten damit rechnete, wollte er meine Meinung zu bestimmten Themen wissen, über die wir bereits gesprochen hatten. So zwang er mich, aufmerksam zu bleiben, den Worten genau zu folgen und, vor allem, sie zu verstehen. Ihm reichte nicht mein Wissen, dass unsere Schwerter im Königreich für gewöhnlich länger und schmaler waren als die im Norden, er wollte wissen, warum dies so war. Dass ich verstand, wieso eine Klinge verjüngend zum Ende hin verlief, dass sie so im Stich glatter durch diese neumodischen Plattenpanzerteile ging und deswegen ein Mann mit solch einer Waffe um einiges gefährlicher gegen derlei gerüstete Gegner war als einer, der versuchte mit einem Schwerthieb durch ein Plattenteil zu kommen. Luran Draak wollte, dass ich begriff, nicht nur gehorchte. Und je mehr er erzählte, desto eifriger lernte ich.

Woher mein Feuereifer plötzlich kam? Dadurch, dass ich nicht alleine war. Sanna beobachtete den Draak und mich oft bei den Übungen, setzte sich zu uns, wenn mein Lehrmeister von alten Schlachten oder der Kriegskunst erzählte, und hörte ebenso gebannt zu wie ich selbst. Sie gab mir das Gefühl, nicht versagen zu dürfen, spornte mich alleine durch ihre Anwesenheit an. Sanna nannte mich oft ihren Saer, und ich wollte dieses Titels mehr als würdig sein.

Ob ich dabei erfolgreich war, weiß ich nicht. Für mich war dieses Leben neu, all die Taktiken und Formationen im berittenen Angriff, die Schlachtverläufe und Heerführer, die ich kennenlernte wie Weinflaschen, die erst noch mit Inhalt gefüllt werden mussten. Fremde Dinge in einer noch fremder erscheinenden Welt. Ich gab mir Mühe, ja, aber selbst beim Schwertkampf, von dem ich bis dahin dachte, ihn zu beherrschen, wurde ich recht schnell eines Besseren belehrt. Luran Draak trat jeden zweiten Abend gegen mich an, voll gerüstet und mit verteufelt schweren Übungswaffen. Als ich ihn fragte, wieso wir mit diesen stumpfen Schwertern aufeinander einhauten, meinte er nur, ich würde so mein leichteres Schwert im Krieg noch mehr zu schätzen wissen. Würde ich bei den Übungen versagen, wäre ich wohl nicht gut genug gewesen.

Genau das schien ich tatsächlich zu sein. An den ersten Abenden konnte ich dem Draak kaum widerstehen. Im Gegensatz zu Ulweif, mit dem ich in der Höhle der Klea auf Leben und Tod gekämpft hatte, war der Herr von Dynfaert ein disziplinierter und überlegener Krieger. Er benutzte seinen Schild ebenso als Waffe wie das Schwert in seiner Rechten, lauerte auf Lücken in meiner Deckung und machte sich mehrmals zu Nutzen, dass ich Probleme damit hatte, mein längeres und schwereres Schwert mit nur einer Hand zu führen. Als ich eines Abends nach einer erneuten Niederlage im Waffengang meinen Schild wutentbrannt in die Büsche warf, fuhr mich der Draak an.

»Du kannst auf dem Feld nicht ohne deinen Schild überleben! Ist deine linke Körperhälfte versteinert, gleiten an dir die Schwertstreiche ab? Nein! Dann lerne gefälligst, dich daran zu gewöhnen. Ohne Schild bist du tot, schneller als du glauben magst, Ayrik Areon! Du siehst ihn immer noch als Behinderung an, nutzt ihn nicht wie das Schwert als verlängerten Teil deiner Arme. Und nichts anderes sind Schwert und Schild! Ebenso wie an neue Stiefel muss sich dein Körper erst noch an diese beiden Dinge gewöhnen. Bist du dazu nicht bereit, dann reihe dich bei den Freimännern der Haustruppe ein, kämpfe mit Axt und Schild, wie es dich dein Bruder gelehrt hat. Ansonsten bewegst du deinen Hintern in den Busch, hebst den Schild wieder auf, und stellst dich wie ein Mann und nicht wie ein bockiges Maultier an.«

Unter den Blicken Sannas suchte ich kleinlaut im Gebüsch nach meinem Schild und riss mir zu allem Überfluss die Hand an einer Dornenranke auf.

Was Sanna und mich betraf, so hielt sich die Prinzessin merklich zurück. Hier in diesem Zug waren wir nie alleine oder ungestört, die Abende gehörten Luran Draak und seinen Unterweisungen. Es wäre wohl aufgefallen, wenn ich anschließend nicht entkräftet in meiner Schlafstatt gelegen hätte. Ganz davon abgesehen, gab mir Sanna auch keinen weiteren Grund für irgendwelche Hoffnungen, diese Nacht in der Kapelle von Fortenskyte zu wiederholen. Ja, sie suchte mehr oder minder meine Nähe, hielt sich während der Abende mit Luran oft bei uns auf, und wenn das Wetter es zuließ, ritt sie neben mir statt im Wagen zu sitzen. Wir sprachen viel miteinander, ich erzählte ihr von Aideen, an die ich während unserer Reise schmerzlich oft denken musste, und meiner Familie. Sie im Gegenzug sprach selten, fragte hier und da nach, gab aber nichts von sich selbst preis. Dabei hätte es mich durchaus interessiert, wie uns ihr Vater, der König des Südens, Paldairn, empfangen würde. Ich hielt es für unangemessen genauer nachzufragen. Ebenso wenig verlor ich auch nur ein einziges Wort über das, was vor unserer Abreise in der Kapelle geschehen war. Sie blieb meine Prinzessin und Herrin, auch wenn wir auf dem Altar miteinander geschlafen hatten. Alles erschien mit den vergehenden Tagen wie ein verblassender Traum, ein Sprung kurz aus der wirklichen Welt hinaus. Ich versuchte mir einzureden, dass dies eine Ausnahme gewesen war, ich an meinen mir gebührenden Platz denken sollte. Aber wie sollte ich mich nicht an diese Nacht erinnern, wenn ich doch immer wieder während der Reise in ihrer Nähe war und alles, ihr Geruch, der Geschmack ihrer Lippen, das Gefühl in ihr zu sein, sofort allgegenwärtig war? Ich wünschte, sie würde mir erklären, wie sie unsere gemeinsame Nacht verdrängte, um wieder gewohnt die Prinzessin zu sein, die über dem Saer stand, der sie, wenn er sich unbeobachtet fühlte, ansah und nur daran denken konnte, wie einzigartig es war, sie geliebt zu haben.

Aber ich schwieg.

In den ersten drei Wochen unserer Reise war ich zu sehr damit beschäftigt, am Tage die Lektionen durchzugehen, die ich an den Abenden zuvor vom Draak erhalten hatte, um die Schönheit der Natur um mich herum wirklich wahrzunehmen. Erst als sich eine gewisse Routine einstellte, ich aufhörte zu grübeln und mehr verstand, meine eigenen Schlüsse aus dem Gelernten zu ziehen, da half mir die Welt um mich herum, das Wissen erst wirklich anzuwenden. Hatten raue, hügelige Hochlande und später bedrückend dunkle Wälder die Landschaft in den ersten drei, vier Wochenläufe, dominiert, reisten wir bald durch weitläufige Grasebenen, in denen kaum eine Erhebung höher war als fünf Schritt. Der Schneefall ließ hier deutlich nach, und bald umrandeten uns Wiesen, deren Gräser nicht in den frühen Morgenstunden steif gefroren waren wie noch weiter im Norden. Das Klima wurde milder, das merkte man mit jeder Meile. Nicht wirklich sommerlich oder warm, aber die Tage und Nächte glichen mehr den Herbstzeiten in Dynfaert. Dann und wann regnete es, eines Nachmittags gerieten wir sogar in ein Gewitter, das erste, das ich jemals im Winter erlebt hatte, aber den Großteil unserer Reise verbrachten wir bei einem so ungewohnt freundlichen Wetter, dass es mich Nordländer verwirrte.

Urtümliche Wälder kamen hier, vielleicht einhundert Meilen südlich von Neweven, wo wir sehr zum Ärger Stavis Wallecs, der mir seine Heimatstadt zeigen wollte, nicht hielten, nur noch selten vor. Stattdessen schien der Mensch im Laufe der Jahre im Grenzgebiet zum Dreistromland bereits große Rodungen vorgenommen zu haben, sodass nur noch kleinere Wäldchen oder einzelne Baumgruppen abseits des Pfades auftauchten. Die meisten der Bäume, die ich sah, kannte ich, aber eine Art, die wir immer wieder auf den Feldern neben der Straße entdeckten, hatte ich bis zu diesem Zeitpunkt noch nie in meinem Leben gesehen. Es war ein Holz mit relativ dünnem Stamm, von dem sich noch dünnere Äste vergabelten, an denen schmale, graugrüne Blätter hingen. Es wunderte mich noch, wieso dieser Baum kein Laub warf wie fast jeder im Herbst, da erklärte mir Stavis, dass es sich um Olivenbäume handelte, die immergrün ihre Blätter nur dann abwarfen, wenn sie alt und grau wurden. Angeblich, so Stavis, könne man die ungewohnt dunklen Früchte an den Ästen, die mich entfernt an Kirschen erinnerten, verspeisen, nur müsste man sie vorher in Wasser einlegen und mit allerhand Gewürzen behandeln, ehe sie genießbar seien. Auf Anraten meines Freundes versuchte ich nicht, mir das Gegenteil am eigenen Leib zu beweisen, und ließ diese wilden Früchte unberührt an den Bäumen hängen.

Die Oliven stellten auch so etwas wie die Wächter des Südens dar. Denn kaum begegneten uns die Bäume in größerer Zahl, wurde das Land ungewöhnlicher, unentdeckter für mich. Sicher, alles, was mir südlich von Fortenskyte begegnete, war mir fremd, aber dennoch Landschaft, wie ich sie kannte. Wälder, Wiesen, hier und da eine Hofgemeinschaft ähnlich der in Dynfaert. Das Raue der Grenzgebiete Nordllaers, das ich meine Heimat nannte, weichte mit jeder Meile auf, aber noch immer fühlte ich mich in gewohntem Umfeld. Doch jenseits von Neweven begann das Dreistromland, Land der Sonne und Heimat meines Lehrmeisters Luran Draak. Kaum trafen wir auf einen der drei Namen gebenden Flüsse, den Rhyn, da wandelte sich die Gegend mit jeder Meile. Die Graslandschaften wichen zusehends vor unseren Augen, und das Land wurde unebener. Die Ynaarstraße führte uns durch Täler und Schluchten, vorbei an lichten Wäldern voller Kiefern und anderer, mir nicht bekannter Bäume, die sich an den Hängen und Klippen empor zogen. Selbst im Winter beherrschten saftige Grüntöne und lebendige Farben das Dreistromland. Die Welt um uns herum wirkte nicht wie im Norden eingeschlafen, düster und vereist, sondern voller Energie und natürlicher Lebenskraft. Zog man über diese Straßen, aufgrund des milden Wetters barhäuptig, ohne Schal und Handschuhe, da konnte man glatt glauben, im Süden gäbe es keinen Hunger im Winter, niemanden, der in den Wäldern erfror, oder trübselige Menschen, die in den langen Nächten näher zusammenrückten. Es fühlte sich beinahe leicht an, durch diese Gegend zu reiten, eingerahmt von einer Landschaft, die nichts Schreckliches oder Frostiges hatte. Man wurde regelrecht beflügelt, wenn man einige Meilen an einem munteren Bachlauf entlang ritt, der nicht vereist war wie jene im Norden zu dieser Jahreszeit, wenn man Schäfern begegnete, die ihre Herde über die Ynaarstraße trieben, um sie auf saftigen Wiesen abseits der Wege weiden zu lassen. Das Dreistromland fühlte sich in seiner Sanftheit und Grazie wie der schöne Bruder Nordllaers an. Und ich verliebte mich in diese Gegend, in die kleinen Wäldchen und die hohen weißen Klippen, in die Oliven und sanft aufsteigenden Hügel mit ihren Sträuchern und Pinienbäumen. Dynfaert und der Norden, sie würden meine Heimat auf ewig bleiben, aber niemals habe ich mich lebendiger gefühlt als auf der Straße nach Laer-Caheel.

Luran Draak stammte von hier, und ich fragte mich, ob der Norden ihn so mürrisch gemacht hatte oder düstere Ereignisse in der Vergangenheit, denn wer hier aufwuchs, der musste voll von Lebenslust und Freude sein, der konnte nicht wortkarg oder unterkühlt sein wie der Draak in meinen Tagen.

Wie er nicht müde wurde zu erzählen, hatten die Ynaar vor allem Freude am Süden Anariens gefunden, an Parnabun im Osten und dem Dreistromland im Westen, wo das Klima milder, die Sommer länger und die Frauen, ich erinnerte mich an Stavis' Aussagen, rassiger waren. Hier konnten sie Wein anbauen, das Leben genießen, das sie immer gewollt hatten. Ich konnte es nur zu gut verstehen. Hier im Dreistromland war das Erbe des alten Volkes präsenter. Gab es in Nordllaer die Straßen der Ynaar und vielleicht das ein oder andere Gebäude, das man in neuere Bauten einverleibt hatte, so fand man im Dreistromland angeblich ganze Städte, die noch größtenteils so standen, wie sie die Ynaar verlassen hatten. Ondo, ein kleines Städtchen an den Ufern des Flusses Rhyn, war das beste Beispiel dafür. Zwar hatte auch hier der Zahn der Zeit an den opulenten Häusern aus Sandstein genagt, aber die Bewohner waren nicht müde gewesen, die Wände und Dächer, Säulen und Baldachine stetig auszubessern. Zog man durch den Ort, kam man sich vor, als seien die Tage der Ynaar noch lange nicht vergangen, als seien sie den Schleiern der Vergangenheit entstiegen, um weiter unter uns Erben der Rebellion des Junus zu wandeln.

Das Land verzauberte offensichtlich nicht nur mich. Die Laune der Männer war blendend, selbst wenn die Königshöfe so weit südlich weniger groß ausfielen und deswegen auch unsere Unterkünfte eher kompakt wurden. Mehr als einmal teilte ich mir die Kammer mit drei oder mehr Kriegern, in einem der Höfe schlief ich sogar in einem Zelt außerhalb der Mauern. Aber es machte keinen Unterschied. An manchen dieser lauen Abende spazierten Sanna und ich alleine über die Höfe, unterhielten uns über dies und das und erfreuten uns daran, dem brutalen Winter im Norden entgangen zu sein.

»Wenn ich Königin bin«, verriet sie mir bei einer dieser Gelegenheiten, »werde ich meinen Hof hier in das Dreistromland verlegen. Ich bin die Kälte und die schlecht gelaunten Menschen im Norden leid. Manchmal frage ich mich, wie man das Reich wohl regiere, würde man Jahr und Tag in solch einer Umgebung verbringen. Wenn man als Königin von so viel Schönheit und Wärme umgeben ist, dann strahlt sie doch durch einen durch auf das Volk, die Art es zu regieren und auf die Güte, die ich ihm als Königin zuteilwerden lasse, findest du nicht?«

Ich lächelte und verstand.

Das freundliche Wetter hier unten im Süden verhalf dem Draak dazu, mit mir eine weitere praktische Lektion durchzugehen. Weiter im Norden hätte man wahnsinnig sein müssen, um sein Reittier in eine schnellere Gangart verfallen zu lassen als den Trab. Hier aber war der Untergrund fest, die Straße gut in Schuss und vor allem nicht stellenweise vereist. Daher befahl Luran fünf unserer berittenen Krieger, ihm an den kommenden Abenden zur Verfügung zu stehen. Ich glaube, den Männern passte das nicht sonderlich, waren doch alle froh, nach einem Tag auf der Straße dem Hintern eine kleine Pause vom Sattel gönnen zu gönnen. Doch daraus wurde nichts. Luran Draak hatte endlich eine Gelegenheit gefunden, mir das Reiten in Formation beizubringen, und ihn würden einige schmerzende Arschbacken gewiss nicht davon abhalten.

Es war die reinste Qual! Wir Saers sind als Teil einer Armee nicht so wertvoll, weil unsere Rüstungen schön glänzen oder wir gelernt hatten, mit dem Schwert zu kämpfen, sondern aufgrund unserer Fähigkeit, in geschlossenen Reihen als Panzerreiter den Feind niederzumachen. Schwerter, Titel und Ehrgefühle waren nur das schmückende Beiwerk. Lässt man solch ein Ungetüm auf den Feind los, gibt es nichts, zumindest fast nichts, was es aufhält. Speerformationen sollte man zwar nicht unbedingt versuchen niederzureiten, alles andere und jeder andere, der sich nicht in einem Sattel befindet, wird hingegen schlichtweg überrollt. Und das gelingt eben nur, wenn man die Formation der Reiter eng hält und sich daraus eine Welle aus Pferden, Stahl und Willenskraft formt. Das Schwierige an dieser Angelegenheit ist aber, dass für gewöhnlich weder Pferd noch Reiter sonderlich erpicht darauf sind, in Hindernisse aus Stahl und Hass direkt hineinzureiten. Dem Tier läuft es gegen die Natur, und der Mensch fürchtet, aus dem Sattel geworfen zu werden und sich den Hals zu brechen. Nur durch eine harte, ausdauernde Ausbildung vermag ein Stallmeister ein Tier dementsprechend zu formen. Beim Reiter an sich mag das schneller gehen, das Pferd jedoch wird ab einem bestimmten Alter einen Teufel tun und sich nicht auf derlei waghalsige Abenteuer nach Jahren des behaglichen Lebens einlassen.

Und damit fiel mein Klepper, Brauner, den ich schon in Dynfaert besessen hatte, raus. Das Tier war ein ausgemusterter Ackergaul, kaum geeignet für diese Art des Dienstes. Als Luran Draak dies resigniert feststellte, schüttelte er den Kopf und riet mir, in Fortenskyte, sobald wir zurück seien, beim Marschall Jervain Terety vorstellig zu werden und um ein neues Tier zu bitten.

»Deinen Braunen kannst du gerne weiterhin behalten, aber für mehr als in die Wurst oder als Zelter taugt er nicht. Für den Kriegsdienst ist er zu alt, zu stur und zu träge.«

»Ich glaube nicht, dass der Marschall sehr begeistert sein wird«, wandte ich zweifelnd ein.

»Ihm wird gar nichts anderes übrig bleiben. Ohne Pferd bist du nur zur Zierde neben der Königin gut. Ich will dir nichts vormachen, Ayrik. Die Künste eines Saers sind nichts, was man von heute auf morgen geschenkt bekommt. Es ist ein harter, langer Weg, mit einer noch härteren und noch längeren Ausbildung. Der Wyrc hat dich am Schwert unterrichtet, ja, und du bist kräftig und jung, aber viele Grundlagen fehlen dir. Du bist ein mäßig talentierter Reiter, vom Lanzenkampf verstehst du so gut wie nichts, und das Reiten in Formation beherrschst du überhaupt nicht.«

»Also bin ich tatsächlich nur zur Zierde gut.«

»Du wirst es lernen. Höchstwahrscheinlich in der Schlacht.«

»Und wenn das zu spät ist?«

»Dann hast du Pech gehabt.« Luran zuckte die Schultern. »Einen ruhmreicheren Tod als den im Kampf kannst du nicht finden.«

Die Straßen, die vor vielen Jahren von den Ynaar angelegt wurden, waren nicht nur ungewohnt gut begehbar, widerstandsfähig, gepflastert und eine Wohltat für Füße und Hintern, an bestimmten Stellen fand man sogar Wegsteine, die einem die Entfernung bis zur nächsten größeren Ortschaft verrieten. Je nachdem, wie weit man von seinem Ziel entfernt war, konnte das die Laune erheblich steigern.

Genau solch einen fanden wir am Morgen des zweiundsechzigsten Tages. Mittlerweile gab es kaum einen in unserem Zug, der sich nicht mit dem ein- oder anderen Wehwehchen herumplagte. Diejenigen, die liefen, klagten über blutige Füße, wir zu Pferd hatten wunde Oberschenkel und Hintern, und die Rücken schmerzten von den Ritten. Bei aller Schönheit der Natur, zwei Monate unterwegs hinterließen Spuren. Es wurde Zeit für eine längere Rast als nur für einen Abend. Als wir schließlich diesen einen Wegstein entdeckten, hätte es also kein besseres Vorzeichen für uns geben können.

Es handelte sich um einen massiven Stein, höher als ein ausgewachsener Mann, auf dem allerhand komisches Zeug im alten Ynaar geschrieben stand. So gut wie nichts konnte ich davon entziffern, allerdings reimte ich mir selbst zusammen, dass Laer-Caheel wohl sechzig Meilen entfernt lag. Zwei Tage also noch, wenn wir gut vorankämen.

Stavis, der im Ynaar wesentlich geübter war als ich, bestätigte meine Vermutung. »Wenn wir alle weniger jammern und mehr laufen oder reiten würden, könnten wir Laer-Caheel übermorgen erreichen. Aber wie ich diese Schnecken hier kenne, brauchen wir noch fünf weitere Tage.«

»Die, die kein Pferd haben, sind seit tausend Meilen auf ihre Füße angewiesen«, erklärte ich meinem Freund. »Sieh es ihnen nach, dass sie nun nicht mehr so schnell können wie noch zehn Meilen hinter Fortenskyte.«

Stavis griente mich an. »Du bist und bleibst einer von ihnen, du Bauer.«

Ich brachte die Neuigkeiten bis an das Ende des Zuges, wo die Sklaven marschierten. Cal und Penn hatte ich zwar in den letzten zwei Monaten immer wieder gesehen, aber unsere gegenläufigen Pflichten hielten uns meistens von wirklichen Gesprächen ab. Ich sah aber genug, um zu erkennen, wie ungewohnt glücklich Cal wirkte. Hatte ich sie noch als verschüchtertes und vor allem verdrecktes Mädchen kennen gelernt, war aus ihr endlich eine junge Frau geworden, die mit offenen Augen durch die Welt ging und dabei auch die schönen Dinge des Lebens nicht mehr übersah.

Mittlerweile trug ich weder Kettenpanzer noch Helm, nur meine Stiefel, Hosen und eine schwarze Tunika, die ich mir sommerlich an den Ärmeln hochgekrempelt hatte. Cal und ihr Freund erkannten mich deshalb bereits aus der Distanz. Bei ihnen angekommen, wendete ich Brauner und ließ ihn neben den Sklaven in einen gemächlichen Schritt fallen.

»Einen schönen guten Tag, Herr«, begrüßte mich Penn, der nicht mehr ganz so nervös wirkte, wenn ich in seiner Nähe war.

»In der Tat, dir auch, Penn. Cal.« Ich schenkte meiner einstigen Sklavin ein Lächeln. »Noch sechzig Meilen bis Laer-Caheel. Bei dem bisherigen Marschtempo also gut zwei Tage, bis wir da sind.«

»Es ist so wundervoll hier«, sagte Cal und hakte sich bei ihrem neuen Gefährten ein. »Eigentlich will ich die Stadt gar nicht erreichen, sondern einfach hier bleiben.« Sie machte eine kurze Pause. Wahrscheinlich hatte sie gerade in dem Moment selbst gemerkt, wie anmaßend ihr Wunsch sein musste. »Wie lange werden wir denn in Laer-Caheel bleiben?«

»Ich weiß es ehrlich gesagt nicht«, gab ich zu. »Es hängt davon ab, wie lange die Verhandlungen mit Paldairn dauern.«

Cal sah wohlig seufzend zur Seite, wo sich in der Ferne eine bewaldete Hügelkette den Horizont entlangzog. »Hoffentlich ist der König ein schwieriger Gesprächspartner.«

Laer-Caheel – das Ziel unserer Reise. Ein Ort, wie von Göttern geschaffen.

Man nennt es auch das Tor zum Sonnenland oder die Erste Stadt. Luran Draak sagte, sie sei die erste Stadt gewesen, die die Ynaar auf anarischem Grund gegründet hätten, mehr als achthundert Jahre in der Vergangenheit. Was als kleines Lager für die ersten Siedler begann, hatte sich in den letzten Jahrhunderten zur größten Stadt entwickelt, die wir Menschen jemals gesehen haben. Gelegen an den Ufern des Rhyn, fünfzig Meilen von der Küste des Golfs von Ryahir entfernt, erstreckte sich ein Teppich aus Häusern, Mauern, Türmen und Palästen, dass man glauben mochte, ganz Anarien müsste innerhalb dieser Stadtmauern aus Kalkstein leben.

Ich hatte in meinem Leben noch nie so viele Gebäude auf einen Ort verteilt gesehen. Beinahe überforderte mich der Anblick der unzähligen engen Gassen, die sich zwischen den aus Stein errichteten Häusern mit ihren flachen Dächern schlängelten wie winzige Wasserläufe. Meine Augen schweiften über die massive Stadtmauer, die ganz Laer-Caheel umfasste, versehen mit dutzenden von halbrunden Wachtürmen und Seitentoren, glitt weiter über die Dächer der Stadt, bis sie am Südende bei einem riesenhaften Palastkomplex hielten, der auf einer höher gelegenen Ebene alles überragte, was sonst in Laer-Caheel gebaut stand. Es war ein gigantischer Kuppelbau, von einer weiteren wehrhaften Ringmauer umgeben, der die Meilen bis zu unserer Position im Schein der Sonne golden funkelte, als würde das heilige Feuer Junus' selbst dort brennen.

Von Nordwesten her durchschnitt der Rhyn die Stadt und teilte sie in zwei unterschiedlich große Hälften. Undeutlich konnte ich Brücken erkennen, die den Rhyn überspannten, aber sie waren nicht aus Holz errichtet, wie ich es aus dem Norden kannte, sondern aus demselben hellen Kalkstein wie die Stadtmauer. Jene Uferseite, auf der sich der Palast befand, ähnelte in ihrer Form einem Halbmond und war sicherlich um die Hälfte kleiner als die andere. Dort, nahe dem Palastbau, erspähte ich erst drei, dann vier Kirchtürme, hoch und schmal gebaut, sodass sie wie Speerspitzen in den klaren Himmel stachen. Auf der anderen Rhynseite fand ich ebenso einige Kirchen, aber diese wirkten beinahe kümmerlich im Vergleich. Ohne jede Frage lag dort unten die Todesstadt Junus' vor mir, der heiligste Ort dieser Religion. Hier war der fleischgewordene Gott verbrannt worden. Nicht der übelste Platz, um das Zeitliche zu segnen, wie mir staunend durch den Kopf ging.

Der Zug war mittlerweile an einer erhöhten Stelle auf der Ynaarstraße zum Stehen gekommen. Die Wenigsten hier hatten jemals die Erste Stadt mit eigenen Augen gesehen, vielleicht die eine oder andere Legende und Geschichte gehört, in den Messen der Priester oder an den Feuern ihrer Herren, aber erst wenn sich solch ein Anblick vor einem ausbreitet, dann lernt man Demut, ob man nun gläubiger Junuit ist oder wie ich eben nicht. Einige aus dem Zug warfen sich an Ort und Stelle zu Boden, wenige weinten gar vor schierer Freude, dieses heiligen Anblicks gewahr zu werden. Die meisten beteten und hätten wahrscheinlich auch das prächtige weiße Pferd meiner Prinzessin, der Erbin ihres Gottes, berührt, die sich nun im Sattel von hinten der Front des Zuges näherte, aber vier Mann aus der Haustruppe flankierten und schirmten sie so vor allzu gläubigen Grapschhänden ab. Auf dem Gesicht Sannas lag ein Lächeln, wie es nur jemand zustande bekommt, der nach Hause zurückkehrt.

Sie lenkte ihren Schimmel direkt neben meine Position. »Habt Ihr je so etwas zu Gesicht bekommen, Saer Ayrik?«

Ich sah nur kurz zu ihr, konnte meine Augen nicht lange von diesem steinernen Wunder zu meinen Füßen nehmen. »Nein, Herrin. Niemals.«

»Und das werdet Ihr auch nie wieder. Laer-Caheel ist einzigartig wie Junus selbst.«

Ich war kein großer Freund ihrer Religion, aber in diesem Punkt konnte ich ihr nicht widersprechen.

Für den Einzug in die Stadt hatten wir zu Beginn unserer Reise den Befehl vom Marschall erhalten, in voller Montur in Laer-Caheel einzuziehen. Ab hier begann der offizielle Teil unserer Reise, und wir sollten den bestmöglichen Eindruck beim Volk hinterlassen, wenn die Prinzessin kam, um mit Paldairn Verhandlungen zu führen. Also legten Stavis, ich und jeder unserer Krieger Rüstungen und Waffen an. Kaum war das geschehen, setzten sich vier unserer Freimänner zu Pferd an die Spitze des Zuges , die Standarte des Königshauses an einem Speer emporgereckt mit sich führend. Dann kam Sanna hoch zu Ross, ich zu ihrer Rechten, Stavis links, der Draak hinter uns, gefolgt von den restlichen Panzerreitern, einer Abteilung Hauskrieger zu Fuß, den beiden Wagen und am Schluss der Pulk unserer restlichen Soldaten, sauber formiert und mit präsentierten Spießen. Die Sklaven hingen befanden sich in unserem Packwagen, weil sie, wie ich mir dachte, weniger zu diesem pompösen Auftritt passten.

Hier auf dem letzten Stück der Ynaarstraße, die in Laer-Caheel endete, fand sich allerhand Volk. Händler mit ihren Wagen, fahrende Handwerker, Abenteurer oder Bauern aus den umliegenden Gehöften, die auf einem der zahlreichen Märkte ihre Waren feilbieten wollten, säumten die gepflasterte Straße und wichen ehrfurchtsvoll zur Seite, als wir uns dem Stadttor näherten. Manche jubelten Sanna zu, andere beugten ihr Knie.

Ich sah zu meiner Prinzessin hinüber. Wie wunderschön sie in ihrer blauen Robe aus feinster Seide war, wie unnahbar und gleichzeitig begehrenswert sie wirkte! An diesem Morgen hatten ihre Zofen sie besonders herausgeschmückt. Ihre hellen Haare waren zu mehreren kurzen Zöpfen geflochten, die an ihrem Kopf anlagen, die Augen schwarz geschminkt, damit das blaue Feuer in ihnen noch deutlicher brannte. Sanna trug keinen Schmuck, sah man vom Silberband ihrer Krone und dem schlanken Schwert ab, das sie an einem mit Gold beschlagenen Gürtel um die Hüfte trug. Vornehm hielt sie ihren schlanken Körper gerade, die linke Hand ausgestreckt, um das Volk zu grüßen. Ich fragte mich, was in diesen Leuten vorging, die zum ersten Mal in ihren Leben die Prinzessin und Thronfolgerin von Anarien sahen. Ob sie von demselben Zauber ergriffen waren, der mich gepackt hatte damals auf der Festung des Draak, oder sah ich sie anders als der Rest der Welt, weil ich sie ...?

Ich erschrak vor meinen eigenen Gedanken. Was auch immer in Fortenskyte geschehen war, wie freundlich Sanna zu mir war und wie wohl ich mich in ihrer Nähe fühlte, es änderte nichts daran, dass sie meine Herrin und ich ihr Saer war. Ein adliger Schwertkämpfer, gewiss, aber nichtsdestotrotz ein Diener. Es würde keine Zukunft für sie und mich geben, egal, wie lange ich auch an ihrer Seite stünde.

Unwillkürlich straffte ich mich, als wir uns dem gewaltigen Stadttor näherten, das offen stand und auf dessen Mauern die Banner des Reiches im Wind flatterten, wo Krieger in schimmernden Rüstungen Aufstellung genommen hatten, um der Prinzessin ihre Ehre zu erweisen. Menschen zu Seiten der Straße jubelten, der Klang von Sannas Namen erfüllte die Straßen von Laer-Caheel. Die Prinzessin von Rhynhaven zog in die Erste Stadt, und ich war ihr Schwertmann. Ich hatte eine Aufgabe, in der es keinen Platz für eine andere Liebe gab als die eines Saers zu seiner Herrin.

Sannas Kommen sorgte für Auflauf in den Straßen Laer-Caheels. Die waren ohnehin schon eng genug, eingerahmt von Häusern und Hallen, die deutlich das Erbe der Ynaar waren, sodass unsere Krieger mehrmals mit ihren Speerschäften für Platz sorgen mussten, damit wir überhaupt durchkamen. Die Gebäude hier wirkten fest und sicher aus Kalkstein errichtet, manche von ihnen zweistöckig mit ausladenden Fenstern und flachen Dächern. Hier und da hing die Wäsche der Menschen an Seilen über die Straße gespannt, damit sie in der Sonne trocknen konnte, andernorts tummelten sich die Frauen an einem großen, öffentlichen Brunnen abseits der Straße und wuschen dort die Kleidung der Familien.

Man konnte genau erkennen, dass jene Stadtviertel in der Nähe des Tores eher den einfachen Menschen gehörten, aber selbst diese wohnten in Häusern aus Stein, die nicht beim ersten Sturm in sich zusammenbrechen würden. Alles war beengt, dicht bebaut und voller Leute. Diese säumten weiterhin zu beiden Seiten der gepflasterten Straße unseren Weg, und ich kam nicht umhin, sie irgendwie zufriedener einzuschätzen als meine Landsleute in Nordllaer. Vielleicht lag all das Lächeln, Lachen und Jubeln lediglich daran, dass ihre Prinzessin Laer-Caheel besuchte und dass ich es fröhlicher und unbeschwerter einschätzte, weil ich mich in das Dreistromland verliebt hatte, gewisse Dinge nicht mehr nüchtern betrachten konnte.

All das änderte jedoch nichts daran, dass es in der Stadt stank. Ich war mit dem üblichen Geruch von Dung, Vieh und Männerschweiß aufgewachsen, und das konnte ohne jede Frage streng müffeln. Hier in Laer-Caheel jedoch, wo sich mehr Menschen tummelten, als ich zu zählen vermochte, vermischte sich der Gestank von unzähligen Körpern, Pisse, Dreck, dem Fluss, Fisch und anderen, überaus unangenehmen Gerüchen zu einem Sud, der förmlich in der Nase brannte und mich daran erinnerte, dass mich die Stadt vielleicht beeindruckte, aber ich nichtsdestotrotz ein Mann des Landes blieb.

Wir zogen weiter durch die Stadt, passierten das Marktviertel, das sich bald rechter Hand in Form eines weitläufigen Platzes öffnete. Dort gab es zahllose Stände, Geschäftchen, Zelte und Krämer und noch sehr viel mehr Menschen.

»Die Augen offen halten, auf die Dächer und Gassen achten«, hörte ich von einem unserer Krieger, und mir wurde auf einmal bewusst, dass meine Aufgabe hier alles andere als spaßig war. Betrachtete man es aus der Sicht einer Leibwache, dann waren wir von hunderten, vielleicht tausenden Menschen umzingelt, in deren Köpfe ich nicht schauen konnte. In dem Gewühl wäre es für einen geübten Schützen ein Leichtes, die Prinzessin aus dem Hinterhalt niederzuschießen, ohne dass er sofort auffiele. Schlagartig konzentrierte ich mich und begann, die Leute an meiner rechten Seite genauer zu betrachten. Wie konnte ich nur so fahrlässig sein? Der Draak hatte wohl recht –, derzeit taugte ich wirklich nur zur Zierde neben Sanna.

Glücklicherweise gelangten wir bis zu einer der Brücken über den Rhyn, ohne in Ärger zu geraten. Wir überquerten den Fluss, aber ich hatte kaum Muße, die Meisterleistung der Brücke zu bestaunen. Wie beinahe jedes Gebäude in Laer-Caheel war auch dieses Bauwerk aus Kalkstein errichtet und spannte sich mehr als einhundertfünfzig Schritt über den Rhyn. Noch nie hatte ich ein so sicheres Gefühl, über eine Brücke zu reiten wie in Laer-Caheel. Die Brücken, die ich sonst so kannte, vermittelten einem eher die ungute Ahnung, jeden Moment auf einen morschen Holzbalken zu treten, der den Anfang zu einem tödlichen Sturz in die Tiefe darstellte. Hier aber gab es nichts Morsches, nichts von der Natur in Mitleidenschaft Gezogenes. Die Brücke stand. Und wie sie stand. Anscheinend für die Ewigkeit.

Kaum waren wir auf der anderen Uferseite, bemerkten wir deutlich den Standesunterschied. In diesem Teil der Stadt, wo auch der Palast zu finden war, residierten die reichen Bewohner von Laer-Caheel, da gab es keine Enge und sehr viel weniger Gestank. Vor vielen der teilweise pompösen Häuser, die eher kleineren Ausgaben einer Königshalle ähnelten, fanden sich Säulengänge, Baldachine oder kleine Brunnen, in denen Wasserfontänen sprudelten. Ich fragte mich, was man getan haben musste, um sich in dieser Gegend der Stadt niederlassen zu können.

Bald ließen wir das Wohnviertel hinter uns und gelangten zur Wehrmauer des Palastkomplexes. Lange bevor wir durch das verstärkte Doppeltor ritten, ragte der Prachtbau des Königs des Südens über uns auf und wirkte wie ein von Götterhänden geformtes Gebilde aus Stein, Gold und Marmor. Bei allen Wundern, die ich im Dreistromland, ja überhaupt auf dieser Welt gesehen habe, überstrahlte doch der Palast in Laer-Caheel alles. Wie hoch dieser massive Kuppelbau sein mochte, konnte ich nur schätzen. Einhundert Schritt, einhundertfünfzig gar? Höher jedenfalls als jedes Bauwerk, das je von Menschen erschaffen wurde. Die Front des Palastes wies Säulen auf, meterdick, hoch wie Riesen, die das Dach eines Vorbaus trugen, auf dem sich die gesamte Bevölkerung Dynfaerts dreimal hätte versammeln können. Eine mindestens einhundert Schritt breite und zwanzig Meter hohe Treppe führte von einem gigantischen Platz zu Füßen des Palastes hinauf zu diesem Wunderwerk der Baukunst.

Als wir auf diesen Vorplatz ritten, der so groß und weitläufig halbrund war, dass man schon fast Pausen einlegen musste, um von einem an das andere Ende zu gelangen, wusste ich nicht mehr, wie mir geschah. Solche Gebäude konnten keine Menschen errichten, darauf schwor ich. Wie hatte man die Kuppel errichtet, wie kam man überhaupt so hoch hinaus, und wieso hielten die Steine dort oben, ohne in sich zusammenzubrechen? Woher stammten die Säulen, die aus einem Stück gefertigt zu sein schienen, wer hatte den Steinen eine solche Pracht entrungen?

Das durfte keine Menschenhand gefertigt haben. Es war schier unmöglich! Ich war mit den Lehren des Alten aufgewachsen, dass wir Menschen lediglich ein Teil der Welt waren, niemals ihre Herrscher, dass alles, was wir erschufen, doch nur ein jämmerlicher Versuch war im Gegensatz zu dem, was die Götter mit der Welt erbaut hatten. Aber hier zu Füßen des Königspalastes von Laer-Caheel zweifelte ich zum ersten Mal ganz bewusst an meinem Glauben, an der Ordnung, wie sie uns die Vergessenen Götter überlassen hatten. Dies war die Herrschaft der Menschen, in Marmor und Stein gehauen, für alle Welt zu sehen.

Was wohl der Wyrc zu all dem gesagt hätte? In Laer-Caheel wirkten seine Lehren von Baum und Strauch und Waldgeistern und Alben, die er mir über Jahre hinweg eingetrichtert hatte, wie ein lächerlicher Versuch, ein Kind davon zu überzeugen, die Finger vom Biervorrat der Eltern zu lassen.

Wir ritten über den Platz, vorbei an einer dreimal mannshohen Statue Junus', der die Rechte mahnend erhoben und in der Linken eine Flamme hielt, näher an den Palast heran. Zu Füßen der Treppe hatte sich eine Ehrenwache von mehr als fünfzig Mann formiert. Krieger in altertümlich wirkenden, vergoldeten Schuppenpanzerhemden in der Tradition der Ynaar und konischen Helmen, bewaffnet mit drei Ellen hohen, dreieckigen Schilden und kurzen Stoßspeeren standen dort in Reih und Glied und ließen unsere Truppe, die sich in einer Kolonne dem Palast näherte, wie abgerissene Strauchdiebe wirken. Die Sonne stand tief, bestrahlte Helme und Panzer der Männer, die funkelten, als seien sie die fleischgewordenen Krieger dieses einen Gottes, den unsere Vorfahren verbrannt hatten, bevor sie ihn anzubeten begannen. In angemessenem Abstand hielt unser Zug an, und der Hauptmann der goldenen Krieger trat vor, legte Schild und Speer ab und beugte das Knie vor der Prinzessin von Rhynhaven.

Stavis Wallec gab mir ein knappes Zeichen, sodass ich es ihm gleichtat, als er aus dem Sattel stieg und sich neben Sanna positionierte, die noch immer hoch zu Ross saß. Zwei Männer unserer Haustruppe traten an uns heran, nahmen uns Speer und Schild ab. Dann half Stavis, der länger in der Wache diente als ich, Sanna würdevoll aus dem Sattel, ehe wir beide, versetzt hinter ihr, zu beiden Seiten Aufstellung nahmen. Wir Saers behielten unsere Helme auf, und ein ungewohnt scharfer Wind, der über den Platz fegte, zerrte an unseren Mänteln.

Oben am Ende der Treppe tat sich etwas. Durch eine mit purem Gold beschlagene Doppeltür trat ein hochgewachsener Herr in Begleitung von mehreren Kriegern. Feierlich schritt der Mann, bei dem es sich nur um König Paldairn handeln konnte, die Treppen hinab, passierte die angetretenen Soldaten und näherte sich Sanna, die noch immer kerzengerade da stand. Er hielt in vielleicht zwei Schritt Entfernung an und beugte gemeinsam mit seinen Begleitern, die im Gegensatz zur angetretenen Palastwache keine Schuppenpanzer, sondern Kettenhemden trugen, vor der Thronerbin von Anarien das Knie.

Ich konnte von meiner Position aus nicht das Gesicht Sannas sehen, aber als sie zu sprechen begann, lag ein Lächeln in ihrer Stimme. »Erhebe Dich, Vater. Es ist zu lange her, als dass Du vor mir kniest.«

Der König des Südens war ein gut aussehender, kräftig, beinahe bullig gebauter Mann am Ende seiner Vierziger, der vom Wuchs her den schon nicht gerade kurz geratenen Luran Draak um einige Finger überragte. Dunkelblondes Haar, nach Sitte der Ynaar kurz gehalten, umrahmte ein kantiges, energisches Gesicht mit einem breiten Kinn, blassen Lippen und einer geraden, scharf nach unten verlaufenden Nase . Wie viele Männer aus dem Süden pflegte auch König Paldairn sein Gesicht glatt rasiert, sodass ich genau sehen konnte, wie wenig Falten sich für sein offensichtliches Alter ins Gesicht gebrannt hatten. Paldairn wirkte wie ein König, denn sein Blick, der mich nun streifte, war von einer solch unnachgiebigen Härte, wie ich sie bei keinem anderen Mann jemals wieder gesehen habe. Ja, der Draak konnte ebenso andere mit seinem Blick in die Knie zwingen, doch Paldairn –, er war von einem noch ganz anderen Schlag. Eine direkte Ähnlichkeit konnte ich auf den ersten Blick zu Sanna nicht bemerken, aber die Augen! Verdammte Hölle, dieses Blau war nicht von dieser Welt! Er stand dort wie ein Kriegerkönig, und ich verstand nur zu gut, wieso Männer sich per Eid an ihn banden.

Paldairn strich sich seine kostbare Tunika aus gülden eingefärbter Seide glatt und lächelte in offensichtlicher Wiedersehensfreude. Er gab seiner Tochter einen flüchtigen Kuss auf die Stirn und hielt sie dann sanft ein wenig auf Distanz, um sie zu betrachten.

»Es ist wahrlich zu lange her, Tochter.« Eine angenehme, tiefe Stimme. »Aber die Jahre haben es gut mit Euch gemeint. Ihr seid zu einer wahren Schönheit herangewachsen, ganz so wie Eure Mutter in Eurem Alter. Lasst mich Euch hier in Laer-Caheel willkommen heißen, Tochter, das auch immer Euer Zuhause sein wird.«

»Ihr schmeichelt mir, Vater.« Sanna hakte sich kurzerhand bei ihm ein. »Kommt, ich habe die Schönheit von Junus' Palast zu lange missen müssen.«

Schon wollten Stavis und ich, immerhin die persönliche Leibwache der Prinzessin, den beiden folgen, da drehte sich Sanna um. »Seid unbesorgt, teure Saers. In der Gesellschaft meines Vaters wird mir kein Leid geschehen. Ruht euch aus, und lasst euch von der Ersten Stadt verzaubern.«

Paldairn nickte uns beiden Saers zu, denen das ganz und gar nicht schmeckte. »Die Prinzessin von Rhynhaven ist hier in meinem Palast ebenso zuhause wie an der Seite ihrer Mutter, unser aller Hochkönigin.« Er winkte seinen Hauptmann der Palastwache zu sich, der bis eben noch stoisch vor den angetretenen Kriegern gekniet hatte. »Saer Taliven, kümmert Euch darum, dass die Männer der Bruderschaft angemessene Quartiere im Palast zugewiesen bekommen. Unsere pflichtergebenen Saers sollen Kammern nahe der ihrer Prinzessin bekommen.«

Dieser Saer Taliven verneigte sich, zeigte aber ein sehr kleines, amüsiertes Grinsen, dann entfernten sich Sanna und ihr Vater. Stavis und ich blieben sprachlos zurück. Mein Waffenbruder riss sich den Helm von Kopf und knüllte die Lederkappe mürrisch in der Hand zusammen. Ich schaute ratlos zu ihm, nahm ebenfalls Helm und Kappe ab und sah in seinem Gesicht, was ich erwartet hatte: Er war alles andere als begeistert. Saer Taliven trat an uns heran und nahm seinen eigenen Helm ab, der an den Wangenstücken mit Goldblatt verziert war. Zum Vorschein kam das Gesicht eines dunkelhaarigen Jünglings. Wenn Taliven die zwanzig schon überschritten hätte, wäre es einem Wunder gleichgekommen.

»Ich heiße Euch willkommen in Laer-Caheel«, begrüßte uns der Schwertmann freundlich. »Ich bin Saer Taliven kaer Nimar, Hauptmann der Sonnenwache und erster Schwertmann unseres Herrn Paldairn. Seid unbesorgt –, die Prinzessin wird nicht nur von ihrem königlichen Vater bewacht, sondern auch von meinen besten Männern, die den Palast in all seinen Winkeln bemannen. Sie ist in unserer Stadt so sicher, wie man nur sein kann.«

Stavis besänftigte das nicht, wie ich an seiner Stimme hörte. »Zu freundlich«, versetzte er mit einem Lächeln, das nicht falscher hätte ausfallen können. »Ich bin Saer Stavis Wallec von Neweven, und das ist Saer Ayrik Areon von Dynfaert, Männer der Bruderschaft der Alier, Leibwachen der Prinzessin von Rhynhaven.« War Stavis schon vorher nicht sonderlich galant gewesen, so wurde er bei seinen nächsten Worten nahezu unverschämt. »Und wenn Ihr uns wirklich beruhigen wollt, dann schafft Knechte heran, die sich um unsere Pferde kümmern, bevor sie anfangen, Euren netten Platz hier vollzuscheißen.«

Stavis' Spott wirkte wie eine Ohrfeige. Saer Talivens Mundwinkel zuckten, er presste die Lippen zusammen, gab aber keine Erwiderung. Stattdessen machte er auf dem Absatz kehrt und marschierte zu seinen Männern, denen er wahrscheinlich Befehle gab, den vorlauten Bastarden aus dem Norden die Arbeit abzunehmen.

Kaum war Taliven außer Hörweite, drehte sich Stavis um und rotzte herzhaft auf den teuren Marmor vor sich. »Und so ein Hosenscheißer hat das Kommando über die Palastwache. Pah! Wahrscheinlich konnte Paldairn von ihm am preiswertesten die Treue erkaufen, ansonsten gibt es keinen brauchbaren Grund dafür. Saer Taliven kaer Nimar.« Mein Freund lachte kurz und hämisch auf. »Du hättest deinen Wolf hier erschlagen sollen, Ayrik. Mit deinem uralten Schwert und bei den Aufstiegsgelegenheiten für unerfahrene Nichtsnutze hätten sie dich wahrscheinlich sofort zum Hofkämmerer gemacht.«

Ich grinste und folgte Stavis zurück zu den Pferden, wo wir unser leichtes Gepäck vom Sattel zu lösen begannen. »Ich bin zwar noch frisch in dieser Welt«, begann ich vorsichtig an Stavis gerichtet, »aber ist der Sinn einer Leibwache nicht der, in der Nähe genau des Leibes zu sein, den es zu beschützen gilt?«

Wir bekamen unsere Schilde von den Männern zurück, hängten sie uns über die Rücken, direkt neben das Gepäck, das wir uns über eine Schulter geworfen hatten. Stavis hatte sein Zeug schneller gesammelt und starrte auf den gigantischen Palast.

»In Laer-Caheel laufen die Dinge traditionell etwas anders, Ayrik. Vor allem seit Paldairn hier den Verwalter spielt.«

»Verwalter?«

Luran Draak, der sich bisher im Hintergrund gehalten hatte, da er nicht Teil der Bruderschaft, sondern nur unser Führer auf der Straße gewesen war, trat jetzt zu uns. »Was dir Stavis damit sagen will: König Paldairn trägt diesen Titel wie alle seine Vorgänger nur aus Gründen der Tradition. Genau genommen ist er der Königsgemahl und Verwalter von Parnabun und des Dreistromlandes, aber kein König im wirklichen Sinne.«

Stavis nickte zustimmend. »Oder hast du jemals einen König vor einer Prinzessin knien sehen?«

»In den letzten Jahren habe ich so gut wie niemanden vor irgendwem knien sehen«, konnte ich mir nicht verkneifen. »Aber wenn Paldairn nicht mehr als ein

Verwalter ist, was bedeutet das dann für unsere Aufgabe? Und wieso verhandeln wir überhaupt mit einem Diener? Reicht der Befehl der Hochkönigin nicht?«

Lurans braune Augen ruhten auf mir. »Hast du während der Beratschlagungen in Fortenskyte geschlafen? Paldairn kocht hier im Süden seit einigen Monaten seine eigene Suppe. Niemand weiß so genau, was er plant, aber unser Besuch hat nicht nur den Grund, ihn daran zu erinnern, dass er Befehlen seiner Lehensherrin folgen muss, sondern auch, damit wir herausfinden, was hier vor sich geht.«

Ich wurde skeptischer. »Paldairn ist unser Verbündeter, oder?«

»Das wird sich zeigen.« Der Draak zuckte die Schultern. »Wir werden es jedenfalls früh genug herausfinden.«

»Mir gefällt es nicht, zu spionieren.«

Luran verzog keine Miene. »Ebenso wenig mir, aber wir sind die Männer der Königin und tun, was immer nötig ist, um den Frieden und die Einigkeit im Reich zu erhalten.«

»Naja, wenn unser Freund Paldairn sein eigenes Süppchen kocht, kann er das gleich mit einrühren«, meldete sich Stavis schief grinsend zu Wort und deutete mit einer Kopfbewegung unter sein Pferd. Das hatte nämlich gerade einen frischen Haufen auf den weißen Marmor gesetzt.

Jetzt gab es für Saer Taliven wenigstens etwas zu tun, für das er gewiss nicht zu jung war.

ACHTZEHN

Stavis Wallec, Luran Draak, Bjaen der Sänger und ich nahmen in einer der zahllosen Hallen im Königspalast von Laer-Caheel ein Mahl zu uns, das opulenter und abwechslungsreicher ausfiel, als es uns auf der Straße in den letzten zwei Monaten vergönnt war. Auf lang gezogenen Goldtabletts waren Meerestiere und Krabben angerichtet, ein Haufen an schmalen, salzigen Fischen, die ich vorher noch nie gesehen hatte. Dazu gab es helles Brot, scharf gewürzte Pasteten und endlich einige der Oliven, deren Bäume uns auf dem Weg hierher in den letzten Tagen begleitet hatten. Ich wunderte mich, wie gut sie, in gewürztes Öl eingelegt und mit einem kleinen Stück Brot verspeist schmeckten. Außerdem kredenzte man uns genügend Wein für zehn Männer. Diener brachten ihn in Karaffen, die höher als eine Elle und aus durchscheinendem Glas gefertigt waren. An der aus einem Stück Marmor gehauenen Tafel, auf die man all diese Speisen stellte, gab es Stühle, keine Bänke wie bei uns im Norden, aber bis auf Bjaen saß niemand. Der Sänger hatte bereits ordentlich Wein aus kristallklaren Gläsern vertilgt und somit seine Abstinenz der letzten Wochen in kurzer Zeit ausgeglichen. Ich an seiner Stelle und in dem Zustand hätte mich auch gesetzt.

Man hatte unser Abendmahl in einer der oberen Halle angerichtet, die mit kostbarem Marmor ausgelegt war und zur Westseite hinaus offen stand. Dort führte ein mit Säulen und kunstvollen Statuen versehener Anbau fünf Schritt ins Freie, von wo man einen herrlichen Ausblick über das Häusermeer von Laer-Caheel hatte. Der Tag neigte sich bereits dem Ende zu, und im Westen breitete sich ein feuerrotes Meer am Horizont aus, das sich zusehends auch auf die Dächer der Stadt legte. Der Rhyn glitzerte in tausend Rottönen, schlängelte sich durch die Erste Stadt, und eigentlich hätte alles perfekt sein können an diesem Abend.

Wäre da nicht unsere Untätigkeit gewesen.

Stavis lehnte gegen eine der Säulen zu Beginn des Anbaus und musterte misstrauisch die beiden in Gold gewandeten Soldaten am Eingang der Halle. Sie taten uns nichts, wachten einfach nur bewegungslos an der Doppeltür, aber ihre schiere Anwesenheit wirkte feindselig. Stavis und ich waren Saers der Bruderschaft der Alier, Luran Draak ein verdienter Mann der Königin. Keiner von uns bedurfte der Anwesenheit irgendwelcher Wächter in Schuppenpanzern und Helmen, die uns beobachteten, als seien wir gemeine Bittsteller, von denen man noch nicht genau sagen konnte, ob sie in feindlicher oder wohlwollender Absicht in Laer-Caheel waren. Das und die Tatsache, dass Sanna immer noch nicht zurückgekehrt war, drückte gewaltig unsere Laune. Stavis blieb gereizt, Luran schweigsam, ich besorgt und Bjaen betrunken. Ohne jeden Zweifel eine ungesunde Mischung für den ersten Tag. Zwar hatten wir uns an den Speisen bedient, den Wein jedoch ließen wir, bis auf unseren Sänger, unberührt.

»Das ist nicht der rechte Moment, um zu trinken«, hatte Luran gemahnt, und wir Saers stimmten ihm von Herzen zu.

Wir hatten in der Zwischenzeit Quartiere im selben Flügel des Palastes bezogen, in dem auch diese Halle hier lag, hatten unsere Ausrüstung verstaut, uns kurz gewaschen und frische Tuniken und Mäntel übergezogen, Panzerhemden, Plattenteile und Wehrgehänge jedoch wieder angelegt und warteten seitdem unter den sturen Blicken der Wachen bei ausgewählten Speisen und unberührtem Wein auf die Rückkehr unserer Prinzessin. Dass die Krieger des Königs des Südens vor allem unsere Waffen misstrauisch betrachteten, war nicht nur mir aufgefallen. Anscheinend gefiel es ihnen nicht, dass Gäste bewaffnet und gerüstet im Palast herumlungerten, denn kaum hatten wir die Halle betreten, konnte ich aus dem Augenwinkel sehen, wie eine der Wachen die andere knapp anstieß und deutlich in unsere Richtung nickte.

»Wir sind die verschworenen Schwerter der Hochkönigin«, hatte Stavis irgendwann laut genug angemerkt, dass es auch die Wachen an der Tür hören konnten. »Und solange Prinzessin Sanna auch nur einhundert Meilen um uns herum ist, legen wir unsere Klingen nicht ab!«

Diener in weiten Tuniken und säuberlich gestutzten Haaren kamen und gingen, räumten die Speisen ab und ließen Feigen bringen, die mit Honig bestrichen so süß schmeckten, dass es an den Zähnen wehtat. Auf Anweisung des Draak brachte man uns auch eine hohe Karaffe mit frischem Wasser, mit dem wir schließlich den Wein stark verdünnten. Wir gingen nicht davon aus, dass man uns hier vergiften wollte, denn sonst hätten wir auch das Mahl nicht angerührt. Wir wollten nur nicht einen zu mächtigen Wein trinken, der Zunge, Verstand und Schwertarm zugleich verlangsamen würde. Und so verging der Tag unter Sorgen und Ärger. Ich stand an der hüfthohen Balustrade des Anbaus, schaute hinaus auf Laer-Caheel, das sich zu meinen Füßen ausstreckte, wo unzählige kleine Lichter nun die zunehmende Nacht durchstachen wie Sterne an einem klaren Himmel. Ich lehnte mich ein wenig über die Brüstung, betrachtete die größte der Brücken, die den Rhyn überspannten, und folgte eine Weile mit meinen Augen einem kleinen, leuchtenden Punkt, der den Fluss überquerte.

»Jetzt reicht es mir«, hörte ich hinter mir Stavis fluchen.

Als ich mich umdrehte, sah ich, dass der Draak mittlerweile an der Tafel gegenüber von Bjaen saß, der nun ziemlich versoffen wirkte. Mein Freund, der Saer von Newewen, hingegen marschierte unruhig auf und ab.

Unverhofft ging er auf die beiden Wachen zu und baute sich vor ihnen auf. »In Namen der Hochkönigin von Anarien verlange ich, dass man uns augenblicklich zur Prinzessin führt! Es ist unsere Pflicht in ihrer Nähe zu sein. Wer zwischen uns und unserer Aufgabe steht, zieht den Zorn Eneas selbst auf sich!«

Die Krieger blieben ziemlich unbeeindruckt. »Wir wissen nicht, wo sich die Prinzessin derzeit aufhält«, gab einer von ihnen zurück. »Wir haben lediglich den Befehl des Hauptmanns Taliven, Euch so lange bewirten zu lassen, bis man nach Euch schickt.«

Stavis streckte drohend den Zeigefinger aus. »Wir wurden lange genug mit Wein und Fressen versorgt, Mann, um das alles zweimal ins uns reinzufuttern! Mir geht allmählich die Geduld aus, also sieh zu, dass du jemanden findest, der uns zu unserer Herrin führen kann, sonst suchen wir sie auf eigene Faust.«

Luran Draak stand langsam auf, denn auch er hatte die unterschwellige Drohung in Stavis' Stimme nicht überhört. Der Krieger Paldairns steckte in Schwierigkeiten, denn gewiss hatte er nicht den Befehl, uns in dieser Halle festzusetzen, was bedeutete, dass wir uns frei bewegen konnten. Allerdings wäre sein Hauptmann gewiss nicht begeistert davon, dass drei bewaffnete Saers und ein betrunkener Sänger einfach so durch die Gänge und Hallen des Palastes streiften. Aber ebenso wenig ging ich davon aus, dass sich die Soldaten von der Stelle bewegen durften. Ihr Posten war an der Tür der Halle, in unserer Nähe. Wie ich aus eigener Erfahrung während meiner Zeit bei der Wache von Dynfaert wusste, war es unter Strafe verboten, seinen Wachpunkt zu verlassen. Ich hatte das damals, sehr zum Unmut meines Vaters, viel zu oft getan, aber ich konnte mir auch weitaus mehr herausnehmen als diese beiden hier.

Ich wüsste nicht, was geschehen wäre, wenn der Draak in diesem Moment nicht bei uns gewesen wäre. Denn bevor die Situation feindseliger werden konnte, fing er einen der Diener ab, hielt ihn auf, bevor er mit einer leeren Wasserkaraffe verschwinden konnte.

»Du kennst dich in diesem Palast aus?«, wollte er von dem Jungen wissen, was dieser dienstpflichtig bestätigte. »Dann finde den Hauptmann der Palastwache, und bringe ihn hier her! Sag ihm, dass wir im Namen der Hochkönigin von Anarien sprechen und es unklug sei, ihrem Ruf nicht zu folgen oder ihre Saers unnötig warten zu lassen.«

In dem Moment hob Bjaen träge den Kopf und schielte zu dem Diener. »Und bring mir mehr Wein, Bürschchen«, lallte er. »Ich muss ein Lied zu Ende bringen, was ich mit trockener Zunge nicht kann.«

»Nein, bloß keinen Wein mehr!«, schnauzte Stavis vom anderen Ende der Halle. »Bring uns Saer Taliven, sonst nichts! Am besten bevor unser Meistersänger hier anfängt richtig lästig zu werden.«

Bjaen drehte sich umständlich zu Stavis um und starrte ihn, schielte ihn an. Der Diener verneigte sich mittlerweile vor Luran und machte sich auf, den Hauptmann der Palastwache zu suchen, bevor es in der Halle zu noch schlechterer Laune kommen konnte. Ich verließ den Balkon wieder und ging zu Stavis, führte ihn zurück an die Tafel, wo ich ihn auf einen der Stühle schob.

»Es hilft nichts, wenn du dich mit den Wachen anlegst«, sagte ich und goss meinem Freund einen Schluck Wein ein. »Warten wir ab, was der Hauptmann zu sagen hat.«

Stavis warf die Arme in die Luft. »Grundgütiger Gott! Er wird uns vertrösten, was sonst?«

»Abwarten. Vielleicht belehrt er uns auch eines Besseren.«

Bjaen hob den Kopf. »Es gibt kein Lied über Taliven kaer …«, er suchte angestrengt nach dem vollständigen Namen des Hauptmanns, scheiterte aber, was er schließlich mit einem letzten Schluck Wein besiegelte.

»Sänger …«, Stavis wendete sich ihm gefährlich langsam zu. Erst schien es als wollte mein Freund den Barden der Königin angehen, aber statt etwas zu sagen, winkte er einfach nur ab und leerte seinen Becher. »Was auch immer, warten wir eben.«

Unsere Geduld wurde noch weiter strapaziert. Während sich draußen die Dunkelheit über die Stadt am Rhyn legte, kamen Diener und entzündeten Kohlepfannen gegen die eindringende Kälte. Tagsüber mochte es im Dreistromland um einiges wärmer sein als im Norden, aber die Nächte waren dafür mindestens ebenso kalt wie in meiner Heimat. Bald erfüllte den Raum ein wohlig warmer Schein, der allerdings auch nicht viel an unserer schlechten Laune änderte. Bevor jedoch einer von uns Saers vollends die Geduld verlieren konnte, trat endlich jemand durch die Tür und ließ uns hoffen, was bereits im Keim erstickt wurde.

Ein Fremder, mehr nicht. Dieser hier trug noch nicht einmal eine Rüstung, sondern eine feine weiße Tunika, über die er sich einen schwarzen Umhang geworfen hatte. An seiner rechten Hüfte hing an einem kostbaren Gürtel mit Goldbeschlag ein Schwert mit schwarzem Heft, was mir einerseits sagte, dass es sich hier um einen Schwertherren handelte, und zum anderen um einen Linkshänder. Das hatte ich bisher noch nicht gesehen, ließ man junge Schwertschüler doch so lange mit der rechten Hand am Schwert üben, bis sich diese absonderliche Gewohnheit gelegt hatte, Waffen intuitiv mit links zu greifen. Dieser Linkshänder hier trat durch die Tür und zeigte ein ehrlich gemeintes Lächeln, das man schlicht und ergreifend als schön bezeichnen konnte. Seine glatt rasierten Züge waren ebenmäßig, wenn auch recht scharf geschnitten, die brennend blauen Augen erinnerten mich an die von Königin und Prinzessin. Bei allen Göttern, sah ich mir diesen Kerl an, der wohl in meinem Alter sein musste, betrachtete ich den muskulösen Körper, die definierten Arme und das schulterlange braune Haar, konnte ich fast neidisch werden.

Ich bemerkte, dass Luran und Stavis neben mir aufstanden. Daraufhin breitete sich das Lächeln des Fremden noch mehr aus, in das auch der Schwertmann aus Neweven einfiel.

»Eilan!«, rief Stavis erleichtert und ging auf den Neuankömmling zu. »Endlich sehe ich in diesem verdammten Palast jemanden, den ich gut leiden kann!«

»Du kannst jemanden leiden, abgesehen von dir selbst? Das ist mir völlig neu.«

Eilan und Stavis fielen sich lauthals lachend in die Arme. Ohne jede Frage –, beide mussten Freunde sein. Stavis legte Eilan einen Arm um den Hals, zog ihn regelrecht an unsere Tafel. Dieser ließ sich das breit grinsend gefallen und erkannte schließlich auch meinen Schwertmeister, der immer noch stand.

»Saer Luran«, begrüßte er den Herrn von Dynfaert. »Habt Ihr Euch endlich das Schwarz der Bruderschaft anlegen lassen?«

»Mitnichten! Des Draaks Mantel bleibt grau«, erwiderte Luran milde lächelnd. »Meine Anwesenheit erklärt sich lediglich dadurch, dass unsere beiden Brüder ein wenig Orientierung auf der Straße gebrauchen konnten.«

Eilan ließ sich gut gelaunt bei uns nieder. Noch hatte er sich mir nicht vorgestellt, doch ich sah, dass er mich aus seinen blauen Augen immer wieder aufmerksam betrachtete. Bjaen war mittlerweile im Suff eingeschlafen, daher lenkte sich die Aufmerksamkeit vollends auf mich.

»Und Ihr müsst Saer Ayrik Areon von Dynfaert sein«, sagte Eilan immer noch lächelnd, und ich kam nicht umhin, ihn sonderbar sympathisch zu finden. »Mich erreichten bereits die Neuigkeiten von einem neuen Schwert in der Bruderschaft. Ihr seid zugegeben jünger, als ich mich Euch vorgestellt habe, lasst mich Euch aber trotz alledem in Laer-Caheel willkommen heißen!«

»Es ehrt mich, dass Ihr bereits von mir gehört habt, so jung ich auch sein mag«, gab ich so gelassen zurück, wie es gerade eben ging. Irgendwie fand jeder etwas an mir zu mäkeln.

Eilans Lächeln breitete sich aber noch mehr aus, sodass ich eine Reihe strahlend weißer Zähne sehen konnte. »Es ist gut, dass Ihr jünger seid, Saer Ayrik. Die Alier sollten keine alten Recken, sondern frische, aufstrebende Krieger wie Ihr sein, die ihren Namen und den ihrer Schwerter noch in das Buch der Geschichte schreiben wollen. Aber wie man mir zutrug, habt Ihr damit bereits in Eurer Heimat eindrucksvoll begonnen.«

»Du hättest die Bestie sehen sollen, Eilan«, rief Stavis dazwischen. »Das Vieh war groß wie ein Rind und hätte mich ohne großes Federlesen verspeist! Glaub mir, ich war dabei, wäre um ein Haar verreckt! Ayrik hat es mehr tot als lebendig mit seinem Schwert durchbohrt. Wir brauchten vier Tage, um unseren Helden hier wieder auf die Beine zu bringen.«

Es folgte ein anerkennendes Nicken von Eilan. »Das klingt in der Tat nach der Art Schlacht, die einen Freimann zum Schwertherrn machen muss.«

Jetzt wurde ich misstrauisch. Wenn mich Menschen darauf ansprachen, dass ich von niederer Geburt war, taten sie das meistens eher nicht, um mich dafür in irgendeiner Weise zu loben. Eilan schien meinen Blick richtig zu deuten, denn sein Mundwinkel hob sich zu einem Lächeln, während er eine Hand beschwichtigend anhob. »Schaut nicht so drein, Saer Ayrik. Im Gegensatz zu vielen anderen Adligen in diesem Reich habe ich nicht vergessen, dass sich auch meine Vorfahren einst von Sklaven zu Herren erhoben haben. Wieso sollte ich also einen kühnen Mann dafür abstrafen, dass er dasselbe tat wie einst meine Ahnen? Es scheint das Schicksal in diesem Land zu sein, dass wir danach streben, mehr zu sein, als uns unsere Geburten mit auf den Weg gaben. Und wisst Ihr, Ayrik, Vielen wird dieser Tage zu oft die Saerwürde geschenkt, obwohl sie dafür nicht viel anderes taten, als sich ein paar Jahre schinden zu lassen. Entscheidend ist leider viel zu oft die Geburt, nicht die Eignung. Ihr jedoch habt Euch das Recht, ein Schwert zu führen, erkämpft. Wer das nicht anerkennt, ist ein verblendeter Narr.«

Mir fiel nicht mehr ein, als in Richtung Eilan zu nicken. »Eure Worte ehren mich, Saer«, sagte ich. »Auch wenn ich noch nicht mehr von Euch weiß als den Namen.«

»In der Tat«, stimmte er mir zu. »Verzeiht! Erlaubt mir, mich vorzustellen: Ich bin Eilan von Cor, Sohn des Devonn, des Herrn von Parnabun.«

Der Sohn eines einflussreichen Adligen also. Wieder neigte ich leicht das Haupt. Einen Hochadligen hätte ich mir irgendwie arroganter, unsympathischer vorgestellt. Stavis Wallec schenkte uns am Tisch vom Wein ein, und wir stießen gemeinsam an.

»Eilan von Cor«, griente Stavis. »Dass du eines Tages der König des Südens wirst, vergisst du anscheinend von Zeit zu Zeit, hm?«

Ich hielt im Trinken inne. Zwar dauerte es einen Moment, bis ich begriff, was Stavis da eben gesagt hatte, aber es zauberte mir einen furchtbar stechenden Schmerz in die Magengegend. Ich musste mich dazu zwingen, den Rest des Weines zu trinken, den Becher wieder auf den Tisch zu stellen und so zu schauen, als sei alles in bester Ordnung. Dennoch änderte es nichts daran, dass ich das ungute Gefühl hatte, sehr

bald einen Abort aufsuchen zu müssen.
Eilan war Sannas künftiger Gemahl.

SCHWERTHERR

Eilan lachte. »Ich bin lediglich der Anverlobte unserer Prinzessin. Das ist kein Titel, den ich aufzählen kann oder der mir mehr bringt als die Ehre, eine solch bezaubernde und mächtige Frau bald als mein Eheweib betrachten zu dürfen.«

»Die Zahl der Freier war beachtlich«, sagte Luran Draak und warf mir dabei einen bedenklichen Blick zu. »Ihr dürft Euch also glücklich schätzen, dass Euch unsere Thronfolgerin erwählt hat.«

»Oh, gewiss. Das bin ich auch«, stimmte er zu. »Aber ich möchte mich nicht damit schmücken, nur der zukünftige Ehemann der Prinzessin von Rhynhaven zu sein. Ich entstamme selbst einem hohen Haus großer Krieger und Herren von Parnabun und habe einen eigenen Namen. Dass ich dereinst König des Südens werde, ist lediglich ein Titel.«

»Löblich«, bemerkte Luran. »Viele andere Männer in Eurer Position würden nicht so sprechen.«

»Ich danke Euch, Saer Luran.« Eilan sah wieder zu mir. »Und deswegen beurteile ich Menschen auch nicht nach ihrem Ehrentitel, sondern nach Taten.«

Ich hatte seine Verlobte, hatte sie auf dem Altar in der Kapelle von Fortenskyte genommen, meine Finger und meinen Schwanz in seiner versprochenen Frau! Mir wurde schwindelig. Das jedenfalls waren sehr eindeutige Taten. »Ihr ehrt mich, mein Herr«, brachte ich heraus.

In diesem Moment rettete mich das Eintreffen des Hauptmanns der Palastwache. Saer Taliven kam in Begleitung zweier Saers in Kettenpanzern und wirkte nicht besonders gut gelaunt. Wir Männer am Tisch wendeten unsere Aufmerksamkeit dem jungen Hauptmann zu, was mich davor bewahrte, noch mehr freundliche Worte des Mannes anzuhören, den ich höchstselbst entehrt hatte.

»Saer Luran«, begann Taliven barsch. »Ihr habt mich rufen lassen?«

Mein Schwertmeister schob seinen Wein ein Stück von sich weg. »So ist es. Hauptmann, bei allem gebührenden Respekt, aber wir sind nicht all die Meilen von Fortenskyte gekommen, um uns an Speisen gütlich zu tun. Wir danken Euch für so viel Gastfreundschaft, dennoch muss ich darauf bestehen, dass man uns wieder zur Prinzessin von Rhynhaven führt, für deren Schutz und Sicherheit die Saers Stavis Wallec und Ayrik Areon bei Eid verantwortlich sind.«

Talivens Züge verzerrten sich vor Wut. »Fünfzehn Mann meiner Wache stehen für ihren Schutz bereit, begleiten sie auf Schritt und Tritt, stehen für sie mit ihrem Leben ein. Der König des Südens, ihr Vater selbst, ist bei ihr.« Der Hauptmann lehnte sich mit zwei Händen auf den Tisch und funkelte den Draak herausfordernd an. »Welche Gefahr droht Prinzessin Sanna also Eurer Meinung nach in diesen Hallen?«

Ich sah genau, dass Stavis zu einer empörten Erwiderung ansetzen wollte, aber er hielt sich gerade noch so zurück, während der Draak besonnener antwortete, als es meinem Freund möglich gewesen wäre.

»Gewiss droht der Prinzessin keine Gefahr von Euren treuen Männern, Saer. Nichtsdestotrotz ist der Palast von Laer-Caheel groß und die Stadt voll von undurchsichtigen Gesellen. Euer Herr hat vor drei Jahren einen Feldzug gegen die Heiden aus den Brennenden Landen geführt und viele Stammesfürsten erschlagen. Seitdem brodelt es unter den Südlingen in Laer-Caheel. Wurde der Herr Paldairn nicht selbst um ein Haar Opfer eines Mordanschlages im letzten Sommer? Ein Mordanschlag, den einer der letzten verbliebenen Fürsten der Brennenden Lande in Auftrag gegeben hat.« Lurans Stimme nahm nun einen beschwörenden Unterton an. »Unsere Ankunft ist indes nicht unbemerkt geblieben. Wir sind einmal durch die gesamte Unterstadt gezogen, wurden von tausenden Augen beobachtet und, Saer Taliven, ich sah nicht nur freundliche Blicke! Die Erbin des Throns von Anarien wäre ein lohnendes Ziel für gedungene Schurken, geschickte Giftmischer und lautlose Messerschwinger, die es südlich von Laer-Caheel in großer Zahl gibt, wenn ich mich recht erinnere.«

Taliven wischte Lurans Bedenken mit einer Geste davon. »Die Verschwörer wurden ausnahmslos aufgespürt und auf dem Platz des Herrn vor der versammelten Bevölkerung von Laer-Caheel hingerichtet. Das sollte Abschreckung genug für jedwede Rebellen sein.«

»Das weiß ich«, nickte Luran. »Die Hinrichtung dauerte den ganzen Morgen an. Man hat ihnen bei lebendigem Leib die Eingeweide herausgeschnitten und sie gevierteilt.«

»Allerdings!« Saer Taliven, unser jugendlicher Hauptmann, schien regelrecht begeistert zu sein.

Stavis Wallec nicht. »Und je brutaler ihr die Aufrührer hinrichtet, desto größer wird der Hass all jener Verschwörer, die Ihr nicht in die Finger bekommt«, erklärte er fast gelangweilt.

»Wollt Ihr etwa ...«, begann Taliven zu protestieren, aber Luran unterbrach ihn.

»Hauptmann, wir verlangen lediglich, zu unserer Prinzessin gebracht zu werden! Wir sind für ihren Schutz verantwortlich, nicht Ihr. So wenig es Euch auch passen möge.«

Taliven richtete sich wieder auf. Man konnte deutlich sehen, wie er sich eine erboste Erwiderung verkniff. Die Lippen fest zusammengepresst, musterte er jeden Einzelnen von uns.

Eilan, der Verlobte der Prinzessin, richtete das Wort an den Hauptmann. »Mein guter Taliven, niemand hier bestreitet den Wert Eurer Männer, noch Euren eigenen Mut. Unsere Freunde aus dem Norden jedoch haben einen Eid zu erfüllen, der ihre Leben an meine Verlobte bindet. Stellt Euch vor, man würde Euch in Fortenskyte oder Rhynhaven daran hindern, den Euren zu erfüllen.« Der künftige Königinnengemahl lächelte Taliven offen an. »Ihr seht, jedes Schwert hat zwei Schneiden.«

Dem Herrn von Parnabun wagte Taliven nicht zu widersprechen, das war eindeutig. Stattdessen verneigte er sich tief, wenn auch widerwillig. »Mein Herr, der König des Dreistromlandes und von Parnabun, hat ohnehin nach den Saers aus dem Norden schicken lassen.«

Dieser verdammte Bastard! Er hatte uns also aus reiner Boshaftigkeit hier zappeln lassen, während schon längst klar war, dass er uns zu Sanna führen sollte. Stavis atmete tief ein und aus. Wahrscheinlich hätte er diesen miesen Scheißer am liebsten über die Brüstung des Anbaus geworfen. Zum Glück tat er es nicht, sondern erhob sich gemeinsam mit uns. Bevor wir aber dem Hauptmann folgten, wendete er sich noch einmal mit beißendem Spott an ihn.

»Da Ihr ja ein dienstschuldiger Mann seid, Taliven, wird es Euch gewiss nichts ausmachen, jemanden zu finden, der den Hofsänger unserer Königin in seine Gemächer bringt, damit er nicht die Anwesenheit Eures Herrn auf seine ganz eigene Weise bereichert.«

Ich schaute zu Bjaen, der mittlerweile mit dem Oberkörper auf den Tisch gesunken und eingeschlafen war. Sabber lief ihm über den Bart auf den Marmortisch. Vielleicht hätte ich doch mit ihm saufen sollen, dann wären mir wenigstens das peinliche Gespräch mit Eilan und die daraus resultierenden Schuldgefühle erspart geblieben.

König Paldairn und Prinzessin Sanna empfingen uns an dem ungewöhnlichsten Ort des ganzen Palastes. Die Halle, in die man uns führte, maß vom Eingang bis zur anderen Wand über zwanzig Schritt. Mehrere verzierte Säulen trugen eine hohe Decke, die gewiss zehn Schritt hoch war. Künstler hatten dort mit vielen kleinen Steinen ein Bildnis geschaffen, das Junus und seine Jünger bei einer Predigt an einem See zeigte. Hätte ich während der Messen besser aufgepasst, wäre mir wahrscheinlich auch klar gewesen, welches Ereignis dieses Mosaik zeigte, so blieb mir nur, die schiere Kunst zu bewundern, ohne den Hintergrund zu kennen. Das Ungewöhnliche an dieser Halle hingegen war nicht einmal das Bildnis an der Decke, sondern das halbrunde, weitläufige Wasserbecken, das die Mitte des Raumes dominierte. Dampf stieg vom Becken auf, als sei es ein Waldtümpel in den frühen Morgenstunden eines vernebelten Wintertages. Warm war es hier, und Feuchtigkeit hing in der Luft.

Sanna und ihr Vater lagerten, umringt von zwei Dienern, gemütlich auf Marmorbänken, die mit Kissen, Samt und Seide ausstaffiert waren. Sie tranken Wein, aßen Oliven und andere kleine Früchte, während sie miteinander scherzten. Beide trugen luftige Gewänder aus Seide, die bei dieser Wärme hier sicherlich sehr viel angenehmer zu tragen waren als meine Tunika, der Mantel, das Kettenhemd und meine Plattenpanzerteile.

Unwillkürlich brach mir der Schweiß aus.

Am Eingang zu dieser Badehalle wachten zwei Krieger in vergoldeten Schuppenpanzern, fünf weitere standen unbewegt wie Statuen verteilt im Raum. Unter ihren altertümlichen Rüstungen trugen sie nur knielange Tuniken und leichte, offene Stiefel, was bei diesen Temperaturen eine ziemlich nützliche Gewandung darstellte. Von Saer Taliven angeführt, passierten Stavis, Luran, Eilan und ich die ersten Krieger. Unsere Stiefelschritte hallten vom Marmor wider.

Als uns Sanna bemerkte, winkte sie uns übermütig zu. Sie lag halb auf dieser Bank, stützte sich mit einer Hand im Nacken ab, während sie mit der anderen einen Weinbecher hielt, den sie nun in unsere Richtung schwenkte. »Mein Anverlobter und die Saers!«, jubelte sie mit weinschwerer Zunge. »Kommt näher, kommt näher!«

Ihr Vater wirkte weit weniger betrunken. »Ich hoffe, das Mahl fiel zu Eurer Zufriedenheit aus, werte Saers.« Er lächelte uns entschuldigend an. »Verzeiht, dass ich meine Tochter zu lange Eurer Obhut entzog, aber wie Ihr vielleicht wisst, war es mir in den letzten fünf Jahren nicht vergönnt, Zeit mit meiner liebreizenden Sanna zu verbringen. Seht es einem Vater nach, der zu lange missen musste, was ihm das Teuerste auf dieser Welt ist.«

Luran und ich flankierten Stavis, der nun für uns sprechen sollte. Glücklicherweise zeigte er ein bisher unbekanntes diplomatisches Geschick. »Man hat uns mit viel Gastfreundschaft aufgenommen, Herr. Seid Euch unseres Dankes für die köstlichen Speisen sicher. Nun sind wir begierig darauf, unseren Dienst gestärkt wieder aufzunehmen.«

»Gewiss, gewiss«, sagte Paldairn und wies mit einer ausladenden Handbewegung auf die in der Halle verteilten Palastwachen. »Auch wenn Ihr seht, dass wir zu jedem Moment von den besten Kriegern des Südens beschützt werden.«

»Zwei weitere Schwerter sind nie zu viel, Herr.« Und damit wies mir mein Freund mit einer kleinen Geste, mich neben Sannas Bank aufzustellen.

Kaum hatten er und ich unsere Position bezogen, wendete sich der König meinem Schwertmeister zu. Zwar war meine Aufmerksamkeit kurz auf Sanna gelenkt, die vor mir liegend den Kopf in den Nacken legte, die Augen schloss und selig lächelte, trotzdem bemerkte ich die offensichtliche Freude ihres Vaters beim Anblick des Herrn von Dynfaert. Währenddessen setzte sich Eilan auf einige Kissen, die nahe bei Sannas Bank lagen. Er schenkte seiner Prinzessin ein Lächeln, das mir einen Stich verpasste, von dem ich beinahe zusammenzuckte.

»Saer Luran Draak vom See«, sagte Paldairn feierlich. »Der treueste Mann des ganzen Reiches, ohne je das Schwarz der Alier getragen zu haben. Ich bemerkte Eure Anwesenheit bei der Ankunft meiner Tochter nicht, sonst hätte ich Euch mit allen Euch zustehenden Ehren begrüßt. Setzt Euch zu uns, Saer, auch wenn ich Euch raten würde, Euch des Kettenhemdes zu entledigen. Wie Ihr vielleicht bemerkt habt, zieht meine Tochter die Wärme der heißen Quellen von Laer-Caheel vor.«

Respektvoll ließ sich der Draak auf einer der freien Bänke nieder. »Wie Ihr wisst, Herr, ist der Süden meine Heimat. Ein wenig Wärme schadet mir nicht.«

»Da habt Ihr Recht, mein Freund. Ich vergaß, dass Ihr die letzten Jahre im deutlich frostigeren Nordllaer verbracht habt. Sagt mir, wie stehen die Dinge in Eurem Lehen?«

»Noch stehen sie gut. Die Ernte vor dem Winter war einträglich, die Aussaat viel versprechend. Lediglich die Entwicklungen in der Nordmark und Agnar beunruhigen mich.«

»Davon habe ich ebenfalls gehört«, ließ uns Paldairn wissen. »Feuerberge, die den Himmel verfinstern, uns schwarzen Schnee bringen und Barbaren nach Süden treiben, sind in der Tat keine guten Nachrichten.«

Der Draak legte die Stirn in Falten. »Ihr wurdet bereits davon unterrichtet, Herr?«

»Ich war so frei«, meinte Sanna und ließ sich von einem Diener Wein nachschenken.

Stavis warf Luran einen winzigen, einen wirklich flüchtigen Blick zu, den ich aber sah und vor allem verstand. Jetzt machte es Sinn, dass man uns über Stunden mit Speisen und Wein vertröstet, von Sanna ferngehalten hatte. Paldairn musste gewusst haben, dass Sanna ihm offen und ehrlich von unseren Absichten erzählen würde, wären wir Saers nicht in der Nähe, um uns dann und wann einzuschalten. Sie war seine geliebte Tochter, sie vertraute ihm. Während wir also Oliven und Feigen fraßen, bis uns die Zähne schmerzten, hatte er die Prinzessin in aller Ruhe befragen, sich ein Bild von der Situation machen können, ohne von uns kritische Fragen zu befürchten. Zum Beispiel warum er keine Truppen in den Norden geschickt hatte, wie der Befehl meiner Königin schon vor der Krise in Agnar lautete, oder wieso er eigene Münzen prägte, warum Männer per Eid an ihn gebunden wurden. Nun wusste Paldairn Bescheid, aber viel schlimmer, wir verfluchten Narren hatten ihm Stunden Zeit geschenkt, sich eine passende Strategie auf die Fragen auszudenken, die ihm vor allem der Draak stellen würde. Denn eines stand fest: Paldairn wusste nun, wieso wir hier waren. Dass wir nicht nur aus Freundlichkeit zu Besuch kamen, sondern weil wir handfeste Beweise für seine Treue suchten. Jetzt blieb nur die Frage, ob er uns diese geben würde und wie ernst gemeint diese ausfielen.

Luran Draak wusste all das. »Dann versteht Ihr sicher auch, Herr«, begann er bedacht, »dass unsere Nordgrenzen nun einer bisher noch unbestimmten Gefahr ausgesetzt stehen. Alleine mit den Männern, die dort unter Waffen stehen, ist es uns unmöglich, marodierende Nordleute zurückzuschlagen.« Der Draak machte eine kurze Pause und sah zu Eilan, den zumindest ich als Verbündeten ansah. »Hat Euch Eure Tochter auch erzählt, dass der Königshof von Cirenskyte geschleift wurde?«

»Ja«, nickte Paldairn. »Ein schwerer Schlag ohne jeden Zweifel. Ich bete zu unserem Herrn, dass Saer Kerrick die verantwortlichen Wilden stellt und ihrer gerechten Strafe zuführen lässt. Ein Angriff auf die Krone darf niemals ungesühnt bleiben, sonst versinkt das Land im Chaos!«

»Dennoch geht es nicht um Rache, Herr«, wandte Luran ein. »Sicherlich darf ein offener Kriegsakt nicht ohne Reaktion bleiben. Wichtiger für uns sollte nun aber die Absicherung der Grenze sein. Niemand weiß, wie viele Nordleute in den Süden zu fliehen gedenken, aber es ist gewiss, dass nicht alle friedlich nach Schutz in der Mark suchen werden.«

»Ich verstehe die Sorge meiner Gattin.« Paldairn setzte sich nun auf. »Aber auch unsere Grenzen im Süden sind alles andere als stabil. Immer wieder dringen kleine Plünderhorden ins Dreistromland, rauben, morden und zerstören Gehöfte und Klöster. Möchte ich die Barbaren alle aufhalten, bedürfte es zehnmal so vieler Krieger, wie ich sie nun schon in den Festungen südlich von Laer-Caheel stationiert habe.«

Ich hatte nicht die geringste Ahnung, ob uns Paldairn offen anlog, ob die wilden Bewohner jenseits des Dreistromlandes, von denen man sagte, ihre Haut habe die Farbe von Ebenholz, tatsächlich das südliche Grenzgebiet des Reiches mit Terror geplagt hatten. Bis zu diesem Tag wusste ich nicht einmal, dass es hier überhaupt Krieg gab, denn all das war von Dynfaert ein halbes Leben entfernt. Auffällig erschien mir allerdings der blanke Zufall. Ausgerechnet jetzt, da die Nordmark von den Wilden bedroht wurde, überfielen die anderen Heiden im Süden das Reich?

Da konnte ich dreimal ein unerfahrener Bengel sein, an solche Zufälle glaube ich nicht.

Mein Schwertmeister schien die Skepsis zu teilen. »Ist dies der Grund, warum bisher noch keine Truppen aus dem Dreistromland im Norden angekommen sind, wie es unsere Hochkönigin befohlen hat, Herr?«

»Das Dreistromland ist ein großes Gebiet«, sagte Paldairn, »aber die Zahl meiner Untertanen ist gering. Ich verfüge über kaum genügend Krieger, um meine eigenen Grenzen zu verteidigen, und es bedarf einiger Zeit, die Heerbanner umzuorganisieren, damit ich Männer nach Norden schicken kann.«

Seine Untertanen. Das hatte jeder hier gehört! Selbst Eilan zog die Brauen zusammen und schaute irritiert, auch wenn er versuchte, es hinter einem Schluck Wein zu verstecken. Stavis neben mir sagte kein Wort, aber sein Kiefer mahlte unentwegt, als müsste er den Ärger, der ihn mit Sicherheit gepackt hatte, erst kaufen, um ihn dann hinunterzuschlucken. Der Draak war vielleicht zu Beginn unserer Reise nur als Führer auf der Straße angedacht gewesen, mittlerweile jedoch hatte er die Führung auch bei den Verhandlungen mit Paldairn übernommen. Und diese hatten gerade erst begonnen. Sanna war angetrunken in die Falle ihres Vaters gelaufen, der sie, vielleicht noch nicht einmal in böser Absicht, ausgefragt hatte. Stavis hielt sich zurück, da er ernsthaft verärgert schien und nicht durch ein unbedachtes Wort einen Streit heraufbeschwören wollte. Und ich selbst tat, was ich zu diesem Zeitpunkt am besten konnte: Zur Zierde neben der Prinzessin stehen.

»Eure Gemahlin, die Hochkönigin des Zwillingskönigreiches, versteht Eure Schwierigkeiten, die geplagten Menschen des Südens vor der Geißel der Südlinge zu schützen«, erklärte Luran. »Aber sie hofft, dass Ihr Euren Verpflichtungen nun, da die Gefahr aus dem Norden noch gewachsen ist, nachkommt und Männer mit Eurer Tochter schickt, die unsere Festungen in Bronwyth und Jaoktal verstärken können.«

Von meiner Position aus konnte ich genau die Reaktion des Königinnengemahls sehen. Sein Gesicht war hart und ausdruckslos, dann jedoch nickte er, schaute den Draak an, als habe er ihn bei etwas Verbotenem ertappt. Seine Züge entspannten sich.

»Ihr habt Recht, guter Saer Luran«, gab er zu. »Ich gebe meinen Fehler zu. Der Wunsch unser aller Königin alleine sollte mir Befehl sein. Es gibt keine Entschuldigung dafür, dass ich ihrem Ruf nicht umgehend nachgekommen bin. Wie ich schon zu meiner Tochter sagte, werde ich Euch Männer zur Verfügung stellen, die besten, die ich entbehren kann.« Paldairn erhob sich von seiner Bank, und als er sich straffte, aufrecht und stolz dastand, wirkte er herrschaftlich, wie ein Mann nur sein kann. »Zweihundert Mann meiner Goldenen Wache werde ich nach Norden schicken, dazu achthundert Speermänner aus den freien Ebenen des Dreistromlandes. Außerdem sollen all jene Schwertmänner, die derzeit bei Hofe lagern und die ohne Lehen sind, den Weg nach Norden antreten. Das werden sicherlich einhundert weitere Schwerter sein, geschickte und ambitionierte Saers, die jeden Wilden um drei Mann übervorteilen. Zudem sollen sich in den nächsten zehn Tagen weitere fünfhundert Panzerreiter vor Laer-Caheel versammeln, die ich aus den zentral gelegenen Festungen abziehen werde.« Paldairn machte eine Pause und ließ die Zahl der knapp eintausendfünfhundert Krieger auf uns Gesandte wirken. »Demütig«, fuhr er fort, »hoffe ich, dass diese Männer meine hohe Gemahlin besänftigen und für Sicherheit und Stabilität in der Nordmark sorgen können.«

Sanna lächelte. Sie sah zu mir, lächelte, sah zu Luran und Stavis, lächelte, sah zu ihrem Verlobten, lächelte und schließlich zu ihrem Vater. Lächelnd. Zufrieden. Glücklich.

Die Anspannung wich zusehends aus Luran und Stavis. Wenn uns diese Männer zurück in den Norden begleiten würden, kämen wir mit alles anderem als leeren Händen zurück nach Fortenskyte. Tausendfünfhundert Bewaffnete wären hoffentlich genug, um die Nordmänner in Schach zu halten, bis unsere Königin einen Weg gefunden hätte, mit den beunruhigenden Entwicklungen in der Nordmark umzugehen.

»Herr«, begann Luran schließlich. »Selbst fünftausend wären nicht genug, um uns vor allen Unglücken aus Agnar abzuschirmen, aber Eure Eintausendfünfhundert sind ein Zeichen, das unsere Herrin besänftigen wird.«

Also hatte Prinzessin Sanna ihren Auftrag erledigt, ohne dass wir auch nur einen ganzen Tag mit langwierigen Verhandlungen verbringen mussten. Vielleicht war es sogar von Vorteil gewesen, dass sie in unserer Abwesenheit mit ihrem Vater sprechen konnte. So hatte es keinen Druck, keine unterschwelligen Drohungen gegeben, sondern nur ein vertrautes Gespräch zwischen Vater und Tochter, das uns am Ende davor bewahren würde, von hungrigen, ausgezehrten Barbaren aus Agnar überrannt zu werden.

Eilan griff nach seinem Weinkelch, den ein Diener gefüllt hatte. »Darauf trinke ich! Auf die Freundschaft im Zwillingskönigreich!«

Bis auf Stavis und mich, die hier nicht zum Trinken standen, hoben alle ihre Weinbecher. Die Truppenverstärkung wurde mit Wein begossen, im Angesicht des Einen Gottes und vielleicht, wenn sie tatsächlich existierten, auch im Beisein der Vergessenen. Der erste Teil unseres Auftrages schien erfolgreich gemeistert. Es blieb nur noch die Frage, wo die Treue Paldairns lag.

»Gleich morgen früh«, hob der seine Stimme nun an, »werde ich Boten aussenden, welche die Männer zur Heerschau rufen. Bis die Krieger alle versammelt sind, vergehen einige Tage, aber seid gewiss, als Freunde in Laer-Caheel willkommen zu sein.«

Jetzt gönnte ich mir auch endlich ein Lächeln. Sanna legte wieder den Kopf in den Nacken, sah zu mir hoch, aber ich wagte es kaum, den Blick zu erwidern, befand sich doch Eilan in der Nähe. Der Mann, der mich daran erinnerte, an welchem Punkt ich in meinem Leben vollends versagt hatte. Und so versuchte ich weiter starr geradeaus zu blicken, konzentrierte mich auf die Dampfschwaden, die vom Becken der heißen Quellen zur Mosaikdecke aufstiegen und Junus' Bildnis einhüllten.

Ich war ein Saer der Königin von Anarien. Nicht weniger, aber auch nicht mehr. Und mein Auftrag in Laer-Caheel neigte sich dem Ende zu, bevor wir richtig angekommen waren. Wenigstens dabei hatte ich nicht versagt.

In den Tagen, die da kamen, lernte ich die Wunder des Südens schätzen. Zusammen mit dem Draak und ausgewählten Männern der Palastwache übte ich weiter den Angriff in geschlossener Reiterformation auf den Feldern vor der Ersten Stadt. Übte, lernte unter den Blicken meiner Prinzessin, die sich dann und wann einfand, oder im bewundernden Jubel einiger Frauen und Kinder, die ihre alltäglichen

Pflichten unterbrachen, um die Männer der Königin beim Waffengang zu beobachten. Für wenige Tage fühlte ich mich endlich in der Welt angekommen, in die mich der Stand eines Schwertadligen gebracht hatte und von der ich doch so wenig verstand. Abends speisten wir zusammen mit Paldairn und ausgewählten Saers, die hoch in seiner Gunst standen, tranken Wein, den die Märkte im Norden in tausend Jahren nicht sehen würden, und aßen Speisen, so kostbar und schmackhaft, dass Bjaen, unser Sänger, darüber Lieder schreiben müsste. Wir waren die Könige eines unausgesprochenen Versprechens, blind und glücklich in dem, was wir taten, was wir lebten und von dem wir hofften, es würde den Sturm, der sich im Norden zusammenbraute, ohne Schaden überstehen.

Ich begab mich sogar freiwillig auf den Pilgerweg durch Laer-Caheel, schritt ihn ab, ohne mich sonderlich heilig, aber dafür umso erfüllter von den Wundern der Stadt zu fühlen. Barfuß, nur in ein simples Hemd gekleidet, ging ich die letzten Schritte Junus' ab, sah Orte, an denen er haltgemacht hatte, bevor ihn die Flammen unserer Vorfahren für immer seines weltlichen Daseins beraubten. Immer tiefer in die Stadt führte mich der Weg, vorbei an jahrhundertealten Häusern und Tempeln, durch Tore und drückende Gassen, die dieser lebende Gott mit eigenen Augen gesehen haben musste. Man hatte den Ahnherrn meiner Königin auf einem öffentlichen Platz verbrannt, einem Marktplatz, an dem unsere einstigen Besatzer in der Vorzeit Gerichtstag zu halten pflegten. Dort stand nun eine kleine Kapelle, kein protziger Bau, wie ich ihn auf dem rechtseitigen Ufer des Rhyn so oft in Laer-Caheel fand. Es war lediglich ein unauffälliges Haus aus der Zeit kurz nach dem Rückzug der Ynaar. Auf eine gewisse, sehr makabre Weise wunderte ich mich selbst, als ich an ebendiesem Ort in die Knie ging, um Junus, der nie eine Rolle in meinem Leben gespielt hatte, zu huldigen. Man würde aus mir niemals einen gehorsamen Anhänger dieses sonderbaren Gottes machen, aber nachdem ich seinen Weg nachgegangen war, glaubte ich zumindest auf eine eindrucksvolle Art und Weise daran, dass er für mehr als nur sein persönliches Machtstreben in den Tod gegangen war.

Im Palast ging das geschäftige Treiben weiter. Stavis und ich konnten nun unsere Rollen als Leibwachen der Prinzessin ohne Hindernisse erfüllen, während Luran viel Zeit mit Sannas Verlobtem Eilan, der auch zu uns Saers der Königsgarde oft den Kontakt suchte, verbrachte. Ich lernte den zukünftigen König des Südens als einen Mann mit klaren Wertevorstellungen und einer guten Portion Freigiebigkeit kennen. Man traf ihn selten bei schlechter Laune an, er hatte für jeden noch so unbedeutenden Diener ein freundliches Wort oder einen kleinen Scherz übrig. Er war ein beneidenswerter Mann. Galant, gut aussehend, von scharfem Verstand, stark und beliebt. Eilan war ein künftiger König, dem dereinst Krieger nur allzu bereitwillig in die Schlacht folgen würden. Mich eingeschlossen. An Paldairns Hof sollte er seinen letzten Schliff erhalten, und bei wem, wenn nicht Sannas Vater, den er einst beerben würde, hätte er besser lernen können?

Was meine Scham Eilan gegenüber betraf, so versuchte ich mir durch pflichtschuldigen Dienst für seine Verlobte ein reines Gewissen zu erkaufen. Ich konnte Eilan kaum drei Herzschläge in die Augen schauen, geschweige denn ihn und Sanna zusammen ertragen. Es war, als würden zwei unsichtbare Klauen an meinen beiden Armen zerren, mich förmlich zerreißen. Auf der einen Seite hasste ich mich dafür, Eilan so hintergangen zu haben, selbst wenn er davon nichts gewusst hatte, doch die andere Kraft, dieses zweite Reißen, war verführerisch stark. Was schuldete ich ihm? Ja, er war mir sympathisch, und ja, Sanna und er blieben verlobt. Aber war es nicht die Prinzessin gewesen, die mich in die Kapelle gelockt und verführt hatte? Wieso sollte ich mich also für etwas schämen, das sich so gut angefühlt hatte? Und wieso sollte ich es nicht wiederholen, wenn ich die Gelegenheit dazu hätte?

An einem Nachmittag begleitete ich Sanna auf den Markt in der wohlhabenden Oberstadt. Abgeschirmt von zwanzig Mann unserer Königswache flanierte sie bei bester Laune von Stand zu Stand. Ich wunderte mich immer wieder über die Stimmungen meiner Prinzessin. War sie an einem Tag zu Tode betrübt, beinahe niedergeschlagen und hoffnungslos, so erkannte man sie am nächsten Morgen kaum wieder. Sie lachte, tanzte, ergriff Menschen, die sie mochte, an den Händen, um ihnen irgendeine schöne Kleinigkeit zu zeigen. Ganz besonders ihr Vater bekam das zu spüren. Zusehends suchte sie die Nähe zu Paldairn, genoss, wenn er einen Arm um sie legte, selbst wenn ich manchmal das Gefühl hatte, ihm sei es des Guten zu viel. Zu jeder Zeit aber legte sie ein anderes, beunruhigendes Verhalten an den Tag. Was sich schon während meiner ersten Zeit in Fortenskyte angedeutet hatte, bestätigte sich in Laer-Caheel nur noch mehr – Sanna trank eindeutig zu viel. Ich bin kein Heiliger, nie gewesen und werde auch niemals einer sein, aber selbst ich kenne meine Grenzen. Sanna in diesen Tagen jedoch nicht. Manchmal war sie schon so früh böse angetrunken, dass ich sie stützen musste, damit sie ihren Platz am Mittagstisch einnehmen konnte. Den Höflingen, Geistlichen und allen Günstlingen, die bei solchen Gelagen anwesend waren, entging das natürlich nicht. Aber Stavis und ich waren immer in ihrer Nähe, warfen drohende Blicke in die Runde und stellten uns demonstrativ bewaffnet und gerüstet hinter ihrem Stuhl auf.

Als wir an diesem Nachmittag schließlich den Markt besuchten, war Sanna überraschend nüchtern und bei bester Laune. Übermütig kostete sie an einem Stand einige sonderbare Pasteten, die ich nicht einmal den Schweinen vorgeworfen hätte, bevor sie an einem anderen mehrere Ketten und Anhänger betrachtete, die ein Handwerker, der offensichtlich aus den südlicheren Ländern stammte, dort feilbot. Der dunkelhäutige Mann war sichtlich aufgeregt, eine solch hohe Persönlichkeit an seinem Stand zu sehen, auch wenn ich bezweifelte, dass er genau wusste, um wen es sich bei Sanna handelte. Für ihn war sie lediglich eine hohe Dame, die es sich leisten konnte, von mehreren bewaffneten Männern beschützt zu werden.

Die Krieger schirmten Sanna großzügig ab, ich blieb in ihrer Nähe, während sie einige kleine Holzkistchen durchstöberte. Ich beließ meine Aufmerksamkeit nicht lange auf ihrem Tun, sondern schaute hierhin und dorthin, versuchte auffällige Bewegungen so früh wie möglich zu bemerken.

»Wie wunderschön!«, rief Sanna plötzlich aus, gefolgt von einem freudigen Lachen.

Neugierig geworden, schaute ich dann doch wieder zu ihr. Mit einem strahlenden Lächeln zog meine Prinzessin einen vielleicht kirschgroßen Anhänger hervor, der an einem Lederband hing. Auf den ersten Blick konnte ich nicht genau erkennen, was auf dem Anhänger eingraviert war, es schien sich aber um eine Art Tier zu handeln. Zu meiner Überraschung kam Sanna zu mir, hielt mir das Schmuckstück in der offenen Handfläche entgegen. Ich nahm es und sah mir das Stück, das aus Bronze gefertigt war, genauer an. Das Bildnis stellte ein Geschöpf von oben betrachtet dar, nur wusste ich beim besten Willen nicht, was für eines das sein sollte. Es sah aus wie ein Schild oder ein geriffelter, länglicher Stein, an dem sich vier kurze Beine und ein noch kürzerer Schwanz befanden. Einen Kopf konnte ich auch erkennen, schmal, ohne Ohren oder eine sichtbare Nase. Was auch immer dies für eine Kreatur war, ich hatte sie noch nie in meinem Leben gesehen.

Mit einem verwirrten Lächeln schaute ich zu Sanna. »Ein Tier?«

Die Prinzessin erwiderte meinen Blick mit noch mehr Irritierung. »Sag nicht, du hast noch nie eine Schildkröte gesehen.«

Hatte ich nicht. Deshalb zuckte ich entschuldigend die Schultern.

Sanna wirkte ehrlich überrascht. »Dabei ist es eine der interessantesten Kreaturen, die Junus je geschaffen hat. Du musst wissen, dass sie uralt werden. Manche Gelehrte sagen sogar, sie werden älter als Menschen. Es gibt Schildkröten, die am Lande leben, und jene, die die Meere bevölkern, und ein paar wenige leben in beiden Welten. Sagt man zumindest. An Land sind sie recht behäbig, aber das liegt nur daran, dass sie so groß sind und der Panzer auf ihrem Rücken sehr schwer sein muss, dafür können sie geschickt schwimmen. Ich ... Ach, ich kann sie dir nicht beschreiben, du musst selbst eine sehen!« Sannas Augen funkelten regelrecht. Für einen Moment wurde es mir warm ums Herz, als ich in ihr euphorisch lächelndes Gesicht schaute.

Sie glücklich zu sehen, ließ mich ebenfalls lächeln. »Vielleicht führen uns unsere Reisen eines Tages an einen Ort, wo ich eine Schildkröte sehen kann, Herrin.«

»Ganz sicher sogar!« Sanna stand mir für Herzschläge zögernd, abwartend gegenüber und hängte mir kurzentschlossen das Schmuckstück der Schildkröte um den Hals, noch ehe ich reagieren konnte.

Ich war zu überrascht, um etwas zu sagen. Stattdessen breitete sich Sannas Lächeln fast zu einem Grinsen aus, ehe sie ihren Mund nahe an mein Ohr führte. »Komm heute nach dem Abendmahl in die Halle der heißen Quellen«, flüsterte sie. »Dort wartet ein anderes Geschenk.«

Mir schlug das Herz bis zum Hals. Unauffällig sah ich mich um, wollte wissen, ob das jemand mitbekommen hatte, aber niemand achtete auf mich. Sanna ließ den Handwerker von einem ihrer Diener bezahlen und sah weiterhin ganz wie die ausgelassene Prinzessin aus, die sie den ganzen Tag schon der Welt zeigte.

Mit einer Hand umfasste ich den Schildkrötenanhänger. Ich wusste es besser.

Ich wollte nicht gehen. Das schwöre ich bei allen Vergessenen Göttern und dem einen Junus. Ich wollte nicht denselben Fehler machen wie in der Kapelle von Fortenskyte, nicht meine Prinzessin, Eilan, das Reich, einfach alles entehren, dem ich zu dienen geschworen hatte. Und trotzdem tat ich es, weil ich ein Schwächling war. Jemand, der sich nicht gegen seine eigene Leidenschaft wehren konnte, die ihn von innen zerfraß.

Ich saß auf einer der Bänke nahe dem Becken, in dem das Wasser der heißen Quelle Nebelschwaden in die Halle zauberte. Ich saß und wartete und verfluchte mich selbst dafür, hier zu sein. Weder verstand ich, was Sanna von mir wollte, noch fiel mir ein triftiger Grund ein, wieso ich ihrem Wunsch überhaupt entsprochen hatte. Seit wir Fortenskyte vor fast zwei Monaten verlassen hatten, hatte sie mir nicht einen Grund gegeben, auf eine Wiederholung unserer Liebelei zu hoffen. Nicht den geringsten Grund! Und dann kam dieser Moment auf dem Markt, da sie mir das Schildkrötenamulett schenkte und mich in diese Halle bestellte. Wäre ich ein Mann von Ehre gewesen, dann wäre ich nicht gegangen, selbst wenn sie mir als meine Herrin befohlen hätte zu kommen. Verdammt, es war meine Aufgabe, sie zu beschützen, wenn es sein musste auch vor sich selbst! Oder vor mir.

Aber ich versagte. Ich ließ mich von ihren Reizen locken, von ihren blauen Augen, die mich in einen Bann schlugen, von ihrem Körper, den ich begehrte. Ich wollte sie um jeden Preis wieder haben, und sollten mich die Grauen holen, wenn ich mich von solchen Dingen wie Ehre oder Scham davon abhalten ließe.

Sie kam schließlich lautlos. Im einen Moment saß ich noch auf der Bank, den Blick zu Boden gesenkt, da spürte ich im nächsten sanfte Hände an meinem Nacken, die hinauf zu meinem Haaransatz fuhren. Durch den leichten Stoff meiner Tunika bemerkte ich, wie sie sich gegen mich drückte. Ich schloss die Augen und setzte mich aufrecht hin.

»Ich wusste, dass du kommen würdest«, hauchte sie hinter mir.

Sanna ließ eine Hand von meinem Nacken nach vorne über meinen Hals gleiten, wobei sie das Lederband ihres Schildkrötenamuletts streifte, bis ihre Finger meine Brust berührten. Dabei zog sie mich noch enger an sich heran. Ich streckte meine Linke blind nach hinten aus, was mich die Seide ihres Gewandes am Oberschenkel berühren ließ.

»Das ist nicht richtig«, sagte ich ohne Hoffnung auf eine Antwort in die Nebel hinaus. »Wir dürfen das nicht, Herrin. Ich verrate das Geschenk, das mir Eure Mutter gab.«

Sie beugte sich leicht nach vorne, sodass ihre Hand an meiner Brust noch ein Stück tiefer wanderte und ihre Lippen die Außenseite meines Halses berührten. Vorsichtig küsste sie die Stelle, wanderte damit etwas höher, über meinen Kiefer bis zur Wange.

»Nenn mich nicht Herrin«, sagte sie leise, als sich ihre sonderbar vertrauten Lippen von meiner stoppeligen Wange gelöst hatten. »Und du verrätst nichts. Im Gegenteil – du dienst mir auf die wundervollste Weise dieser Welt. Denkst du denn nicht, dass Liebe nie verboten sein darf, Ayrik?«

Ich löste mich sanft aus ihrem Griff, stand auf und drehte mich ihr zu. Wie wunderschön sie war! Ihre Augen waren auf eine ungewohnte Weise stark geschminkt, die Lippen deutlich geröteter, als ich sie in Erinnerung hatte. Das goldene Haar trug Sanna dieses Mal vollkommen offen, ohne jeden Zopf oder eine andere Verzierung. Und eben diese blonden Strähnen berührte ich jetzt mit einer Hand, in eben diese blauen Augen schaute ich, während alles in mir rebellierte. Der letzte Funken Verstand in mir schrie, ich sollte gehen, nicht darauf achten, wie dünn und durchscheinend ihr helles Seidengewand war. Aber ich tat nichts dergleichen. Stattdessen griff meine andere Hand nach der ihren, und ich wunderte mich, wie warm ihre Finger waren.

»Liebe?«, fragte ich zögerlich.

Sanna lächelte. Sie öffnete den Mund, schlug die Augen nieder und wollte etwas sagen.

Und dann gellte ein einzelner Schmerzensschrei über die Korridore und Gänge des Königspalastes von Laer-Caheel, hallte durch Marmor, Gold und die Friedlichkeit der Nacht bis in die Halle der heißen Quellen, wo sie und ich uns nicht um Verbote scherten und das Glück strapazierten. Der Zauber des verbotenen Moments verging. Mein Herz begann aus ganz anderen Gründen wie wild zu pochen.

»Das war ganz in der Nähe«, sagte Sanna tonlos.

Sie hatte Recht.

Ich löste mich von ihr, trat etwas näher zum Ausgang – lauschte. Weder trug ich mein Kettenhemd, weder gepanzerte Beinlinge oder Plattenteile. Nicht einmal meinen Mantel. Lediglich leichte Kleidung im Schwarz der Bruderschaft. Dass ich mir aus Gewohnheit den Schwertgurt mit Nachtgesang und dem Jagdmesser meiner Brüder umgelegt hatte, war in diesem Moment ein glücklicher Zufall.

Mit wenigen Schritten war ich an der halb geschlossenen Tür der Halle, die in einen breiten Korridor im Untergeschoss des Vorbaus mündete. Ich wusste, dass man diesem Gang eine Weile folgen musste, ehe man in eine Art Vorhalle gelangte, von der aus man über kunstvoll gehauene Treppen in die oberen Regionen des Palastes gelangte, unter anderem auch in die Nähe unserer Unterkünfte. Allerdings war es ein verdammt weiter Weg bis dorthin, und ich hatte keine Ahnung, wem der Schrei eben gehörte. Fest stand jedenfalls, dass dieser Bereich des Palastes für die gewöhnlichen Menschen und Bediensteten unter Strafe verboten war. Wer hier ging, war entweder Teil des königlichen Haushaltes, der Palastwache oder eben ein anderer sehr hochgestellter Besucher. Keinen dieser möglichen Besucher hielt ich für einen Feind.

Ich legte eine Hand an die Tür, spähte hinaus in den Gang. Fackeln erhellten den Kalksteinkorridor, aber es war nichts zu sehen, das mir eine Erklärung gab, was hier vor sich ging. Lediglich ein fernes Scheppern und undeutliche Rufen konnte ich vernehmen. So leise, wie es war, musste es aus einem der oberen Stockwerke stammen. Sanna kam hinter mich, legte mir eine Hand auf die Schulter. Ich bemerkte, dass ihr Atem aufgeregt ging.

Und was nun? Ich konnte schlecht mit der Prinzessin höchstpersönlich auf Erkundung gehen. Wer wusste schon, welche Gefahr ihr drohte. Nein, ich brauchte Hilfe und vor allem einen sicheren Ort für meine Herrin.

»Wir sollten in Eure persönlichen Gemächer zurückkehren«, erklärte ich in einem förmlicheren Tonfall als noch vor wenigen Momenten. »Von dort ist es nicht weit bis zu Stavis Wallec, Luran Draak und unseren anderen Männern. Wir sollten bis dort allerdings die Haupttreppe meiden. Ich habe zwar keine Ahnung, wem der Schrei gehörte, aber wenn irgendein Feind im Palast ist, wird er höchstwahrscheinlich zuerst die offensichtlichen Wege bewachen.« Nun verschloss ich leise die Tür zum Gang gänzlich. »Gibt es eine andere Möglichkeit, in Eure Unterkünfte zu gelangen?«

»Was denkst du, wie ich heute Abend hierher gekommen bin?«, versetzte Sanna mit einem, in Anbetracht der wahrscheinlichen Gefahr, unverschämten Grinsen. »Folge mir.«

Mir behagte es nicht, die Prinzessin vorgehen zu lassen, da ich bewaffnet und für ihre Unversehrtheit verantwortlich war. Da ich aber nicht wusste, wohin mich Sanna führen wollte, ließ ich ihr vorerst den Vortritt. Hier in der Halle der heißen Quellen dürfte uns ohnehin keine unmittelbare Gefahr drohen. Mit schnellen Schritten huschte die Prinzessin an das andere Ende des Raumes, wo einige Wandteppiche hingen, die von der Decke bis zum Marmorboden reichten. Genau einen solchen steuerte Sanna nun an, griff nach dem schweren Stoff und schob ihn zur Seite.

»Ein Geheimgang?«

Sanna schüttelte den Kopf. »Nein. Aber ein kaum noch benutzter Dienstweg in eine der Küchen über uns. Deswegen hat mein Vater auch die Teppiche anbringen lassen. Er wollte den Gang eigentlich schon längst zumauern lassen, aber offensichtlich hat er es vergessen.«

Ich schob Sanna vorsichtig zur Seite, spähte hinter den Teppich. Es war stockduster da drin und mir schlug abgestandene, tote Luft entgegen. Hier in der Halle gab es zum Glück genügend Lichtquellen, weshalb ich mir ohne großes Zögern eine der Fackeln, die an der Wand links von mir hingen, schnappte und damit zurück zum alten Dienstbotengang kam.

»Ist die Küche über uns noch in Benutzung?«, wollte ich wissen und schob mit der freien Hand den Teppich zur Seite, um die ersten Schritte in den finsteren Korridor zu tun.

Die Prinzessin folgte mir ins Dunkel, blieb nahe hinter mir. »Eigentlich schon. Die Diener dort versorgen für gewöhnlich meines Vaters Gäste. Da wir aber heute Abend alle zusammen mit ihm im Westsaal gespeist haben, gab es in dieser Küche sicherlich nichts zu tun.«

Für Bruchteile eines Augenblicks erinnerte ich mich an das Festmahl in dem kuppelartigen Saal Paldairns, an die Prachtspeisen aus aller Herren Länder. Daran, dass Sanna ihrem Verlobten Eilan immer und immer wieder Wein eingeschenkt hatte. An das Grinsen auf seinen edlen Zügen. Und ich erinnerte mich daran, wie sich erst Sanna und dann ich als ihr Wächter von der Gesellschaft verabschiedet hatten, um sie anschließend alle zu hintergehen.

Ich betete stumm, dass dieser Verrat meine Prinzessin vor einem noch unbekannten und sehr viel größeren Übel beschützen würde.

Der Gang führte nur wenige Schritte geradeaus, dann mündete er in einer steilen, sehr schmalen Treppe nach oben. Die Luft war hier trocken, kratzte im Hals. Ganz eindeutig wurde dieser Weg seit einer halben Ewigkeit nicht mehr benutzt, geschweige denn sauber gehalten. Dicke Spinnenweben waberten von meiner Fackel rot angestrahlt in den Winkeln an der Decke. Die Treppe an sich, die wir nun erreichten, machte ebenso wenig einen besonders gepflegten oder sicheren Eindruck. Teilweise eingerissene Holzstufen führten an einem morschen Geländer empor. Vorsichtig setzte ich einen Fuß auf die erste Stufe, wippte dagegen, stemmte mein Gewicht darauf, um zu testen, wie stabil das Gebilde war. Es knarzte und ächzte, aber nichts brach ab. Ich traute diesem Ding trotzdem nicht.

Ich drehte mich kurz zu Sanna um. »Ihr habt diese Treppe eben benutzt?«

Der Fackelschein spiegelte sich wild in ihren Augen wider. »Sie hält.«

335

Sie krachte nicht ein. Wie Schatten huschten wir nach oben, zwei Stockwerke weit. Dann mündete die Treppe in einem weiteren kurzen Gang, der an einer massiven Eichentür endete. Sanna wollte sich vordrängeln, aber ich hielt sie mit einer Hand zurück. Zwar konnte ich noch rein gar nichts durch die Tür hören, aber ich schlich, so leise es ging, weiter, bis ich meine Hand auf den Verschluss legen konnte. Dann wartete ich, bis Sanna wieder ganz nah bei mir war, und löschte die Fackel an der kühlen Steinwand. Dunkelheit umfing uns, für Momente glomm der Schein des Feuers noch vor meinen Augen weiter. Jetzt zog ich langsam, ganz langsam den Griff der Tür zu mir und öffnete sie ein Stück. Ich versuchte durch diese kleine Öffnung etwas zu erkennen, aber der Großteil der Küche lag verlassen da. Ein wenig Licht fiel durch die weit geöffnete Tür am anderen Ende des Raumes.

Wieder versuchte ich etwas zu hören, drehte meinen Kopf so, dass mein Ohr direkt am Türspalt lag. Ich redete mir ein, nichts zu vernehmen, schob die Tür schon ein Stück weiter auf, da drang das unverkennbare Scheppern von Männern in Rüstungen bis zu uns. Sofort presste ich mich hinter die Pforte, die ich ruckartig wieder zuschob, bis nur noch ein winziger Spalt offen stand, und zog Sanna vorsichtshalber hinter mich. Das Geräusch wurde lauter und lauter und ich sah vor meinem geistigen Auge, wie bewaffnete Männer am Eingang zur Küche vorbei eilten. Ich stellte mir das so lebhaft vor, wünschte mir inbrünstig, sie würden weitergehen, dass es mir den Atem verschlug, als die Geräusch plötzlich näher hinter der Tür aufhörten.

Ich hoffte, das heftige Klopfen unserer Herzen würde uns nicht verraten. Wir rührten uns keinen Zoll von der Stelle, verharrten, wo wir standen. Wie in einem Traum wanderte meine rechte Hand allmählich zum Griff Nachtgesangs.

»... nicht in ihrer Kammer«, hörten wir schließlich undeutlich die Fetzen einer männlichen Stimme.

»Sie kann ...« Eine andere Stimme, noch schwächer zu verstehen als die Erste.

»... weitersuchen ...«

Sie. Das musste Sanna sein. Jemand suchte sie. Nur wer dies war und auf welcher Seite er stand, wusste ich nicht. Der Wyrc hatte mir irgendwann einmal gesagt, wenn ich eine Situation nicht einschätzen könnte, sollte ich erst einmal vom Schlimmsten ausgehen. Stellte sich alles schließlich als einfacher heraus, würde man seinen Triumph umso mehr genießen. So sagte es der Alte zumindest. Ausnahmsweise nahm ich mir vor, auf seinen Rat zu hören. Ich wollte nicht glauben, dass das Freunde jenseits der Küche waren, und deswegen würden wir uns keinen Schritt von der Stelle bewegen, solange noch jemand auf der anderen Seite herumrannte.

Und dann wurde mir plötzlich sehr übel, als ich hörte, wie jemand die Küche betrat. Schwere Stiefel polterten über steinernen Boden. Jemand stieß gegen etwas, das ihn fluchen ließ.

»Ihr hättet die Leibwachen nicht umbringen dürfen«, zischte eine Stimme für meinen Geschmack viel zu laut hinter der Tür. Mir wurde heiß und kalt. Meine Rechte schloss sich unbewusst gänzlich um den Griff Nachtgesangs. »Wir hatten Befehl, sie festzunehmen. Und jetzt blutet Kalen wie ein abgestochenes Schwein, weil ihr die Füße nicht stillhalten konntet, ihr beschissenen Hammel!«

Offensichtlich wühlte irgendwer hinter der Tür in einer Kiste oder Truhe, wäh-

rend die erste Stimme antwortete.»... sich gewehrt, verflucht! Ging nicht ...«
»Ach, halt die Schnauze!«, murrte der Erste wieder. »Bringt ihn rein, bevor er den ganzen Korridor versaut. Ich hab was zum Abbinden gefunden.«
Wieder polterte es, ich hörte das Stöhnen und Seufzen mehrerer Männer, die etwas oder jemanden in die Küche schleppten. Ganz offensichtlich einen Krieger, der beim fehlgeschlagenen Versuch verwundet wurde, die Wachen vor Sannas Kammer gefangen zu nehmen. Damit war auch auf einen Schlag klar, auf welcher Seite die Kerle hinter der Tür waren. Und sie hatten Männer der Königin ermordet und hätten der Prinzessin von Rhynhaven sonst etwas angetan, wenn sie sich in ihrer Kammer befände. Wut und Sorge um Stavis und Luran rangen in mir. Ich wollte meinen Schwertbrüdern helfen, aber was sollte ich hier schon ausrichten? Ausnahmsweise gewann die Vernunft – still verhalten, lauschen und keine unsinnigen Heldentaten. Die Sicherheit der Prinzessin war mein oberstes Ziel, nicht irgendwelche Rachegedanken. Darauf hatte nicht nur ich einen Eid geschworen, Stavis ebenso. Jetzt konnten wir ihn also erfüllen, jeder auf seine Weise.

Hinter der Tür gab es weiter einen Haufen Bewegung. Den Geräuschen nach wurden Gurte und Schnallen gelöst, ehe etwas metallisch zu Boden fiel. Jemand zog scharf Luft durch die Zähne ein.

»Kann er nicht einmal still sein?!«, knurrte eine vierte, mir bisher unbekannte Stimme. »Ich hoffe immer noch, dass sein Geschrei nicht die Saers angelockt hat.«

»Es sind insgesamt nur drei«, antwortete derjenige, der zuerst die Küche betreten hatte. »Wallec und Draak dürften noch immer im anderen Flügel des Palastes sein, der andere von ihnen hat sich früher von der Tafel des Herrn verabschiedet und die Prinzessin zu ihren Gemächern begleitet. Wohin er danach ist, wissen wir nicht.«

Des Herrn? Paldairn konnte damit nichts zu tun haben, das war unmöglich! Ich merkte, wie sich Sanna hinter mir zusehends versteifte. Ich versuchte sie sanft mit einer Hand an der ihren zu beruhigen.

»Wir hätten ihn direkt umbringen sollen«, schaltete sich anscheinend der Verletzte ein, denn er brachte die Worte nur undeutlich hervor. »Er ist ein Saer der verdammten Bruderschaft! Die sind gefährlich, elende Elitekrieger! Jetzt streift einer von ihnen im Palast herum und wartet nur ...« Der Rest seiner Worte ging in einem unterdrückten Stöhnen unter.

»Wie oft soll ich es dir noch sagen? Halt endlich die Fresse, umso schneller sind wir hier fertig!«

Durch den winzigen Schlitz fiel ein Spalt Licht, der sich von einem auf den anderen Moment verdunkelte. »Jemand Hunger?« Das war die vierte Stimme, nur eine Handbreit von unserer Position entfernt. Der Kerl musste direkt vor der Tür stehen.

Wenn er jetzt die Hand an den Griff legen würde ... mein Schwert war zu lang für den Korridor und die beengten Verhältnisse. Zu lang, zu wenig Zeit. Das Jagdmesser musste reichen. Meine Hand ließ das Heft des Schwertes los, wanderte an den hinteren Teil meines Gürtels. Der Horngriff streifte meine Finger, die sich um ihn schlossen. Lautlos glitt die halbe Elle lange Klinge aus der Lederscheide heraus.

»Hey!«, schnauzte die erste Stimme, die scheinbar dem Anführer der Männer gehörte. »Lass die Finger von dem Zeug, wir müssen weiter. Kalen ist gleich versorgt.«

»Meine Güte, beruhig dich!« Er war nah, so verdammt nah. Ich hob das Messer ein kleines Stück an. »Wohin führt die Tür hier überhaupt?«

Die Welt schrumpfte von einem Herzschlag auf den anderen. Ich würde ihm das Messer ins Gesicht rammen. Sofort, ohne zu zögern! Ich war der Schild zwischen meiner Prinzessin und dem Feind. Ich. Ich. Ich. Hob das Messer, der Schatten vor der Tür nahm alles ein.

»Gavin! Jetzt komm schon!« Schritte. Der winzige Spalt ließ wieder Licht durch. Ich wagte kaum auszuatmen. »Das muss beendet sein, ehe die Saers zurückkommen.«

Unter lautem Poltern verließ die unmittelbare Todesgefahr die Küche. Sanna und ich konnten es hören, trauten uns aber immer noch nicht zu bewegen. Nur atmen, bewegungslos verharren. Erst als wir nichts mehr hören konnten, richtete ich mich wieder gänzlich auf. Es wurde Zeit, wir mussten hier weg. Ich wollte nur ganz sicher gehen, dass die Luft rein war. Mit einem Finger an den Lippen und dann auf den Boden zeigend, deutete ich Sanna, hier auf mich zu warten. Dann stieß ich vorsichtig und sehr, sehr langsam die Tür in einer Bewegung auf, das Messer, das mir meine Brüder beim Auszug von Dynfaert geschenkt hatten, stoßbereit mit dem Knauf an meine Brust gedrückt.

Ich federte leicht in die Knie, durchmaß die Küche mit einem raschen Blick. Nichts Besonderes zu sehen. Eine kalte Feuerstelle, mehrere Regale, Truhen, ein Tisch, vor dem der Haufen eines Schuppenpanzers lag, auf dem …

… auf dem ein Mann mit dem Rücken zu mir saß.

Ich fror in der Bewegung ein, verwandelte mich in eine Statue, die keinen Laut von sich gab. Er hatte mich nicht gehört, hatte den Kopf auf die Brust gelegt. Er trug keine Rüstung oder Hemd mehr, sondern saß mit freiem Oberkörper auf dem Tisch. Ein fleckiger Verband, früher einmal wahrscheinlich ein Brottuch, war um seine Schulter gewickelt.

Kalen, den unsere Wachen vor Sannas Kammer verwundet hatten.

Ich hörte die Namen Ulweif und Ulgoth in meinem Geist. Die ersten beiden Männer, die ich umgebracht hatte. Kalen also würde der dritte Tote durch meine Hand werden.

Es ist so leicht, so furchtbar leicht. Ich hatte einmal gesehen, wie Clyde, Aideens Vater, ein Schaf geschlachtet hatte. Es war dasselbe. Man riss den Kopf zurück, stach das Messer in die Seite des Halses und sägte dann einfach, bis man die Luftröhre durchtrennte.

Es war ganz einfach, sagte ich mir, während ich lautlos einen Fuß vor den anderen setzte. Würde ich den Arm ausstrecken, könnte ich ihn schon fast erreichen. Noch einen Schritt, nur noch einen, und dann hätte ich ihn. Sein Haar war schwarz, dünn, an manchen Stellen von Hautschuppen durchzogen. Er stank nicht ranzig, wie viele Krieger, denen ich begegnet war, sondern roch nach gar nichts, daran kann ich mich noch genau erinnern. Daran, wie sehr es mich verwirrte und dass ich am liebsten gelacht hätte. Kalen ahnte nichts. Kalen würde nicht einmal wissen, wer …

Meine linke Hand schoss nach vorne, krallte sich um Mund und Nase. Ich riss seinen Kopf brachial nach hinten, dachte nicht nach, rammte das Messer mit Gewalt rechts in seinen Hals. Es war, als würde ich ihn, wie eine Mutter ihren Sohn, in die Arme ziehen. Ich sah nicht hin, wie tief die Klinge ins Fleisch drang, drückte noch einmal fester zu. Er konnte kaum stöhnen, nicht schreien. Ich merkte, wie er versuchte seinen Mund zu öffnen, um mir in die Hand zu beißen, spürte am Messergriff warmes Blut sprudeln. Ich riss ihn vom Tisch herunter, wir knallten auf den Küchenboden, wo ich ihn umklammert hielt. Dann begann ich zu schneiden.

So einfach. So unglaublich einfach, ein Leben zu beenden.

Kalen zappelte und zerrte, seine Hände wollten nach irgendwas greifen. Sie erwischten meinen rechten Unterarm, der vom Messerwerk angespannt und hart wie Stein war. Er wollte ihn wegzerren, aber ich hielt seinen Kopf so weit zurück, dass ich ihm beinahe das Genick brechen musste, schnitt weiter, sägte jetzt fast, während die schiere Panik und der Blutverlust seine Kräfte lähmten. Beorn, Rendel und Keyn hatten mir ein Jagdmesser gefertigt. Die Klinge war für derlei Arbeit geschaffen worden. Sie schnitt durch Fleisch, Muskeln, Sehnen – tötete.

Das war wohl die Arbeit, für die ich geschaffen worden war.

Als Kalen, der dritte Man, dem ich das Leben raubte, schließlich starb, hatte ich ihm die Hälfte des Kopfes vom Hals geschnitten. Die Küche schwamm förmlich in seinem Blut, das mir an Händen und Armen klebte, deshalb rutschte mir sein lebloser Körper aus den Fingern, als ich ihn zu Boden gleiten ließ, während ich mich zitternd aufrappelte. Ich sah hinunter, sah auf meine Hände. Eigentlich war mir nach Kotzen zu Mute, ich würgte auch kurz neben dem Toten, aber da kam gar nichts. Weder Ekel noch Hass noch sonst etwas. Ich war ein Saer der Bruderschaft der Alier, die Leibwache der Prinzessin Sanna. Niemand hatte gesagt, es würde ein ständiges Flanieren und Posieren und Dastehen in schwarzer Rüstung werden. Über allem war ich ein Krieger, ein Soldat der Krone, der ihre Feinde mit brennendem Hass verfolgte, bis sie vernichtet wären.

Ich wischte mir das Blut von Messer und meinen Händen an Kalens Hosen ab, dann schloss ich die Tür zum Korridor und öffnete jene zum Dienstbotengang. Ich steckte mein Jagdmesser zurück in die Scheide und begegnete Sannas Blick, die mich mit aufgerissenen Augen anstarrte. Die Prinzessin bewegte sich keine Elle.

»Sie haben die Wachen vor deiner Kammer getötet«, fasste ich zusammen, was mir durch den Verstand jagte. »Sie suchen dich, und wenn sie dich finden, weiß ich nicht, was sie mit dir machen. Ich weiß nur, dass sie dafür Männer deiner Mutter umgebracht haben und dass dein Vater sie zumindest handeln lässt, wenn er sie nicht sogar beauftragt hat.«

»Nicht mein Vater«, wisperte Sanna.

Aber ich deutete mit ausgestrecktem Finger auf die Rüstung, die Kalen getragen haben musste, bevor sie ihm von seinen Kameraden ausgezogen wurde, um die Wunde an seiner Schulter zu versorgen. »Das ist der Schuppenpanzer der Männer der Palastwache, Sanna! Es rennt sonst keiner in diesen uralten Dingern durch die Gegend! Und glaubst du vielleicht, dein Vater wüsste nichts von einer Verschwörung seiner eigenen Leibgarde, deren Männer er alle mit Eiden an sich gebunden hat? Sie nannten ihn Herr! Niemand nennt seinen Feind Herr. Sieh der Wahrheit in die Augen: Dein Vater hat uns über Tage bewirtet, uns das Gastrecht gewährt und dann verraten!« Ich musste mich zusammenreißen, sie nicht anzuschreien. »Sie suchen dich, Sanna. Dich! Und sie werden jetzt, da sie der Königin verschworene Männer bereits getötet haben, nicht davor zurückschrecken, noch mehr Blut zu vergießen. Ich weiß nicht, ob Luran und Stavis noch leben oder was mit unseren Soldaten ist, aber ich muss dich aus Laer-Caheel herausbringen.« Ich seufzte und fühlte mich auf einen Schlag verdammt einsam. »Auch wenn ich noch keine Ahnung habe, wie ich das anstellen soll.«

»Du verlässt mich nicht?« Ihre Stimme brach. »Du bleibst mein Saer?«

Meine Hände ballten sich zu Fäusten. Das Brandmal der Heiligen Flammen Junus' am linken Handgelenk zog schmerzhaft.

»Ja. Bis zum Ende.«

NEUNZEHN

Eine rasche Durchsuchung von Kalens Leichnam brachte uns bis auf ein Langmesser, das ich an mich nahm, nichts ein. Den Speer und die Rüstung des Kriegers konnten wir nicht gebrauchen, es sollte meinetwegen hier mit dem Toten verrotten. Da ich nicht wusste, wann und wie wir Laer-Caheel verlassen würden, drängte ich Sanna allerdings dazu, Kalens goldfarbenen Mantel überzuziehen. Meine Idee stieß auf wenig Gegenliebe, denn als ich die Kehle des Soldaten durchgeschnitten hatte, war der Mantel über und über mit Blut besudelt worden. Meine Prinzessin starrte mit aschfahlem Gesicht auf die dunklen Flecken, die ich am Kragen mit ein wenig Spucke eher leidlich entfernte. Es half nichts, der Stoff war hoffnungslos versaut, aber ich konnte ja nicht sagen, ob wir wärmere Kleidung finden würden, ehe wir die Stadt verlassen würden. Lieber einen mit Blut verdreckten Mantel als gar keinen In dem luftigen Aufzug, den Sanna gerade trug, kämen wir keine zwei Tage weit, ohne dass sie sich den Tod geholt hätte. Wortlos ließ sie sich also von mir den Mantel anlegen, die Zähne fest aufeinander gepresst und dennoch zitternd.

»Wir können unmöglich zurück in deine Kammer«, murmelte ich, nachdem ich den Mantel verschlossen hatte, und starrte auf den Toten zu meinen Füßen. »Sie werden dich dort erwarten. Wir müssen einen anderen Weg aus dem Palast finden.«

Sanna wirkte vollkommen verstört. Sie starrte einfach nur mit großen Augen ins Leere und zitterte kaum merklich. Dass sie von ihrem Vater verraten worden war, riss ihr förmlich den Boden unter den Füßen weg. Ich konnte mir keinen Reim auf das Ganze machen. Paldairn hatte in den letzten Tagen nicht wie jemand gewirkt, der seine eigene Tochter gefährden würde, im Gegenteil hatte ich aufrichtige Liebe zwischen beiden gesehen. Meinte es zumindest gesehen zu haben, denn anscheinend wurde in Laer-Caheel mit Vorliebe getäuscht und gelogen. Was für ein Drecksloch inmitten dieser lebendig gewordenen Traumlandschaft.

Aber alles Hadern und Murren half uns nicht weiter. Wir mussten hier weg, und zwar sehr schnell. Irgendwann würden sich Kalens Kameraden fragen, wieso er noch nicht wieder zu ihnen gestoßen war, und dann kämen sie, um nachzuschauen, fänden ihn mit aufgeschlitzter Kehle in seinem eigenen Blut liegen. Diesen Moment wollte ich nur ungern in der Nähe erleben. Also musste ich die Prinzessin in Sicherheit bringen, weg von den Palastwachen und ihrem Vater, dem man nicht mehr trauen konnte, selbst wenn ich keinen blassen Schimmer hatte, wie wir aus dem Palast und am Ende sogar aus der Stadt entkommen sollten. An den Toren wollte ich lieber nicht klopfen. Paldairn hatte seine Männer gewiss in Alarmbereitschaft versetzt, die Tore schließen und mit Bewaffneten doppelt besetzen lassen. Zumindest hätte ich das getan. Darüber jedoch würde ich mir noch später den Kopf zerbrechen. Erst einmal mussten wir der unmittelbaren Gefahr in diesem Bereich des Palastes entkommen.

Ich vertrieb meine Bedenken so gut es ging. »Komm, wir müssen hier weg«, sagte ich vorsichtig an Sanna gewandt und nahm sie bei der Hand.

Wir würden zurück in das Untergeschoss kehren, hatte ich entschieden, denn hier oben lagen die Gemächer meiner Prinzessin, und es würde vor Kriegern nur so wimmeln. Was sollte ich mich da selbst belügen und glauben, es mit allen gleichzeitig aufnehmen zu können. Schon zwei Palastwachen zugleich würden ein kaum zu überwindendes Hindernis für mich darstellen. In den Liedern erschlägt der Held seine Feinde immer in Massen, aber in der wirklichen Welt lenkt dich einer der verdammt gut ausgebildeten Soldaten ab, während dir ein anderer von der Seite seinen Speer durch den Hals rammt. Da würde einem das Heldenlied wortwörtlich im Hals stecken bleiben. Und ich konnte, ich durfte nichts riskieren, nicht das kleinste Wagnis eingehen, denn ich war nun der einzige Beschützer, den Sanna noch hatte. Ich hatte einen Eid geschworen, den ich zu erfüllen gedachte.

Es ging zurück durch den stockdüsteren Dienstbotengang. Zwar würde der nicht ewig unentdeckt bleiben, sobald man Kalen fand, aber eine Weile, so hoffte ich, würden unsere Verfolger suchen müssen, bis sie unseren Fluchtweg entdeckten. Also tasteten wir uns bedacht durch die Dunkelheit tiefer und tiefer und hofften das Beste. Als ich schließlich unten angekommen auf die Rückwand des Teppichs stieß, der den Gang verdeckte, schob ich ihn langsam zur Seite und spähte in den Baderaum. Ich konnte niemanden zwischen dem Dunst des heißen Wassers entdecken, also drängte ich mich an dem schweren Stoff vorbei, wobei ich Sanna sanft, aber bestimmend mit mir zog. Wir durchquerten eilig den Raum, huschten bis zur immer noch halb verschlossenen Tür am anderen Ende. Wenn ich mich nicht täuschte, stand sie noch exakt so ein kleines Stück offen, wie wir sie eben verlassen hatten. Das musste bedeuten, dass bisher niemand in diesem Raum nach Sanna gesucht hatte. Ob das jetzt ein Vorteil oder ein Nachteil für uns war, wagte ich mir gar nicht erst auszumalen.

Wieder warf ich einen Blick in den Korridor hinter der Tür. Zwar gab es auch diesmal nichts zu sehen oder zu hören, aber mein Problem blieb dasselbe – wohin jetzt? Ich kannte diesen Teil des Palastes so gut wie nicht, weil ich ihn in den letzten Tagen selten verlassen hatte. Bis auf den Pilgergang und den ein oder anderen Ausflug mit Sanna hatte ich mich nur innerhalb der Mauern hier oder zu Übungen mit dem Draak auf den Feldern vor der Stadt aufgehalten. Verdammt noch mal, wenn das auch zum Plan Paldairns gehört hatte, ihren Leibwachen kaum Gelegenheit zum Auskundschaften der unmittelbaren Umgebung zu bieten, dann hatte er vollen Erfolg gehabt. Am liebsten hätte ich vor Wut gegen die Tür getreten, fürchtete aber, jemand könnte das Poltern hören.

Vorerst verschloss ich sie lieber und wendete mich an Sanna. Sie wirkte immer noch kaum ansprechbar, aber sie kannte sich hier hoffentlich besser aus als ich.

»Sanna«, ich berührte sie an der Schulter, um die Aufmerksamkeit auf mich zu ziehen, »ich kenne den Palast nicht. Du musst mir jetzt helfen, hörst du mich?« Sie schaute mich zwar an, aber ich hatte das Gefühl als würde sie durch mich hindurchsehen. Ich verstärkte die Berührung an ihrer Schulter, rüttelte sie. »Sanna?«

Sie blinzelte. »Am anderen Ende dieses Baus gibt es einen Zugang zu den Gewölben«, sagte sie endlich, und ich atmete förmlich auf.

»Und was befindet sich dort unten?«

»Die Unterkünfte der Sklaven und Bediensteten.«

Dort wären wir zumindest vorerst in Sicherheit. Wer käme schon auf die Idee, die Thronerbin von Anarien im Loch der Sklaven zu suchen? Und selbst wenn – alles war besser, als in den Gängen und Hallen des Palastes herumzustreifen, wo uns jederzeit eine unerwünschte Wache über den Weg laufen konnte.

»Also in die Gewölbe«, ließ ich Sanna wissen und umfasste den Türgriff. »Du bleibst hinter mir, hast du verstanden? Egal, was passiert, du bleibst hinter mir!«

Sie nickte lediglich, und ich nahm wieder ihre Hand. Dann öffnete ich die Tür und unsere Flucht begann.

Wer keine Angst kennt, der ist ein hirnloser Spinner. So in etwa hatte es mir einmal mein Vater gesagt, als ich noch ein mickriger Wicht von vielleicht acht Jahren gewesen war, der sich vor allem fürchtete, was außerhalb des behüteten Palas lag. In den Jahren, die danach kamen, hatte ich gelernt, was Angst bedeutete, lebte ich doch in ständiger Furcht vor dem Alten und seinen Schlägen, vor der Sorge zu versagen. Angst, als ich als Verbannter alleine meine Heimat vor Monaten verließ, Angst in den kühlen Wäldern der Hohen Wacht und vor dem Kampf mit Ulweif. Und Angst, als man mich auf der Festung des Draak vor die Königin brachte, wo ich dachte, dass man mir zur Strafe für den Besitz eines verbotenen Schwertes die rechte Hand abschlagen würde. Ich kannte mich also aus mit der Angst. Und als Sanna und ich durch die mit Fackeln beschienenen Marmorgänge des Palastes flohen, da fürchtete ich mich nicht minder.

Es ist ein sonderbares Empfinden, diese Angst. Während wir leisen Schrittes den Korridor entlang eilten, der uns in die Vorhalle bringen würde, da fror ich, aber nicht nur, weil ich zu leicht gekleidet war. Ich kannte diese Kälte, die einen umfängt, die die Bewegungen fahrig macht. Finger und Hände bewegen sich dann langsamer, eine Lähmung, die einen in grausige Umklammerung nimmt, während man selbst versucht, sich Mut einzureden. Dazu ein kaum zu kontrollierendes, leichtes Zittern, Übelkeit, als lägen Steine im Magen. Insgesamt die denkbar ungünstigsten Umstände, um einer Stadt voller möglicher Feinde ohne einen einzigen Verbündeten in Rufweite zu entkommen. Ich wusste zwar, dass unsere zwanzig Krieger der Königlichen Haustruppe in einem großräumigen Anbau am Westende des Palastes untergebracht waren, aber bis zu ihnen gab es keinen Weg, den wir hätten ungesehen nehmen können. Ganz davon abgesehen rechnete ich fest damit, dass Paldairns Männer bereits dort waren, um jeglichen Widerstand im Keim zu ersticken.

Gegen die Gefahr stand nur ich – ein Saer, dessen größtes Talent der Schein war. Ich hatte nicht einmal mein Panzerhemd oder einen Schild, weder Helm noch Lanze noch Pferd. Ich war ein einzelner Mann, mit einem Schwert zwar, aber ohne große Hoffnung, lebendig aus Paldairns Stadt zu entkommen.

Und dennoch war ich ein Schwertmann der Bruderschaft, der einzige meiner Herrin. Das konnte mir keine Angst dieser Welt nehmen.

VERBUNDEN

Mit einem unguten Gefühl in der Magengegend erreichten wir endlich einen Bereich des Korridors, von wo aus wir einen ersten Blick in die Vorhalle werfen konnten. Überraschend hielt mich Sanna am Ärmel meiner Tunika auf, bevor ich etwas Genaueres erkennen konnte, und schleifte mich förmlich zurück bis zu einem schmalen Seitengang, der flach in einen tiefer gelegenen Bereich des Palastes führte und den ich zuvor übersehen hatte. Dorthin zog mich die Prinzessin nun, ohne ein Wort zu verlieren. Erst als wir einige Schritte geschafft hatten und der Gang vor einer massiven Tür endete, drehte sie sich zu mir und brachte ihren Mund nahe an mein Ohr.

»Der Weg durch die Halle ist zu gefährlich«, wisperte sie. »Zumindest vor dem Portal stehen immer Palastwachen.«

Ich Idiot! Natürlich musste das Tor zum vorderen Teil des Palastes bewacht sein, erst recht jetzt, in einer solchen Situation. Ich konnte mir meine Unachtsamkeit nur dadurch erklären, dass mich die Situation überforderte. Kopfloses Handeln würde zumindest ein Versagen in meiner verschworenen Aufgabe bedeuten. Und ganz davon abgesehen, auch meinen Tod. Wollte ich die Risiken für beide Unglücke so gering wie möglich halten, musste ich mich zusammenreißen und meinen Kopf dafür benutzen, zu denken und nicht blindlings Türen einzurennen. Noch so ein Fehler und ich würde überhaupt nichts mehr damit anfangen können, weil ich ihn dann nämlich verlöre.

»Noch ein Botengang?«, fragte ich Sanna schließlich, während ich mit einem unguten Gefühl den Gang zurückschaute. Halb und halb vermutete ich dort schon einen Trupp Bewaffneter zu sehen, aber bis auf die Stille der hereinbrechenden Nacht war da nichts.

»Nein«, gab sie zurück, was mich wieder zu ihr sehen ließ. »Nur eine kleine Kapelle. Im ganzen Palast gibt es unzählige geheiligte Räume, denn die Mauern hier wurden auf Junus' Ort seiner Gefangennahme durch die Ynaar errichtet.«

Eine Kapelle. Damit hatten Sanna und ich ja unsere Erfahrungen gemacht. Ich verstand nur nicht, was wir dort sollten. Schutz böte uns das sicherlich nicht. »Deine Religion in Ehren, aber was …«

Da hatte Sanna die Tür zum Gottesraum schon leise geöffnet, meinen Einwand unterbrochen und mich mitgezogen. Sie schloss das Portal wieder vorsichtig, während ich mich in der Kapelle umschaute. Der Großteil lag in Schatten, brannte doch nur ein heiliges Feuer in einer dieser charakteristischen Schalen am Ende des Raumes. Der vergoldete Altar glomm schwach im Schein der Flammen. Sanna ließ mir jedoch keine Zeit, mich genauer mit der Kapelle zu beschäftigen. Sie steuerte zielstrebig die linke Wand an, wo sich eine weitere Tür befand.

»Sanna, jetzt warte«, versuchte ich sie aufzuhalten und eilte ihr hinterher, als sie nicht reagierte. »Wohin willst du überhaupt?«

Ohne mir zu antworten, drückte sie die abgegriffene Klinke nach unten. Nichts. Abgeschlossen. Mit einem leisen Fluch auf den Lippen huschte sie zum Alter, wo sie angestrengt nach etwas suchte. Ich verstand überhaupt nichts und blieb murrend und besorgt an der Tür stehen. Immer wieder schielte ich zum Ausgang der Kapelle und betete stumm zu allen Göttern, dass niemand in der Nacht das Bedürfnis nach Heiligkeit verspürte. Schließlich kehrte Sanna mit einem sonderbar verzierten Schlüssel in der Hand zurück und schloss ohne großes Federlesen die Tür auf.

»Der Weg hier führt zum Unterbau des Palastes«, erklärte sie mir endlich, öffnete aber noch nicht das Portal. »Derselbe Unterbau, in dem sich auch der Bereich der Sklaven befindet. Es sind alte Ynaar-Ruinen, auf deren Fundamente meine Ahnen diese neue Anlage errichteten. Folglich müsste es also einen Weg von diesem Abschnitt in den der Unfreien geben.« Sanna bemerkte meinen irritierten Blick. »Wundert es dich, dass ich das weiß? Ich habe meine ersten zehn Lebensjahre hier in Laer-Caheel verbracht. Da gab es viel zu entdecken.«

»Dann lass uns hoffen, dass du dich richtig erinnerst und wir nicht in der Kaserne dieser verdammten Wachen auskommen.«

Mittlerweile wunderte ich mich nicht einmal mehr selbst darüber, wie wenig wir uns wie Prinzessin und Saer verhielten, wie sehr die Grenzen zwischen unseren Ständen verschwanden und ich sie behandelte, als sei sie eine mir ebenbürtige, einfache Frau. Die Gefahr schweißte uns zusammen und ließ keinen Platz für angestammte Rollen. Wir wollten beide nur noch von hier entkommen. Das verband uns jenseits von Titeln und Würden.

Ich öffnete die Tür und starrte hinunter in einen engen Gang, der vollständig in Dunkelheit lag. Wir brauchten eine Lichtquelle, sonst würden wir keine fünf Schritte weit kommen, ehe sich jemand die Knochen bräche. Kurz erklärte ich Sanna unser Problem, woraufhin sie sich einmal mehr in der Kapelle umzuschauen begann. Es dauerte nicht lange, ehe sie mit einer Öllampe zurückkehrte, in der bereits ein Flämmchen loderte. Anscheinend musste es sich bei dem Stück um irgendeine rituelle Lichtquelle handeln, waren die schmalen Verstrebungen doch mit liturgischen Zeichen versehen, die ich zwar nicht verstand, aber eindeutig mit dem Junus-Kult in Verbindung brachte. Ich fürchtete schon, dass dieses Lämpchen nicht viel Licht in der Dunkelheit der Ruinen unterhalb des Palastes spenden würde, da drang durch die Tür am Anfang der Kapelle undeutliches Poltern und Rufen. Die Wachen mussten ganz in der Nähe sein. Mit pochendem Herzen schob ich Sanna in den Gang. Kaum hatte ich das Portal hinter mir zugezogen, umfing uns eine drückende Dunkelheit, die tatsächlich kaum von der Öllampe durchdrungen wurde. Ich konnte es nicht ändern. Ich verschloss die Tür wieder mit dem kleinen Schlüssel, sodass unsere Verfolger, kämen sie auf die Idee, uns hier zu suchen, erst einmal eine Weile beschäftigt wären.

Sanna und ich mussten uns ein kleines Stück bücken, so tief hing die Decke des Ganges über uns. Gemeinsam stiegen wir die uralten Treppenstufen hinab, die an manchen Stellen abgebrochen und schwer zu begehen waren. Ein ungeschickter Tritt, und wir würden sehr viel schneller, dafür aber umso härter nach unten gelangen. Kalt war es hier. Kalt und düster. Undeutlich glaubte ich Malereien an den Wänden zu sehen, aber ich hatte keine Lust, mir die Sache genauer anzuschauen. Stattdessen eilten wir tiefer hinab in den Unterbau des Palastes, wo wir hofften, irgendeinen Weg aus dem stark bewachten Komplex zu finden. Unsere Fluchtpläne reichten nie weiter als bis zur nächsten Wegbiegung, aber alles war besser, als auf die Männer Paldairns zu warten, die meine Prinzessin suchten und die mich mit Sicherheit umbringen würden, stünde ich zwischen ihnen und ihr.

Der Weg nach unten führte nach vielleicht fünfzig Schritt zu einem sich merklich vergrößernden Raum, der früher, in den Tagen der Ynaar, vielleicht einmal so etwas wie eine Versammlungshalle gewesen sein konnte. Ich sah Säulengänge zu beiden Seiten, die allerdings im Gros verfallen und eingestürzt waren. Schutt und anderer Unrat übersäte den Boden und machte uns das Vorankommen schwer, vor allem, weil wir kaum über genügend Licht verfügten, um den Weg vor uns zwei Schritte weit zu beleuchten. So stiegen wir mühevoll über Trümmerteile teils vom Ausmaß eines Baumes. Hier in der Halle gab es nur ein weiteres Portal, dessen Mosaikverzierung von den Jahren verblasst war, sodass wir keine andere Wahl hatten, als diesen Weg zu nehmen.

Wie lange wir durch die vergessenen Gänge und Hallen dieser Ruine irrten, weiß ich nicht. Ich kann mich daran erinnern, dass der Staub, der hier Jahr auf Jahr unberührt geblieben war und den wir nun aufwirbelten, bald im Hals zu kratzen begann, ich durstig wie lange nicht mehr war. Aber jedes kleinste Geräusch, das wir selbst verursachten, indem wir gegen etwas stießen, das früher einmal Teil des Ynaar-Palastes gewesen sein musste, schreckte uns auf, ließ uns kaum Gelegenheit, unsere bis an die Grenzen gespannten Nerven zu schonen oder an etwas anderes denken als an die Gefahr, entdeckt zu werden. Immer wieder fuhr meine Hand zum Griff Nachtgesangs, obwohl es hier unten rein gar nichts zu bekämpfen gab, abgesehen von meiner eigenen Angst und der Dunkelheit. Für mich schien es, als seien wir im Bauch eines gewaltigen Ungeheuers, das uns bei der kleinsten Unachtsamkeit achtlos verdauen würde. Ich wünschte uns an einen anderen Ort, zurück nach Fortenskyte, wo ich mich vielleicht nicht heimisch fühlte, aber wo meiner Prinzessin keinerlei Gefahr drohte, an der ich versagen konnte. Aber hier unten, im toten Erbe der Ynaar, wo einst Fürsten und Statthalter rauschende Feste gefeiert hatten und wo nun Staub, Finsternis und Vergessenheit regierten, da gab es wenig Hoffnung auf ein Entkommen. Das Licht unserer Öllampe war ebenso schwach wie der sprichwörtlich leuchtende Hoffnungsschimmer.

Irgendwann erreichten wir eine Wegkreuzung, und als ich nach rechts schaute, in den Gang, der dort entlang führte, begann mein Herz schneller zu schlagen. Am Ende dieses Weges flackerte unruhig das Licht einer Fackel. Ich spürte, dass mir trotz der Kälte in diesen Ruinen der Schweiß ausbrach. Langsam zog ich mein Schwert aus der Scheide und schob mich ein Stück vor Sanna. Halb und halb wartete ich darauf, ob sich das Flackern bewegen, näher kommen würde. Eine Weile verharrte ich so, drückte mich mit einer Schulter gegen das Gemäuer, aber nichts tat sich. Also bewachte dort jemand den Weg, oder es handelte sich einfach nur um eine Fackel an der Wand, was bedeuten würde, dass wir den bewohnten Teil des Unterbaus erreicht hätten.

Es gab nur einen Weg, das herauszufinden. »Warte hier«, flüsterte ich Sanna zu und schlich, so leise ich konnte, auf die Lichtquelle zu.

Nachtgesang in beiden Händen, erreichte ich schließlich das Ende des Ganges, blieb nahe an der Wand. Bevor der Weg abknickte, drückte ich mich ganz gegen die kalten Mauern, horchte, wartete, suchte meinen eigenen Mut und spähte endlich, als ich dachte, ihn gefunden zu haben, vorsichtig um die Ecke. Ich fand einen weiteren kurzen Gang vor, der tatsächlich von einer Fackel in einer simplen Wandhalterung beleuchtet wurde. Jenseits davon erhellten weitere Lichtquellen eine Art Korridor. Ich meinte einige Körbe, Kisten und Fässer zu sehen, die dort verteilt standen. Ich sah keinen Menschen, hörte aber sehr, sehr leises Schnarchen. Das mussten die Sklavenquartiere sein. Also winkte ich Sanna mit einer Hand zu mir. Bei mir angekommen, warf auch sie einen Blick auf das, was um die Ecke lag.

»Der Bereich der Sklaven«, bestätigte sie kaum hörbar meine Vermutung.

Also zogen wir uns einige Schritt zurück, und ich wendete mich an die Prinzessin. »Und jetzt?«

»Hier muss es einen Ausgang aus den Ruinen geben«, antwortete Sanna. »Mindestens einer führt wieder nach oben in den Palast, und wenn ich mich richtig erinnere, dann gibt es auch einen Seitengang, der zum Fluss führt. Ich weiß es aber nicht mehr genau.« Sie kaute auf ihrer Unterlippe herum und dachte angestrengt nach. »Es ist zu lange her.«

Ich wog Nachtgesang ein kleines Stück hin und her. Wir konnten schlecht durch die Sklavenquartiere stolpern und jemanden nach dem Weg fragen. Wer wusste schon, wie die Diener darauf reagierten, ob sie uns verraten oder helfen würden. Ich konnte ihnen nicht vertrauen, ging es doch um nichts Geringeres als das Leben meiner Prinzessin, der Erbin des Thrones von Anarien. Ich durfte kein unnötiges Risiko eingehen und Menschen vertrauen, die ich nicht kannte.

Vertrauen.

»Cal!« Sanna schaute mich wegen meines leisen Ausrufens fragend an. »Cal«, meine ehemalige Sklavin, die uns auf dem Weg hierher begleitet hat«, erklärte ich ihr.

»Dieses lockige Ding? Was soll mit ihr sein?«

»Sie könnte uns helfen.« Fieberhaft begann ich zu überlegen, ob man die Sklaven, die Teil des königlichen Haushalts von Fortenskyte waren, hier in diesem Teil des Palastes untergebracht hatte. Auf der anderen Seite, wo sollten sie sonst hausen? Ich teilte Sanna meine Überlegungen mit, woraufhin sie nickte.

»Die Sklaven hat man hierhin gebracht«, sagte sie schließlich. »Das weiß ich genau. Es gibt keine anderen Unterkünfte für die Unfreien im ganzen Palastbereich, weil hier kaum Leibeigene dienen, sondern Freie, denen mein Vater mehr vertraut.«

»Dann müssen wir sie finden. Vielleicht weiß sie einen Weg nach draußen. Immerhin hat sie die letzte Zeit hier verbracht und wurde sicherlich in die täglichen Arbeiten eingespannt.«

»Und wie sollen wir sie finden?«

Ich zuckte mit den Schultern. »Suchen?«

»Schön, dass du deinen Humor nicht verloren hast«, versetzte sie trocken. »Wir können uns schlecht durchfragen, denn dann weiß in Windeseile die gesamte Sklavenschaft von Laer-Caheel Bescheid, dass ein Saer der Bruderschaft und eine Frau durch die alten Ynaar-Ruinen geflohen sind. Taliven kann sich dann an zwei Fingern abzählen, dass wir das gewesen sein mussten.«

»Wir haben keine andere Wahl«, gab ich zurück. »Hier unten können wir nicht ewig bleiben, und je länger wir warten, desto energischer wird Paldairn seine Männer nach uns ausschicken. Noch können wir die Nacht nutzen, um zu versuchen, ungesehen zu entkommen, sobald jedoch die Sonne aufgegangen ist, kommen wir hier nicht mehr raus. Lassen wir sie also am Morgen tratschen. Geht alles gut, sind wir bis dahin ohnehin über alle Berge.«

Zögerlich nickte Sanna. »In Ordnung.«

Ich schob Nachtgesang zurück in die Scheide, denn ich wollte keine unnötige Unruhe entstehen lassen, wenn wir auf den ersten Sklaven träfen. Ein Mann mit blankem Schwert in der Hand riecht immer nach Ärger, und das ist so ziemlich das Letzte, was ein Sklave gebrauchen kann. Deshalb rückte ich die Klinge an meiner Seite zurecht, nur für den Fall, dass der Ärger mich fand und ich mich verteidigen musste.

Mir kam eine Idee. »Wir gehen nicht beide«, stellte ich mit einem Tonfall fest, der hoffentlich keine Widerworte provozieren würde. »Es ist sicherer, wenn uns so wenig Leute wie möglich zusammen sehen. Du wartest hier auf mich, während ich Cal suche. Wenn ich sie gefunden habe, komme ich zurück und hole dich. Von hinten kann sich niemand an dich heranschleichen, das hörst du früh genug. Wenn das passieren sollte, kommst du nach und rufst nach mir. Keine Heldentaten oder Versteckspiele, hörst du?«

»Ich will aber nicht hier bleiben«, begehrte sie schwach auf. Sanna wollte trotzig klingen, aber ein Zittern in ihrer Stimme verriet sie.

»Es wird nur kurz dauern«, versprach ich ihr. »Du weißt, dass ich geschworen habe, dich zu beschützen, und diesen Schwur halte ich! Jetzt aber muss ich dich davor bewahren, von zu vielen Augen gesehen zu werden, die dich im schlimmsten Fall freiwillig oder unter Folter verraten könnten.« Ich versuche ein kleines Lächeln. »Vertrau mir einfach. Es ist besser so.«

Ihr besorgtes Gesicht brach mir fast das Herz. Dann aber nickte sie, und ich trat um die Ecke und steuerte auf die Sklavenquartiere zu. Ich hoffte nur, dass ich das Richtige tat. Sanna zurückzulassen, als ihre Leibwache nicht in ihrer Nähe zu sein, bescherte mir furchtbare Bauchschmerzen. Was auch immer ich tat, ich musste es schnell erledigen.

Während ich den Bereich der Unfreien betrat, schlug mir das Herz bis zum Hals, ich wollte Cal finden und dann so schnell wie möglich von hier verschwinden. Dieses Herumgeirre in den Ruinen gefiel mir nicht, es war die reinste Zeitverschwendung, in der Paldairn, dieser dreckige Verräter, seine gesamte Palastwache mobilisieren konnte. Deshalb machte ich mir auch gar nicht erst die Mühe, gezielt nach Cal zu suchen, sondern betrat den erstbesten Schlafraum, den ich fand. Ich hatte mir eine Fackel aus dem Gang genommen, sodass ich damit in den Raum, der mit allerhand Fellen und Binsen ausgelegt war, hineinleuchtete. Ich schätzte spontan, dass dort zehn, vielleicht zwölf Menschen verteilt schliefen. Mehr als genug also, um mir zu sagen, wo ich Cal finden konnte. Zuerst nahm niemand von den Sklaven dort Notiz von mir, sie schnarchten einfach im Fackelschein weiter, also musste ich etwas deutlicher werden.

Ich trat einer der Gestalten gegen den nackten, mit Hornhaut überzogenen Fuß, der aus den Fellen herausschaute. Ruckartig schoss ein Kerl mit flachsblondem Haar in die Höhe, was seine Nebenleute unruhig murmeln ließ. Der Sklave, vielleicht zwanzig Sommer alt, stierte mich mit offenem Mund vollkommen verschlafen an, und ich deutete ihm mit einer Handbewegung, mir nach draußen in den Korridor zu folgen. Die Schlafmütze sah das Schwert an meiner Seite, nickte schicksalsergeben und machte sich daran, sich aus den Fällen zu schälen.

Draußen vor dem Schlafsaal ließ ich ihm keine Zeit für Fragen. »Wo schläft die Sklavin Cal?«, wollte ich leise, aber fordernd von ihm wissen.

Der immer noch nicht ganz erwachte Sklave schien ernsthaft irritiert. Er rieb sich die Augen. »Cal? Ist das eine von denen aus Fortenskyte?«, fragte er mit belegter Stimme.

Ich musste ihn wohl deutlich energischer wecken. »Ist das eine von denen aus dem Norden, Saer!«

Sofort schien er um Stunden länger wach zu sein. »Verzeiht, Herr, ich wollte Euch nicht–«

»Spar dir die Ausreden, und beantworte meine Frage, bevor ich die Geduld mit dir verliere«, unterbrach ich ihn rüde.

»Natürlich, Herr.« Er überlegte, grübelte, rieb sich wieder durch das Gesicht. »Penn, einer der Jungs aus Fortenskyte, hat mir von einem Mädchen Namens Cal erzählt. Gestern Abend erst noch. Aber ich weiß nicht, wo sie schläft. Sie erledigt die Wäsche für uns andere, wenn ich mich–«

Wieder schnitt ich ihm das Wort ab. »Dann bring mich zu Penn! Ich bin in dringenden Angelegenheiten unterwegs und wünsche keine weiteren Verzögerungen.«

Der Arme Hund wusste, dass hier deftiger Ärger drohte, also nickte er hektisch und wirkte plötzlich sehr viel pflichtbewusster. »Penn schläft gleich hier, Saer«, sagte er. »Wartet einen Moment, ich wecke ihn.«

Es dauerte nicht lange, da kehrte der Sklave, dessen Name mich nicht interessierte, mit einem schlaftrunkenen Penn im Schlepptau zurück. Als mich Cals Gefährte erkannte, blinzelte er überrascht.

»Saer Ayrik«, stammelte er kurz, und ich hätte ihm am liebsten einmal quer durch den Korridor geprügelt, weil er meinen Namen benutzt hatte, dieser ahnungslose Tropf.

Vorerst ignorierte ich ihn aber und zeigte stattdessen mit dem Finger auf den anderen Diener. »Leg dich zurück schlafen.« Meine Stimme nahm einen sehr viel herrschaftlicheren Ton an. »Kein Wort darüber, was heute hier geschehen ist, oder ich schwöre dir, du findest dich noch vor Ende dieses Tages in einem Zug Richtung Norden wieder, wo ich persönlich dafür Sorge tragen werde, dass du bis an dein Lebensende in den Steinbrüchen von Bronwyth schuftest. Vergiss das nicht! Und jetzt verschwinde!«

Dem armen Kerl stand die Angst ins Gesicht geschrieben. Er verneigte sich übertrieben tief und trollte sich zurück in den Schlafsaal, während mich Penn entgeistert anstarrte.

»Jetzt zu dir«, wendete ich mich an ihn, zog ihn einige Schritte von dem Schlafraum fort, damit nicht jeder hörte, was hier vor sich ging. »Du weißt, wo Cal schläft?« Penn nickte. »Dann wirst du sie jetzt holen. Packt an warmer Kleidung, Nahrung und Ausrüstung ein, was ihr finden könnt. Ich brauche noch eine Tunika, also sieh zu, dass du eine findest. Am besten wären auch zwei Mäntel. Aber wenn das zu lange dauert, halt dich nicht damit auf, sondern kommt auf dem schnellsten Weg zu mir. Weißt du, wo es zu den unbenutzten Gängen der Ynaar-Ruinen geht?«, redete ich weiter auf ihn ein. Wieder nickte er. »Gut, dann kommt dahin, sobald ihr fertig seid. Und kein Wort zu irgendwem! Wenn euch jemand fragt, wohin ihr so früh wollt, dann sagt ihnen, Saer Taliven ...« Ich überlegte, winkte aber schließlich ab. »Ach verdammt, lasst euch einfach nicht erwischen. Tischt im schlimmsten Fall irgendwelche Lügen auf. Wir sehen diesen elenden Ort sowieso nie wieder. Gibt es hier unten irgendwo Waffen oder Rüstungen?«

»Nein.« Er schüttelte den Kopf. »Waffen sind ausnahmslos in den Sklavenquartieren verboten.«

»Das wäre auch zu einfach gewesen«, murrte ich.

Angst schimmerte in Penns Augen. »Stimmt etwas nicht, Herr?«

»Gar nichts stimmt«, gab ich zurück. »Wir müssen aus der Stadt verschwinden, aber das besprechen wir, wenn ihr bei uns seid. Jetzt geh, und beeil dich!«

»Uns?«, hakte Cals Gefährte nach.

Ich seufzte entnervt, was Penn wohl genug Antwort war, denn er zog ein entschuldigendes Gesicht und machte sich davon, ohne mich mit weiteren Fragen zu belästigen.

Wenigstens einmal klappte etwas.

Zusammen mit Sanna wartete ich am Beginn des Ruinenbereichs darauf, dass Penn und Cal zu uns stießen. Meine Prinzessin schien wenig begeistert davon zu sein, dass unsere Flucht mehr oder minder in den Händen zweier Sklaven lag.

»Wir sind in der Wahl unserer Verbündeten etwas eingeschränkt. Lass uns lieber hoffen, dass Cal einen Weg aus dem Palast weiß, der uns vorbei an den Wachen deines Vaters führt«, fasste ich unsere Situation zusammen und betrachtete Sanna, die in sich zusammengesunken neben der Laterne hockte.

»Kannst du ihr denn vertrauen?«, fragte sie, ohne zu mir aufzusehen.

»Ja. Uns verbindet viel. Sie würde mich niemals verraten.«

Sanna lächelte bitter. »Es gibt ziemlich viele Frauen in deinem Leben, die dir am Herzen liegen.«

Was sollte das nun werden? »Wir haben andere Probleme als die Zahl der Frauen, die mir etwas bedeuten«, wiegelte ich ab, da ich überhaupt keine Lust verspürte, so etwas ausgerechnet jetzt zu besprechen.

Sanna sah das offensichtlich anders. »Es ist aber ein Problem!«, fuhr sie mich an. »Du dienst mir! Ich sollte dir am Herzen liegen, sonst niemand! Erst recht keine dahergelaufene Sklavenschlampe, mit der du es in den Wäldern getrieben hast.«

»Und wem diene ich gerade?« Ich erwiderte den streitlustigen Blick, den sie mir zuwarf. »Für wen riskiere ich denn meinen Hals, wenn nicht für dich?«

»Weil es deine Pflicht ist«, erwiderte sie mit eisigem Tonfall. »Aber ich will mehr als nur deine Pflichterfüllung. Die kann ich von jedem anderen Trottel mit einem Schwert haben.«

Ich verlor die Beherrschung. »Und wofür?«, zischte ich sie an und unterdrückte

den Drang, sie anzubrüllen. »Damit ich es dir besorge, wenn dein Verlobter nicht in der Nähe ist? Eilan ist ein verdammt guter Mensch, der mir freundlich begegnet ist, wo mir andere am liebsten ins Gesicht spucken würden. Und ich hintergehe ihn! Ich hintergehe und verrate deine Mutter, meine Königin, die mich zum Saer machte, und alle Brüder, die wie ich geschworen haben, den Thron zu verteidigen!«
»Brüder«, spie sie aus. »Die meisten deiner feinen Brüder verachten dich, aber du merkst es nicht einmal, sondern spielst weiter den dressierten Bauern mit dem Schwert. Und mehr bist du wahrhaftig nicht.« Sanna konnte so wunderschön sein, wenn sie lächelte. Jetzt aber verzog sich ihr Gesicht zu einer Fratze der Verabscheuung. »Ich hätte dir mehr zugetraut, Ayrik Rendelssohn.«

Ich erhob mich steif. Als ich sprach, versuchte ich nicht durchscheinen zu lassen, wie sehr sie mich mit ihren Worten verletzt hatte. »Eure Mutter Hochkönigin verlieh mir den Namen Saer Ayrik Areon von Dynfaert, Herrin. Und ich habe ihr bei meinem Leben geschworen, Euch zu beschützen.« Ich hörte leise Schritte aus Richtung der Sklavenunterkünfte. »Diesen Schwur halte ich. Ich werde Euch sicher zu Eurer Mutter nach Fortenskyte zurückbringen. Nicht weniger und ganz sicher nicht mehr.«

Wenige Herzschläge später kamen Cal und Penn um die Ecke, und ich nahm endlich meinen Blick aus Sannas Augen, die sich mit Tränen zu füllen begannen. Es kostete mich alle Überwindung, meine Konzentration wieder auf das Hier und Jetzt zu legen. Beide Sklaven trugen dicke Mäntel aus Loden, farblos fast, aber sicherlich warm. Penn hielt einiges an Kleidungsstücken in den Händen, während Cal ein Bündel auf dem Rücken trug, in dem sich hoffentlich genügend Nahrung befand, dass wir nicht auf halber Strecke zwischen Laer-Caheel und Fortenskyte hungern müssten.

»Ayrik«, riss mich Cals Stimme aus den Gedanken. »Was ist denn –« In diesem Moment wurde sie Sanna gewahr und fiel augenblicklich, ebenso wie Penn, auf die Knie.

Die Prinzessin deutete mit einer abwesenden Handbewegung, dass sich beide erheben sollten, und wandte den Blick ab. Ich nahm an, sie wollte nicht, dass die beiden ihre Tränen sahen.

Ich fühlte mich elend. »Cal, wir müssen aus Laer-Caheel fliehen. Es hat einen Verrat gegeben, dessen Ziel die Prinzessin von Rhynhaven war. Männer der Königin wurden dabei getötet, und wir selbst entkamen nur knapp den Palastwachen, die nach uns suchen.« Meine ehemalige Sklavin wechselte einen kurzen, besorgten Blick mit Penn. Ich fuhr fort. »Bevor wir uns allerdings Gedanken darüber machen können, wie wir aus der Stadt kommen, brauchen wir einen Weg aus dem Palast, denn die Mauern hier sind ebenso bewacht wie der obere Bereich. Man sagte, du würdest die Wäsche waschen. Am Fluss?«

Cal ließ die Worte auf sich wirken. »Ja, am Fluss«, bestätigte sie dann meine Vermutung. »Es gibt von hier unten einen Weg, der direkt ans Ufer führt.«

»Hinter der Wehrmauer?«

»Vielleicht vierzig Schritte jenseits davon.«

Zum ersten Mal an diesem Abend gönnte ich mir so etwas wie Erleichterung. Für einige Herzschläge lang schloss ich die Augen und dankte stumm allen Göttern, die ich kannte. Wären wir jenseits der Palastmauern, hätten wir erst einmal ein Problem weniger, selbst wenn wir dann noch nicht entkommen wären.

Ich atmete mehrmals tief ein und aus.»Dann führ uns dahin. Solange es dunkel ist, können wir vielleicht noch verschwinden, bevor uns die ganze verdammte Stadt sucht.«

»Saer Ayrik«. Es war Sannas Stimme, plötzlich klar und herrisch. Sie wendete sich mir zu, und ich fand keine Spur mehr irgendwelcher Tränen oder Unsicherheit in ihrem Blick. Sie stand aufrecht da, die Schultern zurück, das Gesicht eiskalt. Eine unbändige Herrschaftlichkeit ging von ihr aus.»Gebt mir das Langmesser, das Ihr dem toten Wachmann abgenommen habt.« Ohne ein Widerwort löste ich Kalens Waffengurt und folgte dem Befehl meiner Herrin. Sie nahm den Blick nicht aus meinen Augen, während sie sich den Gürtel umschlang.»Ich bin die Thronfolgerin von Rhynhaven, Erbe des Einen Gottes Junus. Mein Haus herrscht seit den Tagen der Ynaar über das Reich, uneingeschränkt und unangefochten. Und ich werde nicht aus meiner Heimatstadt schleichen, wie der Dieb in der Nacht aus der Schatzkammer flieht.« Ich wollte schon protestieren, dass wir keine Zeit für falschen Stolz hatten, da sah Sanna zu Cal und nickte ihr knapp zu.»Führ uns zum Fluss, Mädchen. Verlassen wir diesen Ort des Verrats. Aber wer auch immer sich mir heute Nacht in den Weg stellt, ertrinkt in seinem eigenen Blut.«

Sanna stand die ganze Welt offen. Tyrannei oder Heilsbringerin, was immer ihr beliebte. Sie würde sich dereinst in die lange und bestimmt nicht immer ruhmvolle Reihe ihrer Ahnen einfügen als alles überstrahlendes Licht in der Barbarei oder eine von vielen Wahnsinnigen mit zu viel Macht und wenig Verstand. Wohin würde ihr Weg gehen? Ich wusste es damals nicht, denn meine Welt bestand aus dem Schwert und einer Verantwortung, um die ich nicht gebeten hatte. Ich wusste nur, dass sie ihren Fußabdruck in der Geschichte mit Nachdruck hinterlassen würde. Wie auch immer der aussähe.

Wie sich herausstellte, endete der unterirdische Gang, den die Sklaven für ihre Wäsche am Rhyn benutzten, in einem verlassenen Wachturm der Ynaar, der die Zeit größtenteils unbeschadet überstanden hatte. Penn erklärte uns, er habe gehört, dass man den Turm in Zeiten des Krieges wieder bemannen und als Beobachtungspunkt benutzen könnte. Irgendwie ahnte ich, dass man genau das machen würde, sobald ich die Prinzessin zurück zu ihrer Mutter gebracht hätte und ein neuer Krieg aufzöge.

Ich konnte es kaum erwarten. Seit unserem Streit hatten wir kein einziges Wort mehr miteinander gewechselt, und die frostige Stimmung zwischen Sanna und mir schien auch den beiden Sklaven aufzufallen.

Glücklicherweise hatten die zwei etwas wärmere Kleidung auftreiben können. Die Prinzessin entledigte sich des Mantels der Palastwache und zog stattdessen ein derbes, aber warmes Kleid aus Wolle über ihr sündhaft teures Seidengewand. Ein Lodenmantel mit Kapuze rundete die wetterfeste und weniger auffällige Kleidung ab. Ich selbst zog einen ähnlichen Mantel über, nutzte aber darüber hinaus ein Lederkoller, das Penn irgendwem vom Nachtlager gestohlen hatte. Das ranzig stinkende Teil taugte zwar kaum als Rüstung, hielt jedoch immerhin warm. Ich verschwendete nur einen sehr kurzen Gedanken an meine eigene Ausrüstung, an das kostbare Kettenhemd, die Plattenpanzerteile oder Raegans Handschuhe, denn all das war auf Nimmerwiedersehen verloren.

Zwischenzeitlich hatte ich den Entschluss gefasst, in der Unterstadt, bei den einfachen Menschen, unterzutauchen und von dort aus einen Fluchtplan zu schmieden. Bei Nacht kämen wir eh nicht durch die Stadttore, die verschlossen und bewacht wurden. Abzutauchen war die einzige Möglichkeit, vorerst den Wachen im Trubel dieser riesigen Stadt zu entgehen. Mit ein bisschen Glück könnten wir so die schiere Größe, die unzähligen Menschen als Deckung benutzen, bis mir auch nur halbwegs so etwas wie ein Plan eingefallen wäre, den ich derzeit noch nicht vorweisen konnte. Zwar hatten wir keinerlei Silber oder Gold bei uns, womit wir eine Unterkunft oder Nahrung bezahlen konnten, aber Cal hatte Brot, Käse und gepökeltes Fleisch aus der Küche der Sklaven mitgehen lassen, was uns eine Weile ernähren konnte. Und irgendwo in diesem Gebilde, das sich Laer-Caheel nannte, würden wir schon ein verlassenes Haus oder einen Verschlag finden, wo wir für einige Tage die Köpfe unten behalten konnten. Alles in allem war dies natürlich ein jämmerlicher Plan, aber er erschien mir besser, als mich auf den Boden zu werfen und zu heulen.

Wir mussten nur den Rhyn überqueren und uns dann ein Versteck suchen.

Schwierig genug.

Die Tür zum Wachturm außerhalb der Palastanlage konnten wir mit einem Schlüssel aufschließen, der direkt daneben an der Wand hing. Kaum hatten wir den Turm betreten, konnte ich sehen, dass man dieses Portal ohnehin nur von Innen, also aus dem Gang heraus, öffnen konnte. Wuschen die Sklaven die Wäsche am Fluss, klemmten sie einen Holzkeil in die Tür, etwaige Besatzung im Kriegsfall allerdings, die hier im Falle eines Kampfes ausharren müsste, gäbe es keine Rückzugschance. Ich führte Sanna, Cal und Penn aus dem Turm heraus, durch dessen Schießscharte ein wenig Mondlicht fiel, und dachte nur noch daran, wie wir über eine der Brücken gelangen konnten, ohne gesehen zu werden. Das Öllämpchen, das uns in den Ruinen als Licht gedient hatte, löschten wir und ließen es im Turm vor der nun wieder verschlossenen Tür stehen. Ich wollte nicht unbedingt ein munter leuchtendes Ziel abgeben, falls man uns entdeckte.

Draußen empfing uns eine sternenklare Nacht unter einem abnehmenden Mond. Für gewöhnlich genieße ich so einen Anblick, wenn sich die unzähligen winzigen Lichter am Teppich des Nachthimmels zeigen und der Mond, von keiner Wolke behindert, alles in ein einzigartig schwaches Blau tauchte, damals jedoch verfluchte ich den Mond und die Sterne.

Laer-Caheel war des Nachts ebenso düster und tot wie jeder andere Ort auf der Welt, durch das Mondlicht würden wir wenigstens nicht blind durch die Straßen irren müssen. Die Kehrseite dieses Umstands jedoch war, dass dies auch für unsere Feinde galt. Es würde nahezu unmöglich werden, ungesehen in die Unterstadt zu gelangen. Spätestens auf der Brücke wären wir für jeden Wachposten auf den Palastmauern gut zu erkennen, würde er nur in unsere Richtung schauen. Dummerweise gab es für uns keine andere Möglichkeit, die Oberstadt zu verlassen. Der Rhyn war stellenweise über zweihundert Schritt breit, und ich wollte nicht das Risiko eingehen, ihn mit Sack und Pack zu durchschwimmen. Im schlimmsten Fall würde unsere Flucht damit enden, dass irgendjemand absoff, bei meinem Glück Sanna. Das konnte und wollte ich gar nicht erst riskieren. Daher blieb uns nur der Weg über eine der Brücken. Fragte sich nur, welche.

Von unserer Position aus, einem erhobenen Teil des Ufers, das sanft bis zu den Fluten des Rhyn abfiel, konnte ich linkerhand in vielleicht fünfhundert Schritten Entfernung eben jene Brücke erkennen, über die wir bei unserem Einzug nach Laer-Caheel geritten waren. Dazwischen lag ein weitläufiges Feld, das nach geschätzten zweihundert Schritten bei den ersten Prachtbauten endete, die uns Deckung vor allzu neugierigen Augen böten. Rechts von mir hingegen gab es nichts mehr, nur den Fluss und eine in Dunkelheit liegende Unterstadt

Ein zugegeben verdammt weiter Weg bis in die Freiheit.

Ich überdachte noch einmal die verführerische Möglichkeit, einfach zu schwimmen. Ein kurzer Blick in die Fluten ließ mich die Idee allerdings gleich wieder vergessen. Das Gewässer war einfach zu unruhig, ich wusste nicht, wo es Strudel und Untiefen gab, die diesen Fluchtversuch dramatisch enden lassen würden. Das Risiko blieb schlicht zu hoch.

Den Turm im Rücken, spähte ich zu den nahen Palastmauern und konnte vorerst keine Bewegung oder Fackeln auf den Wehrgängen erkennen. Hielten sich die Wachen an das übliche Vorgehen, würden mehrere Trupps gleichzeitig hinter den Zinnen patrouillieren, sich ständig kreuzen und so eine halbwegs durchgängige Bewachung gewährleisten. So taten es die Männer des Draak auf seiner Festung, und so hatte ich es auch in all den Königshöfen gesehen, die wir auf unserem Weg in diese verfluchte Stadt passierten. Also hieß es jetzt für uns, zu warten, bis die ersten Männer auf den Mauern erschienen. Da das Haupttor der Palastanlage nicht weit entfernt lag, nahm ich an, dass man sich dort treffen und kreuzen würde. Diesen Punkt konnte ich von meinem Posten aus gut erkennen, hatten sich meine Augen doch mittlerweile an die Dunkelheit gewöhnt. Würden sich die Wachen dann schließlich weit genug voneinander entfernt haben, müsste sich uns eine knappe, wenn auch hoffentlich ausreichende Gelegenheit bieten, in der wir das unbebaute Gebiet überqueren konnten, ehe wir zwischen den Häusern und Anwesen der gehobenen Stände verschwänden.

Ich berichtete kurz angebunden den anderen, was ich plante, dann legte ich mich wieder im Sichtschutz des Turmes auf die Lauer. Dank des Kollers und des Mantels fror ich zumindest nicht mehr, während ich im Gras hockte und angestrengt auf die in mehr als vierzig Schritt drohend aufragenden Kalksteinmauern spähte.

Die folgende Warterei zerrte an meinen Nerven. Schaut man nur zu lange in die Nacht hinein, versucht etwas zu erkennen, dann spielen einem die Augen gerne Streiche und man meint Dinge und Bewegungen zu sehen, die es gar nicht gibt. So erging es mir in jener Nacht mehrmals, woraufhin ich schon den anderen ein Zeichen geben wollte, mir zu folgen. Und ständig entpuppte es sich als Täuschung meiner Augen. So blieb ich weiterhin an Ort und Stelle hocken, angespannt und bis an die Grenze meines Seins nervös. Dieser Teil der Flucht wäre noch gefährlich, extrem gefährlich sogar, dann die Überquerung der Brücke. Danach würde es vorerst eine gewisse Ruhepause geben, sobald wir einen Unterschlupf gefunden hätten.

Immer wieder redete ich mir ein, dass es gut gehen würde, dass uns niemand sähe, und immer wieder flüsterte mir da eine hämische Stimme im Geiste zu, dass ich ein elender Idiot sei. Es gäbe kein Entkommen.

Ich versuchte es zu ignorieren und hörte stattdessen dem nahen Plätschern des Rhyn zu, den das alles nicht interessierte.

Wie lange ich dieses Warten noch ausgehalten hätte, weiß ich nicht, aber als ich endlich hinter den Zinnen die ersten Fackeln sehen konnte, zitterte ich bereits vor unterdrückter Anspannung. Gemächlich tanzte das Licht von der einen Seite der Mauer näher, während sich von der anderen her ein zweiter mit Fackeln ausgerüsteter Trupp heranschob. Die Männer selbst konnte ich nicht erkennen, verwehrten doch die Zinnen einen genaueren Blick, ihr Licht allerdings sah ich deutlich und klar.

Ich gab Sanna, Cal und Penn ein Zeichen mit der Hand, dass sie sich ruhig verhalten sollten.

Schritt auf Schritt kamen sich die beiden Lichter näher. Andeutungen von Gesprächsfetzen wurden von der Nachtluft zu mir herüber getragen. Ich konnte kein Wort verstehen, auch keine Stimmung in den Worten auffangen. Ich hoffte einfach nur, dass sie nicht zu einem kleinen Plausch ansetzen würden, denn mir stand kein Stück mehr der Sinn nach Warten. Ich wollte hier endlich weg und nicht wie ein Dieb darauf warten, bis uns jemand zufällig erwischte.

Mit der linken Hand strich ich nervös über einen mit Moos bewachsenen Stein im Mauerwerk des Turmes. Endlich bewegten sich die beiden Lichter der Fackeln in entgegengesetzte Richtungen. Nur noch einige Momente, dann müssten wir es wagen.

Als sich die Lichter weit genug entfernt hatten, stand ich auf, atmete durch und wendete mich halb Sanna, Cal und ihrem Gefährten zu. »Jetzt oder nie. Bleibt dicht an mir dran, und folgt mir, egal, wohin ich gehe.« Sie nickten. In den Gesichtern meiner Gefährten lag die reinste Anspannung. Ich konnte es ihnen nicht verübeln, machte ich mir ja selbst fast in die Hosen. »Droht der Prinzessin Gefahr«, wendete ich mich an Cal und Penn, »verteidigt ihr sie ebenso wie ich! Und sei es mit eurem Leben.«

Beide sahen zögerlich zu Sanna, die meinen Befehl mit unbewegter Miene zur Kenntnis genommen hatte. Sie sah stattdessen mich an. Stoisch und ohne dass ich mir einen Reim darauf machen konnte, was gerade in ihrem Kopf vor sich ging.

Dafür hatte ich eh keine Zeit. »Also los.«

Ich wollte nicht rennen, denn für solche waghalsigen Aktionen schien nicht einmal der Halbmond über uns hell genug. Auch nur das kleinste Hindernis könnte unsere gesamte Flucht ruinieren. Deswegen huschte ich in einem angemessenen Tempo über das hier noch mit Gras bewachsene Ufer, immer wieder in Richtung Palastmauer spähend. Die Lichter bewegten sich gemächlich weiter, änderten nicht plötzlich ihre Richtung, kein Ruf ertönte. Wir eilten weiter. Jedes kleinste Geräusch, das wir verursachten, unsere Stiefel im Gras, das leise Klacken meines Gürtels, wenn die Parierstange Nachtgesangs gegen den Metallbeschlag traf, ließ mich tausend Tode sterben. In der Nacht schienen mir alle Geräusche doppelt so laut und wie dafür geschaffen, uns zu verraten. Aber niemand stellte sich uns in den Weg, während wir näher und näher an das erste Haus ynaarischer Bauart kamen. Bald waren es nur noch fünfzig Schritte, dann hätten wir es geschafft.

Als wir uns schließlich im Sichtschutz der Kalksteinmauern des Gebäudes befanden und ich immer noch keine Bewegung auf den Mauern des Palastes hinter uns erkennen konnte, schöpfte ich neue Hoffnung. Ein Abschnitt weniger, auf dem ich versagen konnte. Von hier aus ging es zügig, aber weiterhin aufmerksam weiter. Wo es ging, nahmen wir kleinere Gassen, die sich immer wieder zwischen den teils monumentalen Bauwerken durch die Oberstadt schlängelten. Es war als würde man sich durch eine Ansammlung von schlafenden Giganten schlängeln. Laer-Caheel war stumm und drohend mit all seinen Schatten und riesigen Gebilden aus Stein. Selten hörten wir einmal Katzen im Liebesspiel jammern oder aufaulen, wenn sie bei ihrer Jagd auf unerwarteten Widerstand gestoßen sein mussten. Hier und dort hustete jemand aus einem halb geöffneten Fenster heraus, aber es gab kein Waffengeklirre oder das Dröhnen von Hufen oder ein anderes Geräusch, das ich in diesen Momenten nicht gebrauchen konnte. Wir drangen immer tiefer in die Stille der Oberstadt ein, wurden Teil der Nacht und ließen damit die unmittelbare Gefahr mit jedem getanen Schritt ein Stück mehr hinter uns, während der Rhyn zu unserer Rechten sein eintöniges Lied sang. Bald mussten wir auf die Brücke stoßen …

Gerade drückten wir uns nahe an dem Gemäuer einer bereits geschlossenen Schenke vorbei, da erreichten wir endlich den Brückenvorplatz. Ich hielt nach Wachposten Ausschau, die möglicherweise diesen Abschnitt beobachteten, konnte aber niemanden erkennen. Auch auf der anderen Uferseite tat sich nichts.

»Los«, wies ich meine Gefährten an und eilte aus der Deckung des Gasthauses über den Platz.

Schon setzte ich die Sohlen meiner Stiefel auf die Brücke, Sanna, Cal und Penn direkt hinter mir. Weniger als zweihundert Schritte trennten uns von einer vorläufigen Sicherheit. Zu beiden Seiten rauschte der Rhyn, aus der Unterstadt drang ein fernes Hundegebell, das wie eine die fleischgewordene Sicherheit in meinen Ohren klang. Als wir über die Hälfte der Strecke zurückgelegt hatten, gönnte ich mir ein Lächeln.

Das mir augenblicklich gefror.

Ich bin mir nicht sicher, wer dümmer aus der Wäsche starrte: Sanna, Cal, Penn und ich oder die vier Nachtwächter. In diesem Augenblick kamen sie auf der anderen Seite um die Ecke und hielten kurz vor Beginn der Brücke überrascht an. Einer von ihnen trug eine Fackel, alle Waffen.

Verdammter Dreck!

Wir stoppten in unserem Lauf. Noch wagte es keiner, sich zu bewegen, weder wir noch die Wachen. Die Krieger vor uns, angetan in Lederwämse und rote Mäntel, beratschlagten für einige Herzschläge, in denen ich ernsthaft darüber nachdachte, auf dem Absatz umzudrehen und zurück in die Oberstadt zu flüchten. Aber wofür? Dort wäre es noch gefährlicher für uns. Die Palastwachen würden mittlerweile sicherlich noch weitläufiger nach uns suchen, und es wäre nur eine Frage der Zeit, bis wir ihnen in die Arme liefen. Da ließ ich mich lieber mit vier Nachtwächtern ein, die in der Regel alles andere als professionelle Krieger sein mussten. Einer von ihnen führte zwar einen Bogen mit sich, aber die Sehne schien nicht eingespannt zu sein, wenn ich das richtig sah. Die zwei anderen waren mit Stoßspeeren, aber keinen Schilden bewaffnet, während der letzte von ihnen eine Fackel und ein Langmesser an der Hüfte trug. Die Wächter in den Städten und Dorfgemeinschaften waren in der Regel Freie, die am Tage für Sicherheit und Ordnung sorgten und bei Nacht nach Bränden und Gesetzlosen Ausschau hielten. In den Städten stellten größtenteils die Handwerksburschen die Nachtwachen, also alles andere als geübte Männer des Krieges. Ein leidlicher Dienst für junge Männer, den man sich für ein paar Silbermünzen vom Hals halten konnte.

»Ihr da«, rief uns der Fackelträger an. »Bleibt, wo ihr seid! Wer seid ihr, und wo wollt ihr um diese Stunde hin?«

Sie kamen langsam auf uns zu. Verflucht nochmal, ich musste etwas unternehmen!

Ich schob Sanna hinter mich und auch Cal und Penn traten einen Schritt zurück. Mit der Linken schob ich die Falten des Mantels fort, sodass die Wachen bald das Schwert an meiner Seite sehen konnten.

»Penn, kannst du kämpfen?«, fragte ich den Sklaven leise hinter mir, ohne den Blick von den Wachen zu nehmen. Die beiden Speerträger hatten ihre Waffen mittlerweile auf uns gesenkt. Vielleicht noch zwanzig Schritte bis zu uns.

»Ein wenig.«

»Hinten an meinem Gürtel steckt ein Messer. Nimm es dir!« Ich spürte, dass jemand an meinem Umhang nestelte. Kurz darauf zog Penn das Jagdmesser meiner Brüder aus der Scheide.

Ob der Sklave in einem möglichen Kampf zu mehr nütze wäre, als zuerst zu sterben, wusste ich nicht.

Ich betete, dass es nicht so weit kommen würde, und trat einen Schritt nach vorne. Mir war klar, dass ich jeden der Vier höchstwahrscheinlich besiegen könnte, aber eben nacheinander und nicht auf einmal. Diese Wächter waren nicht unbedingt hervorragend ausgebildet oder ausgerüstet, aber die schiere Übermacht würde diesen Nachteil ausgleichen. Kerzengerade stand ich dort auf der Brücke, das Kinn überheblich nach vorne gereckt. Vielleicht könnte ich die Jungs ja mit ein paar Worten einschüchtern.

»Im Namen der Hochkönigin von Anarien befehle ich euch, den Weg freizumachen!«, rief ich ihnen zu, und vorerst blieben sie tatsächlich stehen. Ich hätte fast vor Erleichterung gelacht.

»Und wer seid Ihr?« Die Stimme des Wachmannes klang nicht sehr beeindruckt.

»Wer ich bin oder was meine Geschäfte sind, geht euch nichts an«, versetzte ich mit aller Arroganz, die ich aufbieten konnte. »Euch soll reichen, dass ich ein Saer des Reiches und in dringenden Angelegenheiten der Krone unterwegs bin.«

Die Wache ließ sich nicht verunsichern, was mich ärgerte. Hatte niemand mehr Respekt vor einem Schwertadligen? »Dann nennt mir Euren Namen, und ich lasse Euch passieren, Saer.«

Ich könnte lügen. Irgendeinen Namen auftischen und dann auf Nimmerwiedersehen verschwinden. Es erschien mir nämlich sehr unwahrscheinlich, dass diese Wächter hier überhaupt wussten, was im Palast vor sich ging, oder bereits Anweisung erhalten hatten, nach uns zu suchen. Dafür war all das noch nicht lange genug her.

»Mein Name ist Saer Rodrey Boros von Illargis«, antwortete ich also und wunderte mich noch selbst darüber, dass mir ausgerechnet dieser eitle Gockel eingefallen war. »Und jetzt tretet zur Seite, und lasst uns passieren! Ich bin es nicht gewöhnt, mit Nachtwächtern auszudiskutieren, was die Königin befiehlt.«

Sie bewegten sich kein Stück, hoben aber jetzt die Speere. »Wer sind Eure Begleiter, Saer?«

»Eine Priesterin und zwei Sklaven«, gab ich gereizt zurück.

Der Fackelträger wollte irgendwas erwidern, kam aber nicht mehr dazu, sondern starrte nur mit schon geöffnetem Mund hinter mich. Dann hörte ich es ebenso.

Mit wachsender Übelkeit drehte ich mich halb um und sah einen Trupp von mindestens zehn Mann, voll gerüstete Palastwachen, die Brücke betreten. Ein Mann hoch zu Ross im Kettenpanzer, Mantel und Helm führte sie an.

»Lasst sie nicht passieren!«, brüllte der Reiter mit sich überschlagender Stimme.

Speere wurden wieder gesenkt, der Bogenschütze spannte die Sehne ein. Ich warf den Mantel nach hinten und riss Nachtgesang aus der Scheide. Die Palastwachen hinter uns kamen näher, wir mussten handeln. Der Blick des Wächters traf den meinen.

Mit der Schwertspitze voraus deutete ich auf den Wortführer der Nachtwache. »Ich sage es nur noch einmal: Tritt im Namen der Hochkönigin zur Seite oder stirb!«

»Zum Teufel mit dir!«, spie er stattdessen aus.

Ich wollte mich auf ihn stürzen, aber ehe ich bei ihm sein könnte, hätte mich der Bogenschütze, der nun einen Pfeil auf die Sehne gelegt hatte und auf mich zielte, einfach über den Haufen geschossen.

Als sich eine Hand in meinen Mantel krallte, bemerkte ich, dass Sanna mit einem wie eingefrorenem Gesicht die näherkommenden Palastwachen ansah. »Taliven!« Ich verlor jede Hoffnung.

Ich hörte die Männer hinter mir näherkommen. »Penn, achte auf die hier«, wies ich den Sklaven an und wendete mich den Soldaten zu, die ihn fünf Schritten Entfernung von ihrem Hauptmann angehalten wurden.

»Saer Ayrik«, begrüßte mich Taliven kaer Nimar und zog sich den Helm vom Kopf. »Ist es nicht etwas spät für Ausflüge in die Stadt?« Die kleine Mistratte lehnte sich spähend im Sattel zur Seite. »Und noch dazu mit unserer allseits geliebten Prinzessin. Herrin, ich wünsche Euch einen gesegneten Abend. Erlaubt mir anzumerken, dass dies weder der richtige Ort noch die passende Gesellschaft für Euch ist.«

Bis jetzt hatte Sanna noch eng an meiner Seite gestanden, nun warf sie die Kapuze ihres Mantels nach hinten und wollte einen Schritt nach vorne tun, den ich aber dadurch unterbrach, dass ich sie an ihrem Ärmel festhielt. Sie verstand und blieb bei mir. Taliven müsste an mir vorbei, um an sie zu kommen.

Das war meine Aufgabe. Das war mein Eid.

»Was geht hier vor sich, kaer Nimar?«, verlangte sie mit frostiger Stimme zu wissen. »Ist es wahr, dass man meine persönlichen Wachen erschlagen hat?«

»Bedauerlicherweise, ja, Herrin.« Besonders bedauernd klang er dabei nicht.

»Ihr Tod war nicht geplant, wir wollten sie lediglich in Gewahrsam nehmen. Als sie sich wehrten, hatten meine Männer keine andere Wahl.«

»Ihr bringt meiner Mutter verschworene Krieger um? Habt Ihr kein Ehrgefühl?«, schrie Sanna plötzlich völlig außer sich, und ich bemerkte, dass sie das Langmesser gezogen hatte. Einmal mehr musste ich sie festhalten, wollte ich nicht, dass sie sich mit der Klinge auf den Hauptmann stürzt. »Auf wessen Befahl wagt ihr es, Eure Hochkönigin so schändlich zu hintergehen?«

Taliven blieb gelassen. »Auf Befehl des Königs.«

Also doch. Ich merkte, wie Sanna in sich zusammensackte.

»Hat Paldairn vergessen, wer in Anarien herrscht?«, riss ich die Aufmerksamkeit des Hauptmanns der Sonnenwache auf mich. »Er ist es nicht, so viel steht fest.«

»Wer herrscht und wer nicht, Areon, überlasst besser denen, die sich mit derlei Dingen auskennen«, versetzte der Bengel. Er fühlte sich wohl mit solch einer Übermacht im Rücken sehr stark.

Ich senkte das Schwert ein Stück. »Ich bin der Prinzessin von Rhynhaven verschworen und dulde nicht, dass ihr ein Leid geschieht! Wenn du glaubst, ich stehe daneben, wenn du meine Herrin –«

»Jaja«, unterbrach mich Taliven. »Sehr edel von Euch, Alier, aber seid unbesorgt. Mein Herr stellt die Prinzessin lediglich ab diesem Tage unter seinen Schutz. Eure Männer verstanden das wohl falsch und haben die Waffen erhoben, aber mein Befehl gilt weiter. Legt die Waffe nieder, und Ihr werdet weiterhin als Ehrengast in Laer-Caheel bleiben.«

»Ehrengast! Dein Herr, Taliven, ist weder ein König noch ein Mann von Ehre. Er ist nur der Anführer einer Bande von Verrätern, der uns erst das Gastrecht zuteilwerden ließ und dann darauf schiss, als er Komplotte gegen unsere Königin schmiedete und Soldaten Anariens töten ließ. Ich verspreche dir, dafür wird jeder Einzelne von euch Bastarden bezahlen!«

Taliven zog sein Schwert, und die Männer hinter ihm gingen in Angriffsstellung. »Ihr beginnt mich zu langweilen«, meinte der Hauptmann in stoischer Ruhe. »Weg mit Eurem lächerlichen Schwert oder Ihr verlasst diese Brücke nicht lebend!«

»Komm her und hol es dir, wenn du Manns genug bist! Oder hast du Angst, du könntest dir deinen schönen Mantel mit Blut versauen?«

Vielleicht konnte ich Taliven ja zu einem Kampf Mann gegen Mann herausfordern, indem ich ihn vor seinen versammelten Kriegern in der Ehre kränkte. Als er allerdings tatsächlich mit einem arroganten Grinsen aus dem Sattel stieg, wunderte ich mich noch, was es bringen würde. Selbst wenn ich dieses halbe Kind umbrachte, der Rest seiner Männer würde danach kurzen Prozess mit mir machen.

Ich kam nicht mehr dazu, diesen Gedanken weiter zu verfolgen. Ein Surren fuhr durch die Luft und drei der Palastwachen brachen schreiend zusammen. Ein anderer griff sich panisch an die Schulter, wo ein Pfeil eine Handlänge tief im Fleisch steckte.

Was zum Teufel?!

Taliven wirbelte herum. Mit Helmen vermummte Männer in Kettenhemden mit Äxten, Speeren und Schilden stürmten auf die Brücke. Es waren vier, nein, fünf an der Zahl, angeführt von einem ebenso gerüsteten Krieger, der jetzt ein schlankes

Schwert wie zum Kommando anhob. Im ersten Moment fuhr mir durch den Kopf, dass es der Draak und Stavis sein mussten, aber zumindest die schwarze Panzerung Wallecs hätte ich erkannt. Noch während die Gedanken in mir verrückt spielten, folgten dem unbekannten Saer und seinen Männern drei weitere, die nun ihre Bögen fallen ließen und zu Langmessern griffen. Sie brüllten keine Herausforderungen, waren stumme Krieger, die gnadenlos auf die Palastwachen zuhielten, die sich zu sammeln begannen.

»Tötet den Nordländer, und bringt mir die Prinzessin!«, schrie Taliven und schwang sich zurück aufs Pferd.

Wer auch immer unsere unerwarteten Retter waren, uns blieb nur diese eine Gelegenheit.

Ich schnellte herum, fixierte die Nachtwächter, die nicht so recht wussten, wie ihnen geschah. Es würde keine Gelegenheit für sie geben. Keine! Wie ein vollkommen Wahnsinniger stürzte ich mich auf sie. Der Bogenschütze unter ihnen konnte gerade noch seine Waffe heben und grob zielen. Er spannte die Sehne zu hektisch, ließ los, und der Pfeil pfiff knapp an meiner Brust vorbei. Schreie hinter mir, dann hatte ich die Wachen erreicht. Ein diagonaler Hieb meines Schwertes, der dem Schützen glatt durch den Brustkorb fuhr, dann zerfetzte ich ihm aus der Rückhandbewegung das Gesicht. Ohne zu zögern, riss ich Nachtgesang zurück und drang auf den ersten Speerträger ein, der meinen Angriff im letzten Augenblick mit dem Schaft parieren konnte. Währenddessen versuchte der zweite mir seinen Spieß in den Bauch zu stoßen, aber ich tänzelte an der todbringenden Waffe vorbei, haute den Speerschaft eine Elle unterhalb des Blattes ab und schwang das Schwert sofort gegen den schutzlosen Hals des Wächters. Die Schwertspitze schlitzte ihm die Kehle auf, sodass Blut aus der Wunde pulsierte, wie bei einem dieser prächtigen Brunnen in der noblen Oberstadt.

Aus dem Augenwinkel sah ich den letzten der Speerkämpfer schreiend auf mich zukommen. Ich reagierte zu langsam, brachte mich nicht mehr vollständig aus dem Weg, und er krachte gegen mich, sein Stoß aber ging ins Leere. Irgendwie gelang es mir, auf den Beinen zu bleiben, ihn mit einer Hand am Nacken zu packen. Wir wirbelten einmal im Kreis herum. Der Wächter war mir für Momente so nahe, dass ich den nach Zwiebeln stinkenden Atem roch, Pockennarben auf seinen vielleicht zwanzigjährigen Zügen sah, dann verpasste ich ihm einen Fausthieb mitten ins Gesicht. Er taumelte zurück, was mir die Chance gab, ihm mein Schwert mit der Spitze voran durch den Leib zu rammen.

Töten ist so leicht, so verdammt leicht. Kaum Widerstand ...

Im selben Augenblick traf mich etwas stechend im Rücken. Halb vor Schmerz, halb überrascht schrie ich auf, wollte Nachtgesang aus dem in sich zusammensackenden Wächter ziehen, da riss mich jemand brutal zu Boden, der Schwertgriff entwand sich meinen Händen. Ich rang mit meinem unbekannten Feind, bäumte mich auf, um ihn von mir herunter zu werfen, aber ich schaffte es nur, mich irgendwie zurück auf den Rücken zu drehen. Panik schoss durch mich, als ich genau auf die erhobene Messerspitze des letzten noch lebenden Wachmanns starrte. Dann ließ er das Messer mit einem grauenhaften Brüllen nach unten fahren, sodass ich zappelte und mich wehrte, die Spitze aber nur einmal quer über meine Wange ritzte. Wild um mich schlagend versuchte ich den Bastard irgendwie von mir herunter zu bekommen, aber wieder hob er seine Waffe, stach erneut zu, traf jedoch diesmal nur den Boden unter mir. Zu einem dritten Versuch konnte er nicht ansetzen, denn als die Augen wieder aufriss, die ich bei seinen Angriffen instinktiv zugekniffen hatte, benetzte mich ein roter Nebel und ließ die Welt in Blut ertrinken. Ich blinzelte, wischte mir das Blut hektisch aus Augen und Gesicht. Penn hatte den Bastard von hinten an den Haaren gepackt und mit meinem Messer die Kehle aufgeschnitten. Gurgelnd ließ der Wachmann seine eigene Waffe fallen, rollte von mir herunter und hielt sich den Hals, als könnte er den Blutschwall so aufhalten. Zitternd rappelte ich mich auf. Ich brauchte mein Schwert! Jetzt! Nur von diesem Gedanken erfüllt, griff ich nach Nachtgesang, das noch immer tief im Körper des bereits toten anderen Wächters steckte. In einer ruckartigen Bewegung zerrte ich das Schwert aus ihm heraus, hob es an und rammte es von oben herab in den Körper des von Penn schwer verwundeten anderen Mannes.

Der Weg war frei!

Ich packte den entgeistert auf die Toten gaffenden Penn, der noch immer das blutbesudelte Jagdmesser in der Hand hielt, am Mantel und fuhr zu Sanna und Cal herum.

Was ich sah, wollte mich schreien lassen, aber es kam kein Ton.

Während hinter ihnen der Kampf zwischen Palastwachen und den mysteriösen Kriegern tobte, lag eine in schmutzig grau gehüllte Gestalt nahe des Brückengeländers, während eine andere über sie gebeugt ihre Hand hielt.

»Nein.«

Mir traten die Tränen in die Augen und ich wusste nicht einmal, um wen ich weinte. Noch konnte ich nicht erkennen, wer dort lag, aber es machte in mir keinen Unterschied. Das Schicksal hatte in jedem Fall seine Hände nach der Falschen ausgestreckt. Stolpernd schleppte ich mich mit Penn zu den beiden Frauen. Ich hatte versagt. So oder so. Ich hatte versagt, und jetzt sah ich auch, warum. In einer Hand der Hockenden sah ich das blutverschmierte Langmesser Kalens, neben ihr eine mit durchstochener Kehle sterbende Palastwache.

Der Pfeil des Wachmannes war für mich bestimmt gewesen. Stattdessen hatte ihn eine finstere Macht an meiner Brust vorbei auf Cal gelenkt. Das Geschoss war ihr in tief den Hals eingedrungen, hatte die zarte Haut meiner ehemaligen Sklavin zerrissen. Sie lebte noch, das sah ich hinter Tränen, die mir unentwegt in die Augen schossen, während Sanna über ihr hockte, die zitternde Hand hielt und selbst weinte, nachdem sie einen unserer Feinde getötet hatte.

»Ich erhebe dich aus dem Stand einer Sklavin«, stammelte sie mit brüchiger Stimme. »Du bist frei. Frei. Frei. Frei.«

Penn heulte wie ein wildes Tier auf, als er seine Gefährtin im Sterben liegen sah, fiel neben ihr zu Boden. Ich wendete den Blick ab, ich wollte, konnte es nicht ertragen. Etwas in mir brach in sich zusammen, verschüttete all die Erinnerungen, die ich mit Cal teilte, denn in diesem Augenblick konnte ich sie nicht aushalten. Ihr schmutziges Gesicht in der Halle der Klea, als sie mir übersetzt hatte, dass mir der Hals bräche, wenn es mir zu sehr auf den Kopf schneite. Ihr früher so oft ängstlich zusammengekniffener Mund, der in diesen Tagen, seit sie bei Penn war, viel lieber lachte. Sie würde es nicht mehr können. Sie würde auf einer der Brücken in dieser verdammten heiligen Stadt sterben, weil sie den Pfeil fing, der für mich gedacht war.

War sie jetzt tatsächlich, wie Sanna sagte, frei?

»Areon!«, drang ein Brüllen vom Kampfgetümmel nur halb bis in meinen Geist vor.

Hauptmann Taliven kaer Nimar wendete in diesem Moment sein Pferd, das blutige Schwert in meine Richtung gereckt. Ich dachte nicht nach, mein Körper reagierte ohne jedes Zutun.

Noch immer gab es einen Eid, den ich geschworen hatte, noch immer war ich ein Saer. Aber niemals hatte ich mich dabei so elend gefühlt, wie zu dem Zeitpunkt, da ich Cal nicht in ihren letzten Momenten beistehen konnte und stattdessen die Feinde meiner Prinzessin bekämpfte.

Ich war Saer Ayrik Areon von Dynfaert. Das konnte mir keiner nehmen.

Die Hufe von Talivens Pferd hämmerten auf den Brückenstein, als der Hauptmann im Galopp und mit zum Hieb erhobenem Schwert auf mich zu preschte. Ich blieb stehen, Nachtgesang gesenkt in der Hand. Nein, ich bewegte mich keinen Schritt zur Seite, sondern sah diesen Bastard nur näher und näher kommen.

Etwas zischte laut und kalt wie ein Todeshauch von hinten an mir vorbei.

Und plötzlich bäumte sich das Pferd des Hauptmanns wiehernd auf. Ein Speerschaft ragte aus dem Fleisch des Tiers, dann fiel es und mit ihr Taliven. Ich wirbelte herum und sah meine Herrin Sanna hinter mir stehen. All die Tränen an diesem Abend hatten die Schminke verschmiert und ihr sonst so wunderschönes Gesicht zu einer Maske der Rache werden lassen.

»Töte ihn«, befahl sie, und ich erinnerte mich, so seltsam es auch erschien, an den Abend, an dem mir der Wyrc genau dasselbe gesagt hatte, bevor ich Ulgoth kaltblütig umgebracht hatte. Wieder einmal tat ich, was man von mir verlangte. Wieder einmal, aber ganz sicher nicht zum letzten Mal.

Es waren nur wenige, unbedeutende Schritte, die ich auf das sterbende Pferd und den wimmernden Taliven tat, der in diesem Moment mit gebrochenen Knochen unter dem Leib hervorkroch.

»Gnade«, flehte er, während er sich Stück für Stück ins Freie robbte und schließlich halb bis auf die Knie zurückkam.

Ich gab ihm eine andere, die einzig wahre Antwort.

Ohne etwas zu fühlen oder zu denken, rammte ich Taliven Nachtgesang mit der Spitze voran eine Handbreit unterhalb seiner Kehle in die Brust. Es gab nur wenig Widerstand, als ich die Klinge durch seinen Körper schob, bis sie am Rücken wieder austrat. Taliven schaffte noch ein fast überraschtes Stöhnen, dann begann er auf den Knien zu sterben.

Ich trat zurück, ließ den Griff Nachtgesangs los, sodass Taliven wie festgenagelt starb. Er röchelte und sabberte und wünschte sich vielleicht an einen anderen Ort, aber er starb. Und ich sah ihm dabei zu, ohne den Sieg zu genießen.

Teilnahmslos sah ich hinter Taliven den Schwertmann der unbekannten Krieger auf mich zukommen. Der Kampf seiner Männer mit den Palastwachen neigte sich mittlerweile dem Ende zu. Ihres Hauptmannes beraubt, standen nur noch zwei der Wächter aufrecht, wurden aber von den überzähligen Fremden aufgerieben. Sie würden den Morgen in Laer-Caheel nicht erleben.

Ebenso wenig wie Cal.

Ich weiß noch, dass ich das Fehlen meines Schwertes bemerkte. Und es ignorierte. Taliven vor mir sank langsam, endgültig langsam in sich zusammen. Nachtgesang steckte in seinem Körper, aber ich wollte es gar nicht mehr in die Hand nehmen. So viel Tod für eine Nacht, was machte es da noch, wer jetzt noch starb? Ich wusste nicht, wer der Krieger war, der nun auf mich zukam, aber es hätte mich nicht weniger kümmern können. Wenn er mich umbringen wollte, dann sollte er. Wenn der Tod nur laut genug brüllt, stellen wir Menschen uns taub, das lernte ich in jener Nacht auf der Brücke in Laer-Caheel zum ersten Mal. Herbstblätter in den Händen der Götter, mehr sind wir nicht. Sie können sie zermalmen oder fliegen lassen.

»Saer Ayrik, haltet ein!«, drang die Stimme des Kriegers zu mir, während er sich den Helm vom Kopf zog. Und ich erkannte den fremden Saer endlich. »Es ist vorbei, Ihr seid in Sicherheit«, sagte Eilan, der künftige Gemahl Sannas.

Mein Blick fiel auf Penn, der Cals leblosen Körper weinend in den Armen wiegte. Eilan hatte Recht, es war in der Tat vorüber.

Vorüber. Ich griff nicht mehr nach meinem Schwert, wollte nicht mehr, konnte nicht mehr. Jemand packte mich am Arm und riss mich mit sich. Nachtgesang blieb in Laer-Caheel. Verloren. Wie so vieles in jener Nacht.

ZWANZIG

Wir waren entkommen, und doch hatte ich verloren.

Eilan, der Verlobte der Prinzessin, hatte uns mit seinen Männern das Leben gerettet. Nachdem wir die Palastwachen auf der Brücke besiegt hatten, war er es gewesen, der uns in großer Eile zu einem Gasthaus im Hafen von Laer-Caheel gebracht hatte. Der Fürstensohn kannte den Besitzer gut, so sagte er uns, und bürgte für dessen Verschwiegenheit. Ohnehin, meinte er, würden wir hier nur bis zum ersten Tageslicht sein und dann ein Schiff Eilans, bemannt mit ihm verschworenen Kriegern, besteigen, das uns bis nach Rhynhaven trüge. Er selbst wollte uns begleiten, hatte er doch sein Leben aufs Spiel gesetzt, als er und die Seinen die Palastwachen angegriffen und getötet hatten. Am Hofe der Hochkönigin Enea müsste er um ein Exil bitten, was ihm gewiss nicht verweigert werden würde.

Unser unerwarteter Retter hatte letztlich von Luran Draak und Stavis Wallec erfahren, was im Palast vorgefallen war. Meine beiden Brüder waren nach dem Gelage in Paldairns Halle unter einem Vorwand aus dem Palast gelockt worden. Abseits des Mahls plante man, die beiden Schwertmänner der Königin zu ermorden, aber mit Geschick und Glück kämpften sie sich frei. In ihrer verzweifelten Lage wandten sie sich an Eilan, der mittlerweile wieder in seinem Anwesen außerhalb des Palastes war. Meine Brüder hatten alles riskiert und dem künftigen Prinzessinnengemahl vertraut. Wie sich herausstellte, zu Recht.

Daher wurden wir von den beiden auch bereits im Schankraum der nun geschlossenen Taverne erwartet. Erleichtert über unsere Rettung und die Unversehrtheit der Prinzessin, wollte mir Stavis schon freudig strahlend entgegeneilen, als er meinen Blick sah. Dann bemerkte er Eilans Männer, die Cal, begleitet von Penn, trugen. Er verstand und hielt in seiner Bewegung inne. Ich wusste, dass mein Freund Cal immer gemocht hatte. Als ich damals im Kerker des Draak hockte und auf meine Verurteilung wartete, hatte er sich um die Sklavin gekümmert, ihr gut zugesprochen und sie gerecht behandelt. Sie jetzt tot zu sehen, versetzte ihm einen Schlag, der ihm sprichwörtlich ins Gesicht geschrieben stand. Statt mir also um den Hals zu fallen, senkte er nur den Blick und biss sich auf die Unterlippe. Der Draak stand neben ihm, ernst und stumm wie so oft. Er sah mich an, nickte mir kaum merklich zu. Es lag eine Anerkennung in seinem Blick, die mich nicht weniger hätte kümmern können.

Ich ließ die anderen im Schankraum zurück und wollte mich ohne große Worte in das Obergeschoss zurückziehen. »Ihr wurdet verwundet, Saer«, merkte Eilan vorsichtig an, aber ich ignorierte ihn und stieg die Holztreppe hinauf.

Dort oben, in einem kleinen, aber nobel eingerichteten Raum, der sonst an wohlhabende Gäste vermietet wurde, erhitzte ein mir nachgeschickter Diener etwas Wasser in einem Bottich und stellte Wein auf einem Tisch bereit. Er entzündete Talgkerzen, die ein Licht spendeten, das mein Herz nicht erreichte. Ich wartete, bis sich der Bursche zurückgezogen hatte, dann wusch ich mir mühsam das Blut von den Händen und aus dem Gesicht. Der Schmerz, der mir über die Wange blitzte, gelangte gar nicht erst richtig bis zu mir durch. Ich fühlte so gut wie gar nichts mehr, war unendlich müde und konnte die Leere, die sich in mir ausbreitete, weder mit Schmerzen noch Wut füllen. Ich warf das mittlerweile von Blut getränkte Tuch, mit dem ich mir eben noch das Gesicht abgewaschen hatte, zurück in den Bottich und sah mir die Wunde an der Wange in einem kleinen Spiegel an – oberflächlich, aber es würde eine Narbe bedeuten. Ebenso wie die auf der anderen Seite, die ich Ulweif, dem verdammten Klea in seiner Halle in der Hohen Wacht zu verdanken hatte. Mein Waschen hatte die neue Wunde wieder geöffnet, sodass sie wieder zu bluten begann.

Cals glasige Augen kamen mir in den Sinn, wie sie versuchte zu sprechen, mit dem Pfeil in der Kehle, der Blut in ihren Mund schäumen ließ und jedwede letzte Worte ertränkte.

Vielleicht singen die Barden nicht von Helden, die weinen, aber jeder weint. Jeder verliert irgendwann etwas. Ich hatte hier in Laer-Caheel verloren, Cal hatte verloren. Und deswegen weinte ich. Ich weinte lange und hart, warf den Spiegel an die Wand, weil ich mich nicht mehr sehen wollte, und griff nach der Weinkaraffe. Ich wollte gar nichts mehr sehen oder hören, nicht Cals vom Blut ertränkte Stimme, die mich verfolgte. Eilan und Luran Draak fanden mich schließlich auf dem Boden vor dem Bett sitzend, die Weinkaraffe bereits zur Hälfte geleert. Ich hatte mir nicht mehr die Mühe gemacht, mich weiter zu waschen oder das Lederkoller und den Mantel auszuziehen. Blut klebte mir immer noch am Hals und auf der Kleidung.

»Ayrik«, sprach mich der Draak an, als er und Saer Eilan in das Zimmer traten. Ich hob nicht den Blick oder reagierte sonst irgendwie. »Eilan und der Sklave sagten, man hätte dich am Rücken verwundet. Lass uns einen Blick darauf werfen, bevor es sich entzündet. Wir brauchen deine volle Stärke in den kommenden Wochen, wenn wir nach Rhynhaven segeln.«

Zur Antwort nahm ich einen Schluck Wein. Besonders viel war danach nicht mehr drin.

Ich meinte zu sehen, dass Eilan dem Draak einen langen Blick zuwarf. Schließlich kam Sannas Verlobter ganz zu mir und hockte sich vor mich hin. Gezwungenermaßen sah ich zu ihm. Auf den gut aussehenden Zügen hatte sich Mitgefühl eingebrannt.

»Wahrscheinlich bedeutet es Euch im Moment nicht viel«, sagte er leise, »aber ich wollte Euch danken. Ihr habt meiner Anverlobten beigestanden und sie beschützt, als niemand anders mehr für sie da war. Ich werde Euch das nicht vergessen, Saer.«

Mir fiel auf, dass ich zum ersten Mal wieder etwas sagte, seit ich Cal gesehen hatte. »Ihr habt uns allen das Leben gerettet. Wir sind quitt.«

»Nein, das sind wir noch lange nicht«, gab Eilan mit einem traurigen Lächeln zurück, klopfte mir aufmunternd auf den Oberschenkel und erhob sich. »Es gibt noch viel zu tun, damit wir bald ablegen können. Ich lasse Euch alleine.«

Luran wartete, bis Eilan die Tür hinter sich geschlossen hatte. Wir hörten seine Schritte die Treppe hinab.

»Wo ist dein Schwert?«, fragte der Draak.

»Steckt in Talivens Brust.«

Mein Meister stieß ein wenig Luft durch die Nase aus, was ich als eine Art des

Bedauerns verstand. »Hast du Schmerzen?«

Ich hob den Blick. Der Draak stand immer noch nahe der Tür und sah mich ernst an. Sonderlich, wie sehr er immer darauf bedacht war, niemandem zu sehr auf die Pelle zu rücken. Auf seine Frage hin schüttelte ich nur den Kopf.

»Lass mich trotzdem sehen«, beharrte mein Schwertmeister. Ich erinnerte mich an Cal in der Hohen Wacht, wie sie sich den Knöchel verstaucht und Fieber bekommen hatte und wie ich sie bat, mich den Fuß untersuchen zu lassen. Ich schlüpfte noch immer sitzend aus dem Mantel, den sie mir gebracht hatte, und merkte es nicht einmal wirklich. »Warte«, meinte der Draak, dann und ich merkte, dass er mit dem Finger über das Lederkoller an meinem Rücken fuhr. »Der Stich ist nicht durchs Leder gedrungen. Du hast Glück gehabt.«

Ich lehnte mich erneut gegen das Bett. »Davon gab es heute nicht sehr viel.«

»Im Gegenteil.« Luran Draak hob den Lodenmantel auf, den ich neben mich geworfen hatte, und platzierte ihn fast sanft auf dem Bett. »Dass wir den Verrat Paldairns überlebten, können wir entweder den Göttern, welchen auch immer, zuschreiben oder eben dem Glück.« Er zuckte die Schultern. »Suche es dir aus.«

»Cal hatte wohl weniger Glück.« Ihren Namen auszusprechen tat unfassbar weh.

»Genauso ist es, Ayrik«, meinte der Draak und seufzte. »Der Tod des Mädchens tut mir Leid für dich, aber daran trägst du keine Schuld. Die Prinzessin hat mir gesagt, was geschehen ist. Der Pfeil war verirrt. Hätte sie einen Schritt weiter rechts oder links gestanden, wäre das Geschoss an ihr vorbei gegangen oder hätte sogar Sanna treffen können. So etwas liegt einfach nicht in deiner Hand.« Der Draak ging hinüber zu dem Bottich und schaute auf das blutig gefärbte Wasser. »Es ist die schmerzhafteste Lektion eines Saers, dass wir im Laufe unseres Lebens noch so große Taten vollbringen, den Umgang mit dem Schwert perfektionieren können, aber gegen den Tod ewig machtlos bleiben. Ja, wir haben geschworen, die Schwachen zu schützen – ich weiß. Ich habe dieselben Worte gesprochen. Nur manchmal versagen wir bei unseren Eiden, so sehr wir uns auch bemühen. Wir haben nur ein Schwert und ein Schild.« Er drehte sich wieder zu mir, und ich erwiderte seinen Blick. »Wenn es in meiner Macht stünde, ich hätte dir diese Lektion erspart, Ayrik. Aber auf den Tod der Menschen, die du liebst, kann dich niemand vorbereiten. Nicht ich, nicht dein Vater, nicht der Wyrc. Das Leben selbst erledigt es auf grausame Art und Weise. Männer wachsen an solchen Verlusten. Sie stehen auf, solange es eben nötig ist. Sie zerbrechen nicht daran.«

Noch eine Weile wartete der Draak, ob ich etwas sagen würde, aber es gab keine Worte. Irgendwann senkte ich den Blick wieder und trank den letzten Schluck Wein.

Schließlich nickte er. »Ruhe dich aus, solange es geht, Ayrik. Ich wecke dich, wenn es losgeht.«

Damit verließ er mich. Ich dachte an Cal und an Aideen, die hoffentlich mittlerweile von meinen Brüdern gefunden worden war und jetzt zu Hause in Dynfaert bei Menschen saß, die sie liebten. Ich weinte und irgendwann schlief ich ein.

Ich träume überhaupt nichts. Meine Träume trockneten im Blut auf der Brücke über den Rhyn.

Wen Eilan alles für unsere Flucht an Bord der Adlerschwinge, einer hochseetüchtigen Kogge mit fünfzehn treu unserem Gönner ergebenen Männern besetzt, bestochen hatte, konnte ich nur ahnen. Die Hafenmeisterei stellte keine Fragen, als wir noch vor dem ersten Tageslicht ausliefen. Niemand folgte uns, kein Signalhorn wurde geblasen, kein Kampf brach aus, und so setzten wir hinaus auf den Rhyn nach Süden, der uns nach knapp dreißig Meilen ins offene Meer, den Golf von Ryahir führte. Zähneknirschend ließen wir damit unsere Freimänner der Leibwache zurück, die wahrscheinlich mittlerweile von Paldairns Kriegern in ihren Unterkünften im Palastbezirk entweder umgebracht oder verhaftet worden waren. Es gab einfach keine Möglichkeit, ihnen aus ihrer Lage zu helfen, denn wir mussten die Gelegenheit nutzen, Laer-Caheel zu verlassen, ehe man uns fand oder Paldairn den Hafen sperren lassen würde. Bis heute habe ich nicht erfahren, was aus den Männern geworden ist, die uns damals auf dem Weg nach Süden begleitet und die wir schließlich notgedrungen im Stich gelassen hatten. Ich betete, dass sie ein besseres Schicksal gefunden hatten, als es Paldairns hinterhältiger Verrat vermuten ließ. Dass auch unser ewig saufender Sänger Bjaen zurückgelassen wurde, beunruhigte hingegen niemanden. Ein Sänger war überall willkommen, und Sannas Vater würde ihn kaum für etwas bestrafen, wofür er nichts konnte. Höchstwahrscheinlich war er zum Zeitpunkt des Verrats ohnehin gewohnheitsmäßig betrunken gewesen.

Ich habe nie die Faszination verstanden, die viele Männer beim Anblick eines Schiffes oder des Meeres befällt, denn ich wuchs zwischen Wäldern und Bergen auf, bin ein Kind des rauen Nordllaer. Aber damals an Bord der Adlerschwinge schenkten mir die See und das Schiff eine Ruhe, die ich mir nur allzu sehr herbeigesehnt hatte. Mir sagte einmal ein Nordmann, die See spendete all jenen Vergessen, die nur verzweifelt genug danach suchen. Als arroganter Jungspund, ahnungslos und eitel, der ich noch als Freimann in Dynfaert gewesen war, hätte ich ihn ausgelacht, nach den Ereignissen in Laer-Caheel hingegen nickte ich als Saer und verstand.

Eilans Vertrauter, der Schankwirt der Taverne, in der wir vor unserem Auslaufen Zuflucht gesucht hatten, blieb mit dem Auftrag zurück, Cal ein würdiges Begräbnis zuteil werden zu lassen. Es schmerzte mich, nicht in diesem Augenblick dabei sein zu können, aber alles andere wäre zu riskant gewesen. Es gibt Momente, in denen ich nicht an der Seite jener sein konnte, die ich zu beschützen geschworen hatte. Ich lernte es.

Als wir an der Südwestküste Anariens vorbei segelten und uns jede Meile näher ans sichere Rhynhaven führte, nutzte ich die Zeit für ausgiebige Gespräche. Oft saßen Stavis und ich zusammen, hin und wieder gesellten sich Eilan und der Draak zu uns. Selbst Penn, den der Tod Cals verständlicherweise noch mehr mitgenommen hatte als mich, leistete uns regelmäßig Gesellschaft. An manchem Abend tranken wir auf unsere Freundin, die ihr Leben sinnlos in Laer-Caheel gelassen hatte. In unseren Gesprächen und Erinnerungen lebte sie wieder auf, begleitete uns bei Bier und Tränen auf der Reise über die See. Cal hatte das Dreistromland geliebt, soviel stand fest. Wie eine Blume in der Frühlingssonne war sie dort erblüht. Vielleicht würde es sie, wo immer sie auch war, glücklich machen, dort ihr Ende gefunden zu haben. Ich wünschte es mir von Herzen.

Noch auf der Fahrt ernannte Sanna den jungen Penn zum Freimann. Wie sie bei einer weniger feierlichen Prozedur erklärte, hatte sich der ehemalige Sklave diese Ehre mehr als verdient, da er zusammen mit Cal eine überaus wichtige Rolle bei unserer Flucht aus dem Palast gespielt hatte. Zudem verdankte ich ihm mein Leben, denn er war es gewesen, der den Nachtwächter von mir heruntergezogen und ihm die Kehle durchgeschnitten hatte, bevor dieser die Gelegenheit bekam, mir sein Messer ins Gesicht zu rammen. Durch sein beherztes Eingreifen behielt ich nur eine etwa fingerlange Narbe auf der Wange zurück, die in den ersten Wochen unserer Reise grauenhaft juckte. Sanna bot Penn eine Stellung in ihrem eigenen Haushalt an, stellte ihm aber auch frei, sobald wir Fortenskyte erreicht hätten, zu gehen, wohin es ihm beliebte. Dankend nahm der frischgebackene Freimann das Angebot unserer Prinzessin an und würde fortan statt in der Küche der Sklaven in einer königlichen arbeiten. Es schmerzte, wenn ich daran dachte, wie sehr er Cal bei seiner neuen Aufgabe vermissen würde. Unter besseren Umständen hätten sie gemeinsam die Zutaten für Speisen der Prinzessin zubereitet. Unter besseren Umständen wäre da Leben und nicht der Tod gewesen.

Während wir Meile um Meile zurücklegten, schritt das Jahr voran, und der Frühling kam. Ich bedauerte, dass ich diesen Wandel nicht an Land sehen konnte, denn schon immer schenkte es mir ein Gefühl von Zuversicht, wenn ich dabei zusah, wie das Leben zurückkehrte in die Bäume und Pflanzen, die Tierwelt erwachte und Vögel aus ihren Winterquartieren nach Hause kamen. Und Zuversicht wäre mir in diesen Wochen nur zu gerne gekommen.

Nach und nach machte ich meinen Frieden mit den Ereignissen in Laer-Caheel, soweit ein Mann das denn vermag. Ich hatte mich immer für Cal verantwortlich gefühlt, seit ich sie vor fast einem halben Jahr aus der Sklaverei der Klea befreite. Ich wusste immer noch nicht, wie ihr Leben vor der Zeit bei den Duniern ausgesehen haben musste, denn auch Penn hatte sie darüber nichts erzählt, aber ich hoffte einfach, dass ihre letzten Wochen nahezu ähnlich glücklich verlaufen waren, wie sie es immer verdient hatte. Mehr blieb mir einfach nicht übrig. Penn war es, der mir an einem Abend unter Deck anvertraute, dass Cal oft von mir gesprochen haben musste. Sie und ich hatten in der Zeit, in der wir uns kannten, verhältnismäßig wenige Worte miteinander gewechselt, aber das Band, das zwischen uns herrschte, konnte selbst der Tod nicht durchtrennen. Das merkte ich immer wieder, wenn ich an sie zurückdachte. Wenn ich heute noch an sie denke – dieses magere Ding mit den lockigen Haaren. Und Penn war es auch, der mir irgendwann an einem späten Nachmittag eines der wenigen Geheimnisse über meine einstige Sklavin verriet, das ich schon vergessen zu haben schien.

»Caladhin«, verriet er mir. »Wusstet Ihr eigentlich, Herr, dass ihr voller Name Caladhin lautete?«

Ich hatte es nicht gewusst. Er weinte in meinem Beisein, und ich war nichts weiter, als ein viel zu junger Saer ohne Schwert.

An einem der letzten Tage auf See verbrachte ich den Sonnenuntergang, von nur wenigen Wolken verhüllt und unheilvoll brennend, am Heck des Schiffes. Seit meiner Weihe hatte es keinen Moment gegeben, da ich mich weniger als Saer fühlte, als an jenem Abend. Ich hatte meine Königin entehrt, meine Brüder, Eilan, den

Prinzessinnengemahl, alles, wofür ich eigentlich hätte einstehen sollen. Und jetzt besaß ich noch nicht einmal ein eigenes Schwert, denn Nachtgesang hatte ich auf jener Brücke über den Rhyn liegen lassen, damit es mich nicht mehr daran erinnerte, woran ich versagt hatte. Wenn man doch nur seinen eigenen Fehlern dadurch entkommen könnte, etwas irgendwo zu vergessen.

Aber es gab kein Vergessen. Niemals. Nicht für mich, nicht für sie. Für niemanden.

An jenem Abend, als ich den Blick am Heck der Adlerschwinge sehnsüchtig nach Westen zum Sonnenuntergang richtete, da kam sie zu mir. Obwohl der Frühling mittlerweile Anarien gefunden hatte, zog auf See ein scharfer Wind, gegen den ich mich in den Lodenmantel aus Laer-Caheel gehüllt hatte.

»Du trägst ihn immer noch«, begrüßte mich meine Prinzessin Sanna, als sie sich neben mich stellte.

Ich schenkte ihr einen kurzen Blick. »Es ist der einzige Mantel, den ich besitze.« Aideens Fellumhang blieb in Laer-Caheel. Ebenso Raegans Handschuhe und Nachtgesang. Was ich an persönlichen Besitztümern mit mir führte, Vaters Armband, das Messer meiner Brüder und Sannas Schildkrötenanhänger, blieben mein einziger und wichtigster Schatz. Alles andere war verloren, und es sollte nur den Anfang darstellen. Schwert, Freundin, Hoffnung.

»Wir finden einen neuen für dich, wenn wir zurück in Fortenskyte sind«, stellte sie fest. »Das Schwarz der Bruderschaft steht dir einfach sehr viel besser.« Bei ihren Worten hoben sich Sannas Mundwinkel.

»Wenn Ihr es sagt, Herrin.«

Ich hatte die Hände auf die Reling gelegt und spürte nun, dass sie meine Rechte mit ihrer Hand berührte. Hatten wir nicht schon genug Schaden angerichtet? Wie es schien, nicht.

Daraufhin schaute ich wieder zu ihr. Lange hielt ich den Blick in den strahlend blauen Augen und fragte mich, was für uns alle jenseits des Meeres im Land unserer Vorväter läge, wenn ich tatsächlich wieder den schwarzen Mantel und das schwarze Panzerhemd der Bruderschaft der Alier trüge und wir unsere Rollen in diesem uralten Spiel einnähmen, in dem wir nur solange Figuren waren, ehe die Götter sie mit einer wagen Handbewegung umstießen.

»Was du für Cal getan hast, als sie starb, war sehr freundlich von dir«, brachte ich schließlich zögerlich hervor und spielte damit an, dass sie meine Freundin in ihren letzten Augenblicken aus der Sklaverei befreit hatte.

Sanna lächelte schwach. »Wenn es ein Mensch jemals verdient hat, dann sie, meinst du nicht auch?«

»Doch.« Cal, die Sklavin, die nie eine hätte sein dürfen. »Wenn, dann sie.«

An Bord des Schiffes befanden sich unzählige Augen, selbst Sannas Verlobter Eilan, den ich allmählich Freund zu nennen begann, aber an diesem frühen Abend hielt sie einfach ihre Hand auf der meinen. Und lächelte. Und sie war wieder jene Prinzessin, für die ich alles riskiert hatte, weil ich sie liebte.

Ich verstehe bis heute nicht, welche Dämonen Sannas Geist von Zeit zu Zeit plagten, die sie unausstehlich, hassend und manchmal sogar bösartig machten, aber ich sagte mir einfach, dass sie zwei Gesichter hatte, ebenso wie ich selbst. Weinte ich nachts um Cal, hatte ich doch zugleich Blut an meinen eigenen Händen kleben. Die Nachtwächter in Laer-Caheel hatte ich regelrecht abgeschlachtet, den Hauptmann Taliven noch im Todeskampf brutal getötet. Vielleicht sind wir Menschen einfach so, dass wir im einen Moment mit aller Inbrunst lieben, mit den sanftesten Fingern unsere Neugeborenen streicheln, nur um in den anderen fremdes Leben auslöschen, ohne deswegen Schuld zu verspüren. Dass wir lediglich dann wahrhaftig lieben können, wenn wir die Liebe, das Leben, die Zukunft einem anderen stehlen.

»Da ist noch etwas anderes«, fuhr Sanna schließlich fort und suchte Momente nach den richtigen Worten. »Was ich dir in den Gewölben unter dem Palast an den Kopf geworfen habe, war falsch. Du warst für mich da, hast mich mit deinem Leben beschützt. Wärst du nicht gewesen, ich befände mich jetzt wohl als Geisel am Hofe meines Vaters, und du und der Draak und Stavis wären tot. Es war kindisch von mir, irgendwelche Vergleiche anzustellen und an deiner Loyalität zu zweifeln.«

»Lassen wir das in den Ruinen, denken nicht mehr dran. Staub und Stille vergessen alles.«

»Staub und Stille.« Ihr Lächeln wurde noch breiter. »Also sind wir wieder Freunde?«

»Wir waren nie Feinde, Herrin.« Ich straffte mich leicht, lächelte. »Als Saer diente ich Euch, diene immer noch, jeden Tag. Mit aller Leidenschaft und Liebe, die in mir wohnt. Eure Mutter und Ihr selbst, Herrin, habt meinen Eid gehört – Von heute an, bis an das Ende meiner Tage.«

Sie zog sich die Kapuze ihres Mantels über. »Ich habe es nie vergessen, Saer Ayrik Areon.« Die Wellen schlugen gegen das Schiff, das Festland Anariens rückte näher. »Ich habe es nie vergessen.«

STEHEN

»Wie viele Freunde hast du, Saer Mikael?«

In dem Gasthaus ist mittlerweile Ruhe eingekehrt, weil der Cadaener und ich die einzig verbliebenen Gäste sind. Und deswegen muss ich meine Stimme gar nicht erst anheben, die in den letzten Stunden sehr, sehr leise geworden ist. Winbow versteht mich auch so.

»Wenige«, antwortet er mir und klingt irgendwie selbst davon überrascht. »Ich habe gar keine mehr.« Der Bierbecher ist fast leer. »Das ist ziemlich ungerecht, was? Ich habe Prinzessin Sanna das Leben gerettet, und dennoch will mich niemand gekannt haben, geschweige denn mit mir trinken.«

Mikael nickt, mehr nicht. Er stiert die Tischplatte vor sich an.

»Heute frage ich mich, wessen Feind ich denn dann bin, fast zehn Jahre später«, fahre ich fort, denn Winbow sieht nicht so aus, als sei er in Plauderstimmung. »Ehemals treue Brüder wenden sich mittlerweile gegen mich, verleugnen mich, weigern sich, mit mir Brot, Bier und Blut geteilt zu haben. Alles ist anders. Aus dem einfachen Mann wurde ein Saer und aus dem Saer einer, der gefallen ist. Freunde blieben auf der Strecke, starben oder kennen mich nicht mehr. Sie sind alle weg.«

Mikael hebt den Blick und schaut mich reserviert an. »Eigentlich habe ich immer gedacht, dass man mit fortschreitendem Alter mehr und mehr Freunde anhäuft, weil dies ganz einfach eine Sache der Zeit sein muss.«

Ich proste ihm zu. »So denkt man wohl mit zwanzig kurzen Sommern Lebenserfahrung, wenn der eigene Horizont hinter der Schwertklinge aufhört, Saer.« Er versteht die Worte nur zu gut. Beinahe hätte der Cadaener gelächelt, belässt es aber dabei, sein Bier gegen meines zu stoßen. »Ganz sicher weiß ich nur, dass ich in Laer-Caheel einen der wenigen wahren und sonderbarsten Freunde verloren habe, die mir jemals begegnet ist. Aber ich trage Cal, wie einige ganz wenige andere, jeden Tag im Herzen.« Ich klopfe mit einer Hand gegen das Schwertheft am Wehrgehänge. »Und an meiner Seite.«

»Also ist das der Name deiner Klinge? Du hast ihn mir nie verraten.«

»Ja. Caladhin, das Schwert des Saer Ayrik.« Unwillkürlich muss ich lächeln. »Es ist der beste Name, der mir eingefallen ist.«

»Auf Cal«, sagt Winbow plötzlich und ich kann nur nicken und ihm zuprosten und der Sklavin aus der Halle der Klea gedenken.

Nach Momenten des Schweigens, in denen der herbe Geschmack des Schwarzbieres noch meinen Gaumen verwöhnt, seufze ich. Es ist sonderbar, meine Geschichte zu erzählen, vor allem, wenn ich sie einem Mann anvertraue, der mich gefangen genommen hat und der weiterhin mein Feind ist. Aber auf der anderen Seite – ich habe keine Freunde und Winbow ist der einzige Mann, dem ich sie anvertrauen könnte.

Und deswegen höre ich nicht auf, meine Geschichte zu erzählen. Ich kann es gar nicht mehr. Wenn man manche Türen öffnet, muss man sie durchschreiten. Egal, zu welchem Ende.

»Menschen kamen und gingen, hinterließen Spuren, wie auch immer diese heute aussehen. Ich versuche mir all jene Männer und Frauen in Erinnerung zu rufen, die mir mit Hass und Verachtung im Herzen begegnen und scheitere schon am reinen Zählen. Stattdessen denke ich darüber nach, ob tatsächlich alles damals begann. Wieso hasst man mich heute, wo ich doch der Prinzessin von Rhynhaven das Leben gerettet habe? Zählt es nicht mehr, ist es, wie spätere Taten, verblasster Ruhm, davongeweht von Schandtaten, die noch kamen? Gibt es einen Schuldigen, oder sind wir lediglich die Blätter, die dann und wann den Göttern in die Hand fallen und die sie entweder zermalmen oder im Wind fliegen lassen?«

»Letzte Runde, meine Herren«, ruft der Wirt herüber und ich stehe fast zeitgleich auf. Es wird Zeit, dass wir ins Bett kommen.

»Ich kann es nicht erklären. Nur erzählen, mich erinnern. Mehr bleibt einem Mann manchmal nicht übrig. Und ich werde mich an eben jene Tage erinnern und dir von ihnen erzählen, die mich in den Norden führten. Nach Agnar, das Land der Feuerberge, wohin es mich während meines unfreiwilligen Exils schon gezogen hatte. Am Ende würde ich also doch noch das Gebirge der Hohen Wacht hinter mir lassen und nach Norden gehen. Sonderbar, dass das Leben einem hin und wieder gerade die Wege aufzeigt, die einem vorher so unmöglich erscheinen.« Das Gewicht des Schwertes an der Seite erscheint mir plötzlich wieder sehr viel schwerer. Es lässt mich in der Unabwendbarkeit des Moments lächeln. »Es ging nach Norden. In den Krieg, wo schwarzer Regen fiel.«

»In den Krieg?«

»In den Krieg, Saer. Du trinkst mit einem Hochverräter, hast du das schon vergessen?«

DANKSAGUNG

Es wird lang, ist immerhin ein Debüt. Also Stifte und Block raus! Das hier ist für die Ewigkeit.

Meinen Eltern, Roland und Marga Neger, danke ich zuerst dafür, dass sie mich zu jemandem erzogen haben, der sich von Rückschlägen nur mit ein bisschen Jammern für fünf Minuten in die Knie zwingen lässt, um danach wieder aufzustehen.

Für unzähliges Testlesen und / oder Motivieren geht meine Verbeugung in Richtung Caroline Stenzel, Sebastian Dreßen, Eva-Maria Rummel, Jürgen Schmitte, Dominque Boh, Isabell Hihn, Susanne Birkner, Nadine Leis, Oliver Rau, Sarah Isensee, Nils Köpke, Tina Elisabeth Reiter, Michelle Bücken, Heike Breimes, Sabine Nadarzinski, Jeannette Schönfeld und Tanja Baumgart. Ebenso meinen Autorenkollegen Judith & Christian Vogt (und ich bin nicht der Cylone!). Ein spezielles Dankeschön an meinen Waffenbruder Martin Gawron und Bernard Cornwell, dessen Mail mehr bewirkt hat, als er es sich selbst vorstellen kann.

Meiner „Facebook-Street-Crew": Inga van Brug, Lysann Küttner, Katrin Wünnenberg, Stefan Utecht, Inga Willeke, Tina Neumann, Patrick Korr, Ramona Malms, Nils Gerber, Christina Hasse, Majid Bel Ayachi, Vanessa Pradella (und meinem Bruder gleich dazu), Björn Vocke, Katia Hinrichs, Mitra Pour, Tom Wahlen und all den anderen dort. Ich werde eure Treue nicht vergessen!

Meinem Verleger Michael Kuhn für den Blick hinter den Fantasy-Vorhang und vor allem das geschenkte Vertrauen. Thomas Kuhn für ein stimmungsvolles Cover ohne halbnackte Barbaren sowie Dominique Boh für die Idee zum Anfang. Natürlich auch meinem Lektor Wolfhard Berthel, der einen ziemlich dicken Batzen Papier in einen Roman verwandelt hat.

All jenen, die ich bestimmt vergessen habe, danke ich natürlich auch. Wenn ihr sauer seid, schlagt mich ans Kreuz. Ich habe gehört, dadurch wird man durchaus berühmt.

Ganz sicher nicht als letztes euch beiden: Arina Velk, Papa und Mama Waschbär sind ziemlich stolz, und Tina Schumacher. Ich glaube, Du weißt warum.

**Bücher der Reihe Historischer Roman
im Ammianus-Verlag:**
www.ammianus.eu
www.facebook.com/AmmianusVerlag

Michael Kuhn

MARCUS - Soldat Roms
Band I
incl. Reiseführer
ISBN 978-3-9812285-0-2

Michael Kuhn

MARCUS - Tribun Roms
Band II
incl. Reiseführer
ISBN 978-3-9812285-1-9

Michael Kuhn

MARCUS - Maximus Alamannicus
Band III
incl. Reiseführer
ISBN 978-3-9812285-2-6

Michael Kuhn

MARCELLUS - Der Merowinger
Band I
incl. Reiseführer
ISBN 978-3-9812285-3-3

Germanien und der Westen Europas im Jahre 486 n. Christus. Die Strukturen des römischen Imperiums haben dem Druck von Völkerwanderung und inneren Krisen nicht standgehalten.

In diesen Jahren wächst Marcellus, ein junger Romane, am Hofe des Rheinfranken Sigibert heran. Mit seinen Freunden, Provinzialen und Franken, erlernt er das Handwerk des Kriegers, das ihm nach dem Willen seines Vaters einen Platz im Leben sichern soll.

Die unbeschwerten Tage der Jugend enden, als die Krieger der Alamannen an den Grenzen aufmarschieren, um den Franken die Länder an Rhein und Mosel zu entreißen.
Gemeinsam mit seinen Freunden erhält er angesichts des drohenden Krieges den Auftrag, eine burgundische Prinzessin ihrem Bräutigam, dem ihm verhassten Thronfolger, zuzuführen. Das riskante Unternehmen, die ausbrechenden Kämpfe, eine ruchlose Verschwörung gegen das Leben des Merowingers Chlodwig und die Wirrungen der Liebe lassen ihn früh zum Mann heranreifen, der sich auf dem Schlachtfeld von Zülpich beweisen muss.

Wie in Michael Kuhns Erstlingswerk, der Trilogie um den römischen Tribun Marcus Junius Maximus, ist der Handlung eine „Spurensuche" angegliedert. Der Leser ist gleichsam eingeladen, die Handlungsorte des Romans aufzusuchen und viel Wissenswertes über die Zeit des frühen Mittelalters aufzunehmen.

Im Herbst 2012 erscheint
Band II der Reihe
MARCELLUS

**Phantastische Literatur
im Ammianus-Verlag:**
www.ammianus.eu
www.facebook.com/AmmianusVerlag

Judith C. Vogt

Das Erwachen
Die Geister des Landes I
ISBN: 978-3-9812285-4-0

Fiona wird Nacht für Nacht von prophetischen Träumen umgetrieben – lange Vergessenes regt sich in der Eifel, fremdartige Gestalten erwachen und treiben ihr Unwesen. Keiner würde ihr glauben, was sie nachts sieht; keiner außer drei Außenseitern, mit denen sie sich niemals freiwillig abgeben würde: Dora hält sich selbst für eine Hexe, Edi isst vegetarischen Döner und sammelt Unterschriften in Fußgängerzonen und Gregor läuft mit Schwertern bewaffnet über Mittelaltermärkte.

Zähneknirschend geht Fiona mit diesen Nerds ein Bündnis wider Willen ein, aus dem nicht nur eine tiefe Freundschaft erwächst, sondern auch eine ungeahnte tödliche Gefahr.

„Die Geister des Landes" – eine Jugendbuchtrilogie aus einem Land voller tiefer Wälder, wilder Tiere und grimmiger Ureinwohner: Der Eifel!

Der zweite Roman der Trilogie über „Die Geister des Landes" führt aus dem Land der Wälder und grimmigen Ureinwohner hinaus zu alten Quellgöttern und modernen Katakomben und erscheint voraussichtlich im Frühjahr 2013.

Mehr Informationen unter:
www.facebook.com/JudithC.Vogt, www.jcvogt.de